A PRISÃO
DO REI

SÉRIE A RAINHA VERMELHA

vol. 1: *A rainha vermelha*
vol. 2: *Espada de vidro*
vol. 3: *A prisão do rei*
vol. 4: *Tempestade de guerra*
extra: *Trono destruído*

SÉRIE DESTRUIDOR DE MUNDOS

vol. 1: *Destruidor de mundos*
vol. 2: *Destruidor de espadas*

VICTORIA AVEYARD

A PRISÃO DO REI

Tradução
ALESSANDRA ESTECHE
GUILHERME MIRANDA
ZÉ OLIBONI

SEGUINTE

Copyright © 2017 by Victoria Aveyard

O selo Seguinte pertence à Editora Schwarcz S.A.

Grafia atualizada segundo o Acordo Ortográfico da Língua Portuguesa de 1990, que entrou em vigor no Brasil em 2009.

TÍTULO ORIGINAL King's Cage
CAPA Sarah Nichole Kaufman
ARTE DE CAPA John Dismukes
PREPARAÇÃO Lígia Azevedo
REVISÃO Renata Lopes Del Nero e Marise Leal

Dados Internacionais de Catalogação na Publicação (CIP)
(Câmara Brasileira do Livro, SP, Brasil)

Aveyard, Victoria
   A prisão do rei / Victoria Aveyard ; tradução Alessandra Esteche, Guilherme Miranda, Zé Oliboni. — 1ª ed. — São Paulo : Seguinte, 2017.

   Título original: King's Cage.
   ISBN 978-85-5534-027-7

   1. Ficção – Literatura juvenil I. Título.

17-01244   CDD-028.5

Índice para catálogo sistemático:
1. Ficção : Literatura juvenil 028.5

18ª reimpressão

Todos os direitos desta edição reservados à
EDITORA SCHWARCZ S.A.
Rua Bandeira Paulista, 702, cj. 32
04532-002 — São Paulo — SP
Telefone: (11) 3707-3500
www.seguinte.com.br
contato@seguinte.com.br

/editoraseguinte
@editoraseguinte
Editora Seguinte
editoraseguinteoficial

Nunca duvide que você é importante e poderosa e merecedora de todas as chances e oportunidades no mundo para correr atrás dos seus sonhos.

HRC

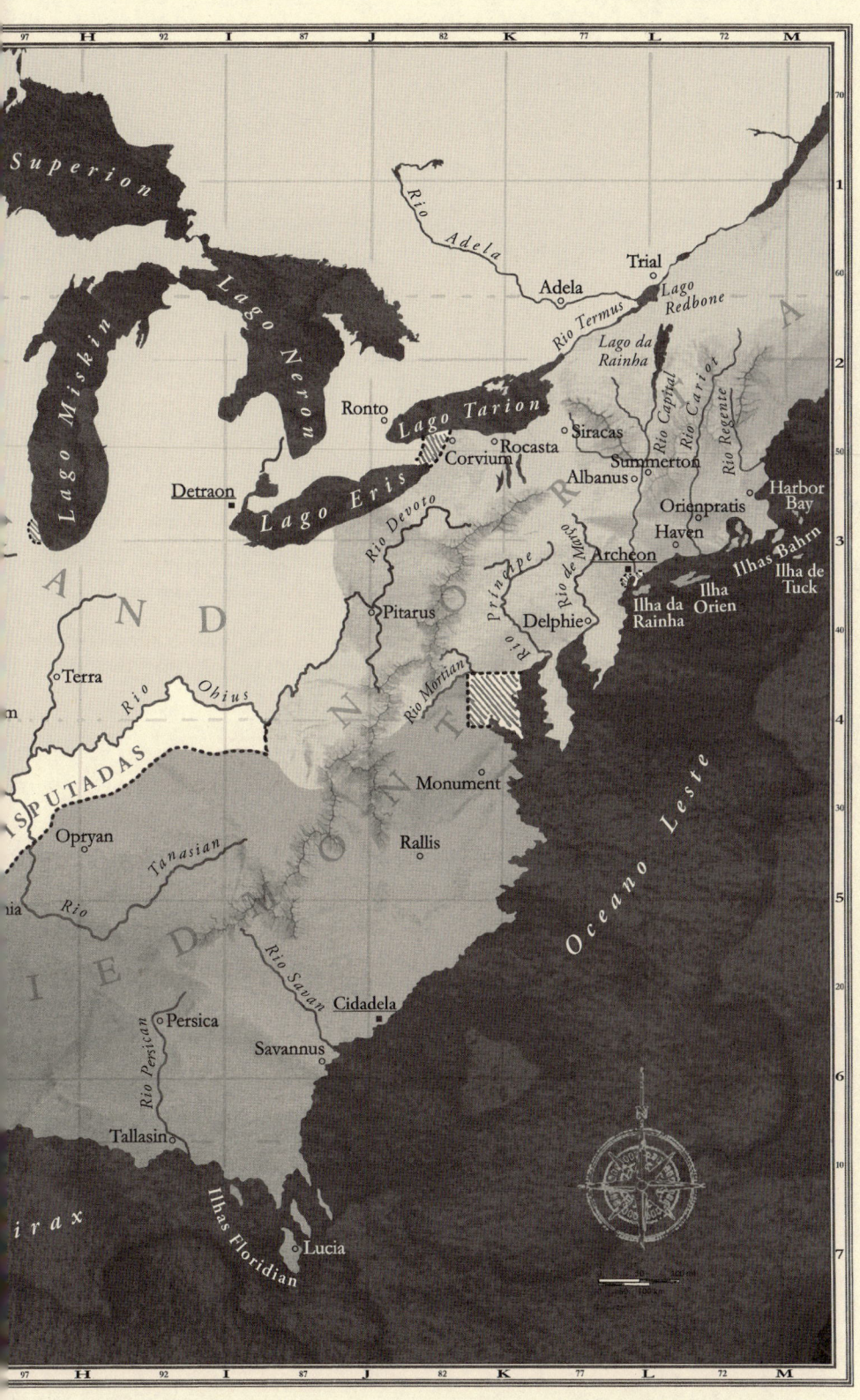

UM

Mare

Levanto quando ele permite.

Sinto um puxão na corrente presa à coleira no meu pescoço. As farpas cravam em mim, mas não o bastante para fazer sangrar — ainda não. Meus punhos já sangram. As feridas são consequência dos dias de cativeiro inconsciente usando as algemas ásperas e dilacerantes. As mangas outrora brancas agora estão manchadas de rubro e escarlate vivo, passando do sangue velho para o novo como prova do meu tormento. Para mostrar à corte de Maven o quanto já sofri.

Ele para diante de mim, com uma expressão indecifrável. As pontas da coroa de seu pai o fazem parecer mais alto, como se o ferro saísse de seu crânio. A coroa brilha, e cada ponta é uma chama ondulada de metal escuro ladeada por bronze e prata. Me concentro nesse objeto amargamente familiar para não encarar Maven. Ele me traz para perto, puxando outra corrente que não consigo ver, apenas sentir.

Uma mão branca cerca meu punho ferido, quase gentil. Involuntariamente, meus olhos se voltam para o rosto dele, sem conseguir desviar. O sorriso é tudo menos doce. Fino e afiado como uma navalha, me perfurando com cada um dos dentes. Os olhos são ainda piores. Os olhos dela, de Elara. Antes eu os achava frios, feitos de gelo vivo. Agora compreendi. As chamas mais quentes ardem azuis, e os olhos dele não são exceção.

A sombra da chama. Maven flameja, mas a escuridão o corrói pelas beiradas. Há manchas pretas e azuladas ao redor de seus olhos injetados de sangue prateado. Ele não anda dormindo bem. Está mais magro do que me lembrava, mais franzino, mais cruel. Seu cabelo negro chega à altura das orelhas, enrolando nas pontas. Suas bochechas continuam suaves. Às vezes esqueço como ele é jovem. Como nós dois somos. Sob a veste simples, a marca do M arde na minha clavícula.

Maven vira rápido, segurando firme a corrente, me obrigando a acompanhar. Uma lua orbitando um planeta.

— Testemunhem esta prisioneira, esta vitória — ele diz, endireitando os ombros diante do vasto público à nossa frente. Trezentos prateados, no mínimo, entre nobres e civis, guardas e oficiais. Noto os sentinelas na minha visão periférica; seus uniformes flamejantes são um lembrete constante e doloroso da minha jaula, que encolhe cada vez mais. Os guardas da Casa Arven também estão sempre por perto, com seus uniformes brancos ofuscantes e poderes silenciadores. Quase sufoco com a opressão de sua presença.

A voz do rei ecoa ao longo da opulenta Praça de César, reverberando por uma multidão que responde na mesma moeda. Deve haver microfones e alto-falantes em algum lugar para levar as palavras cortantes do rei para toda a cidade e o reino inteiro.

— Aqui está a líder da Guarda Escarlate, Mare Barrow. — Apesar da minha situação, quase dou risada. *Líder.* Apesar da morte de sua mãe, Maven continua mentindo. — Uma assassina, terrorista e grande inimiga do reino. Agora ela se ajoelha diante de nós, sangrando.

As correntes me puxam de novo, me fazendo cambalear para a frente. Estendo os braços para recuperar o equilíbrio. Mal reajo, mantendo o olhar baixo. Tanta ostentação. Meu corpo se enche de raiva e vergonha quando me dou conta do tamanho do mal que esse simples ato vai causar à Guarda Escarlate. Vermelhos em toda a Norta vão me ver como uma marionete de Maven e pensar que somos fracos, fracassados, indignos de sua atenção, esforço ou esperança. Nada poderia estar mais longe da verdade. Mas não há muito que eu possa fazer, não agora, não aqui, sujeita à misericórdia de Maven. Penso em Corvium, a cidade militar que vi em chamas no caminho para o Gargalo. Houve revoltas depois da minha mensagem pela televisão. Será que foi o primeiro suspiro da revolução? Ou o último? Não tenho como saber. E duvido que alguém vá me trazer um jornal.

Há muito tempo, Cal me alertou contra a ameaça de guerra civil, antes de seu pai morrer, antes de ele próprio ficar sem nada além de uma garota elétrica e tempestuosa. *Revolta dos dois lados*, ele disse. Mas aqui, acorrentada diante da corte de Maven e de seu reino prateado, não vejo nenhuma divisão. Embora eu tenha mostrado para eles, falado da prisão de Maven, de seus entes queridos levados embora, de sua confiança traída por um rei e sua mãe, ainda sou a inimiga. Isso me faz querer gritar, mas sei que é melhor não. A voz de Maven sempre sairá mais alta do que a minha.

Será que meus pais estão assistindo? Pensar nisso me cobre de tristeza. Mordo o lábio com força para controlar as lágrimas. Sei que tem câmeras por perto, focadas no meu rosto. Mesmo que não consiga mais senti-las, eu sei. Maven não perderia a oportunidade de imortalizar minha derrota.

Eles estão prestes a me ver morrer?

A coleira diz que não. Por que se dar ao trabalho desse espetáculo se vai simplesmente me matar? Outra pessoa poderia sentir alívio, mas minhas entranhas gelam de pavor. Ele não vai me matar. Não. Sinto isso em seu toque. Seus dedos longos e pálidos ainda apertam meu punho, enquanto sua outra mão segura a coleira. Mesmo agora, quando sou dolorosamente sua, Maven não vai me soltar. Eu preferia a morte a esta jaula, à obsessão perversa de um jovem rei insano.

Lembro de seus bilhetes, todos terminando da mesma maneira.
Até nosso próximo encontro.

Ele continua falando, mas o volume de sua voz diminui na minha cabeça, como um zumbido se dissipando. Meus sentidos ficam todos em alerta. Observo por cima do ombro. Meu olhar percorre o grupo de cortesãos atrás de nós. Todos usam o preto do luto, orgulhosos e vis. Lord Volo da Casa Samos e seu filho, Ptolemus, estão esplêndidos em sua armadura escura polida, com faixas prateadas escamadas do ombro ao quadril. Ao ver Ptolemus, minha visão fica escarlate de fúria. Luto contra o impulso de pular e arrancar a pele de seu rosto. Perfurar seu coração como ele fez com meu irmão Shade. O desejo transparece, e Ptolemus tem a audácia de abrir um sorriso sarcástico para mim. Se não fosse pela coleira e pelos silenciadores restringindo tudo o que sou, eu transformaria seus ossos em vidro fumegante.

Não sei por quê, mas sua irmã, há tantos meses minha inimiga, não me olha. Com um vestido de cristais pretos perfurantes, Evangeline é, como sempre, a maior estrela dessa constelação violenta. Imagino que vá se tornar rainha em breve, tendo suportado o noivado com Maven por tempo demais. Seus olhos escuros estão fixos nas costas do rei, mais precisamente em sua nuca. Uma brisa sopra, agitando seus cabelos prateados como uma cortina cintilante e jogando-os para trás dos ombros, mas ela nem pisca. Só depois de um longo momento parece notar que a encaro. E, mesmo assim, seus olhos mal encontram os meus. Estão vazios. Não sou mais digna de sua atenção.

— Mare Barrow é minha prisioneira e vai enfrentar o julgamento da Coroa e do conselho. Ela precisa pagar por inúmeros crimes.

De que maneira?, me pergunto.

A multidão brada em resposta, aplaudindo a sentença. Eles são prateados "comuns", sem ascendência nobre. Por mais que sinta prazer nas palavras de Maven, a corte não reage. Na verdade, alguns parecem sombrios, bravos, carrancudos — principalmente os membros da Casa Merandus, com seus trajes de luto cortados pelo azul-escuro das cores da rainha morta. Enquanto Evangeline me ignora, eles se concentram no meu rosto com uma intensidade perturbadora. Olhares de um azul abrasador vindos de todas as direções. Fico à espera de ouvir seus murmúrios na minha cabeça, uma dúzia de vozes como vermes escavando uma maçã podre. Mas há apenas silêncio. Talvez os oficiais da Casa Arven ao meu redor não sejam apenas carcereiros, mas protetores também, suprimindo minha habilidade e a de todos os outros contra mim. Ordens de Maven, imagino. Ninguém pode me ferir aqui.

Além dele.

Tudo dói. Ficar de pé, me mexer, pensar. Por causa da queda do jato, do sonador, do peso esmagador dos guardas silenciadores. E essas são apenas as feridas físicas. Hematomas. Fraturas. Dores que vão cicatrizar com o tempo. O mesmo não pode ser dito do resto. Meu irmão está morto. Sou prisioneira. E não sei o que realmente aconteceu com meus amigos dias atrás quando fiz um pacto com o diabo. Cal, Kilorn, Cameron, meus irmãos Bree e Tramy. Quando os deixamos para trás na clareira, estavam feridos, imobilizados, vulneráveis. Maven pode ter mandado seus homens voltarem para terminar o que começou. Me sacrifiquei para salvar a vida deles e nem sei se deu certo.

Maven me responderia se eu perguntasse. Posso ver isso em seu rosto. Seus olhos encontram os meus após cada frase torpe, pontuando cada mentira dita a seus súditos bajuladores. Para garantir que estou vendo, prestando atenção, olhando para ele. Como o garoto imaturo que Maven é.

Não vou implorar. Não aqui. Não desta forma. Sou orgulhosa demais para isso.

— Minha mãe e meu pai morreram combatendo esses animais — ele continua. — Deram a vida para manter este reino intacto, para manter vocês em segurança.

Mesmo derrotada, não consigo deixar de encarar Maven, retribuindo sua chama com um resmungo de descrença. Nós dois lembramos muito bem da morte do pai dele. De seu assassinato. A rainha Elara usou seu poder para entrar no cérebro de Cal, transformando o querido herdeiro do rei em uma arma mortal. Eu e Maven acompanhamos enquanto Cal era obrigado a assassinar o próprio pai, cortando a cabeça do rei e eliminando qualquer chance que tinha de se tornar o futuro governante. Vi muitas cenas terríveis desde então, mas essa memória ainda me assombra.

Não lembro muito do que aconteceu com a rainha fora do presídio de Corros. O estado de seu corpo depois foi prova suficiente do que o raio é capaz de fazer com a carne humana. Sei que a matei, sem dúvida, remorso ou arrependimento, numa tempestade devastadora alimentada pela morte repentina de Shade. A última imagem clara que tenho da batalha é de meu irmão caindo, com o coração perfurado pela impiedosa agulha de aço de Ptolemus. Não sei como o irmão de Evangeline escapou da minha fúria cega, mas a rainha não teve a mesma sorte. Eu e o coronel fizemos questão de que o mundo soubesse o que tinha acontecido com ela e exibimos seu cadáver em uma transmissão televisiva.

Queria que Maven tivesse parte da habilidade dela, para poder vasculhar minha cabeça e saber exatamente que tipo de fim dei à sua mãe. Queria que sentisse a dor da perda de forma tão terrível quanto sinto.

Seus olhos estão voltados para mim quando termina seu discurso decorado, a mão estendida para exibir melhor a corrente que me prende a ele. Cada gesto faz parte de seu teatro ensaiado.

— Juro que farei o mesmo. Colocarei um ponto final na Guarda Escarlate e em monstros como Mare Barrow ou morrerei tentando.

Então morra, quero gritar.

O estrondo da multidão abafa meus pensamentos. Centenas aplaudem o rei e sua tirania. Chorei na caminhada pela ponte, diante de tantos que me culpavam pela morte de seus entes queridos. Ainda consigo sentir as lágrimas secando no rosto. Agora quero chorar de novo, mas de raiva, não de tristeza. Como podem acreditar nisso? Vão mesmo engolir essas mentiras?

Feito uma boneca, sou tirada de vista. Com a pouca força que me resta, viro o pescoço à procura de câmeras. *Olhem para mim*, imploro. *Vejam como ele mente*. Meu maxilar fica tenso e meus olhos se estreitam, refletindo o que torço para ser um retrato de resistência, revolta e fúria. *Sou a garota elétrica. Sou a tempestade.* Parece mentira. A garota elétrica está morta.

Mas é a última coisa que posso fazer pela causa e pelas pessoas que amo que ainda estão lá fora. Elas não vão me ver fraquejar neste último momento. Não, eu vou continuar de pé. E, embora não saiba como, tenho que continuar lutando, mesmo aqui, na barriga do monstro.

Outro puxão me obriga a virar de frente para a corte. Prateados frios me encaram de volta, as peles com leves tons de azul, preto, roxo e cinza, desprovidas de vida, com aço e diamante correndo nas veias em vez de sangue. Não focam em mim, mas no próprio Maven. Neles, encontro minha resposta. Neles, vejo a ânsia.

Por uma fração de segundo, sinto pena do rei menino, solitário no trono. Então, bem no fundo, sinto o sopro ousado da esperança.

Ah, Maven. Em que confusão você foi se meter.

Nem consigo imaginar quem vai atacar primeiro.

A Guarda Escarlate ou os nobres dispostos a cortar a garganta de Maven e tirar dele tudo pelo que sua mãe morreu.

Assim que subimos os degraus de Whitefire, o rei entrega minha coleira para um guarda da Casa Arven, se afastando em direção ao largo salão de entrada do palácio. Estranho. Maven estava obcecado por me ter de volta, por me colocar em sua jaula, mas agora deixa minhas correntes de lado sem nem olhar. *Covarde*, digo a mim mesma. Ele não é capaz de me encarar sem o espetáculo.

— Você honrou sua promessa? — pergunto, sem ar. Minha voz soa rouca pelos dias sem uso. — É um homem de palavra?

Ele não responde.

O resto da corte surge atrás de nós. Suas linhas e fileiras são baseadas nos meandros complexos de status e hierarquia. Só eu estou deslocada, a primeira a seguir o rei, andando alguns passos atrás dele, onde estaria a rainha. Eu não poderia estar mais longe desse título.

Olho para o maior dos meus carcereiros na esperança de ver algo além de lealdade cega. Ele usa um uniforme branco grosso, à prova de balas, fechado até a garganta. As luvas são cintilantes, não de seda, mas de borracha. Estremeço. Apesar de seu poder silenciador, os Arven não vão correr nenhum risco comigo. Mesmo se eu conseguisse soltar uma faísca apesar de seu massacre contínuo, as luvas protegeriam suas mãos para que me mantivessem encoleirada, acorrentada, enjaulada. O grande Arven não olha para mim; seus olhos estão focados mais à frente enquanto morde o lábio, concentrado. O outro parece exatamente igual, andando do meu outro lado numa sincronia perfeita com seu irmão ou primo. As cabeças raspadas brilham e me lembro de Lucas Samos. Meu guarda gentil, meu amigo, que foi executado porque eu existia e o usei. Tive sorte na época, quando Cal deixou um prateado bondoso para me vigiar. Então me dou conta de que tenho sorte agora. É mais fácil matar guardas indiferentes.

Eles precisam morrer. De alguma forma. Para que eu possa fugir, para que recupere meu poder, eles são os primeiros obstáculos. O resto é fácil de adivinhar. Os sentinelas de Maven, os outros guardas e oficiais posicionados por todo o palácio e, claro, o próprio rei. Só vou sair daqui por cima do seu cadáver — ou do meu.

Fico pensando em matá-lo. Enrolar minha corrente em volta do seu pescoço e apertar até tirar a vida de seu corpo. Isso me ajuda a ignorar o fato de que cada passo que dou me leva mais para dentro do palácio, sobre o mármore branco, passando as altíssimas paredes douradas, sob uma dezena de lustres com luzes de cristal esculpidas em forma de chamas. Tudo tão bonito e frio como me lembro. Uma prisão com cadeados de ouro e barras de diamante. Ao menos não vou ter que enfrentar o obstáculo mais violento e perigoso de todos. A rainha está morta. Mesmo assim, sinto um calafrio ao lembrar dela. Elara Merandus. Seu fantasma me assombra. Certa vez ela despedaçou minhas memórias. Agora se transformou numa delas.

Uma figura de armadura atravessa meu olhar fixo, passando pelos guardas para se colocar entre mim e o rei. Ele acompanha nosso passo como um guardião obstinado, embora não use o uniforme ou a máscara dos sentinelas. Vai ver sabe que estou pensando em estrangular Maven. Mordo o lábio, me preparando para a dor aguda do ataque de um murmurador.

Mas não, ele não é da Casa Merandus. Sua armadura é de obsidiana escura, seu cabelo é prateado e sua pele é branca como a lua. Quando volta os olhos para mim por cima do ombro, noto que são vazios e pretos.

Ptolemus.

Avanço com os dentes, sem saber o que estou fazendo, sem me importar. Só quero deixar minha marca. Me pergunto se o gosto do sangue prateado é diferente do vermelho.

Mas não descubro.

A coleira me puxa para trás, com tanta violência que minha coluna faz um arco e caio no chão. Com um pouco mais de força, eu teria quebrado o pescoço. A pancada do crânio no mármore me deixa tonta, mas não o suficiente para me manter no chão. Tento levantar, estreitando os olhos em direção às pernas da armadura de Ptolemus, que agora vira para me encarar. Mais uma vez, ataco e, mais uma vez, a coleira me puxa para trás.

— Basta — Maven sibila.

Ele para sobre mim, detendo-se para observar minhas tentativas fracas de me vingar de Ptolemus. O resto da procissão também para; prateados se aglomeram para assistir à rata vermelha se debatendo em vão.

A coleira parece ficar mais apertada e engulo em seco, levando a mão à garganta.

Maven mantém os olhos no metal.

— Evangeline, eu disse *basta*.

Apesar da dor, viro para vê-la atrás de mim, com um punho cerrado ao lado do corpo. Assim como Maven, ela fita a minha coleira, que agora pulsa. Deve bater no ritmo do coração dela.

— Deixe que eu a solte — ela diz. Acho que ouvi mal. — Deixe que eu a solte aqui e agora. Dispense os guardas e vou matar essa garota, com seus poderes e tudo.

Rosno de volta, como o monstro que pensam que sou.

— Tente — digo a ela, desejando com todo o coração que Maven concorde. Apesar dos machucados, dos dias de silêncio e dos anos de inferioridade em relação à magnetron, quero ver o que ela tem a oferecer. Já a derrotei uma vez. Posso fazer isso de novo. No mínimo, é uma chance. Melhor do que eu esperava.

Os olhos de Maven passam da coleira para sua noiva, e seu rosto se fecha, tenso e ardente. Vejo muito da antiga rainha nele.

— Você está questionando as ordens do rei, Lady Evangeline?

Os dentes dela brilham entre os lábios pintados de roxo. A máscara de boas maneiras da corte ameaça cair, mas antes que possa dizer algo realmente condenatório, seu pai se move um pouco, enlaçando o braço no dela. A mensagem é clara: *Obedeça*.

— Não — ela resmunga, querendo dizer *sim*, então curva o pescoço e inclina a cabeça. — Majestade.

A coleira afrouxa, voltando ao tamanho normal em volta do meu pescoço. Talvez até mais frouxa do que antes. É uma pequena bênção que Evangeline não seja tão meticulosa quanto tenta parecer.

— Mare Barrow é uma prisioneira da Coroa e a Coroa vai fazer com ela o que achar necessário — Maven diz, não apenas à sua noiva impulsiva. O rei passa os olhos pelo restante da corte, deixando suas intenções claras. — A morte é um destino bom demais para ela.

Um rumor baixo reverbera entre os nobres. Alguns parecem se opor, mas muitos concordam. *Que estranho*. Pensei que todos quisessem me executar da pior maneira possível e me pendurar para alimentar os abutres, exaurindo todo o terreno que a Guarda Escarlate ganhou. Mas imagino que queiram algo pior para mim.

Pior que a morte.

Foi o que Jon me disse antes. Quando viu o que o futuro me guardava, aonde meu caminho me levaria. Ele sabia que isso estava por vir. E então contou ao rei. Comprou um lugar ao lado dele às custas da vida do meu irmão e da minha liberdade.

Eu o encontro na multidão, longe dos outros. Seus olhos estão vermelhos e pálidos, e seu cabelo prematuramente grisalho está preso num rabo de cavalo bem-feito. Outro sanguenovo de estimação de Maven Calore, ainda que sua coleira não seja visível. Jon ajudou Maven a nos impedir de salvar uma legião de crianças antes mesmo que tentássemos. Contou a Maven sobre nossos caminhos e nosso futuro. Me entregou como um presente para o rei menino. Traiu todos nós.

Jon agora me encara. Não espero um pedido de desculpas pelo que fez e não recebo um.

— E o interrogatório? — diz uma voz que não reconheço à minha esquerda. Reconheço o rosto.

Samson Merandus. Um lutador de arena, um murmurador feroz, primo da rainha morta. Ele abre caminho até mim e não consigo conter um calafrio. Em outra vida, eu o vi fazer um oponente se apunhalar até a morte na arena. Kilorn estava sentado ao meu lado, vendo, torcendo, aproveitando o que não sabia serem suas últimas horas de liberdade. Então seu mestre morreu e todo o nosso mundo veio abaixo. Nossos caminhos mudaram. Agora estou caída sobre o mármore impecável, com frio e sangrando. Sou menos que um cachorro aos pés de um rei.

— Ela é boa demais para um interrogatório, majestade? — Samson continua, estendendo a mão fria na minha direção. Ele segura meu queixo, me obrigando a erguer os olhos. Luto contra o impulso de mordê-lo. Não preciso dar outra desculpa para Evangeline me sufocar. — Pense no que ela já viu. No que sabe. É a líder deles e a chave para desvendar essa espécie maldita.

Ele está errado, mas mesmo assim o sangue lateja em meu peito. Sei o bastante para causar muito estrago. Tuck passa diante de meus olhos, assim como o coronel e os gêmeos de Montfort. A infiltração das legiões. As cidades. Os assobiadores por todo o país, levando refugiados à segurança. Segredos preciosos guardados com cuidado e prestes a serem revelados. Quantas pessoas meu conhecimento vai colocar em risco? Quantas vão morrer depois que me interrogarem?

E essas são apenas informações militares. Piores ainda são as partes sombrias da minha mente. Os cantos onde escondo meus piores demônios. Maven está entre eles. O príncipe de que eu me lembrava, o qual amava e desejava que fosse real. E Cal. O que fiz para continuar com ele, o que ignorei e as mentiras que conto a mim mesma quanto à sua lealdade. Minha vergonha e meus erros me consomem, me corroem por dentro. Não posso permitir que Samson — ou Maven — veja essas coisas.

Por favor, quero implorar. Meus lábios não se movem. Por mais que odeie Maven, por mais que queira vê-lo sofrer, sei que ele é minha melhor chance. Mas ser misericordioso diante de seus mais fortes aliados e piores inimigos só vai enfraquecer um rei já vacilante. Então continuo em silêncio, tentando ignorar a mão de Samson no meu queixo e me concentrar no rosto de Maven.

Seus olhos encontram os meus por um instante ao mesmo tempo muito longo e muito breve.

— Vocês já sabem suas ordens — ele diz bruscamente, apontando para os guardas.

O aperto deles é firme mas não agressivo enquanto me levantam, usando mãos e correntes para me levar para longe do bando. Deixo todos para trás. Evangeline, Ptolemus, Samson e Maven.

O rei dá meia-volta, seguindo na direção oposta, rumo a seu último recurso para se aquecer.

Um trono de chamas congeladas.

DOIS

Mare

Nunca fico sozinha.

Os carcereiros não saem. Há sempre dois deles, de vigia, mantendo o que sou silenciado e suprimido. Eles não precisam de nada além de uma porta trancada para me manter prisioneira. Não que eu consiga me aproximar dela sem ser arrastada de volta ao centro do quarto. São mais fortes do que eu e estão sempre alertas. O único jeito de escapar de seus olhos é ir ao banheiro, um pequeno cômodo de ladrilhos brancos e torneiras douradas, com uma fileira repulsiva de Pedras Silenciosas no chão. Há blocos cinza perolados suficientes para fazer minha cabeça latejar e minha garganta fechar. Preciso ser rápida lá dentro e aproveitar cada segundo sufocante. A sensação me faz lembrar do poder de Cameron. Ela consegue matar alguém com a força de seu silêncio. Por mais que eu odeie a vigília constante dos guardas, não correria o risco de sufocar no banheiro só por mais alguns minutos de paz.

É engraçado, mas antes eu achava que meu maior medo era ficar sozinha. Agora nunca fico só e nunca estive tão aterrorizada.

Faz quatro dias que não sinto minha eletricidade.

Cinco.

Seis.

Dezessete.

Trinta e um.

Risco os dias no rodapé perto da cama com um garfo. É uma sensação boa deixar minha marca, infligir um pequeno ferimento na minha prisão no Palácio de Whitefire. Os Arven não se importam. Eles me ignoram na maior parte do tempo, concentrados no silêncio total e absoluto. Continuam em posição perto da porta, sentados como estátuas com olhos vivos.

Este não é o mesmo quarto em que dormi da outra vez em que estive em Whitefire. Obviamente não seria adequado abrigar uma prisioneira real no mesmo lugar que uma noiva real. Mas tampouco estou numa cela. Minha jaula é confortável e bem mobiliada, com uma cama macia, uma estante estocada de livros chatos, algumas cadeiras, uma mesa e até cortinas elegantes, tudo em tons de cinza, marrom e branco. Uma suíte esvaziada de cor, assim como estou esvaziada de poder.

Aos poucos, me acostumo a dormir sozinha, mas os pesadelos me atormentam sem Cal para mantê-los longe. Não tenho ninguém que se importe comigo. Toda vez que acordo, toco os brincos que pontuam minha orelha, nomeando cada pedra. Bree, Tramy, Shade, Kilorn. Irmãos de sangue e de coração. Três vivos, um fantasma. Queria ter um brinco para fazer par com o que dei para Gisa, assim teria um pedaço dela também. Sonho com minha irmã às vezes. Nada concreto, mas lampejos de seu rosto, de seu cabelo vermelho, escuro como sangue derramado. Suas palavras me assombram mais que tudo. *Um dia as pessoas virão aqui e tomarão tudo o que você tem.* Ela tinha razão.

Não há espelhos, nem mesmo no banheiro. Sei o que este lugar está fazendo comigo. Apesar das refeições reforçadas e da ociosidade, meu rosto está ficando mais fino. Meus ossos machucam minha pele conforme vou definhando, mais afiados do que nunca. Não há muito o que fazer além de dormir ou ler um dos volumes do código tributário de Norta; mesmo assim, a exaustão se instalou dias atrás. Hematomas surgem a cada toque. E a coleira parece quente, ainda que eu passe os dias com frio e tremendo. Talvez seja febre. Posso estar morrendo.

Não que eu tenha alguém para confirmar isso. Mal falo. As portas se abrem para comida e água e para a troca dos carcereiros, nada mais. Nunca vejo criados vermelhos, embora ainda devam existir. São os Arven que pegam a comida, os lençóis e as roupas deixados do lado de fora e os trazem até mim. Eles também limpam o lugar, de cara amarrada por realizar uma tarefa tão baixa. Imagino que deixar um vermelho entrar no meu quarto seja perigoso demais. Isso me faz sorrir. Significa que a Guarda Escarlate ainda é uma ameaça, o suficiente para garantir um protocolo tão rígido, que me isola de qualquer outro vermelho.

Mas nem os prateados se aproximam. Ninguém vem zombar ou tripudiar da garota elétrica. Nem mesmo Maven.

Os Arven não conversam comigo. Não me dizem seus nomes. Então invento. Tigrina, a velha mais baixa do que eu, com um rosto pequenino e olhos alertas e aguçados. Ovo, com sua cabeça redonda, branca e careca. Trio tem três linhas tatuadas no pescoço, como o arranhão de garras perfeitas. E Trevo, de olhos verdes, uma menina mais ou menos da minha idade, resoluta em seus deveres. É a única que tem coragem de me olhar nos olhos.

Quando soube que Maven me queria de volta, fiquei à espera de dor ou trevas, ou um pouco dos dois. Mais que isso, esperava sofrer meu tormento sob seu olhar ardente. Mas não houve nada desde que cheguei e fui obrigada a ajoelhar. Naquele dia, ele disse que ia exibir meu corpo para todo mundo ver. Mas não veio nenhum executor. Nenhum murmurador como Samson Merandus ou a rainha morta invadiu minha cabeça e revelou meus pensamentos. Se esta é minha punição, é bem entediante. Maven anda sem criatividade.

As vozes na minha cabeça continuam. São tantas, tantas lembranças. Cortam como o fio de uma espada. Tento aliviar a dor com livros maçantes, mas as palavras voam diante de meus olhos, e as letras se rearranjam para formar o nome das pessoas que deixei para trás. Vivas ou mortas. E Shade está em toda parte.

Ptolemus pode ter matado meu irmão, mas fui eu quem o colocou nesse caminho. Porque fui egoísta, pensando que era uma espécie de salvadora. Porque, de novo, depositei minha confiança em quem não deveria e lidei com a vida das pessoas como se fosse um jogo de cartas. *Mas você invadiu uma prisão. Soltou muita gente. E salvou Julian.*

Um pensamento frágil e um consolo mais frágil ainda. Sei agora qual foi o preço do que aconteceu no presídio de Corros. Todos os dias tenho que aceitar o fato de que, se pudesse voltar atrás, não o pagaria de novo. Nem por Julian nem por cem sanguenovos vivos. Não salvaria nenhum deles se custasse a vida de Shade.

E, no final, deu na mesma. Maven tinha me pedido para voltar meses antes, suplicando a cada bilhete manchado de sangue. Ele esperava me comprar com cadáveres. Eu achava que nunca toparia uma troca dessas, nem por mil vidas inocentes. Agora, queria ter obedecido há muito tempo. Antes que ele pensasse em atacar as pessoas que amo, sabendo que eu tentaria salvá-las. Sabendo que eu só faria um acordo por Cal, Kilorn e minha família. Pela vida deles, abri mão de tudo.

Acho que Maven sabe que é melhor não me torturar. Nem mesmo com o sonador, uma máquina feita para usar meus raios contra mim e me despedaçar, nervo a nervo.

Minha agonia é inútil para ele. Sua mãe lhe ensinou bem. Meu único consolo é saber que o jovem rei está sem a cruel manipuladora de marionetes. Enquanto sou mantida aqui, vigiada dia e noite, ele está sozinho no controle de um reino, sem Elara Merandus para guiá-lo e protegê-lo.

Faz um mês que não sinto ar fresco e quase o mesmo tempo que não vejo nada além do interior do meu quarto e da vista estreita que minha única janela oferece.

Ela dá para o jardim de um pátio, há muito morto agora no fim do outono. As árvores foram manipuladas pelos verdes. Deviam ser maravilhosas com folhas, uma coroa verdejante de flores e galhos espiralados. Mas, sem nada, os carvalhos, elmos e faias nodosos se curvam em garras; seus dedos secos e mortos raspam uns nos outros, feito ossos. O pátio está abandonado, esquecido. Assim como eu.

Não, resmungo para mim mesma.

Os outros vão vir atrás de mim.

Ouso ter esperança. Sinto um frio na barriga toda vez que a porta abre. Por um momento, espero ver Cal, Kilorn, Farley ou Nanny usando o rosto de outra pessoa. O coronel, até. Agora, eu choraria se visse seu olho escarlate. Mas ninguém vem me buscar. Ninguém virá.

É cruel ter esperança quando não há nenhuma.

E Maven sabe disso.

Enquanto o sol se põe no trigésimo primeiro dia, entendo o que pretende fazer.

Ele quer que eu apodreça. Esmoreça. Seja esquecida.

Lá fora, os flocos da primeira neve caem do céu cor de ferro. O vidro é frio ao toque, mas se recusa a congelar.

Eu também.

A neve é perfeita sob a luz da manhã, uma crosta branca decorando árvores nuas. Até a tarde, vai ter derretido. Pela minha contagem, hoje é 11 de dezembro. Uma época fria, cinzenta e morta entre o outono e o inverno. A neve de verdade só vai se instalar no fim do mês.

Em casa, pulávamos da varanda para os montes de neve, mesmo depois que Bree quebrou a perna ao cair numa pilha de lenha soterrada. Custou a Gisa o salário de um mês inteiro curá-lo, e tive que roubar a maioria dos materiais de que o "médico" precisava. Isso aconteceu no inverno antes de meu irmão ser recrutado, a última vez em que toda a família esteve reunida. E agora nunca estaremos todos juntos de novo.

Minha mãe e meu pai estão com a Guarda. Gisa e meus irmãos também. *Estão seguros. Estão seguros. Estão seguros.* Repito isso toda manhã. É um consolo, mesmo que talvez não seja verdade.

Devagar, afasto meu prato de café da manhã. Conheço bem o mingau doce, a fruta e a torrada, e não me servem de consolo.

— Terminei — digo, por força do hábito, sabendo que ninguém vai responder.

Tigrina surge ao meu lado, olhando com desprezo para a comida deixada pela metade. Pega o prato como se fosse um inseto, segurando-o longe, e o leva até a porta. Ergo os olhos rápido, na esperança de ter um mero vislumbre da antessala. Está vazia, como sempre, e meu coração se aperta. Tigrina joga o prato no chão com um estrépito, talvez o quebrando, mas não se importa. Algum criado vai limpar. A porta se fecha, e ela volta ao seu lugar. Trio ocupa a outra cadeira, com os braços cruzados, me encarando sem piscar. Consigo sentir o poder de ambos. Parece um lençol apertado demais, mantendo meus raios presos e ocultos, tão longe que nem chego perto de alcançá-los. Dá vontade de arrancar minha própria pele.

Odeio isso. Odeio isso.

Odeio. Isso.

Crac.

Jogo o copo contra a parede oposta, derramando água e deixando que manche o cinza horroroso. Os guardas nem piscam. Faço isso com frequência.

E ajuda. Por um minuto. Talvez.

Sigo a programação de sempre, aquela que desenvolvi ao longo do último mês de cativeiro. Acordo. Me arrependo na hora. Recebo o café da manhã. Perco o apetite. Peço que levem a comida embora. Me arrependo na hora. Jogo a água fora. Me arrependo na hora. Tiro as roupas de cama. Às vezes rasgo os lençóis, às vezes aos berros. Me arrependo na hora. Tento ler. Olho pela janela. Olho pela janela. Olho pela janela. Recebo o almoço. Faço tudo de novo.

Sou uma garota muito ocupada.

Ou deveria dizer "mulher"?

Dezoito anos é uma divisão arbitrária entre a adolescência e a vida adulta. Eu os completei semanas atrás, em 17 de novembro. Não que alguém saiba ou tenha notado. Duvido que os Arven se importem que eu esteja um ano mais velha. Apenas uma pessoa neste palácio-prisão se importaria. E ele não me visita, para meu alívio. É a única felicidade que tenho. Sou mantida aqui, cercada pelas piores pessoas que conheço, mas não preciso sofrer com a presença dele.

Até hoje.

O silêncio absoluto ao meu redor se despedaça, não com uma explosão, mas com um estalo. O velho giro da chave na fechadura. Fora de horário, sem aviso. Ergo a cabeça com o som, assim como os Arven, que perdem a concentração com a surpresa. Adrenalina corre pelas minhas veias, movida pelo meu coração, que de repente bate forte. Em uma fração de segundo, ouso ter esperança de novo. Sonho com quem poderia estar do outro lado da porta.

Meus irmãos. Farley. Kilorn.

Cal.

Quero que seja Cal. Quero que seu fogo consuma totalmente este lugar e estas pessoas.

Mas não reconheço o homem do outro lado da porta. Só as roupas me são familiares — uniforme preto, detalhes prateados. Um agente de segurança, sem nome e sem importância. Ele segura a porta aberta com as costas. A maior parte de seu corpo fica do lado de fora.

Os Arven se levantam de um salto, tão surpresos quanto eu.

— O que você está fazendo? — Trio pergunta. É a primeira vez que ouço sua voz.

Tigrina segue o protocolo, ficando entre mim e o agente. Outra explosão de silenciamento me atinge, alimentada pelo medo e pela confusão dela. É como uma onda corroendo os resquícios de força que ainda tenho. Me seguro na cadeira, porque não quero cair na presença de outras pessoas.

O agente de segurança não diz nada, só olha fixo para o chão. Esperando.

Ela entra, com um vestido feito de agulhas. Seu cabelo prateado foi trançado com pedras preciosas, como a coroa que anseia por usar. Estremeço com a visão dela, perfeita, fria e afiada, com a postura de uma rainha, ainda que sem o título. Porque ela ainda não é rainha. Posso perceber.

— Evangeline — murmuro, tentando esconder o tremor na voz, tanto pelo medo como pela falta de uso. Seus olhos pretos passam por mim com toda a ternura de um chicote estalando. Da cabeça aos pés e dos pés à cabeça, tomando nota de todas as imperfeições, todas as fraquezas. Sei que são muitas. Finalmente, seu olhar pousa na minha coleira e nas farpas de metal. Seu lábio se curva de repulsa e vontade. Como seria fácil para ela voltar as pontas da coleira para minha garganta e me fazer sangrar até a morte.

— Lady Samos, a senhorita não tem permissão de entrar aqui — diz Tigrina, ainda entre nós. Fico surpresa com sua audácia.

Evangeline volta os olhos para minha guarda com um desprezo crescente.

— Acha que eu desobedeceria o rei, meu noivo? — Ela força uma risada fria. — Estou aqui sob ordens dele. O rei exige a presença da prisioneira na corte. Agora.

Cada palavra arde. Um mês de aprisionamento de repente parece muito pouco. Parte de mim quer se agarrar à mesa e obrigar Evangeline a me arrastar para fora da minha jaula. Mas nem o isolamento destruiu meu orgulho. Ainda não.

E nunca vai destruir, lembro a mim mesma. Então me levanto nas pernas fracas, com as articulações doloridas e as mãos trêmulas. Um mês atrás ataquei o irmão de Evangeline com pouco além dos dentes. Tento invocar aquela energia como posso, ao menos para me erguer.

Tigrina se mantém firme, imóvel. Sua cabeça se volta para Trio.

— Não fomos informados. Esse não é o protocolo.

Evangeline volta a rir, exibindo os dentes brancos e brilhantes. Seu sorriso é belo e violento como uma faca.

— Você está me desautorizando, guarda Arven? — Enquanto fala, suas mãos passam pelo vestido, alisando o tecido em meio à floresta de agulhas. Partes dele grudam em Evangeline como um ímã, e de repente sua mão está cheia de agulhas. Ela segura os pedaços de metal na mão, paciente, esperando com uma sobrancelha arqueada. Os Arven sabem que é melhor não estender seu silêncio esmagador para uma filha da Casa Samos, ainda mais a futura rainha.

A dupla troca olhares, visivelmente discordando. Trio franze a sobrancelha e olha feio. Finalmente, Tigrina suspira alto e dá um passo para o lado, se afastando.

— Uma escolha que nunca vou esquecer — Evangeline murmura.

Me sinto exposta, sozinha diante de seus olhos penetrantes, apesar dos outros observando. Evangeline me conhece, sabe o que sou, do que sou capaz. Quase a matei no Ossário, mas ela fugiu, com medo de mim e do meu poder. Definitivamente não está com medo agora.

Decidida, dou um passo à frente. Na direção dela. Na direção do vazio abençoado que a cerca, permitindo que seu poder flua. Mais um passo. Rumo ao ar livre, à eletricidade. Será que vou sentir na mesma hora? Será que vai voltar com tudo? Precisa voltar. Precisa.

Mas Evangeline mostra todo o seu escárnio num sorriso. Ela também dá um passo, para trás, e eu quase rosno.

— Não tão rápido, Barrow.

É a primeira vez que a ouço dizer meu nome verdadeiro.

Evangeline estala os dedos, apontando para Tigrina.

— Levem-na.

Eles me arrastam como fizeram no dia em que cheguei, com uma corrente presa à coleira. Quem a segura firme é Tigrina. Ela e Trio continuam me silenciando, e sinto seu poder como um tambor dentro do crânio. A caminhada por Whitefire parece se estender por quilômetros, e avançamos devagar. Como da outra vez, não estou vendada. Não há motivo para isso.

Reconheço mais e mais conforme nos aproximamos do nosso destino, cortando por passagens e galerias que explorei livremente vidas atrás. Na época em que não sentia necessidade de diferenciá-las. Agora, faço o possível para mapear o lugar na cabeça. Preciso conhecer a planta se pretendo sair daqui viva. Meu quarto dá para o leste e fica no quinto andar; sei disso porque contei as janelas. Lembro que Whitefire é composto por quadrados interligados, com cada ala cercando um pátio como o que vejo do meu quarto. A vista das janelas altas e arqueadas se altera a cada novo corredor. O jardim de um pátio, a Praça de César, as longas extensões do campo de treinamento onde Cal se exercitava com seus soldados, as muralhas distantes e a ponte de Archeon reconstruída mais além. Não passamos pelos cômodos onde encontrei o caderno de Julian, onde assisti a fúria de Cal e a conspiração silenciosa de Maven. Fico surpresa com a quantidade de memórias que o palácio guarda, apesar do curto tempo que passei aqui.

Passamos por um bloco de janelas que dá para o oeste, para os quartéis, o rio Capital e a outra metade da cidade além dele. O Ossário se localiza entre os prédios; sua silhueta enorme me é familiar demais. Conheço esta vista. Parei diante destas janelas junto com Cal. Menti para ele, sabendo do ataque que aconteceria naquela noite. Mas não antevia o que aquilo nos causaria. Cal sussurrou que queria que as coisas fossem diferentes. Sinto o mesmo.

As câmeras devem seguir nosso avanço, mas não consigo mais senti-las. Evangeline não diz nada enquanto descemos para o andar principal com os oficiais atrás dela, uma revoada de pássaros negros atrás de um cisne de metal. Música ecoa de algum lugar. Pulsa como um coração inchado e pesado. Nunca a ouvi antes, nem no baile a que fui nem durante as aulas de dança com Cal. Tem vida própria, é sombria, perversa e estranhamente convidativa. À minha frente, os ombros de Evangeline ficam tensos.

O andar está estranhamente vazio, com apenas alguns guardas posicionados ao longo dos corredores. Guardas comuns, não os sentinelas, que devem estar com Maven. Evangeline não vira à direita, como eu esperava, para entrar na sala do trono pelas portas grandiosas e arqueadas. Ela avança e todos nós a seguimos, entrando em outro cômodo que conheço bem demais.

A câmara do conselho. Um círculo perfeito de mármore e madeira polida. Cadeiras ladeiam as paredes, e o selo de Norta, a coroa flamejante, domina o piso ornamentado. Vermelha, preta e prateada, com pontas de chamas explosivas. Quase tropeço ao ver aquilo e preciso fechar os olhos. Tigrina me arrastaria pelo salão se eu caísse, não tenho dúvidas. Eu deixaria que o fizesse com o maior prazer só para não ter que ver este lugar. Foi onde Walsh morreu. Seu rosto lampeja na minha mente. Ela foi caçada feito um coelho. E foram os lobos que a capturaram — Evangeline, Ptolemus, Cal. Eles a encontraram nos túneis sob Archeon, enquanto seguia as ordens da Guarda Escarlate. Arrastaram-na para cá e a entregaram à rainha Elara para interrogatório. Não deu em nada. Porque Walsh se matou. Engoliu um comprimido letal na frente de todos, para proteger os segredos da Guarda Escarlate. Para me proteger.

Quando o volume da música triplica, abro os olhos novamente.

A câmara do conselho ficou para trás, mas o que vejo diante de mim consegue ser pior.

TRÊS

Mare

A MÚSICA DANÇA NO AR, cortada pelo cheiro doce e enjoativo de álcool que permeia cada centímetro da magnífica sala do trono. Saímos para uma plataforma elevada, um pouco acima do piso da câmara, possibilitando uma vista grandiosa da festa estridente antes de notarem nossa presença.

Passo os olhos de um lado para o outro, ansiosa, na defensiva, vasculhando todos os rostos e todas as sombras à procura de oportunidades ou perigo. Seda, pedras preciosas e lindas armaduras cintilam sob a luz de uma dezena de lustres, criando uma constelação humana que se move sobre o piso de mármore. Depois de um mês de cárcere, a visão é um ataque aos meus sentidos, mas absorvo tudo, sedenta. Tantas cores, tantas vozes, tantos nobres conhecidos. Ninguém me nota ainda. Seus olhos não me seguem. Estão concentrados uns nos outros, nas taças de vinho e nos licores multicoloridos, no ritmo agitado, na fumaça perfumada ondulando pelo ar. Deve ser uma comemoração extravagante, mas não faço ideia do motivo.

Naturalmente, meus pensamentos disparam. Terá sido uma vitória? Contra Cal, contra a Guarda Escarlate? Ou ainda estão celebrando minha captura?

Basta olhar para Evangeline para encontrar a resposta. Nunca a vi fazer essa careta, nem mesmo para mim. Seu olhar de desprezo felino se fecha, disforme, furioso, cheio de uma raiva que nem consigo imaginar. Seus olhos escurecem como dois buracos negros, absorvendo a visão de seu povo no ápice da felicidade.

Ou, me dou conta, no ápice da ignorância.

Com um comando, uma rajada de criados vermelhos sai da parede oposta e percorre a câmara em uma formação treinada. Eles carregam bandejas com cálices de cristal cheios de líquidos luminosos da cor do rubi, do ouro e do diamante. Quando terminam de atravessar a massa de gente, as bandejas estão vazias. Elas voltam a ser enchidas rapidamente, eles passam de novo pelos convidados e as bandejas se esvaziam. Não faço ideia de como alguns prateados ainda estão em pé. Eles continuam em sua folia, conversando ou dançando com copos na mão. Algumas baforadas de cachimbos ornamentados deixam nuvens de fumaça estranhamente coloridas no ar. Não têm o cheiro do tabaco que muitos anciãos em Palafitas sopravam com esmero. Invejo as faíscas em seus cachimbos, cada uma é uma pontada de luz.

Pior é ver os criados vermelhos. Eles me fazem sofrer. O que não daria para tomar seu lugar. Ser apenas uma criada em vez de prisioneira. *Idiota*, me repreendo. *Eles também estão presos. Assim como todos seus semelhantes. Encurralados pelos prateados, mesmo que alguns tenham mais espaço para respirar.*

Por causa dele.

Evangeline desce da plataforma e os Arven me obrigam a ir atrás. A escada nos leva direto para o tablado, alto o bastante para demonstrar sua importância máxima. E, claro, há uma dúzia de sentinelas parados ali, mascarados e armados, aterrorizantes em todos os aspectos.

Fico à espera dos tronos de que me lembro. Chamas de cristais de diamante no assento do rei, safira e ouro branco polido no da rainha. Em vez disso, Maven está sentado no mesmo trono de que o vi se levantar um mês atrás, quando me exibiu acorrentada diante do mundo.

Sem pedras ou metais preciosos. Apenas blocos de pedra cinza entrançados com algo brilhante, sem curvas e sem insígnia nenhuma. Parece frio ao toque e desconfortável, além de terrivelmente pesado. Deixa o rei pequeno, fazendo com que pareça mais jovem. Parecer poderoso torna alguém poderoso. Aprendi essa lição com Elara, mas Maven não. Ele parece o menino que é, nitidamente pálido contra o uniforme preto; suas únicas cores são o revestimento vermelho-sangue da capa, um tumulto prateado de medalhas e o azul arrepiante dos olhos.

O rei Maven da Casa Calore me olha nos olhos assim que percebe que estou aqui.

O instante perdura, suspenso num fio do tempo. Um desfiladeiro de distrações se abre entre nós, repleto de tanto barulho e caos, mas é como se o salão estivesse vazio.

Eu me pergunto se Maven nota a diferença em mim. O resultado do enjoo, da dor, da tortura que é ficar numa prisão silenciosa. Provavelmente sim. Seu olhar desliza das minhas maçãs do rosto pronunciadas para minha coleira, descendo pela veste branca. Não estou sangrando desta vez, mas queria estar. Para mostrar a todos o que sou, o que sempre fui. Vermelha. Ferida. Mas viva. Como fiz diante da corte, diante de Evangeline alguns minutos atrás, endireito a coluna e o encaro com toda a força e ameaça que tenho a oferecer. Observo-o e procuro fissuras que só eu consigo ver. Olheiras, mãos trêmulas, uma postura tão rígida que pode partir sua coluna ao meio.

Você é um assassino, Maven Calore. Um covarde, um fraco.

Funciona. Ele tira os olhos de mim e levanta rápido, com as mãos ainda agarradas ao trono. A fúria o atinge como o golpe de um martelo.

— Explique-se, guarda Arven! — ele explode com meu carcereiro mais próximo.

Trio se sobressalta.

O acesso de raiva interrompe a música, a dança e a bebida imediatamente.

— S-senhor — Trio balbucia. Uma de suas mãos enluvadas agarra meu braço, irradiando silenciamento suficiente para fazer meu coração bater mais devagar. Tenta encontrar uma explicação que não coloque a culpa em si mesmo nem na futura rainha, mas falha.

A corrente treme na mão de Tigrina, mas ela continua segurando firme.

Apenas Evangeline não se deixa afetar pela fúria do rei. Ela esperava essa reação.

Ele não ordenou que me trouxessem aqui. Não houve convocação alguma.

Maven não é bobo. Acena com a mão para Trio, pondo fim à sua gagueira com um só gesto.

— Sua tentativa pífia é resposta suficiente — ele diz. — O que você tem a dizer para se defender, Evangeline?

Na multidão, o pai dela se ergue, observando com olhos arregalados e severos. Alguém poderia dizer que está com medo, mas não acho que Volo Samos seja capaz de ter emoções. Ele simplesmente afaga a barba prateada, com uma expressão indecifrável. Ptolemus não tem o mesmo dom da dissimulação. Está parado na plataforma junto com os sentinelas, o único sem máscara e uniforme flamejante. Ainda que seu corpo esteja imóvel, seu olhar alterna entre o rei e a irmã, e ele cerra o punho devagar. *Isso. Tema por ela como temi por meu irmão. Veja Evangeline sofrer como eu o vi morrer.*

Afinal, o que mais Maven pode fazer agora? Evangeline desobedeceu suas ordens deliberadamente, ultrapassando as indulgências que o noivado deles permite. Se tem algo que sei, é que irritar o rei leva a punição. E fazer isso aqui, na frente de toda a corte... Ele pode muito bem executá-la agora mesmo.

Se Evangeline pensa que está correndo risco, não demonstra. Sua voz nunca falha ou vacila.

— Você ordenou que a terrorista fosse aprisionada e isolada como uma garrafa de vinho inútil. Depois de um mês de deliberação do conselho, não há consenso sobre o que fazer com ela. Seus crimes são tantos que merecem uma dezena de mortes, ou mil vidas na pior das cadeias. Ela matou ou mutilou centenas de nossos súditos desde que foi descoberta, incluindo seus pais, e ainda assim descansa em um quarto confortável, sendo alimentada, respirando, viva, sem a punição que ela merece.

Maven puxou à mãe, de modo que sua fachada para a corte é quase perfeita. As palavras de Evangeline não parecem incomodá-lo nem um pouco.

— Sem a punição que ela merece — ele repete. Maven olha para o salão, com o queixo erguido. — Então você a trouxe aqui. Minhas festas são tão ruins assim?

Uma série de risos, alguns sinceros e outros forçados, reverbera pela multidão inebriada. Alguns, no entanto, estão sóbrios o bastante para compreender a dimensão do que está acontecendo. Do que Evangeline fez.

Ela abre um sorriso cortês que parece tão doloroso que imagino que o canto de seus lábios vá começar a sangrar.

— Sei que você ainda está de luto pela sua mãe, majestade — Evangeline diz, sem nenhuma sombra de afeto. — Todos estamos. Mas seu pai não agiria dessa forma. Acabou o tempo das lágrimas.

Estas últimas palavras não são dela, mas de Tiberias vi. O pai de Maven, o fantasma que o assombra. A máscara do jovem rei ameaça cair por um instante, e seus olhos brilham com um misto de pavor e fúria. Lembro dessas palavras tão bem quanto ele. Foram ditas diante de uma multidão como esta, depois que a Guarda Escarlate executou alguns alvos políticos. Alvos apontados por Maven, sugeridos pela mãe. Fizemos o trabalho sujo deles, enquanto aumentavam a contagem de corpos por conta própria com um ataque atroz. Os dois me usaram, se aproveitaram da Guarda para eliminar alguns inimigos e demonizar outros com um golpe só. Destruíram mais, mataram mais do que nenhum de nós pretendia matar.

Ainda consigo sentir o cheiro de sangue e fumaça. Ainda consigo ouvir uma mãe chorando sobre os filhos mortos. Ainda lembro das palavras que culparam a Guarda por tudo.

— Força, poder, morte — Maven murmura, entredentes. As palavras me assustaram antes e me aterrorizam agora. — O que você sugere, milady? Decapitação? Fuzilamento? Ou devemos desmembrar a prisioneira?

Meu coração bate forte no peito. Maven permitiria uma coisa dessas? Não sei. Não tenho ideia do que faria. Preciso lembrar que nem o conheço direito. O garoto que pensei que fosse era uma ilusão. E os bilhetes, deixados de maneira cruel, mas cheios de súplicas para que eu voltasse? O mês de cativeiro gentil e silencioso? Talvez isso tudo também fosse falso, mais um truque para me iludir. Outro tipo de tortura.

— Devemos fazer como a lei ordena. Como seu *pai* teria feito.

A maneira como ela diz "pai", usando a palavra de forma tão brutal quanto uma faca, é confirmação suficiente. Como muitos no salão, ela sabe que Tiberias VI não morreu como se acredita.

Mesmo assim, Maven se segura firme no trono, com os dedos brancos sobre as pedras cinza. Sentindo todos os olhos sobre si, ele se volta para a corte antes de olhar com desprezo para Evangeline.

— Você não só não faz parte do conselho como não conheceu meu pai bem o bastante para dizer o que faria. Sou um rei como ele era e entendo o que precisa ser feito pela vitória. Nossas leis são sagradas, mas estamos travando duas guerras no momento.

Duas guerras.

A adrenalina percorre meu corpo tão rápido que penso que minha eletricidade voltou. Não, não é ela. É a esperança. Mordo o lábio para não sorrir. Depois de semanas, a Guarda Escarlate sobrevive e se fortalece. Maven admite abertamente que estão lutando contra ela. É impossível escondê-la ou ignorá-la agora.

Apesar da necessidade de saber mais, continuo de boca fechada. O rei lança um olhar ardente para Evangeline.

— Nenhum prisioneiro inimigo, muito menos uma prisioneira tão valiosa quanto Mare Barrow, deve ser desperdiçado com uma execução comum.

— Você é que a está desperdiçando! — Evangeline rebate tão rápido que parece que ensaiou a discussão. Ela dá mais um passo à frente, diminuindo a distância até Maven. Tudo parece um espetáculo, uma peça, algo representado sobre o tablado para a corte testemunhar. Mas quem ganha com isso? — Ela está juntando pó, sem fazer nada, sem nos oferecer nada, enquanto Corvium queima!

Outra informação valiosa para guardar. *Mais, Evangeline. Fale mais.*

Vi com meus próprios olhos a cidade-fortaleza, o coração do Exército de Norta, irromper em revoltas há um mês. E elas continuam. A menção a Corvium deixa a multidão sóbria. Maven percebe e se esforça para manter a calma.

— Faltam dias para a decisão do conselho, milady — ele diz, entredentes.

— Perdoe minha ousadia, majestade. Sei que deseja honrar o conselho da melhor maneira que pode, mesmo as partes mais fracas. Mesmo os covardes que não conseguem fazer o que deve ser feito. — Ela dá mais um passo e sua voz se atenua, quase um ronronado. — Mas você é o rei. A decisão é sua.

Um golpe de mestre, percebo. Evangeline também é manipuladora. Em poucas palavras, obriga-o a fazer o que ela quer para não parecer fraco. Contra a vontade, inspiro afobada. Será que ele vai ceder? Ou vai se recusar, botando lenha na fogueira da insurreição que já queima nas Grandes Casas?

Maven não é tolo. Ele entende o que Evangeline está fazendo e se obriga a manter o foco nela. Os dois se encaram, comunicando-se com sorrisos forçados e olhares afiados.

— A Prova Real definitivamente revelou a filha mais talentosa — ele diz, pegando a mão de Evangeline. Ambos parecem repugnados pelo ato. A cabeça de Maven se volta para a multidão, mais precisamente para um homem magro de azul-escuro. — Primo! Sua solicitação de interrogatório está concedida.

Samson Merandus ergue a cabeça, o olhar atento. Ele faz uma reverência, escondendo o enorme sorriso. Seu traje azul infla, escuro como fumaça.

— Obrigado, majestade.
— Não.
A palavra escapa de mim.
— Não, Maven!

Samson se move rápido, subindo para a plataforma com uma fúria controlada. Ele percorre a distância entre nós com poucos passos decididos, até seus olhos serem a única coisa no mundo. Olhos azuis, olhos de Elara, olhos de Maven.

— Maven! — grito de novo, implorando ainda que não vá adiantar nada. Suplicando, ainda que fira meu orgulho pensar que estou pedindo algo para ele. Mas o que posso fazer? Samson é um murmurador. Ele vai me destruir de dentro para fora, vasculhar tudo o que sou, tudo o que sei. Quantas pessoas vão morrer por causa do que vi? — Maven, por favor! Não deixe que ele faça isso!

Não tenho forças para me libertar da corrente nas mãos de Tigrina, nem mesmo para me debater quando Trio me pega pelos ombros. Os dois me seguram com facilidade. Meus olhos alternam entre Samson e Maven. Ele mantém uma mão no trono e a outra segura a de Evangeline. *Sinto sua falta*, diziam seus bilhetes. Ele é indecifrável, mas pelo menos olha para mim.

Isso é bom. Se ele não vai me salvar desse pesadelo, quero que veja o que vai acontecer.

— Maven — sussurro uma última vez, tentando soar como mim mesma. Não como a garota elétrica, não como Mareena, a princesa perdida, mas como Mare. A garota que ele viu atrás das grades de uma cela e prometeu salvar. Mas ela não basta. O rei abaixa os olhos. Vira para o outro lado.

Estou sozinha.

Samson me pega pela garganta, pressionando a coleira, me obrigando a encarar seus olhos vis e familiares. Azuis como gelo e igualmente implacáveis.

— Você errou ao matar Elara — ele diz, sem se incomodar em medir as palavras. — Ela era uma cirurgiã com a mente das vítimas.

Ele se aproxima, sedento, um homem faminto prestes a devorar a refeição.

— Eu sou um carniceiro.

Quando o sonador me destroçou, agonizei por três longos dias. Uma tempestade de ondas de rádio tinha voltado minha eletricidade contra mim, ressoando na minha pele, chacoalhando entre meus nervos como raios num pote. Deixou cicatrizes. Linhas irregulares de carne branca descendo pelo meu pescoço e minha coluna, marcas feias com as quais ainda não me acostumei. Elas doem e repuxam, tornando movimentos simples bastante complicados. Mesmo meus sorrisos não são os mesmos, parecendo menores depois do que aquilo fez comigo.

Agora, eu imploraria pelo sonador se pudesse.

O estalo agudo do sonador me despedaçando seria o paraíso, uma bênção, uma misericórdia. Eu preferiria estar com ossos quebrados, músculos rompidos, dentes e unhas despedaçados. Preferiria estar completamente destruída a sofrer mais um segundo com os murmúrios de Samson.

Consigo senti-lo. Sua mente. Preenchendo cada canto de mim como uma perversão, uma podridão, um câncer. Ele raspa minha cabeça de forma incisiva. Todas as partes de mim que ainda não foram pegas por seu veneno se contorcem de dor. Samson está gostando. Esta é sua vingança, afinal. Pelo que fiz com Elara, seu sangue e sua rainha.

Ela foi a primeira lembrança que ele arrancou de dentro de mim. Minha falta de remorso o enfureceu e me arrependo disso agora. Queria ter fingido alguma piedade, mas a imagem da morte dela era assustadora demais para sentir algo além de choque. Eu lembro agora. Ele me obriga a lembrar.

Num instante de dor cega, sugada pelas minhas memórias, eu me vejo de volta ao momento em que a matei. Meu poder atrai o raio do céu em linhas irregulares roxas e brancas. Uma delas a atinge na cabeça, entrando por seus olhos, passando pela boca, descendo pelo pescoço e pelos braços, indo da cabeça aos pés e dos pés à cabeça. O suor na sua pele evapora, sua carne carboniza até soltar fumaça, os botões da roupa ficam vermelhos de tão quentes. Ela se move aos trancos, puxando a própria pele, tentando se livrar da minha fúria elétrica. As pontas dos dedos desaparecem, expondo os ossos, enquanto os músculos de seu belo rosto ficam frouxos, se desfazendo pela tração incessante das correntes disparadas. O cabelo branco arde preto e fumegante, desintegrando-se. O cheiro. O som. Ela grita até suas pregas vocais se romperem. Samson faz questão de que a cena passe devagar, manipulando a memória esquecida com seu poder até que cada segundo se grave na minha consciência. É mesmo um carniceiro.

Sua fúria me faz girar sem ter onde me segurar, presa numa tempestade que não consigo controlar. Tudo o que posso fazer é torcer para que Samson não encontre o que procura. Tento manter o nome de Shade longe dos meus pensamentos. Mas as muralhas que ergo são finas como papel. Ele as rasga com prazer. Sinto cada uma delas sendo despedaçada, cada parte minha mutilada. Samson sabe o que estou tentando esconder dele, que momento jamais quero reviver. Vasculha meus pensamentos, mais rápido que meu cérebro, vencendo cada tentativa frágil de detê-lo. Tento gritar ou implorar, mas nada sai da minha boca ou da minha mente. Ele me tem na palma da mão.

— Fácil demais. — Sua voz ecoa dentro de mim, ao meu redor.

Assim como o fim de Elara, a morte de Shade é capturada com detalhes perfeitos e dolorosos. Preciso reviver cada segundo terrível em meu próprio corpo, sem conseguir fazer nada além de assistir, aprisionada dentro de mim. O cheiro forte de radiação no ar. O presídio de Corros, na ponta de Wash, perto do deserto nuclear na fronteira sul. A névoa fria contra o amanhecer cinzento. Por um momento, tudo fica parado, suspenso, em equilíbrio. Olho para fora, imóvel, paralisada no meio do passo. A prisão se abre atrás de mim, ainda estremecendo pela rebelião que começamos. Prisioneiros jorram dos portões. Seguindo-nos rumo à liberdade, ou algo parecido. Cal já foi embora, seu vulto familiar a centenas de metros de distância. Fiz Shade saltar com ele primeiro, para proteger um dos nossos únicos pilotos, nossa única chance de escapar. Kilorn ainda está comigo, também paralisado, com o rifle aninhado no ombro. Ele mira atrás de nós, na rainha Elara, em seus guardas e em

Ptolemus Samos. Uma bala explode, nascendo de faíscas e pólvora. Ela também paira no ar, esperando que Samson solte minha mente. No alto, o céu gira, denso de eletricidade. Meu próprio poder. A sensação me faria chorar se eu fosse capaz.

A memória começa a se mexer, devagar no começo.

Ptolemus forja uma longa agulha reluzente além das muitas armas que já tem nas mãos. A ponta perfeita cintila com sangue vermelho e prateado, cada gota uma pedra preciosa trinando no ar. Apesar de seu poder, Ara Iral não é rápida o bastante para desviar de sua trajetória letal. A agulha corta seu pescoço num lento segundo. Ela cai a poucos metros de mim, devagar, como se feita de água. Ptolemus pretende me matar no mesmo movimento, usando o impulso do golpe para enfiar a agulha no meu coração. Mas encontra meu irmão no caminho.

Shade salta de volta, para me teletransportar para um lugar seguro. Seu corpo se materializa do nada: primeiro peito e cabeça, depois braços e pernas surgem feito tinta. As mãos estendidas, os olhos focados, a atenção em mim. Ele não vê a agulha. Não sabe que está prestes a morrer.

Ptolemus não tinha intenção de matá-lo, mas não vê mal nenhum nisso. Outro inimigo morto não faz diferença para ele. É apenas mais um obstáculo em sua guerra, mais um corpo sem nome e sem rosto. Quantas vezes eu já teria feito o mesmo?

Ele nem devia saber quem Shade é.

Era.

Sei o que vem em seguida, mas por mais que me esforce Samson não me deixa fechar os olhos. A agulha perfura meu irmão com graciosidade, atravessando músculo e órgão, sangue e coração.

Algo dentro de mim irrompe e o céu reage. Quando meu irmão cai, minha fúria se ergue. Mas não sinto essa libertação agridoce. O raio não atinge a terra, matando Elara e dissipando seus guardas como deveria acontecer. Samson não me permite essa pequena misericórdia. Em vez disso, volta a cena. Repete. Meu irmão morre de novo.

E de novo.

E de novo.

A cada vez, ele me obriga a ver um detalhe diferente. Um erro. Um passo em falso. Uma escolha que eu poderia ter feito para salvá-lo. Pequenas decisões. Pise aqui, vire ali, corra um pouco mais rápido. É o pior tipo de tortura.

Veja o que você fez. Veja o que você fez. Veja o que você fez.

Sua voz reverbera à minha volta.

Outras memórias atravessam a morte de Shade, visões se misturando umas às outras. Cada uma representa um tipo diferente de medo ou fraqueza. Surge o pequeno cadáver que encontrei em Templyn, de um bebê vermelho assassinado pelos caçadores de sanguenovos sob o comando de Maven. Em outro instante, o punho de Farley acerta minha cara. A angústia a consome e ela grita coisas horríveis, me culpando pela morte de Shade. Lágrimas fumegantes escorrem pelo rosto de Cal, que tem uma espada trêmula na mão, a lâmina encostada no pescoço do pai. O túmulo humilde de Shade em Tuck, sozinho sob o céu do outono. Os oficiais prateados que eletrocutei em Corros, em Harbor Bay, homens e mulheres que estavam apenas seguindo ordens. Eles não tinham escolha. Nenhuma escolha.

Lembro de todas essas mortes. Todo esse sofrimento. A cara da minha irmã quando um agente quebrou sua mão. A expressão de Kilorn quando descobriu que seria recrutado. Meus irmãos sendo levados para a guerra. Meu pai retornando do front pela metade em corpo e alma, exilando-se numa cadeira de rodas improvisada — e numa vida à parte de nós. O olhar triste da minha mãe quando disse que tinha orgulho de mim. Uma mentira. Uma mentira agora. E, finalmente, a dor aflita, a verdade vazia que me perseguiu em todos os momentos da minha antiga vida: eu estava condenada.

Ainda estou.

Samson perpassa tudo com desenvoltura. Me arrasta por memórias inúteis, trazidas à tona apenas para me sujeitar a mais dor. Sombras saltam pelos pensamentos. Imagens que se movem por trás de cada momento doloroso. Ele as percorre, rápido demais para que eu as entenda de verdade. Mas noto o suficiente. O rosto do coronel, seu olho escarlate, seus lábios formando palavras que não consigo ouvir. Mas Samson com certeza consegue. É isso que ele procura. Informações. Segredos que possa usar para aniquilar a revolução. Eu me sinto como um ovo com a casca rachada, vazando lentamente. Ele tira o que quer de mim. Nem tenho a capacidade de sentir vergonha de tudo que ele descobre.

Noites passadas com Cal. Obrigar Cameron a se juntar à causa. Momentos escondidos relendo os bilhetes doentios de Maven. Lembranças de quem pensava que o príncipe esquecido era. Minha covardia. Meus pesadelos. Meus erros. Cada passo egoísta que dei e me trouxe até aqui.

Veja o que você fez. Veja o que você fez. Veja o que você fez.

Maven vai saber de tudo isso em breve.

Era isso que ele queria.

As palavras, rabiscadas em letra cursiva, ardem em meus pensamentos.

Sinto sua falta.

Até nosso próximo encontro.

QUATRO

Cameron

❧

Ainda não consigo acreditar que sobrevivemos. Sonho com isso às vezes. Vejo o momento em que levaram Mare embora, seu corpo segurado firme por dois forçadores gigantescos. Eles estavam de luvas para se proteger da eletricidade, mas ela nem tentou usá-la depois do acordo. Sua vida em troca da nossa. Eu não esperava que o rei Maven fosse cumprir. Não com seu irmão exilado em jogo. Mas cumpriu. Ele a queria mais do que queria o resto de nós.

Mesmo assim, acordo dos pesadelos de sempre, com medo de que Maven e seus caçadores tenham voltado para nos matar. Os roncos dos outros no quarto afugentam o pensamento.

Tinham me avisado que o novo quartel-general seria uma maldita ruína, mas eu estava esperando algo mais parecido com Tuck. Um lugar abandonado, isolado mas funcional, reconstruído em segredo com as regalias de que uma revolução pode precisar. Eu odiava Tuck. Os galpões e os soldados que pareciam guardas, mesmo sendo vermelhos, me lembravam demais do presídio de Corros. A ilha era como outra prisão para mim. Outra cela em que era obrigada a entrar, dessa vez por Mare Barrow em vez de um oficial prateado. Mas em Tuck, pelo menos, eu tinha o céu sobre mim. Podia sentir a brisa fresca. Em comparação a Corros, à Cidade Nova e a isto, Tuck era um luxo.

Agora, trememos de frio nos túneis de concreto de Irabelle, uma fortaleza da Guarda Escarlate nos arredores de Trial, em Lakeland. As paredes parecem congeladas ao toque, e pingentes de gelo pendem das salas sem aquecimento. Alguns dos oficiais da Guarda passaram a seguir Cal de um lado para o outro, só para aproveitar o calor que irradia. Faço o contrário, evitando sua pesada presença o máximo que posso. O príncipe prateado não me serve de nada e ainda me olha de maneira acusatória.

Como se eu pudesse tê-la salvado.

Meu poder mal treinado não chegava nem perto de ser suficiente. *Você tampouco ajudou, alteza*, quero gritar para ele toda vez que nos cruzamos. Sua chama não foi páreo para o rei e seus caçadores. Além disso, Mare fez sua escolha. Se é para ter raiva de alguém, que seja dela.

A garota elétrica nos salvou, e por isso sou grata. Ainda que seja uma hipócrita egoísta, não merece o que deve estar passando.

O coronel deu ordens para evacuar Tuck assim que conseguimos mandar uma mensagem de rádio para ele. Sabia que o interrogatório de Mare Barrow levaria diretamente à ilha. Farley conseguiu levar todos em segurança, fosse em barcos ou no enorme jato de carga roubado do presídio. Nós fomos obrigados a viajar por terra por conta própria, do local da queda do jato até o ponto de encontro com o coronel, na fronteira. Digo *obrigados* porque, mais uma vez, me disseram o que fazer e aonde ir. Antes estávamos voando para o Gargalo na tentativa de resgatar uma legião de soldados crianças. Meu irmão era um deles. Mas nossa missão precisou ser abandonada. *Por enquanto*, me diziam toda vez que eu criava coragem de me recusar a dar mais um passo para longe do front.

A lembrança faz meu rosto arder. Eu deveria ter seguido em frente. Eles não teriam me impedido. Não tinham como. Mas tive medo. Estávamos muito perto da linha de trincheiras, e me dei conta do que significava marchar sozinha. Teria morrido em vão. Mesmo assim, não consigo me livrar da vergonha. Fui embora e abandonei meu irmão de novo.

Demorou semanas para todos se reunirem. Farley e seus oficiais chegaram por último. Acho que o pai dela, o coronel, passou todos os dias em que ela esteve fora andando de um lado para o outro pelos corredores gelados da nossa nova base.

Pelo menos o cárcere de Barrow tem alguma utilidade. A distração de uma prisioneira como ela, sem falar do caos fervilhante em Corvium, paralisou toda a movimentação das tropas em volta do Gargalo. Meu irmão está seguro. Bom, tão seguro quanto um menino de quinze anos com uma arma e um uniforme pode estar. Com certeza mais seguro do que Mare.

Não sei quantas vezes vi o discurso de Maven. Cal assumiu um canto da sala de controle para passá-lo de novo e de novo depois que chegamos. Na primeira vez, acho que nenhum de nós se atreveu a respirar. Todos temíamos o pior. Achávamos que íamos ver Mare ser decapitada. Os irmãos dela estavam fora de si, lutando contra as lágrimas. Kilorn mal conseguia olhar, escondendo o rosto entre as mãos. Quando Maven declarou que uma execução seria um destino bom demais para ela, Bree quase desmaiou de alívio. Mas Cal continuou vendo em um silêncio ensurdecedor, as sobrancelhas franzidas em concentração. No fundo, ele sabia, como todos nós, que algo muito pior que a morte esperava por Mare Barrow.

Ela se ajoelhou diante de um rei prateado e ficou imóvel enquanto ele colocava uma coleira em volta de sua garganta. Não disse nada, não fez nada. Deixou que o rei a chamasse de terrorista e assassina diante de toda a nação. Parte de mim queria que ela tivesse gritado, mas sei que não podia sair da linha. Só ficou encarando todo mundo ao redor, os olhos indo e voltando entre os prateados que preenchiam o espaço. Todos queriam chegar perto dela. Caçadores em volta de uma grande presa.

Apesar da coroa, Maven não parecia muito majestoso. Apenas cansado, talvez doente, certamente com raiva. Talvez porque a menina ao seu lado tivesse acabado de assassinar sua mãe. Ele puxou a coleira de Mare e a obrigou a entrar. Ela conseguiu lançar um último olhar por cima do ombro, com os olhos arregalados, à procura. Mas outro puxão a levou embora de vez e não vimos seu rosto desde então.

Mare Barrow está lá e eu estou aqui, apodrecendo, congelando, passando os dias consertando equipamentos mais velhos do que eu. Tudo um maldito lixo.

Aproveito um último minuto no beliche para pensar no meu irmão gêmeo, onde ele está, o que está fazendo. Morrey. Somos parecidos só de rosto. Era um menino doce nos becos cruéis da Cidade Nova, sempre doente por causa da fumaça de fábrica. Não quero imaginar o que o treinamento militar fez com ele. Dependendo de para quem você perguntasse, os técnicos eram considerados valiosos demais ou fracos demais para o Exército. Até a Guarda Escarlate se intrometer, matar meia dúzia de prateados e obrigar o velho rei a agir. Nós dois fomos recrutados, mesmo tendo emprego. Mesmo com só quinze anos. As malditas Medidas decretadas pelo pai de Cal mudaram tudo. Fomos selecionados e levados para longe de nossos pais, para ser soldados.

Separaram nós dois quase imediatamente. Meu nome estava numa lista e o dele não. Antes, eu era grata por ter sido eu a enviada para Corros. Morrey nunca teria sobrevivido àquelas celas. Agora, queria poder estar em seu lugar. Ele estaria livre e eu, na linha de frente. Por mais que eu peça ao coronel por outra tentativa de resgatar a Legiãozinha, ele sempre diz não.

Então é melhor pedir de novo.

Já me acostumei com o peso do cinto de ferramentas, fazendo barulho a cada passo. Ando com determinação suficiente para impedir quem quiser me deter. Na maior parte do tempo, os corredores estão vazios. Ninguém me vê passar comendo o pãozinho do café da manhã. Os outros capitães e suas unidades devem estar em patrulha de novo, vigiando Trial e a fronteira. À procura de vermelhos, talvez, os que tiveram a sorte de chegar ao norte. Alguns vêm aqui para se juntar a nós, mas são sempre pessoas em idade militar ou trabalhadores com habilidades úteis para a causa. Não sei para onde as famílias são enviadas: os órfãos, os mais velhos. Aqueles que só atrapalhariam.

Assim como eu. Fico no caminho de propósito. É o único jeito de receber qualquer atenção.

O cubículo — quero dizer, escritório — do coronel é no andar de cima dos dormitórios. Nem me dou ao trabalho de bater na porta, tentando a fechadura antes. Ela se vira fácil, revelando uma sala minúscula e deprimente com paredes de concreto, alguns armários trancados e uma mesa ocupada.

— Ele está na sala de controle — Farley diz, sem levantar os olhos dos papéis. Suas mãos estão manchadas de tinta, e há manchas no nariz e embaixo de seus olhos vermelhos. Ela está debruçada sobre o que parecem ser comunicações da Guarda, mensagens e ordens codificadas. Do Comando, isso eu sei, lembrando dos rumores constantes sobre os níveis superiores. Ninguém sabe muito sobre eles, muito menos eu. Ninguém me fala nada a menos que eu pergunte dezenas de vezes.

Franzo a testa diante do seu estado. A mesa esconde sua barriga, mas já dá para notar. Seu rosto e seus dedos estão inchados. Sem falar nos três pratos de comida empilhados.

— Talvez seja uma boa ideia dormir de vez em quando, Farley.

— Talvez. — Ela parece irritada com a minha preocupação.

Beleza, ignore. Com um suspiro baixo, volto para a porta, deixando-a para trás.

— Avise o coronel que Corvium está no limite — Farley acrescenta, com a voz firme e constante. Uma ordem, mas também outra coisa.

Olho para ela por cima do ombro, com uma sobrancelha erguida.

— Como assim?

— As revoltas estão tomando conta, há relatos esporádicos de oficiais prateados aparecendo mortos, e os depósitos de munição desenvolveram o péssimo hábito de explodir. — Ela sorri ao dizer isso. Quase. A verdade é que não sorri desde a morte de Shade Barrow.

— Parece obra nossa. A Guarda Escarlate está na cidade?

Finalmente ela ergue os olhos.

— Não que a gente saiba.

— Então as legiões estão voltando. — A esperança se acende forte e brutal no meu peito. — Os soldados vermelhos...

— Milhares deles estão posicionados em Corvium. E vários se deram conta de que estão em número muito maior do que seus oficiais prateados. Quatro vezes maior, no mínimo.

Quatro vezes maior. De repente, minha esperança azeda. Já vi com meus próprios olhos o que os prateados são capazes de fazer. Fui sua prisioneira e adversária, capaz de enfrentá-los apenas por causa do meu poder. Quatro vermelhos contra um único prateado ainda é suicídio. Ainda é uma derrota total. Mas Farley parece discordar.

Ela nota meu desconforto e o alivia da melhor maneira que pode. Transformando uma navalha em faca.

— Seu irmão não está na cidade. A Legião Adaga ainda está atrás das linhas do Gargalo.

Presa entre um campo minado e uma cidade em chamas. Fantástico.

— Não é com Morrey que estou preocupada. — *Agora*. — Só não entendo como pretendem tomar a cidade. Eles podem estar em maior número, mas os prateados são... prateados. Algumas dezenas de magnetrons podem matar centenas de pessoas sem pestanejar.

Penso em Corvium. Só vi imagens em vídeos curtos, trechos tirados das transmissões dos prateados ou filmagens de relatórios filtrados pela Guarda Escarlate. É mais uma fortaleza do que uma cidade, envolta por muralhas de pedras pretas, um monólito que dá para os desertos estéreis da guerra ao norte. A Cidade Nova também tinha muralhas e muitos oficiais supervisionando nossa vida. Estávamos em milhares também, mas nossas revoltas eram chegar tarde no turno ou sair escondido depois do toque de recolher. Não havia muito a fazer. Nossa vida era insignificante como fumaça.

Farley volta para o trabalho.

— Só repita para ele o que eu disse. O coronel vai saber o que fazer.

Aceno com a cabeça, fechando a porta enquanto ela tenta, sem sucesso, conter um bocejo.

— Preciso calibrar os receptores de vídeo. Ordens da capitã Farley...

Os dois guardas na porta da central de controle se afastam antes que eu termine a mentira que conto sempre. Os dois desviam os olhos e sinto meu rosto queimar.

Os sanguenovos assustam as pessoas tanto quanto os prateados, talvez até mais. Vermelhos com habilidades são igualmente imprevisíveis, poderosos e perigosos aos olhos dos outros.

Quando chegamos aqui e outros soldados vieram, os rumores sobre mim e os demais se espalharam feito uma doença. *A velha consegue trocar de rosto. O que vive tremendo pode cercar os outros de ilusões. A técnica mata uma pessoa com o pensamento.* É péssimo ser temida. O pior de tudo é que entendo. Somos diferentes e estranhos, com poderes que nem os prateados têm. Somos fios desencapados e máquinas defeituosas, ainda aprendendo sobre nós mesmos e nossas habilidades. Quem sabe o que pode acontecer?

Engulo em seco o velho desconforto e entro na sala seguinte.

A central de controle normalmente zumbe, cheia de telas e equipamentos de comunicação, mas agora está estranhamente silenciosa. Noto apenas um radiodifusor, cuspindo uma longa fita de papel com uma mensagem codificada. O coronel está diante da máquina, lendo à medida que as informações chegam. Suas sombras costumeiras, os irmãos de Mare, estão sentados perto dele, agitados feito coelhos. O quarto ocupante da sala é tudo de que eu precisava para saber o assunto do relatório que chega.

Mare Barrow.

Afinal, por que outro motivo Cal estaria aqui?

Ele mantém a cara fechada, como sempre, com o queixo pousado nos dedos entrelaçados. Longos dias no subterrâneo tiveram seu impacto, empalidecendo sua pele já branca. Para um príncipe, ele realmente se deixa abater em tempos de crise. Agora, parece precisar de um banho e um barbeador, além de uns tapas bem dados na cara para sair dessa letargia. Mas Cal ainda é um soldado. Seus olhos me identificam antes dos outros.

— Cameron — ele diz, fazendo o possível para não rosnar.

— Calore. — Ele não passa de um príncipe exilado. Não há necessidade de títulos. A menos que eu realmente queira irritá-lo.

Tal pai, tal filha. O coronel Farley não tira os olhos do comunicado, mas me cumprimenta com um suspiro dramático.

— Vamos poupar nosso tempo, Cameron. Não tenho homens suficientes nem uma boa oportunidade para tentar resgatar uma legião inteira.

Faço com a boca as palavras dele ao mesmo tempo que as pronuncia. O coronel me diz o mesmo quase todo dia.

— Uma legião de crianças mal treinadas que Maven vai massacrar quando tiver a chance — rebato.

— Como você vive me lembrando.

— Porque você precisa ser lembrado! *Senhor* — acrescento, quase me contorcendo com a palavra. Não fiz nenhum juramento à Guarda, por mais que me tratem como integrante do seu clubinho.

Os olhos do coronel se estreitam numa parte da mensagem.

— Ela foi interrogada.

Cal se levanta tão rápido que derruba a cadeira.

— Merandus?

Uma vibração de calor pulsa pela sala e sinto uma onda de enjoo. Não por causa de Cal, mas por Mare. Pelos terrores pelos quais ela está passando. Abalada, levo as mãos à nuca, puxando o cabelo escuro e crespo.

— Sim — o coronel responde. — Um homem chamado Samson.

O príncipe solta uma série de palavrões bem criativos para alguém da realeza.

— O que isso quer dizer? — Bree, o musculoso irmão mais velho de Mare, se atreve a perguntar.

Tramy, o outro irmão sobrevivente, franze a testa e responde:

— Merandus é a família da rainha. Eles são murmuradores... leitores de mente. Vão partir Mare no meio para nos encontrar.

— E por diversão — Cal murmura num tom grave. Os dois irmãos ficam vermelhos com o que isso implica. Bree pisca para conter lágrimas ferozes e repentinas. Quero tocar seu braço, mas me seguro. Já vi gente demais se encolher diante do meu toque.

— Mare não sabe de nada de nossas operações fora de Tuck, que foi completamente abandonada — o coronel diz rápido.

É verdade. Eles abandonaram Tuck com uma velocidade ofuscante, deixando para trás tudo o que ela sabia. Até mesmo os prateados que capturamos em Corros — ou resgatamos, dependendo de para quem você pergunta — foram deixados na costa. Era perigoso demais ficar com eles; estavam em um número grande demais para controlar.

Estou com a Guarda Escarlate há apenas um mês, mas já conheço seus bordões de cor. *Vamos nos levantar, vermelhos como a aurora*, claro, e *Saiba só o que precisa saber*. O primeiro é um grito de guerra, o segundo um aviso.

— O que quer que ela revele a eles vai ser secundário no máximo — o coronel acrescenta. — Nada de importante sobre o Comando e pouco sobre nossas negociações fora de Norta.

Ninguém liga, coronel. Mordo a língua antes de retrucar. *Mare é uma prisioneira. E daí se eles não conseguirem nada sobre Lakeland, Piedmont ou Montfort?*

Montfort. A nação distante governada por uma democracia, num equilíbrio igualitário entre vermelhos, prateados e sanguenovos. Um paraíso? Faz tempo que descobri que isso não existe. É provável que agora eu saiba mais sobre aquele país do que Mare, com os gêmeos Rash e Tahir se vangloriando o tempo todo. Não sou idiota a ponto de confiar na palavra deles. Sem falar que é pura tortura conversar com os dois, que vivem terminando as ideias e frases um do outro. Às vezes quero usar meu silêncio em ambos, para cortar o poder que une suas mentes numa só. Mas isso seria crueldade, além de burrice. As pessoas já desconfiam dos sanguenovos sem ver uma disputa de poder entre nós.

— O que eles vão descobrir realmente importa agora? — eu me obrigo a dizer entredentes. Felizmente, o coronel me compreende. *Tenha o mínimo de decência diante dos irmãos dela, coronel.*

Ele só pisca, com um olho bom e o outro destruído.

— Se não conseguem aguentar as informações, não venham para a sala de controle. Precisamos saber o que tiraram dela no interrogatório.

— Samson Merandus é um lutador de arena, ainda que não tenha motivo para isso — Cal diz em voz baixa. Tentando ser gentil. — Gosta de usar seu poder para causar dor. Se é ele que está interrogando Mare, então... — Cal tropeça nas palavras, relutante a falar. — É uma tortura, pura e simplesmente. Maven a entregou a um torturador.

Até mesmo o coronel parece abalado com essa ideia.

Cal fita o chão, em silêncio por um longo momento.

— Nunca pensei que Maven faria isso com ela — ele murmura por fim. — Acho que Mare também não.

Então vocês são idiotas, meu cérebro grita. *Quantas vezes o menininho perverso precisa trair vocês para aprenderem?*

— Precisa de mais alguma coisa, Cameron? — o coronel Farley pergunta. Ele enrola a mensagem. O restante claramente não é para os meus ouvidos.

— É a respeito de Corvium. Farley disse que está no limite.

O coronel pisca.

— Foram essas as palavras dela?

— Sim.

De repente, não sou mais o foco da sua atenção. Seus olhos se voltam para Cal.

— Então está na hora de avançar.

O coronel parece ansioso, mas o príncipe exilado não poderia estar mais relutante. Continua imóvel, sabendo que qualquer contração pode revelar o que sente de verdade. Só que a falta de movimento é igualmente reveladora.

— Vou ver o que consigo encontrar — ele se esforça em dizer, afinal. Parece suficiente para o coronel, que acena com o queixo antes de voltar a atenção para os irmãos de Mare.

— É melhor avisar a família de vocês — ele diz, se fazendo de bonzinho. — E Kilorn também.

Eu me remexo, desconfortável ao vê-los digerir a notícia dolorosa sobre a irmã e aceitar o fardo de transmiti-la ao resto da família. As palavras de Bree travam, mas Tramy tem força suficiente para falar pelo irmão mais velho.

— Sim, senhor — ele responde. — Mas não sei por onde Warren anda ultimamente.

— Tente nos galpões dos sanguenovos — sugiro. — Ele vive por lá.

De fato, Kilorn passa a maior parte do tempo com Ada. Depois da morte de Ketha, ela assumiu a árdua tarefa de ensiná-lo a ler e escrever. Mas desconfio que fique conosco porque não tem mais ninguém. Os Barrow são a coisa mais próxima que tem de família e eles não passam de um bando de fantasmas agora, assombrados por lembranças. Nunca nem vi os pais de Mare. Ficam na deles, no fundo dos túneis.

Nós quatro somos dispensados pelo coronel, saindo juntos da sala de controle numa fila única desconcertante. Bree e Tramy se distanciam logo, seguindo para os aposentos da família do outro lado da base. Não tenho inveja deles. Lembro como minha mãe gritava quando eu e meu irmão fomos levados embora. Não sei o que dói mais: não ter notícia nenhuma dos filhos quando se sabe que eles estão em perigo, ou receber notícias do sofrimento deles aos poucos.

Não que eu vá descobrir. Não há lugar para filhos, muito menos filhos meus, neste mundo cruel e arruinado.

Dou um pouco de espaço para Cal, mas logo mudo de ideia. Temos quase a mesma altura, e não é difícil alcançar seu passo afobado.

— Se seu coração não estiver nisso, você vai causar a morte de muita gente.

Ele gira, quase me fazendo cair de bunda com a velocidade e a força de seu movimento. Já vi seu fogo, mas nunca com tanta força quanto a chama que arde em seus olhos.

— Cameron, meu coração está literalmente nisso — ele sibila, entredentes.

Palavras apaixonadas. Uma declaração de amor. Mal consigo me impedir de revirar os olhos.

— Guarde isso para quando a trouxermos de volta — resmungo. *Quando*, não *se*. Ele quase botou fogo na sala de controle quando o coronel negou seu pedido de buscar formas de mandar mensagens para Mare dentro do palácio. Não quero que derreta o corredor por eu ter escolhido mal as palavras.

Cal começa a caminhar de novo, com o passo duas vezes mais largo, mas não sou tão fácil de ser deixada para trás quanto a garota elétrica.

— Só estou tentando dizer que o coronel tem seus próprios estrategistas... pessoas no Comando... oficiais da Guarda Escarlate que não têm — procuro o termo apropriado — lealdades conflitantes.

Ele bufa alto, fazendo seus ombros largos subir e descer. Está na cara que qualquer aula de etiqueta que fez era menos importante que seu treinamento militar.

— Me mostre um oficial que saiba tanto quanto eu sobre os protocolos dos prateados e o sistema de defesa de Corvium e sairei desta bagunça com o maior prazer.

— Tenho certeza de que deve ter alguém, Calore.

— Quem lutou ao lado dos sanguenovos? E conhece suas habilidades? E sabe como usar vocês melhor numa batalha?

Fico indignada com o tom de voz dele.

— *Usar?* — cuspo a palavra. E é isso mesmo. Lembro daqueles de nós que não sobreviveram a Corros. Sanguenovos recrutados por Mare Barrow, que ela prometeu proteger. Em vez disso, Mare e Cal nos jogaram no meio de uma batalha para a qual não estávamos preparados, e ficou claro que ela não era capaz de proteger nem a si mesma. Nix, Gareth, Ketha e outros da prisão que eu nem conhecia. Dezenas de mortos, descartados como peças num jogo de tabuleiro.

Sempre foi assim com os senhores prateados e foi assim que Cal aprendeu. Vencer a todo custo. Com sangue vermelho.

— Você sabe o que quero dizer.

Bufo.

— Talvez seja por isso que não estou exatamente confiante.

Pega leve, Cameron.

— Escuta — continuo, mudando de tática. — Eu botaria fogo em todo mundo aqui se isso significasse ter meu irmão de volta. Por sorte, essa não é uma decisão que preciso tomar. Mas você... você tem essa opção. Quero ter certeza de que não vai escolhê-la.

É verdade. Estamos aqui pelo mesmo motivo. Não por obediência cega à Guarda Escarlate, mas porque ela é nossa única esperança de salvar quem amamos e perdemos.

Cal abre um sorriso malicioso, o mesmo pelo qual Mare era apaixonada, embora só o faça parecer ainda mais tonto.

— Não me venha com essa conversinha, Cameron. Estou fazendo o possível para nos manter longe de outro massacre. — Seu semblante fica duro. — Acha que são só os prateados que não pensam em nada além da vitória? — ele sussurra. — Já vi os relatórios do coronel. Vi a correspondência com o Comando. Ouvi coisas. Vocês estão cheios de gente que pensa exatamente igual. Eles vão queimar todos nós para conseguir o que querem.

Pode ser verdade, penso, *mas pelo menos o que querem é justiça.*

Penso em Farley, no coronel, nos soldados jurados à Guarda Escarlate e nos refugiados vermelhos que eles protegem. Já os vi transportar pessoas para o outro lado da fronteira com meus próprios olhos. Entrei em um jato que voou rumo ao Gargalo com a intenção de resgatar uma legião de soldados crianças. Eles têm objetivos com altos custos, mas não são prateados. Matam, mas não sem motivo.

A Guarda Escarlate não é pacífica, mas não há lugar para paz neste conflito. Não importa o que Cal pense sobre os métodos e o sigilo deles; é o único jeito de ter esperança de lutar contra os prateados e vencer. O povo do príncipe exilado é o responsável por isso tudo.

— Se está tão preocupada com Corvium, não vá — ele diz, dando de ombros.

— E perder a chance de sujar as mãos de sangue prateado? — retruco. Não sei se estou fazendo uma piada de mau gosto ou uma ameaça direta contra ele. Minha paciência se esgotou de novo. Já tive que lidar com as reclamações de uma para-raios ambulante. Não vou aturar o mau humor de um príncipe emburrado.

Seus olhos ardem novamente com fúria e calor. Não sei se sou rápida o bastante para incapacitá-lo com meu poder. Seria uma luta e tanto. Fogo contra silêncio. Quem queimaria?

— Engraçado você vir me dizer para tomar cuidado com a vida dos outros. Lembro que fez todo o possível para matar naquele presídio.

Um presídio em que fui mantida. Faminta, esquecida, obrigada a ver as pessoas ao redor definharem e morrerem porque nasceram... erradas. E, mesmo antes de entrar em Corros, eu era prisioneira de outra cadeia. Sou filha da Cidade Nova, recrutada para o Exército desde o dia em que nasci, condenada a levar uma vida em sombras e cinzas, à mercê do sinal de troca de turno e do horário da fábrica. É claro que tentei matar aqueles que me mantiveram cativa. Faria tudo de novo se tivesse a chance.

— Tenho orgulho disso — digo, decidida.

Cal perde a esperança comigo. Isso fica claro. Que bom. Não tem discursinho nenhum que vá me convencer a pensar como ele. Duvido que alguém mais dê ouvidos. Cal é um príncipe de Norta. Exilado, sim, mas diferente de nós nesse sentido. Seu poder também é útil, mas ele é uma arma que mal é tolerada. Suas palavras não vão muito longe. Ninguém o ouve. Muito menos eu.

Sem avisar, ele segue por uma passagem menor, uma das várias escondidas no labirinto que é Irabelle. O caminho tem uma leve inclinação rumo à superfície. Deixo que vá, sem entender. Não tem nada naquela direção. Apenas passagens vazias, abandonadas.

Mas algo me incomoda. *Ouvi coisas*, ele disse. A desconfiança se acende em meu peito enquanto ele se afasta, seu corpo largo ficando menor a cada segundo.

Por um momento, hesito. Cal não é meu amigo. Mal estamos do mesmo lado.

Mas é irritantemente nobre. Não vai me ferir.

Então vou atrás dele.

O corredor está obviamente sem uso, atolado de porcarias, escuro onde as lâmpadas queimaram. Mesmo à distância, a presença de Cal aquece o ar abafado a cada segundo que passa. Chega a ser uma temperatura agradável e faço uma nota mental de conversar com outros técnicos refugiados. Talvez a gente possa encontrar um jeito de aquecer as passagens inferiores usando ar pressurizado.

Meus olhos percorrem os fios encapados ao longo do teto, contando-os. Há mais do que o necessário para alimentar algumas poucas lâmpadas.

Continuo atrás, observando enquanto Cal empurra alguns páletes de madeira e placas de metal. Há uma porta atrás, e noto que os cabos correndo no alto entram no cômodo. Quando desaparece, fechando a porta atrás de si, me atrevo a olhar com mais atenção.

Consigo ver a confusão de fios com mais clareza. Um circuito de rádio. Bem diante do meu nariz. O emaranhado de fios pretos que significa que a sala lá dentro tem o poder de se comunicar além das muralhas de Irabelle.

Mas com quem ele poderia estar em contato?

Meu primeiro instinto é contar para Farley ou Kilorn.

Mas se Cal acha que o que quer que esteja fazendo vai impedir que eu e milhares de outros invistam num ataque suicida em Corvium, é melhor deixar que continue.

Torço para não me arrepender disso.

CINCO

Mare

❦

Flutuo à deriva num mar escuro. Sombras me acompanham.

Podem ser memórias. Podem ser sonhos, conhecidos mas estranhos. Há algo de errado em cada um deles. Os olhos de Cal estão prateados, soltando sangue quente e fumegante. O rosto do meu irmão parece mais um esqueleto. Meu pai sai da cadeira de rodas, mas suas pernas novas são finas e nodosas, prestes a se estilhaçar a cada passo trêmulo. Gisa tem pinos de metal em ambas as mãos e sua boca está costurada. Kilorn se afoga no rio, preso em suas redes perfeitas. Retalhos vermelhos jorram da garganta aberta de Farley. Cameron arranha o próprio pescoço, lutando para falar, prisioneira do próprio silêncio. Escamas de metal tremulam sobre a pele de Evangeline, engolindo-a por inteiro. E Maven afunda em seu trono estranho, deixando que o consuma até ele virar pedra, uma estátua com olhos de safira e lágrimas de diamante.

Minha visão está rodeada pela cor roxa. Tento me entregar a ela, sabendo o que guarda. Minha eletricidade está tão perto. Se ao menos eu pudesse encontrar a memória ligada a ela e sentir uma última gota de poder antes de mergulhar de volta na escuridão. Mas isso se apaga com o resto, enfraquecendo aos poucos. Fico à espera do frio enquanto a escuridão toma conta. Mas é o calor que sobe.

De repente, Maven está tão perto que não posso suportar. Olhos azuis, cabelo preto, pálido como um cadáver. Sua mão paira a centímetros do meu rosto. Treme, querendo tocar, querendo recuar. Não sei o que prefiro.

Acho que durmo. A escuridão e a luz trocam de lugar, indo e voltando. Tento me mexer, mas meus braços e pernas estão pesados demais. Obra das algemas, dos guardas ou de ambos. Me sinto mais exaurida do que antes, e as visões terríveis são minha única fuga. Procuro o que mais importa — Shade, Gisa, o resto da minha família, Cal, Kilorn, a eletricidade. Eles sempre escapam do meu alcance ou evaporam quando os toco. Outra tortura, imagino — o jeito de Samson de me estraçalhar até enquanto durmo. Também vejo Maven, mas nunca vou até ele, e o rei nunca se move. Está sempre sentado, sempre me encarando, com uma mão na têmpora, massageando-a para fazer a dor passar. Não pisca nunca.

Anos ou segundos se passam. A pressão se alivia. Minha mente se aguça. A névoa que me mantinha cativa diminui, apagando-se. Deixam que eu acorde.

Sinto sede, desidratada por lágrimas amargas que não lembro de ter derramado. O peso esmagador do silêncio pende pesado como sempre. Por um momento, é difícil demais respirar e me pergunto se é assim que morro. Afogada nessa cama de seda, queimada pela obsessão de um rei, sufocada pelo ar livre.

Estou de volta à prisão do meu quarto. Talvez tenha passado o tempo todo aqui. A luz branca que entra pelas janelas me diz que nevou de novo e o mundo lá fora é um inverno claro. Quando minha visão se acostuma, deixando que o quarto entre em foco, arrisco olhar em volta. Direciono os olhos para a esquerda e para a direita, sem me mexer mais do que preciso. Não que isso importe.

Os Arven montam guarda nos quatro cantos da cama, todos me encarando. Tigrina, Trevo, Trio e Ovo. Eles se entreolham quando me viro para vê-los.

Não vejo Samson em lugar nenhum, embora imagine que vá aparecer com um sorriso maldoso e uma saudação cruel a qualquer momento. Em vez dele encontro ao pé da cama uma mulher baixa com roupas simples, a pele negra impecável como uma pedra preciosa polida. Não conheço o rosto dela, mas há algo de familiar em seus traços. Percebo que o que pensei que fossem algemas na verdade eram mãos. Dela. Cada uma em volta de um tornozelo, servindo de bálsamo para minha pele e meus ossos.

Reconheço as cores. Vermelho e prateado cruzados sobre os ombros, representando ambos os tipos de sangue. Curandeira. De pele. Ela é da Casa Skonos. Seu toque está me curando — ou, pelo menos, me mantendo viva apesar do massacre de quatro pilares de silêncio. A pressão deles deveria bastar para me matar, se não fosse por ela. A curandeira tem que manter um equilíbrio muito delicado. Deve ser talentosa. Tem os mesmos olhos de Sara. Brilhantes, cinza-escuros, expressivos.

Mas ela não está olhando para mim. Seu rosto está voltado para outra coisa, à minha direita.

Estremeço quando sigo seu olhar.

Maven está sentado ali, como em meu sonho. Imóvel, concentrado, com a mão na têmpora. A outra acena uma ordem silenciosa.

E então vêm as algemas de verdade. Os guardas se movem rápido, prendendo um metal estranho cravejado com esferas polidas em volta dos meus tornozelos e punhos. Fecham cada uma com a mesma chave. Tento acompanhar o trajeto, mas, em meu torpor, a chave entra e sai de foco. Só as algemas se destacam. São pesadas e frias. Fico à espera de mais uma, outra coleira para marcar meu pescoço, mas, felizmente, meu pescoço é preservado. Os espinhos cravejados de joias não voltam.

Para minha surpresa, a curandeira e os guardas saem da sala. Observo-os, confusa, tentando esconder o salto repentino de euforia do meu coração. São idiotas? Vão me deixar a sós com Maven? Ele acha que não vou tentar matá-lo na primeira oportunidade?

Viro para ele, tentando sair da cama, tentando me mexer. Mas qualquer ação mais rápida do que me sentar parece impossível, como se meu sangue tivesse se transformado em chumbo. Logo entendo o porquê.

— Tenho total consciência do que você gostaria de fazer comigo — ele diz, com uma voz que mal passa de um sussurro.

Cerro os punhos, com os dedos trêmulos. Tento puxar o que ainda não responde. O que ainda não tem como responder.

— Mais Pedras Silenciosas — murmuro, dizendo as palavras como um xingamento. As esferas polidas que me mantêm presa brilham no meu corpo. — Devem estar acabando a essa altura.

— Obrigado pela preocupação, mas nosso estoque está em ótimas condições.

Assim como fiz nas celas sob o Ossário, cuspo na direção dele. O cuspe cai inofensivo aos seus pés. Maven não parece se importar. Chega até a sorrir.

— É melhor pôr tudo para fora agora. A corte não vai tolerar esse tipo de comportamento.

— Como se eu... Corte? — A última palavra sai balbuciante. Seu sorriso se abre mais.

— Exatamente.

Minhas tripas se contorcem com a visão do seu sorriso.

— Está cansado de me manter enjaulada onde não pode me ver? — pergunto.

— Na verdade, é difícil ficar tão perto de você. — Seus olhos me perpassam com uma emoção que não quero identificar.

— O sentimento é mútuo — provoco, ao menos para trucidar sua estranha suavidade. Preferia enfrentar seu fogo, sua fúria, do que qualquer palavra calma.

Maven não morde a isca.

— Duvido.

— E onde está minha coleira? Vou ganhar uma nova?

— Não. — Ele aponta com o queixo para minhas algemas. — Não vamos precisar de nada além disso agora.

Não consigo nem imaginar aonde ele pretende chegar. Mas faz tempo que desisti de tentar entender Maven Calore e seu cérebro labiríntico. Então deixo que continue falando. Ele sempre me diz o que preciso saber no final.

— Seu interrogatório foi muito produtivo. Aprendemos bastante sobre você e sobre os terroristas que se denominam Guarda Escarlate.

O ar fica preso na minha garganta. O que eles descobriram? O que perdi? Tento lembrar as partes mais importantes de tudo que sei, identificar o que será mais prejudicial aos meus amigos. Tuck, os gêmeos de Montfort, as habilidades dos sanguenovos?

— Eles são cruéis, não? — Maven continua. — Decididos a destruir tudo e todos que não se parecem com eles.

— Do que você está falando? — O coronel me prendeu, sim, e ainda tem medo de mim, mas somos aliados agora. O que isso poderia significar para Maven?

— Dos sanguenovos, claro.

Continuo sem entender. Ele só quer se livrar dos vermelhos com habilidades; não deveria se importar conosco além disso. Primeiro, negou que existíamos, chamando-me de farsa. Agora, somos aberrações, ameaças. Criaturas a serem temidas e erradicadas.

— É uma pena saber que você foi tratada tão mal que precisou fugir daquele velho que se autodenomina coronel. — Maven se diverte com isso, explicando seu plano aos pouquinhos, esperando que eu junte as peças. Minha cabeça ainda está zonza, meu corpo, fraco e me esforço ao máximo para entender do que está falando.

— Pior ainda, que ele considerou mandar vocês para as montanhas, descartando todos feito lixo. — Montfort. Mas não foi o que aconteceu. Não foi o que nos ofereceram. — E, claro, fiquei muito triste quando descobri as verdadeiras intenções da Guarda Escarlate. Tornar o mundo vermelho, com uma nova aurora, sem espaço para mais ninguém.

— Maven. — O nome treme com toda a fúria que tenho forças para reunir. Se não fosse pelas algemas, eu explodiria. — Você não pode...

— Não posso o quê? Contar a verdade? Contar para o país que a Guarda Escarlate está atraindo sanguenovos para o lado deles apenas para serem mortos? Para exterminá-los, como pretendem fazer conosco? Que a infame rebelde Mare Barrow se entregou para mim de boa vontade e que isso foi descoberto durante um interrogatório em que é impossível esconder a verdade? — Maven se debruça, perto o bastante para que eu dê um soco em sua cara. Mas ele sabe que mal consigo erguer um dedo. — Que você está do nosso lado agora, porque viu o que a Guarda Escarlate realmente é? Porque você e seus sanguenovos são temidos e abençoados como os prateados, iguais a nós em todos os aspectos menos na cor do sangue?

Minha mandíbula se move, abrindo e fechando a boca. Mas não consigo encontrar palavras à altura do meu pavor. Tudo isso feito sem os murmúrios da rainha Elara. Tudo isso com ela morta.

— Você é um monstro — é tudo que consigo dizer. Um monstro, por mérito próprio.

Ele recua, ainda sorrindo.

— Nunca me diga o que não posso fazer. E nunca subestime o que vou fazer pelo meu reino.

Sua mão cai sobre meu pulso. Maven passa um dedo pela algema de Pedra Silenciosa que me mantém prisioneira. Tremo de medo, mas ele também estremece.

Tenho tempo de examiná-lo enquanto seus olhos recaem sobre a minha mão. Suas roupas casuais, pretas como sempre, estão amarrotadas. Sua postura é informal. Está sem coroa, sem medalhas. Um garoto perverso, mas ainda um garoto.

Antes de tudo, preciso encontrar um jeito de lutar. Mas como? Estou fraca, sem minha eletricidade, e tudo o que eu disser será distorcido contra minha vontade. Mal consigo andar, muito menos fugir sem ajuda. Resgate está fora de questão, um sonho impossível com que não posso perder tempo. Estou presa aqui, capturada por um rei mortífero e manipulador. Ele me perseguiu por meses, me assombrando de longe com transmissões e bilhetes letais.

Sinto sua falta. Até nosso próximo encontro.

Ele disse que era um homem de palavra. Talvez, nesse caso, seja mesmo.

Com um suspiro fundo, cutuco a única fraqueza que desconfio que ainda tenha.

— Você ficou aqui?

Seus olhos azuis se voltam para os meus. É a sua vez de ficar confuso.

— Durante todo esse tempo. — Olho para a cama e depois para longe. É doloroso lembrar da tortura de Samson, e tento demonstrar isso. — Sonhei que você estava aqui.

O calor dele recua, afastando-se para deixar a sala fria com o inverno iminente. Ele pisca, os cílios escuros contra a pele branca. Por um segundo, me lembro do Maven que pensei que fosse. Vejo-o de novo, como um sonho ou um fantasma.

— Cada segundo — ele responde.

Quando um rubor cinza se espalha por suas bochechas, entendo que está falando a verdade.

E agora sei como magoá-lo.

As algemas tornam muito fácil pegar no sono, de modo que fica até difícil apenas fingir que dormi. Sob o cobertor, cerro um punho, cravando as unhas na palma da mão. Conto os segundos. Conto a respiração de Maven. Finalmente, sua cadeira range. Ele levanta. Hesita. Quase consigo sentir seu olhar ardente contra meu rosto imóvel. E então o jovem sai, com os passos leves contra o piso de madeira, atravessando meu quarto com a graciosidade e o silêncio de um gato. A porta se fecha suavemente atrás dele.

Seria fácil dormir.

Mas espero.

Dois minutos se passam e os guardas Arven não retornam.

Imagino que pensem que as algemas bastam para me manter aqui.

Estão errados.

Minhas pernas vacilam quando tocam o chão. Sinto os tacos frios de madeira com os pés descalços. Se tem câmeras vigiando, não me importo. Não podem me impedir de andar. Ou tentar.

Não gosto de fazer as coisas devagar. Muito menos agora, quando todos os segundos contam. Cada um pode significar a morte de outra pessoa que amo. Então empurro a cama, me obrigando a levantar sobre as pernas bambas e trêmulas. É uma sensação estranha, com a Pedra Silenciosa puxando meus punhos e tornozelos para baixo, drenando a pouca força que meu ódio me oferece. Levo um momento para suportar a pressão. Duvido que algum dia vá me acostumar. Mas consigo vencer.

O primeiro passo é o mais fácil. Um impulso até a mesinha. O segundo é mais difícil, agora que sei quanto esforço é necessário. Caminho como um bêbado ou um manco. Por uma fração de segundo, invejo a cadeira de rodas do meu pai. A vergonha desse pensamento alimenta os passos seguintes, enquanto atravesso a extensão do quarto. Ofegante, chego ao outro lado, quase desabando contra a parede. O ardor nas minhas pernas é puro fogo, fazendo uma gota de suor escorrer pela minha coluna. Uma sensação familiar, como se eu tivesse acabado de correr um quilômetro. Mas a náusea no fundo do estômago é diferente. Outro efeito colateral da Pedra. Torna os batimentos cardíacos mais pesados e, de certa forma, errados. Tenta me esvaziar.

Minha testa toca a parede e o frio me conforta.

— De novo — me obrigo a dizer.

Viro e cambaleio pelo quarto.

De novo.

De novo.

De novo.

Quando Tigrina e Trio entregam meu almoço, estou empapada de suor e tenho que comer deitada no chão. Ela não parece se importar, empurrando o prato balanceado de carne e vegetais com o pé na minha direção. O que quer que esteja acontecendo fora das muralhas da cidade, não tem qualquer efeito nas provisões. Um mau sinal. Trio deixa outra coisa na minha cama, mas me concentro em comer primeiro. Me obrigo a engolir tudo, mordida por mordida.

Levantar é um pouco mais fácil. Meus músculos já estão respondendo, adaptando-se às algemas. Há certa bênção nelas. Os Arven são prateados vivos e seu poder flutua conforme sua concentração, tão mutável quanto ondas que rebentam. É muito mais difícil se adaptar ao silêncio deles do que à pressão constante da Pedra.

Abro o pacote em cima da cama, jogando de lado a embalagem grossa e luxuosa. Um vestido de gala se abre, caindo contra os lençóis. Dou um passo lento para trás, sentindo o corpo frio enquanto sou tomada pelo velho impulso de pular pela janela. Por um segundo, fecho os olhos, na esperança de que a roupa suma da minha frente.

Não porque seja feia. O vestido é espantosamente bonito, com seu brilho de seda e joias. Mas me conduz a uma verdade terrível. Antes dele, eu podia ignorar as palavras de Maven, seu plano e o que pretendia fazer. Agora isso tudo está diante de mim, como uma obra de arte satírica. O tecido é vermelho. *Como a aurora*, minha mente sussurra. Mas isso também está errado. Não é o tom da Guarda Escarlate. O nosso é vivo, brilhante, furioso, algo para ser visto e reconhecido, quase chocante aos olhos. Esse vestido é outra coisa. Trabalhado em tons mais escuros, de rubro e escarlate, cravejado com pequenas pedras preciosas, intrincadamente bordado. Cintila de maneira sombria, refletindo a luz do teto como uma poça de óleo vermelho.

Como uma poça de sangue vermelho.

O vestido vai me tornar — e tornar o que sou — inesquecível.

Solto um riso amargurado. Chega a ser engraçado. Passei meus dias como noiva de Maven me escondendo, fingindo ser prateada. Agora, pelo menos, não preciso disso. Uma pequena misericórdia, bem pequena mesmo, considerando todo o resto.

Vou ficar diante da corte e do mundo, com a cor do meu sangue à mostra para todos verem. Queria saber se o reino entende que não sou nada mais do que uma isca escondendo um anzol de aço afiado.

Ele volta apenas na manhã seguinte. Quando entra, franze a testa para o vestido, jogado no canto. Eu não conseguia mais olhar para a roupa. Na verdade, tampouco consigo olhar para Maven, então continuo meus exercícios — no momento, uma versão muito curta e lenta de abdominais. Eu me sinto uma criancinha estabanada, com os braços mais pesados do que de costume, mas me forço a completar a série. Ele se aproxima alguns passos e cerro o punho, querendo mandar uma faísca na sua direção. Nada acontece, assim como nada aconteceu nas últimas dezenas de vezes que tentei usar minha eletricidade.

— É bom saber que o poder das Pedras está equilibrado — ele brinca, acomodando-se à mesa. Hoje está bem vestido, com as medalhas brilhando no peito. Deve ter vindo de fora. Vejo neve no seu cabelo enquanto tira as luvas de couro com os dentes.

— Ah, sim, essas pulseiras são uma graça — retruco para ele, acenando com a mão pesada. As algemas são frouxas o bastante para girar, mas estão apertadas o suficiente para eu não conseguir tirá-las, mesmo deslocando o polegar. Considerei a possibilidade, até perceber que seria em vão.

— Vou repassar o elogio para Evangeline.

— É claro que foi ela quem fez — zombo. Evangeline deve estar muito contente em saber que é literalmente a criadora da minha jaula. — Mas é uma surpresa que tenha tempo para isso. Devia estar passando cada segundo fabricando coroas e tiaras para si própria. Vestidos também. Aposto que você se corta toda vez que tem que pegar na mão dela.

Um músculo na bochecha dele se contrai. Sei que Maven não sente nada por Evangeline. E posso explorar isso facilmente.

— Vocês marcaram uma data? — pergunto, sentando.

Seus olhos azuis se voltam para os meus.

— O quê?

— Duvido que possam celebrar um casamento real de uma hora para outra. Imagino que você saiba exatamente quando vai casar com Samos.

— Ah, isso. — Ele dá de ombros, com um aceno de desprezo. — Planejar o casamento é função dela.

Encaro seu olhar.

— Se fosse função dela, Evangeline já seria rainha há meses. — Como ele não responde, insisto mais. — Você não quer casar com ela.

Em vez de desmoronar, sua fachada se fortalece. Maven até ri baixo, projetando uma imagem de desinteresse repulsivo.

— Não é por isso que os prateados casam, como você bem sabe.

Tento outra tática, brincando com os pedaços dele que eu conhecia. Pedaços que torço para ainda serem reais.

— Bom, é compreensível que você esteja postergando...

— É sensato adiar um casamento em tempos de guerra.

— Você nunca a teria escolhido.

— Como se houvesse escolha.

— Sem falar que ela foi de Cal antes de ser sua.

A menção do nome do irmão detém suas respostas preguiçosas. Quase consigo ver os músculos se contraírem sob sua pele e uma mão bate de leve no bracelete em seu punho. Cada tinido suave dos aros de metal é sonoro como um sinal de alarme. Basta uma faísca para ele queimar.

Mas o fogo não me assusta mais.

— Com base no seu progresso, vai levar só mais um dia para aprender a andar direito com isso aí. — Suas palavras são medidas, forçadas, calculadas. Maven provavelmente ensaiou antes de entrar aqui. — E então finalmente me será útil.

Como faço todos os dias, olho ao redor, procurando câmeras. Ainda não as vejo, mas devem existir.

— Você passa o dia todo me espionando ou um agente de segurança faz um resumo para você?

Maven ignora a farpa.

— Amanhã você vai levantar e fazer exatamente o que eu disser.

— Ou o quê? — Forço-me a ficar de pé, sem nada da graça ou agilidade que já tive. Ele observa cada centímetro do meu corpo. Deixo que faça isso. — Já sou sua prisioneira. Pode me matar quando quiser. E, francamente, prefiro isso a atrair sanguenovos para morrerem na sua rede.

— Não vou matar você, Mare. — Mesmo sentado, ele se projeta na minha direção. — E não quero matar sanguenovos.

Compreendo as palavras, mas não quando saem da boca de Maven. Não fazem sentido. Nenhum.

— Por quê?

— Você nunca vai lutar por nós, eu sei. Mas seus semelhantes... eles são fortes, mais fortes do que muitos prateados chegam a ser. Imagine o que podemos fazer com um exército desses combinado com o meu. Quando ouvirem sua voz, eles virão. Como serão tratados depois que chegarem depende, claro, do seu comportamento. E da sua obediência. — Finalmente, Maven levanta. Ele cresceu nos últimos meses. Está mais alto e mais magro, como a mãe, a quem puxou em quase tudo. — Tenho duas opções, e você pode escolher uma. Ou traz os sanguenovos até mim ou continuo atrás deles por conta própria, liquidando todos, um por um.

Meu tapa sai fraco e quase não move sua mandíbula. Minha outra mão acerta seu peito, também sem efeito. Ele quase revira os olhos com a tentativa. Talvez até sinta prazer.

Meu rosto fica vermelho de raiva e de uma tristeza desconsolada.

— Por que você é assim? — grito, querendo rasgá-lo no meio. Se não fossem as algemas, meus raios estariam por toda parte. Em vez disso, são palavras que jorram de mim. Palavras que mal consigo pensar antes de saírem furiosas da minha boca. — Como pode continuar sendo desse jeito? Ela morreu. Eu a matei. Você está livre de sua influência. Você... não deveria mais ser igual a ela.

Sua mão segura meu queixo com força, me obrigando a ficar num silêncio assustado. O gesto faz com que me curve para trás, quase perdendo o equilíbrio. Eu queria que isso acontecesse. Queria cair para longe de suas mãos, encontrar o chão e me estilhaçar em mil pedaços.

No Furo, no calor da cama pequena que eu dividia com Cal, na calada da noite, pensava em momentos como este. Em ficar sozinha com Maven novamente. Ter a chance de ver como ele realmente era sob a máscara de que eu me lembrava e da pessoa que sua mãe o obrigou a ser. Naquele limiar estranho entre o sono e a vigília, os olhos dele me seguiam. Sempre da mesma cor, mas ainda assim mutáveis. Os olhos dele, os olhos dela, os olhos que eu conhecia e os olhos que nunca teria como conhecer. Parecem os mesmos agora, ardentes como um fogo gelado, ameaçando me consumir.

Sabendo que é isso que ele quer ver, deixo as lágrimas de frustração me dominarem e caírem. Ele as acompanha sedento.

Depois me empurra. Caio em um joelho.

— Sou o que você me tornou — Maven sussurra, me deixando para trás.

Antes da porta fechar atrás dele, noto os guardas de cada lado. Trevo e Ovo desta vez. Então os Arven não estão longe, por mais que eu tenha conseguido me libertar de certa forma.

Afundo devagar no chão e então sento sobre os tornozelos. Cubro o rosto com a mão, escondendo o fato de que meus olhos estão subitamente secos. Por mais que sonhasse que a morte de Elara o mudasse, eu sabia que isso não aconteceria. Não sou tão idiota assim. Não posso confiar em nada quando o assunto é Maven.

A menor de suas medalhas cerimoniais pica minha outra mão, escondida entre meus dedos. Nem a Pedra Silenciosa é capaz de tirar os instintos de uma ladra. Sinto o pino de metal contra minha pele. Fico tentada a deixar que fure, a sangrar rubro e escarlate, para lembrar a mim mesma e a quem quer que esteja assistindo o que sou e do que sou capaz.

Levanto e escondo a medalha discretamente embaixo do colchão com o restante dos meus saques: grampos, dentes de garfo quebrados, cacos de vidro e de porcelana. Meu arsenal, por menor que seja, vai ter que bastar.

Fixo os olhos no vestido no canto, como se ele fosse responsável por isso.

Amanhã, ele disse.

Volto às abdominais.

SEIS

Mare

❧

Os cartões foram datilografados com cuidado, resumindo o que preciso dizer. Não consigo nem olhar para eles e os deixo sobre a mesa de cabeceira.

Duvido muito que vou ter o luxo de criadas para me maquiar e me transformar no que quer que Maven pretenda apresentar à corte. Parece uma tarefa árdua abotoar e fechar o zíper do vestido escarlate por conta própria. Tem a gola alta, uma cauda e mangas longas para esconder não apenas a marca de Maven na minha clavícula como as algemas ainda presas aos meus punhos e tornozelos.

Não importa quantas vezes eu fuja dessas formalidades extravagantes, pareço condenada a representar um papel. O vestido vai ficar grande demais quando eu finalmente o vestir, largo nos braços e na cintura. Estou mais magra, ainda que me obrigue a comer. Com base no que consigo ver pelo reflexo na janela, meu cabelo e minha pele também sofreram sob o peso do silêncio. Meu rosto está amarelado e descarnado, com a aparência doente, enquanto meus olhos estão cercados de vermelho. Meu cabelo castanho-escuro, as pontas ainda levemente cinzentas, está mais fino do que nunca e emaranhado na raiz. Faço uma trança apressada, mexendo nos fios cheios de nós.

Não há seda que mude minha aparência. Mas não tem importância. Não vou chegar a vestir a fantasia de Maven, se tudo correr como o planejado.

O próximo passo na minha preparação faz meu coração bater mais forte. Tento parecer calma, ao menos para as câmeras no quarto. Elas não podem saber o que estou prestes a fazer, ou não vai dar certo. E, mesmo se eu conseguir enganar os guardas, existe outro obstáculo bem grande.

Posso acabar morta.

Maven não instalou câmeras no banheiro. Não para proteger minha privacidade, mas para aplacar seu próprio ciúme. Conheço-o muito bem para saber que não permitiria que vissem meu corpo. O peso extra das Pedras Silenciosas incrustadas em toda parte é uma confirmação. Maven fez questão de que nenhum guarda tivesse motivo para me escoltar aqui dentro. Meu coração bate fraco no peito, mas me obrigo a continuar. Preciso continuar.

O chuveiro chia e solta vapor, escaldante assim que o ligo no máximo. Se não fosse pela Pedra no banheiro, eu teria passado muitos dias aproveitando o único conforto do banho quente. Mas preciso agir rápido ou serei sufocada.

No Furo, tínhamos a sorte de nos banhar em rios frios, enquanto em Tuck os chuveiros eram cronometrados e mornos. Dou risada ao pensar no que se passava por banho em casa. Uma banheira enchida com água da torneira da cozinha, quente no verão, fria no inverno, e sabão roubado. Ainda não tenho inveja da minha mãe, que precisava ajudar meu pai a se lavar.

Com alguma sorte — muita —, voltarei a vê-los em breve.

Aponto a ducha para o piso do banheiro. A água tamborila nos ladrilhos brancos, ensopando-os. Respingos caem nos meus pés descalços e o calor estremece minha pele, suave e convidativo como um cobertor.

Enquanto a água passa por baixo da porta do banheiro, ajo rápido. Primeiro, deixo o longo caco de vidro na bancada, ao alcance do braço. Depois, vou atrás da minha verdadeira arma.

O Palácio de Whitefire é uma maravilha em todos os aspectos e meu banheiro não é exceção. É iluminado por um lustre simples, se é que isso é possível aqui: trabalhado em prata, com braços curvados de onde brotam dezenas de lâmpadas. Preciso subir na pia, desequilibrada, para alcançá-lo. Alguns puxões forçosos mas concentrados o trazem mais para baixo, deixando os fios aparentes. Ainda sobre a pia, eu agacho e apoio o lustre ainda aceso na pia, à espera.

As batidas começam alguns minutos depois. Quem quer que esteja vendo as gravações do quarto notou a água vazando. Dez segundos depois, ouço passos de duas pessoas entrando no quarto. De quais Arven não sei, mas não importa.

— Barrow! — grita a voz de um homem, acompanhada pela primeira batida na porta do banheiro.

Como não respondo, eles não perdem tempo, tampouco eu.

Ovo arromba a porta e entra, com o rosto branco quase camuflado pelas paredes ladrilhadas. Trevo não o segue, mantendo um pé dentro do banheiro e o outro no quarto. Não importa. Ambos tocam a poça de água fumegante.

— Barrow...? — Ovo diz, boquiaberto ao me ver.

Não é preciso muito para deixar o lustre cair, mas a ação parece pesada mesmo assim.

Ele se quebra no piso molhado. Quando a eletricidade atinge a água, uma onda pulsa pelo cômodo, apagando não apenas as outras luzes do banheiro, mas também as do quarto. Talvez de toda a ala.

Os dois Arven se contorcem conforme as faíscas dançam por seu corpo. Eles caem rápido, com os músculos em convulsão.

Salto sobre a água e seus corpos, quase perdendo o ar quando o peso das Pedras Silenciosas do banheiro fica para trás. As algemas ainda pesam nos meus braços e pernas, e logo começo a revistar os Arven, com cuidado para evitar a água. Reviro seus bolsos o mais rápido que posso, em busca da chave que assombra meus dias. Tremendo, sinto uma curva de metal sob a gola de Ovo, junto ao seu esterno. Com as mãos vacilantes, puxo-a e solto cada uma das algemas. Conforme vão caindo, o silêncio vai embora. Respiro fundo tentando forçar os raios para dentro de mim. Estão voltando. Têm que estar.

Mas ainda me sinto anestesiada.

O corpo de Ovo está à minha mercê, quente e vivo nas minhas mãos. Eu poderia cortar a garganta dele e de Trevo, talhar suas jugulares com qualquer um dos pedaços afiados de vidro que escondi bem. *Deveria*, digo a mim mesma. Mas já perdi tempo demais. Então deixo os dois vivos.

Como era de esperar, os Arven são treinados o bastante em suas funções para terem trancado a porta do quarto atrás deles. Não importa. Um grampo serve como chave. Abro em um segundo.

Faz alguns dias desde que saí da prisão pela última vez. Daquela vez, eu estava encoleirada por Evangeline e envolta por guardas. Agora, o corredor está vazio. Há lâmpadas queimadas no teto, ofensivas de tão vazias. Meu sentido elétrico está fraco, mal passando de uma faísca na escuridão. Ele precisa voltar. O plano não vai dar certo se não voltar. Contenho uma onda de pânico. E se tiver sumido de vez? E se Maven tirou minha eletricidade para sempre?

Corro o mais rápido que posso, apegando-me ao que conheço de Whitefire. Evangeline me levou para a esquerda, rumo aos salões de festa, aos corredores majestosos e à sala do trono. Esses lugares vão estar repletos de guardas e oficiais, sem falar da nobreza de Norta, perigosa por si só. Então viro à direita.

É claro que as câmeras me seguem. Vejo-as em cada canto. Não sei se também estão queimadas ou se virei entretenimento para alguns oficiais. Talvez estejam apostando até onde vou chegar. A tentativa condenada ao fracasso de uma menina condenada.

Pego uma escada de serviço e quase derrubo um criado na pressa.

Meu coração salta ao vê-lo. Um menino, talvez da minha idade, com o rosto já corado enquanto segura uma bandeja de chá. Corado da cor vermelha.

— É um truque! — grito para ele. — O que vão me obrigar a fazer é um truque!

No alto da escada e ao pé dela, portas se abrem. Estou encurralada de novo. Um péssimo hábito que criei.

— Mare... — o menino diz, meu nome trêmulo em seus lábios. Ele tem medo de mim.

— Encontre um jeito. Diga à Guarda Escarlate. Diga a quem conseguir. É só mais uma mentira!

Alguém me pega pela cintura, me puxando para trás, para cima e para longe. Mantenho o foco no criado. Os agentes uniformizados que sobem a escada o empurram de lado, pressionando-o contra a parede sem nem pensar. A bandeja cai no chão com um estrondo, derramando o chá.

— É tudo mentira! — consigo dizer antes de uma mão cobrir minha boca.

Tento soltar faíscas, buscando a eletricidade que mal consigo sentir. Nada acontece, então mordo com força suficiente para sentir o gosto de sangue.

Ele tira a mão, xingando, enquanto outra agente surge à minha frente, agarrando minhas pernas com destreza. Cuspo sangue na cara dela.

Quando me dá um tapa gracioso na cara, eu a reconheço.

— É bom ver você, Sonya — sibilo. Tento dar um chute na barriga dela, mas a mulher desvia com cara de tédio.

Por favor, imploro mentalmente, como se a eletricidade pudesse me ouvir. Nada responde e contenho um soluço. Estou fraca demais. Faz muito tempo.

Sonya é uma silfa, veloz e ágil demais para ser incomodada pela resistência de uma menina fraca. Olho para seu uniforme. Preto decorado com prata, com o azul e o vermelho da Casa Iral nos ombros. A julgar pelas medalhas em seu peito e pelos botões na gola, ela é uma agente de segurança de alta patente agora.

— Parabéns pela promoção — resmungo frustrada, tentando agir com violência, porque é tudo o que posso fazer. — Acabou o treinamento tão cedo?

Ela aperta meus pés com mais força; suas mãos são como pinças.

— É uma pena você nunca ter terminado as aulas de protocolo. — Ainda prendendo minhas pernas, ela esfrega o rosto no ombro, tentando limpar o sangue prateado da bochecha. — Precisa aprender boas maneiras.

Faz só alguns meses desde que a vi. Ao lado de sua avó Ara e de Evangeline, vestidas de preto, de luto pelo rei. Ela estava entre os muitos que me viram no Ossário, que queriam presenciar minha morte. Sua Casa é famosa pela habilidade não apenas corporal, mas mental. São todos espiões, treinados para descobrir segredos. Duvido que tenha acreditado em Maven quando ele disse que eu não passava de uma farsa, uma criação da Guarda Escarlate enviada para me infiltrar no palácio. E duvido que vá acreditar no que está prestes a acontecer.

— Eu vi sua avó — digo a ela. Uma carta ousada de se jogar.

Sua compostura impecável não se altera, mas sinto suas mãos em minhas pernas enfraquecerem, ainda que muito pouco. Então ela abaixa o queixo. *Continue*, está tentando dizer.

— No presídio de Corros. Faminta, enfraquecida pela Pedra Silenciosa. — *Como estou agora.* — Ajudei a libertá-la.

Outra pessoa poderia me acusar de mentirosa. Mas Sonya continua em silêncio, os olhos voltados para longe de mim. Para qualquer outra pessoa, pareceria desinteressada.

— Não sei quanto tempo ela passou lá, mas resistiu mais do que todos os outros. — Lembro dela agora, revirando minhas memórias. Uma mulher mais velha com a força feroz de seu codinome, Pantera. Chegou a salvar minha vida, pegando um objeto afiado em pleno ar antes que pudesse atingir minha cabeça. — Mas Ptolemus acabou a pegando. Logo antes de matar meu irmão.

Ela volta os olhos para o chão, com a sobrancelha levemente arqueada. Todo o seu corpo fica tenso. Por um segundo, penso que vai chorar, mas as lágrimas iminentes não chegam a cair.

— Como? — mal a ouço dizer.

— No pescoço. Foi rápido.

Seu próximo tapa é bem mirado, mas sem tanta força. Um espetáculo, como tudo mais neste lugar infernal.

— Guarde suas mentiras imundas para você, Barrow — ela sibila, pondo fim à nossa conversa.

Acabo largada no chão do quarto, com as duas bochechas ardendo e o peso dos quatro guardas Arven tomando conta de mim. Ovo e Trevo parecem um pouco desgrenhados, mas os curandeiros já cuidaram de seus ferimentos. Pena que não os matei.

— *Chocados* em me ver? — digo, rindo da piada horrível.

Em resposta, Tigrina me obriga a colocar o vestido escarlate, me fazendo tirar a roupa na frente de todos. Ela prolonga a humilhação. O vestido faz a marca arder ao tocá-la. M de *Maven*, M de *monstro*, M de *morte*.

Ainda consigo sentir o gosto do sangue do agente de segurança quando Tigrina joga os cartões do discurso em mim.

A corte prateada foi convocada à sala do trono em força total. As Grandes Casas se reúnem em sua desordem usual. Cada cor é como um ataque, fogos de artifício de pedras preciosas e brocados. Entro no caos, acrescentando vermelho-sangue à coleção. As portas da sala do trono se fecham atrás de mim, me aprisionando com os piores deles. As Casas abrem caminho para eu passar, formando um longo corredor da entrada até o trono. Eles murmuram enquanto caminho, notando cada imperfeição. Entendo pedaços do que falam. É claro que todos sabem da minha pequena aventura matinal. Os guardas Arven, dois na frente, dois atrás, são uma confirmação suficiente de que continuo prisioneira.

Então a mais nova mentira de Maven não é para eles. Tento descobrir suas motivações, os meandros de suas manipulações labirínticas. Ele deve ter avaliado os custos e decidido que valia a pena contar um segredo tão delicioso para seus nobres mais próximos. Eles não vão se importar com as mentiras se não forem direcionadas a eles.

Como da outra vez, o jovem rei está sentado no trono de blocos de pedra cinza, com as duas mãos segurando firme os apoios de braço. Sentinelas o protegem, ladeando a parede atrás dele, enquanto Evangeline está à sua esquerda, de pé e orgulhosa. Ela cintila, como uma estrela letal, com uma capa e um vestido de intrincadas escamas de prata. Seu irmão, Ptolemus, combina com ela, usando uma nova armadura prateada. Ele se mantém perto da irmã e do rei, como se fosse um guardião. Outro rosto amargamente conhecido está à direita de Maven. Ele não usa armadura. Não precisa de uma. Sua mente basta como arma e escudo.

Samson Merandus sorri para mim, uma visão em tons de azul-escuro e renda branca, cores que odeio mais que todas. Mais até do que prateado. *Eu sou um carniceiro*, ele me avisou antes do interrogatório. Não estava mentindo. Nunca vou me recuperar completamente depois que me destrinchou: feito um porco num gancho, esvaziado de sangue.

Maven avalia minha aparência e parece satisfeito. A curandeira Skonos tentou fazer algo com meu cabelo, puxando-o para trás num rabo de cavalo enquanto maquiava um pouco meu rosto cansado. Ela não ficou muito tempo, infelizmente. Seu toque era frio e relaxante enquanto dava um jeito em todos os hematomas que ganhei na fuga fracassada.

Não sinto medo enquanto me aproximo, caminhando diante dos olhos de dezenas de prateados. Há coisas muito piores a temer. Como as câmeras no alto. Ainda não estão apontadas para mim, mas em breve estarão. Mal consigo tolerar essa ideia.

Maven nos detém com um gesto, erguendo a palma da mão. Os Arven sabem o que isso significa e se afastam, deixando que eu caminhe os últimos metros sozinha. É então que as câmeras ligam. Para mostrar que estou andando sozinha, sem proteção, sem coleira, uma vermelha livre ao lado dos prateados. A imagem vai ser transmitida em toda parte, a todos que amo e a todos que gostaria de proteger. Esse simples ato pode bastar para condenar dezenas de sanguenovos e infligir um forte golpe contra a Guarda Escarlate.

— Venha para a frente, Mare.

É a voz de Maven. Não de Maven, mas de Maven. O garoto que pensei conhecer. Doce, gentil. Ele mantém essa voz guardada, pronta para ser sacada e empunhada como uma espada. Trespassa meu coração, como bem sabe. Sem querer, sinto saudade de alguém que não existe.

Meus passos ecoam no mármore. Nas aulas de protocolo, a finada Lady Blonos tentou me ensinar a me portar diante da corte. Segundo ela, o semblante ideal era frio, sem emoção ou sentimento. Não sou assim e resisto ao impulso de usar essa máscara. Em vez dela, tento moldar minha expressão de modo que satisfaça Maven e, de alguma forma, mostre ao país que isso não é escolha minha. Caminho em uma linha dura.

Ainda sorrindo, Samson dá um passo para o lado, deixando um espaço perto do trono. Estremeço, mas faço o que devo. Fico ao lado direito de Maven.

Que imagem deve ser essa. Evangeline de prata, eu de vermelho, e o rei de preto entre nós.

SETE

Cameron

❦

O tal "alerta de raio" ecoa pelo andar principal de Irabelle, subindo e descendo pelas escadas dos andaimes, indo e voltando entre corredores. Mensageiros buscam aqueles de nós considerados importantes o suficiente para receber notícias sobre Mare. Normalmente não sou prioridade. Ninguém me leva para conversar com o resto do clubinho dela. Os garotos me acham depois, no trabalho, e me entregam um papel detalhando os poucos fragmentos que os espiões da Guarda reuniram sobre o tempo precioso dela na cela. Coisas inúteis. O que comeu, o rodízio dos guardas, esse tipo de informação. Mas hoje a mensageira, uma menina pequena com cabelo preto liso e brilhante e a pele avermelhada, puxa meu braço.

— Alerta de raio, srta. Cole. Venha comigo — ela diz, com a voz firme e enjoativa.

Quero gritar que minha prioridade é fazer o aquecimento funcionar nos galpões, não descobrir quantas vezes Mare usou o banheiro hoje, mas o rosto doce dela detém esse impulso. Farley deve ter mandado a criança mais fofa dessa maldita base. *Saco.*

— Está bem, estou indo — bufo, jogando as ferramentas de volta na caixa. Quando ela pega minha mão, me lembro de Morrey. Ele é menor do que eu e, quando éramos pequenos, costumava segurar minha mão quando as máquinas barulhentas na linha de montagem o assustavam. Mas essa menina não demonstra nenhum sinal de medo.

Ela me puxa pelas passagens sinuosas, orgulhosa de si mesma por saber o caminho. Franzo a testa diante do retalho vermelho amarrado em volta do seu punho. Ela é jovem demais para ser jurada aos rebeldes, que dirá viver no quartel-general tático deles. Mas eu mesma fui mandada para o trabalho quando tinha cinco anos, separando sucata das pilhas de lixo. Ela deve ter uns dez.

Abro a boca para perguntar o que a trouxe para cá, mas mudo de ideia. Seus pais, obviamente — seja pelas escolhas que fizeram ou por terem morrido. Não sei onde estão. Assim como não sei onde estão os meus.

Os fios das Passagens 4 e 5 e do Subterrâneo 7 precisam de isolamento. O Galpão A precisa de aquecimento. Repito a lista sempre crescente de tarefas para anestesiar a dor repentina. Meus pais vão se apagando dos meus pensamentos. Afugento papai dirigindo um caminhão de transporte, as mãos sempre firmes no volante. Mamãe na fábrica ao meu lado, mais rápida do que eu jamais seria. Ela estava doente quando partimos, com o cabelo mais fino e a pele escura começando a ficar cinza. Quase sufoco com a lembrança. Os dois estão fora do meu alcance. Mas Morrey não. Ele eu posso salvar.

Os fios das Passagens 4 e 5 e do Subterrâneo 7 precisam de isolamento. O Galpão A precisa de aquecimento. Morrey Cole precisa ser salvo.

Chegamos à passagem para a central de controle ao mesmo tempo que Kilorn. Seu mensageiro está atrás dele, correndo para acompanhar o ritmo do rapaz magricela. Kilorn devia estar lá fora no ar congelado do inverno que se aproxima. Suas bochechas estão vermelhas de frio. Enquanto caminha, tira a touca de lã, soltando os cachos castanhos e sem corte.

— Cam — ele me cumprimenta, parando onde nossos caminhos se cruzam. Kilorn vibra de medo, com os olhos de um verde vivo sob as luzes fluorescentes do corredor. — Alguma ideia?

Dou de ombros. Sei menos do que todo mundo quando o assunto é Mare. Não sei nem por que se dão ao trabalho de me manter informada. Talvez para que me sinta incluída. Todo mundo sabe que não quero estar aqui, mas não tenho para onde ir. Não tenho como voltar à Cidade Nova nem ao Gargalo. Não tenho saída.

— Nenhuma — respondo.

Kilorn olha para seu mensageiro atrás dele, abrindo um sorriso.

— Obrigado — diz, com uma dispensa gentil. O garoto entende a deixa e sai aliviado. Faço o mesmo com a minha, com um aceno de cabeça e um sorriso grato. Ela segue na outra direção, desaparecendo numa curva.

— Eles estão começando cedo — não consigo deixar de sussurrar.

— Não tão cedo quanto a gente — Kilorn responde.

Fecho a cara.

— Verdade.

No último mês, aprendi o bastante sobre Kilorn para saber que posso confiar nele tanto quanto todo mundo aqui. Nossas vidas são parecidas. Ele começou a trabalhar bem novo e, assim como eu, teve o luxo de um trabalho que o manteve longe do recrutamento. Até tudo mudar e acabarmos atraídos para a órbita da garota elétrica. Kilorn diria que está aqui por opção, mas sei que não é bem assim. Ele era o melhor amigo de Mare e entrou para a Guarda Escarlate atrás dela. Agora, a teimosia cega — sem falar de sua condição de fugitivo — o mantém aqui.

— Mas não fomos doutrinados — continuo, hesitando antes de dar os próximos passos. Os guardas da sala de controle esperam a alguns metros de distância. Estão de olho na gente, silenciosos. Não gosto dessa sensação.

Kilorn abre um sorriso estranho. Ele baixa os olhos para meu pescoço tatuado, onde tenho a marca permanente da minha profissão e do meu lugar. A tinta preta se destaca, mesmo contra minha pele escura.

— Fomos, sim — ele diz baixo. — Agora vamos.

Ele coloca o braço em volta dos meus ombros, me guiando adiante. Os guardas abrem caminho, deixando que passemos pela porta.

Desta vez, a sala de controle está mais cheia do que nunca. Todos os técnicos estão sentados com atenção redobrada, o foco nas várias telas na frente da sala. Elas exibem a mesma coisa: a coroa flamejante, o emblema de Norta, com suas chamas vermelhas, pretas e prateadas. Normalmente, o símbolo anuncia transmissões oficiais, então imagino que eu esteja prestes a ser sujeitada à mais nova mensagem do rei Maven. Não sou a única a pensar assim.

— Talvez ela apareça — Kilorn murmura, com a voz temperada em igual medida por saudade e medo. Na tela, a imagem salta um pouco. Paralisada, pausada. — O que estamos esperando?

— Não é *o quê*, é *quem* — respondo, lançando um olhar pela sala. Vejo que Cal já está aqui, sentado impassível no canto da sala, mantendo distância de todos. Ele sente que o observo, mas apenas me cumprimenta com a cabeça.

Para minha tristeza, Kilorn o chama com um gesto. Depois de um segundo de hesitação, Cal aceita, atravessando devagar a sala lotada. Por algum motivo, este alerta de raio chamou muita gente para a sala de controle, e todos parecem tão ansiosos quanto Kilorn. Não reconheço a maioria, mas alguns sanguenovos se juntaram ao grupo. Vejo Rash e Tahir em sua posição de sempre, sentados com seu equipamento de rádio. Nanny e Ada estão juntas e, assim como Cal, ocupam a parede dos fundos, discretas. Quando o príncipe exilado se aproxima, todos os oficiais vermelhos saem do caminho. Ele finge que não percebe.

Cal e Kilorn trocam sorrisos fracos. Sua antiga rivalidade ficou para trás, substituída por certo nervosismo.

— Queria que o coronel fosse mais rápido que uma maldita lesma — diz uma voz à minha direita.

Viro e encontro Farley ao nosso lado, fazendo o possível para não chamar atenção apesar da barriga. Está quase completamente escondida por um casaco largo, mas é difícil guardar segredos em lugares como este. Ela está com quase quatro meses e não liga que saibam. Agora mesmo, equilibra um prato de batata frita numa mão e tem um garfo na outra.

— Cameron, rapazes — Farley acrescenta, cumprimentando a gente com a cabeça. Faço o mesmo, assim como Kilorn. Para Cal, ela bate uma continência irônica com o garfo e ele mal resmunga em resposta, com o maxilar tão tenso que acho que seus dentes vão quebrar.

— Pensei que o coronel dormisse aqui — respondo, fixando o olhar na tela. — Típico. Na única hora em que a gente precisa dele.

Se fosse qualquer outro dia, eu acharia que sua ausência era uma manobra. Talvez para nos lembrar de quem está no comando. Como se pudéssemos esquecer. Mesmo com Cal, um príncipe e general prateado, e uma legião de sanguenovos com uma variedade assustadora de poderes, o coronel consegue dar as cartas. Porque aqui, na Guarda Escarlate, neste mundo, informação é mais importante que qualquer coisa, e ele é o único que sabe o bastante para controlar todos nós.

Isso eu respeito. As partes de uma máquina não precisam saber o que as outras estão fazendo. Mas não sou só uma engrenagem. Não mais.

O coronel entra, cercado pelos irmãos de Mare. Ainda nenhum sinal dos pais dela, que continuam alojados em algum lugar distante, com a irmã do cabelo vermelho-escuro. Acho que a vi uma vez, esperta e veloz, andando rápido pela confusão do corredor, mas nunca cheguei perto o bastante para perguntar. É claro que ouvi os boatos. Sussurros de outros técnicos e soldados. Um agente de segurança esmagou o pé da menina, obrigando Mare a suplicar no palacete de verão. Ou algo do tipo. Tenho a sensação de que perguntar a história real para Kilorn seria insensível da minha parte.

As pessoas no centro de controle se viram para observar o coronel, ansiosas para que o que quer que viemos ver aqui comece. Então reagimos juntos, abafando exclamações de surpresa quando outro prateado entra na sala atrás dele.

Toda vez que o vejo, quero sentir raiva dele. Mare me obrigou a acompanhá-la, me obrigou a voltar à prisão, me obrigou a matar e obrigou outros a morrer para que esse homem que mais parece um graveto seco e insignificante pudesse viver. Mas não foi escolha dele. Era um prisioneiro como eu, condenado às celas de Corros e à morte lenta e esmagadora pelas Pedras Silenciosas. Não é sua culpa ser amado pela garota elétrica, e ele deve carregar a maldição desse amor.

Julian Jacos não se encolhe na parede dos fundos com os sanguenovos, tampouco vai para o lado do sobrinho Cal. Continua perto do coronel, deixando que o bando abra caminho para poder ver a transmissão do melhor ângulo. Eu me concentro em seus ombros enquanto ele se acomoda. Sua postura exala decadência prateada. As costas retas, perfeitas. Mesmo no uniforme gasto, desbotado pelo uso, com o cabelo grisalho e o olhar pálido e frio que todos adquirimos no subterrâneo, não há como negar o que ele é. Outros sentem o mesmo. Os soldados em volta tocam as armas no coldre, de olho no prateado. Os boatos são mais incisivos quando o assunto é ele. É tio de Cal, irmão da primeira rainha de Tiberias VI, antigo tutor de Mare. Entrou nas nossas fileiras como um fio de aço no meio da seda. Entranhado, mas perigoso e fácil de arrancar.

Dizem que consegue controlar as pessoas com a voz e o olhar. Como a primeira rainha podia. Como muitos ainda podem.

Mais uma pessoa em quem eu nunca, jamais, vou confiar. É uma lista longa.

— Vamos lá — o coronel vocifera, interrompendo o murmúrio baixo causado pela presença de Julian. As telas respondem na hora, agitando-se em movimento.

Ninguém fala e o rosto do rei Maven surge nas telas.

Ele aparece no alto de seu trono gigantesco, no centro da corte prateada, com os olhos arregalados e convidativos. Sei que é uma cobra, então consigo ignorar o disfarce bem escolhido. Mas imagino que a maioria do país não consiga ver através da máscara de um jovem destinado à grandeza, fazendo zelosamente tudo o que pode por um reino à beira do caos. Ele é bonito. Não largo como Cal, mas com uma forma elegante, uma escultura de feições expressivas e cabelo preto brilhante. Bonito, mas não atraente. Ouço alguém rabiscar anotações, talvez registrando tudo na tela. Permitindo que o resto de nós veja sem restrições, concentrados apenas no horror que Maven está prestes a apresentar.

Ele se inclina para a frente, com a mão estendida, conforme levanta para chamar alguém.

— Venha para a frente, Mare.

As câmeras viram, girando suavemente para mostrá-la em pé diante do rei. Eu estava esperando ver trapos, mas em vez disso ela usa roupas elegantes com que eu nem poderia sonhar. Todo o seu corpo está coberto de pedras preciosas vermelho-sangue e seda bordada. Tudo cintila enquanto ela percorre o grandioso corredor, abrindo caminho pela multidão de prateados reunidos para vê-la. Nada de coleira. De novo, vejo através da máscara. De novo, torço para que todos no reino também vejam — mas como poderiam? Eles não a conhecem como eu. Não notam as olheiras sob seus olhos, que piscam a cada passo. Suas bochechas descarnadas. Os lábios tensos. Os dedos contraídos. O maxilar cerrado. Mas é só isso que vejo. Quem sabe o que Cal, Kilorn ou os irmãos dela conseguem ver na garota elétrica?

O vestido a cobre do pescoço até os punhos e os tornozelos. Provavelmente para esconder hematomas, cicatrizes e a marca do rei. Não é um vestido coisa nenhuma. É uma fantasia.

Não sou a única a prender a respiração com medo quando Mare se aproxima do rei. Ele pega sua mão e ela hesita para fechar os dedos. Apenas uma fração de segundo, mas o bastante para confirmar aquilo que já sei. Isso não é escolha dela. Ou, se é, a alternativa era muito, muito pior.

Uma corrente de calor reverbera no ar. Kilorn faz o possível para se afastar de Cal sem chamar atenção, trombando em mim. Dou espaço como posso. Ninguém quer ficar perto demais do príncipe ardente se as coisas derem errado.

Maven não precisa dar o sinal. Mare conhece o rei e seus planos para entender o que quer. A câmera recua enquanto ela se desloca para a direita do trono. O que vejo agora é uma demonstração de força máxima. De um lado, Evangeline Samos, a noiva do rei, uma futura rainha em poder e aparência, e a garota elétrica do outro. Prateada e vermelha.

Outros nobres, os maiores das Grandes Casas, estão reunidos no tablado. Nomes e rostos que não conheço, mas tenho certeza que muitos aqui identificam. Generais, diplomatas, guerreiros, conselheiros. Todos dedicados à nossa aniquilação total.

O rei volta ao trono, devagar, com os olhos focados no fundo da câmera e em nós.

— Antes de tudo, antes de começar este discurso — Maven gesticula, confiante e quase encantador —, quero agradecer aos homens e mulheres combatentes, prateados e vermelhos, que protegem nossas fronteiras e estão agora mesmo nos defendendo de inimigos externos e internos. Eu saúdo os soldados de Corvium, os guerreiros leais que resistem aos ataques terroristas constantes e deploráveis da Guarda Escarlate. Estou com vocês.

— Mentiroso — alguém rosna na sala, mas logo ouve um *psiu*.

Na tela, Mare parece pensar o mesmo. Ela se esforça para não se contorcer nem deixar que seu rosto revele suas emoções. Funciona. Quase. Um rubor surge em seu pescoço, parcialmente escondido pela gola, que não é alta o bastante. Maven teria que colocar um saco na cara dela para esconder o que sente.

— Nos últimos dias, depois de muita deliberação com meu conselho e com as cortes de Norta, Mare Barrow de Palafitas foi sentenciada por seus crimes contra o reino. Ela foi acusada de homicídio e terrorismo, e acreditamos que fosse o pior dos ratos que corroem nossas raízes. — Maven ergue os olhos para ela, com o rosto imóvel e focado. Não quero saber quantas vezes praticou isso. — Sua punição foi a prisão vitalícia, após interrogatório de meus primos da Casa Merandus.

Seguindo a deixa do rei, um homem de azul-escuro dá um passo à frente. Ele fica a centímetros de Mare, perto o bastante para encostar a mão em qualquer parte de seu corpo. Ela fica paralisada, completamente imóvel para não tremer.

— Sou Samson da Casa Merandus e realizei o interrogatório de Mare Barrow.

À minha frente, Julian leva a mão à boca. O único indício de como está abalado.

— Como murmurador, minha habilidade me permite ultrapassar as mentiras usuais e as distorções do discurso que muitos prisioneiros utilizam. Então, quando Mare Barrow nos contou a verdade sobre a Guarda Escarlate e seus horrores, confesso que não acreditei nela. Que fique registrado que me enganei. O que vi em suas memórias foi doloroso e arrepiante.

Outra rodada de murmúrios percorre a sala, e outra rodada de *psius*. Mas a tensão ainda é grande, assim como a confusão. O coronel se empertiga, com os braços cruzados. Tenho certeza de que todos estão pensando sobre seus pecados e sobre o que esse panaca do Samson está dizendo. De um lado, Farley bate o garfo contra o lábio, com os olhos estreitos. Murmura um palavrão, mas não posso perguntar por quê.

Mare ergue o queixo, parecendo prestes a vomitar nas botas do rei. Aposto que é isso o que ela quer.

— Fui à Guarda Escarlate voluntariamente — ela diz. — Disseram que meu irmão tinha sido executado enquanto servia nas legiões por um crime que não cometeu. — A voz dela embarga com a menção de Shade. Ao meu lado, a respiração de Farley se acelera e ela afaga a barriga. — Me perguntaram se eu queria vingança pela morte dele. Eu quis. Por isso, jurei fidelidade à causa e fui posicionada como criada no Palacete do Sol.

"Vim ao palácio como espiã vermelha, mas nem mesmo eu sabia que era diferente. Durante a Prova Real, descobri que possuía uma habilidade elétrica desconhecida. Depois de uma reunião, os finados rei Tiberias e rainha Elara decidiram me hospedar, para estudar discretamente o que eu era e, com sorte, me ensinar. Eles me disfarçaram de prateada para me proteger. Sabiam que uma vermelha com poderes seria considerada uma aberração na melhor das hipóteses e uma abominação na pior, então esconderam minha identidade para me manter a salvo dos preconceitos de vermelhos e prateados. Minha condição sanguínea era conhecida por poucos, incluindo Maven e Ca… o príncipe Tiberias.

"Mas a Guarda Escarlate descobriu o que eu era. Ameaçou me expor publicamente para, ao mesmo tempo, arruinar a credibilidade do rei e me colocar em risco. Fui obrigada a trabalhar para eles como espiã, seguir suas ordens e facilitar sua infiltração na corte."

A indignação na sala é mais barulhenta agora e não pode ser silenciada tão fácil.

— Quanta baboseira — Kilorn resmunga.

Na tela, Mare continua:

— Minha missão final era reunir aliados prateados para a Guarda Escarlate. Fui instruída a focar no príncipe Tiberias, um combatente inteligente e herdeiro do trono de Norta. Ele foi... — Mare hesita, os olhos focados na câmera, movendo-se de um lado para o outro, à procura. Pelo canto do olho, vejo Cal abaixar a cabeça.

— Ele foi facilmente convencido por mim. Também auxiliei a Guarda Escarlate em seus planos para o Atentado Rubro, que deixou onze mortos, e o bombardeio da ponte de Archeon.

"Quando o príncipe Tiberias matou seu pai, o rei Maven agiu rápido, tomando a única decisão que considerou possível", a voz dela vacila. Ao seu lado, Maven faz o possível para parecer triste com a menção do pai assassinado. "Ele estava de luto e fomos sentenciados à execução na arena. Fugimos graças à Guarda Escarlate. Eles nos levaram para uma fortaleza numa ilha perto da costa de Norta.

"Lá, fui mantida como prisioneira, assim como o príncipe Tiberias e, como vim a descobrir, o irmão que eu pensava ter perdido. Assim como eu, ele tinha uma habilidade; e, assim como eu, era temido pela Guarda Escarlate. Eles planejavam nos matar. Quando descobri que existiam outros como nós e que a Guarda Escarlate estava caçando os chamados sanguenovos para exterminá-los, consegui fugir com meu irmão e alguns outros. O príncipe Tiberias veio conosco. Agora sei que ele pretendia criar um exército para enfrentar o irmão. Depois de alguns meses, a Guarda Escarlate nos alcançou e matou os poucos vermelhos com habilidades que conseguimos encontrar. Meu irmão foi assassinado no caminho, mas eu fugi."

Pela primeira vez, o calor na sala não vem de Cal. Todos fervem de fúria. Essa não é Mare. Essas não são palavras dela. Mas ainda assim sinto tanta raiva quanto os outros. Como pode dizer tais coisas? Eu preferiria cuspir sangue a endossar as mentiras de Maven. Ao mesmo tempo, que escolha Mare tinha?

— Sem ter aonde ir, me entreguei ao rei Maven e à punição que considerasse justa. — A determinação dela vai se perdendo aos poucos, até lágrimas escorrerem de suas bochechas. Tenho vergonha de admitir que elas mais ajudam do que atrapalham seu discursinho. — Estou aqui agora como prisioneira voluntária. Sinto muito pelo que fiz, mas estou disposta a fazer o possível para deter a Guarda Escarlate e o futuro terrível que nos espreita. Essas pessoas não defendem ninguém além de si próprias e daqueles que podem controlar. Matam todos os outros, todos os que ficarem no caminho. Todos os que são diferentes.

As últimas palavras travam, recusando-se a sair. Maven continua imóvel no trono; apenas sua garganta se mexe um pouco. Ele emite um barulho que a câmera não consegue captar, exigindo que Mare termine da forma certa.

Mare Barrow ergue o queixo e olha fixamente para a frente. Seus olhos parecem pretos de fúria.

— Nós, os sanguenovos, não servimos para a aurora.

Gritos e protestos irrompem na sala, soltando indecências contra Maven, o murmurador Merandus e até a garota elétrica.

— ... esse rei é um demônio cruel...

— ... preferia me matar a dizer...

— ... não passa de uma marionete...

— ... traidora, pura e simplesmente...

— ... não é a primeira vez que ela entra na dança deles...

Kilorn é o primeiro a estourar, com os dois punhos cerrados.

— Vocês acham mesmo que ela queria fazer isso? — diz, com a voz alta o suficiente para ser ouvida, mas não severa. Seu rosto fica vermelho de frustração. Cal apoia a mão em seu ombro, ficando ao seu lado. Isso deixa muitos em silêncio, em particular os oficiais mais jovens. Parecem constrangidos, arrependidos até, envergonhados por levar bronca de um menino de dezoito anos.

— Quietos, todos vocês! — o coronel urra, calando o restante. Ele vira para nos olhar feio com seus olhos diferentes. — O diabo ainda está falando.

— Coronel... — Cal resmunga. Seu tom é uma ameaça clara como o dia.

Em resposta, ele aponta para a tela. Na direção de Maven, não de Mare.

— ... oferecemos refúgio a todos que fogem do terror da Guarda Escarlate. E aos sanguenovos entre vocês, escondendo-se do que parece ser puro e simples genocídio, minhas portas estão abertas. Instruí os palácios reais de Archeon, Harbor Bay, Delphie e Summerton, bem como as fortalezas militares de Norta, a protegê-los do massacre. Vocês terão comida, abrigo e, se desejarem, treinamento. É minha obrigação proteger meus súditos e vou usar todos os recursos que tenho a oferecer. Mare Barrow não é a primeira a se juntar a nós e não será a última. — Ele tem a audácia arrogante de pousar a mão no braço dela.

Então foi assim que esse moleque virou rei. Ele não é apenas cruel e desalmado, mas simplesmente genial. Se não fosse a raiva fervilhando em mim, ficaria impressionada. Sua manobra vai causar problemas para a Guarda, claro, mas os sanguenovos que ainda estão à solta me preocupam mais. Fomos recrutados por Mare e sua revolução diante das poucas opções. Agora, parece que temos ainda menos. A Guarda ou o rei. Ambos nos veem como armas. Ambos vão fazer com que sejamos mortos. Mas apenas um lado vai nos manter acorrentados.

Olho por cima do ombro, à procura de Ada. Os olhos dela estão fixos na tela, memorizando facilmente todos os tiques e inflexões para que sejam analisados mais tarde. Assim como eu, ela franze a testa, pensando na preocupação mais grave que nenhum membro da Guarda Escarlate tem ainda. O que vai acontecer com pessoas como nós?

— À Guarda Escarlate, digo apenas isto — Maven acrescenta, levantando-se do trono. — Sua aurora é pura escuridão e jamais vai conquistar este país. Lutaremos até o fim. Força e poder.

No tablado e em todo o restante da sala do trono, o canto ecoa de todas as bocas. Incluindo a de Mare.

— Força e poder.

A imagem se mantém por um segundo, ficando gravada em todas as memórias. Vermelho e prateado, a garota elétrica e o rei Maven, unidos contra o grande mal em que nos transformaram. Sei que não é escolha de Mare, mas é culpa dela. Não percebeu que ele a usaria se não a matasse.

Cal disse antes que Mare nunca tinha pensado que o rei faria aquilo com ela, referindo-se ao interrogatório. Os dois são uns fracotes quando o assunto é Maven, e essa fraqueza continua a nos atrapalhar.

No Furo, Mare dava o melhor de si para me treinar. Pratico aqui quando posso, junto com outros sanguenovos que estão descobrindo seus próprios limites. Cal e Julian tentam ajudar, mas eu e muitos outros odiamos a tutela deles. Além disso, encontrei outra pessoa para me acompanhar.

Sei que a força, se não o controle, do meu poder cresceu. Sinto-o agora, formigando sob a pele, um vazio abençoado para acalmar o caos à minha volta. O poder insiste e cerro o punho contra ele, mantendo o silêncio abafado. Não posso voltar minha raiva contra as pessoas nesta sala. Elas não são o inimigo.

Quando as telas ficam pretas, sinalizando o fim do discurso, uma dezena de vozes soa ao mesmo tempo. A mão de Cal bate contra a mesa diante dele. O príncipe exilado se vira, murmurando consigo mesmo.

— Já vi o bastante — é o que acho que diz antes de abrir caminho para fora da sala. *Idiota*. Cal conhece o próprio irmão. Consegue dissecar as palavras de Maven melhor do que todos nós.

O coronel também sabe disso.

— Traga-o de volta — ele murmura, inclinando-se para falar com Julian. O prateado faz que sim, saindo discretamente para buscar o sobrinho. Muitos param de falar para vê-lo.

— Capitã Farley, qual é sua opinião? — o coronel pergunta, com a voz cortante chamando a atenção de volta para o lugar certo. Ele cruza os braços e se vira para a filha.

Farley retoma a concentração, aparentemente inabalada pelo discurso. Ela engole um pedaço de batata.

— A resposta natural seria fazer uma transmissão nossa. Negar as acusações de Maven, mostrando ao país aqueles que salvamos.

Usar a gente como propaganda. Fazer exatamente o que Maven está fazendo com Mare. Sinto um frio na barriga com a ideia de ser levada para a frente das câmeras, forçada a entoar elogios a pessoas que mal consigo tolerar e em que não confio plenamente.

O coronel faz que sim.

— Concordo...

— Mas não acho que seja o caminho certo — ela conclui.

O coronel ergue a sobrancelha sobre o olho ruim.

Farley toma isso como um convite para continuar.

— Vão ser apenas palavras. Nada de útil no fim das contas, considerando o que está acontecendo. — Ela tamborila os dedos nos lábios e quase consigo ver as engrenagens rodando na sua cabeça. — Acho que deixamos Maven continuar falando, enquanto continuamos fazendo. Nossa infiltração em Corvium já está dando problemas para o rei. Viu como ele deu destaque à cidade? Ao exército dele ali? Está tentando levantar o moral. Por que o faria se não precisasse?

No fundo da sala, Julian retorna, com a mão no ombro de Cal. Eles têm a mesma altura, embora Cal pareça uns vinte quilos mais forte que o tio. O presídio de Corros custou caro para Julian, como para todos nós.

— Temos muitas informações sobre Corvium — Farley acrescenta. — E a importância da cidade para o Exército de Norta, sem mencionar o moral dos prateados, a torna o lugar perfeito.

— Para quê? — eu me ouço perguntar, surpreendendo todos na sala, inclusive eu mesma.

Farley é boa o bastante para se dirigir diretamente a mim.

— O primeiro ataque. A declaração de guerra oficial da Guarda Escarlate contra o rei de Norta.

Um ganido estrangulado sai de Cal, não o tipo que se esperaria de um príncipe ou soldado. Seu rosto fica pálido, os olhos arregalados com o que só pode ser medo.

— Corvium é uma fortaleza. Uma cidade construída com o único objetivo de sobreviver a uma guerra. Tem mil oficiais prateados lá dentro, soldados treinados para...

— Organizar. Combater homens de Lakeland. Ficar atrás de uma trincheira e marcar lugares no mapa — Farley retruca. — Diga se estou errada, Cal. Diga que os prateados estão preparados para uma luta dentro das próprias muralhas.

O olhar que ele lança poderia trespassar qualquer pessoa, mas Farley se mantém firme. Ou fortalece sua oposição.

— É suicídio, para vocês e para todos no seu caminho — ele diz. Farley dá risada diante da evasiva descarada, incitando-o a continuar. Cal se controla bem, como um príncipe ardente relutando a queimar. — Não vou fazer parte disso — ele diz. — Boa sorte atacando Corvium sem nenhuma informação minha.

As emoções de Farley não precisam ser controladas por causa de um poder prateado. A sala não vai queimar com ela, por mais que seu rosto fique vermelho.

— Graças a Shade Barrow, já tenho tudo de que preciso!

Esse nome costuma trazer as pessoas de volta à razão. Lembrar de Shade é lembrar de como ele morreu e o que isso fez com as pessoas que amava. No caso de Mare, sua morte a tornou fria e vazia, uma pessoa sempre disposta a se entregar para impedir que seus amigos e familiares tivessem o mesmo destino. No caso de Farley, deixou-a sozinha em suas empreitadas, focada apenas na Guarda Escarlate. Não fazia muito tempo que eu conhecia as duas quando ele morreu, mas, mesmo assim, lamento por quem eram. A perda transformou as duas, e não para melhor.

Farley se obriga a vencer a dor que a memória de Shade lhe traz, ao menos para esfregar a questão no nariz de Cal.

— Antes de fraudarmos a execução dele, Shade era nosso principal agente em Corvium. Ele usava sua habilidade para nos fornecer o máximo de informações possível. Não pense por um segundo que você é o único que dá as cartas aqui. Não pense por um segundo que é o único ás que temos na manga — Farley fala com firmeza. Então se volta para o coronel. — Aconselho um ataque, usando os sanguenovos, soldados vermelhos e os infiltrados na cidade.

Usando os sanguenovos. Essas palavras ardem, ofendem e queimam, deixando um gosto amargo na minha boca.

Acho que é minha vez de sair da sala batendo a porta.

Cal me observa ir, com a boca fechada numa linha firme e sombria.

Você não é o único que consegue ser dramático, penso enquanto o deixo para trás.

OITO

Mare

❧

Não dificulto quando os Arven vêm me tirar do tablado. Ovo e Trio me pegam pelos braços, deixando Tigrina e Trevo para trás. Meu corpo fica anestesiado enquanto me escoltam para longe dos outros. *O que fiz?*, me pergunto. *O que isso vai causar?*

Em algum lugar, os outros me viram. Cal, Kilorn, Farley, minha família. Eles acompanharam tudo. A vergonha quase me faz vomitar em todo o meu maravilhoso e maldito vestido. Me sinto pior do que quando li as Medidas do antigo rei, condenando inúmeras pessoas ao recrutamento como punição pelos atos da Guarda Escarlate. Mas, na época, todos sabiam que aquilo não era coisa minha. Eu era apenas a mensageira.

Os Arven me empurram adiante. Não pelo caminho que vim, mas para trás do trono, passando por um batente e por cômodos que nunca vi.

O primeiro é claramente mais uma câmara do conselho, com uma longa mesa com tampo de mármore rodeada por mais de dez cadeiras luxuosas. Uma é entalhada em pedra, uma construção fria e cinza. Para Maven. A sala está fortemente iluminada, inundada pelo pôr do sol de um lado. As janelas dão para o oeste, para longe do rio, com vista para as muralhas do palácio e as colinas suaves cobertas pela floresta enevoada.

No ano passado, eu e Kilorn cortamos o gelo do rio para ganhar uns trocados, correndo o risco de nos queimar. Isso durou uma semana, até eu concluir que era um desperdício do nosso tempo. Que estranho perceber que passou apenas um ano. Parece uma vida.

— Com licença — diz uma voz baixa, vindo do único assento nas sombras. Viro na direção da voz e vejo Jon levantar da cadeira, com um livro na mão.

O vidente. Seus olhos vermelhos brilham com uma luz interna que não consigo identificar. Pensei que fosse um aliado, um sanguenovo com uma habilidade tão estranha quanto a minha. Ele é mais poderoso do que um observador, capaz de enxergar mais longe no futuro do que qualquer prateado. Agora, está diante de mim como um inimigo, depois de nos denunciar a Maven. Sinto seu olhar como agulhas incandescentes queimando minha pele.

Ele é a razão pela qual conduzi meus amigos ao presídio de Corros, a razão pela qual meu irmão está morto. Vê-lo manda o torpor gelado embora. Todo o vazio é substituído por um calor elétrico, lívido. Só quero acertar sua cara com o que tiver à disposição. Mas me contento em rosnar.

— É bom ver que Maven não mantém todos os bichinhos de estimação na coleira.

Jon só pisca na minha direção.

— É bom ver que você não está tão cega quanto antes — ele responde quando passo.

Quando o conhecemos, Cal nos avisou que as pessoas ficavam malucas quando conheciam o futuro. Ele tinha total razão e não vou cair nessa armadilha de novo. Viro as costas, resistindo ao impulso de dissecar suas palavras escolhidas com cuidado.

— Pode me ignorar o quanto quiser, srta. Barrow. Não sou problema seu — ele acrescenta. — Só uma pessoa aqui é.

Olho por cima do ombro, meus músculos se movendo antes que meu cérebro possa reagir. É claro que Jon fala antes de mim, roubando as palavras da minha boca.

— Não, Mare, não estou falando de você mesma.

Nós o deixamos para trás, seguindo para onde quer que eu esteja sendo levada. O silêncio é uma tortura tão grande quanto as palavras de Jon, pois não proporciona nenhuma outra distração. Ele está falando de Maven, percebo agora. Não é difícil adivinhar a insinuação. E o alerta.

Partes de mim, partes pequenas, continuam apaixonadas por uma ficção. Um fantasma dentro de um garoto que não consigo desvendar. O fantasma que sentou ao pé da minha cama enquanto eu sofria sonhando. O fantasma que manteve Samson fora da minha mente pelo maior tempo que pôde, adiando uma tortura inevitável.

O fantasma que me ama, do seu jeito perverso.

Sinto esse veneno agindo em mim.

Como desconfio, os Arven não me levam de volta ao quarto. Tento memorizar o caminho, notando portas e passagens que saem das muitas câmaras e salões do conselho nesta ala do palácio. São os apartamentos reais, com cada centímetro mais decorado que o outro. Estou mais interessada nas cores que dominam os cômodos em vez dos móveis em si. Vermelho, preto e prata real. São as cores da Casa Calore reinante. Azul-marinho também, o tom que me dá enjoo. Representa Elara; morta, mas ainda presente.

Finalmente paramos numa biblioteca pequena mas bem abastecida. O sol do fim da tarde entra apesar das cortinas pesadas. Partículas de pó dançam nos raios vermelhos, cinzas sobre uma chama que se apaga. Sinto que estou dentro de um coração, cercada de vermelho-sangue. Percebo que este é o escritório de Maven. Luto contra o impulso de sentar na cadeira de couro atrás da mesa envernizada. Roubar algo dele. Talvez isso faça com que me sinta melhor, mesmo que só por um instante.

Em vez disso, observo o que posso, absorvendo tudo ao redor com olhos arregalados e fascinados. As tapeçarias escarlates trabalhadas com fios pretos e cinza cintilantes estão penduradas entre retratos e fotografias dos ancestrais Calore. A Casa Merandus não é tão evidente aqui, representada apenas por uma bandeira azul e branca pendurada no teto abobadado. As cores das outras rainhas também estão presentes, algumas brilhantes, outras desbotadas, outras esquecidas. Exceto pelo amarelo dourado da Casa Jacos, que não está em lugar nenhum.

Coriane, a mãe de Cal, foi apagada deste lugar.

Procuro fotos rapidamente, embora não saiba ao certo o que estou buscando. Nenhum dos rostos me parece familiar, tirando o do pai de Maven. Sua pintura, maior do que o restante, com seu olhar furioso, sobre a lareira vazia, é difícil de ignorar. Ainda envolta de preto, um sinal de luto. Ele está morto há poucos meses.

Vejo Cal em seu rosto e Maven também. O mesmo nariz reto, as maçãs do rosto altas e o cabelo preto, grosso e brilhante. Traços de família, a julgar pelos outros retratos dos reis Calore. Tiberias v se sobressai por ser impressionantemente bonito. Mas os pintores não são pagos para deixar os retratados feios.

Não é nenhuma surpresa que Cal não esteja representado. Assim como a mãe, ele foi removido. Alguns espaços estão visivelmente vazios e suponho que os ocupava. Afinal, Cal era o primogênito, o filho favorito do rei. Não é nenhuma surpresa que Maven tenha tirado seus retratos. Sem dúvida, botou fogo em todos.

— Como vai a cabeça? — pergunto para Ovo, abrindo um sorriso irônico e vazio.

O silenciador responde com uma encarada e meu sorriso se abre mais. Vou guardar a memória dele estatelado no chão, eletrocutado até desmaiar.

— Acabaram os tremores? — insisto, balançando a mão como

se fosse seu corpo. Mais uma vez fico sem resposta, mas seu pescoço fica prateado de raiva. Isso basta para me entreter. — Caramba, hein? Aqueles curandeiros de pele são bons.

— Está se divertindo?

Maven entra sozinho, estranhamente pequeno em comparação com sua figura no trono. Seus sentinelas devem estar por perto, à porta do escritório. Ele não é tolo o bastante para ir a qualquer lugar sem eles. Com a mão, faz um gesto mandando os Arven saírem do aposento. Eles vão rápido, silenciosos como ratos.

— Não tenho muitas oportunidades de entretenimento — digo quando eles desaparecem. Pela milésima vez hoje, amaldiçoo a presença das algemas. Sem elas, Maven estaria tão morto quanto a mãe. Em vez disso, sou obrigada a suportá-lo em toda a sua glória repulsiva.

Ele sorri para mim, gostando da piada sombria.

— É bom ver que nem mesmo eu consigo mudar você.

Para isso, não tenho resposta. São incontáveis as formas como Maven me mudou, destruindo a garota que eu era.

Como desconfiei, ele avança para a mesa e senta com uma graça fria e treinada.

— Preciso pedir desculpas pela minha grosseria, Mare. — Acho que arregalo os olhos, porque ele dá risada. — Já passou mais de um mês desde o seu aniversário e não te dei nada. — Assim como fez com os Arven, ele gesticula para que eu sente à sua frente.

Surpresa, trêmula e ainda em choque pela minha pequena encenação, obedeço.

— Acredite — murmuro —, não preciso de nenhum novo horror que tenha para me dar — murmuro.

Seu sorriso cresce.

— Desse você vai gostar, prometo.

— Não sei por quê, mas duvido muito.

Sorrindo, ele enfia a mão em uma gaveta da escrivaninha. Sem cerimônia, joga um retalho de seda para mim. Preto, bordado com flores vermelhas e douradas. Pego o pano afoita. Obra de Gisa. Passo-o entre os dedos. Ainda parece suave e fresco, embora esperasse algo viscoso, corrompido, envenenado pela posse de Maven. Mas é um pedaço dela. Perfeito em sua beleza feroz, impecável, um lembrete de minha irmã e de nossa família.

Maven me observa virar e revirar a seda.

— Tiramos isso de você quando a prendemos pela primeira vez. Enquanto estava inconsciente.

Inconsciente. Aprisionada em meu próprio corpo, torturada pelo peso do sonador.

— Obrigada — me forço a dizer com rigidez. Como se tivesse motivo para agradecer por qualquer coisa.

— E...

— E?

— Ofereço uma pergunta a você.

Pestanejo, confusa.

— Você pode me fazer uma pergunta e vou responder com sinceridade.

Por um segundo, não acredito nele.

Sou um homem de palavra. Quando quero. Ele falou isso uma vez e se mantém firme. É realmente um presente, se cumprir a promessa.

A primeira pergunta surge sem pensar. *Eles estão vivos? Você realmente permitiu que fossem embora e os deixou em paz?* Isso quase sai dos meus lábios antes que eu perceba que seria um desperdício. É claro que escaparam. Se Cal estivesse morto, eu saberia. Maven estaria se vangloriando ou alguém teria mencionado. E ele está preocupado demais com a Guarda Escarlate. Se os outros tivessem sido capturados depois de mim, o rei saberia mais e temeria menos.

Maven inclina a cabeça, observando meus pensamentos como um gato observa um rato. Está adorando isso, o que me causa arrepios.

Por que me dar isso? Por que me deixar perguntar? Outra pergunta quase desperdiçada. Porque também sei a resposta. Maven não é quem achei que fosse, mas isso não significa que não conheça partes dele. Consigo adivinhar suas intenções, por mais que queira estar errada. Essa é a forma dele de se explicar. Uma maneira de me fazer entender o que fez e por que continua fazendo. Ele sabe que pergunta vou acabar criando coragem para fazer. É um rei, mas um garoto também, sozinho num mundo criado por suas próprias mãos.

— Até que ponto foi ideia dela?

Ele não pestaneja. Me conhece bem demais para ficar surpreso. Alguma garota mais tola ousaria ter esperança — acreditaria que ele era a marionete de uma mulher má e agora estava abandonado, perdido. Seguindo um caminho que não fazia ideia de como mudar. Por sorte, não sou tão idiota assim.

— Demorei para começar a andar, sabia? — Ele não está olhando para mim, mas para a bandeira azul acima de nós. Ricamente enfeitada com pérolas brancas e pedras preciosas, condenada a juntar pó em memória de Elara. — Os médicos e até meu pai disseram para minha mãe que eu ia me desenvolver no meu próprio tempo. Que aconteceria um dia. Mas "um dia" era tarde demais para ela. Não podia ser uma rainha com um filho lento. Não depois que Coriane dera ao reino um príncipe como Cal, sempre sorridente, falante, risonho e perfeito. Ela mandou despedir minha ama, culpou a mulher pelos meus defeitos e assumiu a tarefa de me fazer ficar em pé. Não lembro disso, mas ela me contou essa história várias vezes. Achava que era prova de seu amor por mim.

Sinto um frio na barriga, embora não entenda o porquê. Algo me diz para levantar, para sair desta sala para os braços dos guardas que me aguardam. *Outra mentira, outra mentira*, digo a mim mesma.

Construída com habilidade, como só ele é capaz. Maven não consegue olhar para mim. Sinto a vergonha no ar.

Seus olhos perfeitos de gelo lacrimejam, mas faz tempo que me endureci para suas lágrimas. A primeira fica presa em seus cílios escuros, uma gota oscilante de cristal.

— Eu era um bebê e ela entrou na minha cabeça à força. Fez meu corpo levantar, andar e cair. Fazia isso todo dia, até eu começar a chorar quando ela entrava. Até aprender a andar sozinho. Por medo. Mas isso tampouco servia. Um bebê chorando toda vez que sua mãe o abraçava? — Ele abanou a cabeça. — Depois de um tempo, ela extraiu esse medo também. — Seus olhos escurecem. — Assim como muitas outras coisas. Você quer saber até que ponto foi ideia minha? — ele sussurra. — Até certo ponto. O suficiente.

Mas não tudo.

Não suporto mais isso. Com movimentos desequilibrados, pelo peso das algemas e pelo aperto doentio no meu coração, levanto com dificuldade.

— Você não pode continuar botando a culpa nela, Maven — sibilo, andando para trás. — Não minta para mim dizendo que está fazendo isso por causa de uma mulher morta.

Tão rápido quanto suas lágrimas vieram, elas desaparecem. Secas, como se nunca tivessem existido. A rachadura em sua máscara se fecha. *Que bom.* Não quero ver o garoto atrás dela.

— Não estou mentindo — ele diz devagar, cortante. — Ela está morta agora. Minhas escolhas são só minhas. Disso tenho absoluta certeza.

O trono. Sua cadeira na câmara do conselho. Móveis simples se comparados ao trabalho artístico dos cristais de diamante ou do veludo em que seu pai se sentava. Talhados em blocos de pedra, simples, sem pedras ou metais preciosos. E agora entendo o porquê.

— Pedra Silenciosa. Você toma todas as suas decisões sentado ali.

— Você não faria o mesmo? Com a Casa Merandus olhando tão de perto? — Ele se inclina para trás, pousando o queixo na mão. — Já cansei do que os murmuradores chamam de "conselhos". Tive isso a vida toda.

— Que bom — desabafo. — Agora você não tem ninguém para culpar por sua maldade.

Um lado da boca dele se ergue num sorriso fraco e condescendente.

— Se é o que você pensa.

Resisto ao impulso de pegar qualquer coisa e tacar na cabeça dele, apagando seu sorriso da face da Terra.

— Se ao menos eu pudesse te matar e pôr um fim nisso tudo.

— Assim você me magoa. — Ele estala a língua, irônico. — E depois o quê? Você fugiria de volta para sua Guarda Escarlate? Para meu irmão? Samson o viu várias vezes nos seus pensamentos. Sonhos. Lembranças.

— Você continua fixado em Cal, mesmo tendo vencido? — É uma carta fácil de jogar. Seu sorriso me irrita, mas o meu também o provoca. Sabemos como alfinetar um ao outro. — É estranho você se esforçar tanto para ser como ele.

É a vez de Maven levantar, as mãos firmes sobre a mesa enquanto se ergue para olhar em meus olhos. Um canto de sua boca se contorce, formando um sorriso amargo de desprezo.

— Estou fazendo o que meu irmão jamais conseguiria fazer. Cal segue ordens, mas não consegue tomar decisões. Você sabe disso tão bem quanto eu. — Seu olhar flutua, encontrando um ponto vazio na parede. Procurando pelo rosto de Cal. — Não importa o quão maravilhoso você pense que ele é, tão sedutor, corajoso e perfeito. Ele seria um rei muito pior do que eu.

Quase concordo. Passei vários meses vendo Cal em cima do muro entre a Guarda Escarlate e seu sangue prateado, recusando-se a matar e recusando-se a nos impedir, nunca escolhendo um lado. Mesmo tendo visto o horror e a injustiça, ele não assumia uma posição. Mas Cal não é Maven. Não é nem de perto tão perverso quanto ele.

— Só ouvi uma pessoa descrever Cal como perfeito. Você — digo com calma. Isso só o enfurece mais. — Acho que tem certa obsessão por ele. Vai botar a culpa disso na sua mãe também?

Era para ser uma piada, mas, para Maven, é tudo menos isso. Seu olhar vacila apenas por um instante. Um instante terrível. Sem querer, sinto meus olhos se arregalarem e meu coração se apertar no peito. Ele não sabe. Realmente não sabe quais partes de sua mente são suas e quais foram criadas por ela.

— Maven — não consigo deixar de sussurrar, com medo do que posso ter descoberto sem querer.

Ele passa a mão no cabelo escuro, puxando os fios até se arrepiarem. Um silêncio estranho se estende, deixando ambos expostos. Sinto como se tivesse entrado onde não deveria estar, invadindo um lugar aonde não queria ir.

— Saia — ele diz finalmente, com a voz trêmula.

Não me movo, absorvendo o que posso. *Para usar depois*, digo a mim mesma. Não porque esteja atônita demais para sair. Não porque sinto uma onda inacreditável de compaixão pelo príncipe fantasma.

— Eu mandei você sair.

Estou acostumada com a raiva de Cal aquecendo o ambiente. A raiva de Maven congela tudo, e um calafrio percorre minha espinha.

— Quanto mais você os deixar esperando, pior vai ser — diz Evangeline Samos, chegando na melhor e na pior hora.

Ela está resplandecente em sua tormenta usual de metal e espelhos, com a longa capa atrás. Reflete o vermelho da sala, cintilando em carmim e escarlate, brilhando a cada passo. Enquanto a observo, com o coração martelando no peito, a capa se abre e se reformula diante dos meus olhos, cada metade envolvendo uma de suas pernas musculosas. Ela abre um sorriso perverso, deixando que eu observe, enquanto seu vestido se transforma numa armadura imponente. O novo traje também é mortalmente belo, digno de uma rainha.

Assim como antes, não sou problema dela, e Evangeline desvia sua atenção de mim. Ela identifica a tensão no ar e a agitação de Maven. Seus olhos se estreitam. Assim como eu, Evangeline analisa o jovem rei. Assim como eu, vai usar isso a seu favor.

— Maven, você me escutou? — Ela dá alguns passos ousados, rodeando a mesa para ficar ao lado dele. O rei inclina o corpo, fugindo do toque dela. — Os governadores estão esperando, e meu pai também...

Com uma determinação violenta, Maven pega uma folha de papel da mesa. A julgar pelas assinaturas floreadas ao pé da página, deve ser algum tipo de petição. Ele encara Evangeline, estendendo o papel longe do corpo enquanto gira o pulso, soltando faíscas de seu bracelete. Elas acendem em dois arcos de chama, dançando pela petição feito facas quentes na manteiga. O papel se desintegra em cinzas, sujando o chão brilhante.

— Diga ao seu pai e às marionetes dele o que penso da proposta.

Se está surpresa com a atitude dele, Evangeline não demonstra. Em vez disso, suspira e avalia as unhas. Observo-a de soslaio, com total noção de que vai me atacar se eu respirar alto demais. Fico em silêncio, de olhos arregalados, desejando ter notado a petição antes. Desejando saber o que está escrito ali.

— Cuidado, meu querido — Evangeline diz, com a voz nada carinhosa. — Um rei sem apoiadores não é rei.

Ele se aproxima dela, rápido o bastante para pegá-la desprevenida. Os dois têm quase a mesma altura e se encaram praticamente olho no olho. Fogo e ferro. Não acho que ela vá estremecer, não diante de Maven, o menino, o príncipe com quem ela treinava. Maven não é Cal. Mas as pálpebras de Evangeline vacilam, os cílios pretos batendo contra a pele branca e prateada, revelando um laivo de medo que ela quer esconder.

— Não pense que sabe que tipo de rei eu sou, Evangeline.

Ouço sua mãe nas palavras dele, e isso a assusta tanto quanto a mim.

Então, Maven volta os olhos para mim. O menino confuso de um momento atrás desapareceu outra vez, substituído por uma pedra viva e um olhar gélido. *O mesmo vale para você*, seu rosto diz.

Ainda que não queira mais nada além de sair correndo da sala, continuo plantada ali. Ele tirou tudo de mim, mas não vou lhe entregar meu medo nem minha dignidade. Não vou fugir agora. Muito menos na frente de Evangeline.

Ela volta a olhar para mim, analisando todo o meu corpo. Memorizando minha aparência. Deve me enxergar por trás do toque da curandeira, os hematomas ganhos em minha tentativa de fuga, as olheiras permanentes. Quando foca na minha clavícula, levo um momento para entender por quê. Seus lábios se abrem apenas um pouco, no que só pode ser surpresa.

Furiosa, envergonhada, puxo a gola do vestido para cobrir a marca. Mas não desvio os olhos dela enquanto faço isso. Evangeline tampouco vai tirar meu orgulho também.

— Guardas — Maven diz finalmente, dirigindo a voz para a porta. Quando os Arven obedecem, estendendo as luvas para me levar, Maven aponta o queixo para Evangeline. — Você também.

Ela não aceita isso bem, claro.

— Não sou uma prisioneira para receber ordens de ir e vir...

Sorrio enquanto os Arven me puxam para longe. A porta se fecha, mas a voz de Evangeline ecoa atrás de nós. *Boa sorte*, penso. *Maven se importa menos com você do que comigo.*

Meus guardas apertam o passo, obrigando-me a acompanhar o ritmo. É difícil nesse vestido justo, mas dou um jeito. Agarro firme o pedaço de seda de Gisa, macio contra minha pele. Resisto ao impulso de cheirar o tecido, caçar qualquer resquício da minha irmã. Olho para trás, na esperança de ver quem exatamente está esperando uma audiência com o rei perverso. Em vez disso, vejo apenas sentinelas, com máscaras pretas e uniformes cor de fogo, montando guarda na porta do escritório.

Ela se abre violentamente, estremecendo nas dobradiças antes de bater com um estrondo. Para uma menina criada como nobre, Evangeline tem dificuldade em controlar seu temperamento. Me pergunto se minha antiga instrutora de etiqueta, Lady Blonos, já tentara ensiná-la. A imagem quase me faz rir, trazendo um raro sorriso aos meus lábios. Dói, mas não me importo.

— Guarde seus sorrisinhos, garota elétrica — Evangeline rosna, dobrando a velocidade.

A reação dela só me instiga ainda mais, apesar do perigo. Rio descaradamente enquanto me viro. Nenhum dos guardas diz uma palavra, mas apertam um pouco o passo. Não querem testar uma magnetron louca para arranjar briga.

Evangeline nos alcança mesmo assim, dando a volta por Ovo para se plantar diante de mim. Os Arven param, me segurando entre eles.

— Caso não tenha notado, estou um pouco ocupada — digo, apontando para os guardas que seguram meus braços. — Não tenho muito tempo livre para discussões na minha agenda. Vá incomodar alguém que possa revidar.

Seu sorriso se abre, afiado e brilhante como as escamas de sua armadura.

— Não subestime a si mesma. Você ainda tem muita energia para brigar. — Então, ela se inclina para a frente, invadindo meu espaço como fez com Maven. Uma forma fácil de mostrar que não tem medo. Permaneço firme, me obrigando a não tremer, mesmo quando ela tira uma escama afiada da armadura como uma pétala de flor. — Torço para isso, pelo menos — Evangeline sussurra.

Com um gesto cuidadoso, ela corta a gola do meu vestido, tirando um pedaço de escarlate bordado. Resisto ao impulso de cobrir o M gravado na minha pele, sentindo um rubor ardente de vergonha subir pela minha garganta.

Seus olhos se demoram, traçando as linhas ásperas da marca de Maven. De novo, ela parece surpresa.

— Isso não parece um acidente.

— Mais alguma observação brilhante que gostaria de compartilhar? — murmuro entredentes.

Sorrindo, Evangeline recoloca a escama no corpete.

— Não com você. — É um alívio quando ela recua, deixando alguns centímetros valiosos entre nós. — Elane?

— Sim, Eve? — diz uma voz, vinda de lugar nenhum.

Levo um susto quando Elane Haven se materializa atrás dela, aparentemente do nada. Uma sombria, capaz de manipular a luz, poderosa o bastante para se tornar invisível. Queria saber há quanto tempo está conosco. Será que estava no escritório? Teria entrado com Evangeline ou antes? Talvez tivesse nos observado o tempo todo. Até onde sei, Elane pode muito bem ter sido minha sombra desde o momento em que cheguei aqui.

— Alguém já tentou colocar um sininho em você? — ataco, ao menos para esconder meu desconforto.

Elane abre um sorriso bonito e controlado que não é nem um pouco sincero.

— Uma ou duas vezes.

Assim como Sonya, conheço Elane. Passamos muitos dias juntas no treinamento, sempre em lados opostos. Ela é outra amiga de

Evangeline, meninas espertas o bastante para se aliar à futura rainha. Seu vestido e suas joias são de um preto escuríssimo. Não de luto, mas porque são as cores da Casa Haven. Seu cabelo é ruivo como me lembro, um tom de cobre brilhante que contrasta com os olhos escuros e a pele que parece turva, perfeita e impecável. A luz em volta dela é manipulada com cuidado, dando-lhe um brilho celestial.

— Terminamos aqui — Evangeline diz, virando para focar em Elane. — Por enquanto.

Ela me lança um último olhar afiado para deixar isso claro.

NOVE

Mare

⚜

Ser uma boneca é estranho. Passo mais tempo na prateleira do que sendo usada. Mas, quando sou obrigada, sigo os comandos de Maven — ele sustenta seu acordo enquanto o obedeço. Afinal, é um homem de palavra.

O primeiro sanguenovo busca refúgio em Ocean Hill, o palácio de Harbor Bay. Como Maven prometeu, recebe proteção total do famigerado terror da Guarda Escarlate. Alguns dias depois, o pobre coitado, Morritan, é escoltado até Archeon e apresentado ao rei em pessoa. O encontro é exibido por toda parte. A identidade e a habilidade de Morritan são bem conhecidas na corte agora. Para a surpresa de muitos, ele é um ardente, como os descendentes da Casa Calore. Mas, ao contrário de Cal e Maven, não precisa de um bracelete para criar chamas, nem mesmo de uma faísca. Ele cria o fogo, assim como crio eletricidade.

Preciso assistir a tudo, sentada numa cadeira dourada com o resto do séquito real. Jon, o vidente, senta ao meu lado, com os olhos vermelhos, em silêncio. Por sermos os dois primeiros sanguenovos a se aliar ao rei prateado, ocupamos lugares de honra ao seu lado, depois de Evangeline e Samson Merandus. Mas apenas Morritan presta atenção em nós. Conforme se aproxima, diante dos olhos da corte e de uma dezena de câmeras, seu olhar está sempre em mim. Ele treme, com medo, mas algo na minha presença o impede de fugir, faz com que continue caminhando. Está claro que acredita no que Maven me obrigou a dizer. Acredita que a Guarda Escarlate caçou todos nós. Até se ajoelha e faz o juramento ao Exército de Maven, para treinar com os oficiais prateados. Para lutar por seu rei e por seu país.

A parte mais difícil é ficar parada e em silêncio. Apesar dos membros desengonçados, da pele dourada e das mãos calejadas pelos anos de trabalho como criado, ele parece um coelhinho entrando direto numa armadilha. Basta eu soltar uma palavra errada e a armadilha se fecha.

Outros vêm depois.

Dia após dia, semana após semana. Às vezes um, às vezes dez. Eles vêm de todos os cantos da nação, fugindo para a falsa segurança do rei. A maioria porque tem medo, mas alguns porque são tolos o bastante para desejar um lugar aqui. Querem abandonar uma vida de opressão e alcançar o impossível. Dá para entender. Afinal, durante toda a vida, ouvimos que os prateados são nossos mestres, nossos superiores, nossos deuses. E, agora, eles são misericordiosos o bastante para deixar que vivamos em seu paraíso. Quem não tentaria se juntar a eles?

Maven representa bem seu papel. Recebe todos como irmãos e irmãs, abrindo sorrisos largos, sem mostrar vergonha nem medo numa dissimulação que a maioria dos prateados acha repulsiva. A corte segue seu exemplo, mas vejo suas caretas e zombarias ocultas pelas mãos enfeitadas de joias. Embora tudo isso faça parte da farsa, um golpe bem mirado contra a Guarda Escarlate, eles não gostam. Mais que isso, sentem medo. Muitos dos sanguenovos têm habilidades não treinadas mais poderosas que as deles ou além da compreensão dos prateados. Eles observam com olhos de lobo e garras preparadas.

Finalmente, não sou o centro das atenções. É meu único alívio, para não dizer vantagem. Ninguém se importa com a garota elétrica sem sua eletricidade. Faço a única coisa que posso, o que é pouco, mas não irrelevante. Escuto.

Evangeline está inquieta apesar da fachada ferrenha. Seus dedos tamborilam nos braços da cadeira, parada apenas quando Elane está perto, sussurrando ou tocando nela. Mas não ousa relaxar. Continua afiada como suas lâminas. Não é difícil adivinhar o porquê. Ainda que eu seja prisioneira, quase não ouvi falar sobre o casamento real. E, embora seu status de noiva do rei não esteja ameaçado, ainda não é rainha. Isso lhe dá medo. Dá para ver no seu rosto, nos seus trejeitos, no seu desfile constante de roupas cintilantes, uma mais intrincada e majestosa que a outra. Ela usa uma coroa em todos os aspectos menos no título, que é o que deseja mais que tudo. Seu pai também. Volo é uma sombra ao seu lado, resplandecente com veludo preto e brocados de prata. Ao contrário da filha, não veste nada visível de metal. Nenhuma corrente. Nem mesmo um anel. Ele não precisa vestir armas para parecer perigoso. Com seu jeito discreto e seus trajes escuros, lembra mais um executor que um nobre. Não sei como Maven suporta a presença dele nem a avidez constante em seus olhos. Volo me lembra Elara. Sempre de olho no trono, esperando uma chance para roubá-lo.

Maven percebe e não se importa. Concede a Volo o respeito que ele exige, e nada mais do que isso. Também deixa Evangeline com a presença deslumbrante de Elane, visivelmente contente por sua futura esposa não ter interesse nenhum por ele. Seu foco está em outro lugar. Não em mim, por estranho que pareça, mas em seu primo Samson. Também acho difícil ignorar o murmurador que acessou minhas partes mais profundas. Vivo consciente de sua presença, tentando identificar seus murmúrios quando posso, embora mal tenha força para resistir a eles. Maven não precisa se preocupar com isso, não com seu trono de Pedra Silenciosa. Ele o mantém seguro. Mas também o mantém vazio.

Quando eu era noiva do segundo príncipe e fui treinada para ser princesa, participei de pouquíssimas reuniões da corte. Bailes, sim, muitos banquetes, mas não tinha visto nada desse tipo até meu confinamento. Agora já perdi a conta de quantas vezes fui obrigada a sentar como o bichinho treinado de Maven, escutando requerentes, políticos e sanguenovos que prometem lealdade.

Hoje parece ser mais do mesmo. O governador da região de Rift, um lorde da Casa Laris, termina um apelo bem ensaiado por fundos do Tesouro para consertar as minas da família Samos. Mais uma das marionetes de Volo, com as cordas claramente visíveis. Maven o ignora com um aceno e a promessa de analisar sua proposta. Embora seja um homem de palavra comigo, não é assim na corte. Os ombros do governador caem de desânimo, sabendo que a proposta nunca será lida.

Minhas costas doem por causa da cadeira dura, sem mencionar a postura rígida que tenho que manter. Estou coberta por cristal e renda. Vermelha, claro, como sempre. Maven adora quando uso essa cor. Ele diz que me faz parecer viva, mesmo que a vida esteja sendo sugada de mim a cada dia que passa.

Não é preciso uma corte cheia para as audiências cotidianas, e hoje a sala do trono está meio vazia. Mas o tablado ainda está lotado. Os escolhidos para acompanhar o rei, à sua esquerda e à sua direita, se orgulham muito de sua posição, sem falar da oportunidade de aparecer em mais uma transmissão nacional. Quando as câmeras são ligadas, percebo que outros sanguenovos estão vindo. Suspiro, resignando-me a mais um dia de culpa e vergonha.

Minhas tripas se contorcem quando as portas altas se abrem. Abaixo os olhos, sem querer guardar os rostos. A maioria vai seguir o exemplo de Morritan e entrar para a guerra de Maven na tentativa de entender suas habilidades.

Ao meu lado, Jon se contorce como sempre. Foco em seus

dedos longos e finos, traçando linhas na perna. Balançando para trás e para a frente, como uma pessoa que folheia as páginas de um livro. Ele deve estar mesmo lendo as linhas hesitantes do futuro conforme elas se formam e se alteram. Queria saber o que vê. Não que eu fosse perguntar. Nunca vou perdoá-lo por sua traição. Pelo menos não tenta conversar comigo, não desde que cruzei com ele nas câmaras do conselho.

— Sejam todos bem-vindos — Maven diz aos sanguenovos. Sua voz é treinada e firme, percorrendo toda a sala. — Não há o que temer. Vocês estão seguros agora. Prometo a todos que a Guarda Escarlate não será uma ameaça aqui.

É uma pena.

Mantenho a cabeça baixa, escondendo o rosto das câmeras. A adrenalina em meu sangue brada nos meus ouvidos, no ritmo do meu coração. Sinto náuseas; quero vomitar. *Corram!*, grito na minha cabeça, embora nenhum sanguenovo possa escapar da sala do trono agora. Olho para qualquer lugar que não para Maven ou para os sanguenovos, qualquer lugar menos a jaula invisível em volta deles. Meus olhos pousam em Evangeline e a encontro me encarando de volta. Não está com o sorriso perverso de sempre. Seu rosto é inexpressivo, vazio. Ela tem muito mais prática nisso do que eu.

Minhas unhas estão estragadas, as cutículas em carne viva por longas noites de ansiedade e dias ainda mais longos nessa tortura. A curandeira Skonos que me faz parecer saudável sempre esquece de olhar minhas mãos. Espero que todos que assistem às transmissões não esqueçam.

Ao meu lado, o rei continua com a horrenda exibição.

— E então?

Quatro sanguenovos se apresentam, um mais nervoso que o outro. Suas habilidades costumam ser recebidas com exclamações admiradas ou sussurros afobados. Parece um reflexo funesto da

Prova Real. Em vez de exibir suas habilidades em busca da grinalda, os sanguenovos as exibem por sua vida, para entrar no que pensam ser um santuário. Tento não assistir, mas meus olhos os encontram por pena e medo.

A primeira, uma mulher forte com bíceps do tamanho dos de Cal, atravessa uma parede hesitante. Simplesmente atravessa, como se os painéis de madeira trabalhada e banhada a ouro fossem apenas ar. Diante do incentivo fascinado de Maven, ela faz o mesmo com um sentinela. Ele se contrai, o único indício de humanidade por trás da máscara preta, mas não fica ferido. Não faço ideia de como sua habilidade funciona, e penso em Julian. Ele também está com a Guarda Escarlate e, com sorte, assiste a todas essas transmissões. Se o coronel permitir, claro. Ele não se dá muito bem com meus amigos prateados.

Dois velhos vêm atrás da mulher, veteranos de cabelos brancos com olhos distantes e ombros largos. As habilidades deles não são novas para mim. O mais baixo, sem alguns dentes, é como Ketha, uma sanguenova que recrutei meses atrás. Embora ela fosse capaz de explodir objetos ou pessoas apenas com o pensamento, não sobreviveu à invasão ao presídio de Corros. Ela odiava sua habilidade. Era sangrenta e violenta. Ainda que este sanguenovo destrua apenas uma cadeira, deixando-a em pedaços num piscar de olhos, tampouco parece feliz com isso. Seu amigo tem a fala mansa e se apresenta como Terrance antes de nos dizer que consegue manipular o som. Como Farrah. Outra recruta minha. Ela não foi a Corros. Espero que ainda esteja viva.

A última é outra mulher, que parece ter a idade da minha mãe, com o cabelo preto trançado riscado de cinza. Ela se move com graça, aproximando-se do rei com passos silenciosos e elegantes de uma criada bem treinada. Assim como Ada, como Walsh, como eu. Assim como tantos de nós foram e ainda são. Sua reverência é exagerada.

— Majestade — murmura, com a voz suave e despretensiosa, como uma brisa de verão. — Sou Halley, criada da Casa Eagrie.

Maven faz sinal para ela se erguer, abrindo seu sorriso falso. Halley faz como ele ordena. O rei acena por cima do ombro, encontrando a chefe da Casa Eagrie no pequeno aglomerado de gente.

— Meus agradecimentos, Lady Mellina, por trazer esta mulher para a segurança.

A mulher alta com cara de pássaro faz uma reverência antes de ele terminar de falar, prevendo as palavras. Como uma observadora, consegue ver o futuro imediato e imagino que tenha identificado a habilidade da criada antes mesmo que a mulher soubesse do que se tratava.

— Então, Halley?

Seus olhos se voltam para os meus por um único momento. Tento me manter firme sob seu olhar minucioso. Mas ela não está procurando medo ou o que escondo sob a máscara. Seus olhos parecem distantes, olhando através de mim e para o nada ao mesmo tempo.

— Ela consegue criar e controlar cargas elétricas, grandes e pequenas — Halley diz sobre mim. — Vocês não têm nome para essa habilidade.

Então, vira-se para Jon. Com o mesmo olhar.

— Ele vê o destino. Até onde cada trajeto vai, pelo tempo que a pessoa o segue. Vocês não têm nome para essa habilidade.

Maven estreita os olhos, intrigado, e me odeio por sentir o mesmo que ele.

Mas ela continua, fitando e falando na sequência.

— Ela consegue controlar materiais metálicos pela manipulação de campos magnéticos, magnetron. Murmurador. Sombria. Magnetron. Magnetron.

Halley perpassa a linha de conselheiros de Maven, apontando e nomeando suas habilidades sem dificuldade alguma. O rei se debruça, a cabeça inclinada para o lado com uma curiosidade animal. Ele a observa de perto, quase sem piscar. Muitos o acham um idiota sem a mãe, por não ser um gênio militar como o irmão. Mas esquecem que estratégia não serve apenas para o campo de batalha.

— Observadora. Observadora. Observador. — Ela aponta para seus antigos senhores, citando-os também antes de abaixar a mão. Seu punho se cerra e se abre, esperando a descrença inevitável.

— Então sua habilidade é identificar a habilidade dos outros? — Maven diz finalmente, com uma sobrancelha erguida.

— Sim, majestade.

— Algo fácil de fingir.

— Sim, majestade — ela admite, mais baixo agora.

Poderia ser feito sem muita dificuldade, ainda mais por alguém na posição dela. Halley serve uma Grande Casa, presente na corte com bastante frequência nos últimos tempos. Seria fácil memorizar o que os outros conseguem fazer — mas até mesmo Jon? Pelo que entendo, ele é celebrado como o primeiro sanguenovo a se juntar a Maven, mas acho que pouca gente sabe mais sobre ele. Maven não ia gostar que as pessoas estivessem cientes de que confia em alguém com sangue vermelho para aconselhá-lo.

— Continue. — Maven ergue as sobrancelhas escuras, incitando-a.

Halley obedece, citando os ninfoides de Osanos, os verdes de Welle, um único forçador Rhambos. Mas eles estão vestindo as cores de suas Casas, e ela é uma criada. É obrigada a saber essas coisas. Sua habilidade parece um truque de mágica na melhor das hipóteses, uma mentira e uma sentença de morte na pior. Sei que sente a espada pendendo sobre sua cabeça, aproximando-se a cada movimento do maxilar de Maven.

No fundo, um silfo Iral de vermelho e azul se levanta, ajustando o casaco enquanto caminha. Noto apenas porque seus passos são estranhos, não tão fluidos quanto os de um silfo deveriam ser. Esquisito.

Halley também nota. Ela estremece, apenas por um segundo.

É a vida dela ou a dele.

— Ela consegue mudar de rosto — Halley sussurra, com o dedo trêmulo no ar. — Vocês não têm nome para essa habilidade.

Os sussurros costumeiros da corte terminam de uma só vez, apagados como uma vela. Cai um silêncio, quebrado apenas pela batida acelerada do meu coração. *Ela consegue mudar de rosto*.

Meu coração zumbe de adrenalina. *Corra!*, quero gritar. *Corra!*

Quando os sentinelas pegam o Iral pelos braços, arrastando-o para a frente, suplico para mim mesma: *Por favor, esteja errada. Por favor, esteja errada. Por favor, esteja errada.*

— Sou um filho da Casa Iral — o homem resmunga, tentando se soltar das garras dos sentinelas. Um Iral teria sido bem-sucedido em sua tentativa, se desvencilhando com um sorriso no rosto. Meu coração se aperta. — Você confia mais na palavra de uma escrava vermelha do que na *minha*?

Samson reage antes mesmo que Maven peça, veloz como uma andorinha. Ele desce os degraus do tablado, com os olhos de um azul elétrico estalando de voracidade. Acho que não teve muitos cérebros para se alimentar desde o meu. Com um grito agudo, o Iral tomba de joelhos, com a cabeça baixa. Samson invade a cabeça dele.

E então seu cabelo fica grisalho e mais curto, numa cabeça diferente, com outro rosto.

— Nanny — eu me ouço exclamar baixinho. A velha se atreve a erguer os olhos arregalados, assustados e familiares. Lembro de quando a recrutei, quando a levei para o Furo, quando a vi brigar com as crianças sanguenovas e contar histórias de seus netos. Enrugada como uma noz, mais velha do que todos nós e sempre pronta para a missão. Eu correria para abraçá-la se fosse uma possibilidade, mesmo que remota.

Em vez disso, caio de joelhos e minhas mãos agarram o punho de Maven. Suplico como só fiz uma vez na vida, com os pulmões cheios de cinzas e ar frio, a cabeça ainda zonza pela queda controlada do jato.

O vestido se rasga na costura. Não é feito para ajoelhar. Ao contrário de mim.

— Por favor, Maven. Não a mate — peço, tomando ar, me apegando a qualquer coisa para salvar a vida dela. — Ela pode ser útil; é valiosa. Olhe só o que consegue fazer.

Ele me empurra, a palma da mão contra minha marca.

— É uma espiã na minha corte. Não é?

Mesmo assim imploro, antes que a boca grande de Nanny custe sua vida. Pela primeira vez, torço para que as câmeras ainda estejam ligadas.

— Ela foi traída, enganada, iludida pela Guarda Escarlate. Não é culpa dela!

O rei não se dá ao trabalho de levantar, nem mesmo para um assassinato aos seus pés. Ele tem medo de abandonar sua Pedra Silenciosa, de tomar uma decisão fora do seu círculo de conforto.

— As regras são claras. Espiões são eliminados imediatamente.

— Quando adoece, quem você culpa? — pergunto. — Seu corpo ou a doença?

Ele me encara de cima e me sinto oca.

— Culpo a cura que não funcionou.

— Maven, estou implorando... — Não lembro de começar a chorar, mas agora é óbvio que o faço. São lágrimas de vergonha, porque choro tanto por mim quanto por ela. Era o começo de um resgate. Ela estava aqui por minha causa. Nanny era minha chance.

Meus olhos ficam turvos, enevoando os cantos da minha visão. Samson ergue a mão, ansioso para mergulhar no que ela sabe. Eu me pergunto quão devastador isso será para a Guarda Escarlate, e penso como foram idiotas para fazer isso. Que risco, que desperdício.

— Vamos nos levantar. Vermelhos como a aurora — Nanny murmura.

Então o rosto dela se transforma uma última vez. Num rosto que todos reconhecemos.

Samson dá meio passo para trás, espantado, enquanto Maven solta um grito estrangulado.

Elara nos encara do chão, um fantasma vivo. Seu rosto está mutilado, destruído pelo raio. Falta um olho, o outro está coberto de sangue prateado e vil. Sua boca se curva num sorriso perverso e inumano. Sinto o terror no fundo do estômago, embora saiba que ela está morta. Embora saiba que a matei.

É uma manobra inteligente, ganhando tempo suficiente para levar a mão à boca e engolir.

Já vi pílulas assim antes. Mesmo fechando os olhos, sei o que vai acontecer.

É melhor do que o que Samson teria feito. Os segredos dela vão continuar guardados. Para sempre.

DEZ

Mare

⚜

Rasgo todos os livros na minha estante, despedaçando-os até não restar nada. As capas se soltam, as páginas se dilaceram. Quero que sangrem. Queria poder sangrar. Ela está morta e eu não. Porque ainda estou aqui, uma isca numa armadilha, um chamariz para tirar a Guarda Escarlate de seu santuário.

Depois de algumas horas de destruição inútil, percebo que estou errada. A Guarda Escarlate não faria isso. Não o coronel, não Farley, não por mim.

— Cal, seu cretino, seu idiota — digo para ninguém.

Porque é óbvio que isso foi ideia dele. É o que o príncipe aprendeu. Vitória a todo custo. Tomara que não continue a pagar esse preço impossível por mim.

Lá fora, está nevando de novo. Não sinto o frio externo, apenas o meu.

De manhã, acordo na cama, ainda de vestido, embora não lembre de ter levantado do chão. Os livros destruídos também desapareceram, varridos meticulosamente para fora da minha vida. Até os menores pedacinhos de papel despedaçado. Mas as prateleiras não estão vazias. Uma dúzia de volumes de capa dura, novos e velhos, ocupam os espaços. O impulso de destruir todos me consome e levanto aos tropeços, avançando contra eles.

O primeiro que pego está em frangalhos, com a capa arrancada e envelhecida. Acho que era amarela, talvez dourada. Não importa. Abro e pego um maço de páginas, pronta para rasgá-lo em pedaços como fiz com os outros.

A letra familiar me faz parar. Meu coração salta ao reconhecê-la.
Propriedade de Julian Jacos.

Meus joelhos cedem. Caio com um baque surdo, debruçada sobre o objeto mais reconfortante que vejo em semanas. Meus dedos traçam as linhas de seu nome, desejando que ele pudesse surgir ali, querendo ouvir sua voz em algum lugar além da minha mente. Folheio as páginas, procurando mais evidências dele. Passo os olhos pelas palavras, todas ecoando o conforto que ele me traz. Percorro a história de Norta, de sua formação e de trezentos anos de reis e rainhas prateados. Algumas partes estão sublinhadas. Ele fez anotações. Cada nova interferência de Julian faz meu peito apertar de felicidade. Apesar da minha situação, das cicatrizes dolorosas, sorrio.

Os outros livros são iguais. Todos de Julian, parte de sua coleção muito maior. Tateio todos como uma menina faminta. Ele preferia os livros de história, mas tinha de ciências também. Até um romance. Esse tem dois nomes dentro. *De Julian, para Coriane*. Encaro as letras, a única evidência da mãe de Cal em todo o palácio. Coloco-o de volta com cuidado, demorando os dedos na lombada intacta. Ela nunca leu. Talvez não tenha tido a chance.

No fundo, odeio que esses livros me façam tão feliz. Odeio que Maven me conheça a ponto de saber o que me dar. Porque sem dúvida isso veio dele. O único pedido de desculpa que poderia oferecer, o único que eu poderia aceitar. Mas não aceito. É claro que não. Tão rápido quanto veio, meu sorriso se desfaz. Não posso me permitir sentir nada além de ódio quando se trata do rei. Suas manipulações não são tão perfeitas quanto as da mãe, mas ainda assim as sinto e não vou me deixar levar por elas.

Por um segundo, considero despedaçar os livros como fiz com os outros. Mostrar a Maven o que penso do seu presente. Mas simplesmente não consigo. Meus dedos se demoram nas páginas, tão fáceis de rasgar. E então os coloco na prateleira com cuidado, um por um.

Não vou destruí-los, então me contento em fazer isso com o vestido, despedaçando o tecido incrustado de rubis em volta do meu corpo.

Alguém como Gisa deve ter feito a roupa. Uma criada vermelha com mãos habilidosas e olho de artista costurou perfeitamente algo tão belo e terrível que apenas uma prateada poderia usar. Esse pensamento deveria me deixar triste, mas é apenas raiva que corre no meu sangue. Não tenho mais lágrimas. Não depois de ontem.

Quando o traje seguinte é entregue por Trevo e Tigrina, ambos de cara amarrada, visto sem hesitar ou reclamar. A blusa é pontilhada por um tesouro de rubis, granadas e ônix, com longas mangas pendentes riscadas de seda preta. A calça também é um presente, larga o bastante para parecer quase confortável.

A curandeira Skonos vem na sequência. Concentra seus esforços nos meus olhos, curando o inchaço e a dor de cabeça latejante causados pelas lágrimas de frustração da noite anterior. Assim como Sara, ela é quieta e habilidosa; seus dedos negro-azulados tremulam pelas minhas dores. Ela trabalha rápido. Eu também.

— Você consegue falar ou a rainha Elara também cortou a sua língua?

A curandeira sabe a que me refiro. Seu olhar vacila, os cílios flutuam em piscadas rápidas de surpresa. Mesmo assim, não abre a boca. Foi bem treinada.

— Boa decisão. A última vez que vi Sara foi quando a resgatei de um presídio. Parece que nem perder a língua foi punição suficiente para ela. — Olho atrás dela, na direção de Trevo e Tigrina, que me vigiam. Assim como a curandeira, concentram-se em mim. Sinto o reverberar frio da habilidade deles, pulsando de maneira ritmada com o silenciamento constante das minhas algemas. — Tinha centenas de prateados lá dentro. Muitos das Grandes Casas. Algum amigo de vocês desapareceu recentemente?

Não tenho muitas armas neste lugar. Mas preciso tentar.

— Cala a boca, Barrow — Trevo resmunga.

Fazer com que ela abra a boca já é uma vitória para mim. Pressiono.

— Acho estranho que ninguém se importe que o reizinho seja um tirano com sede de sangue. Mas, enfim, sou vermelha. Não entendo nada do seu povo.

Dou risada quando Trevo, enfurecida, me empurra para longe da curandeira.

— Chega de cura para ela — Trevo sibila, me arrastando da sala. Seus olhos verdes faíscam de fúria, mas também de confusão. Dúvidas. Pequenas fendas em que pretendo meter o dedo.

Ninguém mais deve correr o risco de me resgatar. Preciso fazer isso sozinha.

— Ignore a menina — Tigrina murmura para a colega, com a voz aguda e ofegante, pingando veneno.

— Que honra deve ser pra vocês duas. — Continuo falando enquanto me guiam pelos longos corredores que reconheço. — Ser babá de uma pirralha vermelha. Recolher o prato das refeições, arrumar o quarto. Tudo para que Maven possa ter a bonequinha dele quando quiser.

Isso só as deixa mais furiosas e brutas. Elas apertam o passo, obrigando-me a acompanhar. De repente, viramos à esquerda em vez da direita, para outra parte do palácio de que me lembro vagamente. São os corredores residenciais, onde mora a realeza. Já vivi aqui, mesmo que por pouquíssimo tempo.

Meu coração acelera quando passamos por uma estátua numa alcova que eu imediatamente reconheço. Meu quarto — meu antigo quarto — fica a poucas portas de distância. O de Cal e o de Maven também.

— Não tão falante agora — Trevo diz, com a voz parecendo distante.

Raios de luz atravessam as janelas, reforçados pelo reflexo na neve recente. Isso não me consola. Consigo lidar com Maven na sala do trono, em seu escritório, quando estou à mostra. Mas sozinha — sozinha de verdade? Sob minhas roupas, sua marca ainda queima.

Quando paramos numa porta e entramos num salão, percebo que estou errada. O alívio toma conta de mim. Maven é rei agora. Seus aposentos não são mais aqui.

Mas os de Evangeline, sim.

Ela está sentada no centro do salão estranhamente vazio, cercada por pedaços de metal retorcido. Eles variam em cor e material — ferro, bronze, cobre. Suas mãos trabalham diligentes, moldando flores de cromo, curvando-as numa fita trançada de ouro e prata. Outra coroa para sua coleção. Outra coroa que ela ainda não pode usar.

Dois criados aguardam seus comandos. Um homem e uma mulher, com roupas simples, marcadas com as cores da Casa Samos. Levo um choque ao me dar conta de que são vermelhos.

— Deixem-na apresentável, por favor — Evangeline diz, sem se dar ao trabalho de erguer os olhos.

Os vermelhos obedecem, levando-me para o único espelho na sala. Enquanto olho, percebo que Elane também está aqui, relaxando num longo sofá sob um raio de sol feito um gato contente. Ela me encara sem dúvida ou medo, apenas com desinteresse.

— Podem esperar lá fora — Elane diz quando quebra o contato visual, voltando-se para minhas guardas Arven. Seu cabelo ruivo reflete a luz, ondulando como fogo líquido. Embora eu tenha uma desculpa para minha aparência horrível, ainda me sinto envergonhada na presença dela.

Evangeline faz um aceno e as Arven saem em fila. Ambas lançam olhares descontentes na minha direção. Guardo-os para apreciar depois.

— Alguém poderia me explicar o que está acontecendo? — pergunto à sala silenciosa, sem esperar resposta.

As duas dão risada, trocando olhares incisivos. Aproveito a oportunidade para avaliar a sala e a situação. Tem outra porta ali, que provavelmente leva ao quarto de Evangeline. As janelas estão todas fechadas para nos proteger do frio. O aposento dela dá para um pátio que reconheço e me dou conta de que minha cela deve ficar do outro lado, de frente para o quarto dela. A descoberta me dá um calafrio.

Para minha surpresa, Evangeline derruba sua obra com estrépito. A coroa se despedaça, incapaz de manter a forma sem a habilidade dela.

— É dever da rainha receber convidados.

— Bom, eu não sou convidada e você não é rainha, então...

— Se ao menos seu cérebro fosse tão rápido quanto sua boca — ela retruca.

A vermelha pestaneja, estremecendo como se nossas palavras pudessem feri-la. Na verdade podem, e decido ser menos idiota. Mordo o lábio para impedir que outros pensamentos tolos escapem, deixando que os dois criados trabalhem. O homem cuida do meu cabelo, escovando-o e enrolando-o numa espiral, enquanto ela cuida do meu rosto. Ela usa blush, sombra preta e um vermelho chamativo nos meus lábios. Uma visão espalhafatosa.

— Isso basta — Elane diz atrás dela. Os vermelhos recuam rápido, deixando as mãos caírem e abaixando a cabeça. — Não pode parecer bem tratada demais. Os príncipes não vão entender.

Meus olhos se arregalam. *Príncipes. Convidados.* Na frente de quem vão me fazer desfilar agora?

Evangeline nota. Ela bufa alto, lançando uma flor de bronze contra Elane. A flor se crava na parede sobre a cabeça dela, que parece não ligar. Apenas solta um suspiro sonhador.

— Cuidado com o que você fala, Elane.

— Ela vai descobrir daqui a pouco, querida. Que mal tem? — Elane levanta das almofadas, estendendo os braços e pernas longos, que brilham com sua habilidade. Os olhos de Evangeline acompanham todos os seus movimentos, aguçando-se quando Elane atravessa a sala até mim.

Ela surge ao meu lado no espelho, olhando meu rosto.

— Você vai se comportar hoje, não vai?

Me pergunto quanto tempo demoraria para Evangeline me esfolar se eu desse uma cotovelada nos dentes perfeitos de Elane.

— Vou.

— Que bom.

E então ela desaparece, apagada da visão, mas não do tato. Ainda sinto sua mão sobre meu ombro. Um alerta.

Olho onde estava o corpo de Elane, na direção de Evangeline. Ela se levanta do chão, com o vestido se estendendo à sua volta, líquido como mercúrio. Talvez até seja mercúrio.

Quando vem na minha direção, não consigo deixar de me encolher. Mas a mão de Elane me impede de me mexer, obrigando-me a permanecer firme e deixar que Evangeline se debruce sobre mim. Ela ergue um canto da boca. Gosta de me ver assustada. Quando levanta a mão e estremeço, sorri abertamente. Mas, em vez de me bater, ajeita uma mexa de cabelo atrás da minha orelha.

— Não se engane, isso é tudo para o meu bem — ela diz.

— Não para o seu.

Não faço ideia do que está falando, mas concordo com a cabeça.

★

Evangeline não nos guia na direção da sala do trono, mas para os cômodos privados do conselho. Os sentinelas que protegem as portas parecem mais imponentes que de costume. Quando entro, percebo que também estão guardando as janelas. Uma precaução adicional depois da infiltração de Nanny.

Da última vez que passei por esta sala, estava vazia exceto por Jon. Ele ainda está aqui, quieto em seu canto, despretensioso ao lado de meia dúzia de outras pessoas. Estremeço ao ver Volo Samos, uma aranha quieta de preto ao lado do filho, Ptolemus. Obviamente, Samson Merandus também está aqui. Ele me encara e abaixo os olhos, evitando seu olhar como se pudesse me proteger da memória dele rastejando dentro do meu cérebro.

Penso que vou encontrar Maven sozinho na ponta da mesa de mármore, mas dois homens estão ao seu lado. Ambos vestem peles pesadas e camurça, prontos para suportar o frio ártico embora estejamos bem protegidos do inverno. Eles têm a pele escura, de um preto-azulado como pedra polida. O homem à direita tem pedrinhas de ouro e turquesa cravejadas nas voltas intrincadas de suas tranças, enquanto o da esquerda possui longos cachos cintilantes cobertos por uma coroa de flores talhadas em quartzo branco. Da realeza, obviamente. Mas não da nossa. Não de Norta.

Maven ergue a mão, apontando para Evangeline enquanto se aproxima. Sob a luz do sol de inverno, ela cintila.

— Minha noiva, Lady Evangeline da Casa Samos — ele diz. — Ela foi crucial na captura de Mare Barrow, a garota elétrica, líder da Guarda Escarlate.

Evangeline representa seu papel, fazendo uma reverência. Os dois abaixam a cabeça em resposta, com movimentos longos e fluidos.

— Nossos parabéns, Lady Evangeline — diz aquele com a coroa. Ele estende a mão, buscando a dela. Evangeline deixa que beije seus dedos, radiante com a atenção.

Quando me encara, percebo que quer que eu me junte a ela. Obedeço, relutante. Intrigo os dois recém-chegados, que me observam com fascínio. Me recuso a abaixar a cabeça.

— É essa a garota elétrica? — diz o outro príncipe. Seus dentes cintilam brancos como a luz contra sua pele escura como a noite. — É ela que está causando tantos problemas? E você deixa que viva?

— É óbvio que deixa — diz seu compatriota. Ele levanta e percebo que deve ter mais de dois metros de altura. — É uma isca maravilhosa. Mas fico surpreso que os terroristas não tenham tentado um resgate de verdade, se ela é tão importante quanto você diz.

Maven dá de ombros, exalando uma satisfação silenciosa.

— Minha corte é bem protegida. Infiltrações são quase impossíveis.

Olho de soslaio para ele, encontrando seus olhos. *Mentiroso*. Maven quase chega a sorrir, como se fosse uma piada interna entre nós. Resisto ao velho impulso de cuspir na cara dele.

— Em Piedmont, nós a faríamos marchar pelas ruas — diz o príncipe com a coroa de quartzo. — Para mostrar aos cidadãos o que acontece com gente como ela.

Piedmont. A palavra ecoa como um sino na minha cabeça. Então os príncipes são de lá. Vasculho o cérebro, tentando lembrar o que sei sobre o país. Fica na fronteira sul e é aliado de Norta. É governado por um conjunto de príncipes. Sei disso por causa das aulas de Julian. Mas sei de outras coisas também. Lembro que encontrei remessas em Tuck, provisões roubadas de Piedmont. E a própria Farley insinuou que a Guarda Escarlate estava se expandindo para lá, com a intenção de espalhar a revolução pelo aliado mais próximo de Norta também.

— Ela fala? — o príncipe continua, alternando o olhar entre Maven e Evangeline.

— Infelizmente — ela responde com um sorriso perverso e afiado.

Os príncipes riem e Maven também. O resto da sala segue o exemplo, bajulando seu soberano.

— Vocês não queriam ver a prisioneira, príncipe Daraeus e príncipe Alexandret? — Maven passa os olhos por eles. Representa com orgulho o papel de rei, apesar dos dois nobres terem o dobro da sua idade e do seu tamanho. De alguma forma, ele os encara. Elara o treinou muito bem. — Agora viram.

Alexandret, já muito perto, me pega pelo queixo com as mãos macias. Não sei qual é sua habilidade. Não faço ideia do medo que deveria sentir dele.

— De fato, majestade. Mas temos algumas perguntas, se tiver a bondade de permiti-las.

Embora formule a frase como um pedido, não é nada menos do que uma exigência.

— Majestade, já lhe contei o que ela sabe — Samson ergue a voz em sua cadeira, debruçando-se sobre a mesa para apontar para mim. — Nada na mente de Mare Barrow escapou da minha busca.

Eu concordaria com a cabeça, mas a mão de Alexandret me mantém imóvel. Ergo os olhos para ele, tentando deduzir exatamente o que quer de mim. Seus olhos são abismais, indecifráveis. Não conheço esse homem e não encontro nada nele que possa usar. Minha pele se arrepia ao seu toque e sinto falta da minha eletricidade para nos distanciar. Por cima do ombro dele, Daraeus se move para ver melhor. As pedrinhas de ouro refletem a luz do inverno, enchendo seu cabelo de um brilho fascinante.

— Rei Maven, gostaríamos de ouvir da boca dela — Daraeus diz, aproximando-se dele. Então sorri, com tranquilidade e carisma.

Daraeus é bonito e se aproveita disso. — É uma exigência do príncipe Bracken, você entende. Precisamos de alguns poucos minutos.

Alexandret, Daraeus, Bracken. Gravo esses nomes na memória.

— Perguntem o que quiserem. — As mãos de Maven seguram firme a beira do assento. Nenhum deles para de sorrir e nada nunca me pareceu tão falso. — Agora mesmo.

Depois de um longo momento, Daraeus aceita. Ele inclina a cabeça em uma reverência respeitosa.

— Muito bem, majestade.

Então seu corpo se turva, movendo-se tão rápido que mal consigo ver os movimentos. De repente, ele surge ao meu lado. Lépido. Não pode saltar como meu irmão, mas é rápido o bastante para fazer um choque de adrenalina percorrer meu corpo. Ainda não sei o que Alexandret consegue fazer. Apenas torço para que não seja um murmurador, para que eu não tenha de enfrentar aquela tortura outra vez.

— A Guarda Escarlate está operando em Piedmont? — Alexandret pergunta enquanto se assoma sobre mim, os olhos escuros fixos nos meus. Ao contrário de Daraeus, ele não sorri.

Fico no aguardo da pontada familiar de outra mente invadindo a minha. Nunca chega. As algemas — elas não permitem que nenhuma habilidade penetre meu casulo de silêncio.

Minha voz embarga.

— O quê?

— Quero ouvir o que sabe sobre as operações da Guarda Escarlate em Piedmont.

Todos os interrogatórios a que fui submetida foram realizados por um murmurador. É estranho que alguém faça perguntas livremente e confie nas minhas respostas em vez de entrar na minha cabeça. Imagino que Samson já tenha contado aos príncipes tudo o que descobriu comigo, mas eles não confiam no que ele diz. Por isso querem verificar se nossas histórias batem.

— A Guarda Escarlate é boa em guardar segredos — respondo, com os pensamentos turvos. Estou mentindo? Estou jogando mais lenha na fogueira de desconfiança entre Maven e Piedmont? — Não me deram muitas informações sobre as operações deles.

— *Suas* operações. — Alexandret franze a sobrancelha, formando uma ruga funda no centro da testa. — Você era a líder deles. Me recuso a acreditar que possa ser tão inútil para nós.

Inútil. Há dois meses, eu era a garota elétrica, uma tempestade em forma de gente. Mas, antes, eu era exatamente isso. Inútil para tudo e todos, até para meus inimigos. Nos tempos de Palafitas, odiava isso. Agora, fico grata. Sou uma péssima arma para ser empunhada por um prateado.

— Não sou líder deles — digo. Atrás de mim, ouço Maven se agitar na cadeira. Torço para que esteja se contorcendo. — Nunca conheci os líderes.

Ele não acredita em mim. Tampouco acredita no que lhe falaram antes.

— Quantos dos seus agentes estão em Piedmont?

— Não sei.

— Quem financia suas atividades?

— Não sei.

Começa como um formigamento nos meus dedos. Uma sensação minúscula. Nem agradável nem incômoda. Como quando o braço fica dormente. Alexandret não solta meu queixo em momento algum. As algemas vão me proteger dele, digo a mim mesma. Têm que me proteger.

— Onde estão o príncipe Michael e a princesa Charlotta?

— Não sei quem são essas pessoas.

Michael, Charlotta. Mais nomes para memorizar. O formigamento continua, agora em meus braços e pernas. Solto o ar entredentes.

Seus olhos se estreitam em concentração. Me preparo para uma explosão de dor causada pela habilidade a que ele vai me sujeitar, seja qual for.

— Você teve algum contato com a República Livre de Montfort?

O formigamento é suportável. O que dói mesmo é o aperto no meu queixo.

— Sim — deixo escapar.

Então ele recua, me soltando com um sorriso desdenhoso. Olha para meus punhos, então ergue a manga com força para ver minhas amarras. O formigamento em meus braços e pernas diminui. O príncipe fecha a cara.

— Majestade, gostaria de questioná-la sem as algemas de Pedra Silenciosa. — Outra exigência disfarçada de pedido.

Desta vez, Maven nega. Sem minhas algemas, sua habilidade seria ilimitada. Deve ser muito forte para ter penetrado mesmo que um pouco por minha jaula de silêncio. Eu seria torturada. De novo.

— Não, alteza. Ela é perigosa demais para isso — Maven diz com um breve aceno da cabeça. Apesar de todo o meu ódio, sinto alguma gratidão. — E, como você disse, ela é valiosa. Não posso deixar que a destrua.

Samson não tenta esconder a repulsa.

— Alguém deveria fazer isso.

— Tem mais alguma coisa que eu possa fazer por vossas altezas ou pelo príncipe Bracken? — Maven insiste, falando mais alto que seu primo diabólico. Ele levanta da cadeira, usando uma mão para alisar o uniforme cravejado de medalhas e distintivos de honra. Mas mantém a outra no assento, como uma garra em volta do braço de Pedra Silenciosa. É sua âncora e seu escudo.

Daraeus faz uma reverência profunda pelos dois príncipes, sorrindo de novo.

— Ouvi boatos de um banquete.

— Por incrível que pareça — Maven diz com um sorriso viperino para mim —, dessa vez os boatos são verdadeiros.

Lady Blonos nunca me ensinou como entreter a realeza de uma nação aliada. Já vi banquetes antes, bailes, uma Prova Real que estraguei sem querer, mas nunca nada como isso. Talvez porque o antigo rei não se importasse tanto com as aparências, mas Maven é sua mãe encarnada. *Parecer poderosos os torna poderosos.* Hoje ele segue a lição à risca. Seus conselheiros, seus convidados de Piedmont e eu estamos sentados a uma mesa longa, de onde dá para ver todo o resto.

Nunca pus os pés neste salão de festa antes. A sala do trono, as galerias e as salas de banquete do resto de Whitefire parecem minúsculas perto dele. Acomoda facilmente toda a corte reunida, todos os nobres e suas famílias. O aposento tem três andares e janelas enormes de cristal e vidro colorido, representando as cores de cada uma das Grandes Casas. O resultado é uma dezena de arco-íris cobrindo o piso de mármore e granito preto; cada raio de luz forma um prisma que vai mudando de acordo com as faces de diamante dos lustres esculpidos em forma de árvores, pássaros, raios de sol, constelações, tempestades, incêndios, furacões e dezenas de outros símbolos da força prateada. Eu passaria toda a refeição admirando o teto se não fosse pela minha situação precária. Pelo menos não estou ao lado de Maven desta vez. Os príncipes vão ter que suportá-lo hoje. Mas Jon está à minha esquerda e Evangeline, à minha direita. Mantenho os cotovelos bem próximos do corpo, sem querer tocar em nenhum deles por acidente. Ela pode me esfaquear e ele pode vir com mais alguma premonição nauseante.

Por sorte, a comida é boa. Me obrigo a comer e a ficar longe do licor. Criados vermelhos circulam e nenhum copo fica vazio.

Depois de dez minutos tentando chamar a atenção de algum deles, desisto da tentativa. Eles são espertos e não estão dispostos a arriscar a vida olhando na minha direção.

Mantenho os olhos fixos à frente, contando as mesas e as Grandes Casas. Estão todas aqui. A Casa Calore é representada apenas por Maven. Ele não tem nenhum outro parente que eu conheça, mas desconfio que devem existir. Assim como os criados, devem ser espertos o bastante para evitar sua fúria invejosa e seu frágil controle do trono.

A Casa Iral parece menor, apagada apesar de seus trajes vibrantes, azuis e vermelhos. Não há muitos deles e me pergunto quantos não foram enviados ao presídio de Corros. Ou quantos fugiram da corte. Sonya ainda está aqui, porém, com a postura elegante e treinada, mas estranhamente tensa. Ela trocou o uniforme de agente por um vestido de gala cintilante e está sentada ao lado de um homem mais velho, com um colar resplandecente de rubis e safiras. Provavelmente o novo líder da Casa, visto que sua predecessora, a Pantera, foi assassinada por um homem sentado a poucos metros de distância. Queria saber se Sonya contou à família o que falei sobre sua avó e Ptolemus. Queria saber se eles dão a mínima.

Levo um sobressalto quando Sonya ergue os olhos incisivos, fixando-os nos meus.

Ao meu lado, Jon solta um suspiro longo e baixo. Pega sua taça de vinho escarlate com uma mão e deixa a faca na mesa com a outra.

— Mare, pode me fazer um favorzinho? — ele diz, com calma.

Até sua voz me enoja. Viro para ele com todo o veneno e desprezo que consigo.

— O quê?

Algo estala e uma dor queima na minha bochecha, cortando a pele, queimado a carne. Me retraio com a sensação, caindo de lado, me encolhendo feito um animal assustado. Meu ombro colide com Jon e ele se inclina para a frente, derrubando água e vinho sobre a toalha de mesa elegante. Sangue também. Muito sangue. Eu o sinto, quente e úmido, mas não olho para baixo para ver a cor. Meus olhos estão em Evangeline, levantando da mesa com o braço estendido.

Uma bala tremula no ar diante dela, mantida imóvel. Imagino que seja igual à que cortou minha bochecha — e poderia ter causado um estrago muito maior.

Seu punho se cerra e a bala ricocheteia de volta para onde veio, seguida por lascas de aço frio que saem explodindo do vestido dela. Observo horrorizada conforme vultos azuis e vermelhos trespassam a tempestade metálica, desviando, caindo, evitando os golpes. Eles chegam a pegar pedaços dos projéteis de metal dela e os atirar de volta, recomeçando o ciclo numa dança reluzente e violenta.

Evangeline não é a única a atacar. Os sentinelas avançam, subindo na mesa alta, formando uma muralha diante de nós. Seus movimentos são perfeitos, graças a anos de treinamento incansável. Mas há buracos nas suas fileiras. Alguns tiram as máscaras, jogando de lado os uniformes flamejantes. Eles se voltam uns contra os outros.

As Grandes Casas fazem o mesmo.

Nunca me senti tão exposta, tão indefesa, e isso é dizer muito. À minha frente, deuses estão duelando. Meus olhos se arregalam, tentando ver tudo. Tentando entender isso. Nunca imaginei algo assim. Uma batalha de arena no meio de um salão de festa. Joias em vez de armaduras.

Iral, Haven e Laris com seu amarelo vibrante parecem estar do mesmo lado. Eles se protegem, ajudam uns aos outros. Os dobra-ventos de Laris lançam os silvos de Iral de um lado para o outro do salão com rajadas fortes, usando-os como flechas vivas enquanto os Iral atiram com armas de fogo e lançam facas com uma precisão letal. Os Haven desapareceram por completo, mas alguns sentinelas à nossa frente caem, derrubados por ataques invisíveis.

E o resto... o resto não sabe o que fazer. Alguns — Samos, Merandus, a maioria dos guardas e sentinelas — se agrupam na mesa alta, correndo para defender Maven, que não consigo ver. Mas a maioria recua, surpresa, traída, sem querer chafurdar nessa bagunça e arriscar a própria vida. Eles se defendem e mais nada. Observam para ver a direção da maré.

Meu coração salta no peito. Esta é minha chance. No meio do caos, ninguém vai me notar. As algemas não me tiraram os instintos ou talentos de ladra.

Me ergo do chão, sem me preocupar com Maven nem ninguém. Concentro-me apenas no que está à minha frente. A porta mais próxima. Não sei aonde leva, mas vai me tirar daqui, e isso basta. Enquanto corro, pego uma faca da mesa e começo a agir, tentando abrir as algemas.

Alguém foge à minha frente, deixando um rastro de sangue escarlate. Manca, mas se move rápido e entra por uma porta. Jon, percebo. Está escapando. Ele vê o futuro. Certamente sabe a melhor saída daqui.

Não sei se vou conseguir acompanhar seu ritmo.

A resposta surge depois de apenas três passos, quando um sentinela me apanha. Ele puxa meus braços para trás, me segurando firme. Resmungo como uma criança irritada, exasperada de frustração, enquanto minha mão deixa a faca cair.

— Não, não, não — ouço Samson dizer quando entra no meu caminho. O sentinela me segura tão forte que nem consigo me encolher. — Isso não pode acontecer.

Agora entendo do que se trata. Não é um resgate. Não para mim. É um golpe, uma tentativa de assassinato. Eles vieram atacar Maven.

Iral, Haven e Laris não vão conseguir ganhar esta batalha. Estão em menor número e sabem disso. Estão preparados para isso. Os Iral são estrategistas e espiões. Seu plano é bem executado. Já estão fugindo pelas janelas estilhaçadas. Observo, estupefata, enquanto se lançam no céu, pegando carona nos vendavais que os levam para longe. Nem todos conseguem escapar. Os lépidos de Nornus capturam alguns, assim como o príncipe Daraeus, apesar da longa faca cravada em seu ombro. Imagino que os Haven já tenham partido há muito tempo também, embora um ou dois ressurjam no meu campo de visão, sangrando, morrendo, atacados pelo massacre de um murmurador Merandus. O próprio Daraeus ergue o braço e segura alguém pelo pescoço. Quando ele aperta, um Haven aparece.

Os sentinelas que viraram a casaca, todos das Casas Laris e Iral, tampouco conseguem fugir. Estão ajoelhados, furiosos mas sem medo, determinados. Sem máscara, não parecem tão aterrorizantes.

Um som gorgolejante atrai nossa atenção. O sentinela se vira, deixando que eu veja o centro do que antes era a mesa de banquete. Uma multidão se aglomera onde estava a cadeira de Maven, alguns de guarda, outros ajoelhados. Entre as pernas deles, eu o vejo.

Sangue prateado borbulha de seu pescoço, escorrendo por entre os dedos do sentinela mais próximo, que tenta manter a pressão num ferimento de bala. Os olhos de Maven se reviram e sua boca se move. Ele não consegue falar. Não consegue gritar. Um som úmido e abafado é tudo o que é capaz de emitir.

É bom que o sentinela continue me segurando. Senão, eu poderia correr até ele. Algo dentro de mim quer se aproximar. Se para terminar o serviço ou consolá-lo durante a morte, eu não sei. Desejo as duas coisas em igual medida. Quero olhar em seus olhos e vê-lo me deixar para sempre.

Mas não consigo me mover e o jovem rei simplesmente não morre.

A curandeira de pele Skonos, a mesma que me curou, ajoelha ao seu lado. Acho que o nome dela é Wren. Pequena e ágil como um passarinho, ela estala os dedos.

— Tirem a bala; eu cuido dele! — a curandeira grita. — Tirem, agora!

Ptolemus Samos se agacha, abandonando a vigília. Ele contorce os dedos e a bala sai do pescoço de Maven, provocando um novo esguicho prateado. O jovem rei tenta gritar, mas engasga com o próprio sangue.

Com a testa franzida, a curandeira de pele trabalha, mantendo as duas mãos na ferida. Ela se curva como se apoiasse o peso sobre ele. Deste ângulo, não dá para ver a pele de Maven, mas o sangue para de jorrar. A ferida que deveria tê-lo matado se fecha. Músculos, veias e carne se reconstroem, novos em folha. Não fica nenhuma cicatriz além da memória.

Depois de um longo momento assustado, Maven levanta de um salto e chamas explodem de ambas as mãos, fazendo seu séquito recuar. A mesa diante dele vira, empurrada pela força e pela fúria de sua chama. Cai numa pilha estrondosa, espirrando poças de álcool que queimam em chamas azuis. O resto pega fogo, alimentado pela raiva de Maven. E, penso eu, por seu pavor.

Só Volo tem coragem de se aproximar do rei nesse estado.

— Majestade, precisamos tirá-lo daqui...

Com os olhos perversos, Maven se vira. Sobre ele, as lâmpadas nos lustres explodem, derramando chama em vez de faíscas.

— Não tenho motivos para fugir.

Tudo isso em poucos momentos. O salão de festa está em frangalhos, cheio de copos partidos, mesas tombadas e alguns corpos mutilados.

O príncipe Alexandret está entre eles, caído morto em seu lugar de honra com um buraco de bala entre os olhos.

Não lamento sua perda. A habilidade dele era causar dor.

Obviamente, sou a primeira que interrogam. Eu deveria estar acostumada a essa altura.

Exausta, emocionalmente esgotada, caio no chão frio de pedra quando Samson me libera. Respiro com dificuldade, como se tivesse acabado de correr. Tento desacelerar meu coração, parar de ofegar, me segurar a qualquer resquício de dignidade e bom senso. Estremeço quando os Arven recolocam minhas algemas; depois, levam a chave para longe. É um alívio e um fardo ao mesmo tempo. Um escudo e uma jaula.

Dessa vez, voltamos para as câmaras grandiosas do conselho, o salão circular em que vi Walsh morrer para proteger a Guarda Escarlate. Aqui tem mais espaço para julgar as dezenas de assassinos capturados. Os sentinelas seguram os prisioneiros com força, sem permitir qualquer movimento. Maven encara todos do alto de sua cadeira, entre Volo e Daraeus, que parece dividido entre a tristeza e uma fúria raivosa. O outro príncipe de seu país morreu, abatido numa tentativa de assassinato contra Maven. Uma tentativa que, infelizmente, fracassou.

— Ela não sabia nada disso. Nem sobre a revolta das Casas nem sobre a traição de Jon — Samson diz ao salão. A câmara terrível parece pequena, com a maioria das cadeiras vazias e as portas bem trancadas. Apenas os conselheiros mais próximos de Maven permanecem, de vigia, com as engrenagens girando na cabeça.

De sua cadeira, Maven observa com desdém. Ser quase assassinado não parece abalá-lo.

— Não, isso não foi obra da Guarda Escarlate. Eles não agem dessa forma.

— Você não tem como saber isso — Daraeus retruca, deixando para trás seus sorrisos e boas maneiras. — Diga o que quiser, mas não sabe nada sobre eles. Se a Guarda Escarlate se aliou com...

— Corrompeu — Evangeline vocifera de seu lugar, ao lado esquerdo de Maven. Ela não tem uma cadeira no conselho nem um título para chamar de seu e precisa ficar em pé, apesar dos vários assentos vazios. — Deuses não se aliam a insetos, mas podem ser infectados por eles.

— Belas palavras de uma bela garota — Daraeus diz, desprezando-a por completo. Evangeline fica furiosa. — E o resto?

Com um gesto de Maven, o próximo interrogatório começa energicamente. Trio segura firme uma sombria Haven para não fugir. Sem sua habilidade, ela parece apagada, um eco de sua bela Casa. Seu cabelo ruivo está mais escuro, mais opaco, sem o brilho escarlate costumeiro. Quando Samson coloca a mão em sua testa, ela solta um grito agudo.

— Ela está pensando na irmã — Samson diz sem nenhum sentimento além de tédio, talvez. — Elane.

Eu a vi há poucas horas, deslizando pelo salão de Evangeline. Não deu nenhum indício de que sabia de um assassinato iminente. Mas nenhum bom estrategista daria.

Maven também sabe disso. Ele encara Evangeline, furioso.

— Soube que Lady Elane escapou com a maior parte da Casa dela e fugiu da capital — o rei diz. — Você tem alguma ideia de aonde podem ter ido, minha querida?

Ela mantém o olhar à frente, como se caminhasse sobre uma corda que vai se afinando. Mesmo com o pai e o irmão ali, acho que ninguém poderia salvá-la da ira de Maven caso ele estivesse inclinado a estourar.

— Não, por que eu saberia? — Evangeline diz, distraída, examinando as unhas que mais parecem garras.

— Porque ela é noiva do seu irmão e também sua putinha — o rei responde, direto.

Se sente vergonha ou mesmo arrependimento, Evangeline não demonstra.

— Ah, isso. — Ela chega a zombar, desprezando a acusação. — Como poderia arrancar alguma informação de mim? Você se esforça tanto para me manter longe dos conselhos e da política. No máximo, Elane lhe fez um favor me entretendo.

A discussão me faz lembrar de outro rei e de outra rainha: os pais de Maven, discutindo depois que a Guarda Escarlate invadiu uma festa no Palacete do Sol. Um atacando o outro, deixando feridas profundas a serem exploradas mais tarde.

— Então se submeta ao interrogatório, Evangeline, e veremos — ele dispara, apontando com a mão cheia de joias.

— Nenhuma filha minha vai se submeter a nada — Volo declara, embora mal pareça uma ameaça. É apenas um fato. — Ela não participou de nada disso e defendeu você com a própria vida. Sem a ação rápida de Evangeline e do meu filho... Bom, simplesmente *dizer* isso seria traição. — O velho patriarca franze a testa, enrugando a pele branca, como se o pensamento fosse repulsivo. Como se ele não fosse celebrar caso Maven morresse. — Longa vida ao rei.

No meio do salão, a Haven rosna, tentando empurrar Trio. Ele segura firme, mantendo-a de joelhos.

— Sim, longa vida ao rei! — ela diz, olhando feio para nós. — Tiberias vii! Longa vida ao rei!

Cal.

Maven levanta, batendo os punhos nos braços da cadeira. Penso que o salão vai pegar fogo, mas nenhuma chama brota. Não há como. Não enquanto ele está sentado em Pedra Silenciosa. Seus olhos são as únicas chamas acesas. E, então, devagar, com um sorriso maníaco, o rei começa a rir.

— Tudo isso... por causa *dele*? — Maven diz, sorrindo perversamente. — Meu irmão assassinou o rei, nosso pai, ajudou a assassinar minha mãe e agora tenta me assassinar. Samson, pode continuar. — Ele inclina a cabeça para o primo. — Não tenho dó nem piedade quando se trata de traidores. Muito menos traidores idiotas.

O restante se vira para ver o interrogatório, para ouvir a Haven revelando segredos de sua facção, seus objetivos, seus planos. Substituir Maven pelo irmão. Tornar Cal o rei que ele nasceu para ser. Fazer tudo voltar a como era antes.

Durante todo o processo, não tiro os olhos do garoto no trono. Ele mantém a máscara. O maxilar cerrado, os lábios pressionados numa linha fina e impiedosa. Os dedos imóveis, as costas eretas. Mas seu olhar vacila. Ele parece distante. E, em sua gola, surge um leve tom cinza, tingindo seu pescoço e a ponta de suas orelhas.

Maven está aterrorizado.

Por um segundo, isso me deixa feliz. Então me lembro: os monstros são mais perigosos quando estão assustados.

ONZE

Cameron

❦

Mesmo se acabasse virando um picolé, preferia ter ficado para trás em Trial. Não por medo, mas para provar meu ponto de vista. Não sou uma arma para ser usada, ao contrário de Barrow. Ninguém tem o direito de me dizer aonde ir ou o que fazer. Estou cheia disso. Já passei a vida inteira assim. Todos os meus instintos me dizem para ficar longe das operações da Guarda em Corvium, uma cidade-fortaleza que engole soldados e cospe seus ossos.

Só que meu irmão, Morrey, está a poucos quilômetros de distância agora, enfiado numa trincheira. Mesmo com minha habilidade, vou precisar de ajuda para chegar até ele. E, se quiser algo dessa Guarda ridícula, vou ter que começar a dar alguma coisa em troca. Farley deixou isso bem claro.

Eu gosto dela, ainda mais depois que pediu desculpa pelo comentário sobre nos "usar". A garota fala o que pensa. Não se deixa abater, embora tenha todo o direito. Ao contrário de Cal, que fica deprimido pelos cantos, recusando-se a ajudar e depois cedendo quando está a fim. O príncipe me cansa. Não sei como Mare conseguia suportar esse cara e sua incapacidade de escolher um maldito lado — ainda mais quando só há uma opção. Agora mesmo ele está vociferando, alternando entre querer proteger os prateados de Corvium e arrasar a cidade.

— Vocês precisam controlar as muralhas — Cal murmura, diante de Farley e do coronel. Estamos operando a partir do nosso quartel-general em Rocasta, uma cidade fornecedora a poucos quilômetros de nosso objetivo. — Se controlarem as muralhas, podem virar a cidade do avesso... ou derrubá-las completamente. Deixar Corvium inútil. Para todo mundo.

Sem nada para fazer, sento na sala quase vazia, no meu lugar ao lado de Ada. Foi ideia de Farley. Somos duas dos sanguenovos mais visíveis, famosas entre os dois tipos de vermelhos. Incluir-nos nesta reunião manda uma mensagem forte para o resto da unidade. Ada observa com olhos arregalados, memorizando as palavras e os gestos. Normalmente, Nanny estaria aqui com a gente, mas ela se foi. Era uma mulher pequena, mas deixou um vazio enorme. E sei de quem é a culpa.

Meus olhos queimam as costas de Cal. Sinto o formigamento do meu poder e resisto ao impulso de deixá-lo de joelhos. O príncipe está disposto a nos matar para salvar Mare mas não a matar seus semelhantes para salvar o resto do mundo. Foi escolha de Nanny se infiltrar sozinha em Archeon, mas todo mundo sabe que a ideia não partiu dela.

Farley está tão furiosa quanto eu. Mal consegue olhar para Cal, mesmo quando fala com ele.

— A questão agora é como vamos despachar nossa tropa. Não podemos concentrar todo mundo nas muralhas, por mais importantes que sejam.

— Pela minha contagem, há dez mil soldados vermelhos em Corvium. — Quase rio com a humildade de Ada. *Pela minha contagem.* A contagem dela é perfeita e todo mundo sabe disso. — O protocolo militar define que deve haver um oficial para cada dez vermelhos, o que significa pelo menos mil prateados dentro da cidade, sem levar em conta as unidades de comando e a administração. Neutralizar os prateados deve ser nosso objetivo.

Cal cruza os braços, duvidando até da inteligência perfeita e indiscutível de Ada.

— Não sei. Nosso objetivo é destruir Corvium, o centro do Exército de Maven. Isso pode ser feito sem... — ele balbucia — sem um massacre de ambos os lados.

Como se ele se importasse com o que acontece com o nosso lado. Como se desse a mínima se algum de nós morresse.

— Como você planeja destruir uma cidade com mil prateados de vigia? — pergunto em voz alta, sabendo que não vou ter resposta. — Vai pedir para ficarem todos sentadinhos sem fazer nada?

— É claro que vamos combater os que resistirem — o coronel intervém. Ele encara Cal, desafiando-o a discordar. — E eles vão resistir. Disso temos certeza.

— Temos, é? — O tom de Cal é de uma arrogância calma. — Membros da própria corte tentaram matar Maven na semana passada. Se há uma divisão entre as Grandes Casas, há uma divisão nas Forças Armadas. Atacá-los diretamente só vai servir para unificar todos, pelo menos em Corvium.

Meu sarcasmo ecoa pela sala.

— Então a gente vai ficar esperando? Deixamos Maven lamber as feridas e se reorganizar? Damos tempo para ele recuperar o fôlego?

— Damos corda para ele se enforcar — Cal retruca. Ele fecha a cara como eu. — Damos tempo para Maven cometer mais erros. Agora está pisando em ovos com Piedmont, seu único aliado, e três das Grandes Casas estão abertamente em revolta. Uma delas simplesmente controla a Força Aérea, a outra tem uma vasta rede de informações. Sem falar que ele ainda tem a gente e Lakeland com que se preocupar. Maven está assustado; está se debatendo. Eu não ia querer estar no trono agora.

— É mesmo? — Farley pergunta, a voz descontraída. Mas as palavras atravessam a sala feito facas. Dá para ver que atingem Cal. A etiqueta real é suficiente para manter seu rosto impassível, mas seus olhos o denunciam. Ardem sob a luz fluorescente. — Não minta pra gente dizendo que não está nem aí para as outras notícias de Archeon. O motivo pelo qual Laris, Iral e Haven tentaram matar seu irmão.

Cal a encara.

— Eles tentaram um golpe porque Maven é um tirano que abusa do poder e mata seus semelhantes.

Bato o punho no braço da cadeira. Desta ele não vai fugir.

— Eles se revoltaram porque querem que você seja o rei! — grito. Para minha surpresa, Cal estremece. Talvez esteja esperando mais do que apenas palavras. Mas mantenho minha habilidade sob controle, por mais difícil que seja. — "Longa vida a Tiberias VII." Foi o que os assassinos disseram para Maven. Nossos espiões em Whitefire foram bem claros.

Ele solta um longo suspiro frustrado. Parece envelhecido pela conversa. Tem a sobrancelha franzida e o maxilar tenso. Os músculos se sobressaem em seu pescoço e seus punhos são cerrados. Ele é uma máquina prestes a quebrar — ou explodir.

— Não é inesperado — Cal murmura, como se melhorasse alguma coisa. — Era óbvio que haveria uma crise de sucessão em algum momento. Mas não há nenhuma maneira viável de me colocarem de volta no trono.

Farley inclina a cabeça.

— E se conseguissem? — Em silêncio, eu a estimulo. Farley não vai deixar pra lá como Mare fazia. — Se oferecessem a coroa, seu "direito inato", em troca de pôr um fim nisso tudo... você aceitaria?

O príncipe caído da Casa Calore se endireita para olhar no fundo dos olhos dela.

— Não.

Cal não mente tão bem quanto Mare.

★

— Por mais que eu odeie admitir, ele está certo em esperar.

Quase engasgo com o chá que Farley me serviu. Rapidamente, coloco a xícara lascada de volta à mesa decrépita dela.

— Você não está falando sério. Como pode confiar nele?

Farley anda de um lado para o outro, atravessando o quarto minúsculo em poucos passos largos. Uma mão massageia as costas conforme se move, aliviando mais uma de suas dores. Seu cabelo está cada dia mais longo, e ela o mantém trançado para trás. Eu ofereceria meu lugar, mas ultimamente ela não senta. Precisa continuar em movimento, para ficar mais confortável e gastar sua energia nervosa.

— É claro que não confio nele — Farley responde, chutando de leve uma das paredes com tinta descascada. A frustração é tão forte quanto suas outras emoções. — Mas tem certas coisas em que podemos confiar. Dá para saber que Cal vai agir de determinada forma quando se trata de certas pessoas.

— Você está falando de Mare.

Óbvio.

— De Mare e de Maven. O afeto por ela rivaliza em tamanho com o ódio por ele. Pode ser nosso único jeito de manter Cal por perto.

— Voto para deixar que vá embora, instigue outros prateados e vire mais uma pedra no caminho de Maven. A gente não precisa dele aqui.

Ela quase solta uma risada, um som amargurado hoje em dia.

— Sim, vou simplesmente dizer pro Comando que expulsamos nosso agente mais famoso. Vai dar muito certo.

— Ele nem está com a gente de verdade...

— Bom, Mare não está com Maven de verdade, mas as pessoas

não parecem entender isso também, não é? — Mesmo Farley estando certa, fecho a cara. — Enquanto tivermos Cal, as pessoas vão notar. Por mais que nosso primeiro atentado em Archeon tenha sido um desastre, ainda assim acabamos com um príncipe prateado do nosso lado.

— Uma droga de príncipe inútil.

— Irritante, frustrante, um verdadeiro pé no saco... mas não inútil.

— Ah, não? O que ele fez por nós além de causar a morte de Nanny?

— Nanny não foi obrigada a ir a Archeon, Cameron. Ela fez uma escolha e morreu. Às vezes é assim que funciona.

Apesar de seu tom acolhedor, Farley não é muito mais velha do que eu. Tem no máximo uns vinte e dois anos. Acho que seus instintos maternais já estão se revelando.

— Cal nos faz ganhar pontos com prateados menos hostis, e Montfort tem interesse nele.

Montfort. A misteriosa República Livre. Os gêmeos, Rash e Tahir, descrevem o lugar como um refúgio de liberdade e igualdade, onde vermelhos, prateados e rubros — como chamam os sanguenovos — convivem em harmonia. Um lugar impossível. Mas, mesmo assim, sou obrigada a acreditar no dinheiro, nos suprimentos e no apoio deles. A maioria dos nossos recursos vem deles de alguma forma.

— O que eles querem? — Mexo o chá, deixando o calor banhar meu rosto. Não é tão frio aqui quanto em Irabelle, mas o inverno ainda penetra no abrigo de Rocasta. — Um garoto-propaganda?

— Algo do tipo. Houve muitas conversas com o Comando. Não tenho acesso à maioria. Eles queriam Mare, mas...

— Ela anda meio ocupada.

A menção de Mare Barrow não afeta Farley tanto quanto a lembrança de Shade, mas uma centelha de dor cobre seu rosto mesmo assim. Ela tenta esconder, claro. Faz o possível para parecer impassível e normalmente consegue.

— Então não tem nenhuma chance de resgatarmos a garota — sussurro. Quando Farley faz que não, sinto uma pontada surpreendente de tristeza no peito. Por mais irritante que Mare possa ser, ainda a quero de volta. Precisamos dela. E, ao longo dos meses, percebi que *eu* preciso dela. Mare sabe como é ser diferente e estar em busca de seus semelhantes, temer e ser temida. Apesar de ser uma palerma arrogante na maior parte do tempo.

Farley para de andar de um lado para o outro para pegar outra xícara de chá. Está fumegante e enche o quarto com um aroma quente de ervas. Ela não bebe; em vez disso, vai até a janela embaçada no alto da parede, tingida pela luz do dia.

— Não sei como fazer isso com o que temos à disposição. Entrar em Corvium é fácil comparado a Archeon. Precisaria de uma ofensiva total, do tipo que não conseguimos reunir. Muito menos agora, depois de Nanny e da tentativa de assassinato. A segurança na corte vai estar no nível máximo, pior que um presídio. A menos...

— A menos?

— Cal acha que a gente deve esperar. Deixar que os prateados em Corvium se voltem uns contra os outros. Deixar Maven cometer erros antes de agirmos.

— E isso vai ajudar Mare também?

Farley concorda com a cabeça.

— A corte fraca e dividida de um rei paranoico deve tornar uma fuga mais fácil para ela. — Farley suspira, olhando para o chá intocado. — Só ela mesma pode se salvar agora.

É fácil mudar o rumo da conversa. Por mais que eu queira Mare de volta, há outra coisa de que preciso mais.

— O Gargalo fica a quantos quilômetros daqui?
— De novo isso?
— Sempre isso. — Afasto a cadeira para levantar. Sinto que preciso ficar de pé. Tenho a mesma altura de Farley, mas ela sempre parece me olhar de cima. Sou jovem, destreinada. Não conheço muito do mundo fora da minha favela. Mas isso não significa que eu vá ficar aqui seguindo ordens. — Não estou pedindo sua ajuda nem a da Guarda. Só preciso de um mapa e de uma pistola. Faço o resto sozinha.

Ela nem pestaneja.

— Cameron, seu irmão está no meio de uma legião. Não é o mesmo que arrancar um dente.

Cerro o punho ao lado do corpo.

— Você acha que vim até aqui para ficar parada vendo Cal mexer seus pauzinhos? — É um argumento velho a essa altura. Ela me corta sem dificuldade.

— Bom, eu definitivamente não acho que você tenha vindo para morrer. — Seus ombros largos se elevam um pouco, desafiantes. — Porque é exatamente isso que vai acontecer, por mais forte e letal que seja sua habilidade. E, mesmo se você levar uma dúzia de prateados junto, não vou deixar que morra por besteira. Estamos entendidas?

— Meu irmão não é besteira — resmungo. Ela tem razão, mas não vou admitir. Em vez disso, evito seu olhar e viro para a parede. Puxo a tinta descascada, arrancando pedaços com irritação. Uma coisa infantil, mas faz com que me sinta um pouco melhor. — Você não é minha capitã. Não pode me dizer o que fazer com a minha vida.

— É verdade. Sou só uma amiga tentando ressaltar um fato. — Ouço quando ela se move, os passos pesados no piso que range. Mas o toque dela é leve quando roça a mão no meu ombro. Seu movimento é robótico, sem saber direito como consolar outra pessoa. Friamente, me pergunto como ela e o caloroso e sorridente Shade Barrow conseguiam conversar, que dirá dividir a cama.

— Lembro do que você falou para Mare. Quando encontramos você. No jato, você disse que a busca dela por sanguenovos, para salvar vocês, era errada. Uma continuação da divisão de sangue. Favorecer um tipo de vermelho em detrimento de outro. E você estava certa.

— Não é a mesma coisa. Só quero salvar meu irmão.

— Como você acha que o resto de nós chegou aqui? — ela zomba. — Para salvar um amigo, um irmão, um pai. Para se salvar. Todos viemos por motivos egoístas, Cameron. Mas não podemos nos deixar distrair por eles. Temos que pensar na causa. No bem maior. E você pode fazer muito mais aqui, com a gente. Não podemos perder você...

Também. Não podemos perder você também. A última palavra paira no ar, tácita. Eu a escuto mesmo assim.

— Você está errada. Não vim por escolha própria. Fui forçada. Mare Barrow me obrigou a acompanhar vocês e todo mundo levou isso na boa.

— Cameron, essa é uma carta que você já usou demais. Faz muito tempo que escolheu ficar. Que escolheu ajudar.

— E o que você escolheria agora, Farley? — Eu a encaro. Ela pode ser minha amiga, mas isso não quer dizer que eu tenha que desistir.

— Como assim?

— Você escolheria o bem maior? Ou Shade?

Quando ela não responde e seu olhar perde o foco, sei qual é a resposta. Percebo que não quero vê-la chorar e dou as costas, dirigindo-me para a porta.

— Preciso treinar — falo sozinha. Duvido que Farley esteja ouvindo.

★

É mais difícil treinar no abrigo de Rocasta. Não temos muito espaço, sem falar que a maioria dos agentes que conheço ficou em Irabelle. Kilorn, por exemplo. Afoito como é, falta muito para estar preparado para uma batalha de verdade, e ele não tem nenhuma habilidade em que se apoiar. Ficou para trás. Mas minha treinadora, não. Afinal, é prateada e o coronel quer ficar de olho nela.

Sara Skonos espera no porão do pavilhão blindado, num cômodo dedicado aos exercícios dos sanguenovos. Está na hora do jantar, então os outros subiram para comer com os demais. Temos o espaço para nós, embora não precisemos de muito.

Ela está sentada de pernas cruzadas, com as mãos no chão de concreto que combina com as paredes. Seu bloco de anotações também está aqui, pronto para ser usado se necessário. Os olhos dela acompanham minha entrada, o único cumprimento que vou receber. Até agora, não encontramos nenhuma outra curandeira de pele para se juntar a nós, e Sara continua muda. Apesar do tempo de convívio, a visão das bochechas descarnadas dela e da língua decepada ainda me causa arrepios. Como sempre, ela finge não notar e aponta para o espaço à sua frente.

Sento como manda e resisto ao velho impulso de lutar ou fugir.

Ela é prateada. É tudo o que fui criada para temer, odiar e obedecer. Mas não consigo desprezar Sara Skonos como desprezo Julian ou Cal. Não que eu tenha pena dela. Acho que... eu a entendo. Conheço a frustração de saber que está certa e ser ignorada ou punida por isso. Perdi as contas de quantas vezes recebi metade das rações por olhar feio para um supervisor prateado. Por falar fora de hora. Sara fez o mesmo, só que contra uma rainha. Por isso suas palavras foram arrancadas dela para sempre.

Mesmo não podendo falar, ela tem seu jeito de comunicar o que deseja. Bate no meu joelho, me obrigando a encarar seus olhos cinza e turvos. Então abaixa o rosto e coloca a mão no coração.

Sigo os movimentos, sabendo o que ela quer. Imito sua respiração constante e profunda, em sucessão uniforme. Um mecanismo relaxante que ajuda a abafar todos os pensamentos que se agitam na minha cabeça. Isso esvazia minha mente, permitindo que eu sinta o que normalmente ignoro. Minha habilidade zumbe sob a pele, constante como sempre, mas agora me permito notá-la. Não usá-la, mas reconhecer sua existência. Meu silenciamento ainda me é novo e preciso aprender a conhecê-lo como qualquer habilidade recente.

Depois de longos minutos de respiração, ela dá outra batidinha, me fazendo erguer os olhos. Dessa vez, aponta para si mesma.

— Sara, realmente não estou no clima — começo a dizer, mas ela ergue a mão num movimento cortante. *Cala a boca*, uma mensagem clara como o dia. — É sério. Posso te machucar.

Ela bufa no fundo da garganta, uma das únicas vocalizações que consegue fazer. É quase o som de uma risada. Então aponta para os lábios, abrindo um sorriso sombrio. Já foi ferida de forma muito pior.

— Tudo bem, eu avisei — suspiro. Eu me mexo um pouco, ajeitando a posição. Então franzo a testa, deixando que minha habilidade tome conta de mim, aprofundando-se, expandindo-se. Até tocar nela. E o silêncio cair.

Seus olhos se arregalam. É uma pontada no começo, ou pelo menos espero que seja. Estou só treinando. Não pretendo nocauteá-la. Penso em Mare, capaz de invocar tempestades, enquanto Cal consegue criar incêndios, mas os dois têm dificuldade em manter uma conversa simples sem explodir. O controle exige mais prática do que a força bruta.

Minha habilidade se aprofunda e ela ergue um dedo para demonstrar o nível de desconforto. Tento manter o silenciamento no mesmo nível, constante mas firme. É como conter uma maré. Não sei como é a sensação de ser silenciada. A Pedra Silenciosa não funcionou comigo no presídio de Corros, mas sufocou, drenou — e matou lentamente — todas as pessoas à minha volta. Consigo fazer o mesmo. Depois de mais ou menos um minuto, ela levanta o segundo dedo.

— Sara...?

Com a outra mão, ela gesticula para que eu continue.

Lembro da nossa sessão de ontem. No cinco, ela estava no chão. Eu sabia que podia continuar, mas incapacitar nossa única curandeira de pele não é a atitude mais inteligente nem algo que eu queira fazer.

Suas bochechas se colorem, mas a porta do porão se abre antes que ela consiga erguer outro dedo.

Minha concentração e meu silêncio se quebram, trazendo um suspiro aliviado dela. Nós duas nos viramos para ver quem nos interrompe. Enquanto ela abre um raro sorriso, fecho a cara.

— Jacos — murmuro na direção dele. — Estamos treinando, caso não tenha notado.

Um lado de sua boca se contorce, quase retribuindo meu sorriso de desprezo, mas Julian se contém. Assim como o resto de nós, está com uma cara melhor em Rocasta. As provisões são mais fáceis de obter. Nossas roupas são de melhor qualidade, protegendo contra o frio. A comida é mais substanciosa, os cômodos têm mais aquecimento. A cor de Julian retornou, e seu cabelo grisalho parece mais brilhante. Ele é prateado. Nasceu para gozar de boa saúde.

— Ah, que tolice a minha. Pensei que estavam sentadas no concreto frio por diversão — ele responde. Claramente, as coisas continuam iguais entre nós. Sara olha feio para ele, numa reprimenda fraca, mas Julian relaxa mesmo assim. — Desculpe, Cameron — ele acrescenta rápido. — Só queria contar uma coisa para Sara.

Ela ergue uma sobrancelha, inquisitiva. Quando levanto para sair, Sara me detém e, com um aceno, pede para Julian continuar. Ele sempre obedece quando se trata dela.

— Houve um êxodo da corte. Maven expulsou dezenas de nobres, a maioria antigos conselheiros do pai e aqueles que ainda podiam nutrir lealdade a Cal. Nem acreditei no relatório da espionagem no começo. Nunca vi nada desse tipo.

Julian e Sara se encaram, ambos ponderando o que isso quer dizer. Não dou a mínima para seus velhos amigos, meia dúzia de nobres prateados.

— E Mare? — pergunto alto.

— Continua lá, prisioneira. E qualquer rachadura que podíamos esperar das Casas revoltadas... — Ele suspira, abanando a cabeça. — Maven já está em guerra e agora se prepara para uma tempestade.

Eu me remexo no chão, procurando uma posição mais confortável. Ele estava certo. O concreto frio não é agradável. Que bom que estou acostumada.

— A gente sabia que era impossível resgatar Mare. Qual é a novidade?

— Isso é bom e ruim. Mais inimigos para Maven significa mais oportunidades de agir fora do seu alcance. Mas ele está cerrando as fileiras, recuando, protegendo-se melhor. Nunca vamos chegar ao rei pessoalmente.

Ao meu lado, Sara emite um som baixo na garganta. Ela não pode dizer o que está pensando, então eu digo.

— Nem a Mare.

Julian concorda com o olhar grave.

— Como vai seu treinamento?

Ele muda de assunto rápido, e balbucio uma resposta.

— Da... da melhor maneira possível. A gente não tem muitos professores aqui.

— Porque você se recusa a treinar com meu sobrinho.

— Os outros podem treinar com ele — digo, sem me importar em esconder o sarcasmo na voz. — Mas não tenho como prometer que não vou matar o príncipe, então é melhor manter distância.

Sara solta um resmungo, mas Julian faz um sinal com a mão.

— Não tem problema. Você pode achar que não entendo seu ponto de vista, que não tenho como entender, e tem razão. Mas estou me esforçando, Cameron.

Ainda estamos sentadas no chão, e ele dá um passo hesitante na nossa direção. Não gosto nem um pouco disso e levanto com dificuldade, deixando que meus instintos defensivos tomem conta. Se for para ficar tão perto de Julian Jacos, quero estar preparada.

— Prometo que não precisa ter medo de mim — ele conclui.

— Promessas de prateados não significam nada. — Não preciso gritar. As palavras já são duras o bastante.

Para minha surpresa, Julian sorri. Mas sua expressão é oca, vazia.

— Ah, sei bem disso — ele murmura, mais para si mesmo e para Sara. — Guarde esse ódio. Sara pode discordar, mas vai ajudar você mais do que qualquer coisa, se conseguir usá-lo a seu favor.

Ainda que eu não queira conselhos de um homem como ele, não consigo deixar de gravar isso. Julian treinou Mare. Eu seria idiota se negasse que pode ajudar minha habilidade a crescer. E ódio é algo que tenho de sobra.

— Mais alguma notícia? — pergunto. — Farley e o coronel parecem paralisados. Será trabalho do seu sobrinho?

— Sim, acho que é.

— Esquisito. Pensei que ele estivesse sempre pronto para a briga.

Julian abre aquele sorriso estranho de novo.

— Cal foi criado para a guerra assim como você foi criada para as máquinas. Mas você não quer voltar para a fábrica, quer?

Uma resposta, qualquer resposta, fica presa na minha garganta. *Eu era escrava; fui forçada; era tudo o que eu conhecia.*

— Não dê uma de espertinho comigo, Julian — é o que sai entredentes.

Ele só dá de ombros.

— Estou tentando entender seu ponto de vista. Se esforce um pouco para entender o dele.

Em qualquer outro dia, sairia da sala a passos furiosos, defensivos. Encontraria refúgio num fusível queimado, num fio desencapado. Em vez disso, volto a sentar, assumindo meu lugar junto a Sara. Julian Jacos não vai me ver fugindo feito uma criança que levou bronca. Já enfrentei supervisores muito piores que ele.

— Vi bebês morrerem sem conhecer o sol. Sem respirar ar fresco. Escravos dos prateados. Você viu? Quando vir, daí pode me dar uma lição de moral sobre pontos de vista, Lord Jacos. — Dou as costas para ele. — Avise quando o príncipe finalmente escolher um lado. E se escolheu o certo. — Faço um sinal para Sara. — Pronta para começar de novo?

DOZE

Mare

❦

Meses atrás, quando os prateados fugiram do Palacete do Sol, assustados pelo ataque da Guarda Escarlate contra seu precioso baile, foi um ato unido. Partimos juntos, descendo o rio em sucessão para nos reagrupar na capital. Agora é diferente.

As exonerações de Maven vêm em blocos. Não fico sabendo de nada, mas noto os números diminuindo. Alguns conselheiros mais velhos ausentes. O tesoureiro real, alguns generais, membros de diversos conselhos. *Dispensados de seus postos*, dizem os boatos. Mas sei que não é bem assim. Eles eram próximos de Cal, próximos do pai dele. Maven é esperto em não confiar neles e implacável em suas destituições. Não os mata nem faz com que desapareçam. Não é idiota a ponto de deflagrar mais uma guerra entre as Casas. Mas é uma medida decisiva, para dizer o mínimo. Derrubar obstáculos como peças de um tabuleiro de xadrez. Os resultados são mesas que parecem bocas desdentadas. Buracos surgem, mais a cada dia. A maioria dos que são convidados a se retirar são mais velhos, homens e mulheres com lealdades antigas, que lembram mais e confiam menos no novo rei.

Há quem comece a falar em Corte das Crianças.

Muitos nobres foram embora, expulsos pelo rei, mas seus filhos e filhas foram deixados para trás. Uma exigência. Um alerta. Uma ameaça.

Reféns.

Nem mesmo a Casa Merandus escapa de sua paranoia crescente. Apenas a Casa Samos continua completa, sem que nenhum membro seja vítima das demissões tempestuosas do rei.

Os que ficam são devotados. Ou pelo menos fingem bem.

Deve ser por isso que, agora, Maven me convoca com mais frequência. Deve ser por isso que o vejo tanto. Sou a única em quem pode confiar. A única que realmente conhece.

Maven lê os relatórios no café da manhã, passando os olhos de um lado para o outro da página com uma velocidade intensa. É inútil tentar lê-los. Ele toma cuidado para mantê-los do seu lado da mesa. Quando termina, deixa-os virados e fora do meu alcance. É Maven que leio em vez dos relatórios. Ele não se dá ao trabalho de se cercar de Pedra Silenciosa, não aqui em sua sala de jantar particular. Mesmo os sentinelas esperam do lado de fora, posicionados em todas as portas e ao lado das janelas altas. Eu os vejo, mas eles não conseguem nos ouvir, como é a intenção de Maven. Seu uniforme está desabotoado, seu cabelo parece desgrenhado, e ele não usa a coroa a essa hora da manhã. Acho que é seu pequeno santuário, um lugar onde pode se iludir e se sentir seguro.

Maven quase parece o menino que eu imaginava ser real. O príncipe mais novo, satisfeito com sua posição, sem o fardo da coroa.

Pela beirada da taça de água, vejo todos os tiques e lampejos em seu rosto. Os olhos estreitos, a tensão no maxilar. Más notícias. As olheiras voltaram e, embora ele coma o suficiente para duas pessoas, devorando os pratos à nossa frente, parece ter definhado nos últimos dias. Eu me pergunto se tem pesadelos com a tentativa de assassinato. Com sua mãe, morta pelas minhas mãos. Com seu pai, morto por obra sua. Com seu irmão, no exílio, uma ameaça constante. Engraçado, Maven se dizia a sombra de Cal, mas Cal é a sombra agora, rondando todos os cantos do reinado frágil.

Há relatórios do príncipe exilado por toda parte, tão onipresentes que até eu fico sabendo deles. Cal foi avistado em Harbor Bay, Delphie, Rocasta; tem até informações duvidosas que insinuam que ele fugiu para Lakeland. Sinceramente, não sei qual dos rumores é verdade, se é que algum tem fundamento. Até onde sei, ele pode estar até em Montfort. Pode ter fugido para a segurança de uma terra distante.

Por mais que este seja o palácio de Maven, o mundo de Maven, vejo Cal em tudo. Nos uniformes imaculados, no treinamento dos soldados, nas velas flamejantes, nos retratos nas paredes e nas cores das Casas. Um salão vazio me lembra das aulas de dança. Se olho para Maven pelo canto do olho, consigo me iludir. Afinal, eles são meios-irmãos. Têm traços em comum. O cabelo escuro, os traços elegantes do rosto nobre. Mas Maven é mais pálido, mais afiado, um esqueleto em comparação, em corpo e alma. Ele está esgotado.

— Você encara tanto que fico achando que consegue ler pelo reflexo nos meus olhos — Maven diz de repente. Ele vira a página para baixo, escondendo o conteúdo e ergue os olhos.

Sua tentativa de me pegar de surpresa falha. Em vez disso, continuo passando uma quantidade vergonhosa de manteiga na torrada.

— Se ao menos eu pudesse ver alguma coisa nos seus olhos... — respondo. — Mas você é vazio.

Ele não se retrai.

— E você é inútil.

Reviro os olhos e bato as algemas distraidamente contra a mesa de café da manhã. Metal e pedra ecoam contra a madeira, como uma batida na porta.

— Nossas conversas são tão agradáveis.

— Se você prefere seu quarto... — ele alerta. Mais uma ameaça vazia que faz todos os dias. Nós dois sabemos que isto é melhor que a alternativa. Pelo menos agora posso fingir que estou fazendo algo de útil e ele pode fingir que não está completamente sozinho nesta prisão que construiu para si mesmo. Para nós dois.

É difícil dormir aqui, mesmo com as algemas, o que significa que tenho muito tempo para pensar.

E planejar.

Os livros de Julian não são apenas um consolo, mas uma ferramenta. Ele continua me ensinando, embora estejamos a sabe-se lá quantos quilômetros de distância. Nos volumes bem preservados, há lições a serem aprendidas e usadas. A primeira — e mais importante — é dividir para conquistar. Maven já está fazendo isso por mim. Agora devo retribuir o favor.

— Você pelo menos está procurando Jon?

Maven chega a ficar surpreso com a pergunta, a primeira menção ao sanguenovo que aproveitou a tentativa de assassinato para escapar. Até onde sei, ele não foi capturado. Parte de mim sente rancor. Jon fugiu, mas eu não. Ao mesmo tempo, estou contente. Ele é uma arma que quero longe de Maven Calore.

Depois de uma fração de segundo, o rei se recupera e volta a comer. Enfia um pedaço de bacon na boca, deixando a etiqueta de lado.

— Nós dois sabemos que ele não é fácil de encontrar.

— Mas você está procurando.

— Ele tinha conhecimento de um ataque contra seu rei e não fez nada — Maven declara, prático. — Isso é o mesmo que assassinato. Até onde sabemos, pode ter conspirado com as Casas Iral, Haven e Laris.

— Duvido. Se ele tivesse ajudado, teriam sido bem-sucedidos. É uma pena.

Maven ignora a farpa, continuando a ler e comer.

Inclino a cabeça, deixando o cabelo escuro cair sobre o ombro. As pontas cinzentas estão se espalhando, subindo apesar dos esforços da minha curandeira. Nem a Casa Skonos consegue curar o que já está morto.

— Jon salvou minha vida.

Seus olhos azuis encontram os meus, rígidos.

— Segundos antes do ataque, ele chamou minha atenção. Me fez virar a cabeça. Senão... — Toco a bochecha, onde a bala passou de raspão em vez de destroçar meu crânio. O ferimento cicatrizou, mas não foi esquecido. — Devo representar um papel no futuro que ele enxerga, seja lá qual for.

Maven se concentra no meu rosto. Não nos meus olhos, mas no lugar onde a bala teria atingido minha cabeça.

— Não sei por quê, mas você é uma pessoa difícil de deixar morrer.

Pelas aparências, forço um riso curto e amargurado.

— Qual é a graça?

— Quantas vezes você tentou me matar?

— Só aquela.

— E o sonador foi o quê? — Meus dedos tremem com a lembrança. A dor do aparelho ainda está fresca na minha memória. — Só parte de um jogo?

Outro relatório se agita sob o sol, virado para baixo. Ele lambe o dedo antes pegar o próximo. Tudo trabalho. Tudo aparências.

— O sonador não foi projetado para matar. Só para incapacitar você, se fosse necessário. — Uma expressão estranha perpassa seu rosto. Quase arrogante, mas não exatamente. — Nem fui eu que construí aquela coisa.

— Claro. Você não é muito criativo. Foi Elara?

— Na verdade, foi Cal.

Ah. Antes que eu possa evitar, abaixo a cabeça e desvio o olhar, precisando de um momento sozinha. A traição arde dentro de mim, mesmo que por um segundo. Não adianta nada ter raiva agora.

— Não acredito que ele não te contou. — Maven insiste. — Ele normalmente se orgulha tanto de si. É uma coisa brilhante mesmo. Mas não ligo para o aparelho. Mandei destruir aquilo. — Seus olhos estão fixos no meu rosto. Sedentos por uma reação. Não deixo meu semblante mudar, apesar do salto súbito no meu coração. O sonador foi destruído. Mais um presentinho, mais uma mensagem do fantasma. — Mas pode ser reconstruído facilmente. Cal fez a gentileza de deixar o projeto quando fugiu com seu bando de ratinhos vermelhos.

— Escapou — murmuro. *Pare. Não deixe ele te abalar.* Fingindo desinteresse, mexo na comida no prato. Faço o possível para parecer magoada, como Maven quer que eu esteja, mas não vou me permitir sentir isso de fato. Tenho que seguir o plano. Mudar o rumo da conversa para onde quero. — Você o obrigou a ir embora. Tudo para poder assumir seu lugar e fazer exatamente o que ele faria.

Assim como eu, Maven força uma risada para esconder como está irritado.

— Você não faz ideia do que Cal teria feito com a coroa na cabeça.

Cruzo os braços, recostando de volta na cadeira. Está tudo correndo como o planejado.

— Sei que ele teria se casado com Evangeline Samos, continuado a combater uma guerra inútil e a ignorar um país cheio de gente furiosa e oprimida. Soa familiar?

Maven pode ser uma cobra em forma humana, mas nem ele tem resposta para isso. O jovem rei dá um tapa no relatório à sua frente. Rápido demais. O relatório vira, apenas por um segundo, então ele o esconde de volta. Vejo apenas algumas palavras de relance. *Corvium. Mortos e feridos.* Maven me vê olhar e solta um suspiro irritado.

— Como se fosse te ajudar — ele diz baixo. — Você não vai a lugar nenhum, então por que se importa?

— Acho que você está certo. Não vou durar muito mesmo.

Ele vira a cabeça. A preocupação franze sua testa, como eu pretendia. Como necessito.

— Por que diz isso?

Olho para o teto, examinando o friso elaborado e o lustre sobre nós. Chameja com pequenas lâmpadas elétricas. Se ao menos eu as pudesse sentir.

— Você sabe que Evangeline não vai me deixar viver. Quando virar rainha... será meu fim. — Minha voz estremece e coloco todo o meu medo nas palavras. Tomara que dê certo. Ele tem que acreditar em mim. — É o que ela quis desde o dia que apareci em sua vida.

Maven me encara.

— Acha que não vou te proteger?

— Acho que você não tem como. — Meus dedos beliscam o vestido. Não é tão bonito quanto os feitos para a corte, mas é bastante elaborado. — Nós dois sabemos como é fácil matar uma rainha.

Sinto ondas de calor no ar enquanto ele continua a me encarar, me desafiando a enfrentar seus olhos. Meu instinto natural é encarar de volta, mas viro o rosto, me recusando a isso. Só vai deixá-lo mais furioso. Maven adora um público. O momento se estende e me sinto despida diante dele, presa no caminho de um predador. É isso que sou aqui. Estou enjaulada, amarrada, encoleirada. Tudo o que tenho é a minha voz e pedaços de Maven que torço para serem reais.

— Ela não vai encostar em você.

— E quanto a Lakeland? — Ergo a cabeça novamente. Lágrimas de raiva e frustração brotam nos meus olhos, não de medo. — Quando destroçarem seu reino já em ruínas? O que vai acontecer quando vencerem essa guerra infinita e transformarem seu mundo em pó? — Solto um suspiro trêmulo. As lágrimas caem livremente agora. Precisam cair. Tenho que dar tudo de mim para convencer. — Acho que vamos acabar juntos no Ossário, executados lado a lado.

Pela maneira como fica pálido, como a pouca cor deixa seu rosto, sei que ele pensa o mesmo. Isso o atormenta sem parar, como uma ferida aberta. Então giro a faca.

— Você está à beira de uma guerra civil. Até eu sei disso. De que adianta fingir que há uma possibilidade de eu sair viva daqui? Ou Evangeline me mata ou a guerra.

— Já falei que não vou deixar isso acontecer.

O rosnado que solto contra ele não precisa ser falso.

— Em que vida posso confiar em qualquer coisa que saia da sua boca de novo?

Quando ele levanta, o frio que se acumula na minha barriga tampouco é falso. Enquanto dá a volta na mesa, aproximando-se de mim com passos largos e elegantes, contraio todos os músculos para não estremecer. Mas não consigo evitar. Me preparo para um soco quando ele pega meu rosto nas mãos perturbadoramente macias, com ambos os polegares firmes sob minha mandíbula, a poucos centímetros da minha jugular.

Seu beijo queima mais do que sua marca.

A sensação dos lábios dele nos meus é o pior tipo de violação. Mas, pelo meu objetivo, mantenho os punhos cerrados no colo. Cravo as unhas na minha pele em vez da dele. Maven precisa acreditar no que seu irmão acreditou. Precisa me escolher, como tentei fazer com Cal antes. Mesmo assim, não tenho forças para abrir a boca. Meu maxilar continua firmemente fechado.

Ele termina o beijo e torço para que não veja minha pele rejeitar seu toque. Em vez disso, seus olhos buscam os meus, atrás da mentira que escondo bem guardada.

— Perdi todas as outras pessoas que já amei.

— E de quem é a culpa?

Não sei como, mas ele consegue tremer mais do que eu. Dá um passo para trás, me soltando, e arranha os próprios dedos. Fico espantada porque reconheço a ação. Faço o mesmo. Quando a dor dentro de mim é tão terrível que preciso de outra para me arrancar dela. Maven para quando nota que estou olhando, apertando as mãos ao lado do corpo com o máximo de força que consegue.

— Ela me fez abandonar muitos dos meus hábitos — ele admite. — Mas não foi bem-sucedida com esse. Algumas coisas sempre voltam.

Ela. Elara. Vejo seu trabalho diante de mim. O menino que ela transformou em rei com uma tortura que chamava de amor.

Maven volta a sentar devagar. Continuo encarando firme, sabendo que isso o incomoda. Eu o desequilibro, embora não entenda exatamente por quê.

Perdi todas as outras pessoas que já amei.

Não sei por que estou incluída nessa frase, mas esse é o motivo para continuar viva. Com cuidado, volto a conversa na direção de Cal.

— Seu irmão está vivo.

— Infelizmente.

— E você não o ama?

Maven não se dá ao trabalho de erguer os olhos, mas eles estão fixos num único ponto do próximo relatório. Não porque esteja surpreso ou triste. Parece mais confuso do que qualquer coisa, um garotinho tentando resolver um quebra-cabeça em que faltam muitas peças.

— Não — ele diz finalmente, mentindo.

— Não acredito em você — digo, balançando a cabeça.

Porque lembro como eles eram. Irmãos, amigos, criados juntos contra o resto do mundo. Nem mesmo Maven consegue ignorar algo assim. Nem Elara podia quebrar esse tipo de laço. Não importa quantas vezes Maven tentou matar Cal, ele não pode negar o que os dois já foram.

— Acredite no que quiser, Mare — o jovem rei responde. Assim como antes, finge um ar de desinteresse enquanto tenta violentamente me convencer de que isso não significa nada para ele. — Tenho certeza absoluta que não amo meu irmão.

— Não minta. Também tenho irmãos. É complicado, especialmente entre mim e minha irmã. Ela sempre foi mais talentosa, mais doce, mais inteligente, melhor em tudo. Todo mundo a prefere — murmuro meus antigos medos, tecendo-os numa teia para Maven. — Ouça a voz da razão. Perder uma pessoa... perder um irmão... — O ar me falta e minha mente viaja. *Continue. Use a dor.* — Dói mais que tudo.

— Shade. Certo?

— Não pronuncie o nome dele — retruco, esquecendo por um momento o que estou tentando fazer. A ferida é muito recente e ainda está em carne viva. Maven ignora.

— Minha mãe dizia que você sonhava com ele. — Estremeço com a lembrança e com a ideia de Elara dentro do meu cérebro. Ainda consigo senti-la, arranhando as paredes do crânio. — Mas acho que não eram sonhos coisa nenhuma. Era ele de verdade.

— Ela fazia isso com todo mundo? — pergunto. — Nada ficava a salvo dela? Nem mesmo os seus sonhos?

Ele não responde. Insisto.

— Você já sonhou comigo?

De novo, eu o machuco sem perceber. Maven baixa o olhar, concentrando-se no prato vazio diante dele. Ergue a mão para pegar o copo de água, mas muda de ideia. Seus dedos tremem por um segundo antes de escondê-los, longe da minha vista.

— Não sei — ele diz finalmente. — Nunca sonho.

Zombo.

— Isso é impossível. Até para alguém como você.

Algo sombrio, triste, perpassa seu rosto. Seu maxilar fica tenso e Maven parece ter um nó na garganta, tentando engolir palavras que não deveria dizer. Elas saem mesmo assim. Suas mãos ressurgem, batendo fracamente na mesa.

— Eu tinha pesadelos. Ela tirou isso de mim quando era garoto. Como Samson disse, minha mãe era uma cirurgiã. Arrancava tudo o que não convinha.

Nas últimas semanas, uma raiva feroz e inflamada substituiu o vazio gelado que eu sentia. Mas, enquanto Maven fala, o frio retorna. Percorre meu corpo como um veneno, uma infecção. Não quero ouvir o que ele tem a dizer. Suas desculpas e explicações não significam nada para mim. Ainda é um monstro, sempre um monstro. No entanto, não consigo me impedir de ouvir. Porque eu também poderia ser um monstro. Se a oportunidade se apresentasse. Se alguém me quebrasse, como Maven foi quebrado.

— Meu irmão. Meu pai. Sei que já os amei. Eu me lembro disso. — Suas mãos se cerram em volta da faca de manteiga. Ele encara o gume cego. Não sei se quer usar a faca contra si mesmo ou contra a mãe morta. — Mas já não sinto isso. Esse amor não existe mais. Por nenhum deles. Por quase nada.

— Então por que me manter aqui? Se você não sente nada. Por que não me mata e acaba com isso de uma vez?

— Era difícil para ela apagar... certos tipos de sentimento — Maven admite, olhando nos meus olhos. — Tentou fazer isso com meu pai, para que esquecesse Coriane. Só piorou as coisas. Além disso — ele murmura —, ela sempre disse que era melhor ter o coração partido. A dor deixa você mais forte. O amor enfraquece. Ela estava certa. Aprendi isso antes de te conhecer.

Outro nome perdura no ar, tácito.

— Thomas.

Um menino no front de guerra. Outro vermelho perdido para uma guerra inútil. *Meu primeiro amigo de verdade*, Maven me disse certa vez. Noto agora as entrelinhas. As coisas não ditas. Ele amava o menino como diz me amar.

— Thomas — Maven repete. Ele aperta a faca mais forte. — Eu senti... — O jovem rei franze a testa, e rugas fundas se formam entre seus olhos. Leva a outra mão à têmpora, massageando uma dor que não entendo. — Ela não estava lá. Nunca o conheceu. Não sabia. Ele nem era um soldado. Foi um acidente.

— Você disse que tentou salvar Thomas. Que os guardas te impediram.

— Uma explosão no quartel-general. Os relatórios disseram que foi trabalho de Lakeland. — Em algum lugar, o tique-taque do relógio marca o passar dos minutos. O silêncio se estende enquanto ele decide o que dizer, até onde deixar a máscara cair. Mas já caiu. Maven está exposto como só acontece comigo. — Estávamos sozinhos. Eu perdi o controle.

Vejo isso na minha mente, preenchendo o que ele não consegue se obrigar a me contar. Um depósito de munições talvez. Ou mesmo um gasoduto. Ambos só precisam de uma faísca para matar.

— Eu não queimei. Ele, sim.

— Maven...

— Nem minha mãe conseguiu arrancar essa memória. Nem ela conseguiu me fazer esquecer, por mais que eu implorasse. Queria que tirasse essa dor de mim, e ela tentou muitas vezes. Em vez disso, só ficou pior.

Sei o que ele vai dizer, mas peço mesmo assim.

— Me deixe ir, por favor.

— Não.

— Então vai me deixar morrer também. Como fez com ele.

A sala crepita de calor, fazendo um fio de suor escorrer pela minha coluna. Maven levanta tão rápido que derruba a cadeira. Ela atinge o chão com um estrépito. Ele bate um punho no tampo da mesa, antes de jogar tudo no chão: pratos, copos e relatórios. Os papéis flutuam por um momento, suspensos no ar antes de cair na pilha de cacos de cristal e porcelana.

— Não — Maven murmura furioso enquanto sai da sala, tão baixo que quase não o ouço.

Os Arven entram e me seguram pelos braços, me arrastando para longe da mesa. Os papéis estão fora do meu alcance.

Fico surpresa ao descobrir que o cronograma normalmente meticuloso de Maven de audiências e reuniões da corte é suspenso pelo resto do dia. Acho que nossa conversa teve um efeito mais forte do que eu esperava. A ausência dele me confina no quarto, com os livros de Julian. Eu me obrigo a ler, pelo menos para bloquear as lembranças da manhã. Maven é um mentiroso de talento e não confio numa única palavra dele. Mesmo se estivesse falando a verdade. Mesmo se for um produto da intromissão de sua mãe, uma flor com espinhos obrigada a crescer de determinada forma. Isso não muda nada. Quando o conheci, fui seduzida por sua dor. Ele era o menino na sombra, um filho esquecido. Eu me reconheci nele. Sempre atrás de Gisa, a estrela cintilante do mundo dos meus pais. Sei agora que foi proposital. Ele me enganou quando era príncipe, me atraindo para sua armadilha. Agora, estou na prisão do rei. Mas ele também está. Minhas correntes são as Pedras Silenciosas. As dele são a coroa.

Norta foi forjada a partir de reinos menores, variando em tamanho desde o reino de Rift, dos Samos, à cidade-Estado de Delphie. César Calore, um lorde prateado de Archeon e estrategista talentoso, uniu a fraturada Norta contra a ameaça iminente da invasão conjunta de Piedmont e Lakeland. Depois de se coroar rei, casou sua filha Juliana com Garion Savanna, nobre príncipe de Piedmont. Esse ato consolidou uma aliança duradoura entre a Casa Calore e Piedmont. Muitos descendentes da linhagem Calore e de Piedmont conservaram a aliança com casamentos nos séculos seguintes. O rei César trouxe uma era de prosperidade para Norta e, por isso, os calendários consideram o início de seu reinado como a demarcação da Nova Era, ou NE.

Preciso reler o parágrafo três vezes. Os livros de história de Julian são muito mais densos do que os que eu usava na escola. Meus pensamentos estão sempre vagando. Cabelo preto, olhos azuis. Lágrimas que Maven se recusa a demonstrar, mesmo para mim. Será outra atuação? O que vou fazer se for? O que vou fazer se não for? Meu coração se parte por ele; meu coração se endurece contra ele. Continuo a ler para evitar os pensamentos.

Por outro lado, as relações entre Norta, recém-fundada, e a extensa Lakeland se deterioraram. Depois de uma série de guerras na fronteira com Prairie no século II da Nova Era, Lakeland perdeu um território agrícola vital na região de Minnowan, além do controle do Grande Rio (também conhecido como Miss). Após a guerra, os impostos e a ameaça de fome e revolta vermelha forçaram a expansão ao longo da fronteira de Norta. Conflitos foram despertados em ambos os lados. Para evitar mais derramamento de sangue, o rei Tiberias III de Norta e o rei Onekad Cygnet de Lakeland se encontraram em uma cúpula histórica na interseção das cataratas de Maiden. As negociações logo fracassaram e, em 200 NE, ambos os reinos declararam guerra, cada um culpando o outro pelo colapso das relações diplomáticas.

Não consigo deixar de rir. Nada mudou.

Conhecida como "Guerra de Lakeland" em Norta ou "Agressão" em Lakeland, o conflito continua ativo no momento da escrita deste livro. Cerca de quinhentos mil prateados mortos foram contabilizados, a maioria na primeira década de guerra. Não são mantidos registros precisos dos soldados vermelhos, mas as estimativas sugerem mais de cinquenta milhões de mortos, com mais que o dobro de feridos. O número de vítimas vermelhas de Lakeland e de Norta é proporcionalmente igual quando se considera o tamanho de sua população.

Levo mais tempo do que gostaria de admitir, mas faço as contas na cabeça. Quase cem vezes mais vermelhos morreram. Se este livro fosse de qualquer pessoa que não Julian, eu o jogaria fora com fúria.

Um século de guerra e derramamento de sangue em vão.

Como é possível mudar algo assim?

Pela primeira vez, me pego contando com a habilidade de Maven de distorcer e manipular. Talvez ele consiga ver um caminho — forjar uma saída — que ninguém nunca imaginou antes.

TREZE

Mare

❧

UMA SEMANA SE PASSA até que eu saia do quarto de novo. Embora sejam um presente de Maven, um lembrete da estranha obsessão que tem por mim, estou feliz com os livros de Julian. São minha única companhia. Um pedaço de um amigo neste lugar. Estou sempre com eles por perto, assim como o retalho de seda de Gisa.

As páginas passam com os dias. Volto no tempo com as histórias, viajando por palavras cada vez menos críveis. Trezentos anos de reis Calore, séculos de chefes militares prateados — esse é um mundo que eu reconheço. Mas quanto mais leio, mais obscuras as coisas ficam.

> *Registros do período chamado de Reforma são escassos, embora a maioria dos estudiosos concorde que teve início por volta do ano de 1500 da Era Antiga (EA) segundo o calendário moderno de Norta. A maior parte dos registros anteriores à Reforma —, imediatamente após, durante ou antes das Calamidades que se abateram sobre o continente — foram quase completamente destruídos, perdidos ou são impossíveis de ler. Os registros recuperados são estudados e mantidos nos Arquivos Reais em Delphie e em instalações similares em reinos vizinhos. As Calamidades vêm sendo estudadas detalhadamente, usando a investigação de campo juntamente com mitos pré-prateados para propor hipó-*

teses. Na época, muitos acreditavam que uma combinação entre guerra, alteração geológica, mudança climática e outras catástrofes naturais resultou na quase extinção da raça humana.

Os primeiros registros traduzíveis descobertos datam de aproximadamente 950 EA, mas o ano exato é desconhecido. Há um relato incompleto da tentativa de julgamento de um suposto ladrão na Delphie reconstruída, chamado "O julgamento de Barr Rambler". Ele foi acusado de roubar a carroça do vizinho e, durante o processo, teria rompido suas algemas "como se fossem galhos" e fugido, apesar de todos os guardas. Acredita-se que seja o primeiro registro da demonstração do poder de um prateado. Até hoje, a Casa Rhambos alega que sua linhagem de forçadores tem origem em Rambler. No entanto, essa alegação é refutada por outro documento, "O julgamento de Hillman, Tryent e Davids", em que três homens de Delphie foram julgados pela morte de Barr Rambler, que segundo o registro não tinha filhos. Os três foram absolvidos e mais tarde aclamados pelos cidadãos por terem destruído "a abominação Rambler" (Registros de escritos de Delphie, *v. 1*).

O tratamento dispensado a Barr Rambler não foi um incidente isolado. Muitos escritos e documentos antigos detalham o medo e a perseguição a uma população crescente de humanos com poderes e sangue prateado. A maioria se uniu por proteção, formando comunidades fora das cidades dominadas pelos vermelhos. A Reforma teve fim com a ascensão das sociedades prateadas, algumas convivendo com cidades vermelhas, embora a maior parte delas tenha prevalecido no final.

Prateados perseguidos por vermelhos. A ideia me dá vontade de rir. É idiota. É impossível. Vivi todos os dias da minha vida sabendo que eles são deuses e nós somos insetos. Não consigo nem imaginar um mundo em que o contrário seja verdade.

Esses livros são de Julian. Ele viu mérito suficiente neles para estudá-los. Ainda assim, estou muito agitada para continuar, então passo a ler sobre os anos mais recentes. A Nova Era, os reis Calore. Nomes e lugares que conheço em uma civilização que entendo.

Um dia, recebo roupas mais simples. Confortáveis, feitas para serem úteis, não bonitas. É o primeiro indício de que algo está errado. Pareço quase um agente de segurança, com calças maleáveis, uma jaqueta preta levemente decorada com espirais de rubi e botas surpreendentemente confortáveis. De couro gasto, sem salto, com espaço suficiente para as algemas. As dos pulsos ficam escondidas como sempre, cobertas por luvas. De pele, por causa do frio. Meu coração pula. Nunca fiquei tão animada com luvas.

— Vou sair? — pergunto a Tigrina quase sem ar, esquecendo o quanto é boa em me ignorar. Ela não decepciona: continua olhando para a frente enquanto me leva da cela luxuosa. Trevo é sempre mais fácil de decifrar. Seus lábios contorcidos e seus olhos verdes apertados são uma confirmação. Isso sem mencionar o fato de que elas também estão usando casacos grossos e luvas, mas de borracha, para se protegerem da eletricidade que não tenho mais.

Ar livre. Não tenho experimentado muito mais do que a brisa de uma janela aberta desde aquele dia nos degraus do palácio. Achava que Maven ia arrancar minha cabeça, então estava focada em outras coisas. Agora eu queria que lembrasse do ar gelado de novembro, do vento cortante trazendo o inverno. Na pressa, quase ultrapasso as Arven. Elas me arrastam de volta para seu lado e me fazem andar no mesmo passo. É uma caminhada enlouquecedora por escadas e corredores que conheço como a palma da minha mão.

Sinto uma pressão familiar e olho por cima do ombro. Ovo e Trio se juntam a nós, formando a retaguarda. Eles andam no mesmo ritmo de Tigrina e Trevo conforme seguimos em direção ao salão de entrada e à Praça de César.

Tão rápido quanto chegou, minha animação vai embora.

O medo corrói minhas entranhas. Tentei manipular Maven para que ele cometesse erros custosos, ficasse em dúvida, queimasse as últimas pontes que ainda tinha. Mas talvez eu tenha falhado. Talvez bote fogo em mim.

Me concentro no som das minhas botas contra o mármore. Algo sólido para ancorar meu medo. Meus punhos estão cerrados dentro das luvas, implorando por um resgate. Mas ele nunca vem.

O palácio parece estranhamente vazio, mais que o normal. Portas são fechadas rapidamente, enquanto criados passam agitados por cômodos que ainda não estão fechados, rápidos e quietos como ratos. Lançam lençóis brancos sobre móveis e obras de arte, cobrindo-os com estranhos sudários. Poucos guardas, menos nobres. Aqueles por quem passo são jovens e estão com os olhos arregalados. Reconheço suas Casas, suas cores, e vejo o medo em seus rostos. Todos estão vestidos como eu, para o frio, para o trabalho. Para mudar.

— Para onde estamos indo? — pergunto para ninguém, porque não vão me responder.

Trevo puxa meu rabo de cavalo, me obrigando a olhar para a frente. Não dói, mas o ato me choca. Ela nunca age assim comigo, não sem um bom motivo.

Considero as possibilidades. Será que é uma evacuação? Será que a Guarda Escarlate tentou atacar Archeon mais uma vez? Ou será que as Casas rebeldes voltaram para terminar o serviço? Não, não pode ser isso. Está tudo muito calmo. Não estamos correndo de nada.

Conforme saímos, respiro fundo, olhando em volta. O mármore sob meus pés, os lustres sobre minha cabeça, os espelhos altos e reluzentes, os quadros com moldura dourada dos ancestrais Calore cobrindo as paredes. Bandeiras vermelhas e pretas, prata, ouro e cristais. Sinto como se tudo fosse cair e me esmagar. O medo percorre minha espinha quando as portas à frente se abrem, o metal e o vidro apoiados em dobradiças gigantes. O primeiro sopro de vento frio me atinge em cheio, fazendo meus olhos lacrimejarem.

O sol do inverno brilha forte, me cegando por um instante. Pisco rápido, tentando fazer com que meus olhos se ajustem. Não posso perder um segundo. O mundo exterior entra em foco. A neve está grossa nos telhados do palácio e nas estruturas que circundam a Praça de César.

Soldados estão a postos nos dois lados da escadaria que leva ao palácio, imaculados em filas perfeitas. Os Arven me conduzem, passando por entre suas armas e seus uniformes e seus olhos que não piscam. Viro para olhar por cima do ombro conforme sigo, para o casco opulento e pálido do Palácio de Whitefire. Silhuetas rondam o telhado. Oficiais em uniformes pretos, soldados de cinza. Até daqui seus rifles são claramente visíveis contra o céu azul e gelado. E esses são apenas os guardas que posso enxergar. Deve haver mais deles patrulhando os muros, cuidando dos portões, escondidos, prontos para defender este lugar infeliz. Centenas, provavelmente, mantidos por sua lealdade e poder letal. Cruzamos a praça sozinhos, rumo a ninguém, a nada. O que está acontecendo?

Olho para os prédios pelos quais passamos. A Corte Real, uma construção circular com paredes lisas de mármore, colunas espiraladas e uma cúpula de cristal, está em desuso desde a coroação de Maven. É um símbolo de poder, um salão enorme, grande o suficiente para receber as Grandes Casas, além de membros importantes da sociedade prateada. Nunca entrei ali. Espero nunca entrar. O Tribunal de Justiça, onde a lei prateada é escrita e aplicada com eficiência brutal, é uma ramificação do prédio abobadado. Perto de seus arcos e estruturas de cristal, a Casa do Tesouro parece sem graça. Paredes lisas — mais mármore, e me pergunto quantas pedreiras este lugar esgotou —, sem janelas, como um bloco de pedra entre esculturas. A riqueza de Norta está aqui em algum lugar, mais protegida que o rei, trancada em cofres profundos cavados na rocha sob nossos pés.

— Por aqui — Trevo resmunga, me empurrando em direção à Casa do Tesouro.

— Por quê? — pergunto, ficando mais uma vez sem resposta.

Meu coração acelera, martelando contra minhas costelas, e tento manter a respiração estável. Cada inspiração gelada parece o tique-taque de um relógio, uma contagem regressiva antes de eu ser engolida.

As portas são grossas, mais grossas que as do presídio de Corros. Elas se abrem como num bocejo, protegidas por guardas em fardas roxas. A Casa do Tesouro não tem um salão de entrada grandioso, ao contrário de todas as outras estruturas prateadas que já vi. É só um corredor branco comprido, descendo em uma espiral constante. Há guardas a cada dez metros, destacados contra as paredes de um branco puro. Onde os cofres podem estar e para onde estou indo não sei dizer.

Depois de exatos seiscentos passos, paramos diante de um guarda.

Sem dizer uma palavra, ele dá um passo à frente e outro para o lado, pressionando a parede atrás de si. O guarda a empurra e o mármore desliza, revelando a silhueta de uma porta. Ela abre facilmente ao seu toque, revelando um vão de um metro na pedra. O soldado não faz nenhum esforço. *Forçador*, percebo.

A pedra é grossa e pesada. Meu medo triplica e engulo em seco, sentindo as mãos começarem a suar dentro das luvas. Maven finalmente vai me colocar numa cela de verdade.

Tigrina e Trevo me empurram, tentando me pegar de surpresa, mas planto os pés no chão, travando cada articulação.

— Não! — grito, lançando o ombro na direção de uma delas. Tigrina solta um gemido, mas continua me empurrando enquanto Trevo me pega pela cintura e me levanta do chão.

— Vocês não podem me deixar aqui embaixo! — Não sei que jogada arriscar, que máscara colocar. Choro? Imploro? Ajo como a líder rebelde que acham que sou? Qual dessas opções vai me salvar? O medo domina meus sentidos. O ar me falta como se eu estivesse me afogando. — Por favor, não posso... não posso...

Dou um chute, tentando derrubar Trevo, mas ela é mais forte do que eu esperava. Ovo pega minhas pernas, ignorando meu calcanhar quando acerta seu queixo. Eles me carregam como se eu fosse um móvel, sem hesitar.

Consigo me virar e olhar para o guarda da Casa do Tesouro enquanto a porta desliza de volta para o lugar. Ele cantarola, indiferente. Mais um dia de trabalho. Eu me obrigo a olhar para a frente, para o destino que me espera nessas profundezas brancas.

O cofre está vazio; há uma passagem em espiral como o corredor, mas bem apertada. Não há nenhuma marca nas paredes. Nenhuma característica que as diferencie, nada de sulcos, nada de guardas. Só luzes no teto e concreto por toda parte.

— Por favor. — Minha voz ecoa no silêncio total a não ser pelo som do meu coração acelerado.

Olho para o teto, desejando que seja um sonho.

Quando me largam, o ar é arrancado dos meus pulmões. Ainda assim, fico em pé o mais rápido que posso. Ao levantar, com os punhos cerrados e mostrando os dentes, estou pronta para lutar e disposta a perder. Não vou ser abandonada aqui sem quebrar os dentes de alguém.

Os Arven dão um passo para trás, lado a lado, indiferentes. Desinteressados. Seu foco está além de mim.

Viro e de repente estou encarando não outra parede branca, mas uma plataforma sinuosa. Recém-construída, levando a outros corredores, cofres ou passagens secretas. Dali, dá para ver linhas férreas.

Antes que meu cérebro tente ligar os pontos, antes mesmo que o mais breve sussurro de agitação se manifeste, Maven fala, despedaçando minhas esperanças.

— Não se precipite. — A voz dele ecoa à minha esquerda, distante na plataforma. Ele fica ali, esperando, com sentinelas à sua volta, além de Evangeline e Ptolemus. Todos estão vestindo casacos como o meu, com muita pele para mantê-los aquecidos. Os dois filhos de Samos resplandecem vestidos de preto.

Maven dá um passo na minha direção, sorrindo com a confiança de um lobo.

— A Guarda Escarlate não é a única capaz de construir trens.

O subtrem da Guarda crepitava e centelhava e espalhava ferrugem por toda parte, uma lata-velha ameaçando quebrar. Mesmo assim, eu o prefiro a esse tubo metálico glamoroso.

— Seus amigos me deram a ideia, claro — Maven diz da poltrona acolchoada à minha frente. Fica ali sentado, orgulhoso de si mesmo. Não vejo nenhuma de suas feridas hoje. Estão cuidadosamente escondidas, deixadas de lado ou esquecidas por enquanto.

Luto contra o impulso de me aninhar na poltrona, mantendo os dois pés firmes no chão. Se alguma coisa der errado, tenho que estar pronta para correr. Como no palácio, reparo em cada centímetro do trem, procurando qualquer vantagem. Não encontro nenhuma. Não há janelas, e os sentinelas e guardas Arven estão a postos nas duas extremidades do longo compartimento. O trem é decorado como um salão, com obras de arte, cadeiras estofadas e sofás, e até lustres de cristal tilintando com o movimento. Mas vejo falhas, como em tudo que é prateado. Sinto pelo cheiro que a tinta mal secou. O trem é novinho em folha, nem deve ter sido testado. Na outra ponta do vagão, os olhos de Evangeline correm de um lado para o outro, traindo sua tentativa de parecer calma. O trem chacoalha. Aposto que ela sente cada pedacinho dele se movimentando em alta velocidade. É difícil se acostumar com essa sensação. Eu mesma sempre sofri com a trepidação de máquinas como o subtrem ou o Abutre. Sentia o sangue elétrico, e acho que Evangeline sente as veias de metal.

Ptolemus está sentado ao seu lado, olhando para mim de maneira ameaçadora. Ele se mexe algumas vezes, tocando o ombro dela. A expressão dolorosa de Evangeline vai cedendo, acalmada pela presença do irmão. Acho que, se o trem explodir, eles são fortes o suficiente para sobreviver aos estilhaços.

— Eles conseguiram fugir tão rápido do Ossário, seguindo pelos trilhos antigos até Naercey antes mesmo que eu chegasse lá. Pensei que não seria tão ruim assim ter uma rota de fuga própria — Maven continua, batendo os dedos no joelho. — Nunca se sabe que novo plano meu irmão pode elaborar na tentativa de me derrubar. Preciso estar preparado.

— E do que você está fugindo agora? — resmungo, tentando manter a voz baixa.

Ele só dá de ombros e ri.

— Não fique tão triste, Mare. Estou fazendo um favor para nós dois. — Ele afunda no assento, sorrindo. Coloca os pés para cima, na poltrona ao meu lado. Enrugo o nariz e olho para o outro lado. — Ninguém aguenta por tanto tempo a prisão do Palácio de Whitefire.

Prisão. Engulo uma resposta, me obrigando a agradá-lo. *Você não faz ideia de como é uma prisão de verdade, Maven.*

Sem janelas ou qualquer tipo de indicação, não tenho como saber para onde estamos indo, nem sei até onde esta máquina infernal pode viajar. Parece tão rápida quanto o subtrem, talvez até mais. Duvido que estejamos rumando para o sul, para Naercey, uma cidade em ruínas agora, abandonada até mesmo pela Guarda Escarlate. Maven destruiu os túneis depois da infiltração em Archeon com estardalhaço.

Ele me deixa pensar, olhando para mim enquanto tento entender o cenário ao nosso redor. Sabe que não tenho peças suficientes para montar o quebra-cabeça. Mesmo assim, quer que eu tente e não oferece mais explicações.

Os minutos passam. Olho para Ptolemus. Meu ódio por ele só cresceu nos últimos meses. Ele matou meu irmão. Levou Shade deste mundo. Faria o mesmo com todo mundo que amo se tivesse a chance. Desta vez, está sem armadura. Parece menor, mais fraco, vulnerável. Fantasio como seria cortar sua garganta e manchar as paredes recém-pintadas com seu sangue prateado.

— Perdeu alguma coisa? — ele provoca, olhando para mim.

— Deixe que ela olhe — Evangeline diz. Ela se encosta na poltrona e joga a cabeça para trás, sem quebrar o contato visual. — Não pode fazer muito mais do que isso.

— É o que vamos ver — provoco de volta. No meu colo, meus dedos se contorcem.

Maven estala a língua e nos repreende.

— Senhoritas.

Antes que Evangeline possa responder, algo chama sua atenção e ela desvia o olhar para as paredes, para o chão e para o teto. Ptolemus faz o mesmo. Eles estão sentindo alguma coisa que não sinto. Então o trem começa a desacelerar, os mecanismos e engrenagens gritando contra os trilhos de ferro.

— Estamos quase chegando — Maven diz, levantando devagar e estendendo a mão para mim.

Por um instante, fico pensando em arrancar seus dedos com os dentes. Em vez disso, seguro a mão dele, ignorando o arrepio que percorre minha pele. Quando levanto, o dedão dele encosta na algema embaixo da minha luva. Um lembrete de seu controle sobre mim. Não consigo suportar e me afasto, cruzando os braços sobre o peito para criar uma barreira entre nós. Alguma coisa escurece em seus olhos brilhantes, e Maven também levanta um escudo entre nós.

O trem para tão suavemente que quase nem sinto. Mas os Arven sentem e vêm até mim, me cercando com uma familiaridade exaustiva. Pelo menos não estou acorrentada ou usando uma coleira.

Sentinelas cercam o jovem rei como os Arven fazem comigo; os uniformes flamejantes e as máscaras pretas agourentos como sempre. Eles deixam que Maven dite o passo, e o rei atravessa o vagão. Evangeline e Ptolemus vão atrás, obrigando-nos a assumir a retaguarda da estranha procissão. Atravessamos a porta e entramos em um vestíbulo que conecta um compartimento ao próximo. Mais uma porta, mais um vagão com móveis luxuosos, desta vez uma sala de jantar. Também sem janelas. Não tenho ideia de onde podemos estar.

No próximo vestíbulo, uma porta se abre, não à frente, mas à direita. Os sentinelas passam primeiro, desaparecendo, então Maven, depois o resto. Saímos para outra plataforma, fortemente iluminada. É limpa ao extremo — outra construção nova, sem dúvida —, mas o ar parece abafado. Apesar da aparência impecável da plataforma vazia, tem uma goteira em algum lugar, ecoando ao nosso redor. Olho para a esquerda e para a direita ao longo dos trilhos. Eles somem na escuridão dos dois lados. Este não é o fim da linha. Estremeço ao pensar em quanto Maven progrediu em apenas alguns meses.

Subimos um lance de escadas. Me preparo para uma subida longa, lembrando o quanto a entrada do cofre era profunda. Então fico surpresa quando os degraus se nivelam rapidamente diante de outra porta. Esta é de aço reforçado, um anúncio sinistro do que pode estar do outro lado. Um sentinela agarra a trava e abre a porta com um grunhido. O barulho de um mecanismo enorme responde. Evangeline e Ptolemus não levantam um dedo para ajudar. Eles também observam com um fascínio mal disfarçado. Acho que não sabem muito mais do que eu. Estranho, para uma Casa tão próxima ao rei.

A luz do dia invade o lugar quando a porta se abre, revelando o cinza e o azul adiante. Os galhos de árvores mortas se erguem contra um céu claro de inverno. Quando saímos do subterrâneo, respiro fundo. Sinto pinho e o frescor penetrante do ar gelado. Estamos em uma clareira cercada por carvalhos nus. A terra sob meus pés está congelada, compacta sob alguns centímetros de neve. Meus dedos já estão frios.

Firmo os calcanhares, ganhando mais um segundo na floresta aberta. Os Arven me empurram, fazendo-me derrapar. Não estou lutando contra eles, estou retardando-os metodicamente, enquanto jogo a cabeça para a frente e para trás. Tento me orientar. A julgar pelo sol, que agora começa sua descida para o ocidente, o norte está à minha frente.

Quatro veículos militares, com um brilho forçado, esperam à nossa frente. Os motores zumbem, esperando, enquanto o calor lança jatos de vapor no ar. É fácil perceber qual deles pertence a Maven. A coroa flamejante, vermelha, preta e prata, está estampada na lateral do maior deles. Fica a mais de meio metro do chão, com pneus enormes e estrutura reforçada. À prova de balas, à prova de fogo, à prova da morte. Tudo para proteger o jovem rei.

Ele entra sem hesitar, arrastando a capa no caminho. Para meu alívio, os Arven não me obrigam a segui-lo, e sou empurrada para dentro de outro veículo. O meu não tem identificação. Tentando um último vislumbre do céu aberto, vejo Evangeline e Ptolemus entrando em seu próprio veículo. Preto e prata, com o corpo de metal coberto de pontas de ferro. Provavelmente decorado pela própria Evangeline.

Partimos assim que Ovo fecha a porta atrás de si, me trancando com eles quatro. Há um soldado no volante e um sentinela no assento ao seu lado. Me preparo para mais uma viagem, amontoada com os Arven.

Pelo menos o veículo tem janelas. Fico olhando sem querer piscar enquanto avançamos por uma floresta dolorosamente familiar. Quando chegamos ao rio e à estrada pavimentada que corre junto a ele, uma saudade arde em meu peito.

É o Capital. Meu rio. Estamos seguindo para o norte, pela Estrada Real. Eles poderiam me jogar do veículo agora mesmo, me deixar no chão sem nada, e eu encontraria o caminho de casa. Lágrimas surgem em meus olhos ao pensar nisso. O que eu faria, comigo mesma ou com qualquer outra pessoa, por uma chance de voltar para casa?

Mas não há ninguém lá. Ninguém que importe. Eles se foram, estão protegidos, longe daqui. Meu lar não é mais o lugar de onde viemos. Meu lar está seguro com eles. Espero.

Levo um susto quando outros veículos se juntam ao comboio. Militares, o corpo marcado pela espada preta do Exército. Conto quase uma dúzia, além de outros à distância, atrás de nós. Muitos têm soldados prateados pendurados para fora ou em assentos especiais no teto. Todos em alerta, prontos para agir. Os Arven não parecem surpresos com as novas companhias. Sabiam que viriam.

A Estrada Real passa por cidades na margem do rio. Cidades vermelhas. Ainda estamos muito ao sul para passar por Palafitas, mas isso não diminui minha animação. Enxergo fábricas de tijolos na beira do rio. Vamos em direção a elas, entrando nos arredores de um vilarejo operário. Apesar de querer ver mais, espero que a gente não pare. Espero que Maven passe direto por este lugar.

Meu desejo é atendido em grande parte. O comboio desacelera, mas não para, passando pelo centro da cidade de forma ameaçadora. A multidão ocupa as ruas, acenando para nós. Pessoas dão vivas ao rei, gritando seu nome, esforçando-se para ver e ser vistas. Comerciantes e operários vermelhos, velhos e jovens, empurram-se para ver melhor. Espero encontrar agentes de segurança forçando uma recepção tão calorosa. Me encolho no banco, porque não quero ser vista. Eles já são obrigados a me ver sentada ao lado de Maven. Não quero colocar mais lenha nessa fogueira manipuladora. Para meu alívio, ninguém me coloca em exibição. Fico sentada olhando para as mãos no colo, esperando que a cidade passe o mais rápido possível. No palácio, com o que vi de Maven, sabendo o que sei sobre ele, é fácil esquecer que tem quase todo o país no bolso. Seus grandes esforços para virar a opinião pública contra a Guarda Escarlate e seus outros inimigos parecem estar funcionando. Essas pessoas acreditam no que ele diz, ou talvez não tenham a oportunidade de lutar. Não sei o que é pior.

Quando a cidade some atrás de nós, os gritos ainda ecoam na minha cabeça. Tudo isso para Maven, para o próximo passo de qualquer que seja o plano que ele colocou em ação.

Devemos estar além da Cidade Nova, isso é claro. Não há poluição à vista. Tampouco há propriedades. Lembro de passar por Beira Rio na minha primeira viagem ao sul, quando eu estava fingindo ser Mareena. Descemos o rio do Palacete do Sol até Archeon, passando por vilas, cidades e pela margem luxuosa onde ficam as mansões de muitas das Grandes Casas. Tento lembrar dos mapas que Julian me mostrava. Não consigo e fico com dor de cabeça.

O sol desce mais quando o comboio faz uma curva depois da terceira cidade agitada, seguindo em direção a uma estrada secundária. Em direção ao oeste. Tento engolir a tristeza que surge dentro de mim. O norte me chama, mas não posso segui-lo. Os lugares que conheço ficam cada vez mais distantes.

Tento manter a bússola na cabeça. Para oeste fica a Estrada de Ferro. O caminho para Westlakes, Lakeland, o Gargalo. O oeste é guerra e ruína.

Ovo e Trio não permitem que eu me mexa muito, então tenho que esticar o pescoço para ver. Mordo o lábio quando passamos por um conjunto de portões, tentando enxergar uma placa ou símbolo. Não há nada, só barras de ferro forjado sob trepadeiras verdejantes de heras floridas. Fora de época.

A propriedade é palaciana, ao final de uma estrada ladeada por cercas vivas imaculadas. Chegamos a uma grande praça de pedra. Nosso comboio passa em frente à propriedade, parando com os veículos dispostos em um arco. Não há multidões aqui, mas guardas já esperam do lado de fora. Os Arven são rápidos e sou empurrada para fora do veículo.

Olho para cima, para os tijolos vermelhos charmosos e soleiras brancas, as fileiras de janelas polidas com floreiras cheias, as colunas caneladas, as sacadas floridas e a maior árvore que já vi irrompendo do meio da mansão. Seus galhos se arqueiam sobre o teto pontudo, crescendo em conjunto com a estrutura. Não há um galho ou folha fora de lugar: é perfeitamente esculpida como uma obra de arte. Magnólia, acho, a julgar pelas flores brancas e o perfume. Por um instante, esqueço que é inverno.

— Bem-vindo, majestade.

Não reconheço a voz.

Uma garota da minha idade, alta, magra, pálida como a neve que deveria estar aqui, desce de um dos muitos veículos que se juntaram ao nosso comboio. Sua atenção está em Maven, que agora sai do próprio carro. Ela passa por mim para fazer uma reverência diante dele. Eu a reconheço.

Heron Welle. Ela competiu na Prova Real há muito tempo, fazendo crescer árvores majestosas da terra enquanto sua Casa torcia. Como muitas, esperava ser escolhida para casar com Cal. Agora, está a comando de Maven, e seus olhos abatidos esperam sua ordem. Ela aperta mais o casaco verde e dourado, uma defesa contra o frio e contra o olhar do rei.

A Casa dela era uma das únicas que eu conhecia antes de ser obrigada a entrar no mundo dos prateados. Seu pai governa a região onde nasci. Eu ficava olhando seu navio passar no rio e acenava para suas bandeiras verdes com outras crianças tolas.

Maven não se apressa, vestindo as luvas desnecessárias para a caminhada curta entre o veículo e a mansão. Conforme ele anda, a coroa simples sobre seus cachos pretos capta a luz do sol, brilhando vermelha e dourada.

— Lugar encantador, Heron — ele diz, só por dizer. Soa sinistro vindo de Maven. Uma ameaça.

— Obrigada, majestade. Tudo está em ordem para sua chegada.

Quando sou levada mais para perto, Heron dispensa um único olhar para mim, reconhecendo minha existência. A garota tem feições que lembram um pássaro, mas nela ficam elegantes, refinadas e muito bonitas. Achava que seus olhos eram verdes, como tudo o que envolve sua família e seu poder. Mas eles são de um azul profundo e vibrante, destacados pela pele de porcelana e pelo cabelo castanho-avermelhado.

O resto dos veículos libera seus passageiros. Mais cores, mais Casas, mais guardas e soldados. Vejo Samson entre eles, parecendo bobo vestindo couro e pele tingida de azul. A cor e o frio o deixam mais pálido do que nunca, um pingente de gelo loiro com sede de sangue. Os outros mantêm distância enquanto ele vai até Maven. Conto algumas dúzias de cortesãos de relance. O suficiente para me fazer duvidar que a mansão do governador Welle pode acomodar a todos.

Maven cumprimenta Samson com um aceno de cabeça antes de partir em ritmo acelerado, trotando em direção às escadas ornamentadas que levam até a casa. Heron segue logo atrás, assim como os sentinelas em seu bando habitual. Todos o seguem, levados por uma corrente invisível.

Um homem que só pode ser o governador sai apressado pelas portas de carvalho e ouro, curvando-se enquanto caminha. Ele parece sem graça em comparação à casa, nada de mais, com um queixo fraco, cabelo loiro-escuro e um corpo nem gordo nem magro. As roupas compensam. E muito. Está usando botas, calça de couro e um casaco trabalhado em brocado, com esmeraldas brilhantes na gola e na bainha. Não são nada comparadas ao medalhão antigo que traz no pescoço. Ele bate contra o peito do homem conforme anda, com um emblema da árvore que guarda sua casa.

— Majestade, nem sei dizer o quanto estamos felizes por recebê-lo — ele diz, curvando-se uma última vez. Maven fecha os lábios em um sorriso discreto, entretido com a exibição. — É uma honra ser o primeiro destino de sua turnê de coroação.

O desgosto contorce meu estômago. Sou pega de surpresa pela minha imagem andando pelo país, alguns passos atrás de Maven, sempre ao seu dispor. Na tela, diante de câmeras, já é degradante, mas pessoalmente? Diante de multidões de pessoas como aquelas na cidade? Talvez eu não sobreviva. De alguma forma acho que preferia a prisão de Whitefire.

Maven aperta a mão do governador. Seu sorriso se transforma em algo que poderia passar por sincero. Ele é bom nisso, admito.

— É claro, Cyrus, eu não poderia imaginar um lugar melhor para começar. Heron fala tão bem de você — ele acrescenta, chamando-a para seu lado.

Ela vai rápido, olhando para o pai. Eles trocam um olhar de alívio. Como tudo o que Maven faz, a presença dela é calculada e um alerta.

— Vamos? — O jovem rei faz um gesto em direção à mansão. Ele parte, obrigando o restante de nós a acompanhá-lo. O governador se apressa para andar ao lado de Maven, tentando fazer parecer que ainda detém algum controle aqui.

Do lado de dentro, montes de criados vermelhos se alinham contra a parede em seus melhores uniformes, com os sapatos polidos e os olhos no chão. Nenhum deles olha para mim, e tento não chamar atenção, observando a mansão do governador. Esperava maestria verde, e não fico decepcionada. Flores de todo tipo dominam o vestíbulo, florescendo em vasos de cristal, pintadas nas paredes, moldadas no teto, trabalhadas nos lustres ou em mosaicos de pedra no chão. O cheiro deveria ser forte demais, mas é inebriante e acalma a cada inspiração. Respiro fundo, me permitindo esse pequeno prazer.

Mais pessoas da Casa Welle esperam para cumprimentar o rei, se empurrando para fazer uma reverência ou elogiar Maven em tudo, das leis aos sapatos. Enquanto ele recebe os cumprimentos, Evangeline se junta a nós, tendo deixado suas peles com algum pobre criado.

Fico tensa quando ela para ao meu lado. Todo aquele verde se reflete em sua roupa, dando a ela um tom doentio. De repente, percebo que seu pai não está aqui. Ele costuma ficar entre Evangeline e Maven em eventos como esse, entrando em ação rápido quando a filha ameaça perder o controle. Mas não está aqui agora.

Evangeline não diz nada, satisfeita em ficar olhando para as costas de Maven. Eu a observo. Ela cerra o punho quando o governador se inclina para sussurrar algo no ouvido do rei. Então ele acena para um dos prateados que está esperando, uma mulher alta e magra com cabelo preto, maçãs do rosto salientes e pele ocre. Se faz parte da Casa Welle, não parece. Não há nada verde nela. Suas roupas são azuis-acinzentadas. Ela acena com a cabeça, rígida, mantendo os olhos no rosto de Maven. A aparência dele muda e seu sorriso se alarga por um instante. O rei sussurra algo em resposta, balançando a cabeça animado. Entendo uma única palavra.

— Agora — ele diz. O governador e a mulher obedecem.

Eles andam juntos, e os sentinelas seguem. Olho para os Arven, me perguntando se devemos ir também, mas eles não se mexem.

Evangeline tampouco. E, por algum motivo, seus ombros e seu corpo relaxam. Algum peso foi tirado de suas costas.

— Pare de olhar para mim — ela explode, tirando-me dos meus devaneios.

Abaixo a cabeça, deixando-a ter essa pequena e insignificante vitória. E continuo me perguntando: *O que ela sabe? O que ela vê que eu não vejo?*

Quando os Arven me levam para qualquer que seja minha cela esta noite, sinto um aperto no coração. Deixei os livros de Julian em Whitefire. Não terei nada para me consolar esta noite.

CATORZE

Mare

❦

Antes de ser presa, passei meses atravessando o país, fugindo dos caçadores enviados por Maven e recrutando sanguenovos. Dormi no chão sujo, comi o que conseguíamos roubar, passei todas as horas sentindo demais ou de menos, tentando me manter sempre um passo à frente de todos os nossos demônios. Não lidei bem com a pressão. Me fechei e afastei meus amigos, minha família, todos que eram próximos a mim. Qualquer pessoa que quisesse ajudar ou entender. É claro que me arrependo. É claro que eu queria poder voltar para o Furo, para Cal e Kilorn e Farley e Shade. Faria as coisas diferente. *Seria* diferente.

Infelizmente, nenhum prateado ou sanguenovo pode mudar o passado. Meus erros não têm como ser desfeitos, esquecidos ou ignorados. Mas posso compensar. Posso fazer alguma coisa agora.

Já tinha visto Norta, mas como uma fora da lei. Às sombras. A vista do lado de Maven, como parte de sua comitiva, é tão diferente como a noite e o dia. Tremo dentro do casaco, com as mãos unidas para me aquecer. Entre o poder esmagador dos Arven e minhas algemas, fico mais suscetível à temperatura. Apesar do ódio que sinto pelo rei, me aproximo dele para aproveitar seu calor constante. Do outro lado, Evangeline mantém distância. Ela se concentra mais no governador Welle do que no rei, e sussurra para ele de vez em quando, a voz baixa o suficiente para não atrapalhar o discurso de Maven.

— Agradeço as boas-vindas, e seu apoio a um rei jovem que ainda está provando sua capacidade.

A voz de Maven ecoa, ampliada por microfones e alto-falantes. Ele não está lendo o discurso, e de alguma forma parece fazer contato visual com cada pessoa que lota a praça lá embaixo. Como tudo o que diz respeito ao rei, até a localização foi muito bem pensada. Ficamos no terraço, acima de centenas de pessoas, olhando para baixo, elevados e fora do alcance de meros humanos. O povo reunido de Arborus, capital do domínio do governador Welle, olha para cima, as cabeças inclinadas de um jeito que me causa arrepios. Os vermelhos se empurram para ver melhor. É fácil reconhecê-los, em grupos, cobertos por roupas que não combinam, o rosto ruborizado de frio, enquanto os prateados se cobrem de peles. Agentes de segurança em uniformes pretos estão espalhados pela multidão, vigilantes como os sentinelas a postos no terraço e nos telhados vizinhos.

— Espero que a turnê de coroação me permita não apenas uma compreensão mais profunda do reino, mas uma compreensão mais profunda de vocês. Suas lutas. Suas esperanças. Seus medos. Porque *eu* certamente tenho medo. — Um burburinho se espalha pela multidão lá embaixo e pelo grupo reunido no terraço. Até Evangeline olha de canto para Maven, os olhos estreitos sobre a gola branca imaculada de seu casaco de pele. — Somos um reino em perigo, que pode ruir sob o peso da guerra e do terrorismo. É meu dever solene impedir que isso aconteça e nos salvar dos horrores da anarquia que a Guarda Escarlate deseja instalar. Tantos morreram, em Archeon, em Corvium, em Summerton. Inclusive minha mãe e meu pai. Meu irmão foi corrompido pelas forças insurgentes. Mas, ainda assim, não estou sozinho. Tenho vocês. Tenho Norta. — Maven respira fundo e devagar, e um músculo se contrai em sua bochecha. — Vamos nos unir, vermelhos e prateados, contra os inimigos que querem destruir nosso modo de vida. Vou dedicar a vida à erradicação da Guarda Escarlate.

Os aplausos lá embaixo soam como metais batendo, agudos, terríveis. Mantenho o rosto calmo, a expressão cuidadosamente neutra. Me serve de escudo.

A cada dia seu discurso fica mais firme; as palavras são cuidadosamente escolhidas e empunhadas como facas. Nenhuma vez ele fala em "rebelde" ou "revolução". A Guarda Escarlate é sempre terrorista. Sempre assassina. Sempre inimiga do nosso modo de vida, independente do que isso quer dizer. Ao contrário de seus pais, Maven toma muito cuidado para não insultar os vermelhos. A turnê passa igualmente por setores prateados e vermelhos. De alguma forma ele parece à vontade em ambos, jamais hesitando diante do pior que seu reino tem a oferecer. Visitamos até mesmo as favelas em torno das fábricas, o tipo de lugar que nunca vou esquecer. Tento não me encolher quando passamos por dormitórios prestes a desabar ou quando saímos para o ar poluído. Maven parece inabalável, sorrindo para os trabalhadores e seus pescoços tatuados. Ele não cobre a boca como Evangeline, nem mostra nenhuma reação ao cheiro, como tantos outros, eu incluída. É melhor nisso do que eu esperava. Maven entende, apesar de seus pais não conseguirem ou se recusarem a entender, que atrair os vermelhos para a causa prateada talvez seja sua melhor chance de vitória.

Em outra cidade vermelha, nos degraus de uma mansão prateada, ele firma o próximo tijolo da estrada mortal que está construindo. Mil camponeses pobres acompanham, sem acreditar, sem ousar ter esperanças. Eu mesma não sei o que ele está fazendo.

— As Medidas do meu pai foram decretadas após um ataque mortal que matou muitos oficiais do governo. Foram sua tentativa de punir a Guarda Escarlate por suas ações, mas, para minha vergonha, só atingiu vocês. — Diante dos olhos de tantos, Maven abaixa o rosto. É uma visão surpreendente. Um rei prateado inclinando-se diante das massas vermelhas. Tenho que lembrar de quem se trata. É um truque. — A partir de hoje, decreto as Medidas suspensas e abolidas. Elas foram um erro de um rei bem-intencionado, mas ainda assim um erro.

Ele olha para mim, só por um instante, o suficiente para que eu saiba que se importa com a minha reação.

As Medidas. Idade de recrutamento reduzida a quinze anos. Toque de recolher restritivo. Morte para qualquer crime. Tudo para virar a população vermelha de Norta contra a Guarda Escarlate. Elas desaparecem em um instante, em uma batida do coração negro de um rei. Eu deveria estar feliz. Deveria estar orgulhosa. Ele está fazendo isso por minha causa. Alguma parte dele acha que vai me agradar. Alguma parte dele acha que vai me manter ao seu lado. Mas ver os vermelhos, meu povo, aplaudir seu opressor só me enche de pavor. Olho para baixo e vejo que minhas mãos estão tremendo.

O que ele está fazendo? O que está planejando?

Para descobrir, tenho que chegar o mais próximo da chama que conseguir.

Ele termina seus discursos andando pela multidão, apertando a mão tanto de vermelhos quanto de prateados. Passa por eles com desenvoltura. Sentinelas o rodeiam em uma formação de diamante. Samson Merandus sempre protege sua retaguarda, e me pergunto quantos sentem a mente sendo invadida. Ele é o melhor obstáculo a um potencial assassino. Evangeline e eu seguimos atrás, com os guardas. Como sempre, me recuso a sorrir, a olhar, a tocar as pessoas. É mais seguro para elas assim.

Os veículos nos aguardam, os motores ronronando ociosos. Lá em cima, o céu escurece e sinto cheiro de neve. Enquanto nossos guardas se aproximam, ajustando a formação para permitir que o rei entre no carro, apresso o passo o máximo que posso. Meu coração acelera e minha respiração forma uma nuvem branca no ar gelado.

— Maven — digo em voz alta.

Apesar da multidão gritando à nossa volta, ele me ouve e para. Vira com uma graça fluida, e a capa gira revelando o forro vermelho-sangue. Ao contrário do restante de nós, ele não precisa usar pele para se manter aquecido.

Aperto o casaco, para dar a minhas mãos nervosas o que fazer.

— Você estava falando sério?

Do seu próprio veículo, Samson me observa, os olhos penetrando os meus. Ele não consegue ler minha mente, não enquanto eu estiver usando as algemas, mas isso não o inutiliza. Confio que minha confusão real vai ajudar a mascarar meus sentimentos.

Não tenho ilusões no que diz respeito a Maven. Conheço seu coração distorcido, e sei que ele sente algo por mim. Um sentimento de que quer se livrar, mas não consegue. Quando faz sinal para que eu vá até seu veículo, sinalizando que me junte a ele, espero ouvir Evangeline zombar ou protestar. Ela não faz nenhum dos dois, apenas segue até seu próprio carro. No frio, não brilha tanto. Parece quase humana.

Os Arven não me seguem. Maven os impede com um olhar.

O veículo dele é diferente de qualquer outro que já vi. O motorista e o guarda da frente ficam separados dos passageiros por uma janela de vidro. As laterais e janelas são grossas, à prova de balas. Os sentinelas não entram, subindo na carcaça, assumindo posições defensivas em cada canto. É perturbador saber que tem um guarda com uma arma bem em cima de mim. Mas não tão perturbador quanto o rei sentado à minha frente, me encarando, à espera.

Ele olha para minhas mãos, observando enquanto esfrego os dedos congelados.

— Você está com frio? — murmura.

Rápido, enfio as mãos embaixo das pernas para aquecê-las. O veículo acelera.

— Vai fazer isso mesmo? Acabar com as Medidas?

— Acha que eu mentiria?

Não consigo evitar uma risada sombria. No fundo da minha mente, desejo uma faca. Me pergunto se ele conseguiria me incinerar antes que eu cortasse sua garganta.

— Você? Nunca!

Ele sorri e dá de ombros, virando para ficar mais confortável no assento macio.

— Eu estava falando a verdade. As Medidas foram um erro. Fizeram mais mal do que bem.

— Para os vermelhos? Ou para você?

— Para ambos. É claro. Mas eu agradeceria meu pai se pudesse. Imagino que consertando esse erro vou conquistar o apoio do povo. — A indiferença fria de sua voz é desconcertante, no mínimo. Sei agora que isso vem das memórias do pai. Recordações envenenadas, esvaziadas de qualquer amor ou felicidade. — Temo que não vão restar muitos simpatizantes da sua Guarda Escarlate quando isso acabar. Vou acabar com eles sem outra guerra inútil.

— Você acha que migalhas vão acalmar as pessoas? — provoco, fazendo um gesto com o queixo em direção às janelas. Fazendas, estéreis com o inverno, se estendem até as colinas. — Ah, que lindo, o rei me devolveu dois anos da vida do meu filho. Não importa que ele ainda vai ser tirado de mim um dia.

Seu sorriso só aumenta.

— Você acha isso?

— Acho. O reino é assim. Sempre foi.

— É o que vamos ver. — Maven encosta no banco e coloca o pé no assento ao lado do meu. Tira até a coroa, girando-a nas mãos.

Chamas de bronze e ferro brilham à luz baixa, refletindo meu rosto e o dele. Devagar, me afasto, me encolhendo no canto.

— Acho que te ensinei uma dura lição — ele diz. — Perdeu tanto da última vez que agora não confia em ninguém. Está sempre à espreita, procurando informações que não vai usar. Já conseguiu descobrir para onde estamos indo? Ou por quê?

Respiro fundo. Parece que estou de volta à sala de aula de Julian, sendo testada com um mapa. O risco é bem maior aqui.

— Estamos na Estrada de Ferro agora, sentido noroeste. Indo para Corvium.

Ele tem a audácia de dar uma piscadinha.

— Quase.

— Então... — Pisco várias vezes, tentando pensar. Meu cérebro percorre todas as peças que reuni com o passar dos dias. Fragmentos de notícias, fofocas. — Rocasta? Você está indo atrás de Cal?

Maven fica mais à vontade no banco, parecendo entretido.

— Você pensa tão pequeno. Por que eu perderia tempo indo atrás de rumores sobre meu irmão exilado? Tenho uma guerra para acabar e uma rebelião para impedir.

— Uma guerra para acabar?

— Você mesma disse: Lakeland vai nos derrotar se tiver chance. Não vou permitir que isso aconteça. Principalmente com Piedmont envolvido em seus próprios problemas. Tenho que cuidar dessas questões pessoalmente.

Apesar do calor do veículo, devido principalmente ao rei ardente sentado à minha frente, sinto como se uma pedra de gelo descesse pela minha coluna.

Eu costumava sonhar com o Gargalo. O lugar onde meu pai perdeu a perna, onde meus irmãos quase perderam a vida. Onde tantos vermelhos morreram. Um desperdício de cinzas e sangue.

— Você não é um guerreiro, Maven. Não é um general ou um soldado. Como pode esperar derrotar seus inimigos se...

— Se outros não conseguiram? Se meu pai não conseguiu? Se Cal não conseguiu? — ele estoura. Cada palavra parece um osso quebrando. — Você tem razão. Não sou como eles. Não fui criado para a guerra.

Criado. Ele diz isso com tanta facilidade. Maven Calore não é ele mesmo. Ele próprio me disse isso. É uma ideia, uma criação das adições e subtrações de sua mãe. Uma coisa mecânica, uma máquina, sem alma, perdido. Que horror saber que alguém assim tem nosso destino na palma de sua mão vacilante.

— Não vai ser uma perda, não de verdade — Maven continua, para nos distrair. — A economia militar vai simplesmente voltar sua atenção para a Guarda Escarlate. E então ao que decidirmos temer depois dela. Qualquer que seja o melhor caminho para controlar a população...

Se não fossem as algemas, minha raiva transformaria o veículo em um monte de sucata eletrizada. Em vez disso, me lanço para a frente, atacando, estendendo as mãos para agarrá-lo pela gola do casaco. Sem pensar, eu o empurro, esmagando-o contra o assento. Maven se encolhe, a um palmo de distância do meu rosto, respirando com dificuldade. Está tão surpreso quanto eu. Não é fácil. Entro em choque imediatamente, incapaz de me mexer, paralisada pelo medo.

O rei me encara, olho no olho, os cílios pretos e compridos. Estou tão perto dele que vejo suas pupilas dilatarem. Queria poder desaparecer. Queria estar do outro lado do mundo. Devagar, firme, suas mãos encontram as minhas. Apertam meus punhos, sentindo as algemas e o osso. Então Maven os afasta de seu peito. Deixo que me movimente, aterrorizada demais para agir diferente. Minha pele se arrepia com seu toque, apesar das luvas. Eu o ataquei. Maven. O rei. Uma palavra, uma batida na janela, e um sentinela pode quebrar meu pescoço. Ou o próprio Maven pode me matar. Me queimar viva.

— Sente — ele sussurra, com a voz afiada. Me dando uma única chance.

Como um gato assustado, faço o que ele manda, me encolhendo no canto.

Maven se recupera mais rápido do que eu e balança a cabeça com o esboço de um sorriso. Rapidamente, desamassa o casaco e joga para trás um cacho de cabelo que saiu do lugar.

— Você é uma garota inteligente, Mare. Não me diga que nunca ligou os pontos.

Respiro com dificuldade, como se tivesse uma pedra no peito. Sinto o calor subir, de raiva e de vergonha.

— Eles querem nossa costa. Nossa eletricidade. Nossas terras, nossos recursos... — Tropeço nas palavras que me ensinaram em uma escola em ruínas. A julgar pelo rosto de Maven, ele se diverte mais ainda com essas palavras. — Nos livros de Julian... os reis discordaram. Dois homens discutindo diante de um tabuleiro de xadrez como crianças mimadas. Eles são a razão de tudo isso. De cem anos de guerra.

— Achei que Julian tivesse te ensinado a ler as entrelinhas. A enxergar as palavras não ditas. — Maven balança a cabeça, decepcionado comigo. — Pelo jeito nem ele conseguiu desfazer os anos de educação precária. Outra tática bem aplicada, aliás.

Isso eu sabia. Sempre soube e lamentei. Os vermelhos são mantidos na ignorância. Isso nos deixa mais fracos do que já somos. Meus próprios pais não sabem nem ler.

Derramo lágrimas quentes de frustração. *Você sabia de tudo isso*, digo a mim mesma, tentando me acalmar. *A guerra é uma artimanha, um disfarce para manter os vermelhos sob controle. Um conflito pode acabar, mas outro sempre vai eclodir.*

Minhas entranhas se retorcem ao perceber o quanto o jogo é viciado, para todo mundo, há tanto tempo.

— Os ignorantes são mais fáceis de controlar. Por que acha que minha mãe manteve meu pai por perto por tanto tempo? Ele era um bêbado, um imbecil inconsolável, cego para tantas coisas, satisfeito em manter tudo como estava. Fácil de controlar, fácil de usar. Uma pessoa para manipular... e culpar.

Furiosa, limpo o rosto, tentando esconder qualquer indício das minhas emoções. Maven fica me olhando mesmo assim, com a expressão um pouco mais suave. Como se isso ajudasse.

— Então o que dois reinos prateados vão fazer quando pararem de jogar vermelhos uns contra os outros? — provoco. — Começar a nos atirar de precipícios aleatoriamente? Sortear nomes em uma loteria?

Ele apoia o queixo na mão.

— Não acredito que Cal nunca te contou nada disso. Bom, ele não estava realmente procurando uma oportunidade de mudar as coisas, nem mesmo por você. Provavelmente não achava que você suportaria... ou que entenderia...

Meu punho acerta o vidro à prova de balas da janela. A dor é instantânea, e mergulho nela na tentativa de manter qualquer pensamento sobre Cal distante. Não posso me permitir cair nessa armadilha, ainda que seja verdade. Ainda que Cal estivesse disposto a defender tais horrores.

— Não — explodo. — Não.

— Não sou tolo, menininha elétrica. — Seu tom acompanha o meu. — Se vai brincar com a minha mente, vou brincar com a sua. Somos bons nisso.

Eu estava com frio antes, mas agora o calor de sua raiva ameaça me consumir. Enjoada, encosto o rosto no vidro gelado da janela e fecho os olhos.

— Não me compare a você, não somos iguais.

— Pessoas como nós mentem para todo mundo. Principalmente para nós mesmos.

Quero socar a janela de novo. Em vez disso, enfio os punhos embaixo dos braços, tentando encolher. Talvez eu desapareça. A cada respiração, me arrependo mais e mais de ter entrado neste veículo.

— Lakeland nunca vai concordar — digo.

Ouço a risada profunda em sua garganta.

— Engraçado. Porque eles já concordaram.

Meus olhos se arregalam em choque.

Ele confirma com a cabeça, parecendo feliz consigo mesmo.

— O governador Welle facilitou uma reunião com um dos principais ministros de Lakeland. Ele tem contatos no norte e é facilmente... persuadido.

— Provavelmente porque você mantém sua filha refém.

— Provavelmente — Maven concorda.

Então essa turnê é para isso. Solidificar o poder, criar uma nova aliança. Conseguir negociações a qualquer custo. Eu sabia que era mais do que o espetáculo, mas isso... isso eu não podia imaginar. Penso em Farley, no coronel, nos soldados de Lakeland jurados à Guarda Escarlate. O que uma trégua fará a eles?

— Não fique tão abatida. Estou terminando uma guerra pela qual milhões morreram e trazendo paz para um país que não conhece mais o significado dessa palavra. Você deveria ter orgulho de mim. Deveria estar me agradecendo. Pare... — Ele levanta as mãos para se proteger quando cuspo nele. — Precisa descobrir outra forma de expressar sua raiva — Maven resmunga, limpando o uniforme.

— Tire minhas algemas e te mostro.

Maven dá uma gargalhada.

— Claro, srta. Barrow.

Do lado de fora, o céu escurece e o mundo fica cinza. Coloco uma mão no vidro, desejando poder atravessá-lo. Nada acontece. Ainda estou aqui.

— Devo dizer que estou surpreso — ele continua. — Temos muito mais em comum com Lakeland do que pensa.

Minha mandíbula se contrai e eu falo entredentes.

— Ambos usam vermelhos como escravos e munição.

Maven projeta o tronco para a frente tão rápido que me encolho.

— Ambos queremos acabar com a Guarda Escarlate.

É quase cômico. Cada passo que dou explode na minha cara. Tentei salvar Kilorn do recrutamento e minha irmã acabou sendo punida por isso. Virei criada para ajudar minha família e em algumas horas já era prisioneira. Acreditei nas palavras de Maven e em seu falso coração. Confiei que Cal ia me escolher. Invadi uma prisão para libertar pessoas e acabei perdendo Shade. Me sacrifiquei para salvar quem amo e dei a Maven uma arma. E agora, por mais que tente combater seu reinado de dentro, acho que só pioro tudo. Como vai ser uma união entre Lakeland e Norta?

Apesar do que Maven disse, vamos em direção a Rocasta, avançando depois de mais paradas para sua coroação pela região de Westlakes. Não vamos ficar. Ou não há uma mansão adequada o suficiente para a corte de Maven ou ele simplesmente não quer. Entendo por quê. Rocasta é uma cidade militar. Não uma fortaleza como Corvium, mas feita para abrigar o Exército. Uma coisa feia, construída com uma função. A cidade fica há muitos quilômetros das margens do lago Tarion, e a Estrada de Ferro passa em seu centro. Corta Rocasta como uma lâmina, separando o setor rico prateado do setor vermelho. Sem muros, a cidade me invade aos poucos. As sombras das casas e construções surgem na cegueira branca da nevasca. Prateados tempestuosos deixam a estrada aberta, combatendo o clima para manter a programação do rei. Ficam em pé sobre nossos veículos, direcionando a neve e o gelo à nossa volta com movimentos uniformes. Sem eles, o clima estaria muito pior, uma martelada de inverno brutal.

Ainda assim, a neve bate contra as janelas do meu veículo, escondendo o mundo lá fora. Não há mais dobra-ventos da talentosa Casa Laris. Estão mortos ou desaparecidos, ou talvez tenham fugido com as outas Casas que se rebelaram. Os prateados que restaram não conseguem fazer muita coisa.

Do pouco que consigo ver, Rocasta parece continuar funcionando, apesar da tempestade. Trabalhadores vermelhos vão para lá e para cá, segurando lanternas, a luz atravessando a neblina como peixes em águas turvas. Estão acostumados com esse tipo de clima.

Eu me aninho em meu casaco comprido, feliz pelo calor, ainda que a peça seja uma monstruosidade. Olho para os Arven, vestidos com o branco de sempre.

— Estão com medo? — tagarelo para o ar vazio. Não espero por uma resposta. Todos estão silenciosamente concentrados em ignorar minha voz. — Podemos perder vocês de vista em uma tempestade como essa. — Suspiro para mim mesma, cruzando os braços. — Estou cruzando os dedos.

O veículo de Maven segue à frente do meu, com os sentinelas. Eles se destacam nitidamente na tempestade de neve; seus uniformes flamejantes são como um farol para o resto de nós. Estou surpresa por não tirarem as máscaras apesar da visibilidade baixa. Devem ter prazer em parecer desumanos e assustadores — monstros defendendo outro monstro.

O comboio sai da Estrada de Ferro em algum lugar próximo ao centro da cidade, acelerando por uma avenida larga pontuada por luzes cintilantes. Casas luxuosas e mansões muradas se erguem, com janelas calorosas e acolhedoras. À frente, o relógio de uma torre aparece e desaparece atrás das rajadas de neve. Bate três horas quando nos aproximamos, parecendo ressoar dentro do meu peito.

Sombras escuras somem ao longo da rua, aprofundando-se a cada segundo conforme a tempestade fica mais forte. Estamos no setor prateado, evidenciado pela ausência de lixo e vermelhos esfarrapados vagando pelas ruas. Território inimigo. Como se eu já não tivesse ultrapassado as linhas inimigas ao máximo.

Na corte, havia rumores sobre Rocasta, principalmente relacionados a Cal. Alguns soldados foram avisados de que ele estaria na cidade, ou algum velho achou que o viu e trocou a informação por rações. Mas o mesmo pode ser dito sobre tantos lugares. Ele seria burro se viesse para cá, para uma cidade ainda sob o controle de Maven. Principalmente tão próxima de Corvium. Se for esperto, está longe daqui, bem escondido, ajudando a Guarda Escarlate o melhor que pode. É estranho pensar que a Casa Laris, a Casa Iral e a Casa Haven se rebelaram por ele, um príncipe exilado que jamais vai reivindicar o trono. Que desperdício.

O prédio administrativo sob a torre do relógio é ornamentado em comparação ao restante de Rocasta, mais próximo das colunas e dos cristais do Palácio de Whitefire. O comboio para em frente a ele, cuspindo-nos na neve.

Subo os degraus o mais rápido que posso, erguendo a gola vermelha para me proteger do frio. Lá dentro, espero calor e uma plateia à espera, que vai se agarrar a cada palavra calculada de Maven. Em vez disso, encontramos o caos.

Este lugar um dia foi uma grande sala de reuniões; nas paredes há fileiras de bancos acolchoados, que agora foram tirados do caminho. A maioria foi empilhada, para abrir espaço. Sinto cheiro de sangue. O que é estranho em um salão de prateados.

Mas então vejo: está mais para um hospital do que um salão.

Todos os feridos são oficiais, deitados sobre macas em fileiras bem alinhadas. Conto três dúzias à primeira olhada. Seus uniformes revelam várias patentes, com insígnias das Grandes Casas. Curandeiros atendem o mais rápido que podem, mas só dois estão em serviço, marcados pelas cruzes vermelhas e prateadas nos ombros. Correm para lá e para cá, cuidando de feridas por ordem de gravidade. Um deles salta de um homem gemendo e se ajoelha ao lado de uma mulher que cospe sangue prateado, o queixo brilhando como metal com o líquido.

— Sentinela Skonos — Maven chama com seriedade. — Ajude quem puder.

Um dos sentinelas mascarados responde com uma reverência, separando-se do restante dos defensores do rei.

Outros de nós entram, lotando um lugar já cheio. Alguns nobres abandonam o decoro para procurar membros da família entre os soldados. Outros estão simplesmente aterrorizados. Os seus não deveriam sangrar. Não assim.

À minha frente, Maven olha de um lado para o outro, as mãos na cintura. Se eu não o conhecesse melhor, acharia que está impactado, com raiva ou triste. Mas é apenas atuação. Embora sejam oficiais prateados, sinto uma ponta de piedade por eles.

O hospital improvisado é prova de que meus Arven não são feitos de pedra. Para minha surpresa, Tigrina perde o controle e seus olhos se enchem de lágrimas. Ela fixa o olhar na extremidade do salão. Panos brancos cobrem corpos. Cadáveres. Uma dúzia deles.

Aos meus pés, um jovem solta um suspiro. Ele mantém uma mão contra o peito, pressionando o que deve ser um ferimento interno. Olho nos olhos dele, reparando em seu uniforme e seu rosto. É mais velho do que eu, com uma beleza clássica sob as camadas de sangue prateado. Usa uma insígnia preta e dourada. É um telec da Casa Provos. Ele não demora a me reconhecer. Suas sobrancelhas se arqueiam um pouco, e o jovem respira com dificuldade. Sob meu olhar, treme. Está com medo de mim.

— O que aconteceu? — pergunto. Na barulheira do salão, minha voz não é mais que um sussurro.

Não sei por que ele responde. Talvez pense que vou matá-lo caso contrário. Talvez queira que alguém saiba o que realmente está acontecendo.

— Corvium — ele sussurra em resposta. O oficial Provos arqueja, lutando para que as palavras saiam. — A Guarda Escarlate. É um massacre.

O medo transparece em minha voz.

— Para que lado?

Ele hesita. Eu espero.

Finalmente, o jovem solta uma respiração irregular.

— Ambos.

QUINZE

Cameron

❧

Eu não sabia o que poderia instigar o príncipe exilado a agir — até que o rei Maven deu início à sua maldita turnê de coroação. Claramente uma artimanha, parte de uma trama maior. E estava vindo na nossa direção. Todos suspeitavam de um ataque. Então tínhamos que atacar primeiro.

Cal estava certo sobre uma coisa. Tomar as muralhas de Corvium era o melhor plano.

Então ele o colocou em prática há dois dias.

Trabalhando em conjunto com o coronel e rebeldes que já estavam infiltrados na cidade-fortaleza, Cal liderou uma força de ataque da Guarda Escarlate e de soldados sanguenovos. A tempestade de neve foi sua camuflagem, e o fator surpresa os ajudou. Cal foi esperto o suficiente para não pedir que eu me juntasse a eles. Fiquei esperando em Rocasta com Farley. Nós duas grudadas no rádio, ansiosas por notícias. Caí no sono, mas ela me chacoalhou antes do amanhecer, sorrindo. Tínhamos tomado as muralhas. Corvium fora pega de surpresa. A cidade fervilhava no caos.

Não podíamos mais ficar para trás. Nem mesmo eu. Pra falar a verdade, eu queria ir. Não para lutar, mas para ver como era a vitória. E, claro, dar mais um passo em direção ao Gargalo, ao meu irmão e a algum propósito.

Então aqui estou eu, encoberta pelas árvores com o resto da

unidade de Farley, observando os muros pretos e a fumaça mais preta ainda. Corvium queima por dentro. Não consigo ver muita coisa, mas sei dos relatos. Centenas de soldados vermelhos, alguns incitados pela Guarda, se voltaram contra seus oficiais assim que Cal e o coronel atacaram. A cidade já era um barril de pólvora. O príncipe de fogo acendeu o pavio e deixou explodir. Um dia depois, o combate continua. Vamos tomando a cidade, rua a rua. Os tiroteios ocasionais quebram o silêncio, fazendo eu me contorcer.

Desvio o olhar, tentando ver mais longe do que os olhos humanos podem alcançar. O céu já está escuro e nebuloso, com o sol encoberto. A noroeste, no Gargalo, as nuvens estão pretas, pesadas de cinzas e morte. Morrey está lá em algum lugar. Embora Maven tenha liberado os recrutas menores de idade, a unidade dele não saiu do lugar, de acordo com os últimos relatórios do serviço de informações. Está o mais distante possível, no fundo de uma trincheira. E a Guarda Escarlate no momento ocupa o lugar para onde sua unidade deveria retornar. Tento bloquear a imagem do meu irmão gêmeo encolhido no frio, o uniforme grande demais, os olhos escuros e fundos. Mas o pensamento está gravado no meu cérebro. Olho para o outro lado, de volta para Corvium, para a tarefa a cumprir. Preciso manter o foco. Quanto mais cedo tomarmos a cidade, mais cedo poderemos transportar os recrutas. *E depois que salvá-lo?*, me pergunto. *Vou mandá-lo de volta para casa? Para outro inferno?*

Não tenho respostas para a voz na minha cabeça. Mal posso suportar a ideia de mandar Morrey de volta para as fábricas da Cidade Nova, ainda que isso signifique reuni-lo com nossos pais. Eles são meu próximo objetivo, assim que recuperar meu irmão. Um sonho impossível por vez.

— Dois prateados acabaram de jogar um soldado vermelho de uma torre — Ada avisa, olhando por um binóculo. Ao lado dela, Farley permanece imóvel, os braços calmamente cruzados sobre o peito.

Ada continua varrendo tudo, lendo sinais. Na luz cinza, sua pele dourada assume uma cor pálida. Espero que não esteja ficando doente.

— Eles estão consolidando sua posição, recuando e reagrupando no setor central atrás do segundo muro. Calculo que são pelo menos cinquenta — ela sussurra.

Cinquenta. Tento engolir o medo. Digo a mim mesma que não há perigo. Há um exército entre nós e eles. E ninguém é idiota o suficiente para me obrigar a ir a qualquer lugar que eu não queira. Não agora, depois de meses de treinamento.

— Baixas?

— Uma centena de prateados morreu. A maioria dos feridos fugiu pela mata. Provavelmente para Rocasta. Havia menos de mil na cidade. Muitos tinham desertado com as Casas rebeldes antes do ataque de Cal.

— E o último relatório de Cal? — Farley pergunta a Ada. — Sobre os prateados desertores?

— Incluí nos meus cálculos. — Ela quase parece irritada. Quase. Ada é mais calma do que qualquer um de nós. — Setenta e oito estão sob a proteção dele.

Coloco as mãos na cintura.

— Existe uma diferença entre deserção e rendição. Eles não querem se juntar a nós; só não querem morrer. Sabem que Cal será misericordioso.

— Você prefere que ele os mate? Vire todos contra nós? — Farley responde irritada. Depois de um instante, ela faz um gesto de desdém. — Há mais de quinhentos deles ainda por aí, prontos para voltar e nos massacrar.

Ada ignora nossa falação e mantém a vigia. Antes de se juntar à Guarda Escarlate, ela era criada de um governador prateado. Está acostumada a coisas muito piores do que nós.

— Vejo Julian e Sara sobre o portão da reza — ela diz.

Sinto um alívio. Quando Cal fez contato pelo rádio, não mencionou nenhuma baixa em sua equipe, mas nunca se sabe. Estou feliz por Sara estar bem. Aperto os olhos na direção do ameaçador portão da reza, procurando pela entrada preta e dourada na extremidade leste das muralhas de Corvium. Em cima do parapeito, uma bandeira vermelha tremula, um vislumbre de cor contra o céu nublado. Ada traduz:

— Estão fazendo sinal para nós. Passagem segura.

Ela olha para Farley, esperando sua ordem. Com o coronel na cidade, Farley está no topo da hierarquia aqui, e sua palavra é lei. Embora não demonstre, percebo que está pesando as opções. Temos que atravessar terreno aberto para chegar até os portões. Pode muito bem ser uma armadilha.

— Você viu o coronel?

Boa. Ela não confia em um prateado. Não com nossas vidas em risco.

— Não — Ada murmura. Ela varre os muros mais uma vez, os olhos bem abertos analisando cada bloco de pedra. Assisto à sua movimentação enquanto Farley se mantém calma e séria. — Cal está com eles.

— Muito bem — Farley responde de repente, os olhos de um azul vívido e resoluto. — Vamos.

Vou atrás dela com má vontade. Por mais que odeie admitir, Cal não é do tipo que nos trairia. Não fatalmente, pelo menos. Ele não é como o irmão. Meus olhos encontram os de Ada por cima do ombro de Farley. A sanguenova inclina um pouco a cabeça conforme avançamos.

Enfio as mãos no bolso. Se estiver parecendo uma adolescente mal-humorada, não ligo. É o que sou: uma adolescente mal-humorada e assustada que pode matar com um olhar. O medo me devora. Da cidade e de mim mesma.

Só uso meu poder em treinamento há meses, desde que os malditos magnetrons derrubaram nosso jato do céu. Mas lembro da sensação de usar o silêncio como arma. No presídio de Corros, matei pessoas assim. Pessoas horríveis. Prateados que mantinham outros como eu presos para morrer lentamente. A memória ainda me enoja. Senti os corações parando. Senti suas mortes como se estivessem acontecendo comigo. Tanto poder me assusta. Faz com que eu me pergunte o que posso me tornar. Penso em Mare, em como ela ricocheteava entre a raiva violenta e a indiferença dormente. É esse o preço de ter poderes como os nossos? Temos que escolher entre nos tornar vazias ou monstros?

Partimos em silêncio, todos muito conscientes de nossa posição precária. Nos destacamos nitidamente na neve fresca, seguindo as pegadas uns dos outros. Os sanguenovos na unidade de Farley estão muito inquietos. Uma das recrutadas por Mare, Lory, nos lidera com a atenção de um cão de caça, a cabeça virando de um lado para o outro. Seus sentidos são incrivelmente aguçados; se houver algum ataque iminente, ela vai ver, ouvir ou sentir o cheiro do que está por vir. Depois do ataque ao presídio de Corros, depois que Mare foi capturada, ela começou a tingir o cabelo de vermelho-sangue. Parece uma ferida contra a neve e o céu metálico. Fixo o olhar em seus ombros, pronta para correr se fizer qualquer movimentação inesperada.

Mesmo grávida, Farley convence no comando. Ela puxa o rifle das costas e o segura com as duas mãos. Mas não está tão alerta quanto os outros. Mais uma vez seus olhos entram e saem de foco. Sinto um pingo de tristeza por ela.

— Você veio aqui com Shade? — pergunto baixinho.

Ela vira a cabeça na minha direção.

— Por que diz isso?

— Para uma espiã, às vezes você revela demais.

Seus dedos batucam o cano da arma.

— Como eu disse, Shade foi nossa maior fonte de informação sobre Corvium. Comandei sua operação aqui. Só isso.

— Claro, Farley.

Continuamos em silêncio. Nossa expiração solta nuvens brancas no ar e o frio se instala, tomando primeiro os dedos dos pés. Na Cidade Nova havia inverno, mas nunca assim. Tem a ver com a poluição. E o calor das fábricas nos fazia suar mesmo no inverno mais profundo.

Farley nasceu em Lakeland. Está mais preparada para o frio. Ela não parece notar a neve ou o frio cortante. Mas sua cabeça obviamente ainda está em outro lugar. Com outra pessoa.

— Acho que foi bom eu não ter ido atrás do meu irmão — resmungo no silêncio. Tanto para mim quanto para ela. Uma distração. — Estou feliz por ele não estar aqui.

Ela olha para mim de soslaio, os olhos estreitos de desconfiança.

— Cameron Cole está admitindo que estava errada?

— Eu admito. Não sou Mare.

Outra pessoa poderia achar isso grosseiro. Mas Farley sorri.

— Shade também era teimoso. Deve ser de família.

Imagino que a menção a seu nome seria um grande peso, arrastando-a para baixo. Em vez disso, faz com que Farley siga em frente, um pé depois do outro. Uma palavra depois da outra.

— Eu o conheci a alguns quilômetros daqui. Devia recrutar assobiadores no mercado negro de Norta. Usar organizações já instaladas para auxiliar a Guarda Escarlate. O assobiador de Palafitas me falou sobre alguns soldados daqui que poderiam estar dispostos a cooperar.

— Shade era um deles.

Ela confirma com a cabeça, pensativa.

— Ele foi enviado para Corvium com as tropas de apoio. Um ajudante de oficial. Era uma boa posição para ele, ainda melhor para nós. Shade alimentava a Guarda Escarlate com informações através de mim. Até que ficou claro que ele não poderia mais ficar. Ia ser transferido para outra legião. Alguém sabia que ele tinha um poder e iam executá-lo por isso.

Nunca ouvi essa história. Acho que poucos ouviram. Farley não é exatamente um livro aberto. Por que está me contando isso agora, não sei dizer. Mas percebo que precisa desabafar. Deixo-a falar, dando o espaço de que precisa.

— Então quando a irmã dele... Nunca vi Shade tão aterrorizado. Assistimos à Prova Real juntos. Vimos quando ela caiu, vimos os raios. Ele achou que os prateados iam matar Mare. O resto da história você já sabe, imagino. — Ela morde o lábio, olhando para o rifle. — Foi ideia dele. Tínhamos que tirar Shade do Exército para protegê-lo. Então ele falsificou sua ordem de execução. Ele mesmo ajudou com a papelada. Então foi dado como morto. Os prateados não se importam o suficiente para comprovar a morte de vermelhos. A família dele, é claro, se importou. Isso o abalou por um tempo.

— Mas ainda assim ele foi em frente. — Tento ser compreensiva, mas não consigo imaginar como seria fazer minha família passar por algo parecido, nem por nada no mundo.

— Ele não tinha escolha. E... serviu de motivação. Mare se juntou a nós quando ficou sabendo da suposta morte. Um Barrow por outro.

— Então essa parte do discurso dela não era mentira? — Penso no que Mare foi obrigada a dizer, olhando para a câmera como se fosse um esquadrão de fuzilamento. *Me perguntaram se eu queria vingança pela morte dele.* — Não me admira que tenha problemas de confiança. Ninguém fala a verdade para ela.

— Vai ser um longo caminho de volta para Mare — Farley sussurra.

— Para todos.

— Agora ela está naquela turnê infernal com o rei. — Farley parece uma máquina, sua voz ganhando impulso e força a cada segundo que passa. O fantasma de Shade desaparece. — Isso vai tornar as coisas mais fáceis. Ainda terrivelmente difíceis, é claro, mas o nó está mais frouxo.

— Existe um plano em andamento? Ela está cada dia mais perto. Arborus, a Estrada de Ferro...

— Mare estava em Rocasta ontem.

O silêncio à nossa volta se altera. Se o resto da unidade não estava ouvindo antes, agora com certeza está. Olho para trás. Ada me encara. Seus olhos de âmbar se arregalam e quase consigo ver as engrenagens girando em sua mente perfeita.

Farley continua:

— O rei visitou os soldados feridos evacuados da primeira onda de ataques. Eu não soube disso até estarmos na metade do caminho para cá. Se soubesse, talvez... — Ela respira fundo. — Bom, agora é tarde demais.

— O rei viaja com praticamente um exército — digo a ela. — Mare é vigiada dia e noite. Você não poderia fazer nada só com a gente.

Ainda assim, seu rosto fica vermelho, e não por causa do frio. Seus dedos continuam batendo distraídos no cano da arma.

— Provavelmente não — Farley responde. — Provavelmente não — repete num tom mais suave, para convencer a si mesma.

Corvium lança uma sombra sobre nós, e a temperatura cai na escuridão. Puxo a gola mais para cima, tentando me enterrar em seu calor. A monstruosidade das muralhas pretas parece uivar para nós.

— Lá. O portão da reza. — Farley aponta para uma boca aberta com presas de ferro e dentes dourados. Blocos de Pedras Silenciosas formam o arco, mas não as sinto. Elas não têm impacto sobre mim. Para meu alívio, soldados vermelhos guardam o portão, marcados pelo uniforme cor de ferrugem e pelas botas gastas. Avançamos, saindo da estrada coberta de neve e entrando nas mandíbulas de Corvium. Farley olha para cima do portão quando passamos, e ouço-a sussurrar algo para si mesma.

— Quando você entra, reza pra sair. Quando sai, reza pra nunca mais voltar.

Apesar de ninguém estar ouvindo, rezo também.

Cal se curva sobre uma mesa, os dedos pressionados contra a madeira plana. Sua armadura está empilhada em um canto, revelando os músculos do jovem sob as placas de couro preto. O suor faz o cabelo preto grudar na testa e forma linhas de esforço abaixo de seu pescoço. Não é o calor, embora seu poder aqueça o lugar mais que qualquer fogo. É medo. Vergonha. Me pergunto quantos prateados ele foi obrigado a matar. *Não o suficiente*, parte de mim sussurra. Ainda assim, sua aparência, os horrores do cerco escritos claramente em seu rosto, são motivo suficiente para até eu hesitar. Sei que não é fácil. Não pode ser.

Ele observa o nada, com olhos de bronze perfurantes. Nem se mexe quando eu entro atrás de Farley. Ela vai até o coronel e senta na frente dele, que está com uma mão na testa e a outra acariciando um mapa ou algum tipo de esquema. Provavelmente de Corvium, pela forma octogonal e pelos anéis que devem ser as muralhas.

Sinto Ada atrás de mim, hesitante em se juntar a nós. Tenho que lhe dar um empurrão. Ela é melhor nisso do que qualquer um de nós, seu cérebro extraordinário é um presente para a Guarda Escarlate. Mas é difícil romper o treinamento de uma criada.

— Vamos — sussurro, colocando a mão em seu pulso. Sua pele não é tão escura quanto a minha, mas nas sombras todos começamos a nos matizar.

Ela dá um aceno discreto para mim e abre um sorriso mais discreto ainda.

— Em qual anel eles estão?

— Na torre principal — o coronel responde. Ele aponta o lugar correspondente no mapa. — Bem fortificada, mesmo nos níveis subterrâneos. Aprendemos isso na prática.

Ada solta um suspiro.

— O centro foi construído para algo assim. Um posto final, bem armado e abastecido. Com vedação dupla. Recheado até a borda por cinquenta soldados prateados bem treinados. Por ser estreito, é como se houvesse cinco vezes essa quantidade lá dentro.

— Como aranhas em um buraco — murmuro.

O coronel desdenha.

— Talvez comecem a comer uns aos outros.

O nervosismo de Cal não passa despercebido.

— Não enquanto um inimigo comum bate à porta. Nada une tanto os prateados quanto alguém que odeiam. — Ele não tira os olhos da mesa, mantendo-os fixos na madeira. O significado é claro. — Principalmente agora que todos sabem que o rei está nas proximidades. — Seu rosto escurece, como uma nuvem de tempestade. — Eles podem esperar.

Com um grunhido baixo, Farley conclui a ideia por ele:

— E nós não podemos.

— Se exigido, as legiões do Gargalo podem marchar de volta para cá em um dia. Menos ainda se forem... motivadas. — Ada vacila na última palavra. Ela não precisa explicar. Já vejo meu irmão, tecnicamente livre pelas novas leis de Maven, sendo levado por oficiais prateados, obrigado a correr pela neve. Só para atacar seu próprio povo.

— Os vermelhos certamente se juntariam a nós — digo, pensando alto, ao menos para combater as imagens que estão na minha cabeça. — Que Maven mande seus exércitos. Isso só vai reforçar o nosso. Os soldados vão mudar de lado como os daqui fizeram.

— Talvez ela tenha razão... — o coronel começa a dizer, concordando comigo para variar. Mas Farley o corta.

— Talvez. A tropa em Corvium há meses vem sendo agitada, incitada, empurrada, forçada e aquecida para essa explosão. Não posso dizer o mesmo das legiões. Ou qual é a quantidade de prateados que ele vai convencer a servir.

Ada concorda com a cabeça.

— Maven tem sido cuidadoso com Corvium. Ele pinta tudo aqui como terrorismo, não rebelião. Anarquia. Obra de uma Guarda Escarlate sedenta por sangue, genocida. Os vermelhos das legiões, os vermelhos do reino, não fazem ideia do que está acontecendo.

Fervendo, Farley coloca a mão na barriga, protegendo-a.

— Já perdi muito por confiar num "talvez".

— Todos perdemos — Cal responde, sua voz distante. Ele se afasta da mesa e vira de costas para todos. Chega até a janela com poucos passos largos e olha para a cidade ainda em chamas.

A fumaça flutua no vento gelado, um cuspe preto no céu. Isso me faz lembrar das fábricas. Estremeço. A tatuagem no meu pescoço coça, mas não levo meus dedos tortos a ela. Nem consigo contar quantas vezes foram quebrados. Sara pediu para consertá-los certa vez. Não deixei. Como a tatuagem, como a fumaça, eles me lembram de onde vim e do que ninguém mais deveria ter que suportar.

— Imagino que você não tenha alguma ideia... — Farley diz, enquanto tira o mapa das mãos do pai. Ela olha de soslaio para o príncipe exilado.

Cal dá de ombros.

— Muitas. Todas ruins. A não ser que...

— Não vou deixar que saiam daqui — o coronel interrompe. Ele parece irritado. Acho que já discutiram o assunto. — Maven está muito próximo. Eles vão correr para o lado dele e voltar para se vingar.

O bracelete no pulso de Cal se acende, lançando centelhas que viajam pelo seu braço em uma explosão rápida de chama vermelha.

— Maven virá de qualquer forma! Você ouviu os relatos. Ele já está em Rocasta, seguindo para oeste. Está marchando para cá em um desfile, acenando e sorrindo para esconder que vai tomar Corvium de volta. E vai conseguir se você lutar contra ele numa cidade despedaçada, com nossas costas voltadas para uma jaula de lobos! — Cal vira para encarar o coronel, os ombros ardendo em brasa. Normalmente ele consegue se controlar o suficiente para poupar suas roupas. Agora nem tanto. A fumaça o abraça, revelando buracos chamuscados na camisa. — Uma batalha em duas frentes é suicídio.

— E torná-los reféns? Vai me dizer que não tem ninguém de valor naquela torre? — o coronel rebate.

— Não para Maven. Ele já tem a única pessoa pela qual trocaria qualquer coisa.

— Não temos como fazê-los passar fome, não podemos libertá-los, não podemos usá-los numa negociação — Farley diz, enumerando nos dedos.

— E não podemos matá-los. — Coloco um dedo no lábio. Cal olha para mim, surpreso. Dou de ombros. — Se houvesse uma maneira, se fosse aceitável, o coronel já teria feito isso.

— Ada? — Farley a incita com gentileza. — Você vê algo que não estamos vendo?

Os olhos dela vão de um lado para o outro, analisando o esquema e suas memórias. Números, estratégias, tudo a seu dispor. Seu silêncio não traz nenhum alento.

— Precisamos daquele maldito vidente — resmungo. Não conheci Jon, que permitiu que Mare me encontrasse e me capturasse. Mas já o vi bastante nas transmissões de Maven. — Ele pode fazer o trabalho por nós.

— Se quisesse ajudar, Jon estaria aqui. Mas aquele fantasma execrável desapareceu — Cal frageja. — Não teve nem a decência de levar Mare com ele quando fugiu.

— Não adianta insistir no que não temos como mudar. — Farley arrasta a bota no chão frio. — Então tudo o que nos resta é a força bruta? Derrubar a torre pedra por pedra? Pagar por cada centímetro com um litro de sangue?

Antes que Cal possa estourar de novo, a porta se abre. Julian e Sara entram apressados, os dois com os olhos arregalados e um tom prateado no rosto. O coronel levanta de um salto, surpreso e na defensiva. Ninguém aqui bobeia quando se trata dos prateados. O medo que sentimos deles está enraizado nos ossos, é transmitido pelo sangue.

— O que foi? — ele pergunta, com o olho vermelho brilhando. — Já acabou o interrogatório?

Julian se irrita com a palavra *interrogatório* e responde com sarcasmo:

— Minhas perguntas são piedosas em comparação com as que você faria.

— Pfff! — Farley desdenha. Ela olha para Cal e ele vira, com vergonha de seu olhar. — Não me venha falar da piedade dos prateados.

Não gosto de Julian e confio nele menos ainda, mas a expressão no rosto de Sara é chocante. Ela olha para mim, o rosto cinza cheio de compaixão e medo.

— O que foi? — pergunto a ela, embora saiba que só Julian pode responder. Mesmo em Corvium, ainda não encontrou um curandeiro disposto a devolver sua língua. Todos devem estar na torre principal, ou mortos.

— General Macanthos supervisiona o comando de treinamento — Julian responde. Como Sara, ele olha para mim hesitante. O sangue pulsa em meus ouvidos. O que quer que esteja prestes a dizer não vai me agradar. — Antes do cerco, parte de uma legião recuou para receber mais instruções. Não eram adequados para patrulhar as trincheiras. Mesmo sendo vermelhos.

Meu sangue zumbe nos ouvidos e quase não escuto Julian. Sinto Ada vir para perto, seu ombro encostando no meu. Ela sabe para onde isso está indo. Eu também.

— Conseguimos a lista de nomes. Algumas centenas de crianças da Legião Adaga, chamadas de volta para Corvium. Ainda não haviam sido liberadas, mesmo após o decreto de Maven. Recuperamos a maioria, mas alguns... — Julian se obriga a falar, mas tropeça nas palavras. — Foram mantidos como reféns. No centro, com o resto dos oficiais prateados.

Me apoio na parede fria do escritório, deixando que me estabilize. Meu poder suplica, tentando romper a pele, querendo se expandir e arrastar tudo ao meu redor. Tenho que dizer as palavras eu mesma, porque parece que Julian não vai dizer.

— Meu irmão está entre eles.

O maldito prateado hesita, demorando a responder. Finalmente, ele fala:

— Achamos que sim.

O rugido do meu coração latejante ultrapassa a voz deles. Não ouço nada enquanto saio do escritório, escapando de suas mãos, correndo pela sede administrativa. Se alguém me segue, não sei. Não ligo.

A única coisa nos meus pensamentos é Morrey. Morrey e os cinquenta futuros cadáveres que estão no meu caminho.

Não sou Mare Barrow. Não vou entregar meu irmão para essa causa.

Meu silêncio me envolve, pesado como fumaça, macio como penas, pingando de cada poro como suor. Não é uma coisa física. Não vai abrir a torre principal para mim. Meu poder atinge carne e só carne. Estive praticando. Ele me assusta, mas preciso dele. Como um furacão, o silêncio gira em torno de mim, cercando o centro de uma tempestade crescente.

Não sei para onde estou indo, mas é fácil andar por Corvium. É tudo autoexplicativo. A cidade é ordenada, bem planejada, uma engrenagem gigante. Entendo isso. Meus pés batem nas calçadas, me impelindo através da ala externa. À minha esquerda, as altas muralhas de Corvium arranham o céu. À direita, quartéis, escritórios e instalações de treinamento se empilham contra o segundo anel de muros de granito. Tenho que encontrar o próximo portão, começar a entrar. Meu lenço rubro é camuflagem suficiente. Pareço uma integrante qualquer da Guarda Escarlate. Poderia mesmo ser. Os soldados vermelhos me deixam correr, muito distraídos, agitados ou ocupados para ligar para outro rebelde correndo entre eles. Eles subjugaram seus senhores. Sou invisível para eles.

Mas não para Sua Maldita Alteza Real Tiberias Calore.

Ele agarra meu braço, me obrigando a virar. Se não fosse meu silêncio pulsando à nossa volta, sei que ele estaria em chamas. O príncipe é esperto e usa o impulso para me jogar para trás — e se manter longe das minhas mãos mortíferas.

— Cameron! — ele grita, com a mão estendida. Seus dedos brilham, as chamas precisando de ar. Quando dá mais um passo para trás, plantando-se no meu caminho, as chamas ficam mais fortes, indo até os cotovelos. Ele está com a armadura de novo. Placas de couro e aço presas ao corpo. — Vai morrer se entrar na torre sozinha. Vão te partir ao meio.

— E você com isso? — respondo irritada. Travo os ossos, firmando as juntas, e empurro um pouco mais. O silêncio o alcança. Seu fogo oscila e sua garganta treme. Ele está sentindo. Estou machucando-o. *Segure. Lembre-se da constante. Nem demais, nem de menos.* Empurro um pouco mais e ele dá mais um passo para trás, na direção que preciso ir. O segundo portão chama minha atenção por cima de seu ombro. — Estou aqui por um único motivo. — Eu não quero lutar com Cal. Só quero que ele saia da minha frente. — Não vou deixar sua gente matar meu irmão.

— Eu sei! — ele rosna com a voz gutural. Me pergunto se todos os seus semelhantes de fogo têm olhos como aqueles. Olhos que queimam e ardem. — Sei que você vai entrar. Eu também entraria se... Eu também entraria.

— Então me deixe ir.

Cal cerra a mandíbula, numa imagem de determinação. Uma montanha. Mesmo agora, em roupas queimadas, ferido, com o corpo em destroços e a mente em ruínas, ainda parece um rei. É o tipo de pessoa que jamais vai ajoelhar. Não está nele. Não foi feito para isso.

Mas já fui destroçada vezes demais para deixar que aconteça de novo.

— Cal, me deixe ir. Me deixe buscar meu irmão. — Parece que estou implorando.

Dessa vez ele dá um passo à frente. As chamas em seus dedos ficam azuis, tão quentes que chamuscam o ar. Mas ainda oscilam diante do meu poder, lutando para respirar, para queimar. Eu poderia apagá-las se quisesse. Poderia tomar tudo o que ele é e parti-lo ao meio, matá-lo, sentir cada centímetro seu morrer. Parte de mim quer. Uma parte boba, governada pelo ódio, pela raiva e pela vingança cega. Deixo que ela alimente meu poder, que me deixe mais forte, mas não deixo que me controle. Exatamente como Sara ensinou. É uma linha tênue.

Seus olhos se estreitam, como se Cal soubesse o que estou pensando. Fico surpresa quando ele fala. Quase não escuto as palavras em meio ao som do meu coração latejante.

— Me deixe ajudar.

Antes da Guarda Escarlate, eu achava que aliados deveriam estar exatamente na mesma página. Máquinas em uníssono, trabalhando para o mesmo resultado. Como eu era ingênua. Cal e eu aparentemente estamos do mesmo lado, mas não queremos a mesma coisa.

Ele é franco com seu plano, inteiramente detalhado. O suficiente para que eu perceba como pretende usar minha raiva, usar meu irmão, para atingir seus próprios fins. *Distraia os guardas, entre na torre principal, use seu silêncio como escudo e faça com que os prateados entreguem os reféns em troca da própria liberdade. Julian vai abrir os portões; eu mesmo farei a escolta. Sem derramar sangue. Chega de cerco. Corvium será toda nossa.*

Um bom plano. Exceto pelo fato de que a tropa prateada estará livre para se reunir ao Exército de Maven.

Cresci em uma favela, mas não sou burra. E com certeza não sou uma garotinha deslumbrada que vai se render à mandíbula marcada e ao sorrisinho de Cal. Seu charme tem limites. Barrow pode ceder aos seus encantos, mas eu não.

Se ao menos o príncipe fosse um pouco mais ousado. Cal tem o coração mole demais. Ele não vai deixar os soldados prateados sujeitos à piedade inexistente do coronel, ainda que a única alternativa seja libertá-los apenas para adiar um novo conflito.

— De quanto tempo você precisa? — pergunto. Mentir na cara dele não é difícil. Não sabendo que Cal também está tentando me enganar.

Ele sorri. Acha que me convenceu. *Perfeito*.

— Algumas horas para organizar meu pessoal. Julian, Sara...

— Tudo bem. Me encontre nos quartéis externos quando estiver pronto. — Eu me afasto, fingindo um olhar pensativo à distância. O vento se levanta, balançando minhas tranças. Está mais quente, não por causa de Cal, mas do sol. A primavera logo chegará. — Preciso pensar um pouco.

O príncipe concorda com a cabeça. Apoia a mão firme no meu ombro, apertando-o. Em resposta, forço um sorriso que mais parece uma careta. Assim que viro, o sorriso se vai. Cal fica para trás, os olhos focados em mim até a curva do muro me tirar de seu campo de visão. Apesar do aumento de temperatura, um arrepio percorre minha espinha. Não posso deixar Cal fazer isso. Mas não vou deixar que Morrey passe mais um segundo naquela torre.

Mais à frente, Farley marcha na minha direção, tão depressa quanto seu corpo permite. Seu rosto escurece quando me vê. Suas sobrancelhas estão franzidas e sua cara inteira fica vermelha. Isso faz com que a cicatriz branca ao lado de sua boca se destaque mais do que o normal. É uma visão assustadora.

— Cole — ela diz irritada —, eu estava com medo de que você estivesse prestes a cometer uma grande burrada.

— Eu, não — respondo, quase sussurrando. Ela inclina a cabeça e faço sinal para que me siga.

Quando estamos em segurança dentro de um armazém, conto tudo o mais rápido que posso. Farley fica irritada, como se o plano de Cal fosse apenas uma chateação, e não extremamente perigoso para todos nós.

— Ele está colocando a cidade toda em risco — concluo, exasperada. — Se for em frente...

— Eu sei. Mas já disse antes: Montfort e o Comando querem Cal com a gente, custe o que custar. Ele é praticamente à prova de balas. Qualquer outra pessoa seria executada por insurreição. — Farley passa as mãos na cabeça, puxando mechas esparsas do cabelo loiro. — Não quero fazer isso, mas um soldado que não aceita ordens e age seguindo interesses próprios não é alguém que quero na minha retaguarda.

— O Comando... — Odeio essa palavra, e quem quer que ela represente. — Estou começando a achar que eles não se preocupam tanto assim com a gente.

Farley não discorda.

— É difícil... depositar toda a nossa fé neles. Mas o Comando vê o que não vemos, o que não conseguimos ver. E agora... — Ela respira fundo. Seus olhos focam no chão. — Fiquei sabendo que Montfort vai se envolver mais ainda.

— O que isso significa?

— Não tenho certeza.

Dou risada.

— Você não sabe de tudo? Estou chocada.

O olhar que ela lança para mim poderia rachar um osso.

— O sistema não é perfeito, mas ele nos protege. Se você vai ficar de mau humor, não vou ajudar.

— Ah, agora você tem ideias?

Ela abre um sorriso obscuro.

— Algumas.

Harrick não perdeu o tique nervoso.

Ele balança a cabeça para cima e para baixo enquanto Farley sussurra nosso plano, os lábios se movimentando rápido. Ela não vai entrar na torre com a gente, mas vai garantir que consigamos passar.

Harrick parece preocupado. Ele não é um guerreiro. Não estava em Corros nem participou do ataque a Corvium, embora suas ilusões pudessem ter sido de grande ajuda. Ele chegou com o restante de nós, seguindo a capitã grávida. Alguma coisa aconteceu com ele quando ainda tínhamos Mare, em um recrutamento de sanguenovos que deu errado. Desde então, tem ficado fora do combate. Tenho inveja dele. Não sabe o que é matar alguém.

— Quantos reféns? — Harrick pergunta, a voz trêmula como seus dedos. Um rubor surge em seu rosto, espalhando-se sob a pele clara do inverno.

— Pelo menos vinte — respondo o mais rápido possível. — Achamos que meu irmão é um deles.

— Com pelo menos cinquenta prateados de guarda — Farley completa. Ela não maquia o perigo. Não vai enganá-lo para que concorde.

— Oh — ele balbucia. — Minha nossa.

Farley acena com a cabeça.

— É você quem decide. Podemos encontrar outra maneira.

— Mas nenhuma com menos chance de derramamento de sangue.

— Isso. Suas ilusões... — pressiono, mas Harrick ergue a mão trêmula. Me pergunto se seu poder oscila como ele próprio.

O sanguenovo abre a boca, mas nenhuma palavra sai. Estou tensa, implorando com cada nervo do meu corpo. Ele precisa ver o quanto isso é importante. *Precisa.*

— Tudo bem.

Tenho que me segurar para não comemorar. É um passo importante, mas não uma vitória, e não posso perder isso de vista até que Morrey esteja em segurança.

— Obrigada. — Aperto suas mãos, que continuam tremendo nas minhas. — Muito obrigada.

Ele pisca rápido, os olhos castanhos encontrando os meus.

— Não me agradeça antes da hora.

— Bem colocado — Farley murmura. Ela tenta não parecer sombria, para nosso bem. Seu plano é precipitado, mas Cal está nos obrigando a agir. — Muito bem, agora me sigam — ela continua. — Isso vai ser rápido, silencioso e, com um pouco de sorte, efetivo.

Seguimos logo atrás. Farley contorna soldados da Guarda Escarlate e vermelhos que desertaram para o nosso lado. Muitos batem continência em respeito a ela. É uma figura muito conhecida na organização, e estamos confiando no respeito que incita. Puxo minhas tranças conforme avançamos, apertando-as o máximo que posso. É uma dor boa. Me mantém atenta. E dá às minhas mãos algo para fazer. Do contrário, talvez tremessem tanto quanto as de Harrick.

Com Farley à frente, ninguém nos para nos portões. Marchamos até o centro de Corvium, onde a torre principal se eleva. Granito preto sobe até o céu, pontilhado de janelas e sacadas. Todas estão bem fechadas, e dúzias de soldados guardam a base, vigiando as duas entradas fortificadas da torre. Ordens do coronel, aposto. Dobrou a guarda assim que percebeu que eu ia querer entrar — e que Cal ia querer tirar os prateados de lá. A capitã não nos leva até a torre, mas para além dela, até uma das estruturas construídas junto ao muro central. Como o resto da cidade, é de ouro, ferro e pedras pretas, escura mesmo à luz do dia.

Meu coração bate forte, mais acelerado a cada passo em direção à escuridão de uma das muitas prisões de Corvium. Como planejado, Farley nos conduz por uma escada e descemos até o nível das celas. Minha pele se arrepia ao ver as grades, as paredes de pedra pálidas sob a luz fraca de pouquíssimas lâmpadas. Pelo menos as celas estão vazias. Os prateados desertores de Cal estão no portão da reza, confinados no espaço que fica em cima dos arcos de Pedra Silenciosa, onde seus poderes são inexistentes.

— Eu distraio os guardas do nível inferior enquanto Harrick garante que vocês atravessem — Farley diz em voz baixa, tentando não deixar que suas palavras ecoem. Ela me passa duas chaves. — A de ferro primeiro — diz, indicando a chave de metal preto e áspero do tamanho do meu punho, e em seguida a outra brilhante e delicada, com dentes afiados. — Depois a de prata.

Enfio as duas em bolsos separados, de fácil acesso.

— Entendi.

— Não consigo mascarar o som tão bem quanto a visão, então você precisa ser o mais silenciosa que puder — Harrick sussurra. Ele cutuca meu braço e sincroniza seus passos com os meus. — Fique perto. Preciso manter a menor ilusão possível pelo máximo de tempo.

Respondo com um aceno de cabeça. Harrick precisa poupar sua energia para os reféns.

As celas ficam cada vez mais profundas sob o solo de Corvium. A umidade e o frio tomam conta, e minha expiração começa a soltar nuvens brancas no ar. Quando a luz fica mais forte ao virarmos uma esquina, não sinto nenhum conforto. Farley só vem até aqui.

Ela faz um gesto silencioso, acenando para nós dois. Me aproximo de Harrick. É agora. Agitação e medo percorrem meu corpo. *Estou a caminho, Morrey.*

Meu irmão está tão perto, cercado de pessoas que podem matá-lo. Não tenho tempo para me preocupar com a minha própria vida.

Alguma coisa balança diante dos meus olhos, caindo como uma cortina. A ilusão. Harrick me segura contra seu peito conforme avançamos juntos, nossos passos sincronizados. Vemos tudo muito bem, mas quando Farley vira para trás para verificar, seus olhos ficam procurando loucamente, de um lado a outro. Ela não nos enxerga. Tampouco os guardas rebeldes no outro corredor.

— Tudo bem aqui embaixo? — Farley pergunta alto, pisando nas pedras com muito mais força do que o necessário. Harrick e eu seguimos a uma distância segura e viramos no corredor onde há seis soldados bem armados com cachecóis vermelhos e equipamentos táticos. Eles cobrem toda a passagem, ombro a ombro, firmemente posicionados.

Ficam bem atentos ao notar a presença de Farley. Um deles, um homem musculoso com o pescoço mais largo que minha coxa, responde em nome dos demais.

— Sim, capitã. Nenhum sinal de movimentação. Se os prateados pretendem tentar escapar, não vai ser pelos túneis. Nem mesmo eles são tão tolos.

Farley cerra a mandíbula.

— Bom, mantenham os olhos... Ai!

Tremendo, ela se inclina para a frente, apoiando uma das mãos na parede escura. Então coloca a outra na barriga. Seu rosto se contorce de dor.

Os guardas a ajudam prontamente; três deles correm para o seu lado. Deixam um buraco na fileira muito maior do que o necessário. Harrick e eu avançamos rápido, deslizando pela parede oposta para chegar à porta fechada no final do corredor. Farley fica olhando para a porta enquanto se ajoelha, ainda fingindo uma cãibra ou coisa pior. A ilusão à minha volta se agita um pouco, indicando a concentração de Harrick. Ele não está escondendo só nós dois agora, mas uma porta se abrindo atrás de meia dúzia de soldados designados para guardá-la.

Farley berra enquanto enfio a chave de ferro na fechadura, girando o mecanismo. Os grunhidos de desconforto e os gritos de dor vão se alternando em um ritmo constante para distrair os guardas de qualquer rangido da fechadura. Por sorte, a porta é bem azeitada. Quando abre, ninguém vê ou ouve.

Fecho-a devagar, evitando fazer barulho. A luz desaparece a cada centímetro, até que ficamos na escuridão quase completa. Nem mesmo a agitação de Farley e dos soldados atravessa, abafada pela porta.

— Vamos — digo a Harrick, segurando firme seu braço.

Um, dois, três, quatro... Conto os passos na escuridão, passando a mão na parede congelante.

Sinto uma descarga de adrenalina quando chegamos à segunda porta, diretamente abaixo da torre principal. Não tive tempo de memorizar a estrutura, mas sei o básico. O suficiente para pegar os reféns e levá-los direto para a segurança da ala central. Sem reféns, os prateados não terão com que negociar. Precisarão se render.

Passando a mão pela porta, tento encontrar a fechadura. É pequena e sofro um pouco para enfiar a chave direito.

— Consegui — sussurro. Um aviso para Harrick e para mim mesma.

Enquanto avanço com cuidado para dentro da torre, percebo que talvez essa seja a última coisa que eu faça. Mesmo com meu poder e o de Harrick, não somos páreo para cinquenta prateados. Vamos morrer se der errado. E os reféns, já sujeitos a vários horrores, provavelmente vão morrer também.

Não vou permitir que isso aconteça. Não posso permitir.

A câmara adjacente é tão escura quanto o túnel, só que mais quente. A torre é cuidadosamente selada contra os elementos, exatamente como Farley disse. Harrick segue atrás de mim, e fechamos a porta juntos. Sua mão encosta de relance na minha. Não está tremendo agora. Ótimo.

Devia haver escadas... Sim. Bato os dedos do pé em um degrau. Sem soltar o braço de Harrick, nos conduzo pelas escadas, em direção a uma luz fraca mas crescente. Dois lances acima, exatamente como os dois lances que descemos para chegar às celas.

Murmúrios reverberam das paredes, altos o suficiente para ouvir, mas abafados demais para decifrar. Vozes atormentadas, discussões sussurradas. Pisco rápido quando a escuridão se esvai e chegamos ao andar principal da torre. Uma luz quente nos envolve, iluminando a escada em espiral que sobe até a câmara central. A espinha da torre. Ao longo de sua extensão, portas levam a vários andares, todas elas fechadas. Meu coração bate em um ritmo trovejante, tão alto que acho que os prateados podem ouvir.

Dois deles patrulham as escadas, tensos e prontos para um ataque. Mas não somos soldados e não somos a Guarda Escarlate. Suas silhuetas ondulam ligeiramente, como a superfície inquieta de um lago. As ilusões de Harrick estão de volta, protegendo-nos de olhos inimigos.

Avançamos como se fôssemos um só, seguindo as vozes. Mal consigo respirar conforme subimos os degraus em direção à câmara central três andares acima. Nos esquemas de Farley, ela se espalha por toda a extensão da torre, ocupando um andar inteiro. Os reféns estarão lá, assim como a maioria dos prateados à espera do resgate de Maven ou da piedade de Cal.

Os patrulheiros prateados são musculosos. Forçadores. Os dois têm o rosto cinza como pedra e braços do tamanho de troncos. Eles não podem me partir ao meio, não se eu usar meu silêncio. Mas meu poder não funciona contra armas, e os dois têm muitas. Pistolas duplas e rifles pendurados nos ombros. A torre está bem abastecida contra um cerco, e acho que isso significa que eles têm munição mais que suficiente para aguentar.

Um forçador desce as escadas quando nos aproximamos, a passos pesados. Agradeço a quem quer que seja o idiota que o colocou de vigia. Seu poder é força bruta, nada sensitivo. Mas certamente nos notaria se colidíssemos.

Passamos por ele com cuidado, as costas grudadas na parede. Ele segue o caminho sem demonstrar nem uma ponta de desconfiança, com a cabeça em outro lugar.

Do outro forçador é mais difícil desviar. Ele está encostado numa porta, as pernas longas esticadas à frente. Quase bloqueiam completamente a passagem, obrigando Harrick e eu a subir bem pelo canto. Agradeço pela minha altura. Ela me permite passar por cima dele sem nenhum incidente. Harrick não é tão gracioso. Seu tique volta dez vezes pior enquanto percorre os degraus, tentando não fazer barulho.

Apertando os dentes, deixo o silêncio se acumular sob minha pele. Me pergunto se conseguiria matar os dois antes que soassem o alarme. O pensamento me deixa enjoada.

Então Harrick tropeça, dando uma guinada para a frente. Não faz muito barulho, mas é suficiente para agitar o prateado. Ele olha de um lado a outro. Eu congelo, agarrando o braço esticado de Harrick. O terror sobe à minha garganta, implorando para gritar.

Quando ele vira de costas, olhando para o companheiro, cutuco Harrick.

— Lykos, você ouviu alguma coisa? — o forçador grita.

— Nadinha — o outro responde.

Cada palavra encobre nossos passos firmes, permitindo que avancemos até o topo das escadas e a porta entreaberta. Solto o suspiro de alívio mais silencioso que se pode imaginar. Minhas mãos também estão tremendo.

Dentro do cômodo, vozes baixas.

— Temos que nos render — alguém diz.

Palavras de oposição soam em resposta, encobrindo nossa entrada. Deslizamos como ratos até uma sala cheia de gatos famintos. Oficiais prateados se agrupam pelas paredes, a maioria deles feridos. O cheiro de sangue é avassalador. Gemidos de dor atravessam as várias discussões que se arrastam pela câmara. Gritam uns com os outros, os rostos brancos de medo, tristeza e agonia. Muitos parecem estar morrendo. Engasgo com a visão e o fedor de homens e mulheres com ferimentos em diferentes estados. Não há curandeiros aqui, percebo. As feridas prateadas não vão sumir com o aceno de uma mão.

Não sou feita de gelo ou pedra. Aqueles com ferimentos mais graves estão alinhados na parede, a alguns metros dos meus pés. A mais próxima de mim é uma mulher, o rosto cheio de cortes. Sangue prateado se acumula sob suas mãos enquanto ela tenta em vão manter as entranhas dentro do corpo. Sua boca abre e fecha, como um peixe moribundo tentando respirar. Sua dor é muito profunda para divagações ou gritos. Um pensamento estranho me ocorre: *Eu poderia acabar com seu sofrimento se quisesse*. Poderia estender a mão e ajudá-la a partir em paz com meu silêncio.

Só de pensar nisso me sinto sufocar e tenho que desviar o olhar.

— Rendição não é uma opção. A Guarda Escarlate nos mataria, ou pior...

— *Pior?* — cospe um dos oficiais deitados no chão, com o corpo ferido e remendado. — Olhe em volta, Chyron!

Dou uma olhada, ousando ter alguma esperança. Se eles continuarem gritando uns com os outros, isso vai ser muito mais fácil. Na outra extremidade da câmara, eu os vejo. A carne rosa e marrom, o sangue vermelho. Não menos que vinte adolescentes de quinze anos estão amontoados. Só o medo me mantém no lugar, separada de tudo o que anseio por uma série de máquinas mortíferas cheias de raiva.

Morrey. A segundos de distância. A centímetros.

Atravessamos a câmara com tanto cuidado quanto subimos as escadas, e duas vezes mais devagar. Os prateados em melhores condições perambulam, atendendo os mais feridos ou tentando se acalmar. Nunca vi prateados assim. Desprevenidos, tão de perto. Tão humanos. Uma oficial mais velha com muitas medalhas segura a mão de um jovem de uns dezoito anos. Seu rosto está branco como um osso, sem sangue, e ele pisca calmamente para o teto, esperando morrer. O corpo ao lado dele já se foi. Contenho um suspiro, me obrigando a manter a respiração silenciosa e uniforme. Mesmo com tantas distrações, não posso correr nenhum risco.

— Diga a minha mãe que a amo — um dos moribundos sussurra.

Outro quase cadáver grita chamando um homem que não está ali.

A morte desce como uma nuvem, lançando sua sombra sobre mim também. Eu poderia morrer aqui, como o restante deles. *Se Harrick se cansar, se eu pisar onde não devia.* Tento ignorar tudo menos meus pés e o objetivo à minha frente. Mas quanto mais avanço na câmara mais difícil fica. O chão oscila diante dos meus olhos, e não é por causa da ilusão de Harrick. Eu estou... chorando? Por eles?

Com raiva, limpo as lágrimas antes que caiam e deixem marcas no chão. Por mais que eu saiba que odeio essas pessoas, não consigo odiá-las agora. Toda a raiva que senti há uma hora se foi, substituída por uma estranha piedade.

Os reféns agora estão próximos o bastante para que eu encoste neles, e uma silhueta me é tão familiar quanto meu próprio rosto. Cabelo preto crespo, pele escura, membros desajeitados, mãos grandes com dedos tortos. O sorriso mais largo e brilhante que já vi, apesar de estar muito distante neste momento. Se eu pudesse, agarraria Morrey e nunca mais soltaria. Em vez disso, me arrasto atrás dele. Devagar e com precisão, me abaixo até ficar bem no seu ouvido. Tenho uma esperança impossível de que não se assuste.

— Morrey, é a Cameron.

Seu corpo se agita, mas ele não faz nenhum barulho.

— Estou com um sanguenovo, que pode nos deixar invisíveis. Vou tirar você daqui, mas precisa fazer exatamente o que eu falar.

Ele vira a cabeça, só um pouco, os olhos arregalados de medo. Tem os olhos da nossa mãe, pretos e com cílios pesados. Resisto ao desejo de abraçá-lo. Devagar, meu irmão balança a cabeça de um lado para o outro.

— Sim. Eu consigo fazer isso. — Respiro fundo. — Repita para os outros o que acabei de dizer. Seja discreto e não deixe que os prateados vejam. Vamos, Morrey.

Depois de um longo momento, ele aperta os dentes e concorda.

Não demora muito até que todos saibam da nossa presença. Ninguém questiona. Eles não têm esse luxo, não aqui, na barriga da fera.

— O que vocês estão prestes a ver não é real.

Faço um gesto para Harrick, e ele devolve o sinal. Está pronto. Devagar, ajoelhamos, agachando para nos misturar a eles. Quando a ilusão que ele está mantendo sobre nós se dissipar, os prateados não vão perceber de cara. Estão distraídos. Assim espero.

Minha mensagem viaja rápido. Os reféns estão tensos. Embora tenham a mesma idade que eu, parecem mais velhos, gastos pelos meses que passaram treinando para a guerra e depois em uma trincheira. Até Morrey, embora pareça mais bem alimentado do que jamais foi na nossa casa. Ainda invisível a seus olhos, estendo a mão e pego a dele. Seus dedos se fecham nos meus, segurando firme. A ilusão que nos mantém invisíveis é suspensa. Dois corpos se juntam ao círculo de reféns. Os outros piscam para nós, se esforçando para não demonstrar surpresa.

— Aqui vamos nós — Harrick sussurra.

Atrás de nós, os prateados continuam brigando entre mortos e moribundos, sem desperdiçar um só pensamento com os reféns.

Harrick estreita os olhos, se concentrando na parede curvada à nossa direita. Sua respiração é pesada, o ar sibila ao entrar por suas narinas e sair pela boca. Está reunindo forças. Eu me preparo para o estouro, embora saiba que não é real.

De repente a parede explode em uma florescência de fogo e pedras, expondo a torre para o céu. Os prateados tremem, se afastando do que pensam ser um ataque. Jatos passam, atravessando as nuvens falsas. Pisco, sem acreditar nos meus olhos. Não deveria acreditar nos meus olhos. Isso não é real. Mas parece surpreendente e impossivelmente real.

Não que eu tenha tempo para ficar boquiaberta.

Harrick e eu levantamos em um pulo, reunindo os outros. Atravessamos o fogo, as chamas próximas o suficiente para nos queimar. Hesito mesmo sabendo que não é real. O fogo é distração suficiente, alarmando os prateados para que possamos atravessar a porta e chegar às escadas.

Sigo em frente, liderando o grupo, enquanto Harrick protege a retaguarda. Ele agita os braços como um bailarino, tecendo ilusões. Fogo, fumaça, mais uma rodada de mísseis. As imagens impedem que os prateados nos sigam, com medo. O silêncio explode de mim, em uma esfera de poder mortal para derrubar os dois vigias prateados. Morrey pisa no meu calcanhar, quase me fazendo tropeçar, mas agarra meu braço, impedindo que eu caia por cima do corrimão.

— Pare! — O primeiro forçador aponta a arma para mim, a cabeça baixa como um touro. Jogo o silêncio para dentro de seu corpo, forçando meu poder garganta abaixo. Ele vacila, sentindo o peso da minha habilidade. Sinto também, a morte atravessando sua pele. Tenho que matá-lo. E rápido. A força da minha urgência faz sangue escorrer de sua boca e de seus olhos enquanto pedaços de seu corpo morrem, um órgão após o outro. Sufoco a vida que há nele mais rápido do que jamais matei alguém.

O outro forçador morre ainda mais depressa. Quando o acerto com outro soco exaustivo de silêncio, ele tropeça e cai de cabeça. Seu crânio se parte contra o chão de pedra, derramando sangue e massa cinzenta. Um soluço me asfixia, mas não tenho tempo de questionar o nojo repentino de mim mesma. *É por Morrey. Por Morrey.*

Meu irmão parece tão agoniado quanto eu, os olhos grudados no forçador morto sangrando no chão. Digo a mim mesma que só está em choque, e não com medo de mim.

— Vamos! — grito, com a voz sufocada pela vergonha. Felizmente, ele faz o que digo, correndo para o andar mais baixo com os outros.

Embora a entrada principal esteja bloqueada, os reféns trabalham rápido, tirando as fortificações prateadas até que as portas duplas estejam à mostra, uma única fechadura entre nós e a liberdade.

Pulo o crânio esmagado do forçador, jogando a pequena chave prateada. Morrey a pega. Seu recrutamento e minha prisão não apagaram nosso laço. A luz do sol entra quando Morrey abre as portas e sai para o ar fresco, os outros reféns correndo atrás dele.

Harrick desce as escadas atrás de mim voando, o fogo falso logo atrás dele. Faz sinal para que eu siga em frente, aponta para onde devo ir, mas fico parada. Não vou deixar este lugar sem ele.

Saímos cambaleando juntos, agarrados um ao outro, e damos de cara com uma praça cheia de guardas perplexos e armados até os dentes. Eles nos deixam passar por ordem de Farley. Ela grita de algum lugar, mandando que se concentrem na entrada da torre, caso os prateados tentem partir para uma investida.

Não ouço suas palavras, só continuo andando até ter meu irmão em meus braços. Seu coração bate acelerado. Ele está vivo.

Ao contrário dos forçadores.

Ainda consigo sentir o que fiz com eles.

O que fiz com cada uma das pessoas que já matei.

As lembranças me deixam tonta de vergonha. Tudo por Morrey, tudo para sobreviver. Nada além disso.

Não preciso ser uma assassina além de todo o resto.

Ele se agarra a mim, os olhos se revirando de pavor.

— A Guarda Escarlate — Morrey sussurra, me abraçando apertado. — Cam, temos que correr.

— Você está seguro, está com a gente agora. Eles não vão nos machucar, Morrey!

Mas em vez de se acalmar, seu medo triplica. Ele me agarra ainda mais forte enquanto sua cabeça vai de um lado para o outro, tentando contar os soldados de Farley.

— Eles sabem o que você é? Cam, eles sabem?

A vergonha vira confusão. Me afasto um pouco dele, para ver melhor seu rosto. Morrey respira com força.

— O que eu *sou*?

— Eles vão te matar por isso. A Guarda Escarlate vai te matar pelo que você é.

Cada palavra me acerta como um martelo. Então percebo que meu irmão não é o único ainda com medo. O resto de sua unidade, os outros adolescentes, se aglomera por segurança, cada um deles se afastando dos soldados da Guarda. Farley encontra meu olhar há alguns metros de distância, tão confusa quanto eu.

Então olho para ela do ponto de vista do meu irmão. Olho para todos os soldados, considerando o que ele foi ensinado a ver.

Terroristas. Assassinos. O motivo pelo qual foram recrutados.

Tento envolver Morrey em um abraço, tento sussurrar uma explicação.

Ele fica gelado em meus braços.

— Você está com eles — meu irmão diz, olhando para mim com tanta raiva e acusação que meus joelhos vacilam. — Você é da Guarda Escarlate.

Minha alma se enche de pavor.

Maven levou o irmão de Mare.

Terá levado o meu também?

DEZESSEIS

Mare

Não consigo ver Corvium através da camada de nuvens baixas. Fico olhando para lá mesmo assim, os olhos grudados no horizonte que se estende atrás de nós, a leste. A Guarda Escarlate tomou a cidade. Eles a controlam agora. Tivemos que contorná-la, passando longe da cidade hostil. Maven está fazendo de tudo para não chamar atenção para ela, mas nem ele consegue esconder uma derrota tão impressionante. Me pergunto como as novidades serão recebidas no resto do reino. Os vermelhos vão comemorar? Os prateados vão comemorar? Lembro das revoltas que se seguiram a outros ataques da Guarda Escarlate. É claro que haverá repercussões. Corvium é uma declaração de guerra. Finalmente a Guarda Escarlate hasteou uma bandeira que não pode ser simplesmente derrubada.

Meus amigos estão tão perto que tenho a sensação de que poderia correr até eles. Arrancar as algemas, matar os guardas Arven, pular do veículo e desaparecer na escuridão cinzenta, correndo pela floresta invernal. Nesse sonho, eles esperam por mim nas muralhas de uma fortaleza em ruínas. Ver o coronel, com o olho vermelho, o rosto envelhecido e a arma na cintura, é um alívio. Farley está com ele, tão corajosa, altiva e firme quanto lembro. Cameron, usando seu silêncio como um escudo, não uma prisão. Kilorn, tão familiar quanto minhas duas mãos. Cal, com raiva e despedaçado, como eu também estou, as brasas prontas para queimar quaisquer pensamentos sobre Maven na minha cabeça. Imagino pular nos braços deles, implorando que me levem daqui, que me levem para qualquer outro lugar. Que me levem para minha família, para minha casa. Que me façam esquecer.

Não, não esquecer. Seria um pecado. Um desperdício. Conheço Maven como ninguém. Conheço cada canto de seu cérebro, os pedaços que ele não consegue encaixar. E vi em primeira mão sua corte se estilhaçar. Se conseguir escapar, se for resgatada, posso fazer algum bem. Posso fazer valer o preço terrível que paguei com aquele acordo idiota. Posso começar a consertar tantos erros.

Apesar de os vidros do veículo serem bem vedados, sinto cheiro de fumaça. Cinzas. Pólvora. O gosto metálico de um século de sangue. O Gargalo se aproxima a cada segundo, conforme o comboio de Maven avança para o oeste. Espero que meus pesadelos envolvendo esse lugar sejam piores do que a realidade.

Tigrina e Trevo ainda estão ao meu lado, as mãos enluvadas apoiadas nos joelhos. Prontas para me agarrar, prontas para me segurar. Os outros guardas, Trio e Ovo, estão empoleirados lá em cima, presos ao veículo em movimento. Uma precaução, agora que estamos tão perto da zona de guerra. Isso sem falar dos poucos quilômetros que nos separam de uma cidade ocupada pela revolução. Os quatro permanecem alertas como sempre. Tanto para me manter prisioneira como para me manter em segurança.

Lá fora, a floresta que acompanha os últimos quilômetros da Estrada de Ferro se afunila até virar nada. Troncos nus dão lugar a uma terra dura que mal merece a neve. O Gargalo é um lugar feio. Terra cinza e céu cinza se misturam tão perfeitamente que não sei onde um termina e o outro começa. Quase espero ouvir explosões à distância. Meu pai dizia que sempre dava para ouvir as bombas, mesmo a quilômetros. Acho que não é mais o caso, não se Maven tiver sucesso. Vai terminar uma guerra pela qual milhões morreram. Só para continuar a matança sob outro nome.

O comboio avança em direção à base operacional que se estende à distância, um conjunto de prédios que me faz lembrar da base da Guarda Escarlate em Tuck. Galpões, principalmente. Caixões para os vivos. Meus irmãos viveram aqui. Meu pai também. Talvez eu vá manter a tradição.

Como nas cidades pelas quais já passamos, as pessoas acompanham o rei Maven e seu séquito. Soldados de vermelho, preto, cinza. Estão enfileirados ao longo da avenida principal que corta o Gargalo com precisão militar, todos com a cabeça baixa em sinal de respeito. Nem tento contar quantas centenas vieram. Estou deprimida demais para isso. Só aperto as mãos, com força suficiente para me causar outra dor em que pensar. O oficial prateado ferido em Rocasta disse que Corvium era um massacre. *Não*, digo a mim mesma. *Não pense nisso*. É claro que penso mesmo assim. É impossível evitar os horrores em que não queremos pensar. *Massacre*. Para ambos os lados. Vermelhos e prateados, a Guarda Escarlate e o exército de Maven. Cal sobreviveu, isso eu sei pelo comportamento do rei. Mas e Farley, Kilorn, Cameron, meus irmãos, o restante? Tantos nomes e rostos que provavelmente atacaram os muros de Corvium. O que aconteceu com eles?

Esfrego os olhos, tentando conter as lágrimas. O esforço me deixa exausta, mas me recuso a chorar na frente de Trevo e Tigrina.

Para minha surpresa, o comboio não para no centro do Gargalo, apesar de haver uma praça que parece perfeita para mais um dos discursos melosos de Maven. Alguns veículos, cada um levando jovens de várias Grandes Casas, se afastam, mas seguimos em frente em alta velocidade. Embora tentem esconder, Tigrina e Trevo ficam mais alertas, os olhos dançando entre as janelas e entre si. Elas não gostam disso. *Ótimo. Que tremam.*

Por mais coragem que sinta, uma sombra de pavor cai sobre mim também. Maven está louco? Para onde está nos levando? Com certeza ele não conduziria a corte para uma trincheira, um campo minado ou pior. Os veículos aceleram, avançando cada vez mais rápido sobre a estrada de terra batida. À distância, canhões de artilharia e armamentos pesados aparecem em destroços, sombras de ferro retorcidas como esqueletos pretos. Logo cruzamos as primeiras trincheiras, nossos veículos rosnando ao passar por pontes construídas às pressas. Mais trincheiras adiante. Para provisões, apoio, comunicação. Ramificando-se como as passagens do Furo, enterradas sob a lama congelada. Perdi as contas depois de uma dúzia. Ou as trincheiras estão abandonadas ou os soldados estão bem escondidos. Não vejo nem sinal de uniformes vermelhos.

Pode ser uma armadilha. A estratégia de um velho rei para iludir e derrotar um garotinho. Parte de mim quer que seja verdade. Se eu não posso matar Maven, talvez o rei de Lakeland o faça por mim. Casa Cygnet, ninfoides. Governando há centenas de anos. É tudo o que sei sobre o monarca inimigo. Seu reino é como o nosso, dividido pelo sangue, governado por Casas nobres prateadas. E atormentado pela Guarda Escarlate, aparentemente. Como Maven, ele deve estar empenhado em manter o poder a qualquer custo. Até se juntando a um velho inimigo.

A leste, as nuvens se abrem, e alguns raios de sol iluminam a terra dura à nossa volta. Não há árvores até onde consigo ver. Cruzamos as trincheiras da linha de frente e a visão me assusta. Soldados vermelhos se aglomeram em longas fileiras de seis corpos de profundidade, os uniformes coloridos em vários tons de rubro e ferrugem. Eles se acumulam como sangue em uma ferida. Com as mãos nas escadas, tremem de frio. Estão prontos para sair correndo de suas trincheiras em direção à zona mortal do Gargalo se o rei assim comandar. Vejo oficiais prateados entre eles, denunciados pelos uniformes cinza e pretos. Maven é jovem, mas não é burro. Se isso for uma armadilha de Lakeland, ele está preparado para se defender. Imagino que o rei inimigo tenha outro exército esperando, em suas próprias trincheiras do outro lado. Mais soldados vermelhos para descartar.

Quando os pneus de nossos veículos param, Trevo fica ainda mais tensa ao meu lado. Ela mantém os olhos verdes adiante, tentando ficar calma. Um reflexo de suor faz sua testa brilhar, entregando o medo.

A terra desolada do Gargalo é coberta de crateras causadas pelo fogo das artilharias dos dois exércitos. Alguns buracos devem ter décadas. O arame farpado se emaranha na lama congelada. À frente, no primeiro veículo, um telec e um magnetron trabalham em conjunto. Movimentam os braços de um lado para o outro, tirando qualquer obstáculo do caminho do comboio. Pedaços de ferro voam em todas as direções. E, imagino, ossos. Vermelhos morrem aqui há gerações. A terra é formada por seus restos.

Nos meus pesadelos, este lugar se estende para sempre, em todas as direções. Mas, em vez de seguir para o horizonte, o comboio desacelera a menos de um quilômetro da linha de frente. Enquanto os veículos dão a volta, formando uma meia-lua, quase solto uma gargalhada nervosa. Surpreendentemente, de todos os lugares possíveis, estamos indo para um pavilhão. O contraste é chocante. É novo, com colunas brancas e cortinas de seda balançando ao vento. Foi construído com um único propósito. Uma reunião, como aquela há tanto tempo. Quando dois reis decidiram começar uma guerra centenária.

Um sentinela abre a porta do meu veículo, fazendo sinal para que desçamos. Trevo hesita durante meio segundo e Tigrina limpa a garganta, apressando-a. Ando entre elas, escoltada pela terra destruída. Pedras e terra tornam o chão irregular. Rezo para que nada se estilhace sob meus pés. Um crânio, uma costela, um fêmur, uma coluna. Não preciso de mais prova de que estou caminhando por um cemitério sem fim.

Trevo não é a única que está com medo. Até os sentinelas caminham mais devagar, alertas, as máscaras virando de um lado para o outro. Pela primeira vez, pensam na própria segurança além da de Maven. O resto da corte — Evangeline, Ptolemus, Samson — sai dos veículos com cuidado. Mantém os olhos fixos e o nariz enrugado. Sentem o cheiro da morte e do perigo tanto quanto eu. Um passo em falso, um pequeno sinal de ameaça, e vão tentar fugir. Evangeline trocou as peles por uma armadura. O aço desce de seu pescoço até os pulsos e dedos dos pés. Rapidamente, ela livra os dedos das luvas de couro, deixando a pele descoberta no ar gelado. É melhor para uma batalha. Quero fazer o mesmo, não que vá me ajudar. As algemas estão mais fortes do que nunca.

O único que parece despreocupado é Maven. O inverno mortal combina com ele, destaca sua pele de um jeito estranhamente elegante. Até os círculos escuros em volta de seus olhos, lembrando hematomas, lhe conferem uma beleza trágica. Hoje seu traje está mais suntuoso do que nunca. É um rei menino, mas ainda assim rei, prestes a encarar alguém que supostamente é seu maior adversário. A coroa em sua cabeça parece natural agora, ajustada para ficar rente à testa. Cospe chamas de ferro e bronze por cima do cabelo preto brilhante. Mesmo à luz cinzenta do Gargalo, suas medalhas e insígnias brilham, prata, rubi e ônix. Uma capa, de brocado vermelho como chamas, completa o traje e a imagem de um rei impetuoso. Mas o Gargalo consome tudo. O pó cobre suas botas pretas conforme ele avança, lutando contra o instinto de temer esse lugar. Impaciente, ele lança um olhar por cima do ombro, para as dezenas de pessoas que arrastou até aqui. Seus olhos de fogo azul nos aquecem. Temos que ir com ele. Não tenho medo de morrer, então sou a primeira a segui-lo em direção ao que pode ser nosso túmulo.

O rei de Lakeland nos aguarda.

Está sentado em uma cadeira simples e é um homem pequeno em contraste com a bandeira enorme pendurada atrás de si. Ela tem cor de cobalto, com uma flor de quatro pétalas prateada e branca. Veículos de metal azul estão do outro lado do pavilhão, dispostos de modo a espelhar os nossos. Conto mais de uma dúzia na primeira olhada, todos cheios de versões de Lakeland dos sentinelas. Mais deles rodeiam o rei e sua comitiva. Eles não usam máscaras ou capas, mas armaduras táticas com placas brilhantes de safira. Estão de pé, em silêncio, estoicos, os rostos parecendo de pedra esculpida. Cada um é um guerreiro treinado desde o nascimento, ou quase. Não conheço seus poderes nem os dos acompanhantes do rei. A corte de Lakeland não é algo que vi nas aulas com Lady Blonos, séculos atrás.

Conforme nos aproximamos, o rei entra em foco. Fico olhando para ele, tentando ver o homem embaixo da coroa de ouro, topázio, turquesa e lápis-lazúli. Tanto quanto Maven gosta de vermelho e preto, o rei gosta de azul. Afinal, é um ninfoide, um manipulador da água. Combina. Esperava que seus olhos também fossem azuis, mas são cinza, combinando com o cabelo metálico, comprido e liso. Comparo-o ao pai de Maven, o único outro rei que conheci. Ele é muito diferente. Enquanto Tiberias VI era robusto e barbudo, o rosto e o corpo inchados de álcool, o rei de Lakeland é magro, tem a barba feita, olhos atentos e a pele escura. Como acontece com todos os prateados, um tom cinza-azulado esfria sua pele. Quando ele levanta, é gracioso, com movimentos semelhantes aos de um bailarino. Não usa armadura ou uniforme, só um traje cintilante prateado e azul-cobalto, brilhante e sinistro como sua bandeira.

— Rei Maven da Casa Calore — ele diz, inclinando a cabeça assim que Maven entra no pavilhão.

— Rei Orrec da Casa Cygnet — Maven responde com gentileza. Tem o cuidado de se curvar mais que o oponente, com um sorriso firme nos lábios. — Se meu pai estivesse aqui para ver isso...

— Sua mãe também — Orrec diz. O tom não é intimidador, mas Maven levanta os ombros rápido, como se fosse uma ameaça. — Meus pêsames. Você é jovem demais para uma perda tão grande. — Ele tem sotaque, e suas palavras seguem uma melodia estranha. Seus olhos passam por cima do ombro de Maven e por mim, até Samson, atrás de nós em seu azul de Merandus. — Foi informado dos meus... pedidos?

— É claro. — Maven ergue o queixo por cima do ombro. Me encara por um segundo, então seu olhar também desliza até Samson. — Primo, se não se importa, aguarde em seu veículo.

— Primo... — Samson responde com o máximo de protesto que ousa. Mesmo assim, ele para, os pés plantados há vários metros da plataforma do pavilhão. Não há discussão, não aqui. A guarda do rei Orrec está em alerta, e suas mãos vão até as armas. Armas de fogo, espadas, até mesmo o ar à nossa volta. Qualquer coisa que eles possam usar para impedir que um murmurador se aproxime demais de seu rei e de sua mente. Se a corte de Norta também fosse assim...

Finalmente, ele cede. Curva-se, os braços fazendo movimentos precisos e treinados ao lado do corpo.

— Sim, majestade.

Só depois que ele desaparece de vista na direção dos veículos os guardas de Lakeland relaxam. O rei Orrec esboça um sorriso firme, fazendo sinal para que Maven vá até ele. Como uma criança convidada a implorar.

Em vez disso, Maven vai até o assento do outro lado. Não é Pedra Silenciosa, não é seguro, mas ele se senta sem pestanejar. Encosta o tronco e cruza as pernas, deixando a capa cobrir um braço enquanto o outro fica livre. Sua mão balança, deixando o bracelete de chamas bem visível.

    O resto de nós fica ao seu redor, tomando assentos opostos à corte de Lakeland. Evangeline e Ptolemus estão à direita de Maven, assim como seu pai. Quando ele se juntou ao comboio, eu não sei. O governador Welle também está aqui, com seus trajes verdes pálidos no cinza do Gargalo. A ausência das Casas Iral, Laris e Haven parece gritante aos meus olhos, mas suas posições são ocupadas por outros conselheiros. Meus quatro guardas Arven ficam ao meu lado, tão perto que posso ouvir sua respiração. Me concentro nas pessoas à minha frente, de Lakeland. Os conselheiros, confidentes, diplomatas e generais mais próximos do rei. Pessoas a serem temidas tanto quanto ele próprio. Não são feitas apresentações, mas logo percebo quem é mais importante entre eles. Ela se senta ao lado direito do rei, o lugar que Evangeline ocupa atualmente.

    Uma rainha muito jovem, talvez? Não, a semelhança é muito grande. Deve ser a princesa, com olhos como os do pai e uma coroa de pedras preciosas azuis impecáveis. Seu cabelo liso e escuro brilha, enfeitado com pérolas e safiras. Fico olhando para ela, que sente meus olhos e encara de volta.

    Maven é o primeiro a falar, interrompendo minhas observações.

    — Pela primeira vez em um século, estamos de acordo.

    — Isso é verdade. — Orrec concorda com a cabeça. A testa coberta de joias reluz sob a fraca luz do sol. — A Guarde Escarlate e todos da sua laia devem ser erradicados. Rápido, antes que a doença se espalhe mais. Antes que vermelhos de outras regiões sejam seduzidos por suas falsas promessas. Ouvi rumores de problemas em Piedmont.

    — São apenas rumores. — O rei de coração preto não cede nenhum milímetro a mais do que pretende. — Você sabe como os príncipes são. Sempre discutindo entre si.

Orrec quase sorri.

— De fato. Os lordes de Prairie também são assim.

— Quanto aos termos...

— Não tão rápido, meu jovem amigo. Preciso saber em que estado está sua casa antes de entrar pela porta.

Mesmo de onde estou, consigo sentir Maven ficar tenso.

— Pergunte o que quiser.

— A Casa Iral? A Casa Laris? A Casa Haven? — Os olhos de Orrec passam por nós, atentos a tudo. Seu olhar cai sobre mim, demorando um segundo. — Não vejo nenhum deles aqui.

— E?

— E isso quer dizer que os relatos são verdadeiros. Eles se rebelaram contra seu legítimo rei.

— Sim.

— Em apoio e um exilado.

— Sim.

— E seu exército de sanguenovos?

— Cresce a cada dia — Maven responde. — Mais uma arma que todos devemos aprender a empunhar.

— Como ela. — O rei de Lakeland faz sinal com a cabeça na minha direção. — A garota elétrica é um troféu poderoso.

Minhas mãos agarram meus joelhos. Ele está certo, é claro. Sou pouco mais que um troféu que Maven carrega por aí, usando meu rosto e minhas palavras forçadas para atrair mais pessoas para seu lado. Mas não fico vermelha. Já tive bastante tempo para me acostumar à vergonha.

Se Maven olha para mim, não sei, porque não olho para ele.

— Um troféu, sim, mas um símbolo também — Maven continua. — A Guarda Escarlate é de carne e osso, não são fantasmas. Carne e osso podem ser controlados, derrotados e destruídos.

O rei de Lakeland estala a língua, como se sentisse pena. Rápido, ele levanta, o traje rodopiando ao seu redor, como um rio agitado. Maven levanta também e o encontra no centro do pavilhão. Eles analisam um ao outro, devorando-se. Nenhum dos dois quer ser o primeiro a ceder. Sinto o ar à minha volta pesar: quente, então frio, então seco, então úmido. O furor de dois reis prateados nos rodeia.

Não sei o que Orrec vê em Maven, mas de repente ele cede e estende a mão escura. Anéis reluzem em todos os seus dedos.

— Bem, lidaremos com eles em breve. Com seus prateados rebeldes também. Três Casas não são nada contra o poder de dois reis.

Abaixando um pouco a cabeça, Maven retribui o gesto e aperta a mão de Orrec.

Melancólica, me pergunto como foi que Mare Barrow de Palafitas veio parar aqui. A alguns metros de dois reis, vendo mais uma peça da nossa história sangrenta se encaixar. Julian vai enlouquecer quando eu contar. *Quando.* Porque vou vê-lo de novo. Vou ver todos de novo.

— Agora, vamos aos termos — Orrec prossegue. Percebo que não largou os dedos de Maven. Os sentinelas também notam. Dão um passo ameaçador à frente em sincronia, os trajes em chamas escondendo incontáveis armas. Do outro lado da plataforma, os guardas de Lakeland fazem o mesmo. Um lado desafiando o outro a dar o passo que vai acabar em um banho de sangue.

Maven não tenta se afastar ou se aproximar. Fica firme, impassível, destemido.

— Os termos são claros — ele responde, com a voz determinada. Não consigo ver seu rosto. — O Gargalo dividido igualmente, as velhas fronteiras mantidas e abertas. Você terá acesso livre ao rio Capital e ao canal Eris...

— Enquanto seu irmão viver, preciso de garantias.

— Meu irmão é um traidor, um exilado. Ele será morto em breve.

— É exatamente isso que quero dizer, garoto. Assim que ele morrer, assim que acabarmos com a Guarda Escarlate... você vai voltar aos velhos hábitos? Aos velhos inimigos? Vai se afogar novamente em corpos vermelhos e precisar de um lugar para jogá-los? — O rosto de Orrec fica sombrio, em um tom cinza e roxo. Seu comportamento frio e indiferente vira raiva. — Controle populacional é uma coisa, mas a guerra, o cabo de guerra sem fim, é mais que loucura. Não vou derramar mais nenhuma gota de sangue prateado porque você não consegue comandar seus ratos vermelhos.

Maven se inclina para a frente, acompanhando a intensidade de Orrec.

— Nosso tratado será assinado aqui e transmitido para todas as cidades, para todos os homens, mulheres e crianças do meu reino. Eles saberão que a guerra acabou. Em toda a Norta, pelo menos. Sei que você não tem as mesmas facilidades em Lakeland, meu velho. Mas confio que vai se esforçar para informar seu reino ultrapassado tanto quanto possível.

Todos estremecem. Os prateados de medo, eu de animação. *Destruam-se*, minha cabeça sussurra. *Virem um ao outro do avesso*. Não tenho dúvida de que um rei ninfoide não teria problemas em afogar Maven aqui mesmo.

Orrec mostra os dentes.

— Você não sabe nada sobre meu país.

— Sei que a Guarda Escarlate começou na sua casa, não na minha — Maven cospe de volta. Com a mão livre, ele gesticula, ordenando aos sentinelas que descansem. Tolo, soberbo. Espero que isso o mate. — Não aja como se estivesse me fazendo um favor. Vocês precisam disso tanto quanto nós.

— Então eu quero sua palavra, Maven Calore.

— Você a tem...

— Sua palavra e sua mão. O vínculo mais forte de todos.

Ah.

Meus olhos voam de Maven, preso em um aperto de mão com o rei de Lakeland, para Evangeline. Ela continua sentada, como se estivesse congelada, olhando para o chão de mármore e nada mais. Eu esperava que levantasse e gritasse, que explodisse este lugar em estilhaços. Mas nem se mexe. Até Ptolemus, o irmão que sempre a segue, fica firme onde está. E o pai com as roupas pretas da Casa Samos está pensativo como sempre. Não há nenhuma mudança nele que eu possa perceber. Nenhuma indicação de que Evangeline está prestes a perder a posição que lutou tanto para conquistar.

Do outro lado do pavilhão, a princesa de Lakeland parece feita de pedra. Ela nem mesmo pisca. Sabia que isso ia acontecer.

Um dia, quando o antigo rei disse que Maven teria que se casar comigo, ele demonstrou surpresa. Vociferou e discutiu. Fingiu não saber o que aquilo significava. Como eu, já usou milhares de máscaras e desempenhou milhões de papéis diferentes. Hoje assume o papel de rei, e reis nunca se surpreendem. Se está chocado, não demonstra. Não ouço nada além de firmeza em sua voz.

— Seria uma honra chamá-lo de pai — Maven diz.

Finalmente, Orrec solta sua mão.

— E seria uma honra chamá-lo de filho.

Nenhum dos dois poderia ser mais falso.

À minha direita, a cadeira de alguém se arrasta pelo mármore, seguida depressa por mais duas. Em um alvoroço preto e metálico, a Casa Samos deixa o pavilhão. Evangeline leva seu pai e seu irmão, sem olhar para trás, as mãos ao lado do corpo. Seus ombros caem e a postura meticulosamente reta parece menor de alguma forma.

Ela está aliviada.

Maven não a vê sair, totalmente concentrado na princesa de Lakeland, sua próxima tarefa.

— Milady — ele diz, curvando-se na sua direção. Ela apenas inclina a cabeça, sem aliviar seu olhar de aço. — Sob o olhar da minha nobre corte, gostaria de pedir sua mão em casamento. — Já ouvi essas palavras antes. Do mesmo garoto. Ditas diante de uma multidão, cada uma delas soando como uma porta se fechando. — Prometo-me a você, Iris Cygnet, princesa de Lakeland. Aceita?

Iris é linda, mais graciosa que o pai. Não é uma bailarina, porém, mas uma caçadora. Ela levanta sobre as pernas longas, uma cascata de veludo macio cor de safira e curvas femininas. Vejo uma calça de couro entre as fendas de seu vestido. Gastas, marcadas nos joelhos. Ela não veio despreparada. Como tantos aqui, não usa luvas, apesar do frio. A mão que estende para Maven é âmbar, com dedos compridos, sem adornos. Seu olhar não vacila, mesmo quando uma névoa se forma no ar, rodopiando em volta de sua mão estendida. Gotículas de vapor se condensando brilham diante dos meus olhos, transformando-se em pedrinhas de água cristalina que refletem a luz ao se mover.

Suas primeiras palavras são em uma língua que não conheço. É o idioma de Lakeland. Dolorosamente belo, uma palavra fluindo até a próxima como uma música, como a água. Então, ela diz na língua de Norta:

— Coloco minha mão na sua e prometo minha vida a você — ela responde, depois de suas próprias tradições e dos costumes de seu reino. — Aceito, majestade.

Maven estende a mão para pegar a dela, o bracelete em seu pulso soltando centelhas com os movimentos. Uma corrente de fogo atinge o ar, serpenteando e rodopiando em volta de seus dedos unidos. Não a queima, embora passe perto. Iris não recua. Não pisca.

E assim uma guerra acaba.

DEZESSETE

Mare

❦

São necessários vários dias para voltar a Archeon. Não por causa da distância. Não porque o rei de Lakeland trouxe nada menos que mil pessoas com ele, incluindo cortesãos, soldados e até criados vermelhos. Mas porque todo o reino de Norta de repente tem motivo para comemorar. O fim de uma guerra e um casamento próximo. O comboio sem fim de Maven serpenteia pela Estrada de Ferro e depois pela Estrada Real. Prateados e vermelhos aparecem para comemorar, implorando para ver seu rei. Maven sempre atende, parando para encontrar multidões com Iris ao seu lado. Apesar do ódio profundo que devemos ter por Lakeland, a multidão se curva diante dela. Ela é uma curiosidade e uma bênção. Uma ponte. Até mesmo o rei Orrec recebe as boas-vindas calorosas, com aplausos educados e reverências respeitosas. Um antigo inimigo é transformado em aliado durante a longa estrada adiante.

É o que Maven diz em cada lugar.

— Norta e Lakeland agora estão unidas, vão encarar juntas a longa estrada adiante. Contra todos os perigos que ameaçarem nossos reinos. — Ele está falando da Guarda Escarlate. Ele está falando de Corvium. Ele está falando de Cal, das Casas rebeldes, de qualquer coisa e qualquer um que possa ameaçar seu tênue poder.

Não há ninguém vivo para lembrar dos dias anteriores à guerra. Meu país não conhece a paz. Não é surpresa que a usem para confundi-lo. Quero gritar na cara de todo vermelho que encontro. Quero gravar as palavras no meu corpo para que todos vejam. *Armadilha. Mentira. Conspiração.* Não que minhas palavras signifiquem alguma coisa a essa altura. Faz muito tempo que sou fantoche de outra pessoa. Não tenho mais voz. Só minhas ações, e elas estão muito limitadas pelas circunstâncias. Eu me desesperaria se pudesse, mas meus dias de lamentar acabaram há muito tempo. Tiveram que acabar. Ou então eu viraria uma boneca de pano arrastada por uma criança, completamente vazia.

Vou fugir. Vou fugir. Vou fugir. Não ouso sussurrar essas palavras. Elas percorrem minha mente, no mesmo ritmo dos meus batimentos cardíacos.

Ninguém fala comigo durante a viagem. Nem mesmo Maven. Ele está ocupado analisando a noiva. Tenho a sensação de que ela sabe que tipo de pessoa seu prometido é, e está preparada para isso. Espero que se matem.

As torres de Archeon são familiares, mas não me consolam. O comboio se dirige para a prisão que conheço muito bem. Atravessa a cidade, subindo as ruas íngremes até a Praça de César e o Palácio de Whitefire. O brilho do sol chega a cegar contra o céu azul-claro. É quase primavera. Estranho. Parte de mim achava que o inverno duraria para sempre, como meu aprisionamento. Não sei se tenho estômago para assistir às estações mudando de dentro da minha jaula real.

Vou fugir. Vou fugir. Vou fugir.

Ovo e Trio me tiram do veículo e me conduzem até a escadaria de Whitefire. O ar está quente, úmido, com um cheiro fresco e limpo. Mais alguns minutos na luz do sol e talvez eu comece a suar sob a jaqueta escarlate e prateada. Mas em alguns segundos estou dentro do palácio de novo, andando sob lustres caríssimos. Eles não me incomodam tanto, não depois da minha primeira e única tentativa de fuga. Na verdade, quase me fazem sorrir.

— Feliz por estar em casa?

Fico surpresa tanto por me dirigirem a palavra quanto com a pessoa que o faz.

Resisto ao ímpeto de fazer uma reverência, mantendo as costas retas quando paro para olhar para ela. Os Arven também param, perto o suficiente para me agarrar se precisarem. Sinto seu poder sugar um pouco da minha energia. Seus guardas estão tão alertas quanto os meus, prestando atenção no corredor à nossa volta. Acho que ainda consideram Archeon e Norta território inimigo.

— Princesa — respondo. O título tem um gosto amargo, mas não vejo utilidade nenhuma em afrontar mais uma noiva de Maven.

Seu traje de viagem é de uma simplicidade enganadora. Só uma calça e uma jaqueta azul-escura, justa na cintura para revelar sua silhueta. Nada de joias ou coroa. Seu penteado é simples, com o cabelo puxado para trás em uma única trança preta. Ela passaria por uma prateada normal. Rica, mas não da realeza. Até seu rosto é neutro. Sem sorriso ou desdém. Não mostra nenhuma opinião clara sobre a garota elétrica algemada. É um contraste chocante e inconveniente com os nobres que conheço. Não sei nada sobre ela. Pode até ser pior que Evangeline. Ou Elara. Não faço ideia de quem seja essa jovem ou do que ela pensa sobre mim. Isso me deixa inquieta.

E Iris percebe.

— Não, imagino que não — ela continua. — Me acompanha?

Ela estende a mão, convidativa. Meus olhos talvez tenham saltado da órbita, mas aceito seu convite. Ela impõe um ritmo rápido, mas não impossível, obrigando as duas escoltas a nos seguir pelo salão de entrada.

— Apesar do nome, Whitefire parece um lugar frio. — Iris olha para o teto. Os lustres se refletem em seus olhos cinza, fazendo-os brilhar. — Eu não ia gostar de ficar presa aqui.

Dou uma risada no fundo da garganta. A coitada vai ser rainha de Maven. É certamente a pior forma de prisão que consigo imaginar.

— Eu disse algo engraçado, Mare Barrow? — ela ronrona.

— Não, alteza.

Seus olhos passeiam por mim. Demoram em meus pulsos, nas mangas longas que escondem minhas algemas. Devagar, ela encosta em uma delas e respira fundo. Apesar da Pedra Silenciosa e do medo instintivo que ela inspira, a princesa não recua.

— Meu pai também tem animais de estimação. Talvez seja típico dos reis.

Há alguns meses, eu teria estourado. *Não sou um animal de estimação*. Mas ela não está errada. Então dou de ombros.

— Não conheci tantos reis assim.

— Três reis para uma garota vermelha nascida de dois ninguéns. É de se perguntar se os deuses te amam ou te odeiam.

Não sei se rio ou desdenho.

— Não existem deuses.

— Não em Norta. Não para você. — Sua expressão se suaviza. Ela olha por cima do ombro, para os muitos cortesãos e nobres que se aproximam. A maioria não faz questão de esconder que está observando. Se isso a incomoda, a princesa não demonstra. — Me pergunto se podem me ouvir num lugar profano como este. Não há nem um templo. Preciso pedir a Maven que construa um para mim.

Muitas pessoas estranhas passaram pela minha vida. Mas todas têm pedaços que consigo entender. Emoções que conheço, sonhos, medos. Olho para a princesa Iris e percebo que, quanto mais ela fala, maior minha confusão fica. Ela parece inteligente, forte, segura, mas por que alguém aceitaria se casar com um monstro? Com certeza sabe quem ele realmente é. E não pode ter sido a ambição cega que a trouxe até aqui. Ela já é princesa, filha de um rei. O que quer? Se é que teve escolha. Essa falação sobre deuses é ainda mais confusa. Não acreditamos neles. Como poderíamos?

— Você está memorizando meu rosto? — ela pergunta em voz baixa enquanto tento entendê-la. Tenho a sensação de que faz o mesmo comigo, observando-me como se eu fosse uma obra de arte complicada. — Ou só tentando roubar mais alguns momentos fora da cela? Se for o segundo, não a culpo. Se for o primeiro, não se preocupe: acho que vai me ver bastante.

De qualquer outra pessoa, isso soaria como uma ameaça. Mas não acho que Iris ligue para mim a esse ponto. Pelo menos não parece do tipo invejosa. Isso exigiria que ela nutrisse qualquer sentimento por Maven, o que duvido muito.

— Me leve até a sala do trono.

Meus lábios se contorcem, querendo sorrir. Geralmente as pessoas aqui fazem pedidos que na verdade são ordens. Iris é o contrário. Sua ordem parece um pedido.

— Está bem — resmungo, deixando meus pés nos guiarem. Os Arven não ousam me tirar dali. Iris Cygnet não é Evangeline Samos. Contrariá-la poderia ser considerado um ato de guerra. Não consigo conter um sorriso por cima do ombro para Trio e Ovo. Os dois me olham irritados. Isso me faz sorrir ainda mais, mesmo com a pontada nas cicatrizes.

— Você é um tipo estranho de prisioneira, srta. Barrow. Não tinha percebido que, além de retratá-la como uma lady nas transmissões, Maven exige que você seja uma o tempo todo.

Lady. O título nunca se aplicou a mim e nunca vai se aplicar.

— Sou apenas uma cadelinha bem-vestida e amarrada.

— É muito peculiar o rei mantê-la assim. É uma inimiga do Estado, uma peça valiosa de propaganda, mas por algum motivo é tratada quase como parte da realeza. Mas os meninos são mesmo estranhos com seus brinquedos. Principalmente os que costumam perder as coisas. Eles as seguram com mais afinco.

— E o que você faria comigo? — pergunto. Como rainha, Iris tem minha vida nas mãos. Pode acabar com ela, ou pior. — Se estivesse no lugar dele?

Iris se esquiva da pergunta com destreza.

— Jamais cometerei o erro de tentar me colocar na cabeça dele. Não é um lugar onde qualquer pessoa sensata deveria estar. — Ela ri para si mesma. — Imagino que a mãe dele passava muito tempo lá.

Por mais que Elara odiasse minha mera existência, acho que odiaria Iris ainda mais. A jovem princesa é formidável, no mínimo.

— Você tem sorte de nunca ter conhecido a antiga rainha.

— E agradeço a você por isso — ela responde. — Embora espere que não vire uma tradição. Sei bem que até cadelinhas mordem. — Ela pisca para mim, seus olhos cinza e penetrantes. — Você morde?

Não sou idiota de responder. "Não" seria uma mentira deslavada. "Sim" poderia me render mais um inimigo real. Ela sorri diante do meu silêncio.

Não é uma caminhada longa até o grande cômodo de onde Maven rege o país. Depois de tantos dias diante das câmeras, obrigada a assistir sanguenovos prometendo lealdade a ele, conheço o lugar intimamente. Em geral, o salão fica cheio de assentos, mas eles foram retirados durante nossa ausência, restando apenas o trono cinza e ameaçador. Iris olha para ele quando nos aproximamos.

— Uma tática interessante — murmura quando o alcançamos. Como fez com minha algema, ela corre o dedo pelos blocos de Pedra Silenciosa. — Necessária, também. Com tantos murmuradores permitidos na corte.

— Permitidos?

— Eles não são recebidos na corte de Lakeland. Não podem adentrar os muros da capital, Detraon, muito menos o palácio sem os acompanhantes apropriados. Nenhum murmurador tem permissão de chegar a seis metros do monarca — Iris explica. — Na verdade, não conheço nenhuma família que tenha tal poder no meu país.

— Eles não existem?

— Não no lugar de onde venho. Não mais.

A insinuação fica no ar como fumaça.

Ela se afasta do trono, balançando a cabeça de um lado para o outro. Não gosta de alguma coisa que vê. Seus lábios se contraem em uma linha fina.

— Quantas vezes você sentiu o toque de um Merandus na cabeça?

Por um segundo, tento me lembrar. *Idiota*.

— Mais vezes do que posso contar — respondo, dando de ombros. — Primeiro Elara, depois Samson. Não sei quem era pior. Hoje sei que a rainha entrava na minha cabeça sem eu saber. Mas ele... — Minha voz falha. A memória é dolorosa, e sinto uma pressão nas têmporas. Massageio para que a dor passe. — Você sente cada segundo.

O rosto dela fica cinzento.

— Tantos olhos neste lugar — ela diz, observando primeiro meus guardas e depois as paredes com câmeras de segurança que vigiam cada centímetro do salão, nos acompanhando. — Podem assistir à vontade.

Devagar, ela tira a jaqueta e a dobra sobre o braço. A camisa embaixo é branca, fechada até a garganta, mas com as costas abertas. Iris vira, com a desculpa de analisar a sala do trono. Na verdade, está se mostrando. Suas costas são musculosas, poderosas, esculpidas em linhas longas. Tatuagens pretas a cobrem desde a nuca, descendo pelo pescoço e passando pelos ombros até a base da coluna. *Raízes*, penso de início. Mas erro. São espirais de água, ondulando e se derramando sobre sua pele em linhas perfeitas. Elas se mexem com a princesa, como uma coisa viva. Finalmente Iris vira e olha para mim. O sorriso mais discreto está em seus lábios.

Ele desaparece assim que ela vê além de mim. Não preciso virar para saber quem está se aproximando, quem lidera os muitos passos que ecoam no mármore e dentro do meu crânio.

— Eu teria prazer em mostrar o lugar para você, Iris — Maven diz. — Seu pai está se instalando em seus aposentos, mas tenho certeza de que não se importaria de nos conhecermos melhor.

Os guardas Arven e os de Lakeland dão um passo para trás, abrindo espaço para o rei e seus sentinelas. Uniformes azuis, brancos, vermelho-alaranjados. As silhuetas e cores estão tão arraigadas em mim que os reconheço de canto de olho. Nenhum tanto quanto o jovem rei pálido. Sinto sua presença tanto quanto o vejo, seu calor saturante ameaçando me engolir. Ele para a alguns centímetros de mim, perto o suficiente para me pegar pela mão se quiser. Estremeço ao pensar nisso.

— Eu adoraria — Iris responde, inclinando a cabeça de um jeito estranho. A reverência não é fácil para ela. — Estava apenas falando com a srta. Barrow sobre a... — Iris procura a palavra certa, olhando para o trono imponente — decoração.

Maven dá um sorriso curto.

— Uma precaução. Meu pai foi assassinado, e já sofri minha cota de atentados também.

— Um trono de Pedra Silenciosa teria salvado seu pai? — ela pergunta com inocência.

Uma corrente de calor pulsa no ar. Como Iris, também sinto a necessidade de tirar a jaqueta, com receio de que o temperamento de Maven me faça suar.

— Não, meu irmão decidiu que cortar sua cabeça era a melhor opção — ele responde sem rodeios. — Não há muita defesa contra isso.

Aconteceu aqui neste palácio. A alguns corredores e cômodos daqui, subindo as escadas que dão para um lugar sem janelas e com paredes à prova de som. Quando os guardas me arrastaram até lá, eu estava atordoada, morrendo de medo de que Maven e eu fôssemos executados por traição. Em vez disso, o rei acabou partido em dois. A cabeça, o corpo, uma onda prateada espalhada entre os dois. Então Maven assumiu a coroa. Cerro os punhos ao lembrar.

— Que horror — Iris murmura. Sinto seus olhos em mim.

— Sim. Não foi, Mare?

O toque repentino de sua mão em meu braço queima como sua marca. Quase perco o controle, e olho para ele de soslaio.

— Sim — me obrigo a responder entredentes. — Um horror.

Maven concorda com a cabeça, cerrando a mandíbula para que o rosto se contraia. Não acredito que ele tem a ousadia de parecer taciturno. Triste, até. Não está nem um nem outro. Não pode estar. A mãe arrancou dele as partes que amavam o pai e o irmão. Queria que tivesse arrancado a parte que me amava também, mas ela apodrece, nos envenenando com sua úlcera. Uma praga se alimenta do cérebro de Maven e de cada pedacinho dele que poderia ser humano. Maven sabe disso. Sabe que alguma coisa está errada, algo que não pode consertar com nenhuma habilidade ou poder. Ele está partido, e não há curandeiro nesta terra capaz de deixá-lo inteiro.

— Bom, antes que eu a leve para conhecer meu lar, há mais alguém que gostaria de conhecer minha futura esposa. Sentinela Nornus, por favor. — Maven faz um gesto em direção ao soldado. Ao seu comando, o sentinela em questão vira um borrão de chamas alaranjadas e vermelhas, correndo até a entrada e de volta em um segundo. Um lépido. Em seus trajes, parece uma bola de fogo.

Figuras seguem atrás dele. As cores de sua Casa são familiares.

— Princesa Iris, este é o chefe da Casa Samos e sua família — Maven diz, fazendo um gesto com a mão entre a nova e a antiga noiva.

Evangeline se destaca em um contraste gritante às roupas simples de Iris. Me pergunto quanto tempo ela demorou para criar o líquido prateado fundido que envolve cada curva de seu corpo como alcatrão reluzente. Nada de coroas e tiaras agora, mas as joias compensam, e muito. Usa correntes prateadas no pescoço, nos pulsos e nas orelhas, finas como uma linha de costura e cravejadas de diamantes. A aparência do irmão também está diferente, sem sua armadura ou as peles de sempre. Sua silhueta continua ameaçadora, mas Ptolemus se parece mais com o pai agora, vestido em um veludo preto perfeito com uma corrente prateada brilhante. Volo vem à frente dos filhos, com alguém que não reconheço ao seu lado. Mas posso adivinhar quem é.

Neste instante, compreendo um pouco mais Evangeline. Sua mãe é uma visão assustadora. Não por ser feia. Pelo contrário, a mulher tem uma beleza severa. Ela deu a Evangeline seus olhos pretos expressivos e sua pele de porcelana, mas não o cabelo liso de corvo e a figura delicada. Parece que eu poderia destruir essa mulher sem dificuldades, com algemas e tudo. Deve ser parte de sua encenação. Ela usa as cores de sua própria Casa, preto e verde-esmeralda, com o prateado de Samos para revelar suas alianças. *Viper*. A voz de Lady Blonos ecoa na minha cabeça. Preto e verde são as cores da Casa Viper. A mãe de Evangeline é uma animos. Conforme se aproxima, seu vestido cintilante entra em foco. Percebo por que Evangeline insiste tanto em vestir seu poder. É tradição de família.

A mãe não está usando joias. Está usando cobras.

Nos pulsos, em volta do pescoço. Finas, pretas, movendo-se devagar, as escamas brilhando como óleo. Partes iguais de medo e agitação correm pelo meu corpo. Quero correr para o meu quarto, trancar a porta e ficar o mais longe possível dessas criaturas sinuosas. Mas elas se aproximam a cada passo que a mulher dá. E eu achava que lidar com a Evangeline fosse ruim.

— Lord Volo; sua esposa, Larentia da Casa Viper; seu filho, Ptolemus; e sua filha, Evangeline. Membros estimados e valiosos da minha corte — Maven explica, gesticulando para cada um deles. Ele sorri abertamente, mostrando os dentes.

— Sinto muito por não termos sido devidamente apresentados antes. — Volo dá um passo à frente para pegar a mão estendida de Iris. Com a barba prateada recém-aparada, é fácil ver a semelhança com os filhos. Ossos fortes, traços elegantes, nariz longo e lábios permanentemente curvados em um sorriso desdenhoso. Sua pele parece mais pálida em contraste com a de Iris quando beija sua mão. — Fomos chamados para cuidar de assuntos em nossas terras.

Iris abaixa a cabeça, com graça desta vez.

— Desculpas não são necessárias, meu senhor.

Por cima daquelas mãos entrelaçadas, Maven olha para mim. Ele levanta uma sobrancelha, entretido. Se eu pudesse, perguntaria a ele o que prometeu — ou como ameaçou a Casa Samos. Dois reis Calore lhes escorregaram pelos dedos. Tanta conspiração e armação para nada. Sei que Evangeline não amava Maven, nem ao menos gostava dele, mas foi criada para ser rainha. Seu direito lhe foi roubado duas vezes. Ela falhou consigo mesma e, pior, com sua Casa. Pelo menos agora tem outra pessoa para culpar que não eu.

Evangeline olha na minha direção, os cílios pretos e longos. Eles se agitam por um tempo enquanto seus olhos oscilam, indo de um lado para o outro como o pêndulo de um relógio antigo. Dou um pequeno passo para me afastar de Iris. Agora que a filha de Samos tem uma nova rival para odiar, não quero passar a impressão errada.

— E você era noiva do rei? — Iris solta a mão de Volo e cruza os dedos. Os olhos de Evangeline desviam de mim para encarar a princesa. Pela primeira vez, ela tem uma oponente à altura. Talvez eu tenha sorte e Evangeline dê um passo em falso, ameaçando Iris como costumava me ameaçar. Tenho a sensação de que a princesa não vai tolerar uma só palavra intimidadora.

— Por um tempo, sim — Evangeline responde. — E de seu irmão antes dele.

A princesa não se surpreende. Imagino que Lakeland seja bem informada sobre a realeza de Norta.

— Bom, fico feliz que tenham retornado à corte. Vamos precisar de muita ajuda na organização do casamento.

Mordo o lábio com tanta força que quase tiro sangue. Antes isso do que rir alto quando Iris joga sal nas feridas abertas dos Samos. Na minha frente, Maven vira a cabeça para esconder uma risada.

Uma das cobras sibila, um som baixo impossível de confundir. Mas Larentia logo se curva numa reverência, fazendo o tecido de seu vestido cintilante dançar.

— Estamos à sua disposição, alteza — ela diz. Sua voz é profunda, grossa como xarope. Diante de nossos olhos, a cobra mais gorda, que está em volta de seu pescoço, sobe até sua orelha e seu cabelo. *Repulsivo.* — Seria uma honra ajudar como pudermos. — Espero que ela acotovele Evangeline para que concorde, mas a Viper se volta para mim tão rápido que não tenho tempo de desviar o olhar. — Existe algum motivo para essa prisioneira me encarar?

— Nenhum — respondo, rangendo os dentes.

Larentia considera meu contato visual um desafio. Como um animal. Ela dá um passo à frente, diminuindo a distância entre nós. Temos a mesma altura. A cobra em seu cabelo continua sibilando, enrolando-se e descendo até sua clavícula. Os olhos do animal, brilhantes como joias, encontram os meus, e sua língua preta bifurcada lambe o ar, lançando-se entre as presas longas. Embora consiga me controlar, engulo em seco. Tenho sede de repente. A cobra continua me encarando.

— Dizem que você é diferente — Larentia murmura. — Mas seu medo tem o mesmo cheiro que o de qualquer outro rato vermelho que já tive a infelicidade de conhecer.

Rato vermelho. Rato vermelho.

Ouvi isso tantas vezes. Pensei isso sobre mim mesma. Vindo dos lábios dela, tem algum impacto em mim. O controle que lutei tanto para manter, que preciso manter se quero continuar viva, ameaça ruir. Respiro fundo, me obrigando a ficar calma. As cobras continuam sibilando, enrolando-se umas nas outras em negros emaranhados de escamas. Algumas são longas o suficiente para me alcançar se a mulher ordenar.

Maven suspira baixo.

— Guardas, acho que está na hora da srta. Barrow voltar para o quarto.

Viro antes mesmo que os Arven possam chegar até mim, retirando-me na suposta segurança de sua presença. *Essas cobras...*, penso comigo mesma. *Não consigo suportá-las. Não é de surpreender que Evangeline seja terrível, com uma mãe dessas.*

Enquanto me retiro para meus aposentos, sou acometida por uma sensação desagradável. Alívio. Gratidão. A Maven.

Esmago essa vil explosão de emoção com toda a raiva que tenho. Ele é um monstro. Não sinto nada além de ódio pelo rei. Não posso permitir que nada além disso, nem mesmo pena, surja dentro de mim.

PRECISO FUGIR.

Dois longos meses se passam.

O casamento de Maven será dez vezes maior que o Baile de Despedida, ou mesmo que a Prova Real. Nobres prateados invadem a capital, trazendo comitivas de todos os cantos de Norta. Até aqueles que o rei exilou. Maven se sente seguro o suficiente com sua nova aliança para permitir que inimigos sorridentes entrem por sua porta. Embora a maioria tenha sua própria casa na cidade, muitos se acomodam em Whitefire, a ponto de o palácio parecer prestes a explodir. Sou mantida em meu quarto na maior parte do tempo. Não me importo. É melhor assim. Mesmo em minha cela, consigo sentir a tempestade iminente de um casamento. A união tangível entre Norta e Lakeland.

O pátio embaixo da minha janela, vazio durante todo o inverno, floresce em uma primavera repentina, verde e quente. Nobres passeiam por entre as magnólias a um ritmo preguiçoso, alguns de braços dados. Sempre cochichando, sempre conspirando ou fofocando. Queria conseguir ler os lábios. Poderia aprender alguma coisa além de quais Casas estão unidas, com suas cores mais vibrantes à luz do sol. Maven teria que ser um tolo para pensar que não estão conspirando contra ele e sua noiva. E o rei é muitas coisas, mas não é bobo.

A velha rotina que eu costumava ter nos primeiros meses de isolamento — acordar, comer, sentar, gritar e repetir tudo no dia seguinte — não me serve mais. Tenho maneiras mais úteis de passar o tempo. Não há caneta e papel, e nem peço por isso. Não há motivo para deixar anotações. Em vez disso, fico vendo os livros de Julian, virando as páginas despreocupada. Às vezes me prendo a rabiscos em sua caligrafia. *Interessante*; *curioso*; *corrobora o volume IV*. Palavras inúteis com pouco significado. Passo os dedos pelas letras mesmo assim, sentindo a tinta seca e o relevo deixados pela caneta há muito tempo. É o suficiente de Julian para me manter pensativa, lendo as entrelinhas e imaginando as palavras ditas em voz alta.

Ele rumina sobre um volume em especial, fino mas denso. Sua lombada está estourada, e as páginas estão cheias de observações. Quase posso sentir o calor de sua mão que alisou as páginas esfarrapadas.

Sobre as origens, a capa diz em letras pretas, e em seguida vêm os nomes de uma dúzia de eruditos prateados que escreveram os muitos ensaios e artigos dentro do pequeno livro. A maior parte é complexa demais para eu entender, mas folheio mesmo assim. Nem que seja por Julian.

Ele destacou uma passagem específica, dobrando o canto da página e sublinhando algumas frases. Algo sobre mutações, mudanças. O resultado de armas antigas que já não temos e não podemos mais criar. Um dos eruditos acredita que elas criaram os prateados. Outros discordam. Alguns mencionam deuses, talvez os mesmos de Iris.

Julian deixa sua própria opinião clara no fim da página.

É estranho que tantos deles se considerassem deuses ou escolhidos de um deus. Abençoados por algo maior. Elevados ao que somos. Quando todas as provas apontam para o contrário. Nossos poderes vieram da corrupção, de uma praga que matou a maioria. Não fomos escolhidos, mas amaldiçoados.

Pisco para as páginas e fico pensando. *Se prateados são amaldiçoados, o que são os sanguenovos? Pior? Ou Julian está errado? Somos escolhidos também? E para quê?*

Homens e mulheres muito mais inteligentes do que eu não sabem a resposta. Além disso, tenho coisas mais urgentes com que me preocupar.

Planejo enquanto tomo café da manhã, mastigando devagar enquanto considero tudo o que sei. O casamento real será o caos organizado. Segurança extra e mais guardas do que sou capaz de contar, mas ainda assim uma boa chance. Criados por toda parte, nobres bêbados, uma princesa estrangeira para distrair as pessoas que geralmente se concentram em mim. Eu seria idiota de não tentar alguma coisa. Cal seria idiota de não tentar alguma coisa.

Olho para as páginas que tenho nas mãos, para o papel branco e a tinta preta. Nanny tentou me salvar e acabou morta. Uma vida desperdiçada. E eu, egoísta, quero que eles tentem de novo. Porque, se continuar aqui, vou ter que passar o resto da vida alguns passos atrás de Maven, vendo seus olhos assombrados, as partes que lhe faltam e o ódio que sente por todas as pessoas deste mundo — todas as pessoas menos...

— Pare — sussurro para mim mesma, lutando contra o ímpeto de deixar o monstro que bate à porta do meu pensamento entrar. — Pare.

Memorizar a planta de Whitefire é uma boa distração, à qual costumo recorrer. Saindo da minha porta, esquerda, esquerda, atravesso uma galeria de estátuas, esquerda de novo descendo uma escada em espiral... Traço o caminho até a sala do trono, o salão de entrada, a sala de jantar, diversas salas de estudo e do conselho, os aposentos de Evangeline, o antigo quarto de Maven. Memorizei cada passo que dei aqui dentro. Quanto melhor eu conhecer o palácio, melhor minha chance de escapar quando a oportunidade surgir. Com certeza Maven vai se casar com Iris na Corte Real ou na própria Praça de César. Nenhum outro lugar comporta tantos convidados e guardas. Não consigo ver a Corte da minha janela e nunca entrei lá, mas pensarei nisso quando a hora chegar.

Maven não me arrastou para perto dele desde que voltamos. *Ótimo*, digo a mim mesma. Um quarto vazio e dias de silêncio são melhores do que suas palavras enfastiosas. Ainda assim, sinto uma pontada de decepção toda noite ao fechar os olhos. Estou sozinha; com medo; sou egoísta. Me sinto esvaziada pela Pedra Silenciosa e pelos meses que passei aqui, no fio da navalha outra vez. Seria tão fácil deixar que as partes quebradas de mim caíssem. Seria tão fácil deixá-lo me montar de novo como bem entender. Talvez, em alguns anos, nem pareça mais uma prisão.

Não.

Pela primeira vez em algum tempo, jogo o prato contra a parede, gritando. O copo de água é o próximo. Ele explode em fragmentos cristalinos. Coisas quebradas fazem com que eu me sinta um pouco melhor.

Minha porta se abre em meio segundo e os Arven entram. Ovo é o primeiro a chegar até mim, mantendo-me na cadeira. Ele me segura firme, impedindo que eu levante. Agora sabem que não devem me deixar chegar perto dos cacos enquanto limpam tudo.

— Talvez vocês devessem me dar utensílios de plástico — zombo. — Parece uma ideia melhor.

Ovo quer me bater. Seus dedos se enterram em meus ombros, provavelmente deixando hematomas. A Pedra Silenciosa faz a dor aumentar. Meu estômago se revira quando percebo que nem lembro como é não sentir dor e angústia constantes.

Os outros guardas varrem os pedaços, sem sentir o vidro contra suas mãos enluvadas. Só quando eles desaparecem e sua presença latejante se extingue consigo ter força para ficar de pé. Irritada, fecho com força o livro que não estava lendo. *Genealogia da nobreza de Norta, Volume IX*, a capa diz. Inútil.

O livro com capa de couro se encaixa perfeitamente entre seus irmãos na prateleira, os volumes VIII e X. Talvez eu tire os outros da estante e os reorganize, gastando alguns segundos das horas intermináveis.

Em vez disso, acabo no chão, tentando me alongar um pouco mais do que ontem. Minha velha agilidade não passa de uma memória, restringida pelas circunstâncias. Tento mesmo assim, esticando os dedos da mão em direção aos pés. Os músculos das minhas pernas queimam, uma sensação melhor do que a dor. Busco a dor física. É uma das únicas coisas que me fazem lembrar de que estou viva dentro desta concha.

Os minutos escorrem lentamente e o tempo se alonga comigo. Lá fora, a luz muda conforme nuvens primaveris perseguem umas às outras na frente do sol.

A batida na porta é suave, indecisa. Ninguém jamais se preocupou em bater, e meu coração pula. Mas logo a adrenalina morre. Um salvador não bateria à porta.

Evangeline entra, sem esperar um convite.

Não me mexo, paralisada por uma onda súbita de medo. Preparo as pernas para correr se necessário.

Ela olha para mim de cima, sua figura arrogante de sempre em um casaco longo e cintilante e uma calça justa de couro. Por um instante, ela fica parada, e trocamos olhares em silêncio.

— Você é tão perigosa que eles não podem nem deixar que abra uma janela? — Evangeline fareja o ar. — Está fedendo aqui.

Meus músculos tensionados relaxam um pouco.

— Se está entediada vá tagarelar na jaula de outra pessoa — resmungo.

— Talvez mais tarde. Mas neste momento você pode ser útil.

— Não estou nem um pouco a fim de ser o alvo para seus dardos.

Ela estala os lábios.

— Ah, não os meus.

Com uma mão, ela me pega embaixo do braço e me levanta. Assim que seu braço entra no domínio da Pedra Silenciosa, sua manga cai, atingindo o chão em estilhaços de metal reluzente. A manga se recompõe e cai de novo, mexendo-se em um ritmo irregular e estranho enquanto Evangeline me obriga a sair do quarto.

Não reluto. Não vejo por quê. Então ela alivia a pegada que estava me machucando e me deixa andar sozinha.

— Se queria levar o animal de estimação para passear, era só pedir — provoco, massageando meu mais novo machucado. — Você não tem uma rival nova para odiar? Ou é mais fácil provocar uma prisioneira do que uma princesa?

— Iris é muito calma para o meu gosto — ela devolve. — Você pelo menos ainda tenta morder.

— Que bom saber que te entretenho.

O corredor se retorce adiante. Esquerda, direita, direita. A planta de Whitefire está mais clara na minha cabeça. Passamos a tapeçaria com uma fênix em vermelho e preto, as bordas cravejadas de pedras preciosas. Então uma galeria de estátuas e pinturas dedicadas a César Calore, o primeiro rei de Norta. Além dela, descendo um lance de escadas de mármore, fica o que chamo de Salão de Batalha. Uma passagem longa iluminada por claraboias, as paredes dos dois lados dominadas do chão até o teto por duas pinturas monstruosas, inspiradas na Guerra de Lakeland. Mas Evangeline não me leva para além das cenas de morte e glória. Não vamos descer para o pátio. Os corredores ficam mais ornamentados, mas com menos demonstrações de opulência enquanto me conduz para os aposentos reais. Um número crescente de pinturas banhadas a ouro de reis, políticos e guerreiros me veem passar, a maioria com o cabelo preto característico dos Calore.

— Então o rei Maven deixou que vocês pelo menos mantivessem seus aposentos? Embora tenha tirado sua coroa?

Seus lábios se retorcem, mas em um sorriso.

— Viu só? Você nunca decepciona. Boa, Mare Barrow.

Nunca estive diante destas portas antes. Mas posso adivinhar para onde levam. Grandes demais para servirem a qualquer outra pessoa que não o rei. Madeira branca laqueada, detalhes dourados e prateados, cravejada de madrepérola e rubi. Evangeline não bate desta vez; simplesmente abre as portas. Deparamos com uma antessala opulenta, protegida por seis sentinelas. Eles se eriçam com nossa presença, levando a mão às armas, com os olhos penetrantes por trás das máscaras reluzentes.

Evangeline não hesita.

— Digam ao rei que Mare Barrow está aqui para vê-lo.

— O rei está indisposto — um deles responde. Sua voz transborda poder. Um banshee. Ele poderia nos deixar surdas com um grito se quisesse. — Vá embora, Lady Samos.

Evangeline não demonstra medo e passa a mão por sua longa trança prata.

— Digam a ele — ela repete. Não precisa mudar o tom de voz ou rosnar para parecer ameaçadora. — O rei vai querer saber.

Meu coração pula dentro do peito. *O que ela está fazendo? Por quê?* Na última vez que decidiu desfilar comigo por Whitefire, acabei nas mãos de Samson Merandus e minha mente foi estraçalhada. Ela tem um plano. Ela tem motivos. Se eu soubesse quais são, poderia fazer o oposto do que espera.

Um dos sentinelas cede. É um homem largo, com músculos evidentes mesmo sob as camadas do uniforme flamejante. Ele vira o rosto, as joias pretas da máscara reluzindo.

— Um momento, Lady Samos.

É insuportável estar nos aposentos de Maven. É como afundar em areia movediça. Afundar no oceano, cair de um penhasco. *Mande-nos embora. Mande-nos embora.*

O sentinela volta rápido. Quando faz sinal para os companheiros, meu estômago revira.

— Por aqui, Barrow — ele acena para mim.

Evangeline me dá um empurrão discreto, pressionando a base da minha coluna. Vou em frente.

— Apenas Barrow — o sentinela completa, olhando para os Arven.

Eles e Evangeline ficam no lugar, me deixando passar. Os olhos dela parecem escurecer, mais pretos do que nunca. Sou tomada por uma vontade repentina de agarrá-la e levá-la comigo. Encarar Maven sozinha, aqui, de repente é aterrorizante.

O sentinela, provavelmente um forçador Rhambos, não precisa me tocar para me conduzir na direção certa. Atravessamos uma sala inundada pela luz do sol, estranhamente vazia e pouco decorada. Não há cores da Casa, não há pinturas, esculturas ou mesmo livros. O antigo quarto de Cal era uma confusão, com diversos tipos de armaduras, seus preciosos manuais e até um tabuleiro de jogos. Pedaços dele espalhados por toda parte. Maven não é o irmão, não tem nenhum papel para representar, não aqui, e o quarto reflete o garoto vazio que realmente é.

Sua cama é estranhamente pequena, feita para uma criança, embora o quarto tenha sido projetado para abrigar algo muito, muito maior. As paredes são brancas, sem adornos. As janelas são a única decoração e dão para um canto da Praça de César, o rio Capital e a ponte que um dia ajudei a destruir. Ela atravessa a água, ligando Whitefire ao lado leste da cidade. Folhagens ganham vida em todas as direções, salpicadas de flores.

Devagar, o sentinela limpa a garganta. Olho para ele e tremo quando percebo que vai me abandonar também.

— Por ali — diz, apontando para mais uma porta.

Seria melhor se alguém me arrastasse. Se o sentinela apontasse uma arma na minha cabeça e me obrigasse a atravessar. Poder culpar outra pessoa pelo meu avanço faria com que doesse menos. Mas sou só eu. Tédio. Curiosidade mórbida. A dor constante da solidão. Vivo em um mundo que está encolhendo constantemente, onde a única coisa na qual posso confiar é a obsessão de

Maven. Como as algemas, funciona como um escudo e uma morte lenta e sufocante.

As portas abrem para dentro, deslizando sobre o chão de mármore branco. Há espirais de vapor no ar. Não saem do rei, mas da água quente à sua volta, leitosa por causa do sabonete e de óleos perfumados. Ao contrário da cama, a banheira é grande, com pés como garras prateadas. Ele descansa os cotovelos nas bordas da porcelana impecável, passando os dedos preguiçosos pela água.

Maven me acompanha com o olhar quando entro, os olhos elétricos e letais. Nunca o vi tão vulnerável e irritado. Uma garota mais esperta viraria e sairia correndo. Em vez disso, fecho a porta atrás de mim.

Não há cadeiras, então fico em pé. Não sei bem para onde olhar, então me concentro em seu rosto. Seu cabelo está bagunçado, encharcado. Cachos pretos se agarram à sua pele.

— Estou ocupado — ele sussurra.

— Você não precisava me deixar entrar. — Quero retirar as palavras assim que as pronuncio.

— Precisava, sim — ele diz, cheio de significado. Então pisca, interrompendo nosso olhar. Joga a cabeça para trás, encostando-a na porcelana para ficar encarando o teto. — Do que você precisa?

De uma saída, de perdão, de uma boa noite de sono, da minha família. A lista é longa, sem fim.

— Evangeline me arrastou até aqui. Não quero nada de você.

Ele faz um barulho baixo na garganta. É quase uma risada.

— Evangeline. Meus sentinelas são uns covardes.

Se Maven fosse meu amigo, eu o avisaria para não subestimar uma filha da Casa Samos. Em vez disso, seguro a língua. O vapor gruda na minha pele, febril.

— Ela trouxe você aqui para me convencer.

— A quê?

— Casar com Iris, não casar com Iris. Certamente não te trouxe para tomar chá.

— Não.

Evangeline vai continuar conspirando até que ele coloque a coroa na cabeça de outra garota. Ela foi criada para isso. Assim como Maven foi feito para outras coisas, mais terríveis.

— Ela acha que o que sinto por você pode atrapalhar meu discernimento. Tola.

Me retraio. A marca na minha clavícula queima embaixo da camisa.

— Ouvi que você voltou a quebrar coisas — ele continua.

— Você não tem bom gosto para louças.

O rei sorri para o teto. Um sorriso malicioso. Como o do irmão. Por um segundo, o rosto dele é o de Cal, suas características oscilando. Com um choque, percebo que, no total, passei mais tempo com Maven do que com Cal. Conheço o rosto dele melhor que o do irmão.

Ele se vira, fazendo a água se agitar quando tira um braço da banheira. Desvio o olhar para o chão. Tenho três irmãos e um pai que não anda. Passei meses dividindo um buraco com uma dúzia de homens e garotos fedorentos. O corpo masculino não me é estranho. Isso não significa que eu queira ver mais de Maven do que o necessário. De novo me sinto sobre areia movediça.

— O casamento é amanhã — ele diz finalmente. Sua voz ecoa no mármore.

— Ah.

— Você não sabia?

— Como poderia saber? Ninguém me mantém informada.

Maven dá de ombros. A água se agita mais uma vez, revelando mais de sua pele branca.

— Bom, é claro que você não ia voltar a quebrar coisas por minha causa, mas... — Ele para e olha para mim. Meu corpo formiga. — Foi bom fantasiar.

Se não houvesse consequências, eu gritaria e arrancaria seus olhos. Diria a Maven que, embora tenha passado pouco tempo com seu irmão, ainda lembro de cada batimento que compartilhamos. Seu corpo pressionado contra o meu enquanto dormíamos, sozinhos, compartilhando pesadelos. Sua mão em meu pescoço, pele na pele, me fazendo olhar para ele enquanto caíamos do céu. Seu cheiro. Seu gosto. *Eu amo seu irmão, Maven. Você estava certo. Você é apenas uma sombra, e quem olha para as sombras quando tem o fogo? Quem escolheria um monstro no lugar de um deus?* Não posso ferir Maven com meus raios, mas posso destruí-lo com minhas palavras. Cutucar seus pontos fracos, abrir suas feridas. Deixá-lo sangrar e cicatrizar em algo ainda pior.

As palavras que consigo dizer são bem diferentes.

— Você gosta da Iris? — pergunto.

Ele passa a mão na cabeça, irritado, como uma criança.

— Como se isso tivesse alguma relevância.

— Bom, ela é seu primeiro relacionamento desde que sua mãe morreu. Vai ser interessante ver como isso vai se desenrolar sem o veneno de Elara na sua cabeça. — Batuco os dedos no corpo. As palavras o atingem devagar, e ele mal mexe a cabeça. Concordando. Sinto uma pitada de pena, mas luto contra esse sentimento com todas as minhas forças. — Vocês ficaram noivos há dois meses. Parece rápido, mais rápido do que seu noivado com Evangeline, pelo menos.

— É o que acontece quando um exército inteiro depende de você — ele diz, incisivo. — O povo de Lakeland não é famoso pela paciência.

Dou risada.

— E a Casa Samos é tão complacente?

Um canto de sua boca se ergue, uma lembrança daquele sorriso. Ele brinca com um dos braceletes, rodando o círculo prateado em volta do pulso fino.

— Eles têm sua utilidade.

— Achava que Evangeline teria te transformado em uma almofada de alfinetes a esta altura.

Seu sorriso se alarga.

— Se ela me matar, perde qualquer chance que ainda possa acreditar que tenha, por menor que seja. Não que seu pai fosse permitir. A Casa Samos mantém uma posição de grande poder, mesmo que Evangeline não seja rainha. Mas que rainha ela teria sido...

— Posso imaginar. — O pensamento me faz tremer. Coroas de agulhas, adagas e lâminas; sua mãe trajando cobras e seu pai segurando as cordas da marionete que seria Maven.

— Eu não — ele admite. — Não de verdade. Mesmo agora, só a vejo como a rainha de Cal.

— Você não precisava ter escolhido Evangeline...

— Bom, eu não podia escolher quem eu queria, podia? — ele estoura. Em vez de calor, sinto o ar à nossa volta ficar frio. O bastante para que arrepios percorram minha pele enquanto Maven me olha, com aqueles olhos de um azul vívido e ardente. O vapor no ar some com a corrente de ar frio, removendo a fraca barreira entre nós.

Tremendo, me obrigo a ir até a janela, dando as costas para ele. Do lado de fora, as magnólias balançam na brisa leve, suas flores brancas, creme e rosadas à luz do sol. Uma beleza tão simples não tem lugar aqui sem ser corrompida pelo sangue, pela ambição ou pela traição.

— Você me jogou na arena para morrer — digo devagar. Como se algum de nós pudesse esquecer. — Você me mantém acorrentada em seu palácio, vigiada noite e dia. Você me deixa definhar, adoecer...

— Acha que gosto de te ver assim? — ele resmunga. — Acha que quero mantê-la prisioneira? — Sua respiração se agita. — É o único jeito de te manter comigo. — A água se agita enquanto ele gesticula.

Me concentro no som da água, e não em sua voz. Embora saiba o que ele está fazendo, embora possa sentir que está me encurralando ainda mais, não consigo evitar que me afunde cada vez mais. Seria fácil demais me deixar afogar. Parte de mim quer fazer isso.

Mantenho os olhos na janela. Pela primeira vez estou feliz com a dor familiar da Pedra Silenciosa. É um lembrete inegável do que Maven é, e do que seu amor por mim significa.

— Você tentou matar todo mundo que eu amo. Matou crianças. — Um bebê manchado de sangue, com um bilhete no pequeno pulso. A lembrança é tão vívida que poderia ser um pesadelo. Não tento afastá-la. Preciso recordar essas coisas. Preciso ter em mente quem ele é. — Por sua causa, meu irmão está morto.

Viro para Maven, deixando uma risada dura e vingativa escapar. A raiva clareia minha mente.

Ele senta de maneira brusca, o peito nu quase tão branco quanto a água da banheira.

— E você matou minha mãe. Levou meu irmão. Meu pai. No segundo em que caiu neste mundo, a engrenagem começou a rodar. Minha mãe olhou dentro da sua mente e viu uma oportunidade. A chance que estava esperando. Se você não tivesse... Se você nunca... — Ele tropeça nas palavras, que vêm mais rápido do que pode conter. Então aperta os dentes, segurando as mais condenatórias. Outro suspiro de silêncio. — Não quero saber como as coisas seriam.

— Eu sei — rebato. — Eu teria acabado em uma trincheira, destruída ou destroçada ou mal sobrevivendo, como uma morta-viva. Eu sei o que teria me tornado, porque um milhão de pessoas vive o que eu viveria. Meu pai, meus irmãos e tantos outros.

— Sabendo o que sabe agora... você voltaria atrás? Escolheria aquela vida? Recrutamento, sua cidade lamacenta, sua família, o garoto do rio?

Tantos estão mortos por minha causa, por causa do que sou. Se fosse só uma vermelha, só Mare Barrow, eles estariam vivos. Shade estaria vivo. Meus pensamentos se demoram nele. Trocaria tantas coisas para tê-lo de volta. Sacrificaria a mim mesma mil vezes. Então penso nos sanguenovos encontrados e salvos. Nas rebeliões. Na guerra terminada. Prateados atacando uns aos outros. Vermelhos se unindo. Tive impacto em tudo isso, por menor que tenha sido. Erros foram cometidos. Eu cometi. Muitos para contar. Estou a um mundo de distância da perfeição, ou mesmo do bem. Mas a verdadeira questão corrói meu cérebro. A que Maven realmente está perguntando. *Você abriria mão do seu poder pela chance de voltar no tempo?* Tenho a reposta na ponta da língua.

— Não — sussurro. Me aproximei dele sem me dar conta, a mão apoiada em um dos lados da banheira de porcelana. — Não, eu não voltaria atrás.

A confissão queima pior que o fogo, consumindo minhas entranhas. Odeio Maven pelo que me faz sentir, pelo que me faz perceber. Me pergunto se seria rápida o bastante para machucá-lo. Cerrar o punho e acertar seu queixo com a algema dura. Curandeiros de pele podem fazer dentes crescer de novo? Eu não viveria para descobrir.

Ele olha para mim.

— Quem conhece a escuridão faz qualquer coisa para permanecer na luz.

— Não aja como se fôssemos iguais.

— Iguais? Não. — Ele balança a cabeça. — Mas talvez... estejamos quites.

— Quites? — Mais uma vez quero atacá-lo. Usar minhas unhas, meus dentes para abrir sua garganta. A insinuação me corrói. Quase tanto quanto o fato de que ele pode estar certo.

— Perguntei a Jon se ele conseguia ver futuros que não existiam mais. Ele disse que os caminhos estavam sempre mudando. Uma mentira fácil. Permitia que me manipulasse de uma maneira que nem Samson conseguiria. Quando ele me levou até você... Bem, eu não discuti. Como ia saber o veneno que você seria?

— Se sou um veneno, é só se livrar de mim. Pare de torturar a nós dois!

— Você sabe que não posso fazer isso, por mais que eu queira. — Seus cílios tremulam e ele desvia o olhar. Para algum lugar onde nem eu consigo alcançá-lo. — Você é como Thomas. É a única pessoa com quem me importo. A única pessoa que me lembra que estou vivo. Que não estou vazio. Nem sozinho.

Estou vivo. Não estou vazio. Nem sozinho.

Cada confissão é uma flecha, acertando cada terminação nervosa até meu corpo arder em um fogo gelado. Odeio que Maven seja capaz de dizer essas coisas; odeio que sinta o que eu sinto, tema o que eu temo. Odeio, odeio. E se pudesse mudar quem sou, o que penso, mudaria. Mas não consigo. Se os deuses de Iris existem, eles sabem o quanto tentei.

— Jon não me dizia sobre os futuros perdidos... os que não são mais possíveis. Mas eu penso neles... — Maven murmura. — Um rei prateado, uma rainha vermelha. Como as coisas teriam sido? Quantos ainda estariam vivos?

— Seu pai não. Nem Cal. E eu com certeza não.

— Sei que é só um sonho, Mare — ele explode, como uma criança corrigida na sala de aula. — Qualquer janela que um dia tivemos, por menor que fosse, está fechada.

— Por sua causa.

— Sim — ele diz com suavidade, admitindo. — Sim.

Sem interromper o contato visual, Maven tira o bracelete que solta faíscas do pulso. O movimento é lento, deliberado, metódico. Ouço quando ele encosta no chão e oscila, o metal prateado batendo no mármore. O outro logo o segue. Ainda me olhando, ele relaxa na banheira e joga a cabeça para trás, expondo o pescoço. Ao meu lado, minhas mãos se contorcem. Seria tão fácil. Envolver com meus dedos morenos seu pescoço pálido. Jogar todo meu peso sobre ele. Forçando para baixo. Cal tem medo de água. Maven também? Eu poderia afogá-lo. Matá-lo. Deixar a água da banheira ferver nós dois. Ele está me desafiando a fazer isso. Parte dele talvez queira que eu faça. Ou poderia ser mais uma das mil armadilhas em que caí. Outro truque de Maven Calore.

Ele pisca e respira fundo, se livrando de alguma coisa que estava bem no fundo de si. Então o encanto se quebra e o momento se vai.

— Você será uma das damas de Iris amanhã. Aproveite.

Mais uma flecha me acerta em cheio.

Queria ter mais um copo para jogar na parede. Dama do casamento do século. Nenhuma chance de escapar. Terei que ficar diante de toda a corte. Guardas por toda parte. Olhos por toda parte. Quero gritar.

Use a raiva. Use a fúria, tento dizer a mim mesma. Em vez disso o sentimento só me consome e vira desespero.

Maven faz um gesto preguiçoso com a mão aberta.

— A porta é ali.

Tento não olhar para trás enquanto saio, mas não consigo me conter. Maven está olhando para o teto, os olhos vazios. Ouço Julian na minha cabeça, sussurrando as palavras que escreveu.

Não fomos escolhidos, mas amaldiçoados.

DEZOITO

Mare

❦

Pela primeira vez, não sou o objeto de tortura. Se tivesse a oportunidade, agradeceria a Iris por me permitir ficar num canto e ser ignorada. Evangeline ocupa o lugar que era meu. Ela tenta parecer calma, indiferente à cena à nossa volta. O resto da comitiva da noiva fica olhando para ela, a garota a quem deveriam servir. A qualquer momento, espero que se enrole como uma das cobras da mãe e comece a sibilar para cada pessoa que ousar chegar perto de sua cadeira dourada. Afinal, esses aposentos costumavam ser dela.

O ambiente foi redecorado para sua nova ocupante. Adornos azul-claros nas paredes, flores frescas em água cristalina e muitas fontes delicadas o tornam inconfundível. A princesa de Lakeland reina aqui.

No centro do salão, Iris está rodeada de criados vermelhos habilidosos. Mas ela não precisa de grande ajuda para ficar bonita. Suas maçãs do rosto salientes e seus olhos escuros já são magníficos sem maquiagem. Uma criada trança seu cabelo preto formando uma coroa, prendendo-o com grampos de safira e pérola. Outra esfrega um pó reluzente para tornar um rosto já belo algo etéreo e extraordinário. Seus lábios são de um roxo profundo, perfeitamente desenhados. Seu vestido, branco com a bainha azul cintilante, destaca sua pele escura com um brilho igual ao céu momentos depois do pôr do sol. Embora a aparência devesse ser minha última preocupação, me sinto como uma boneca descartada ao lado dela. Estou de vermelho de novo, um vestido simples em comparação às joias e os brocados de sempre. Se eu estivesse mais saudável, talvez parecesse bonita também. Não que me importe. Não devo brilhar e nem quero — e, perto de Iris, com certeza não vou.

Evangeline não poderia ser um contraste maior nem se tentasse — e com certeza tentou. Enquanto Iris é a noiva jovem e corada, Evangeline aceitou o papel de garota desprezada e deixada de lado. Seu vestido é de um metal tão iridescente que poderia ser feito de pérolas, com penas brancas afiadas e prata incrustada em todo o tecido. Suas próprias criadas a rodeiam, dando os toques finais. Ela fica encarando Iris o tempo todo, e seus olhos pretos sequer piscam. Só quando a mãe chega ao seu lado Evangeline perde o foco, para desviar das borboletas verde-esmeralda decorando a saia de Larentia. Suas asas batem preguiçosas, como se estivessem sob a brisa. Um lembrete discreto de que são coisas vivas, presas à Viper apenas por seu poder. Espero que ela não pretenda sentar.

Já vi casamentos antes, lá em Palafitas. Cerimônias simples. Algumas palavras e uma festa apressada. As famílias pechinchavam para conseguir comida suficiente para os convidados, e os que passavam assistiam ao show. Kilorn e eu tentávamos pegar as sobras, se houvesse alguma. Enchíamos os bolsos com salgadinhos e saíamos para comer. Não acho que vou fazer isso hoje.

Estarei focada em segurar a cauda de Iris e minha sanidade.

— Lamento que mais pessoas da sua família não possam estar aqui, alteza.

Uma mulher mais velha, com o cabelo completamente grisalho, se distancia das várias prateadas à espera de Iris. Ela cruza os braços na frente de um uniforme preto imaculado. Ao contrário da maioria dos oficiais, tem poucas medalhas, mas ainda assim são impressionantes. Nunca a vi antes, embora exista algo familiar em seu rosto. De onde estou, enxergo apenas seu perfil e não consigo juntar as peças.

Iris inclina a cabeça para a mulher. Atrás dela, duas criadas posicionam o véu cintilante.

— Minha mãe é a regente de Lakeland. Deve estar sempre no trono. E minha irmã mais velha, sua herdeira, não quer deixar nosso reino.

— Compreensível, em tempos tão tumultuosos. — A mulher mais velha faz uma reverência, mas não tão baixa quanto se esperaria. — Meus parabéns, princesa Iris.

— Muito obrigada, majestade. Fico feliz que tenha se juntado a nós.

Majestade?

A mulher mais velha se vira, dando as costas para Iris enquanto as criadas terminam seu trabalho. Seus olhos caem em mim, estreitando-se. Ela acena. Uma pedra preciosa preta gigante brilha em seu dedo anelar. Uma de cada lado, Tigrina e Trevo me empurram para a frente, levando-me até a mulher que de alguma forma tem um título.

— Srta. Barrow — a mulher diz. Ela é robusta, com a cintura larga, e uns bons centímetros mais alta do que eu. Olho para seu uniforme, procurando por cores para descobrir de que Casa pode ser.

— Majestade? — respondo, usando o título. Soa como uma pergunta, e é mesmo.

Ela abre um sorriso entretido.

— Queria ter te conhecido antes. Quando estava disfarçada de Mareena Titanos, e não reduzida a este... — ela toca meu rosto com leveza, me fazendo recuar — trapo. Talvez então pudesse entender por que meu neto jogou meu reino fora por você.

Seus olhos são cor de bronze. Dourado-avermelhados. Eu os reconheceria em qualquer lugar.

Apesar da festa de casamento ao nosso redor, das nuvens de seda e perfume, me sinto de volta àquele momento em que um rei perdeu a cabeça e um filho perdeu o pai. E essa mulher perdeu os dois.

Das profundezas da memória, dos momentos desperdiçados com livros de história, me lembro de seu nome. Anabel, da Casa Lerolan. Rainha Anabel. Mãe de Tiberias vi. Avó de Cal. Agora vejo sua coroa, ouro rosé e diamantes aninhados no cabelo bem preso. Pequena comparada ao que a realeza costuma esbanjar.

Ela afasta a mão. Melhor. Anabel é uma oblívia. Não quero seus dedos perto de mim. Poderiam me destruir com um toque.

— Sinto muito pelo seu filho. — O rei Tiberias não era um homem gentil, nem comigo, nem com Maven, nem com mais da metade de seu reino, que vivia e morria como escravos. Mas ele amava a mãe de Cal. Amava seus filhos. Só era um homem fraco.

O olhar dela nunca vacila.

— Estranho, já que você ajudou a matá-lo.

Não há acusação em sua voz. Não há raiva.

Ela está mentindo.

A Corte Real não tem cor. São só paredes brancas e colunas pretas, mármore, granito e cristal, devorando uma multidão em arco-íris. Nobres atravessam as portas, com vestidos, ternos e uniformes tingidos de todos os tons. Os últimos se apressam para entrar antes que a noiva e sua comitiva comecem a marchar pela Praça de César. Centenas de prateados se aglomeram do lado de fora, comuns demais para merecer um convite. Esperam em manadas, dos dois lados de um caminho aberto e assegurado por números iguais de guardas de Norta e Lakeland. As câmeras estão lá, elevadas em plataformas. Todo o reino vai acompanhar o evento.

Do meu lugar privilegiado, na entrada de Whitefire, posso observar tudo por cima do ombro de Iris.

Ela fica quieta, nem um fio de cabelo fora do lugar. Serena como águas calmas. Não sei como aguenta. Seu pai segura seu braço, o traje azul-cobalto contra a manga branca de seu vestido de noiva. Hoje sua coroa é de prata e safira, combinando com a dela. Eles não se falam, estão concentrados no caminho à frente.

A cauda do vestido parece líquida nas minhas mãos. De uma seda tão fina que pode escorregar pelos meus dedos. Seguro firme, para evitar chamar mais atenção do que o necessário. Pela primeira vez, estou feliz por Evangeline estar ao meu lado. Ela segura a outra ponta da cauda. A julgar pelos sussurros das damas, a cena é quase escandalosa. Todos se concentram nela, não em mim. Ninguém presta atenção na garota elétrica sem seus raios. Evangeline tira aquilo de letra, com o queixo erguido. Ela não me disse uma palavra. Outra pequena bênção.

Em algum lugar, uma corneta ressoa. A multidão responde, virando para o palácio em sincronia. Sinto o mar de olhos conforme avançamos, até o topo das escadas, descendo, entrando no espetáculo prateado. Da última vez que vi uma multidão aqui, estava ajoelhada e acorrentada, sangrando e ferida, com o coração partido. Todas essas coisas ainda são verdade. Meus dedos tremem. Os guardas ficam sempre por perto, enquanto Tigrina e Trevo seguem atrás de mim em vestidos simples mas apropriados. A multidão se aproxima mais, e Evangeline fica tão próxima de mim que poderia enfiar uma faca entre as minhas costelas sem piscar. Meus pulmões parecem apertados; meu peito se comprime e minha garganta parece fechar. Engulo em seco e me obrigo a respirar fundo. *Calma.* Me concentro no vestido nas minhas mãos, nos centímetros à minha frente.

Penso sentir uma gota de água cair no rosto. Rezo para que seja chuva, e não lágrimas de nervoso.

— Recomponha-se, Barrow — uma voz sibila, talvez de Evangeline. Como com Maven, sinto uma explosão doentia de gratidão pelo apoio mínimo. Tento afastar o sentimento. Preciso ser racional. Mas, como um cachorro faminto, pego as migalhas que me dão, e o que quer que passe por gentileza nesta jaula solitária.

Minha cabeça gira. Se não fosse pelos meus pés, meus queridos, rápidos e seguros pés, talvez eu tropeçasse. Cada passo é mais difícil que o anterior. O pânico sobe pela minha espinha. Eu me afogo no branco do vestido de Iris. Chego a contar as batidas do meu coração. Qualquer coisa para seguir em frente. Não sei por quê, mas este casamento parece estar fechando mil portas. Maven dobrou sua força e me segura mais firme. Nunca vou conseguir fugir. Não depois disso.

O chão sob meus pés muda. Devagar, lajotas quadradas viram degraus. Bato no primeiro, mas me recomponho, segurando a cauda. Faço a única coisa que ainda consigo fazer: ficar de lado, ajoelhar, me afastar, parecer amarga e faminta nas sombras. O resto da minha vida vai ser assim?

Antes de entrar na Corte, olho para cima. Para além das esculturas de fogo e estrelas e espadas e reis antigos, para além do cristal da cúpula reluzente. Para o céu. Nuvens se acumulam à distância. Algumas já chegam à praça, avançando ritmadas ao vento. Elas se dissipam devagar, esvaindo-se em tufos de nada. A chuva quer cair, mas alguma coisa, provavelmente prateados tempestuosos, controla o clima e não deixa. Nada pode estragar este dia.

Então o céu desaparece, substituído por um teto abobadado, com arcos de calcário liso envoltos em espirais prateadas com chamas esculpidas. Bandeiras vermelhas e pretas de Norta e azuis de Lakeland decoram os dois lados da antecâmara, como se alguém fosse capaz de esquecer quais reinos estão se unindo. Os sussurros de mil espectadores soam como o zumbido de abelhas, aumentando a cada passo que dou. À frente, a passagem se alarga para o salão central da Corte, um lugar magnífico sob a doma de cristal. O sol atravessa os vidros claros, iluminando o espetáculo abaixo. Cada assento está ocupado, formando círculos em volta do centro do salão em um anel luminoso de cores cintilantes. A multidão espera, sem fôlego. Não vejo Maven, mas posso adivinhar onde está.

Qualquer outra pessoa hesitaria, nem que fosse um pouco. Não Iris. Ela não sai do ritmo enquanto avançamos para a luz. O som de mil corpos se levantando é quase ensurdecedor, e o barulho ecoa pelo salão. O farfalhar de roupas, a movimentação das pessoas, os sussurros. Fico concentrada na minha respiração, mas meu coração acelera mesmo assim. Quero olhar ao redor, reparar nas entradas, nos corredores, nos pedaços deste lugar que posso usar. Mas mal consigo andar, muito menos planejar mais uma fuga malfadada.

Anos parecem passar antes de chegarmos ao centro. Maven espera, sua capa tão opulenta quanto o vestido de Iris, e quase tão comprida quanto. Ele está impressionante em vermelho e branco, em vez de preto. A coroa é nova, com prata e rubis formando chamas. Ela brilha quando o rei se movimenta, virando a cabeça para olhar a noiva e a comitiva que se aproxima. Seu olhar me encontra primeiro. Eu o conheço bem o bastante para reconhecer o arrependimento. Ele cintila, vivo por um instante, dançando como a chama de uma vela acesa. E, com a mesma facilidade, desaparece, deixando uma fumaça como memória. Odeio Maven, principalmente porque não consigo lutar contra o surto de piedade que sinto pela sombra da chama, agora tão familiar. Monstros são criados. Maven também foi. Quem sabe quem ele poderia ser?

A cerimônia dura quase uma hora, e tenho que ficar em pé o tempo todo ao lado de Evangeline e do restante da comitiva da noiva. Maven e Iris trocam palavras sem parar, juramentos e promessas incitados por um juiz de Norta. Uma mulher de túnica lisa simples fala também. De Lakeland, imagino — quem sabe uma enviada de seus deuses? Mal escuto. Só consigo pensar em um exército vermelho e azul marchando pelo mundo. As nuvens continuam a se aproximar, cada uma mais escura que a anterior sobre a cúpula lá em cima. Todas se desmancham. A tempestade quer cair, mas não consegue.

Sei como é.

— Deste dia até o último, prometo-me a você, Iris da Casa Cygnet, princesa de Lakeland.

Na minha frente, Maven estende a mão. O fogo lambe a ponta dos seus dedos, gentil e frágil como a chama de uma vela. Eu poderia apagá-lo com um sopro se tentasse.

— Deste dia até o último, prometo-me a você, Maven da Casa Calore, rei de Norta.

Iris espelha as ações dele, estendendo a mão. Sua manga branca, com a borda azul-clara, cai graciosamente, expondo mais de seu braço macio que parece absorver a umidade do ar. Uma esfera de água clara e trêmula enche sua mão. Quando ela pega a mão de Maven, um poder destrói o outro sem que ouçamos sequer o barulho do vapor ou da fumaça. Uma união pacífica é feita, selada com um leve encostar de lábios.

Ele não a beija como me beijou. Qualquer fogo que possa ter está muito distante.

Como eu queria estar.

Os aplausos reverberam dentro de mim, altos como um trovão. A maioria das pessoas comemora. Não as culpo. Este é o último prego no caixão da Guerra de Lakeland. Embora milhares, milhões de vermelhos tenham morrido, prateados morreram também. Não os culpo por comemorar a paz.

Mais um barulho quase ensurdecedor quando muitos assentos se movimentam, arrastando-se pela pedra. Hesito, me perguntando se vamos ser pisoteadas pela maré de pessoas querendo parabenizar o casal. Mas os sentinelas estão alertas. Me agarro à cauda de Iris como se minha vida dependesse disso, deixando que seus movimentos rápidos me levem através da multidão de volta à Praça de César.

É claro que, ali, o barulho aumenta dez vezes. Bandeiras tremulam, pessoas gritam e papéis picados caem sobre nós. Abaixo a cabeça, tentando bloquear a confusão. Mas ouço um zumbido no ouvido. Não vai embora, por mais que eu balance a cabeça. Uma das Arven segura meu cotovelo, seus dedos se enterram na minha pele conforme mais pessoas se aproximam de nós. Os sentinelas gritam alguma coisa, instruindo a multidão a manter distância. Maven vira para olhar por cima do ombro, o rosto com um tom prata de animação, nervoso ou ambos. O zumbido se intensifica e preciso soltar a cauda para cobrir os ouvidos. Mas isso só me faz ir mais devagar, me excluindo do círculo de segurança. Iris segue em frente, de braços dados com o novo marido, com Evangeline logo atrás. A multidão nos separa.

Maven me vê parar e ergue uma sobrancelha, os lábios se separando para fazer uma pergunta. Ele diminui o passo.

Então o céu escurece.

Nuvens de tempestade se acumulam, escuras e pesadas, arqueando-se sobre nós como uma fumaça infernal. Raios atravessam as nuvens, brancos, azuis e verdes. Cada um deles irregular, perverso, destrutivo. Não parecem naturais.

Meu coração bate alto o suficiente para silenciar a multidão. Mas não os trovões.

O som ecoa em meu peito, tão perto e tão explosivo que sacode o ar. Sinto seu gosto na língua.

Não consigo ver o próximo raio antes de Tigrina e Trevo me jogarem no chão, pouco ligando para os vestidos. Elas seguram meus ombros, imobilizando músculos doloridos com sua força e seu poder. O silêncio inunda meu corpo, rápido e forte o suficiente para arrancar o ar dos meus pulmões. Luto para conseguir respirar. Meus dedos arranham o piso, procurando alguma coisa em que se agarrar. Se conseguisse respirar, daria risada. Esta não é a primeira vez que alguém me joga no chão na Praça de César.

Mais um trovão, mais um raio de luz azul. Mais uma vez o peso do poder das Arven quase me faz vomitar.

— Não a mate, Janny. Não! — Trevo rosna. *Janny*. O verdadeiro nome de Tigrina. — Vão arrancar nossa cabeça.

— Não sou eu — tento falar. — Não sou eu.

Se Tigrina e Trevo ouviram, não demonstram. Sua pressão nunca diminui, e sinto uma dor constante.

Incapaz de gritar, tento olhar para cima, procurando alguém que possa me ajudar. Procurando Maven. Ele vai fazer isso parar. Me odeio por pensar assim.

Pernas atravessam meu campo de visão, uniformes pretos, trajes de civis, e uniformes vermelho-alaranjados cada vez mais distantes. Os sentinelas continuam se movimentando, mantendo sua formação. Como no banquete que quase terminou em assassinato, entram em ação rapidamente, concentrados em seu único propósito: defender o rei. Mudam de direção, rápido, levando Maven não para o palácio, mas para o Tesouro. Para o trem. Para a fuga.

Mas fuga de quê?

A estranha tempestade não é minha. Os raios não são meus.

— Siga o rei — Tigrina, ou Janny, rosna. Ela me coloca de pé sobre as pernas bambas e quase caio de novo. As Arven não deixam, nem o muro repentino de oficiais uniformizados. Eles me cercam em uma formação de diamante, perfeita para atravessar a multidão crescente. As Arven aliviam seu poder, apenas para que eu possa andar.

Avançamos em sincronia enquanto os raios se intensificam sobre nossas cabeças. Nada de chuva ainda. E não está quente ou seco o suficiente para raios sem tempestade. Estranho. Se eu conseguisse senti-los. Usá-los. Puxar cada linha irregular que corta o céu e extinguir tudo à minha volta.

A multidão está perplexa. A maioria olha para cima; alguns apontam. Outros tentam se afastar, sem sucesso. Olho para os rostos, procurando uma explicação. Só vejo confusão e medo. Se a multidão entrar em pânico, me pergunto se os agentes de segurança vão conseguir impedir que nos pisoteiem.

Adiante, os sentinelas de Maven aumentam o espaço entre nós, empurrando as pessoas. Um forçador lança um homem vários metros para trás, enquanto uma telec afasta três ou quatro com um movimento da mão. A multidão abre caminho depois disso, para o rei e a nova rainha em fuga. No meio do tumulto, encontro o olhar de Maven quando ele vira a cabeça para trás me procurando. Seus olhos estão arregalados, de um azul vívido mesmo de tão longe. Seus lábios se movem, gritando alguma coisa que não consigo ouvir por causa dos trovões e do pânico.

— Rápido! — Trevo grita, me empurrando em direção ao espaço vazio entre nós e Maven.

Nossos guardas ficam agressivos e começam a usar seus poderes. Um lépido corre de um lado para o outro, tirando as pessoas do nosso caminho. É um borrão entre os corpos, um turbilhão. E de repente para.

O tiro atinge o lépido entre os olhos. Muito perto para desviar, muito rápido para escapar. Sua cabeça chicoteia para trás em um arco de sangue e massa cinzenta.

Não conheço a mulher segurando a arma. Ela tem cabelo azul, tatuagens azuis irregulares e um cachecol rubro ensanguentado amarrado no pulso. A multidão se retrai à sua volta, chocada por um instante, antes de estourar em pleno caos.

Com uma mão ainda segurando a pistola, a mulher de cabelo azul levanta a outra.

Um raio rasga o céu.

Cai no meio do círculo de sentinelas. Ela tem uma mira mortal. Meu corpo se tensiona, esperando uma explosão. Em vez disso, o raio azul acerta um arco repentino de água cintilante, correndo pelo líquido sem atravessá-lo. Se espalha e brilha, quase cegando, mas desaparece em um instante, deixando apenas o escudo de água. Sob ele, Maven, Evangeline e até mesmo os sentinelas estão abaixados, as mãos sobre a cabeça. Só Iris está de pé.

A água se acumula em volta dela, retorcendo-se como uma das cobras de Larentia. Cresce a cada segundo, juntando-se tão rápido que sinto o ar secando na minha língua. Iris não perde tempo e arranca o véu. Espero que não chova. Não quero ver o que ela seria capaz de fazer com a chuva.

Guardas de Lakeland estão no meio da multidão, manchas azuis tentando atravessá-la. Agentes de segurança encontram o mesmo obstáculo e ficam presos na confusão. Prateados se atiram para todos os lados. Alguns em direção ao tumulto, outros fugindo do perigo. Estou dividida entre correr com eles e correr em direção à mulher de cabelo azul. Meu cérebro vibra com a adrenalina correndo pelo corpo, lutando com unhas e dentes contra o silêncio que me sufoca. *Raios. Ela domina os raios. É uma sanguenova. Como eu.* O pensamento quase me faz chorar de felicidade. Se ela não sair daqui, vai acabar morta.

— Corra! — tento gritar. O que sai é um sussurro.

— Leve o rei a um lugar seguro! — A voz de Evangeline ressoa quando ela levanta. Seu vestido logo se transforma em uma armadura, prendendo-se à sua pele em placas peroladas. — Evacuem!

Alguns sentinelas obedecem, puxando Maven para dentro de sua formação. Uma chama fraca centelha em sua mão. Ela treme, revelando seu medo. O resto de sua guarda saca armas ou invoca seus poderes. Um sentinela banshee abre a boca para gritar, mas cai de joelhos, sufocando. Ele agarra a garganta. Não consegue respirar. Mas por quê? Quem? Os companheiros o arrastam enquanto ele ainda sufoca.

Outro raio atravessa o céu, claro demais para olhar. Quando abro os olhos, a mulher de cabelo azul se foi, perdida no meio da multidão. Tiros salpicam o céu.

Recuperando o fôlego, percebo que nem todos na multidão estão fugindo. Nem todos estão com medo ou confusos. Eles se movimentam de um jeito diferente, com propósito, com motivo, em uma missão. Pistolas pretas brilham, lampejando com os disparos que atingem as costas ou o estômago dos guardas. Facas reluzem na escuridão cada vez maior. Os gritos de medo se tornam gritos de dor. Corpos caem bruscamente sobre a praça.

Lembro das rebeliões em Summerton. Vermelhos caçados e torturados. Um golpe contra os mais fracos. Era desorganizado, caótico, sem qualquer ordem. Isso é o oposto. O que parece um pânico selvagem é o trabalho cuidadoso de algumas dúzias de assassinos em uma multidão de centenas. Com um sorriso, percebo que todos têm algo em comum. Conforme a histeria cresce, cada um veste um cachecol vermelho.

A Guarda Escarlate está aqui.

Cal, Kilorn, Farley, Cameron, Bree, Tramy, o coronel.

Eles estão aqui.

Com todas as minhas forças, jogo a cabeça para trás e acerto o nariz de Trevo. Ela grita, e sangue prateado escorre por seu rosto. Em um instante, Trevo me solta. Levo o cotovelo até o estômago de Tigrina, que ainda me segura, esperando afastá-la. Ela solta meu ombro, mas coloca o braço em volta do meu pescoço e aperta.

Viro, tentando mordê-la. Não consigo. Tigrina aumenta a pressão, ameaçando esmagar minha traqueia. Minha visão escurece e sinto que sou arrastada para trás. Para longe do Tesouro, de Maven, de seus sentinelas. Atravessando a multidão mortal. Tropeço quando chegamos aos degraus. Chuto sem forças, tentando me segurar em qualquer coisa. Os agentes de segurança desviam dos meus pobres esforços. Alguns se ajoelham, as armas empunhadas, cobrindo a retirada. Trevo reaparece, com a metade inferior do rosto coberta por sangue brilhante.

— Volte por Whitefire. Temos que seguir as ordens — ela sibila para Tigrina.

Tento gritar por ajuda, mas não consigo reunir ar suficiente para fazer barulho. E não vai adiantar nada. Alguma coisa mais alta do que os trovões corta o céu. Duas coisas. Três. Seis. Pássaros de metal com asas de navalha. Dragões? Um Abutre? Mas esses jatos parecem diferentes dos que conheço. Mais brilhantes, mais rápidos. É a nova frota de Maven, provavelmente. À distância, vejo uma explosão de pétalas de fogo vermelho e fumaça preta. Estão bombardeando a praça ou a Guarda Escarlate?

Enquanto as Arven me arrastam para dentro do palácio, outro prateado quase esbarra em nós. Estendo a mão. Talvez ele me ajude.

Samson Merandus me despreza, tirando o braço do meu alcance. Recuo como se seu toque queimasse. Só vê-lo já é suficiente para ter uma dor de cabeça arrasadora. Ele não teve permissão para participar do casamento, mas está vestido para a ocasião, imaculado em um terno azul-marinho e com o cabelo loiro arrumado.

— Se a perderem vou virar vocês do avesso! — ele grita por cima do ombro.

As Arven parecem ter mais medo dele que de qualquer outra pessoa. Concordam com um aceno de cabeça vigoroso, assim como os três agentes restantes. Todos sabem o que um murmurador Merandus é capaz de fazer. Se eu precisava de mais incentivo para fugir, saber que Samson vai destruir a mente delas certamente funciona.

Quando olho para a praça pela última vez, sombras escuras surgem das nuvens, aproximando-se cada vez mais. Mais aeronaves. Essas são pesadas, não foram construídas para a velocidade ou mesmo para o combate. Talvez estejam aterrissando. Não consigo ver direito.

Luto o quanto posso, ou seja, resmungo e me contorço. O poder das Arven deixa os guardas mais lentos, mas só um pouco. Cada centímetro parece difícil de conquistar e inútil. Seguimos em frente, enquanto os corredores de Whitefire se ramificam ao nosso redor. Sei exatamente para onde estamos indo. Em direção à ala leste, a parte do palácio que fica mais próxima do Tesouro. Deve haver uma passagem ali, outro caminho até o trem secreto de Maven. Qualquer esperança de fugir desaparecerá assim que estivermos no subterrâneo.

Três tiros soam, ecoando tão perto que os sinto em meu peito. O que quer que esteja acontecendo na praça, está entrando aos poucos no palácio. Do outro lado da janela, uma chama vermelha surge no ar. Pode ser uma explosão ou uma pessoa. Não sei. Só posso ter esperança. *Cal. Estou aqui. Cal.* Imagino que ele está do lado de fora, naquele inferno de fúria e destruição. Com uma arma na mão e o fogo na outra, usando toda a sua dor e toda a sua raiva. Se não puder me salvar, espero que pelo menos destrua o monstro que costumava ser seu irmão.

— Os rebeldes estão invadindo Whitefire!

Levo um susto ao ouvir Evangeline Samos. Suas botas batem forte no piso de mármore, e cada passo é o golpe de um martelo raivoso. Sangue prateado mancha o lado esquerdo de seu rosto, e seu penteado elaborado virou uma bagunça, emaranhado pelo vento. Ela cheira a fumaça.

Seu irmão não está em lugar nenhum, mas Evangeline não está sozinha. Wren, a curandeira de pele Skonos que passou tantos dias tentando fazer com que eu parecesse viva, a segue de perto. Provavelmente arrastada para garantir que Evangeline não sofra qualquer arranhão por mais do que um instante.

Como Cal e Maven, Evangeline tem treinamento militar e conhece o protocolo. Ela fica alerta, pronta para reagir.

— A biblioteca do andar de baixo e a galeria antiga foram invadidas. Temos que levá-la por aqui. — Ela aponta o queixo para um corredor perpendicular. Do lado de fora, um raio brilha, refletindo em sua armadura. — Vocês três — Evangeline estala os dedos para os guardas —, tomem a retaguarda.

Meu coração afunda no peito. Ela vai garantir pessoalmente que eu entre no trem.

— Vou matar você um dia — ameaço, ainda nas garras de Tigrina.

Ela nem liga, está muito ocupada dando ordens. Os guardas obedecem satisfeitos, indo para trás para cobrir nossa retirada. Estão felizes por alguém tomar a dianteira no meio dessa bagunça infernal.

— O que está acontecendo lá fora? — Trevo rosna enquanto avançamos. O medo altera sua voz. — Você, conserte meu nariz — ela ordena, agarrando o braço de Wren. A curandeira Skonos trabalha rápido, colocando o nariz quebrado no lugar com um estalo audível.

Evangeline olha por cima do ombro, não para Trevo, mas para a passagem atrás de nós. Ela escurece enquanto a tempestade lá fora faz o dia virar noite. O medo domina seu rosto. Algo estranho a ela.

— Havia espiões na multidão, disfarçados de nobres prateados. Achamos que são sanguenovos. Fortes o suficiente para segurar a barra até... — Ela verifica uma passagem antes de fazer sinal para irmos em frente. — A Guarda Escarlate tomou Corvium, mas não sabíamos que tinham tantas pessoas. Soldados de verdade, treinados, bem armados. Caíram do céu, como malditos insetos.

— Como eles entraram, com o protocolo de segurança para o casamento? Mais de mil soldados prateados, além dos sanguenovos de estimação de Maven... — Tigrina vocifera. Ela se interrompe quando duas figuras de branco saem por uma porta. O peso de seu poder se fecha sobre mim, fazendo meus joelhos cederem. — Caz, Brecker, nos acompanhem.

Gosto mais de chamá-los de Ovo e Trio. Eles derrapam pelo chão de mármore, correndo para se juntar à minha cela portátil. Se tivesse energia, eu choraria. Quatro Arven e Evangeline. Qualquer resquício de esperança desapareceu. Nem implorar vai adiantar.

— Eles não têm como ganhar. É uma causa perdida — Trevo continua.

— Eles não estão aqui para conquistar a capital. Estão aqui por causa dela — Evangeline retruca com raiva.

Ovo me empurra para a frente.

— Que desperdício.

Viramos mais uma esquina, para o longo Salão de Batalha. Comparado ao tumulto da praça, parece sereno, suas cenas pinceladas de guerra bem longe do caos. Elas parecem crescer, diminuindo todos nós com sua grandeza antiga. Se não fosse pelo som distante de jatos e trovões, poderia me convencer que tudo não passa de um sonho.

— De fato — Evangeline responde. Seus passos falham tão levemente que os outros não percebem. — Que desperdício.

Ela vira com uma graça felina, estendendo as mãos. Vejo a cena em câmera lenta. As placas de sua armadura voam dos pulsos, rápidas e mortais como balas. As bordas brilham, afiando até virarem lâminas. Elas sibilam atravessando ar. E carne.

A suspensão súbita do silenciamento é como se um peso imenso fosse tirado das minhas costas. O braço de Trevo solta meu pescoço e em seguida ela cai.

Quatro cabeças rolam pelo chão, pingando sangue. Os corpos as acompanham, todos de branco, as mãos em luvas de plástico. Seus olhos estão abertos. Não tiveram nem chance. O sangue — o cheiro, a aparência — ataca meus sentidos, e sinto o gosto de bile subindo pela garganta. A única coisa que me impede de vomitar é o medo e a compreensão imediata.

Evangeline não vai me levar até o trem. Vai me matar. Vai acabar com isso.

Ela parece terrivelmente calma depois de ter cortado a cabeça de quatro dos seus. As placas de metal voltam para seus braços, encaixando de volta no lugar. Wren, a curandeira de pele, nem se mexe, olhando para o teto. Ela não vai assistir o que vai acontecer agora.

Não adianta tentar correr. É melhor encarar.

— Entre no meu caminho e vou te matar lentamente — ela sussurra, passando por cima de um cadáver para agarrar meu pescoço. Sinto sua respiração em cima de mim. Quente, com aroma de menta. — Menininha elétrica.

— Então acaba logo com isso — digo entredentes.

Tão perto, percebo que seus olhos não são pretos, mas cinza-escuros como carvão. Olhos de tempestade. Eles se estreitam enquanto ela tenta decidir como me matar. Vai ter que ser com as próprias mãos. Minhas algemas não vão permitir que seu poder toque minha pele. Mas uma única faca resolveria. Espero que seja rápido, embora duvide que tenha misericórdia suficiente para isso.

— Wren, por favor — ela diz, estendendo a mão.

Em vez de uma adaga, a curandeira de pele pega uma chave do bolso do cadáver decapitado de Trio. Ela a coloca na mão de Evangeline.

Fico muda.

— Você sabe o que é isso? — Evangeline pergunta.

Como poderia não saber? Até sonhei com essa chave.

— Vou lhe oferecer um trato — ela continua.

— Vá em frente — sussurro, sem tirar os olhos do pedaço de metal preto. — Faço qualquer coisa por essa chave.

Evangeline agarra meu queixo, me obrigando a olhar para ela. Nunca a vi tão desesperada, nem mesmo na arena. Seus olhos vacilam e seu lábio inferior treme.

— Você perdeu seu irmão. Não quero que tire o meu.

A raiva faz meu estômago se contorcer. Qualquer coisa menos isso. Porque também sonhei com Ptolemus. Cortar sua garganta, destroçá-lo, eletrocutá-lo. Ele matou Shade. Uma vida por uma vida. Um irmão por um irmão.

Seus dedos se enterram na minha pele, as unhas ameaçando cortar minha carne.

— Minta e eu mato você onde estiver. Depois mato o resto da sua família. — Em algum lugar dos corredores sinuosos do palácio, os ecos de uma batalha aumentam. — Mare Barrow, faça sua escolha. Deixe Ptolemus viver.

— Ele vai viver — resmungo.

— Prometa.

— Prometo que ele vai viver.

Lágrimas se acumulam em meus olhos enquanto ela se movimenta, tirando rapidamente uma algema depois da outra. Evangeline joga cada uma o mais longe que pode. Quando termina, estou chorando.

Sem as algemas, sem a Pedra Silenciosa, o mundo parece vazio. Sem peso. É como se eu pudesse flutuar. Mas a fraqueza ainda me debilita, tenho menos chances que na minha última tentativa de fuga. Seis meses não vão desaparecer em um instante. Tento reunir meu poder, tento sentir as lâmpadas sobre a minha cabeça. Mal capto a corrente passando por elas. Duvido que possa desligá-las, uma ação simples que nunca valorizei.

— Obrigada — sussurro. Jamais imaginei que diria isso a ela. É uma surpresa para nós duas.

— Você quer me agradecer, Barrow? — Evangeline resmunga, chutando para longe as algemas. — Então mantenha sua palavra. E faça este maldito lugar queimar.

Antes que eu possa dizer que não serei útil, que vou precisar de dias, semanas, meses para me recuperar, Wren coloca as mãos no meu pescoço. Agora entendo por que Evangeline arrastou a curandeira consigo. Não para ela. Para mim.

O calor se espalha pela minha coluna, entra nas minhas veias e nos meus ossos e na minha medula. Pulsa pelo meu corpo tão por completo que quase espero que doa. Caio de joelhos, dominada. O sofrimento desaparece. Os dedos trêmulos, as pernas fracas, o pulso lento — cada resquício da Pedra Silenciosa deixa meu corpo diante do toque da curandeira. Minha cabeça nunca vai esquecer o que aconteceu, mas meu corpo o faz rapidamente.

A eletricidade vem, surgindo do cerne do meu corpo. Cada nervo grita, voltando à vida. Por todo o corredor, as lâmpadas se estilhaçam nos lustres. As câmeras escondidas explodem em faíscas e fios. Wren dá um salto para trás, gritando.

Olho para baixo e vejo roxo e branco. A eletricidade salta entre meus dedos, agitando-se no ar. A tensão é familiar. Meu poder voltou.

Evangeline dá um passo calculado para trás. Seus olhos refletem minhas faíscas. Eles brilham.

— Mantenha sua promessa, garota elétrica.

A escuridão me acompanha.

Cada lâmpada chia e pisca quando eu passo. O vidro estoura, cuspindo eletricidade. O ar vibra como um fio vivo. Ela acaricia minhas mãos abertas e eu estremeço com a sensação de tanto poder. Achei que tinha esquecido como era. Mas é impossível. Posso esquecer quase qualquer outra coisa no mundo, não minha eletricidade. Não quem e o que sou.

As algemas faziam com que andar fosse muito cansativo. Sem elas pesando, parece que posso voar. Em direção à fumaça, ao perigo, ao que pode finalmente ser minha salvação ou meu fim. Não me importa, desde que não fique nesta prisão infernal nem mais um segundo. Meu vestido se agita em trapos rubi, rasgado o suficiente para me permitir correr o mais rápido possível. As mangas ardem, queimando com cada nova explosão de faíscas. Não me contenho agora. Os raios vão para onde querem. Explodem a cada batimento cardíaco. Os raios e faíscas roxos e brancos dançam pelos meus dedos, saindo e voltando para minhas mãos. Meu corpo estremece de prazer. Nunca senti nada tão maravilhoso. Fico olhando para a eletricidade, apaixonada por cada veia. *Faz tanto tempo. Tempo demais.*

Deve ser assim que caçadores se sentem. A cada esquina que viro, espero encontrar algum tipo de presa. Sigo pela rota mais curta que conheço, atravessando a câmara do conselho, seus assentos vazios me assombrando enquanto corro sobre o selo de Norta. Se tivesse tempo, eu o destruiria. Partiria cada centímetro da coroa flamejante. Mas tenho uma coroa de verdade para atacar. Porque é isso que vou fazer. Se Maven ainda estiver aqui, se o infeliz não tiver fugido. Vou assistir ao seu último suspiro e saber que ele nunca mais vai poder me manter numa coleira.

Alcanço aos agentes de segurança, que estão de costas para mim. Todos os três mantêm as armas compridas sobre o ombro e o dedo no gatilho enquanto cobrem a passagem. Não sei seus nomes, só suas cores. Casa Greco, todos forçadores. Não precisam de balas para me matar. Um deles poderia quebrar minhas costas, esmagar minhas costelas, abrir meu crânio como uma uva. Sou eu ou eles.

O primeiro ouve meus passos. Ele vira a cabeça, olhando por cima do ombro. Meu raio atinge sua coluna e sobe até seu cérebro. Sinto seus nervos por um segundo. Em seguida, a escuridão. Os outros dois reagem, virando para mim. A eletricidade é mais rápida do que eles, atingindo os dois.

Não diminuo o ritmo, passando por cima dos corpos fumegantes.

O próximo corredor dá para a praça, e os vidros que antes brilhavam agora estão cobertos de cinzas. Alguns lustres estão destruídos no chão, em pilhas retorcidas de ouro e vidro. Há corpos também. Agentes de segurança de uniforme preto, membros da Guarda Escarlate com o cachecol vermelho. O resultado de um breve combate, um dos muitos que compõem a batalha. Abaixo para sentir o pulso da vermelha mais perto de mim. Nada. Seus olhos estão fechados. Fico feliz por não reconhecê-la.

Lá fora, outra explosão de raios azuis atravessa as nuvens. Não consigo não sorrir, embora os cantos da boca repuxem as cicatrizes. Mais uma sanguenova que consegue controlar a eletricidade. Não estou sozinha.

Com movimentos rápidos, pego o que posso dos corpos. Uma pistola e a munição de um agente. O cachecol vermelho da mulher. Ela morreu por mim. *Outra hora, Mare*, me repreendo, deixando de lado a areia movediça que esse tipo de pensamento é. Usando os dentes, amarro o cachecol no pulso.

Balas atingem as janelas, uma rajada delas. Recuo instintivamente, me jogando no chão, mas as janelas aguentam firme. Vidraças de diamante. À prova de balas. Estou segura atrás delas, mas também presa.

Nunca mais.

Deslizo pela parede, tentando não ser vista enquanto observo. A visão me faz perder o fôlego.

O que antes era a celebração de um casamento agora é uma guerra. Fiquei impressionada com a rebelião das Casas Iral, Haven e Laris contra o resto da corte de Maven, mas isso é muito maior. Centenas de oficias de Norta, guardas de Lakeland e nobres letais da corte de um lado, e os soldados da Guarda Escarlate do outro. Deve haver sanguenovos entre eles. Tantos vermelhos, mais do que jamais pensei que fosse possível. Há pelo menos cinco para cada prateado, e são claramente soldados. Treinados com precisão militar, desde os equipamentos táticos até a movimentação. Começo a me perguntar como chegaram aqui, então vejo as aeronaves. Seis delas, aterrissadas na praça. Todas cospem soldados, dúzias deles. Esperança e agitação correm pelo meu corpo.

— Um resgate e tanto — sussurro.

E vou garantir que seja bem-sucedido.

Não sou prateada, não preciso de nada à minha volta para usar meu poder. Mas certamente não atrapalha ter mais eletricidade à mão. Fechando os olhos, só por um segundo, convoco cada fio, cada pulso, cada carga, até a estática das cortinas. A energia aumenta ao meu comando. Me abastece, me cura tanto quanto Wren.

Depois de seis meses de escuridão, finalmente sinto a luz.

Clarões roxos e brancos surgem diante dos meus olhos. Meu corpo inteiro pulsa com a eletricidade, a pele vibrando com o prazer dos raios. Continuo correndo. Adrenalina e eletricidade. Sinto como se pudesse atravessar uma parede.

Mais de uma dúzia de agentes de segurança guardam a entrada. Um deles, um magnetron, está ocupado protegendo as janelas com grades feitas dos lustres retorcidos e adornos de ouro das paredes. Corpos e sangue de ambas as cores cobrem o chão. O cheiro de pólvora prevalece. Os agentes protegem o palácio, mantendo a posição. Sua atenção está voltada para a batalha lá fora, para a praça, não para a retaguarda.

Agachada, coloco as mãos sobre o mármore aos meus pés. O toque é frio sob meus dedos. Lanço meus raios contra a pedra, enviando-os pelo chão em uma rajada irregular de eletricidade. Ela pulsa, uma onda, pegando todos de surpresa. Alguns caem, outros são jogados para trás. A força do disparo elétrico ecoa em meu peito. Se é suficiente para matar, não sei.

Só penso na praça. Quando o ar da rua atinge meus pulmões, quase dou risada. Está envenenado com cinzas, mas cheio da eletricidade da tempestade de raios, e parece mais doce do que qualquer outra coisa. Lá em cima, as nuvens pretas trovejam. O som reverbera nos meus ossos.

Lanço raios roxos e brancos pelo céu. Um sinal. A garota elétrica está livre.

Não fico parada. Continuar na escadaria, olhando o tumulto, é um bom jeito de levar um tiro na cabeça. Mergulho na batalha, procurando algum rosto familiar, se não amigável. Pessoas se esbarram ao meu redor. Os prateados foram pegos de surpresa, incapazes de se organizar nas formações treinadas. Só os soldados da Guarda Escarlate demonstram algum tipo de organização, mas ela está se desfazendo rapidamente. Vou em direção ao Tesouro, o último lugar onde vi Maven e seus sentinelas. Faz apenas alguns minutos. Eles ainda podem estar lá, cercados, aguardando. Vou matá-los. Tenho que matá-los.

Balas passam pela minha cabeça assoviando. Sou mais baixa do que a maioria, mas ainda assim me curvo ao correr.

O primeiro prateado a me desafiar diretamente tem trajes de Provos, dourado e preto. Um homem fino com o cabelo ainda mais fino. Ele estende o braço e sou jogada para trás, batendo a cabeça no piso. Sorrio para ele, prestes a gargalhar. Mas de repente não consigo respirar. Minhas costelas se contraem, me apertando. Olho para cima e vejo que está em pé ao meu lado, o punho cerrado. O telec vai esmagar minha caixa torácica.

Raios se levantam para encontrá-lo, brilhando em fúria. Ele desvia, mais rápido do que eu imaginava. Minha visão escurece quando a falta de oxigênio atinge meu cérebro. Mais um raio do qual o telec desvia.

Está tão concentrado em mim que não percebe o soldado vermelho imenso a alguns metros de distância. Leva um tiro na cabeça. A cena não é bonita. Sangue prata espirra em meu vestido já arruinado.

— Mare! — o vermelho grita, correndo para o meu lado. Reconheço sua voz, a pele escura e os olhos azul-escuros. Quatro outros rebeldes vêm com ele. Fazem um círculo, me protegendo. Com as mãos fortes, ele me ajuda a levantar.

Respiro fundo e tremo aliviada. Quando o amigo contrabandista do meu irmão virou soldado eu não sei, mas agora não é hora de perguntar.

— Crance.

Com uma mão ainda na arma, ele levanta o rádio na outra.

— Aqui é Crance. Estou com Barrow na praça. — O chiado em resposta não é animador. — Repito. Estou com Barrow. — Xingando, ele enfia o rádio no cinto de novo. — Os canais estão uma bagunça. Muita interferência.

— Da tempestade? — Olho para cima de novo. Azul, branco, verde. Aperto os olhos e jogo outro raio roxo na trovoada de cores.

— Provavelmente. Cal nos avisou...

Agarro seu braço com força, fazendo-o se encolher instintivamente.

— Cal. Onde ele está?

— Preciso tirar você...

— Onde?

Crance solta um suspiro, sabendo que não vou perguntar mais uma vez.

— Na batalha, não sei exatamente onde. O ponto de encontro é no portão principal — ele grita na minha orelha, garantindo que eu ouça. — Cinco minutos. Pegue a mulher de verde. Vista isso — ele completa, tirando a jaqueta. Coloco-a sobre o vestido esfarrapado sem discutir. É pesada. — À prova de balas. Pode ajudar.

Meus pés me carregam para longe antes que eu possa agradecer, deixando Crance e sua equipe para trás. Cal está aqui em algum lugar. Deve estar atrás de Maven, como eu. A multidão se movimenta, uma maré mudando rápido. Se não fossem os rebeldes misturados, eu conseguiria atravessá-la. Abriria caminho com um raio. Em vez disso, uso meus antigos instintos. Passos ágeis, prevendo cada onda de caos. Lanço raios na retaguarda, afastando quaisquer mãos. Um forçador me atinge pelo lado, me jogando contra braços e pernas, mas não paro para lutar com ele. Continuo em frente, empurrando, correndo. Minha cabeça grita um nome. *Cal. Cal. Cal. Se conseguir chegar até ele, estarei a salvo.* Talvez seja mentira, mas é uma mentira boa.

O cheiro de fumaça fica mais forte conforme avanço. A esperança aumenta. Onde há fumaça, há um príncipe de fogo.

Cinzas e fuligem mancham as paredes brancas da Casa do Tesouro. Um dos mísseis arrancou um pedaço do mármore como se fosse manteiga. A pedra está em uma pilha de destroços na entrada, fornecendo boa cobertura. Os sentinelas a usam, sua formação reforçada por guardas de Lakeland e alguns outros com o uniforme roxo do Tesouro. Eles atiram nos rebeldes que se aproximam, usando balas para defender a fuga do rei. Muitos usam seus poderes. Desvio de alguns corpos congelados ainda de pé, obra violenta de um calafrio da Casa Gliacon. Há sobreviventes, mas de joelhos, sangrando pelas orelhas. Obra de um banshee da Casa Marinos. As evidências do poder mortal dos prateados estão por toda parte. Corpos partidos por metal, pescoços quebrados, crânios amassados, bocas pingando água.

Vejo o cadáver especialmente sombrio de alguém que parece ter sido sufocado pelas plantas nascendo em sua boca. Um verde joga um punhado de sementes em alguns soldados da Guarda Escarlate. Diante dos meus olhos, elas explodem como granadas, cuspindo videiras e espinhos em uma explosão verdejante.

Não vejo Cal aqui, ou qualquer outro rosto que reconheça. Maven já deve estar no trem.

Cerrando o punho, jogo tudo o que posso sobre os sentinelas. Meus raios crepitam ao longo dos escombros e os jogam para trás. Vagamente, ouço alguém gritar ordens para que continuem. Os rebeldes fazem isso, disparando sem parar. Mantenho a pressão, mandando mais um raio na direção deles como um chicote.

— Atenção! — uma voz grita.

Olho para cima, esperando um golpe vindo do céu. Jatos dançam pelas nuvens tempestuosas, seguindo uns aos outros. Nenhum deles parece preocupado conosco.

Então alguém me empurra para o lado, me tirando do caminho. Viro a tempo de ver uma figura conhecida correndo por um caminho livre, com a cabeça abaixada, blindado da cabeça aos ombros. Ela ganha velocidade, agitando as pernas.

— Darmian!

Ele não me ouve, está muito ocupado correndo até o bloqueio de mármore. Balas ricocheteiam em sua armadura e em sua pele. Um calafrio envia uma explosão de lanças de gelo contra seu peito, mas elas estilhaçam. Se está com medo, não demonstra. Jamais hesita. Cal ensinou isso a ele. No Furo. Quando estávamos todos juntos. Lembro de um Darmian diferente. Era um homem quieto se comparado a Nix, outro sanguenovo que também tinha o poder da pele impenetrável. Nix já está morto há algum tempo, mas Darmian está muito vivo. Rugindo, ele escala o bloqueio de mármore, lançando-se contra dois sentinelas.

Eles o atacam com tudo o que têm. *Tolos*. É o mesmo que atirar contra um vidro à prova de balas. Darmian responde na mesma moeda, lançando granadas num ritmo impassível. Elas florescem em fogo e fumaça. Sentinelas são lançados para trás, e apenas alguns conseguem suportar a explosão.

Rebeldes saltam sobre os escombros, seguindo Darmian. Muitos passam na sua frente. Os sentinelas não são sua missão. Maven é. Eles invadem o Tesouro, seguindo o rastro do rei.

Conforme corro adiante, meu poder me acompanha. Sinto as luzes do corredor principal do Tesouro, descendo até a pedra sob nossos pés. Meus sentidos saltam pelos fios, mais e mais fundo. Alguma coisa grande está lá embaixo, e seu motor ronrona. Maven ainda está aqui.

O mármore sob meus pés é fácil de escalar. Avanço pelos destroços de quatro, a mente concentrada lá embaixo. A próxima explosão me pega de surpresa. Sua força me lança para trás em uma onda de calor. A aterrissagem é dura, caio de costas, perdendo o ar, mas agradeço em silêncio à jaqueta de Crance. A explosão se lança sobre mim, perto o suficiente para queimar meu rosto.

Muito grande para uma granada. Muito controlada para uma chama natural.

Levanto desajeitada, obrigando as pernas a me obedecerem enquanto inspiro fundo. *Maven*. Eu devia saber. Ele não vai me deixar aqui. Não vai fugir sem seu animal de estimação favorito. Voltou para me acorrentar pessoalmente.

Boa sorte.

A fumaça segue o turbilhão de fogo, deixando a praça já escura nebulosa. Ela me envolve, ficando mais e mais forte a cada segundo. Envio raios pelos meus nervos, deixando que estale em cada centímetro do meu corpo. Dou um passo em direção à silhueta preta e estranha na luz oscilante do fogo. A fumaça rodopia, o fogo lançando longas chamas azuis escaldantes. Cerro os punhos, pronta para usar cada gota de raiva que acumulei em sua prisão. Estava esperando este momento. Maven é um rei esperto, mas não é um soldado. Vou destruí-lo.

Os raios dançam sobre nossas cabeças, mais claros que as chamas. Iluminam o lugar quando o vento sopra, afastando a fumaça para revelar...

Olhos dourado-avermelhados. Ombros largos. Mãos calejadas, lábios familiares, cabelo preto bagunçado e um rosto do qual senti muita falta.

Não é Maven. Todos os pensamentos sobre o rei menino desaparecem em um instante.

— Cal!

Uma bola de fogo sibila no ar, quase acertando minha cabeça. Desvio dela por instinto. A confusão domina meu cérebro. Ele é inconfundível. Cal, ali, de armadura, com uma faixa vermelha amarrada na cintura. Luto contra a necessidade carnal de correr até ele. Preciso de todo o meu controle para dar um passo para trás.

— Cal, sou eu! Mare!

Ele não fala, só vira o corpo, ficando de frente para mim. O fogo à nossa volta se agita e aumenta, se aproximando com uma velocidade impressionante. O calor arranca o ar dos meus pulmões, e respiro a fumaça. Só os raios me mantêm segura, estalando à minha volta em um escudo de eletricidade para impedir que eu queime viva.

Me aproximo de novo, entrando em seu inferno. Meu vestido queima, deixando um rastro de fumaça. Não desperdiço meu tempo precioso ou minhas sinapses tentando entender o que está acontecendo. Já sei.

Seus olhos estão sombrios, fora de foco. Não há reconhecimento neles. Nenhuma indicação de que passamos os últimos seis meses tentando voltar um para o outro. Seus movimentos são robóticos, mesmo considerando seu treinamento militar.

Um murmurador domina sua mente. Não preciso adivinhar qual.

— Sinto muito — sussurro, embora ele não possa me ouvir.

Uma explosão de raios o lança para trás, as faíscas dançando pelas placas de sua armadura. Cal convulsiona, tremendo conforme a eletricidade atinge seus nervos. Mordo o lábio, tentando mais do que nunca andar pela linha tênue que separa a imobilização do ferimento. Me contenho demais. Um erro.

Cal é mais forte do que imaginei. E tem uma grande vantagem sobre mim: estou tentando salvá-lo, enquanto ele está tentando me matar.

Cal luta mesmo com a dor, avançando para cima de mim. Desvio, usando o poder que estava concentrado em imobilizá-lo para me manter a salvo de seu ataque arrasador. Um soco de fogo passa sobre a minha cabeça. Sinto cheiro de cabelo queimado. Outro me acerta na barriga e me derruba. Aproveito a inércia para rolar e levantar de novo, relembrando os velhos truques. Com um gesto, mando outro raio, que sobe por sua perna e chega até a coluna. Cal uiva de dor. O som me destrói por dentro. Mas o golpe me dá alguma vantagem.

Foco em outra coisa, no rosto diabólico de uma pessoa. Samson Merandus.

Ele deve estar perto o suficiente para mandar Cal atrás de mim. Procuro-o em meio à batalha enquanto corro. Se estiver mesmo aqui, está muito bem escondido. Pode estar olhando do telhado do Tesouro ou das muitas janelas dos prédios adjacentes. A frustração devora minha determinação. Cal está bem aqui. Estamos juntos de novo. E ele está tentando me matar.

O calor de sua fúria lambe meus calcanhares. Mais uma explosão me atinge do lado esquerdo, lançando agulhas de agonia quente pelo meu braço. A adrenalina afoga a sensação rapidamente. Não posso me dar ao luxo de sentir dor agora.

Pelo menos sou mais rápida do que ele. Sem as algemas, cada passo parece mais fácil que o anterior. Deixo a tempestade lá em cima me abastecer, me alimentando da energia elétrica de outra sanguenova em algum lugar. Seu cabelo azul não cruza minha visão novamente. Que pena. Ela seria útil agora.

Se Samson está escondido perto do Tesouro, só preciso tirar Cal de seu alcance. Derrapando, viro para olhar por cima do ombro. Cal ainda está me seguindo, uma sombra azul de fogo e raiva.

— Vem me pegar, Calore! — grito para ele, mandando uma explosão de raios na direção do seu peito. Mais forte que a última, suficiente para deixar uma marca.

Ele vira de lado, desviando, nunca parando de andar. Seguindo meu rastro.

Espero que funcione.

Ninguém ousa entrar no nosso caminho.

Vermelho e azul e roxo, fogo e raio, rasgam a batalha como uma faca. Ele me persegue com a determinação de um cão de caça. E com certeza me sinto caçada pela praça.

Vou em direção ao portão principal, ao ponto de encontro que Crance mencionou. Minha fuga. Não que eu vá fugir. Não sem Cal.

Depois de cem metros, fica claro que Samson está correndo conosco, mas escondido. Nenhum murmurador Merandus tem um alcance tão grande, nem mesmo Elara. Viro para um lado e para o outro, varrendo o banho de sangue. Quanto mais a batalha durar, mais tempo os prateados terão para se organizar. Soldados do Exército em uniformes cinza inundam a praça, conquistando partes dela sistematicamente. A maioria dos nobres recuou para a barreira de proteção militar, embora alguns — os mais fortes, os mais corajosos, os mais sanguinários — continuem lutando. Esperava ver membros da Casa Samos aqui, mas não vejo nenhum magnetron que reconheça. Tampouco reconheci outros membros da Guarda Escarlate. Nada do coronel, de Farley, Kilorn, Cameron ou dos sanguenovos que ajudei a recrutar. Só Darmian, provavelmente abrindo caminho pelo Tesouro, e Cal, tentando ao máximo me derrotar.

Xingo, desejando principalmente que Cameron estivesse aqui. Ela poderia silenciar Cal, contê-lo por tempo suficiente para que eu encontrasse e matasse Samson. Mas tenho que fazer isso sozinha. Manter Cal à distância, continuar viva e de alguma forma exterminar o murmurador Merandus que nos assola.

De repente, borrões azul-marinho surgem no canto da minha visão.

Longos meses em cativeiro prateado fizeram com que aprendesse as cores das Casas. Lady Blonos despejou seu conhecimento em mim, e agora, mais do que nunca, agradeço por isso.

Viro, mudando de direção com desejo de vingança. Uma cabeça loira se mistura aos soldados prateados, tentando se esconder na formação. Mas ele se destaca, o terno formal em contraste com os uniformes militares. Tudo vai em direção a ele. Todo o meu foco, toda a minha energia. Jogo tudo o que posso ali, soltando raios irregulares contra Samson e o escudo prateado entre nós.

Ele olha para mim e os raios se arqueiam como um chicote. Tem os olhos de Elara, os olhos de Maven. Azuis como gelo, azuis como chamas. Frios e implacáveis.

De alguma forma, minha eletricidade se curva, contornando-o. Desvia, ricocheteando em outra direção. Minha mão acompanha o movimento, meu corpo se mexendo por conta própria enquanto os raios seguem na direção de Cal. Tento gritar, embora avisar um homem controlado seja o mesmo que nada. Mas meus lábios não se mexem. O terror na espinha é a única coisa que sinto. Não o chão sob meus pés, não as novas queimaduras, nem mesmo a fumaça entrando pelo nariz. Tudo desaparece. É tirado de mim.

Por dentro, grito, porque Samson agora me domina. Não consigo fazer nenhum barulho. A sensação do cérebro dele controlando minha mente é inconfundível.

Cal pisca como alguém que acorda de um longo sono. Mal tem tempo de reagir, erguendo os braços para proteger a cabeça da explosão de eletricidade. Algumas faíscas viram chamas, manipuladas pelo seu poder. Mas a maioria atinge o alvo, e ele cai de joelhos com um grito de dor.

— Samson! — Cal grita entredentes.

Percebo minha mão se movimentar em direção ao meu quadril. Ela saca a pistola, que é apontada para minha têmpora.

Os murmúrios de Samson aumentam na minha cabeça, ameaçando bloquear todo o resto.

Aperte o gatilho. Aperte o gatilho. Aperte o gatilho.

Não sinto o gatilho. Não vou sentir a bala.

Cal puxa meu braço para trás, me fazendo virar. Ele arranca a arma da minha mão e a joga no chão. Nunca o vi com tanto medo.

Mate-o. Mate-o. Mate-o.

Meu corpo obedece.

Sou espectadora na minha própria cabeça. Uma batalha furiosa surge diante dos meus olhos e não posso fazer nada a não ser acompanhar. O piso vira um borrão quando Samson me faz correr, batendo de frente com Cal. Atuo como um para-raios humano, me agarrando à sua armadura e atraindo a eletricidade do céu para despejá-la nele.

Dor e medo nublam seus olhos. Sua chama não tem tanta força assim.

Ataco, agarrando seu pulso. Mas o bracelete aguenta firme.

Mate-o. Mate-o. Mate-o.

O fogo me joga para trás. Caio com tudo, os ombros e a cabeça quicando no chão. O mundo gira, e meus membros desengonçados tentam me botar de pé.

Levante. Levante. Levante.

— Fique abaixada, Mare! — ouço um grito vindo da direção de Cal. Sua silhueta dança na minha frente, dividindo-se em três. Talvez seja uma concussão. Sangue vermelho jorra no piso branco.

Levante. Levante. Levante.

Meus pés se mexem sozinhos, dando impulso. Levanto rápido, quase caindo de novo quando Samson me obriga a dar passos vacilantes. Ele encurta a distância entre mim e Cal. Já vi isso antes, há mil anos. Samson Merandus na arena, obrigando outro prateado a cortar as próprias entranhas. Vai fazer o mesmo comigo, depois que me usar para matar Cal.

Tento impedi-lo, mas não sei por onde começar. Tento contrair um dedo que seja, mas nada responde.

Mate-o. Mate-o. Mate-o.

Raios saem das minhas mãos, espiralando na direção de Cal. Erram o alvo, desequilibrados como meu corpo. Ele manda um arco de fogo em resposta, me obrigando a desviar e fazendo com que eu tropece.

Levante. Mate-o. Levante.

Os murmúrios afiados cortam minha mente. Meu cérebro deve estar sangrando.

MATE-O. LEVANTE. MATE-O.

Através das chamas, vejo o borrão azul-marinho de novo. Cal dispara atrás de Samson e derrapa em um joelho, mirando com a pistola.

LEVANTE...

A dor me perpassa como uma onda e caio para trás no mesmo instante que uma bala passa por cima da minha cabeça. Outra, mais perto. Por instinto, lutando contra o zumbido no meu crânio ferido, levanto com dificuldade. Me mexo por vontade própria.

Gritando, transformo o fogo de Cal em raios, as chamas vermelhas se tornando veias de eletricidade roxas e brancas. Formo um escudo enquanto Cal esvazia as balas na minha direção. Atrás dele, Samson ri.

Desgraçado. Vai nos jogar um contra o outro pelo tempo que for necessário.

Lanço os raios o mais rápido que posso, desviando-os em direção a Samson. Se eu conseguisse interromper sua concentração, só por um segundo...

Cal reage, como uma marionete. Ele protege Samson com o corpo largo, recebendo a maior parte do meu ataque.

— Alguém me ajuda! — grito para ninguém. Somos apenas três em uma batalha de centenas, que começa a se definir. Os prateados se organizam, alimentados pelos reforços dos quartéis e do restante das tropas de Archeon. Meus cinco minutos acabaram faz tempo. Qualquer fuga que Crance prometeu já era.

Preciso destruir Samson. Preciso.

Outra explosão de raios, desta vez pelo chão. Ele não tem como desviar.

MATE-O. MATE-O. MATE-O.

Os murmúrios estão de volta, chamando a eletricidade de volta com as próprias mãos. Os raios formam um arco para trás, como uma onda.

Cal abaixa e gira, lançando a perna em um chute. Ele acerta, derrubando Samson.

Seu controle sobre mim se interrompe e lanço mais uma onda elétrica.

Esta acerta os dois. Cal xinga, segurando um grito. Samson se contorce e solta um berro assustado. Ele não está acostumado a sentir dor.

Mate-o...

O murmúrio está distante, fraco. Posso combatê-lo agora.

Cal pega Samson pelo pescoço, erguendo-o só para bater sua cabeça de novo no chão.

Mate-o...

Corto o ar com a mão, lançando um raio. Ele atinge Samson do quadril até o ombro. Sangue prateado jorra do corte.

Me ajude...

O fogo desce pela garganta de Samson, carbonizando suas entranhas. Suas pregas vocais estão destruídas. O único grito que ouço agora está na minha cabeça.

Levo o raio para seu cérebro. A eletricidade frita o tecido em seu crânio como um ovo na frigideira. Seus olhos se reviram, brancos. Quero que a dor dure mais, quero fazê-lo pagar pelas torturas contra mim e tantos outros. Mas ele morre muito rápido.

Os murmúrios desaparecem.

— Acabou. — Respiro aliviada.

Cal olha para cima, ainda ajoelhado sobre o corpo. Seus olhos se arregalam como se estivesse me vendo pela primeira vez. Sinto a mesma coisa. Sonhei tanto com este momento, desejando-o há meses. Se não fosse a batalha, nossa posição precária bem no meio dela, lançaria meus braços em volta do seu pescoço e me enterraria no príncipe ardente.

Em vez disso, ajudo-o a levantar colocando um de seus braços sobre meus ombros. Ele manca, com espasmos na perna. Estou ferida também, com um corte sangrando na lateral do corpo. Pressiono a mão livre na ferida. A dor fica mais forte.

— Maven está sob o Tesouro. Ele tem um trem — digo enquanto nos afastamos juntos.

Seu braço aperta meus ombros. Ele nos leva em direção ao portão principal, apertando o passo.

— Não vim aqui por ele.

O portão se destaca, largo o suficiente para que três veículos passem lado a lado. Do outro lado, a ponte de Archeon sobre o rio Capital encontra o lado leste da cidade. A fumaça sobe por toda parte, alcançando o céu tempestuoso. Luto contra o ímpeto de virar e correr até o Tesouro. Mas Maven já deve ter fugido. Está fora do meu alcance.

Mais veículos militares avançam para nós enquanto jatos gritam na nossa direção. É muito reforço para combater.

— Qual é o plano, então? — sussurro. Estamos sendo cercados. O pensamento esgota o choque e a adrenalina, me deixando alerta. Tudo isso por mim. Corpos por toda parte, vermelhos e prateados. Que desperdício.

A mão de Cal encontra meu rosto, me fazendo virar para olhar para ele. Apesar da destruição à nossa volta, ele sorri.

— Pela primeira vez, temos um.

Enxergo verde no canto do olho. Sinto outra mão agarrar meu braço.

E o mundo vira nada.

DEZENOVE

Evangeline

❦

Ele está atrasado, e meu coração bate forte, disparando. Luto contra a onda de medo, transformando-a em combustível. Usando a nova energia, estilhaço a moldura dourada de retratos por todo o corredor do palácio. Elas se transformam em fragmentos afiados mortais. O ouro é um metal fraco. Macio. Maleável. Inútil em uma batalha de verdade. Deixo que caiam. Não tenho tempo ou energia para desperdiçar.

As placas de ródio perolado nos meus braços e pernas vibram com a adrenalina, as bordas brilhantes ondulando como mercúrio. Prontas para se tornar o que eu precisar para sobreviver. Uma espada, um escudo, uma faca. Não estou em perigo direto, não neste momento. Mas se Tolly não chegar em um minuto, irei atrás dele, e então certamente estarei.

Ela prometeu, digo a mim mesma.

Parece idiota, o desejo de uma criança boba. Eu devia ser mais esperta do que isso. O único laço no meu mundo é o de sangue; a única verdade é a família. Um prateado seria capaz de sorrir e concordar com outra Casa, mas quebrar a promessa no minuto seguinte. Mare Barrow não é prateada — deveria ter menos honra do que qualquer um de nós. E deve ao meu irmão, a mim, menos do que nada. Seria justificável que matasse todos nós. A Casa Samos não foi gentil com a garota elétrica.

— Temos um cronograma, Evangeline — Wren resmunga perto de mim. Ela coloca uma mão no peito, fazendo o máximo para não piorar uma queimadura já séria. A curandeira de pele não foi rápida o bastante para evitar todo o poder de Mare. Mas fez o que precisava ser feito, isso é tudo o que importa. Agora a garota elétrica está livre para causar tanto estrago quanto quiser.

— Vou dar a ele mais um minuto.

O corredor parece se estender à minha frente, ficando mais longo a cada segundo. Deste lado do palácio, mal conseguimos ouvir a batalha na praça. As janelas dão para um pátio tranquilo, apenas com nuvens tempestuosas no céu. Se eu quisesse, poderia fingir que este é só mais um dia do meu tormento habitual. Todos sorrindo com suas presas, circundando um trono cada vez mais letal. Eu achava que o fim da rainha seria o fim do perigo. Não costumo subestimar a maldade de ninguém, mas com certeza o fiz com Maven. Ele tem mais da mãe do que qualquer um de nós tinha percebido, além de sua própria monstruosidade.

Mas não preciso mais sofrer nas mãos desse monstro, graças às minhas cores. Quando estivermos em casa, vou mandar um presente para a princesa de Lakeland por assumir meu posto ao seu lado.

Maven já deve estar longe, levado à segurança por seu trem. Eu deixei os recém-casados no Tesouro. Mas a obsessão nojenta de Maven por Mare talvez tenha sido mais forte. É impossível prever o que o garoto vai fazer quando ela está envolvida. Até onde sei, pode ter voltado para encontrá-la. Pode estar morto. Com certeza espero que esteja. Isso tornaria os próximos passos infinitamente mais fáceis.

Conheço minha mãe e meu pai muito bem para me preocupar com eles. Ai da pessoa, prateada ou vermelha, que desafiar meu pai no combate. E minha mãe tem seu próprio plano de contingência. O ataque ao casamento não foi surpresa para nenhum de nós.

A Casa Samos está preparada. Contanto que Tolly siga o plano. Meu irmão tem dificuldade de abandonar a luta e é impulsivo. Outro homem impossível de prever. Não devemos ferir os rebeldes ou impedir seu progresso de forma alguma. São ordens do meu pai, e espero que meu irmão obedeça.

Vamos ficar bem. Respiro fundo, me agarrando a essas três palavras. Elas não acalmam meus nervos. Quero me livrar deste lugar. Quero ir para casa. Quero ver Elane de novo. Quero que Tolly surja pelo corredor a salvo e inteiro.

Mas ele mal pode andar.

— Ptolemus! — grito, esquecendo todos os medos menos um quando ele aparece.

Seu sangue se destaca, em contraste com a armadura de metal preto, a prata espalhada pelo peito como tinta. Sinto o gosto do ferro, o cheiro penetrante do metal. Sem pensar, puxo sua armadura, trazendo-o com ela. Antes que caia, encosto meu peito no dele, servindo de apoio. Ele está quase fraco demais para ficar de pé, quanto mais correr. Um terror congelante atravessa minha espinha.

— Você está atrasado — sussurro, recebendo um sorriso dolorido em resposta. Meu irmão está bem o suficiente para manter o senso de humor.

Wren começa a tirar as placas da armadura, mas não é tão rápida quanto eu. Com mais um movimento brusco das mãos, o metal cai de seu corpo com alguns ecos estridentes. Meus olhos voam até o peito de meu irmão, esperando ver um ferimento sério. Não há nada além de alguns cortes superficiais, nenhum deles grave o suficiente para abater alguém como ele.

— Perda de sangue — Wren explica. A curandeira de pele coloca meu irmão de joelhos, segurando seu braço esquerdo no ar, e ele reclama de dor. Fico firme ao seu lado, agachada com ele. — Não tenho tempo para curar isto.

Isto. Corro os olhos pelo braço de Ptolemus, pela pele branca, agora cinza e preta com os ferimentos abertos. Termina em um toco sangrento, brusco. Ele perdeu a mão. Um corte limpo no pulso. Sangue prata escorre preguiçoso das veias partidas, apesar das parcas tentativas de cobrir a ferida.

— Você tem que curar — Ptolemus diz entredentes, sua voz rouca em agonia.

Concordo, mexendo a cabeça fervorosamente.

— Wren, só vai levar alguns minutos.

Todo magnetron já perdeu pelo menos um dedo. Brincamos com facas desde que aprendemos a andar. Sabemos quão rápido podemos ser regenerados.

— Se ele quiser usar essa mão de novo, vai ouvir o que estou dizendo — ela responde. — É muito complicado para fazer com pressa. Posso selar a ferida por enquanto.

Ele solta mais um gemido reprimido, sufocando a ideia e a dor.

— Wren! — imploro.

Ela não cede.

— Por enquanto!

Seus belos olhos, com o cinza dos Skonos, penetram nos meus, em advertência. Vejo temor ali, e não é para menos. Há alguns minutos ela me viu assassinar quatro guardas e libertar uma prisioneira da Coroa. É cúmplice da traição da Casa Samos.

— Está bem. — Aperto os ombros de Tolly, implorando que ouça. — Por enquanto. Assim que estivermos fora de perigo, ela vai consertar você.

Ele não responde, só assente com a cabeça enquanto Wren começa a trabalhar. Tolly olha para o outro lado, incapaz de assistir à pele crescer em seu pulso, selando as veias e os ossos. É rápido. Dedos escuros dançam por sua pele pálida enquanto ela fecha a ferida. É fácil recriar pele, ou pelo menos foi o que me disseram. Nervos e ossos são mais complexos.

Tento ao máximo distraí-lo.

— Quem foi?

— Outro magnetron. De Lakeland. — Cada palavra sai com dificuldade. — Ele me viu deixando a batalha e me cortou antes que eu pudesse reagir.

Os nobres de Lakeland. Idiotas naquela terra congelada. Sisudos naquele azul horrível. E pensar que Maven trocou o poder da Casa Samos por eles.

— Espero que tenha retribuído o favor.

— Ele não tem mais cabeça.

— Serve.

— Pronto — Wren diz, finalizando o trabalho no pulso. Ela corre as mãos pelo braço do meu irmão, descendo em seguida até a base da coluna. — Vou estimular sua medula e os rins, aumentando a produção sanguínea o máximo que posso. Mas você vai continuar fraco.

— Tudo bem, contanto que eu consiga andar. — Ele já parece mais forte. — Me ajude a levantar, Evie.

Obedeço, colocando seu braço bom sobre meus ombros. Ele é pesado, quase um peso morto.

— Você precisa comer menos sobremesa — resmungo. — Vamos, venha comigo. — Tolly faz o que pode, forçando um pé depois do outro. Muito mais lento do que eu gostaria. — Muito bem — falo baixo, estendendo a mão na direção da armadura descartada. Ela se achata e forma uma folha de aço. — Sinto muito, Tolly.

Faço com que ele deite sobre ela, usando meu poder para erguer o aço como uma maca.

— Eu posso andar... — ele protesta, sem forças. — Você precisa da sua concentração.

— Então se concentre por nós dois — respondo. — Os homens são inúteis quando estão feridos, não são?

Mantê-lo no ar compromete um pouco do meu poder, mas não todo. Corro o mais rápido que posso, com uma mão controlando a folha de metal. Ela me acompanha em uma corrente invisível, e Wren segue do outro lado.

Sinto todo o metal dentro dos limites da minha percepção. Noto cada pedaço conforme avançamos, arquivando-os por instinto. Fios de cobre — um garrote para estrangulamento. Fechaduras e dobradiças — dardos ou balas. Caixilhos de janelas — adagas de vidro com cabos de aço. Meu pai costumava me testar, até que isso se tornou natural. Passei a não conseguir mais entrar em um cômodo sem categorizar suas armas. A Casa Samos nunca é pega de surpresa.

Meu pai planejou nossa fuga de Archeon. Passando pelos quartéis e descendo as colinas ao norte até chegar aos barcos esperando no rio. De metal, construídos para serem especialmente velozes e silenciosos. Sob nosso controle, vão cortar a água como agulhas cortam a pele.

Estamos atrasados, mas só alguns minutos. No meio do caos, horas vão se passar até alguém da corte de Maven perceber que a Casa Samos desapareceu. Não duvido que outras Casas aproveitem a oportunidade, como ratos fugindo num naufrágio. Maven não é o único com um plano de fuga. Na verdade, não ficaria surpresa se cada Casa tivesse um. A corte é um barril de pólvora com o pavio cada vez mais curto e um rei que cospe fogo. Só um idiota não esperaria uma explosão.

Meu pai sentiu os ventos mudarem no momento que Maven parou de escutá-lo, assim que ficou claro que se aliar ao rei Calore seria nossa ruína. Sem Elara, ninguém é capaz de segurar Maven. Nem mesmo meu pai. Então aquela gentalha da Guarda Escarlate ficou mais organizada, tornando-se uma ameaça real, não só uma inconveniência. Eles pareciam crescer a cada dia. Operando em Piedmont e Lakeland, além dos boatos de uma aliança com Montfort mais a oeste. São muito maiores do que qualquer um de nós imaginava, mais organizados e determinados do que qualquer revolta de que se tenha memória. Enquanto isso, meu noivo infeliz perdia o controle. Do trono, de sua sanidade, de qualquer coisa que não fosse Mare Barrow.

Ele tentou se livrar dela, ou pelo menos foi o que Elane me contou. Maven sabia tanto quanto qualquer um de nós do perigo de sua obsessão. *Mate-a. Acabe com isso. Livre-se do seu veneno*, ele costumava murmurar. Elane ouvia sem ser percebida, quieta num canto de seus aposentos. Eram só palavras. Ele não conseguia se separar da vermelha. Então foi fácil colocá-la no seu caminho — e tirá-lo do rumo. Como balançar um pano vermelho na frente de um touro. Ela era seu furacão, e cada empurrão deixava-o mais perto do olho da tempestade. Achei que ela seria uma ferramenta fácil de usar. Um rei distraído torna a rainha mais poderosa.

Mas Maven me tirou de um posto que era meu por direito. Elane, minha adorável sombra invisível, contava-me tudo o que se passava durante o dia sob o disfarce da noite. Eram relatórios bastante detalhados. Ainda posso senti-los, murmurados contra minha pele com a lua como única testemunha. Elane Haven é a garota mais linda que já vi, e fica ainda mais bonita sob a luz da lua.

Depois da Prova Real, prometi a ela uma coroa de consorte. Mas esse sonho desapareceu com o príncipe Tiberias, assim como a maioria dos sonhos desaparece com o amanhecer. *Putinha*. Foi assim que Maven se referiu a ela depois do atentado contra sua vida. Quase o matei bem ali.

Balanço a cabeça, me concentrando na missão atual. Elane pode esperar. Elane está esperando, como meus pais prometeram. A salvo na nossa casa, escondida em Rift.

Os pátios dos fundos de Archeon se abrem em jardins floridos, que por sua vez são delimitados pelos muros do palácio. Algumas cercas de ferro forjado protegem as flores e os arbustos. Boas para lanças. A patrulha da muralha e dos jardins costumava ser composta de guardas de várias Casas — dobra-ventos Laris, silfos Iral, observadores Eagrie —, mas as coisas mudaram nos últimos meses. Laris e Iral opõem-se ao reinado de Maven, ao lado da Casa Haven. E, com a batalha ferrenha e o próprio rei em perigo, os outros guardas do palácio estão espalhados. Olho para cima através da folhagem, das flores de magnólia e das cerejeiras claras em contraste com o céu escuro. Figuras de preto rondam os baluartes de diamante.

Só a Casa Samos vigia a muralha.

— Primos de ferro!

Eles viram na direção da minha voz, respondendo.

— Primos de aço!

O suor escorre pelo meu pescoço conforme o muro se aproxima. Devido ao medo, devido ao esforço. Só mais alguns metros. Eu me preparo, engrossando o metal perolado das botas, endurecendo os últimos passos.

— Você consegue levantar? — pergunto a Ptolemus, estendendo a mão para Wren enquanto falo.

Com um gemido, ele levanta da maca, obrigando-se a ficar de pé.

— Não sou criança, Eve. Posso andar dez metros.

Para provar o que diz, o aço preto retorna ao seu corpo em escamas reluzentes.

Se tivéssemos mais tempo, apontaria os pontos fracos de sua armadura, que costuma ser perfeita. Buracos nas laterais, costas finas. Mas só aceno com a cabeça.

— Você primeiro.

Ele ergue o canto da boca, tentando sorrir, para diminuir minha preocupação. Suspiro aliviada quando meu irmão dispara pelo ar até o topo do muro. Nossos primos lá em cima o pegam habilmente, atraindo-o com seu próprio poder.

— Nossa vez.

Wren agarra meu tronco, protegida embaixo do meu braço. Inspiro, focando na sensação do metal curvado sob meus dedos dos pés, subindo pelas pernas, em volta dos ombros. *Suba*, digo à armadura.

Pow.

A primeira sensação que meu pai me fez memorizar foi a de uma bala. Dormi com uma no pescoço durante dois anos. Até que se tornou tão familiar para mim quanto minhas cores. Consigo reconhecê-las a cem metros de distância. Conheço seu peso, sua forma, sua composição. Um pedaço tão pequeno de metal é a diferença entre a vida de outra pessoa e a minha morte. Pode me matar ou meu salvar.

Pow, pow, pow. As balas explodindo são como agulhas, afiadas, impossíveis de ignorar. Estão vindo de trás. Meus pés tocam o chão novamente enquanto minha atenção aumenta e minhas mãos se levantam para formar um escudo contra o súbito ataque.

Balas perfurantes, cápsulas de cobre com núcleo de tungstênio e pontas cônicas, desviam diante dos meus olhos, caindo inofensivas na grama. Mais uma rajada vem de pelo menos uma dúzia de armas. Levanto o braço para me proteger. O trovão dos tiros abafa a voz de Tolly gritando lá de cima.

Cada bala esbarra em meu poder, gastando mais um pouco dele, de mim. Algumas param no ar; outras amassam. Lanço tudo o que posso para criar um casulo de segurança. De cima do muro, Tolly e meus primos fazem o mesmo. Eles aliviam meu esforço o suficiente para que eu seja capaz de ver quem está atirando contra mim.

Trapos vermelhos, olhares duros. A Guarda Escarlate.

Cerro os dentes. Seria fácil lançar as balas que estão na grama contra seus crânios. Em vez disso, manipulo o tungstênio como se fosse lã, transformando-o em fios brilhantes o mais rápido possível.

É incrivelmente pesado e forte, por isso demanda muita energia. Mais uma gota de suor desce pela minha coluna.

Os fios formam uma rede, acertando os doze rebeldes de frente. No mesmo movimento, arranco as armas de suas mãos, estilhaçando-as. Wren se agarra a mim, segurando firme, e sinto que estou sendo puxada para trás e para cima, deslizando pelo diamante perfeito.

Tolly me pega, como sempre.

— E agora descemos — ele murmura. Sua mão está esmagando meu braço.

Wren engole em seco, se inclinando para a frente para olhar. Ela arregala os olhos.

— Um pouco mais alto desta vez.

Eu sei. São trinta metros de precipício escarpado, depois sessenta caminhando sobre pedras para chegar à beira do rio. *À sombra da ponte,* meu pai disse.

No jardim, os rebeldes se debatem, tentando se libertar da minha rede. Sinto quando a puxam e empurram, e o metal ameaça se partir. Isso me tira a concentração. *Tungstênio*, digo a mim mesma. *Preciso praticar mais.*

— Vamos — digo.

Atrás de mim, o metal vira poeira. Uma coisa pesada e forte, mas quebradiça. Sem a mão de um magnetron, quebra antes de se curvar.

A Casa Samos não fará mais nenhum dos dois.

Não vamos quebrar e não vamos mais nos curvar.

Os barcos cortam a água silenciosamente, deslizando pela superfície. Estamos indo rápido. Nosso único obstáculo é a poluição da Cidade Cinzenta. O fedor fica no meu cabelo, ainda preso à minha pele mesmo depois de passarmos pela segunda barreira de árvores. Wren sente meu desconforto e coloca a mão no meu pulso descoberto. Seu toque curativo limpa meus pulmões e acaba com a exaustão. Empurrar aço pela água fica cansativo depois de um tempo.

Minha mãe se debruça na lateral do meu barco, com a mão dentro do Capital, que flui. Alguns bagres sobem com seu toque, os bigodes se entrelaçando em seus dedos. Os animais viscosos não a incomodam, mas eu tremo de nojo. Ela não fica preocupada com o que eles contam, o que significa que não sentem ninguém nos seguindo. Seu falcão também se mantém alerta no céu. Quando o sol se puser, será substituído por morcegos. Como eu esperava, ela não tem nenhum arranhão, nem meu pai. Ele está de pé na proa do barco principal, ditando nosso caminho. Uma figura preta em contraste com o rio azul e as colinas verdes. Sua presença me acalma mais do que o vale tranquilo.

Ninguém fala nada durante vários quilômetros. Nem nossos primos, que costumam ser tagarelas insuportáveis. Eles se concentram em descartar os uniformes. Emblemas de Norta flutuam atrás de nós, enquanto as medalhas e as insígnias brilhantes como joias afundam na escuridão. Conquistadas a duras penas com sangue Samos, marcas de nossa aliança e lealdade. Agora perdidas nas profundezas do rio e do passado.

Não pertencemos mais a Norta.

— Então está decidido — sussurro.

Atrás de mim, Tolly endireita a coluna. Seu braço ainda está enfaixado.

Wren não se arrisca a regenerar a mão inteira no rio.

— Houve alguma dúvida?

— Havia alguma escolha? — minha mãe vira para olhar por cima do ombro. Ela se movimenta com a graça de um gato, alongando-se no vestido verde-claro. As borboletas se foram há muito tempo. — Poderíamos controlar um fraco, mas não dá para lidar com a loucura. Assim que Iral decidiu se opor a ele, o jogo foi decidido. E ao escolher a princesa de Lakeland — ela revira os olhos — o próprio Maven cortou o último laço entre nossas Casas.

Quase dou risada na cara dela. Ninguém decide nada pelo pai. Mas não sou burra o suficiente para rir de minha mãe.

— Então as outras Casas vão nos apoiar? Sei que o papai estava negociando isso. — *Enquanto deixava os filhos sozinhos, à mercê da corte cada vez mais volátil de Maven.* Mais palavras que jamais ousaria dizer em voz alta a qualquer um dos dois.

Minha mãe as sente mesmo assim.

— Você se saiu bem, Eve — ela fala baixinho, colocando a mão no meu cabelo. Alguns fios prateados correm por seus dedos molhados. — E você também, Ptolemus. Entre aquela bagunça em Corvium e a rebelião das Casas, ninguém duvidou da nossa lealdade. Vocês nos compraram um tempo valioso.

Mantenho o foco no aço e na água, ignorando seu toque gelado.

— Espero que tenha valido a pena.

Até hoje, Maven enfrentou várias rebeliões. Sem a Casa Samos, sem nossos recursos, nossas terras, nossos soldados, não poderia ter vencido. Mas até hoje ele não tinha Lakeland. Agora não faço ideia do que vai acontecer. E não gosto nem um pouco dessa sensação. Minha vida tem sido um exemplo de planejamento e paciência. O futuro incerto me assusta.

A oeste, o sol afunda vermelho nas colinas. Vermelho como o cabelo de Elane.

Ela está esperando, digo a mim mesma mais uma vez. *Está segura.*

Sua irmã não teve tanta sorte. Mariella sofreu uma morte triste, esvaziada pelo murmurador Merandus. Eu o evitei o máximo que pude, feliz por não saber nada dos planos do meu pai.

Vi a profundidade de sua tortura em Mare. Depois do interrogatório, ela tremia na presença dele como um cachorro chutado. Foi minha culpa. Eu forcei a mão de Maven. Sem a minha interferência, talvez ele nunca tivesse deixado o murmurador fazer o que queria — mas também teria se afastado completamente de Mare. Não teria ficado tão cego por ela. Mas acabou ficando, como eu esperava, e a trouxe para perto. Eu queria que afundassem um ao outro. Seria fácil. Dois inimigos com uma única âncora. Mas ela se recusou a ceder. A garota de que me lembro, a criada aterrorizada que se fingia de nobre e acreditava em todas as mentiras, teria se submetido a Maven meses atrás. Mas Mare estava usando uma máscara diferente. Obedecia suas ordens, sentava ao seu lado, levava uma vida sem liberdade ou poder. E ainda assim mantinha seu orgulho, seu fogo, sua raiva. Sempre ali, queimando em seus olhos.

Tenho que respeitá-la por isso. Apesar de ter tirado tanto de mim.

Mare era um lembrete constante do que eu deveria ter sido. Uma princesa. Uma rainha. Nasci dez meses depois de Tiberias. Fui criada para me casar com ele.

Minhas primeiras memórias são das cobras da minha mãe sibilando em meus ouvidos, sussurrando seus murmúrios e promessas. *Você é filha das presas e do aço. Para que foi criada, se não para governar?* Cada lição na sala de aula ou na arena era uma preparação. *Seja a melhor, a mais forte, a mais inteligente, a mais mortal e a mais esperta. A mais digna.* E eu fui tudo isso.

Reis não são famosos por sua bondade ou compaixão. A Prova Real não tem o objetivo de produzir casamentos felizes, mas filhos fortes. Com Cal, eu teria os dois. Ele não teria feito com que eu me arrependesse nem tentaria me controlar. Seus olhos eram gentis e atenciosos. Ele era mais do que esperei a vida inteira. E eu o tinha conseguido com cada gota de sangue derramado, todo o meu suor, todas as minhas lágrimas de dor e frustração. Com cada sacrifício daquilo que meu coração queria ser.

Na noite anterior à Prova Real, sonhei com como seria. Meu trono. Meus filhos reais. Subjugada a ninguém. Nem mesmo ao meu pai. Tiberias seria meu amigo e Elane minha amante. Ela se casaria com Tolly, como planejado, garantindo que nunca nos separássemos.

Então Mare entrou em nossas vidas e soprou esse sonho como se fosse feito de areia.

Um dia, cheguei a pensar que o príncipe faria o impensável. Ia me dispensar pela Titanos perdida com modos estranhos e um poder mais estranho ainda. Em vez disso, ela foi um peão mortal e tirou meu rei do tabuleiro. Os caminhos do destino têm curvas inesperadas. Me pergunto se aquele vidente sabia sobre hoje. Ele ri do que vê? Queria ter botado as mãos nele, uma vez que fosse. Odeio não saber.

Nas margens adiante, gramados bem cuidados surgem. As pontas da grama estão tingidas de dourado e vermelho, dando às casas à beira do rio um brilho encantador. A nossa também está próxima, só mais um quilômetro adiante. Dali vamos seguir para o oeste. Em direção ao nosso verdadeiro lar.

Minha mãe nunca respondeu minha pergunta.

— E então? Papai conseguiu convencer as outras Casas? — pergunto.

Ela estreita os olhos e seu corpo inteiro se tensiona. Está se enrolando como uma de suas cobras.

— A Casa Laris já estava do nosso lado.

Disso eu sabia. Além de controlar a maior parte da frota aérea de Norta, os dobra-ventos governam Rift. Na verdade, sob nosso comando. São fantoches famintos, dispostos a qualquer coisa para manter nossas minas de ferro e carvão.

Elane. Casa Haven. Se eles não estiverem do nosso lado...
Lambo os lábios, secos de repente. Cerro os punhos. O barco ronca sob meus pés.

— E...

— Iral não concordou com os termos, assim como mais da metade dos Haven. — Minha mãe bufa. Ela cruza os braços sobre o peito, como se tivesse sido insultada. — Não se preocupe, Elane não é o problema. Por favor, pare de esmagar o barco. Não estou a fim de nadar o último quilômetro.

Tolly segura meu braço de leve. Respirando fundo, percebo que minha tensão sobre o aço estava muito forte. A proa se altera, recuperando a forma.

— Perdão — sussurro rápido. — Só estou... confusa. Achei que todos já tivessem concordado com os termos. Rift se rebelará abertamente. Iral traz a Casa Lerolan e toda a Delphie. Um estado inteiro se separando.

Minha mãe olha além de mim, para meu pai. Ele vira o barco em direção à margem, e eu o sigo. Nossa casa surge por entre as árvores, iluminada pelo crepúsculo.

— Houve uma discussão sobre títulos.

— Títulos? — desdenho. — Que idiota. Qual pode ser o argumento deles?

O aço atinge a pedra, batendo no muro de contenção que corre pela margem. Me concentro para segurar firme o metal contra a corrente. Wren ajuda Tolly a descer primeiro, pisando no tapete viçoso de grama. Minha mãe fica observando, seu olhar demorando na mão que não está ali enquanto meus primos descem.

Uma sombra cai sobre nós duas. Meu pai. Ele está em pé atrás dela. Um vento leve ondula sua capa, brincando com as camadas de seda preta e linha prateada. Escondido sob ela está um terno de cromo azul tão fino que poderia ser líquido.

— "Não vou me ajoelhar diante de outro rei ganancioso" — ele sussurra. A voz do meu pai sempre foi macia como veludo, mortal como um predador. — Foi o que Salin Iral disse.

Ele se abaixa, oferecendo a mão à minha mãe. Ela aceita e desce habilmente do barco, que nem se mexe, controlado pelo meu poder.

Outro rei.

— Pai...

A palavra morre em minha boca.

— Primos de ferro! — ele grita, ainda olhando para mim.

Atrás dele, nossos primos dobram um joelho. Ptolemus não os acompanha, olhando tão confuso quanto eu. Membros de uma Casa não ajoelham uns para os outros. Não assim.

Eles respondem em uníssono, suas vozes ecoando.

— Reis de aço!

Rapidamente, meu pai estende a mão, pegando meu pulso antes que meu choque faça o barco tremer.

Seu sussurro é tão baixo que quase não ouço.

— Para o reino de Rift.

VINTE

Mare

⚜

O TELEPORTADOR DE UNIFORME VERDE aterrissa com calma, os pés firmes. Fazia muito tempo que eu não via o mundo se espremer e borrar. A última vez foi com Shade. A lembrança repentina dele dói. Somada a meu ferimento e o fluxo nauseante de dor, não é de espantar que eu tenha caído de joelhos. Pontos pretos dançam diante dos meus olhos, ameaçando se espalhar e me consumir. Me obrigo a ficar acordada e não vomitar aqui... onde quer que seja.

Antes que eu possa olhar para algo além do metal sob minhas mãos, alguém me puxa para um abraço apertado. Retribuo o máximo que posso.

— Cal — sussurro em seu ouvido, meus lábios roçando sua pele. Ele cheira a fumaça e sangue, calor e suor. Minha cabeça cabe perfeitamente no espaço entre seu pescoço e seu ombro.

Ele vacila em meus braços, tremendo. Até sua respiração oscila. Está pensando o mesmo que eu.

Isso não pode ser real.

Devagar, Cal se afasta, levando as mãos ao meu rosto. Ele observa meu olhar e repara em cada centímetro do meu corpo. Faço o mesmo, buscando o truque, a mentira, a traição. Talvez Maven tenha sanguenovos metamorfos como Nanny. Talvez seja outra alucinação de um Merandus. Posso acordar no trem, sob o olhar gelado do rei e o sorriso cortante de Evangeline. O casamento, minha fuga, a batalha — talvez tudo não tenha passado de uma piada terrível. Mas Cal parece real.

Está mais pálido do que lembro, com o cabelo curto. Enrolaria como o de Maven se tivesse chance. A barba por fazer contorna suas bochechas, e há alguns cortes pequenos na linha do queixo. Está mais magro, mas os músculos parecem mais rígidos sob meu toque. Só seus olhos continuam os mesmos. Cor de bronze, dourado-avermelhados, como o ferro sob o calor ardente.

Eu também estou diferente. Um esqueleto, um fantasma. Ele enrola uma mecha do meu cabelo nos dedos, vendo o marrom esvanecer em um cinza frágil. Então toca minhas cicatrizes. No pescoço, nas costas e então a marca sob o vestido arruinado. Seus dedos são gentis, principalmente depois de quase termos destruído um ao outro. Sou como vidro para ele, uma coisa frágil que pode se quebrar ou desaparecer a qualquer momento.

— Sou eu — digo a ele, sussurrando as palavras que nós dois precisamos ouvir. — Estou de volta.

Estou de volta.

— É você, Cal? — pergunto, parecendo uma criança.

Ele faz que sim com a cabeça, sem desviar o olhar.

— Sou eu.

Como Cal não se mexe, eu tomo a iniciativa, pegando nós dois de surpresa. Meus lábios encostam nos dele com vontade, e o puxo mais para perto. Seu calor cai sobre meus ombros como um cobertor. Me esforço para que minhas faíscas não façam o mesmo. Ainda assim, os pelos da sua nuca se arrepiam, respondendo à corrente elétrica no ar. Nenhum de nós fecha os olhos. Ainda pode ser um sonho.

Ele se recupera, tirando meus pés do chão. Uma dúzia de rostos finge não olhar. Não ligo. Que olhem. Não sinto nenhuma vergonha. Já fui obrigada a fazer coisa muito pior diante de uma multidão.

Estamos em um jato. A fuselagem longa, o ronco dos motores e as nuvens passando não deixam dúvida. Isso sem falar no ronronar delicioso da eletricidade pulsando pelos fios por toda parte. Estendo a mão, encostando a palma no metal curvado e frio da parede do jato. Seria fácil beber o pulso rítmico, trazê-lo para dentro de mim. Por mais que queira me esbaldar nessa sensação, acabaria muito mal.

Cal não tira a mão da minha cintura. Ele vira para olhar por cima do ombro. Dirige-se a uma das pessoas nos assentos.

— Curandeiro Reese, ela primeiro — ele diz.

— Claro.

Meu sorriso desaparece no instante em que um homem desconhecido coloca a mão em mim. Seus dedos se fecham em volta do meu pulso. O toque parece errado, pesado. Como pedra. Algemas. Sem pensar, empurro-o e dou um pulo para trás, como se tivesse me queimado. O horror me corrói por dentro, e faíscas saem dos meus dedos. Rostos passam diante dos meus olhos, encobrindo minha visão. Maven, Samson, os guardas Arven, com mãos pesadas e olhos duros. No teto, as luzes piscam.

O curandeiro ruivo recua, dando um grito, enquanto Cal tenta acalmar as coisas.

— Mare, ele vai tratar suas feridas. É um sanguenovo. Está do nosso lado.

Ele coloca a mão na parede ao lado do meu rosto, me protegendo. De repente o jato fica pequeno, e o ar parece rançoso e sufocante. O peso das algemas se foi, mas não o esqueci. Ainda as sinto nos pulsos e tornozelos.

As luzes piscam de novo. Engulo em seco, fechando bem os olhos, tentando me concentrar. Manter o controle. Meu coração acelera, e os batimentos parecem trovões. Inspiro o ar entre dentes cerrados, tentando me tranquilizar. *Você está segura. Está com Cal, com a Guarda. Está tudo bem.*

Ele coloca as mãos no meu rosto de novo, implorando.

— Abra os olhos, olhe para mim. — Todos os demais permanecem em silêncio. — Mare, ninguém vai machucar você aqui. Acabou. Olhe para mim!

Ouço o desespero em sua voz. Ele sabe tão bem quanto eu o que pode acontecer com o jato se eu perder o controle.

A aeronave oscila sob meus pés, em um declínio constante para que estejamos mais perto do chão caso o pior aconteça. Tensa, me obrigo a abrir os olhos.

Olhe para mim.

Maven disse essas palavras um dia. Em Harbor Bay. Quando o sonador ameaçou me partir ao meio. Ouço Maven na voz de Cal, vejo-o no rosto dele. *Não, eu fugi de você. Eu fugi.* Mas o jovem rei está por toda parte.

Cal solta um suspiro, exausto e dolorido.

— Cameron.

O nome me faz arregalar os olhos. Bato os dois punhos no peito de Cal. Ele dá um passo para trás, surpreso com a força. Um tom prateado surge em seu rosto. Cal franze as sobrancelhas, confuso.

Atrás dele, Cameron mantém uma mão no assento, balançando com o movimento do jato. Ela parece forte. Está vestindo um colete tático grosso e suas tranças estão bem presas. Seus olhos castanhos profundos penetram os meus.

— Isso não. — Implorar é natural para mim. — Tudo menos isso. Por favor. Não posso... não posso me sentir assim de novo.

A asfixia do silêncio. A morte lenta. Passei seis meses sob esse peso e agora, quando me sinto eu mesma de novo, talvez não sobreviva a mais um instante sob ele. Um sopro de liberdade entre duas prisões seria só mais uma tortura.

Cameron mantém as mãos ao lado do corpo, os dedos longos e escuros parados. Esperando para atacar. Ela também mudou nesses últimos meses. Seu fogo não desapareceu, mas agora é direcionado, tem foco. Propósito.

— Tudo bem — Cameron responde. Com movimentos deliberados, cruza os braços, guardando as mãos letais. Quase caio, aliviada. — É bom ver você, Mare.

Meu coração ainda está martelando, o suficiente para me deixar sem ar, mas as luzes param de piscar. Abaixo a cabeça, mais uma vez aliviada.

— Obrigada.

Ao meu lado, Cal observa sombrio. Um músculo se tensiona em seu rosto. Não sei dizer o que está pensando. Mas posso adivinhar. Passei seis meses rodeada de monstros, e não esqueci como é a sensação de ser um.

Devagar, me deixo cair em um assento vazio, apoiando as mãos nos joelhos. Então entrelaço os dedos. Então sento em cima das mãos. Não sei o que parece menos ameaçador. Furiosa comigo mesma, olho fixo para o metal sob meus pés. De repente, me sinto desconfortável com a jaqueta militar e o vestido destruído, rasgado em quase todas as costuras, e com o frio que faz aqui dentro.

O curandeiro percebe e coloca um cobertor sobre meus ombros. Ele se movimenta sem parar, cumprindo sua função. Quando trocamos olhares, abre um leve sorriso.

— Acontece o tempo todo — ele sussurra.

Forço uma risada, um som oco.

— Vamos cuidar do machucado, tudo bem?

Enquanto me viro para mostrar o corte longo mas superficial nas costelas, Cal senta ao meu lado. Ele também me oferece um sorriso.

Sinto muito, diz apenas movendo os lábios.

Sinto muito, respondo da mesma forma.

Mas não tenho motivos para pedir desculpas. Pela primeira vez. Passei por coisas horríveis e fiz coisas horríveis para sobreviver. É mais fácil assim. Por enquanto.

Não sei por que finjo dormir. Enquanto o curandeiro trabalha, meus olhos se fecham e ficam assim durante horas. Sonhei tanto com esse momento que é quase avassalador. A única coisa que consigo fazer é encostar na poltrona e respirar com calma. Me sinto como uma bomba. Nada de movimentos repentinos. Cal fica ao meu lado, a perna encostada na minha. Ouço se mexer de vez em quando, mas ele não fala com os outros. Nem Cameron. A atenção deles está focada em mim.

Uma parte de mim quer conversar. Perguntar sobre minha família. Kilorn. Farley. O que aconteceu antes, o que está acontecendo agora. Para onde estamos indo. Não consigo fazer mais do que pensar nessas palavras. Só há energia suficiente em mim para sentir alívio. Um alívio fresco e tranquilizador. Cal está vivo; Cameron está viva. Eu estou viva.

Os outros sussurram, mantendo a voz baixa em sinal de respeito. Ou só não querem me acordar e arriscar outro incidente elétrico.

Ouvir a conversa alheia é instintivo a essa altura. Capto algumas palavras, o suficiente para esboçar um panorama nebuloso. *Guarda Escarlate, sucesso tático, Montfort.* A última me faz pensar. Mal consigo lembrar dos gêmeos sanguenovos da nação distante. O rosto deles é um borrão na minha memória. Mas com certeza lembro do que ofereceram. Um porto seguro para os sanguenovos, desde que eu os acompanhasse. Fiquei inquieta na época e ainda fico. Se fizeram uma aliança com a Guarda Escarlate, qual foi o preço? Meu corpo fica tenso ao pensar nisso. Montfort me quer para alguma coisa, isso é claro. E parece ter ajudado meu resgate.

Com a mente, toco de leve a eletricidade do jato, deixando que se conecte com a eletricidade dentro de mim. Alguma coisa me diz que essa batalha ainda não terminou.

O jato aterrissa suave depois que o sol se põe. A sensação me assusta, mas Cal reage com os reflexos de um gato, tocando meu pulso. Me retraio de novo com o pico de adrenalina.

— Desculpe — ele gagueja. — Eu...

Apesar do estômago se revirando, eu me obrigo a ficar calma. Coloco as mãos em seus pulsos, esfregando os dedos no metal de seu bracelete.

— Ele me mantinha acorrentada. Com algemas de Pedra Silenciosa, noite e dia — sussurro. Seguro mais forte, fazendo-o sentir um pouco do que lembro. — Não consigo tirar isso da cabeça.

Suas sobrancelhas se curvam sobre os olhos escuros. Conheço muito bem a dor, mas não encontro forças para vê-la em Cal. Olho para baixo, correndo o dedo por sua pele quente. Mais um lembrete de que ele está aqui, assim como eu. Não importa o que aconteça.

Cal se vira, movimentando-se com sua elegância letal, até eu segurar sua mão. Nossos dedos se entrelaçam.

— Eu queria poder te ajudar a esquecer — ele diz.

— Isso não ajudaria em nada.

— Eu sei, mas mesmo assim.

Cameron observa do outro lado do corredor, com uma perna agitada cruzada sobre a outra. Parece quase se divertir quando olho para ela.

— Incrível — diz.

Tento não me irritar. Meu relacionamento com ela, embora curto, não foi exatamente fácil. Em retrospectiva, sei que a culpa foi minha. Mais um erro na longa lista que quero desesperadamente consertar.

— O quê?

Sorrindo, ela solta o cinto e levanta enquanto o jato desacelera.

— Você ainda não perguntou para onde estamos indo.

— Qualquer lugar é melhor do que onde eu estava. — Lanço um olhar profundo para Cal e afasto a mão para mexer na fivela do meu cinto. — E achei que alguém ia acabar dizendo.

Cal dá de ombros enquanto levanta.

— Estava esperando a hora certa. Não queria sobrecarregar você.

Pela primeira vez em muito tempo, dou uma risada sincera.

— Que trocadilho horrível.

Seu sorriso largo encontra o meu.

— Deu certo.

— Vocês são insuportáveis — Cameron resmunga.

Depois de tirar o cinto, me aproximo dela, hesitante. Cameron percebe minha apreensão e enfia as mãos no bolso. Não costuma recuar ou pegar leve, mas faz isso por mim. Não a vi na batalha e seria idiota se não percebesse seu real propósito. Ela está no jato para ficar de olho em mim, como um balde de água ao lado da fogueira, caso o fogo saia do controle.

Devagar, envolvo seus ombros com os braços, em um abraço forte. Digo a mim mesma para não estremecer com o toque de sua pele. *Ela pode controlar. Não vai permitir que o silêncio te toque.*

— Obrigada por estar aqui — digo, com sinceridade.

Cameron assente com a cabeça, o queixo quase encostando no topo da minha cabeça. Ela é tão alta. Ou ainda está crescendo ou comecei a encolher. Pode ser qualquer um dos dois.

— Agora me diga onde estamos — continuo, me afastando. — E o que foi que eu perdi.

Ela aponta com o queixo para a cauda do avião. Como o velho Abutre, este jato tem uma entrada em rampa, que desce com um ruído pneumático. O curandeiro Reese lidera a saída. Nós o acompanhamos, alguns passos atrás. Fico tensa enquanto saímos, sem saber o que esperar do lado de fora.

— Temos sorte — Cameron diz. — Vamos conhecer Piedmont.

— Piedmont? — Olho para Cal, incapaz de esconder o choque e a confusão.

Ele dá de ombros. O desconforto aparece em seu rosto.

— Eu não sabia até estar tudo acertado. Eles não nos disseram muita coisa.

— Nunca dizem.

É assim que a Guarda funciona, como se mantém um passo à frente de prateados como Samson ou Elara. Cada um sabe exatamente o que precisa saber, nada mais. É preciso muita confiança, ou tolice, para seguir ordens assim.

Desço a rampa, cada passo mais leve que o anterior. Sem o peso morto das algemas, sinto como se pudesse voar. Os outros seguem à nossa frente e se juntam a uma multidão de soldados.

— A divisão da Guarda Escarlate de Piedmont, certo? Parece grande.

— Como assim? — Cal sussurra em meu ouvido. Por cima do ombro dele, Cameron olha para nós, igualmente confusa. Olho para um e para o outro, procurando a coisa certa a dizer. Escolho a verdade.

— É por isso que estamos em Piedmont. A Guarda tem operado aqui como em Norta e em Lakeland. — As palavras dos príncipes de Piedmont, Daraeus e Alexandret, ecoam na minha cabeça.

Cal fica me olhando por um instante, antes de virar e olhar para Cameron.

— Você soube de alguma coisa por Farley?

Cameron bate o dedo nos lábios.

— Ela não disse nada. Duvido que saiba. Ou tenha permissão para me contar.

O tom deles muda. Fica mais sério, pragmático. Não gostam um do outro. Cameron, eu entendo. Mas Cal? Ele foi criado como um príncipe mimado. Nem a Guarda Escarlate poderia apagar todos os resquícios disso.

— Minha família está aqui? — Fico mais séria também. — Pelo menos isso vocês sabem?

— Claro — Cal responde. Ele não sabe mentir muito bem, então sei que fala a verdade. — Eles me garantiram. Vieram de Trial com o resto da equipe do coronel.

— Ótimo. Vou vê-los assim que possível.

O ar de Piedmont é quente, pesado, grudento. Como um verão intenso, embora ainda seja primavera. Nunca comecei a suar tão rápido. Até a brisa é quente, sem oferecer nenhum alívio enquanto passa por cima do concreto pelando. A pista de pouso é inundada de holofotes, tão brilhantes que quase não consigo ver as estrelas. À distância, mais jatos chegam. Alguns são verdes, como os que vi na Praça de César. Naves como o Abutre e também maiores, de carga. *Montfort*. Os pontos se ligam no meu cérebro. *O triângulo branco nas asas é sua marca.* Já vi isso antes, em Tuck, nas caixas de equipamentos e nos uniformes dos gêmeos. Salpicados entre as naves de Montfort há jatos azuis, amarelos e brancos, com as asas listradas. Tudo à nossa volta é bem organizado e, a julgar pelos hangares e demais construções, bem financiado.

Claramente, estamos em uma base militar, e não do tipo com que a Guarda Escarlate está acostumada.

Tanto Cal quanto Cameron parecem tão surpresos quanto eu.

— Acabei de passar seis meses como prisioneira e vocês estão me dizendo que sei mais sobre as operações do que vocês? — repreendo.

Cal parece encabulado. Ele é um general; é um prateado; nasceu príncipe. Ficar confuso e perdido é muito perturbador para ele.

Cameron se irrita.

— Demorou só algumas horas para você retomar o ar de superioridade. Deve ser um novo recorde.

Ela está certa, e isso dói. Corro para alcançá-la, e Cal me acompanha.

— Eu só... desculpa. Achei que isso seria mais fácil.

Uma mão esquenta minha cintura, acalmando meus músculos.

— O que você sabe que nós não sabemos? — Cal pergunta, a voz insuportavelmente suave. Parte de mim quer chacoalhá-lo. Não sou uma boneca, nem de Maven nem de ninguém, e estou no controle agora. Não preciso ser manipulada. Mas o resto de mim aprecia o cuidado. É melhor do que qualquer outra coisa que eu tenha vivido em tanto tempo.

Não interrompo o passo, mas mantenho a voz baixa.

— No dia em que a Casa Iral e as outras tentaram matar Maven, ele estava dando um banquete para dois príncipes de Piedmont. Daraeus e Alexandret. Eles me questionaram, perguntando sobre a Guarda Escarlate e suas operações neste reino. Algo sobre um príncipe e uma princesa. — Minha memória começa a voltar. — Charlotta e Michael. Eles estão desaparecidos.

Uma nuvem escura atravessa o rosto de Cal.

— Soubemos que os príncipes estavam em Archeon. Alexandret morreu na tentativa de assassinato.

Pisco, surpresa.

— Como vocês...

— Vigiamos você o máximo que pudemos — Cal explica. — Estava nos relatórios.

Relatórios. A palavra gira na minha cabeça.

— Foi por isso que Nanny se infiltrou na Corte? Para ficar de olho em mim?

— Isso foi minha culpa. — Cal desabafa. Ele olha para baixo. — De mais ninguém.

Ao seu lado, Cameron fecha a cara.

— Foi mesmo.

— Srta. Barrow!

A voz não é uma surpresa. Aonde a Guarda Escarlate vai, o coronel vai também. Ele parece quase o mesmo de sempre: aflito, desagradável e bruto, o cabelo loiro bem claro e curto, o rosto marcado pelo estresse prematuro e um olho coberto por uma camada permanente de sangue escarlate. As únicas mudanças são o cabelo mais grisalho, o nariz queimado de sol e mais sardas nos braços. O homem de Lakeland não está acostumado com o clima de Piedmont e está aqui há tempo suficiente para ser afetado.

Soldados de Lakeland, cujos uniformes são uma mistura de vermelho e azul, o acompanham dos dois lados. Outros dois de uniforme verde também. Reconheço Rash e Tahir à distância, andando no mesmo passo. Farley não está com eles. E ela não costuma fugir da raia — a não ser que não tenha conseguido sair de Norta. Engulo esse pensamento e me concentro em seu pai.

— Coronel. — Abaixo a cabeça em um cumprimento.

Ele me surpreende ao estender a mão calejada.

— É bom ver você inteira — diz.

— Tão inteira quanto possível.

Isso o perturba. O coronel tosse, olhando para nós três. É uma situação complicada para um homem que teme o que somos.

— Vou ver minha família agora.

Não há motivo para pedir permissão. Quando vou passar por ele, suas mãos me interrompem, frias. Desta vez, luto contra o impulso de recuar. Ninguém mais vai me ver com medo. Não agora. Em vez disso, sustento seu olhar, e o faço perceber exatamente o que está fazendo.

— Essa decisão não foi minha — ele diz com firmeza e levanta as sobrancelhas, implorando que eu o ouça. Então inclina a cabeça. Atrás dele, Rash e Tahir acenam para mim com a cabeça.

— Srta. Barrow...

— Fomos instruídos...

— ... a acompanhá-la...

— ... em seu interrogatório.

Os gêmeos piscam em sincronia, terminando o discurso enlouquecedor. Como o coronel, eles suam com a umidade, o que faz a barba preta e a pele ocre idênticas brilharem.

Em vez de socar os dois, como queria fazer, dou um passo para trás. *Interrogatório*. A ideia de explicar tudo o que passei para algum soldado me faz querer gritar, fugir, ou os dois.

Cal fica entre nós, ao menos para amortecer algum golpe que eu possa desferir.

— Vocês vão mesmo obrigar Mare a fazer isso agora? — O tom é de descrença e alerta. — Com certeza pode esperar.

O coronel solta um suspiro lento, parecendo extremamente irritado.

— Pode parecer cruel — ele lança um olhar para os gêmeos de Montfort —, mas você tem informações vitais sobre nossos inimigos. Essas são nossas ordens, Barrow. — Sua voz fica mais suave. — Eu gostaria que fossem diferentes.

Com um toque suave, empurro Cal para o lado.

— Eu... vou... ver... minha... família... agora! — grito, olhando de um gêmeo insuportável para o outro. Eles só franzem a testa.

— Que grossa — Rash resmunga.

— Muito grossa — Tahir resmunga de volta.

Cameron disfarça uma risada tossindo.

— Não a provoquem — ela avisa. — Vou fingir que não vi nada se a tempestade de raios chegar.

— As ordens podem esperar — Cal completa, usando todo o seu treinamento militar para parecer imponente, ainda que tenha pouca autoridade aqui. A Guarda Escarlate o vê como uma arma e nada mais. Sei disso porque costumava vê-lo da mesma forma.

Os gêmeos não arredam o pé. Rash estoura, empertigando-se como um pássaro quando eriça as penas.

— Você certamente tem tantos motivos quanto qualquer um para querer a queda do rei.

— Você certamente sabe qual é a melhor maneira de derrotá-lo — Tahir continua.

Eles não estão errados. Vi as feridas mais profundas e as partes mais obscuras de Maven. Sei onde acertar para fazê-lo sangrar mais. Mas, neste momento, com todos que amo tão perto, não consigo nem enxergar as coisas com clareza. Se alguém acorrentasse Maven na minha frente agora, eu não pararia para chutar sua cara.

— Não me importa quem está segurando sua coleira. De nenhum de vocês. — Desvio deles, decidida. — Digam que esperem.

Os irmãos trocam olhares. Eles conversam em pensamento, discutindo. Eu daria as costas e seguiria em frente se soubesse para onde ir, mas não tenho ideia.

Minha cabeça já está focada em minha mãe, meu pai, Gisa, Tramy e Bree. Imagino-os escondidos em mais um galpão, apertados em um dormitório menor do que nossa palafita. O cheiro da comida ruim da mamãe dominando o lugar. A cadeira do papai, os retalhos de Gisa. Tudo isso faz meu coração doer.

— Posso encontrar minha família sozinha — digo entredentes, determinada a deixar os gêmeos para trás.

Mas Rash e Tahir recuam, gesticulando para que eu siga em frente.

— Muito bem...

— Seu interrogatório será pela manhã, srta. Barrow.

— Coronel, por favor, acompanhe a srta. Barrow até...

— Sim — o coronel os interrompe incisivo. Fico grata por sua impaciência. — Venha, Mare.

A base de Piedmont é muito maior do que Tuck, a julgar pelo tamanho da pista de pouso. No escuro é difícil dizer, mas lembra mais o Forte Patriota, o quartel-general de Norta em Harbor Bay. Os hangares são maiores, há mais aeronaves. Os homens do coronel nos levam em um veículo aberto até nosso destino. Como alguns dos jatos, as laterais têm listras amarelas e brancas. Tuck eu entendia. Uma base abandonada, esquecida, provavelmente conquistada pela Guarda Escarlate com facilidade. Mas este lugar não é nada disso.

— Onde está Kilorn? — resmungo baixinho, cutucando Cal ao meu lado.

— Com sua família, imagino. Ficou alternando entre eles e os sanguenovos a maior parte do tempo.

Porque não tem família.

Diminuo ainda mais o tom de voz, para que o coronel não ouça.

— E Farley?

Cameron responde antes de Cal, com os olhos estranhamente gentis.

— Ela está no hospital, mas não se preocupe. Ela não foi para Archeon; não está ferida. Vocês vão se ver logo. — Ela pisca rápido, escolhendo as palavras com cuidado. — Têm muito o que conversar.

— Ótimo.

O ar quente me agarra com seus dedos pegajosos, emaranhando meu cabelo. Mal consigo ficar quieta no banco, de tão ansiosa e nervosa. Quando fui levada, Shade tinha acabado de morrer... por minha causa. Eu não culparia ninguém, muito menos Farley, se me odiassem por isso. O tempo nem sempre cura as feridas. De vez em quando, faz com que fiquem piores.

Cal mantém uma mão na minha perna, um peso firme como um lembrete de sua presença. Seus olhos vão de um lado pra o outro, reparando em cada curva que o veículo faz. Eu deveria fazer o mesmo. A base de Piedmont é território desconhecido. Mas não consigo fazer mais do que morder o lábio e esperar. Meus nervos se agitam, mas não por causa da eletricidade. Quando viramos à direita, entrando em uma área de casas alegres de tijolos, sinto que vou explodir.

— São os aposentos dos oficiais — Cal sussurra. — É uma base real. Financiada pelo governo. Há poucas em Piedmont deste tamanho.

Seu tom me diz que ele está perguntando o mesmo que eu. *Então por que estamos aqui?*

Paramos na frente da única casa com todas as janelas acesas. Sem pensar, pulo do veículo, quase tropeçando nos trapos do vestido. Meus olhos se concentram no caminho à frente. Entrada de cascalho, degraus de lajota. A movimentação atrás das cortinas nas janelas. Só ouço meu coração batendo e o ruído de uma porta se abrindo.

Minha mãe vem primeiro, ultrapassando meus dois irmãos de pernas compridas. A colisão quase arranca o ar dos meus pulmões, mas não tanto quanto o abraço. Não me importo. Ela poderia quebrar todos os ossos do meu corpo e eu não me importaria.

Bree e Tramy carregam nós duas pelos degraus até o interior da casa. Gritam alguma coisa enquanto minha mãe sussurra em meu ouvido. Não ouço nada. A felicidade e a alegria dominam todos os meus sentidos. Nunca senti nada assim.

Minha mãe se ajoelha comigo no tapete no meio da sala grande. Fica beijando meu rosto, alternando as bochechas tão rápido que acho que vai deixar marca. Gisa se junta a nós, seu cabelo ruivo-escuro queimando no canto da minha visão. Como o coronel, ela tem sardas novas, pontos marrons na pele dourada. Trago-a mais para perto. Ela cresceu.

Tramy sorri para nós, sustentando uma barba escura e bem cuidada. Sempre queria deixá-la crescer quando era adolescente. Nunca passava de uns tufos irregulares, e Bree o provocava. Agora não. Ele se aproxima por trás de mim, os braços grossos envolvendo minha mãe também. Seu rosto está molhado. De repente, percebo que o meu também está.

— Onde está... — começo a perguntar.

Felizmente, não tenho tempo de temer pelo pior. Quando ele aparece, me pergunto se não estou alucinando.

Meu pai se apoia no braço de Kilorn e em uma bengala. Os meses lhe fizeram bem. Refeições frequentes o deixaram mais forte. Ele anda devagar, vindo do quarto ao lado. *Anda.* Seus passos são irregulares, estranhos. Meu pai não tem duas pernas há anos, ou mais do que um pulmão ativo. Presto atenção enquanto ele se aproxima com os olhos brilhando. Nenhum chiado. Nenhum barulho de máquinas ajudando-o a respirar. Nenhum ruído de cadeira de rodas enferrujada. Não sei o que pensar ou dizer. Esqueci como ele era alto.

Curandeiros. Provavelmente a própria Sara. Agradeço mil vezes em silêncio, do fundo do coração. Devagar, levanto, apertando a jaqueta militar que me envolve. Há buracos de bala nela. Meu pai olha para eles. Ainda é um soldado.

— Você pode me abraçar, não vou desabar — ele diz.

Mentiroso. Meu pai quase cai quando coloco os braços em volta da sua cintura, mas Kilorn o mantém ereto. Nós nos abraçamos de um jeito que não podíamos desde que eu era uma garotinha.

As mãos suaves da minha mãe tiram o cabelo do meu rosto, e ela repousa a cabeça ao lado da minha. Fico no meio deles, protegida e segura. Por um instante, esqueço. Nada de Maven, nada de algemas, nada de marca. Nada de guerra, nada de rebelião.

Nada de Shade.

Eu não era a única faltando na nossa família. Nada pode mudar isso.

Ele não está aqui e nunca mais vai estar. Meu irmão está sozinho no desconhecido.

Me recuso a deixar que outro Barrow tenha o mesmo destino.

VINTE E UM

Mare

❦

A ÁGUA DA BANHEIRA FORMA um redemoinho marrom e vermelho. Sujeira e sangue. Minha mãe troca a água duas vezes e meu cabelo continua impregnado. Pelo menos o curandeiro no jato cuidou das minhas feridas aparentes, então posso aproveitar a água quente e ensaboada sem sentir mais dor ainda. Gisa está empoleirada em um banco na beirada da banheira, com sua coluna ereta, na postura rígida que aperfeiçoou ao longo dos anos. Ou ela ficou mais bonita ou esses seis meses nublaram minha lembrança do seu rosto. Nariz arrebitado, lábios grossos e olhos escuros brilhantes. Os olhos da nossa mãe. Meus olhos. Os olhos que todos os Barrow têm, exceto Shade. Ele era o único com olhos que lembravam mel ou ouro. Do pai da minha mãe. Aqueles olhos se foram para sempre.

Afasto as lembranças do meu irmão e olho para a mão de Gisa. A que eu quebrei com meus erros tolos.

A pele agora está macia, os ossos recuperados. Não há nenhuma evidência dos dedos destroçados pela coronha da arma de um agente de segurança.

— Sara — Gisa explica gentilmente, flexionando os dedos. — Ela fez um bom trabalho. Com o papai também.

— Aquilo levou uma semana inteira. Fazer tudo crescer de novo, da coxa para baixo. E ele ainda está se acostumando. Mas não doeu tanto quanto isto aqui. — Ela dobra os dedos, sorrindo. — Sabia que ela teve que quebrar de novo estes dois? — Os dedos médio e indicador balançam. — Usou um martelo. Doeu pra cacete.

— Gisa Barrow, seu linguajar é deplorável. — Jogo um pouco de água nos pés dela, que xinga de novo, retraindo os dedos dos pés.

— Culpe a Guarda Escarlate. Parece que passam o tempo todo xingando e pedindo mais bandeiras. — *Isso soa familiar.* Como Gisa não é de deixar barato, coloca a mão na banheira e joga água em mim.

Mamãe esbraveja conosco. Ela tenta parecer severa, mas falha miseravelmente.

— Parem com isso, vocês duas.

Uma toalha branca felpuda sacode nas mãos dela, estendida para mim. Por mais que eu queira passar mais uma hora mergulhada na tranquilidade da água quente, quero ainda mais voltar lá para baixo.

A água forma ondas ao meu redor enquanto levanto e saio da banheira, me enrolando na toalha. O sorriso de Gisa hesita um pouco. Minhas cicatrizes são claras como o dia, pedaços perolados de carne branca sobre a pele escura. Mesmo minha mãe vira o rosto, me dando mais um segundo para enrolar a toalha um pouco melhor, escondendo a marca na minha clavícula.

Foco no banheiro em vez de seus rostos envergonhados. Não é tão bom quanto o que eu tinha em Archeon, mas a ausência das Pedras Silenciosas mais que compensa. O oficial que viveu aqui antes era um tanto exagerado. As paredes são pintadas em um tom espalhafatoso de laranja, com molduras brancas combinando com os aparatos de porcelana, incluindo a pia canelada, a banheira profunda e o chuveiro escondido atrás da cortina verde-limão. Meu reflexo me encara do espelho sobre a pia. Pareço um rato afogado, mas bem limpo. Perto da minha mãe, vejo nossa semelhança mais claramente. Ela tem ossos pequenos como eu e o mesmo tom dourado na pele. Só que a dela está mais cansada, com rugas talhadas pelos anos.

Gisa nos conduz para o corredor, com nossa mãe nos seguindo e secando meu cabelo com outra toalha macia. Elas me mostram um quarto azul-bebê com duas camas confortáveis. É pequeno, mas adequado. Prefiro dormir no chão sujo ao cômodo mais suntuoso do palácio de Maven. Minha mãe me enfia com rapidez em um pijama de algodão, com direito a meias e um xale macio.

— Mãe, vou derreter — reclamo com gentileza, desenrolando o xale do pescoço.

Ela o pega de volta com um sorriso e me beija de novo nas duas bochechas.

— Só quero deixar você confortável.

— Confie em mim, eu estou — digo, apertando seu braço.

No canto, noto o vestido do casamento, agora reduzido a trapos. Gisa segue meu olhar e se envergonha.

— Pensei que poderia salvar uma parte dele — minha irmã admite, envergonhada. — São rubis. Não queria desperdiçar.

Parece que ela tem mais dos meus instintos de ladra do que eu imaginava.

E, aparentemente, minha mãe também.

Ela fala antes mesmo de eu dar um passo em direção à porta do quarto.

— Se acha que vou deixar você ficar acordada até altas horas falando de guerra, está completamente enganada. — Para reforçar sua afirmação, ela cruza os braços e para bem no meu caminho. Minha mãe é baixa como eu, mas é uma trabalhadora. Está longe de ser fraca. Já a vi segurando meus três irmãos e sei por experiência própria que vai me colocar na cama à força se precisar.

— Mãe, tem coisas que eu preciso dizer...

— Seu interrogatório é amanhã às oito. Conte tudo lá.

— Também quero saber o que perdi...

— A Guarda Escarlate dominou Corvium. Eles estão trabalhando em Piedmont. Isso é tudo o que qualquer um lá embaixo sabe — minha mãe dispara como uma metralhadora, me empurrando para a cama.

Olho para Gisa pedindo socorro, mas ela recua com as mãos erguidas.

— Não falei com Kilorn...

— Ele compreende.

— Cal...

— Vai ficar bem com seu pai e seus irmãos. Se ele é capaz de atacar a capital, pode lidar com eles.

Com um sorriso, imagino-o esmagado entre Bree e Tramy.

— Além do mais, ele fez tudo o que podia para trazer você de volta para nós — ela acrescenta com uma piscadela. — Eles não vão criar nenhum problema com ele, pelo menos não esta noite. Agora vá para a cama e feche os olhos, ou eu fecho para você.

As lâmpadas chiam dentro dos bulbos; a fiação do quarto serpenteia pelos fios elétricos. Nada disso se compara à força da voz da minha mãe. Faço como ela manda, entrando embaixo das cobertas da cama mais próxima. Para minha surpresa, ela deita do meu lado, me abraçando apertado.

Pela milésima vez esta noite, beija minha bochecha.

— Você não vai a lugar nenhum.

No meu coração, sei que não é verdade.

A guerra está longe de ser vencida.

Mas, pelo menos esta noite, posso ficar.

Os pássaros em Piedmont fazem uma algazarra horrível. Eles piam e gorjeiam do lado de fora da janela e imagino bandos deles empoleirados nas árvores. É a única explicação para tanto barulho. A parte boa é que nunca ouvi pássaros em Archeon. Mesmo antes de abrir os olhos, sei que ontem não foi um sonho. Sei onde estou acordando e o que vou enfrentar.

Minha mãe levantou cedo como de costume. Gisa tampouco está aqui, mas não estou sozinha. Coloco a cabeça para fora do quarto e descubro um garoto esguio sentado no topo das escadas, com as pernas esticadas sobre os degraus.

Kilorn fica de pé com um sorriso e abre bem os braços. Existe uma boa chance de eu desmontar com todos os abraços.

— Você demorou — ele disse. Mesmo depois de seis meses de prisão e tormento, ele não me trata como um animal ferido. Voltamos a ser como antes em um piscar de olhos.

Acerto-o nas costelas com o cotovelo.

— Se você tivesse ajudado...

— Invasões militares e ataques táticos não são exatamente minha especialidade.

— Você tem uma especialidade?

— Além de ser um estorvo? — Ele ri, me acompanhando na descida pelas escadas. Panelas e frigideiras fazem barulho em algum lugar. Sigo o cheiro do bacon fritando. À luz do dia, os sons da casa parecem amigáveis e não combinam com uma base militar. As paredes cor de manteiga e os tapetes de um roxo floral aquecem o corredor central, mas a falta de decoração é um tanto suspeita. Há buracos de pregos no papel de parede. Talvez uma dezena de pinturas tenha sido retirada. Os cômodos por onde passamos — uma sala de visitas e um escritório — também sofrem de escassez de mobília. Ou o oficial que vivia aqui esvaziou a casa ou outra pessoa fez isso por ele.

Pare, digo a mim mesma. Mereço o direito de não pensar em traições e deslealdades por um maldito dia. *Você está segura; terminou.* Repito as palavras na minha cabeça.

Kilorn estende o braço, me parando na porta da cozinha. Ele se inclina para a frente na minha direção de um jeito que me impede de ignorar seus olhos. Verdes como lembrava. Ele estreita os olhos, preocupado.

— Você está bem?

Normalmente, eu acenaria com a cabeça e sorriria diante da insinuação. Já fiz isso muitas vezes. Afastei as pessoas mais próximas de mim, achando que podia sangrar sozinha. Nunca mais. Aquilo me tornava uma pessoa odiosa, uma pessoa horrível. Mas as palavras que quero pôr para fora não saem. Não para Kilorn. Ele não entenderia.

— Acho que preciso de uma palavra que signifique *sim* e *não* ao mesmo tempo — sussurro olhando para os pés.

Ele coloca a mão no meu ombro. Por pouco tempo. Sabe os limites que tracei. Kilorn não os ultrapassaria.

— Estarei aqui quando precisar conversar. — Não *se*, mas *quando*. — Não vou sair do seu pé até lá.

Abro um sorriso inseguro.

— Ótimo. — O barulho da gordura fritando estala no ar. — Espero que Bree não tenha comido tudo.

Com certeza meu irmão tentou. Enquanto Tramy ajuda na cozinha, Bree paira sobre os ombros da minha mãe, pegando fatias de bacon direto da gordura quente. Ela bate nele enquanto Tramy se diverte, sorrindo sobre a frigideira com os ovos. Os dois são adultos, mas parecem crianças, exatamente como lembrava. Gisa está sentada à mesa da cozinha, observando de canto do olho. Fazendo seu melhor para permanecer respeitável. Ela tamborila os dedos na mesa de madeira.

Meu pai é mais contido. Está encostado no armário, com a perna nova esticada à frente. Ele me vê antes dos outros e abre um sorriso discreto. Apesar da cena alegre, a tristeza o corrói por dentro.

Sente a falta do nosso pedaço perdido. Aquele que nunca recuperaremos.

Engulo em seco, afastando o fantasma de Shade.

A ausência de Cal também é notória. Não que ele vá ficar longe por muito tempo. Provavelmente está dormindo ou planejando a próxima fase do... do que estiver prestes a acontecer.

— Tem mais gente para comer — resmungo enquanto passo por Bree. Rapidamente, arranco um bacon dos dedos dele. Seis meses não diminuíram meus reflexos ou impulsos. Sorrio para meu irmão enquanto sento ao lado de Gisa, que agora está prendendo o cabelo em um coque perfeito.

Bree faz uma careta quando senta, com um prato cheio de torradas com manteiga. Ele não comia tão bem assim no exército ou em Tuck. Como todos nós, está aproveitando a oportunidade.

— É, Tramy, deixa um pouco pra gente.

— Como se você precisasse — ele retruca, beliscando a bochecha de Bree. Eles terminam dando tapas um no outro. *Crianças*, penso de novo. *E soldados também*.

Ambos foram recrutados e sobreviveram mais do que a maioria. Alguns diriam que foi sorte, mas eles são fortes. Mais espertos no campo de batalha do que em casa. O sorriso travesso e o comportamento juvenil encobrem o guerreiro que há dentro deles. Por enquanto, fico contente de não precisar ver esse outro lado.

Minha mãe me serve primeiro. Ninguém reclama, nem mesmo Bree. Ataco os ovos e o bacon com a xícara de café quente com leite e açúcar. A comida é digna de um nobre prateado, como eu bem sei.

— Mãe, como você conseguiu isso? — pergunto entre as garfadas. Gisa faz uma careta, torcendo o nariz para minha boca cheia de comida enquanto falo.

— É a entrega diária — minha mãe responde, jogando uma mecha de cabelo grisalho por cima do ombro. — Esse setor é só de oficiais da Guarda, de alta patente ou relevância... e seus familiares.

— Por "relevância" você quer dizer... — tento ler as entrelinhas — sanguenovos?

Kilorn responde por ela.

— Se forem oficiais, sim. Mas os recrutas sanguenovos vivem nos quartéis, com o resto dos soldados. Acham que é melhor assim. Quanto menos divisão, menos medo. Nunca teremos um exército adequado se a maior parte das tropas temer a pessoa ao lado.

Contra minha vontade, sinto as sobrancelhas se erguerem em surpresa.

— Eu disse que tinha uma especialidade — ele sussurra, piscando.

Minha mãe irradia alegria, colocando outro prato de comida na frente dele. Ela despenteia seu cabelo com carinho, jogando as mechas castanhas para trás. Kilorn tenta ajeitá-lo de novo.

— Ele tem trabalhado na melhoria das relações entres os sanguenovos e o resto da Guarda Escarlate — ela diz com orgulho. Kilorn tenta esconder sua expressão de vergonha com a mão.

— Warren, se você não vai comer isso...

Meu pai reage mais rápido que qualquer um de nós, batendo na mão esticada de Tramy com a bengala.

— Tenha modos, garoto — ele rosna. Então agarra um bacon do meu prato. — Muito bom.

— O melhor que já comi — Gisa concorda. Com delicadeza mas faminta, ela ataca os ovos com queijo ralado. — O povo de Montfort entende de comida.

— Piedmont — meu pai corrige. — A comida e os suprimentos são de Piedmont.

Arquivo a informação e estremeço instintivamente. Estou tão acostumada a dissecar as palavras de todos à minha volta que faço sem pensar, mesmo com minha família. *Você está segura; terminou.* As palavras ecoam na minha cabeça. O ritmo delas me acalma um pouco.

Meu pai se recusa a sentar.

— E o que você está achando da perna? — pergunto.

Ele coça a cabeça, inquieto.

— Bem, não vou devolver tão cedo — ele diz com um raro sorriso. — Mas demora para acostumar. A curandeira de pele está ajudando quando pode.

— Isso é ótimo.

Nunca me envergonhei do ferimento do meu pai. Significava que ele estava vivo e protegido do recrutamento. Tantos outros pais, o de Kilorn inclusive, morreram por uma guerra sem sentido enquanto o meu sobreviveu. A perna perdida o deixava azedo, descontente, ressentido na cadeira de rodas. Ele franzia a testa mais do que sorria e era um eremita amargo na melhor das hipóteses. Mas estava vivo. Meu pai me disse uma vez que era cruel dar esperanças quando não havia nenhuma. Ele não achava que ia andar de novo, voltar a ser o homem que tinha sido. Agora está de pé como prova do contrário, de que a esperança, não importa quão pequena, não importa quão impossível, pode se tornar realidade.

Na prisão de Maven, fiquei desesperada. Definhei. Contei os dias e desejei um fim, não importava qual. Mas tive esperança. Tola e irracional. Às vezes uma faísca solitária, às vezes uma chama. Também parecia impossível. Exatamente como o caminho que temos pela frente, passando pela guerra e pela revolução. Todos poderemos morrer nos dias que virão. Podemos ser traídos. Ou podemos vencer.

Não faço ideia de como seria isso ou de que exatamente devo ter esperança. Só sei que tenho que mantê-la viva. Esse é o único escudo contra a escuridão que tenho dentro de mim.

Olho em volta da mesa da cozinha. Um tempo atrás lamentei que minha família não me conhecesse, não entendesse o que eu tinha me tornado. Pensei que estava separada deles, sozinha, isolada.

Não podia estar mais errada. Compreendo tudo melhor agora. Sei quem sou.

Sou Mare Barrow. Não Mareena, não a garota elétrica. Mare.

Meus pais se oferecem discretamente para me acompanhar no interrogatório. Gisa também. Recuso. Essa é uma empreitada militar, oficial, pela causa. Será mais fácil lembrar dos detalhes se minha mãe não estiver segurando minha mão. Posso ser forte na frente do coronel e dos seus oficiais, mas não na frente dela. Minha mãe aumenta a chance de eu desmoronar. A fraqueza é aceitável, perdoável, quando se está com a família. Mas não quando vidas e guerras estão em jogo.

No exato momento que o relógio da cozinha marca oito horas, um veículo aberto para na frente da casa. Vou em silêncio. Apenas Kilorn me segue, mas não vai comigo. Ele sabe que não faz parte disso.

— E o que você vai fazer o dia todo? — pergunto enquanto giro a maçaneta de bronze da porta.

Ele dá de ombros.

— Tinha um cronograma pra seguir em Trial. Treinamento, umas voltas com os sanguenovos, aulas com Ada. Depois que vim pra cá com seus pais, achei que deveria continuar.

— Um cronograma — zombo dele, saindo para o sol. — Você parece uma lady prateada.

— Bem, quando se é uma beldade como eu... — ele suspira.

Já está quente. O sol arde no horizonte ao leste. Tiro a jaqueta fina que minha mãe me forçou a vestir. Árvores frondosas se alinham pela rua, disfarçando a base militar como um bairro de classe alta. A maioria das casas geminadas de tijolos parece vazia, com as janelas escuras e fechadas. No fim dos degraus, meu transporte espera. O motorista atrás do volante abaixa os óculos escuros, me olhando por cima das lentes. Eu deveria imaginar. Cal me deu todo o tempo que eu precisava com a minha família, mas não ia ficar longe.

— Kilorn — ele cumprimenta, acenando com a mão. Meu amigo retribui o gesto com tranquilidade e um sorriso. Os últimos seis meses devem ter matado a rivalidade dos dois pela raiz.

— Encontro você depois — digo. — Para trocar uma ideia.

Ele assente.

— Com certeza.

Apesar de ser Cal no assento do motorista, me atraindo como um farol, ando lentamente até o veículo. Ao longe, motores de jato ressoam. Cada passo me deixa um centímetro mais perto de reviver os seis meses de cativeiro. Se eu voltasse, ninguém ia me recriminar. Mas apenas prolongaria o inevitável.

Cal observa, seu rosto reluzindo ao sol. Ele estende a mão e me ajuda a sentar no banco da frente como se eu fosse algum tipo de inválida. O motor ronrona, e seu coração elétrico é um conforto e um lembrete. Posso estar assustada, mas não sou fraca.

Com um último aceno para Kilorn, Cal gira a direção e acelera, nos conduzindo pela rua. A brisa despenteia seus cabelos cortados de forma grosseira, realçando as mechas desiguais.

Passo a mão pela nuca dele.

— Você mesmo que fez isso?

Seu rosto fica prateado.

— Tentei. — Ele mantém uma mão no volante e pega a minha com a outra. — Está pronta?

— Vou sobreviver. Suponho que os relatórios tenham coberto as partes mais importantes. Só vou precisar preencher os buracos.

— A quantidade de árvores diminui em ambos os lados quando a rua dos oficiais chega a uma avenida larga. À esquerda fica o campo de pouso. Viramos à direita, e o veículo corre suave no pavimento.
— E com sorte alguém vai me deixar a par de tudo... isso.
— Com essas pessoas você tem que exigir respostas em vez de esperar por elas.
— Você tem sido exigente, alteza?
Ele ri baixinho.
— Eles com certeza acham isso.

É uma viagem de cinco minutos até nosso destino, e Cal faz o possível para me atualizar. Havia um quartel-general na fronteira com Lakeland, próximo a Trial. Todos os soldados do coronel evacuaram para o norte com a possibilidade de invasão da ilha de Tuck. Passaram meses embaixo da terra, em abrigos congelantes, enquanto Farley e o coronel se comunicavam com o Comando e preparavam o próximo alvo: Corvium. A voz de Cal falha um pouco enquanto descreve o cerco. Ele mesmo liderou o ataque, tomando as muralhas de surpresa e depois destruindo a cidade-fortaleza, tijolo por tijolo. Provavelmente conhecia os soldados contra quem estava lutando. Talvez tenha matado amigos. Não cutuco a ferida aberta. No final, fecharam o cerco, removendo os últimos oficiais prateados e oferecendo a opção de se render ou serem executados.

— A maioria está presa agora, mas alguns voltaram para a família depois de pagarem resgate. Outros preferiram a morte — ele murmura baixinho. Cal olha para mim apenas por um instante, por trás das lentes escuras.

— Sinto muito — murmuro com sinceridade. Não só porque Cal está sofrendo, mas porque aprendi há um bom tempo que há muitas áreas cinzentas no mundo. — Julian estará no interrogatório?

Cal suspira, agradecido pela mudança de assunto.

— Não sei. Ele disse mais cedo que o alto-comando de Montfort tem sido muito flexível com suas investigações. Deram a ele acesso aos arquivos da base e a um laboratório, e todo o tempo que quiser para continuar com seus estudos sobre sanguenovos.

Não consigo pensar em recompensa melhor para Julian Jacos. Tempo e livros.

— Mas talvez eles não estejam muito animados em deixar um cantor próximo do seu líder — Cal acrescenta, pensativo.

— É compreensível — respondo. Apesar das nossas habilidades serem mais destrutivas, Julian é um manipulador, tão perigoso quanto qualquer outro. — Então, há quanto tempo Montfort está nessa?

— Não sei — ele diz, e sua irritação é óbvia. — Mas se mostraram mais depois de Corvium. E com a aliança de Maven e Lakeland... Ele está juntando forças contra a rebelião. Montfort e a Guarda fizeram o mesmo. Em vez de armas e comida, Montfort começou a mandar soldados. Vermelhos, sanguenovos. Eles já tinham um plano pra extrair você de Archeon. Um ataque cirúrgico. Nós partindo de Trial, Montfort de Piedmont. Tenho que admitir que eles sabem se organizar. Só precisavam do momento certo.

— E escolheram um belo momento — ironizo. Tiroteios e derramamento de sangue nublam meus pensamentos. — Tudo isso por mim. Parece estúpido.

Cal aperta minha mão mais forte. Ele foi criado para ser o soldado prateado perfeito. Lembro de seus manuais, de seus livros de táticas militares. *Vitória a qualquer preço*, diziam. E ele costumava acreditar nisso. Da mesma forma que eu costumava acreditar que nada na terra poderia me fazer voltar para Maven.

— Ou tinham outro alvo em Archeon ou Montfort realmente queria você de volta. — Cal diz conforme o transporte freia.

Paramos em frente a outro prédio de tijolos, sua fachada ornamentada por colunas brancas e um grande terraço. Penso de novo no Forte Patriota e em seus portões decorados com um bronze amedrontador. Os prateados gostam de coisas bonitas, e este lugar não é exceção. Videiras floridas sobem pelas colunas, carregadas de botões roxos de glicínias e madressilvas perfumadas. Soldados uniformizados andam sob as plantas, mantendo-se na sombra. Vejo a Guarda Escarlate com suas roupas sem padrão e cachecóis vermelhos, os soldados de Lakeland em azul e uma multidão de oficiais de Montfort de verde. Meu estômago se revira.

O coronel marcha para nos encontrar. Sozinho, felizmente.

Ele começa antes mesmo de eu descer.

— Você vai se reunir comigo, dois generais de Montfort e um oficial do Comando.

Tanto Cal quanto eu ficamos surpresos, arregalando os olhos.

— Do Comando? — balbucio.

— Sim. — O olho bom do coronel brilha. Ele dá meia-volta, nos obrigando a seguir seu ritmo. — Digamos que as coisas estão em movimento.

Reviro os olhos, já irritada.

— Que tal simplesmente dizer o que isso significa?

— Provavelmente ele não sabe — replica uma voz familiar.

Farley está escorada em uma das colunas, na sombra, com os braços cruzados acima do peito. Fico pasma, com o queixo caído. Ela está grávida, com a barriga absurdamente grande. Usa um uniforme adaptado, uma veste simples sobre calças largas. Não ficaria surpresa se desse à luz nos próximos trinta segundos.

— Ah — é tudo o que consigo dizer.

Ela parece quase se divertir.

— Faça as contas, Barrow.

Nove meses. Shade. A reação dela no jato cargueiro quando eu contei para ela o que Jon tinha dito. *A resposta para a sua pergunta é "sim".*

Eu não sabia o que significava, mas Farley sabia. Ela suspeitava. E descobriu que estava grávida do meu irmão menos de uma hora depois de Shade morrer. Cada revelação é um chute no meu estômago. Partes iguais de alegria e tristeza. Shade vai ter um filho, mas nunca poderá conhecê-lo.

— Não acredito que ninguém pensou em contar para você — Farley continua, lançando um olhar para Cal, que vira o rosto, desconcertado. — Com certeza tiveram tempo.

Em choque, tudo o que eu posso fazer é concordar. Não só Cal, mas minha mãe e o resto da família.

— Todos sabiam?

— Bom, não vale a pena discutir isso agora — Farley prossegue, se afastando da coluna. Mesmo em Palafitas, a maioria das mulheres fica de cama nessa fase da gravidez, mas não ela. Farley mantém uma arma na cintura, com o coldre aberto em alerta. Uma Farley grávida ainda é uma Farley perigosa. Provavelmente mais perigosa. — Imagino que você queira acabar com isso o mais rápido possível.

Quando ela vira as costas, abrindo caminho, soco Cal nas costelas. Duas vezes, para garantir.

Ele range os dentes, respirando entre os golpes.

— Desculpe — balbucia.

O interior do que costumava ser o prédio de uma base de comando parece mais uma mansão. Escadas em espiral dos dois lados do saguão de entrada levam à galeria superior, repleta de janelas. Frisos de gesso perpassam o teto, pintado para parecer com as glicínias do lado de fora. O assoalho é de tacos de madeira, alternando placas de mogno, cerejeira e carvalho em um desenho complexo. Mas, como nas casas geminadas, qualquer coisa que não estivesse fixada desapareceu. Há muitos espaços vazios, enquanto alcovas reservadas para esculturas e bustos agora abrigam guardas. De Montfort.

Olhando de perto, seus uniformes são melhores do que qualquer um usado pela Guarda Escarlate ou pelos soldados de Lakeland do coronel. São mais parecidos com os de oficiais prateados. Produzidos em massa, robustos, com medalhas, insígnias, e o triângulo branco gravado nos braços.

Cal observa tão atentamente quanto eu. Ele me cutuca, acenando para o topo das escadas. Na galeria, nada menos que seis oficiais de Montfort nos observam. Eles têm cabelo grisalho, marcas de guerra e carregam medalhas suficientes para afundar um navio. São generais.

— Há câmeras também — sussurro para Cal. Sinto a eletricidade de cada uma enquanto passo pelo saguão de entrada.

Apesar das paredes vazias e da decoração esparsa, as passagens estreitas fazem minha pele arrepiar. Continuo dizendo a mim mesma que a pessoa ao meu lado não é uma Arven. Aqui não é Whitefire. Minhas habilidades são a prova disso. Ninguém está me mantendo prisioneira. Queria poder baixar a guarda, mas é parte da minha natureza agora.

Salas de reunião me fazem lembrar da câmara do conselho de Maven. Tem uma grande mesa lustrosa com cadeiras de estofamento fino, e é iluminada por um conjunto de janelas com vista para outro jardim. Aqui as paredes também estão vazias, exceto por um brasão pintado. Amarelo com listras brancas e uma estrela roxa no centro. Piedmont.

Somos os primeiros a chegar. Espero o coronel sentar na cabeceira da mesa, mas ele não faz isso, optando pela cadeira à direita. O resto de nós se enfileira ao lado dele, encarando o lado vazio que deixamos para os oficiais de Montfort e o Comando.

O coronel contempla a cena, perplexo. Observa enquanto Farley se senta, com o olho bom frio e firme como aço.

— Capitã, você não tem permissão para estar aqui.

Cal e eu trocamos olhares com as sobrancelhas erguidas. Farley e o coronel se confrontam com frequência. Pelo menos isso não mudou.

— Ah, você não foi informado? — ela replica, puxando um pedaço dobrado do bolso. — É tão chato quando isso acontece. — Com um gesto rápido, ela desliza o papel na direção do pai.

Ele o desdobra com avidez, passando o olho com frieza pela página e suas letras datilografadas. A mensagem não é longa, mas ele a encara por um tempo, sem acreditar nas palavras. Finalmente, alisa o papel à mesa.

— Isso não pode estar certo.

— O Comando precisa de um representante na mesa. — Farley sorri. Ela abre bem as mãos. — Aqui estou.

— Então o Comando cometeu um erro.

— Agora eu sou do Comando, coronel. Não há erro algum.

O Comando rege a Guarda Escarlate, é o centro de uma engrenagem bem sigilosa. Ouvi apenas menções à sua existência, mas não o suficiente para saber como controlam uma operação tão vasta e complicada. Se aceitaram Farley, significa que a Guarda está saindo de vez das sombras, ou apenas que a queriam?

— Diana, você não pode...

Ela se ouriça, com o rosto vermelho.

— Porque estou grávida? Eu lhe garanto que posso cuidar de duas coisas ao mesmo tempo. — Se não fosse por sua semelhança indiscutível, tanto em aparência quanto em atitude, seria fácil esquecer que Farley é filha do coronel. — Você quer se prolongar mais nessa questão, Willis?

Ele fecha o punho sobre a mensagem, com os nós dos dedos brancos, mas apenas balança a cabeça.

— Ótimo. E sou general agora. Aja de acordo.

Uma resposta trava na garganta do coronel, deixando-o com uma expressão angustiada. Com um sorriso de satisfação, Farley pega a mensagem de volta e a guarda. Ela percebe o olhar de Cal, tão confuso quanto o meu.

— Você não é mais o único oficial de alta patente no recinto, Calore.

— Parece que não. Parabéns — ele acrescenta, oferecendo um sorriso tímido.

Isso a desarma. Depois da franca hostilidade do pai, Farley não esperava o apoio de ninguém, muito menos do rancoroso príncipe prateado.

As generais de Montfort entram por outra porta, magníficas em seus uniformes verde-escuros. Vi uma delas na galeria. Tem o cabelo branco cortado reto acima dos ombros, olhos castanhos aguados e longos cílios tremeluzentes. A outra é uma mulher de cabelo escuro e pele morena, que parece ter por volta de quarenta anos, com o físico de um touro. Ela acena com a cabeça para mim, como se cumprimentasse uma amiga.

— Conheço você — digo, tentando lembrar onde vi seu rosto. — De onde?

Ela não responde, virando a cabeça sobre o ombro para esperar mais uma pessoa, um homem de cabelo grisalho e roupas simples. Mas praticamente não presto atenção nele, distraída por seu acompanhante. Mesmo sem as cores da sua Casa, vestido de cinza em vez do dourado desbotado de costume, Julian não consegue passar despercebido. Sinto uma explosão de afeto ao ver meu antigo professor. Ele inclina a cabeça, oferecendo um sorriso discreto para me cumprimentar. Parece melhor do que nunca, melhor até do que quando o conheci no Palacete do Sol. Na época ele estava esgotado, exaurido por uma corte de inimigos, assombrado por uma irmã falecida, por uma Sara Skonos em frangalhos e por suas próprias dúvidas. Apesar do seu cabelo agora estar mais cinza do que marrom e de suas rugas terem se aprofundado, ele parece vibrante, vivo, aliviado. Inteiro. A Guarda Escarlate lhe deu um propósito. Sara também, aposto.

Sua presença acalma Cal mais até do que a mim. Ele relaxa um pouco ao meu lado, fazendo um pequeno aceno para o tio. Nós dois percebemos o que isso quer dizer, que tipo de mensagem Montfort está tentando mandar. Eles não odeiam os prateados... e não os temem.

O outro homem fecha a porta por onde entrou enquanto Julian senta do nosso lado da mesa. Mesmo com mais de um metro e oitenta de altura, o homem parece pequeno sem um uniforme. Veste roupas civis: uma camisa de abotoar, calça e sapato. Não carrega nenhuma arma à vista. Ele não tem sangue prateado, isso é certo, a julgar pelo tom rosado sob sua pele arenosa. Se é sanguenovo ou vermelho, não sei. Tudo nele é definitivamente neutro, agradavelmente mediano e modesto. Parece uma página em branco, e isso pode ser natural ou proposital. Não há nada mais que indique quem ou o que ele é.

Mas Farley sabe. Ela começa a levantar, mas o homem acena para que permaneça sentada.

— Não há necessidade disso, general — ele diz. De certa forma, ele me lembra Julian. Eles têm os mesmos olhos selvagens, a única coisa notável nele. Seu olhar percorre o recinto, observando e absorvendo tudo. — É um prazer finalmente conhecer todos vocês — ele acrescenta, acenando para nós um por vez. — Coronel, srta. Barrow, alteza.

Sob a mesa, os dedos de Cal se contorcem contra a perna. Ninguém o chama mais assim. Pelo menos não quem realmente o considera merecedor do título.

— E quem é você exatamente? — o coronel pergunta.

— É claro — o homem responde. — Desculpem por não poder vir antes. Meu nome é Dane Davidson, senhor. Sou primeiro-ministro da República Livre de Montfort.

Os dedos de Cal se contorcem de novo.

— Obrigado a todos por virem. Queria esta reunião há algum tempo — Davidson prossegue — e acredito que juntos poderemos realizar feitos magníficos.

Esse homem é o líder do país. Foi ele quem me chamou e que quer que me junte a ele. Será que fez tudo isso para que as coisas acontecessem do seu jeito? Assim como o rosto genérico, seu nome traz uma vaga lembrança.

— Esta é a general Torkins. — Davidson gesticula. — E esta é a general Salida.

Salida. Não reconheço o nome, mas já a vi antes.

A general robusta percebe meu incômodo.

— Fiz alguns trabalhos de reconhecimento, srta. Barrow. Eu me apresentei ao rei Maven quando ele estava entrevistando rubros... quer dizer, sanguenovos. Você deve lembrar. — Para demonstrar, ela passa a mão na mesa, atravessando-a. Como se a mesa fosse feita de ar, ou como se ela própria fosse.

Com um estalo, a memória vem. Ela demonstrou sua habilidade e foi aceita entre os "protegidos" de Maven, com vários outros sanguenovos. Uma delas, amedrontada, expôs Nanny na frente de toda a corte.

Olho para ela.

— Você estava lá no dia que Nanny morreu. A sanguenova que podia mudar de rosto.

Ela parece se sentir culpada e abaixa a cabeça.

— Se eu soubesse, teria feito algo, com certeza. Mas Montfort e a Guarda Escarlate não se comunicavam abertamente na época. Não sabíamos de todas as suas operações e vocês não sabiam das nossas.

— Isso mudou. — Davidson permanece de pé, com os punhos apoiados na mesa. — A Guarda Escarlate precisava operar em segredo, sim, mas receio que isso causará mais males do que bem daqui em diante. São muitas peças em movimento para uma não atrapalhar a outra.

Farley se mexe na cadeira. Ou quer discordar ou o assento é desconfortável. Ela segura a língua, deixando Davidson prosseguir.

— Então, em nome da transparência, sinto que é melhor que a srta. Barrow detalhe seu tempo como prisioneira, o máximo que puder, para todos os envolvidos. Depois, responderei a toda e qualquer questão que vocês possam ter sobre mim, meu país e a estrada à nossa frente.

Nas histórias de Julian, havia registros de governantes que eram eleitos, e não herdeiros. Eles conquistavam a coroa com uma variedade de atributos: força, inteligência, algumas promessas vazias ou intimidação. Davidson governa a autointitulada República Livre, e seu povo o escolheu para liderá-lo. Baseado em qual atributo ainda não sei. Ele tem um jeito firme de falar, uma convicção natural. E é óbvio que é muito esperto. Sem falar que é o tipo de homem que fica mais atraente com o passar dos anos. Posso ver por que as pessoas o escolheram para governar.

— Quando estiver pronta, srta. Barrow.

Para minha surpresa, a primeira mão a segurar a minha não é de Cal, mas de Farley. Ela me dá um aperto reconfortante.

Começo do princípio. Do único momento em que consigo pensar.

Minha voz falha quando detalho como fui forçada a me lembrar de Shade. Farley abaixa os olhos. Sua dor é tão profunda quanto a minha. Continuo firme, passando pela obsessão crescente de Maven, o rei menino que transformou mentiras em armas, usando meu rosto e as palavras dele para virar todos sanguenovos possíveis contra a Guarda Escarlate. Tudo isso enquanto suas fraquezas começavam a ficar mais aparentes.

— Ele diz que a rainha deixou furos — conto. — Ela mexeu com a cabeça dele, tirando e colocando peças, embaralhando tudo. Maven sabe que tem algo errado com ele, mas acredita que está seguindo um caminho do qual não pode desviar.

Uma onda de calor se agita. Ao meu lado, Cal mantém o rosto impassível, os olhos focados quase abrindo buracos na mesa. Prossigo com cuidado.

A mãe dele tirou o amor de Maven por você, Cal. Ele o amava. Maven sabe que amava. Isso simplesmente não está mais lá, e nunca estará. Mas essas palavras não são para Davidson, para o coronel ou mesmo para Farley ouvir.

O povo de Montfort parece mais interessado no relato sobre a visita de Piedmont. Eles se animam com a menção a Daraeus e Alexandret, e eu narro passo a passo, dos questionamentos e dos modos deles até o tipo de roupa que vestiam. Quando falo em Michael e Charlotta, a princesa e o príncipe perdidos, Davidson morde o lábio.

Conforme falo, despejando mais e mais sobre meu martírio, uma dormência recai sobre mim. Eu me distancio das palavras. Minha voz é automática. A rebelião das Casas. A fuga de Jon. O atentado contra Maven. A visão do sangue prateado esguichando do seu pescoço. Outro interrogatório, meu e da Haven. Aquela foi a primeira vez que vi o rei realmente fora de si, quando a irmã de Elane jurou lealdade a outro rei. A Cal. Isso resultou no exílio de muitos membros da corte, possíveis aliados.

— Tentei separar o rei da Casa Samos. Sabia que eles eram os aliados mais fortes ainda ao seu lado, então usei minha influência sobre Maven. Disse que se casasse com Evangeline ela me mataria. — As peças se encaixam enquanto falo. — Acho que isso pode ter convencido Maven a procurar uma noiva diferente em Lakeland...

Julian me corta.

— Volo Samos já estava procurando uma desculpa para se distanciar do rei. O fim do noivado foi apenas a última gota. E presumo que as negociações com Lakeland já estivessem em andamento muito antes do que você pensa. — Ele dá um sorriso discreto. Mesmo se estiver mentindo, faz eu me sentir um pouco melhor.

Acelero pelas memórias até a turnê de coroação, o desfile para ocultar suas negociações com Lakeland. A revogação das Medidas, o fim da guerra, o noivado com Iris. Movimentos cuidadosos para conquistar a benevolência de seu povo, para colher os louros de terminar uma guerra sem interromper a destruição.

— Os nobres prateados voltaram para a corte antes do casamento. Maven me deixava sozinha a maior parte do tempo. Então chegou o dia. A aliança com Lakeland estava selada. A tempestade, a tempestade de vocês, veio a seguir. Maven e Iris escaparam pelo trem, mas fomos separados.

Isso aconteceu ontem. Ainda assim, parece um sonho. A adrenalina nubla a batalha, reduzindo minhas memórias a cores, dor e medo.

— Meus guardas me arrastaram de volta para o palácio.

Paro, hesito. Até agora não consigo acreditar no que Evangeline fez.

— Mare? — Cal me cutuca. Sua voz e seu toque são gentis. Ele está tão curioso quanto os outros.

É mais fácil olhar para ele. É o único que vai entender como minha fuga foi estranha.

— Evangeline Samos nos encontrou. Ela matou os guardas da Casa Arven e... me libertou. Me soltou. Ainda não sei por quê.

Um silêncio paira sobre a mesa. Minha maior rival, a garota que ameaçou me matar, a pessoa com aço gelado no lugar do coração, é a razão de eu estar aqui. Julian não tenta esconder a surpresa. Suas sobrancelhas finas quase desaparecem sob o cabelo. Mas Cal não acusa o golpe. Ele respira fundo, seu peito se enchendo. Seria... orgulho?

Não tenho energia para adivinhar. Ou para detalhar a forma como Samson Merandus morreu, colocando Cal e eu um contra o outro até que ambos o queimássemos vivo.

— Vocês sabem o resto — encerro exausta. Sinto como se estivesse falando há décadas.

O primeiro-ministro se mantém de pé. Eu espero mais perguntas. Em vez disso, ele abre um armário e me serve um copo de água. Não toco nele. Estou em um lugar diferente com pessoas estranhas. Resta pouca confiança dentro de mim e não vou desperdiçá-la com alguém que acabei de conhecer.

— Nossa vez? — Cal pergunta. Ele se curva para a frente, ansioso para começar seu próprio interrogatório.

Davidson inclina a cabeça, os lábios apertados formando uma linha neutra.

— É claro. Presumo que vocês estejam se perguntando o que estamos fazendo aqui em Piedmont, ainda por cima numa base da frota real.

Como ninguém o interrompe, Davidson segue em frente.

— Como vocês sabem, a Guarda Escarlate começou em Lakeland e se infiltrou em Norta no ano passado. O coronel e a general Farley foram indispensáveis para ambas as realizações e eu agradeço por seu trabalho duro. — Ele acena com a cabeça para um de cada vez. — Sob ordem do seu Comando, outros agentes fizeram uma campanha similar aqui em Piedmont. Infiltração, controle e dominação. Aqui, na verdade, foi onde os agentes de Montfort encontraram pela primeira vez os agentes da Guarda, que até ano passado acreditávamos ser uma invenção popular. Mas era bem real e, com certeza, compartilhávamos os mesmos objetivos. Como seus compatriotas, queremos derrotar o regime opressor dos prateados e expandir nossa república democrática.

— Parece que vocês já fizeram isso. — Farley estende as mãos indicando a sala.

Cal franze a testa.

— Como?

— Concentramos nossos esforços em Piedmont devido à estrutura precária. Príncipes e princesas governam seus territórios com uma paz instável sob um alto-príncipe eleito por seus pares. Alguns controlam grandes territórios, outros, uma cidade ou apenas alguns hectares de fazenda. O poder é fluido, está sempre mudando de mão. Atualmente, o príncipe Bracken de Lowcountry é o alto-príncipe, o prateado mais forte de Piedmont, com o maior território e os maiores recursos. — Davidson passa os dedos no brasão na parede, seguindo o traçado da estrela púrpura. — Essa é a maior das três fortalezas militares que ele possui. E foi cedida para nosso uso.

Cal toma fôlego.

— Vocês estão trabalhando com Bracken?

— Ele está trabalhando para nós — Davidson responde com orgulho.

Minha cabeça gira. Um nobre prateado, ajudando um país que está tentando tirar tudo dele? Por um momento, parece ridículo. Então me lembro de quem está sentado ao meu lado.

— Os príncipes visitaram Maven em nome de Bracken. Eles me questionaram em nome dele. — Estreito os olhos na direção do primeiro-ministro. — Você mandou fazerem isso?

A general Torkins se mexe na cadeira e limpa a garganta.

— Daraeus e Alexandret juraram aliança a Bracken. Não tínhamos conhecimento do contato deles com o rei Maven até um deles morrer em meio à tentativa de assassinato.

— Graças a você, sabemos o porquê — Salida acrescenta.

— E o sobrevivente? Daraeus? Ele está trabalhando contra vocês...

Davidson pisca lentamente, com os olhos impassíveis e indecifráveis.

— Ele *estava* trabalhando contra nós.

— Ah — murmuro, pensando em todas as maneiras como o príncipe de Piedmont pode ter sido morto.

— E os outros? — o coronel pressiona. — Michael e Charlotta. O príncipe e a princesa desaparecidos.

— São os filhos de Bracken — Julian diz, com um aperto na voz.

Um desgosto me invade.

— Vocês pegaram os filhos dele? Para fazer com que cooperasse?

— Um garoto e uma garota em troca do controle de Piedmont? De todos esses recursos? — Torkins zomba, o cabelo branco ondulando conforme balança a cabeça. — É uma boa troca. Pense nas vidas que perderíamos lutando para conquistar cada quilômetro. Em vez disso, Montfort e a Guarda Escarlate fizeram um progresso real.

Meu coração se aperta ao pensar nas crianças. Prateados ou não, foram presos para que seu pai obedecesse. Davidson lê claramente meu semblante.

— Eles estão sendo bem cuidados. Têm tudo de que precisam.

No alto, as luzes piscam como um farfalhar de asas de mariposas.

— Uma cela é uma cela, não importa como você a decore — retruco com desprezo.

Ele não pisca.

— E uma guerra é uma guerra, Mare Barrow. Não importa quão boas sejam suas intenções.

Balanço a cabeça.

— Bem, é uma pena. Economizar todos aqueles soldados, para então desperdiçá-los no resgate de uma pessoa. Também foi uma boa troca? A vida deles pela minha?

— General Salida, quais são os números finais? — o primeiro-ministro pergunta.

Ela recita de cabeça.

— Dos cento e dois rubros recrutados para o Exército de Norta nos últimos meses, sessenta estavam presentes como guardas especiais no casamento. Todos foram resgatados e interrogados na noite passada.

— Em grande parte graças aos esforços da general Salida, que estava junto com eles. — Davidson pousa a mão no ombro musculoso dela. — Incluindo você, salvamos sessenta e um rubros do rei. Cada um receberá comida, abrigo e a opção de se realocar ou se juntar à luta. Além disso, fomos capazes de extrair uma grande soma do Tesouro de Norta. Guerras não são baratas. O pagamento de resgate de prisioneiros fracos ou sem valor nos leva só até certo ponto. — Ele para. — Isso responde sua pergunta?

O alívio se mistura com o temor constante, de que acho que nunca serei capaz de me livrar. O ataque em Archeon não foi apenas por minha causa. Não fui libertada de um ditador só para cair nas mãos de outro. Nenhum de nós sabe o que Davidson é capaz de fazer, mas ele não é Maven. Seu sangue é vermelho.

— Infelizmente tenho mais uma pergunta para você, srta. Barrow — Davidson prossegue. — Acha que o rei de Norta está apaixonado por você?

Em Whitefire, quebrei tantos copos de água que perdi a conta. Sinto a necessidade de fazer isso de novo.

— Não sei. — É mentira. Uma mentira fácil.

Davidson não é dissuadido com facilidade. Seus olhos selvagens piscam, intrigado. Com o reflexo da luz, eles parecem dourados, depois castanhos e de novo dourados. Mudando como o sol em um campo de trigo balançando ao vento.

— Chute.

Uma fúria quente se acende dentro de mim, como uma chama.

— O que Maven considera amor não tem nada a ver com amor de verdade. — Puxo a gola da camisa, revelando a cicatriz. O M é claro como o dia. Muitos olhos observam, absorvendo as beiradas inchadas de pele queimada e cicatrizada. O olhar de Davidson segue as linhas, e sinto o toque de Maven no seu semblante.

— Agora basta — respiro, forçando a camisa de volta para o lugar.

O primeiro-ministro assente.

— Muito bem. Peço que você...

— Não, quero dizer que já aguentei isso o suficiente. Preciso de... tempo.

Soltando uma respiração vacilante, me afasto da mesa. Minha cadeira range contra o piso, ecoando no silêncio repentino. Ninguém me para. Eles apenas observam, os olhos cheios de pena. Ao menos dessa vez estou feliz por isso. A dó deles me deixa partir.

Outra cadeira segue a minha. Não preciso olhar para trás para saber que é a de Cal.

Assim como no jato, começo a sentir o mundo se fechar e me sufocar ao mesmo tempo que expande e me esmaga. Os corredores, como em Whitefire, se alongam em uma linha infinita. Luzes pulsam sobre minha cabeça. Me apego à sensação, torcendo para ela me manter de pé. *Você está segura; terminou.* Meus pensamentos rodopiam descontrolados e meus pés se movem por vontade própria. Desço as escadas, atravesso outra porta, saio num jardim, onde sou sufocada pela fragrância das flores. O céu aberto é um tormento. Quero que chova. Quero ser lavada.

As mãos de Cal encontram minha nuca. As cicatrizes doem sob o toque. Seu calor irradia pelos meus músculos, tentando aliviar a dor. Esfrego os olhos. Ajuda um pouco. Não posso ver nada na escuridão, nem mesmo Maven, seu palácio ou aquele quarto horrível.

Você está segura; terminou.

Seria mais fácil ficar na escuridão, ser afogada. Devagar, abaixo as mãos e me forço a olhar para a luz do sol. Isso exige mais forças do que eu pensava ser possível. Me recuso a permitir que Maven me mantenha prisioneira, nem por mais um segundo do que já o fez. Me recuso a viver assim.

— Posso levar você de volta para casa? — Cal pergunta com sua voz grave. Seus dedões fazem círculos firmes no espaço entre meu pescoço e os ombros. — Podemos ir a pé, assim você tem mais tempo.

— Não vou perder mais nem um minuto do meu tempo. — Furiosa, viro e ergo o queixo, me forçando a encarar Cal. Ele não se move, paciente e despretensioso. Apenas reage, se ajustando às minhas emoções, me deixando ditar o ritmo. Depois de tanto tempo à mercê de outros, me sinto bem em saber que alguém permitirá que eu faça minhas próprias escolhas. — Não quero voltar ainda.

— Tudo bem.

— Não quero ficar aqui.

— Nem eu.

— Não quero falar sobre Maven, política ou guerra.

Minha voz ecoa pelas folhas. Soo como uma criança, mas Cal apenas assente. Pela primeira vez, ele parece uma criança também, com seu cabelo mal cortado e suas roupas simples. Sem uniforme, sem adereços militares. Apenas uma camisa fina, calça, bota e os braceletes. Em outra vida, ele pareceria normal. Eu o encaro, esperando que sua feição se transforme na de Maven. Isso não acontece. Percebo que ele também mudou. Parece mais preocupado do que eu imaginava possível. Os últimos seis meses acabaram com ele também.

— Você está bem? — pergunto.

Seus ombros abaixam, uma leve descontração na rigidez de aço. Ele pisca. Não costuma ser pego com a guarda baixa. Me pergunto se alguém se importou em fazer essa pergunta desde o dia em que fui levada.

Depois de uma longa pausa, Cal solta o ar.

— Vou ficar. Espero.

— Eu também.

Verdes cuidaram desse jardim no passado. Dá pra ver os resquícios de um desenho intrincado formado pelos canteiros de flores agora selvagens. A natureza assumiu o controle, e cores e botões diferentes se despejam uns sobre os outros. Sangrando, decaindo, morrendo, florescendo como querem.

— Me lembrem de incomodar vocês dois para pegar uma amostra de sangue num momento mais oportuno.

Dou risada do pedido nada gracioso de Julian. Ele está parado na beirada do jardim. Não que eu me importe com a intromissão. Sorrio e cruzo o espaço rapidamente para abraçá-lo. Ele retribui com alegria.

— Isso poderia soar estranho vindo de qualquer outra pessoa — digo a ele enquanto me afasto. Ao meu lado, Cal ri, concordando. — Mas sinta-se à vontade, Julian. Eu lhe devo uma.

Ele inclina a cabeça, confuso.

— Hein?

— Achei alguns dos seus livros em Whitefire. — Não minto, mas sou cuidadosa com as palavras. Não há por que machucar Cal mais ainda. Ele não precisa saber que Maven me deu os livros. Não lhe darei mais esperanças falsas pelo irmão. — Eles me ajudaram a passar o tempo.

A menção do meu aprisionamento deixa Cal sério, mas Julian não nos deixa prolongar a dor.

— Então você entende o que estou tentando fazer — ele diz rápido. Seu sorriso não afeta os seus olhos, que se mantêm sombrios. — Não entende, Mare?

— Não fomos escolhidos, mas amaldiçoados — murmuro, lembrando das palavras que ele rabiscou em um livro esquecido.
— Você vai descobrir de onde viemos e por quê.

Julian cruza os braços.

— Com certeza vou tentar.

VINTE E DOIS

Mare

❦

Toda manhã começa da mesma maneira. Não consigo ficar no quarto, porque os pássaros sempre me acordam cedo. É bom que façam isso. Mais tarde fica quente demais para correr. A base de Piedmont funciona como uma boa pista e é bem protegida, com seus limites guardados por soldados tanto de Montfort como locais. Os últimos são todos vermelhos, é claro. Davidson sabe que Bracken, o príncipe fantoche, deve estar tramando alguma coisa, então não permite que prateados locais atravessem os portões. Na verdade, não tenho visto nenhum prateado, exceto os que já conheço. Todos com habilidades são sanguenovos ou rubros, dependendo de com quem você fala. Se Davidson tem prateados ao seu lado, servindo em igualdade na sua República Livre, como ele a chama, não vi nenhum.

Amarro os cadarços com força. A névoa baixa serpenteia pela rua lá fora entre as fachadas de tijolos. Destranco a porta da frente, sorrio quando o ar frio toca minha pele. Sinto cheiro de chuva e trovões.

Como esperado, Cal está sentado no último degrau, com as pernas esticadas na calçada estreita. Meu coração ainda dispara ao vê-lo. Ele boceja alto para me receber, quase deslocando o queixo.

— Vamos lá — esbravejo. — Soldados estão acostumados a acordar bem mais cedo que isso.

— O que não quer dizer que eu não prefira dormir quando posso. — Cal levanta com uma má vontade exagerada, só faltando mostrar a língua.

— Sinta-se à vontade para voltar para aquele quartinho improvisado onde você insiste em ficar no quartel. Aliás, você teria um pouco mais de tempo para dormir se mudasse para a rua dos oficiais... ou se parasse de correr comigo. — Dou de ombros com um sorriso maroto.

Ele também sorri, então me puxa pela barra da camiseta.

— Não insulte meu quartinho — Cal resmunga, antes de me beijar nos lábios. Depois no queixo. Depois no pescoço. Cada toque faz explodir uma onda de fogo por baixo da minha pele.

Relutante, empurro seu rosto para longe.

— Tem uma grande chance de meu pai atirar em você pela janela se continuar com isso aqui.

— Certo, certo. — Ele se recupera rápido, empalidecendo. Se não o conhecesse, diria que está de fato com medo do meu pai. A ideia é cômica. Um príncipe prateado, um general que pode criar um inferno na terra com um estalar de dedos, com medo de um velho vermelho e manco. — Vamos alongar.

Fazemos os exercícios, Cal com mais dedicação do que eu. Ele zomba de mim de brincadeira, achando algo errado em cada movimento.

— Não jogue tanto o braço. Não fique balançando para a frente e para trás. Calma, devagar.

Mas estou ansiosa, sedenta pela corrida. Eventualmente ele cede. Com um aceno de cabeça, Cal nos deixa começar.

A princípio o ritmo é calmo. Meus passos são quase de dança, animada com o movimento. A sensação é de liberdade. Minha respiração fica firme e ritmada, e as batidas do meu coração aceleram. Da primeira vez que corremos aqui, tive que parar e chorar, feliz demais para conter as lágrimas. Cal mantém um ritmo bom, me impedindo de disparar até os pulmões explodirem. O primeiro quilômetro e meio vai bem, nos levando até a parede perimetral. Metade feita de pedra, metade de cerca metálica com o topo coberto de arame farpado, com alguns soldados patrulhando à distância. Homens de Montfort. Eles acenam para nós, acostumados com nossa rotina depois de duas semanas. Outros soldados correm mais longe, fazendo sua rotina normal de exercícios, mas não nos juntamos a eles. Eles treinam em fileiras com sargentos gritando. Isso não funciona para mim. Cal já é exigente o bastante. Por sorte, Davidson não me pressionou com toda aquela história de escolher entre me realocar ou me juntar à luta. Na verdade, não o vi desde o interrogatório, mesmo com ele agora vivendo na base conosco.

Os próximos três quilômetros são mais difíceis. Cal aumenta o ritmo. Está mais quente hoje, e nuvens se formam sobre nós. Conforme a neblina desaparece, suo mais e meus lábios ficam salgados. Com as pernas pulsando, limpo o rosto com a manga. Cal também sente o calor. Ao meu lado, ele simplesmente tira a camisa e a prende na cintura. Meu primeiro instinto é alertá-lo contra o sol. O segundo é parar e observar o quanto os músculos do seu abdome são definidos. Volto a focar no caminho à frente, forçando mais um quilômetro e meio. Depois outro. Outro. A respiração dele ao meu lado de repente me desconcentra.

Circundamos a pequena floresta que separa o quartel e a rua dos oficiais do campo de pouso, quando um trovão ruge em algum lugar. A alguns quilômetros dali, com certeza. Cal estende o braço na minha frente ao ouvir o barulho, me fazendo parar. Ele vira para me encarar, as duas mãos agarrando meus ombros conforme se curva para ficar da minha altura. Seus olhos cor de bronze perfuram os meus, procurando alguma coisa. O trovão soa de novo, mais próximo.

— Qual é o problema? — Cal pergunta, cheio de preocupação. Uma mão se perde no meu pescoço para aliviar as cicatrizes das queimaduras, vermelhas e quentes com o esforço. — Fique calma.

— Não sou eu. — Inclino a cabeça na direção das nuvens negras de chuva com um sorriso. — É apenas o tempo. Às vezes, quando fica muito quente e muito úmido, tempestades podem...

Ele ri.

— Certo, entendi. Obrigado.

— Você estragou uma corrida perfeita. — Estalo a língua fingindo frustração e seguro a mão dele. Seu sorriso malicioso é tão largo que enruga seus olhos. Conforme a tempestade se aproxima, sinto o coração elétrico pulsando. Meus batimentos se estabilizam para acompanhar seu ritmo, mas afasto o ronronar sedutor dos raios. Não posso me deixar levar com uma tempestade tão próxima.

Não tenho controle sobre a chuva, que cai como uma cortina, fazendo nós dois soltarmos um grito. As partes da minha roupa que não estavam cobertas de suor logo ficam ensopadas. O frio repentino é um choque para ambos, em especial para Cal.

Sua pele nua solta vapor, envolvendo seu torso e seus braços em uma camada fina de névoa cinza. Pingos de chuva chiam quando encostam nele, fervendo instantaneamente. Conforme Cal se acalma, isso para, mas ele ainda pulsa com o calor. Sem pensar, eu o abraço, tremendo.

— Deveríamos voltar — ele resmunga sobre minha cabeça. Sinto a voz de Cal reverberando no peito dele, minha mão espalmada sobre o coração acelerado. Os batimentos disparam sob meu toque, em contraste com sua expressão calma.

Algo me impede de concordar. Sinto outro puxão, bem fundo. Em algum lugar que não posso definir.

— Deveríamos? — sussurro, esperando que a chuva engula minha voz.

Os braços dele me apertam mais. Cal ouviu perfeitamente.

As árvores são novas, as folhas e galhos não se espalham o suficiente para oferecer cobertura completa da chuva. Mas nos esconde da rua. Minha camiseta se vai primeiro, aterrissando na lama. Jogo a dele na sujeira também, para ficarmos quites. A chuva cai em gotas gordas, cada uma delas uma surpresa gelada ao escorrer pelo meu nariz, minha coluna ou meus braços em volta do seu pescoço. Mãos quentes batalham pelas minhas costas, num contraste delicioso com a água. Seus dedos andam pela minha coluna, pressionando cada vértebra. Faço o mesmo, contando suas costelas. Ele estremece conforme minhas unhas arranham a lateral do seu torso. Cal retribui com os dentes. Eles roçam a linha do meu queixo até acharem minha orelha. Fecho os olhos por um segundo, incapaz de fazer qualquer coisa além de sentir. Fogos de artifício, raios, uma explosão.

O trovão se aproxima. Como se fosse atraído por nós.

Passo os dedos pelo cabelo dele, usando-o para puxá-lo para perto de mim. Mais perto. Mais perto. Mais perto. Ele tem gosto de sal e fumaça. Mais perto. Parece que não consigo chegar perto o suficiente.

— Você já fez isso antes?

Eu deveria estar com medo, mas só o frio me faz tremer.

Cal inclina a cabeça para trás e eu quase solto um gemido em protesto.

— Não — ele sussurra, desviando o olhar. Dos seus cílios longos pingam gotas de chuva. Seu queixo se tensiona, como se estivesse envergonhado.

É típico de Cal sentir vergonha de algo assim. Ele gosta de saber o final do caminho, a resposta para a questão antes de ser perguntada. Quase dou risada.

Esse é um tipo de batalha diferente. Não há treino para ela. E, em vez de vestir uma armadura, jogamos o resto das nossas roupas longe.

Depois de seis meses sentada ao lado do irmão dele, emprestando todo o meu ser para uma causa maligna, não tenho medo de entregar meu corpo para quem amo. Mesmo na lama. Com lampejos sobre minha cabeça e raios em meus olhos. Cada nervo faísca vivo. Preciso de toda a concentração para impedir Cal de ser afetado do jeito errado.

O peito dele irradia sob minhas mãos, com um calor selvagem. Sua pele parece ainda mais pálida ao lado da minha. Usando os dentes, ele solta os braceletes e os joga no mato.

— Agradeço minhas cores pela chuva — ele murmura.

Sinto o oposto. Quero queimar.

Me recuso a voltar para a rua dos oficiais coberta de lama. Graças à localização inconveniente do quartinho de Cal, não posso me lavar lá, a menos que queira dividir a ducha com uma dezena de soldados. Ele tira folhas do meu cabelo enquanto andamos em direção ao hospital da base, um prédio baixo coberto de hera.

— Você parece um arbusto — Cal diz com um sorriso.

— Isso é exatamente o que você deveria dizer agora.

Ele quase gargalha.

— Como você sabe?

— Eu...

Fujo da pergunta, passando pela entrada.

O hospital está quase deserto a essa hora, com uma equipe de poucos enfermeiros e médicos para supervisionar praticamente paciente nenhum. Os curandeiros os tornam quase irrelevantes, necessários apenas para doenças prolongadas ou ferimentos de complexidade extrema. Andamos pelos corredores de cimento sozinhos, sob as luzes fluorescentes e o silêncio tranquilo. Minhas bochechas ardem enquanto minha mente trava uma guerra interna. Os instintos me fazem querer jogar Cal no quarto mais próximo e trancar a porta atrás de nós. O bom senso me diz que não posso.

Pensei que seria diferente. Pensei que me sentiria diferente. O toque de Cal não apagou o de Maven. Minhas memórias ainda estão lá, ainda tão dolorosas quanto eram ontem. E, por mais que eu tente, não esqueci do desfiladeiro que só se aprofunda cada vez mais entre nós. Nenhum tipo de amor pode apagar os erros dele, assim como nenhum tipo de amor pode apagar os meus.

Uma enfermeira com um arsenal de cobertores sai do corredor à frente. Seus pés são um borrão sobre o piso de azulejos. Ela para ao nos ver, quase derrubando as roupas de cama.

— Ah! — ela diz. — Como você é rápida, srta. Barrow!

Fico corada com a mesma rapidez com que Cal transforma o riso em tosse.

— Desculpe?

Ela sorri.

— Acabamos de mandar uma mensagem para sua casa.

— Hã...?

— Venha, querida; vou levar você até ela. — A enfermeira dispara, apoiando os cobertores no quadril. Cal e eu trocamos olhares confusos. Ele dá de ombros e marcha atrás dela, estranhamente livre de preocupações. O estado de alerta do seu treinamento militar parece distante.

A mulher fala sem parar, muito animada conforme andamos no seu encalço. O sotaque dela é de Piedmont, fazendo as palavras parecerem mais lentas e doces.

— Não deve demorar muito. Ela está progredindo rápido. Militar até os ossos, suponho. Não quer perder tempo.

Nosso corredor termina em uma ala maior, bem mais movimentada que o restante do hospital. As janelas largas dão vista para outro jardim, agora escuro e encharcado da chuva. O povo de

Piedmont com certeza tem uma queda por flores. Há portas por todos os lados, levando para quartos e leitos vazios. Uma delas está aberta e mais enfermeiras entram e saem. Um soldado armado da Guarda Escarlate está de vigia, mas não tão concentrado. Ainda está cedo, e ele pisca devagar, parecendo anestesiado pela eficiência silenciosa da ala.

Sara Skonos parece alerta o suficiente pelos dois. Antes que eu a chame, ela ergue a cabeça. Seus olhos são cinza como as nuvens tempestuosas do lado de fora.

— Bom dia — ela diz.

É a primeira vez que a ouço falar. Julian estava certo. Sara tem uma voz adorável.

Não a conheço muito bem, mas nos abraçamos mesmo assim. As mãos dela esfregam meus braços descobertos, enviando estrelas cadentes de alívio para meus músculos exauridos. Quando ela me solta, tira outra folha do meu cabelo, depois, com uma expressão séria, limpa a sujeira atrás do meu ombro. Sara pisca quando nota a lama escorrendo de Cal. Em contraste com a atmosfera estéril do hospital, com suas superfícies lustrosas e luzes brilhantes, parecemos bem sujos.

Os lábios dela se contorcem em um leve sorriso.

— Espero que tenham aproveitado a corrida matinal.

Cal pigarreia e seu rosto fica prateado. Ele limpa a mão na calça, mas só espalha ainda mais a lama incriminadora.

— Sim — ele responde.

— Cada um daqueles quartos é equipado com um banheiro com chuveiro. Posso providenciar uma troca de roupa. — Sara aponta com seu queixo. — Se quiserem.

O príncipe tenta esconder o rosto, que só fica mais e mais prateado. Ele escapa furtivamente, deixando um rastro de pegadas molhadas pelo caminho.

Eu fico, deixando que vá na frente. Mesmo agora que pode falar novamente, com sua língua provavelmente recriada por outro curandeiro, Sara é do tipo quieta. Há meios mais profundos de se comunicar.

Ela toca meu braço de novo, me empurrando gentilmente pela porta aberta. Com Cal fora de vista, posso pensar com mais clareza. Os pontos se ligam, um a um. Algo se aperta no meu peito, uma mistura de tristeza e alegria em partes iguais. Queria que Shade estivesse aqui.

Farley está sentada na cama, com o rosto vermelho e inchado, um brilho de suor na testa. Os trovões do lado de fora se foram, dissolvidos no derramamento infinito de chuva nas janelas. Ela dá uma gargalhada ao me ver e então estremece com a contração repentina. Sara corre para seu lado, colocando as mãos tranquilizadoras nas bochechas de Farley. Outra enfermeira está escorada na parede, esperando o momento em que será útil.

— Você correu até aqui ou rastejou pelo esgoto? — Farley pergunta, apesar de toda a preocupação de Sara.

Chego mais perto, com cuidado para não sujar nada.

— Fui pega pela tempestade.

— Certo. — Ela não parece convencida. — Aquele lá fora era Cal?

Meu rubor de repente se iguala ao dela.

— Sim.

— Certo — ela diz de novo, extraindo a palavra da garganta.

Os olhos dela grudam em mim, como se pudesse ler os acontecimentos da última hora na minha pele. Luto contra o desejo de verificar se tenho alguma marca suspeita. Então ela estende o braço, acenando para a enfermeira. A mulher se inclina e Farley sussurra na orelha dela. As palavras são rápidas e baixas demais para que eu possa entender. A enfermeira assente, correndo para procurar seja lá o que for que Farley pediu. Ela me dá um sorriso largo quando sai.

— Pode se aproximar. Não vou explodir. — Ela vira para Sara. — Ainda.

A curandeira oferece um sorriso reconfortante bem ensaiado.

— Não vai demorar muito agora.

Incerta, dou alguns passos para a frente, até poder alcançar a mão de Farley se quiser. Algumas máquinas piscam em volta da cama, pulsando vagarosamente em silêncio. Elas me atraem com seu ritmo compassado, hipnóticas. A dor por Shade se intensifica. Teremos um pedaço dele em breve, mas meu irmão nunca vai voltar. Nem mesmo por meio de um bebê com seus olhos, seu sobrenome e seu sorriso. Um bebê que ele nunca vai poder amar.

— Pensei em Madeline.

A voz dela me arranca de meus pensamentos.

— O quê?

Farley agarra o lençol branco.

— Era o nome da minha irmã.

— Ah.

Ano passado, achei uma foto da família dela no escritório do coronel. Foi tirada anos antes, mas Farley e seu pai eram inconfundíveis. Ao lado deles, estavam a mãe e a irmã igualmente loiras. Todos tinham uma aparência similar. Ombros largos, atléticos, olhos azuis e frios como aço. A irmã de Farley era a mais nova, ainda em fase de crescimento.

— Ou Clara. Como minha mãe.

Se ela quer continuar falando, estou aqui para ouvir. Mas não vou me intrometer. Fico quieta, esperando, deixando-a conduzir a conversa.

— Elas morreram alguns anos atrás. Lá em Lakeland. A Guarda Escarlate não era tão cuidadosa na época. Um dos nossos agentes foi pego e sabia demais. — A dor se espalha pelo seu rosto, tanto por causa das memórias quanto pelo seu estado atual. — Nosso vilarejo era pequeno, desprezado e insignificante. O lugar perfeito para algo como a Guarda se desenvolver. Até que um homem soprasse seu nome sob tortura. O rei de Lakeland nos puniu pessoalmente.

Uma lembrança dele passa pela minha cabeça. Um homem pequeno, calmo e perturbador como a superfície da água parada. Orrec Cygnet.

— Meu pai e eu estávamos longe quando ele ergueu as ondas do Hud, drenando água da baía para inundar nosso vilarejo e nos arrancar da face do seu reino.

— Elas se afogaram — murmuro.

A voz dela nunca vacila.

— Vermelhos de todo o país foram inflamados pelo Afogamento de Northland. Meu pai contou nossa história acima e abaixo da região dos lagos, em incontáveis vilarejos e cidades. A Guarda Escarlate floresceu. — A expressão neutra de Farley obscurece. — "Pelo menos elas não morreram em vão", ele costumava dizer. "Não se pode ter tudo no mundo."

— É melhor viver com um propósito — concordo. É uma lição que aprendi da forma mais difícil.

— Exato... — Ela se dispersa, então pega minha mão sem vacilar. — Como você está se adaptando?

— Lentamente.

— Isso não é ruim.

— Minha família fica em casa a maior parte do tempo. Julian me visita quando não está enfiado no laboratório da base. Kilorn está sempre por perto também. Enfermeiros vêm cuidar do meu pai e ajudar na adaptação com a perna. Ele está progredindo bem, aliás — acrescento, olhando de novo para Sara, quieta no seu canto. Ela sorri de volta. — Ele é bom em esconder o que sente, mas sei que está feliz. Tão feliz quanto possível.

— Não perguntei de sua família. Perguntei de você. — Farley pressiona o lado interno do meu pulso. Involuntariamente, me contraio, lembrando do peso das algemas. — Pela primeira vez, estou lhe dando permissão para lamentar sobre si mesma, garota elétrica.

Suspiro.

— Eu... não posso ficar sozinha num quarto com a porta fechada. Não posso... — Lentamente, puxo minha mão. — Não gosto de nada nos meus pulsos. Remete às algemas que Maven usava para me manter prisioneira. E não consigo enxergar nada como é. Procuro por traições em todos os lugares, em todo mundo.

Os olhos dela escurecem.

— Não é um instinto necessariamente ruim.

— Eu sei — resmungo.

— E Cal?

— O que tem ele?

— A última vez que vi vocês dois juntos antes de... daquilo tudo, vocês estavam perto de se destruir. — *A poucos metros do corpo de Shade.* — Presumo que tudo foi esclarecido.

Lembro do momento. Não falamos sobre isso. Meu alívio — nosso alívio — com minha fuga pôs o resto no passado, esquecido. Mas, quando Farley fala, sinto a velha ferida reabrindo. Tento racionalizar.

— Ele ainda está aqui. Ajudou a Guarda no ataque em Archeon; liderou a tomada de Corvium. Só queria que escolhesse um lado, e está claro que fez isso.

Palavras são sussurradas na minha orelha, remexendo no fundo de uma memória. *Me escolha. Escolha um novo mundo.*

— Ele me escolheu.

— Demorou um bom tempo.

Tenho que concordar. Mas, pelo menos, não há como tirá-lo desse caminho agora. Cal está com a Guarda Escarlate. Maven garantiu que o país soubesse disso.

— Tenho que me lavar. Se meus irmãos me virem assim...

— Vá. — Farley se mexe sobre o travesseiro, tentando achar uma posição mais confortável. — É possível que você tenha uma sobrinha ou um sobrinho quando voltar.

De novo, o sentimento é agridoce. Forço um sorriso por ela.

— Fico imaginando se o bebê vai ser... parecido com Shade. — O que eu quero dizer é óbvio. Não estou falando de aparência, mas de poder. A criança será um sanguenovo como ele era e eu sou? Será que é assim que funciona?

Farley apenas dá de ombros.

— Bem, ele ainda não se teletransportou de dentro de mim. Então, quem sabe?

Na porta, a enfermeira volta, segurando um copinho. Me afasto para dar passagem, mas ela se aproxima de mim, não de Farley.

— A general me pediu para lhe dar isso — ela diz. Há uma pílula solitária no copinho. Branca, sem identificação.

— A escolha é sua. — Farley fala da cama. Seus olhos estão sérios enquanto as mãos se encaixam na barriga. — Achei que você deveria ter ao menos isso.

Não hesito. A pílula desce devagar.

Algum tempo depois, tenho uma sobrinha. Minha mãe se recusa a deixar qualquer outra pessoa segurar Clara. Ela alega que vê Shade na recém-nascida, mesmo que isso seja praticamente impossível. A garotinha se parece mais com um tomate vermelho e enrugado do que com qualquer irmão meu.

Do lado de fora da ala, os demais Barrow comemoram. Cal se foi, voltou para sua rotina de treinos. Ele não queria se intrometer em um momento tão íntimo. Quis me dar espaço.

Kilorn senta comigo, espremido em uma cadeira pequena encostada nas janelas. A chuva diminui a cada segundo.

— O clima está bom para pescar — ele diz olhando para o céu cinzento.

— Ah, não comece a resmungar sobre o tempo também.

— Como você está irritadinha.

— E você está com os dias contados, Warren.

Ele ri da piada.

— Acho que a essa altura todos estamos.

Vindo de qualquer outra pessoa isso soaria como um mau presságio, mas conheço Kilorn muito bem. Cutuco o ombro dele.

— E aí, como vão os treinos?

— Bem. Montfort tem dezenas de soldados sanguenovos, todos prontos. Alguns têm habilidades semelhantes: Darmian, Harrick, Farrah e alguns outros. Estão evoluindo exponencialmente com ajuda dos mentores. Eu treino com Ada, e com as crianças quando Cal não vai. Elas precisam de um rosto familiar.

— Sem tempo para pescar, então?

Ele ri, curvando-se para apoiar os cotovelos nos joelhos.

— Pois é. Engraçado… eu costumava odiar acordar cedo para trabalhar no rio. Detestava as queimaduras de sol, as cordas machucando, os anzóis fincados nos dedos, as tripas de peixe nas roupas. — Ele rói as unhas. — Agora sinto falta disso.

Sinto falta daquele garoto também.

— Era muito difícil ser sua amiga com aquele cheiro.

— Provavelmente foi por isso que ficamos tão grudados. Ninguém mais aguentava meu fedor ou seu comportamento.

Sorrio e jogo a cabeça para trás, escorando o crânio na janela de vidro. Gotas de chuva escorrem, gordas e firmes. Eu as conto na cabeça. É mais fácil do que pensar em qualquer outra coisa à minha volta ou à minha frente.

Quarenta e uma, quarenta e duas...

— Não sabia que você conseguia ficar parada tanto tempo.

Kilorn me observa, pensativo. Ele é um ladrão também, com os instintos de um. Mentir para ele não levaria a lugar nenhum, apenas o afastaria mais. E isso não é algo que eu conseguiria suportar agora.

— Não sei o que fazer — sussurro. — Mesmo em Whitefire, quando era prisioneira, tentava escapar, tramar, espionar, sobreviver. Mas agora... não sei. Não sei se consigo continuar.

— Você não é obrigada. Ninguém a culparia caso se afastasse disso tudo e nunca mais voltasse.

Continuo encarando as gotas de chuva. Sinto enjoo no fundo do estômago.

— Eu sei. — A culpa me corrói. — Mas mesmo se pudesse desaparecer nesse instante, levando todas as pessoas com quem me importo, não o faria.

Tem muita raiva dentro de mim. Muito ódio.

Kilorn assente, compreendendo.

— Mas você não quer lutar.

— Não quero me tornar... — minha voz desaparece.

Não quero me tornar um monstro. Um casco vazio, rodeado de fantasmas. Como Maven.

— Você não vai se tornar nada. Não vou deixar. E nem preciso dizer que Gisa também não.

Apesar de tudo o que estou sentindo, engulo uma risada.

— Certo.

— Você não está sozinha. Durante todo o tempo trabalhando com os sanguenovos, descobri que esse é o maior medo deles.

— Kilorn inclina a cabeça para trás, encostando na janela. — Vocês deveriam conversar.

— É mesmo — murmuro, e estou sendo sincera. Certo alívio floresce no meu peito. Aquelas palavras me confortam mais do que qualquer coisa.

— E no fim das contas você precisa descobrir o que quer — ele diz, de forma gentil.

Vejo a água da banheira fervendo lentamente, formando bolhas brancas e gordas. Um garoto pálido me olhando com o pescoço exposto. Na vida real, só fiquei ali parada. Era fraca, tola e medrosa. No devaneio, coloco as mãos em volta do seu pescoço e aperto. O garoto estremece na água escaldante, mergulhando para nunca voltar à superfície. Para nunca mais me assombrar de novo.

— Quero matar Maven.

Kilorn estreita os olhos e um músculo da bochecha se contrai.

— Então você tem que treinar para vencer.

Assinto lentamente.

No canto da ala, quase inteiramente oculto pelas sombras, o coronel se mantém vigilante. Ele olha para os pés, sem se mexer. Não entra para ver a filha e o novo neto. Tampouco vai embora.

VINTE E TRÊS

Evangeline

Ela ri no meu pescoço, um esfregar de lábios e aço frio. Minha coroa pende de seu cabelo vermelho ondulado, aço e diamantes reluzindo entre os cachos cor de rubi. Com sua habilidade, ela faz os diamantes piscarem como estrelas.

Relutante, saio da cama, deixando os lençóis de seda e Elane para trás. Ela reclama quando abro as cortinas, deixando a luz do sol entrar. Com um gesto seu, a janela escurece, até que a claridade fique a seu gosto.

Eu me troco na penumbra, vestindo as pequenas roupas íntimas pretas e sandálias. Hoje é um dia especial e me apresso para moldar uma roupa a partir das placas de metal no meu armário. Titânio e aço escurecido cintilam pelo meu corpo. Preto e prateado, refletindo a luz em um arco-íris brilhante. Não preciso de uma criada para me maquiar, nem quero uma passeando pelo meu quarto. Eu mesma cuido disso, combinando o batom azul-escuro brilhante com um delineador preto salpicado com cristais, feito especialmente para mim. Elane cochila enquanto isso, até eu puxar a coroa da cabeça dela. Serve perfeitamente na minha cabeça.

— Isso é meu — digo, abaixando para dar mais um beijo nela. Elane sorri preguiçosa, seus lábios se curvando contra os meus.
— Não esqueça que você também deve estar presente hoje.

Ela faz uma reverência irônica.

— Ao seu comando, alteza.

O título é tão delicioso que quero lamber as palavras direto da boca dela. Mas, para não correr o risco de borrar a maquiagem, me detenho. Não olho para trás, para não perder o pouco de autocontrole que me resta.

A mansão Ridge pertence à minha família há gerações e fica no cume de uma das muitas colinas da região. Toda de aço e vidro, é de longe minha favorita entre as propriedades da família. Meu quarto fica virado para o leste, em direção ao alvorecer. Gosto de levantar com o sol, tanto quanto Elane desgosta. A passagem de aço que liga meus aposentos aos corredores principais foi feita por um magnetron, aberta dos lados. Algumas passarelas se prolongam até o térreo, mas muitas se arqueiam para cima das copas das árvores, das rochas irregulares e das fontes salpicadas pela propriedade. Caso a batalha um dia bata à nossa porta, os invasores passariam por maus bocados para abrir caminho pela estrutura, armada contra eles.

Apesar da floresta bem podada e dos jardins luxuosos, poucos pássaros vêm até aqui. Eles sabem do perigo. Quando éramos crianças, Ptolemus e eu os usávamos como alvo para treinamento. Outros ainda caíam pelos caprichos da minha mãe.

Mais de trezentos anos atrás, antes dos reis Calore ascenderem, Ridge não existia, tampouco Norta. Este pedaço de terra era governado por um chefe militar Samos, meu ancestral. Nosso sangue é de conquistadores e nosso destino se elevou de novo. Maven não é mais o único rei de Norta.

Os criados são especialistas em ficar fora de vista aqui, surgindo apenas quando são necessários ou quando são chamados. Nas últimas semanas, parecem quase bons demais nesse quesito. Não é difícil adivinhar o porquê. Muitos vermelhos estão fugindo — ou para as cidades, para se protegerem da guerra civil, ou para se juntar à rebelião da Guarda Escarlate. Meu pai diz que a Guarda em si fugiu para Piedmont, que por sua vez nada mais é do que uma marionete, dançando ao comando de Montfort. Mesmo relutante, ele mantém canais de comunicação com Montfort e com líderes da Guarda. Por enquanto, o inimigo do nosso inimigo é nosso amigo, o que os torna todos possíveis aliados contra Maven.

Tolly espera na galeria, o amplo espaço na lateral do prédio principal. As janelas oferecem vista em todas as direções, estendendo-se pelos vários quilômetros da propriedade. Nos dias mais claros, dá para ver Pitarus a oeste, mas as nuvens estão baixas ao longe, conforme chuvas de primavera correm por toda a extensão do rio que se espalha pelo vale. A leste, colinas se estendem, cada vez mais altas, até se tornarem montanhas azul-esverdeadas. A região é, na minha opinião, o pedaço mais bonito de Norta. E é minha. Da minha família. A Casa Samos governa este paraíso.

Meu irmão certamente parece um príncipe, o herdeiro do trono de Rift. Em vez de uma armadura, Tolly veste um uniforme novo. Prateado em vez de preto, com botões reluzentes de aço e ônix e uma faixa escura como petróleo passando por seu ombro e chegando ao quadril. Sem medalhas ainda, ou pelo menos sem nenhuma que ele possa usar. As que possui foram recebidas por servir outro rei. Seu cabelo prateado está molhado, lambido para trás na cabeça. Está com o frescor do banho. Ele mantém sua nova mão junto ao corpo. Wren precisou de quase um dia inteiro para fazê-la crescer de forma adequada e teve muita ajuda de dois outros curandeiros.

— Onde está minha esposa? — ele pergunta, olhando para a passagem vazia atrás de mim.

— Ela vai se juntar a nós em algum momento. É uma preguiçosa. — Tolly casou com Elane uma semana atrás. Não sei se ele a viu desde a noite do casamento, mas não se importa. Esse foi o acordo que estabeleceram.

Tolly encosta o braço bom no meu.

— Nem todo mundo é capaz de trabalhar com tão poucas horas de sono como você.

— E você? Soube que todo aquele esforço para reconstruir sua mão resultou em longas noites com Lady Wren — respondo com malícia. — Ou estou mal informada?

Tolly sorri, envergonhado.

— Como poderia estar?

— É verdade. — Na mansão Ridge, é quase impossível guardar segredos. Em especial da nossa mãe. Os olhos dela estão em todos os lugares, em ratos, gatos e em algum eventual pássaro ousado. Os raios do sol penetram pela galeria, reluzindo nas muitas esculturas de metal fluido. Enquanto passamos, Ptolemus gira sua nova mão no ar e as esculturas a acompanham, alterando-se. Cada uma se torna mais complexa que a anterior.

— Não perca tempo, Tolly. Se os embaixadores chegarem antes de nós, papai vai espetar nossa cabeça no portão — zombo. Ele ri da piada. Nenhum de nós nunca viu algo assim. Meu pai matou antes, isso é certo, mas nunca com tanta crueldade ou tão perto de casa. *Não derrame sangue no seu próprio jardim*, ele diz.

Seguimos nosso caminho pela galeria, permanecendo nas passarelas externas para apreciar melhor o clima agradável. A maioria dos salões interiores dá vista para a passarela, através de janelas de vidro polido ou portas abertas para receber a brisa da primavera. Guardas de Samos protegem um deles e acenam com a cabeça quando nos aproximamos, demonstrando respeito ao seu príncipe e à sua princesa. Sorrio diante do gesto, mas a presença deles me incomoda.

Os guardas de Samos supervisionam uma operação violenta: a produção de Pedra Silenciosa. Até mesmo Ptolemus se empalidece quando passamos. O cheiro de sangue nos sobrepuja por um instante, preenchendo o ar com ferro pungente. Duas pessoas da Casa

Arven estão sentadas no interior da sala, acorrentadas às cadeiras. Não estão aqui voluntariamente. A Casa deles é aliada de Maven, mas precisamos das Pedras. Wren está parada entre eles, acompanhando o progresso. Ambos os punhos dos Arven foram cortados e eles sangram livremente em grandes baldes. Quando chegarem ao limite, Wren vai curá-los para estimular a produção de sangue e recomeçar outra vez. Enquanto isso, o sangue se mistura com o cimento, enrijecendo os terríveis blocos de pedras supressoras de habilidades. Para quê, não sei, mas com certeza meu pai tem planos para eles. Uma prisão, talvez, como aquela que Maven construiu tanto para os prateados quanto para os sanguenovos.

Nossa maior sala de visitas, apropriadamente chamada de Prolongar do Sol, é a que fica na encosta oeste. Suponho que agora seja nossa sala do trono também. Conforme nos aproximamos, cortesãos da nobreza recém-criada por meu pai despontam no caminho, e a quantidade aumenta a cada passo. A maioria são primos da família Samos, promovidos por nossa declaração de independência. Alguns parentes mais próximos, os irmãos do meu pai e seus filhos, reivindicaram títulos de príncipes para si, mas o restante se contentou, como sempre, a viver do nome e das ambições do meu pai.

Cores brilhantes se destacam entre o tradicional preto e prata, um indicativo óbvio da reunião de hoje. Embaixadores de outras Casas rebeldes vieram negociar com o reino de Rift, ou melhor, se ajoelhar. A Casa Iral vai argumentar. Tentar barganhar. Os silfos pensam que seus segredos podem lhes garantir uma coroa, mas o poder é a única coisa de valor aqui. Força é a única moeda de troca. E eles abriram mão de ambos ao entrar no nosso território.

Os representantes de Haven vieram, sombrios banhando-se na luz do sol, enquanto os dobra-ventos de Laris se mantêm juntos, usando amarelo. Eles já juraram lealdade ao meu pai e contribuíram com o poderio da Força Aérea, tomando o controle da maioria das bases. Me preocupo mais com a Casa Haven. Elane não fala sobre isso, mas sente falta da sua família. Alguns já juraram lealdade aos Samos, mas não todos, incluindo seu pai, e ela se entristece ao ver a Casa rachar. Na verdade, acho que esse é o motivo de não ter vindo até aqui comigo. Elane não consegue suportar a casa dividida. Gostaria de poder fazê-los se ajoelhar diante dela.

Com a luz da manhã, o Prolongar do Sol ainda é impressionante com seu piso liso de pedras do rio e a visão arrebatadora do vale. O rio Devoto é uma faixa azul sobre o verde sedoso, curvando-se preguiçoso até a tempestade distante.

A coalizão não chegou ainda, dando tempo para Tolly e eu tomarmos nossos lugares nos respectivos tronos. O de Tolly fica à direita de papai e o meu, à esquerda de mamãe. São todos feitos de aço da melhor qualidade, polido até refletir como um espelho. São gelados, por isso digo a mim mesma para não tremer enquanto sento. Sinto arrepios mesmo assim, a maioria antecipando a sensação. Sou a princesa Evangeline de Rift, da Casa Samos. Pensava que meu destino era ser rainha de outra pessoa, sujeita à coroa de outra pessoa. Isso é muito melhor. Era o que deveríamos ter feito desde o princípio. Quase me arrependo dos anos desperdiçados aprendendo a ser esposa de alguém.

Meu pai entra na sala com uma multidão de conselheiros, inclinando a cabeça para escutá-los. Ele não fala muito por natureza. Seus pensamentos são reservados para si mesmo, mas ouve bem, levando tudo em consideração antes de tomar decisões. Não como Maven, o rei tolo, que seguia apenas sua bússola quebrada.

Minha mãe entra a seguir, sozinha, com seu verde tradicional, sem damas nem conselheiros. As pessoas abrem um amplo espaço para sua passagem. Provavelmente por causa da pantera negra andando atrás dela. O animal acompanha seu ritmo, saindo de perto apenas quando chegam ao trono. Ela vem até mim, aconchegando a cabeça enorme no meu tornozelo. Por costume, me mantenho imóvel. O controle da minha mãe sobre as criaturas é bem forte, mas não perfeito. Já vi seus animais de estimação arrancarem pedaços de muitos criados, por vontade dela ou não. A pantera então volta para perto da minha mãe, sentando à esquerda dela, entre nós duas. Ela repousa a mão resplandecente de esmeraldas na cabeça do animal, acariciando sua pelagem negra e sedosa. O felino gigantesco pisca lentamente, com seus olhos redondos e amarelos.

Encontro os olhos da minha mãe e ergo uma sobrancelha.

— Bela entrada.

— Fiquei entre a pantera e a píton — ela retruca. As esmeraldas brilham na coroa em sua cabeça, habilmente encrustadas na prata. Seu cabelo cai perfeitamente, como uma cortina preta, grossa e macia. — Mas não consegui achar um vestido que combinasse com a cobra. — Ela gesticula para os jades cobrindo seu vestido de chiffon. Duvido que essa seja a razão, mas não preciso falar em voz alta. Suas maquinações ficarão claras em breve. Esperta como é, minha mãe tem pouco talento para subterfúgios. Suas ameaças são diretas. Meu pai é um bom par nesse sentido. Está sempre se movendo nas sombras, ainda que suas manobras levem anos.

Mas, por enquanto, ele está exposto à luz do dia. Seus conselheiros se afastam ao aceno de sua mão e ele sobe para sentar conosco. É uma visão poderosa. Sua antiga túnica negra foi abandonada. Como Ptolemus, veste roupas brocadas com fios de prata. Posso sentir a armadura sob seu traje real. Cromo. Exatamente igual à coroa em sua cabeça. Nada de joias para meu pai. Elas não têm utilidade para ele.

— Primos de ferro — ele diz com tranquilidade, procurando os vários rostos de Samos na multidão.

— Reis de aço! — gritam em resposta, erguendo os punhos. A força daquilo faz meu peito vibrar.

Em Norta, nas salas do trono de Whitefire ou de Summerton, alguém sempre gralhava o nome do rei, anunciando sua presença. Assim como no caso das joias, meu pai não se importa com tais demonstrações. Todos aqui sabem nosso nome. Repeti-lo apenas demonstraria fraqueza, sede por reafirmação. Meu pai não é fraco nem precisa disso.

— Comecem — ele diz. Seus dedos tamborilam no braço do trono e as portas pesadas de metal no fim do salão se abrem.

Os embaixadores são poucos, mas de alta patente. São os líderes de suas Casas. Lord Salin de Iral parece usar todas as joias que faltam em meu pai, com um largo colar de rubis e safiras se espalhando de ombro a ombro. Sua túnica balança na altura dos tornozelos, estampada com padrões vermelhos e azuis em igual proporção. Seria fácil tropeçar, mas um silfo da Casa Iral não se preocupa com isso. Ele se move com uma graça letal, seus olhos pretos focados. Lord Salin faz o que pode para ficar à altura da memória de sua predecessora, Ara Iral. Seus acompanhantes são silfos também, tão extravagantes quanto ele. Fazem parte de uma bela Casa, com pele bronze e cabelos pretos exuberantes. Sonya não está entre eles. Eu a considerava uma amiga na corte, tanto quanto era possível. Não sinto sua falta, e provavelmente é melhor que não esteja aqui.

Os olhos de Salin se estreitam ao avistar a pantera ao lado da minha mãe, no momento ronronando diante de suas carícias. *Ah.* Eu tinha esquecido. A mãe dele, assassinada recentemente, era chamada de Pantera na juventude. *Bem sutil, mãe.*

Seis sombrios de Haven ficam visíveis, com a expressão decididamente menos hostil. No fundo da sala, percebo Elane chegando. O rosto dela permanece nas sombras, ocultando sua dor de qualquer outra pessoa na multidão. Gostaria que estivesse sentada ao meu lado. Mas, mesmo que minha família tenha sido mais do que favorável a seu respeito, isso nunca poderá acontecer. Ela vai sentar ao lado de Tolly um dia. Não ao meu.

O pai de Elane, Lord Jerald, é o líder da delegação de Haven. Como ela, tem cabelo vermelho e a pele radiante. Aparenta ser mais jovem do que é de fato, maquiado por sua habilidade natural de manipular a luz. Se sabe que sua filha está no fundo da sala, não demonstra.

— Majestade. — Salin Iral inclina a cabeça apenas o suficiente para ser educado.

Meu pai não se inclina. Apenas seus olhos se movem, percorrendo os embaixadores.

— Senhores. Senhoras. Bem-vindos ao reino de Rift.

— Agradecemos a hospitalidade — Jerald responde.

Quase posso ouvir meu pai ranger os dentes. Ele detesta perda de tempo, e tais cordialidades com certeza estão nessa categoria.

— Bem, vocês viajaram até aqui. Espero que seja para confirmar sua lealdade.

— Nós nos comprometemos a apoiar sua coalizão para destronar Maven — Salin diz. — Não a isso.

Meu pai suspira.

— Maven foi destronado em Rift. Com a nossa aliança, podemos conquistar mais.

— Mas você será rei. Teremos um ditador no lugar de outro. — Murmúrios se espalham pela multidão, mas permanecemos em silêncio enquanto Salin cospe suas bobagens.

Minha mãe se inclina para a frente.

— É muito injusto comparar meu marido àquele príncipe podre que não deveria ter sentado no trono do pai.

— Não ficarei parado enquanto confisca uma coroa que não é sua — Salin rosna em resposta.

Minha mãe estala a língua.

— Uma coroa que você não teve a ideia de tomar? É uma pena que a Pantera tenha sido assassinada. Ela pelo menos teria se preparado para isso. — Minha mãe continua alisando o predador brilhante ao seu lado. A pantera rosna baixo, exibindo as presas.

— O fato permanece — meu pai interrompe. — Mesmo com Maven se debatendo, seu Exército e seus recursos são vastos o suficiente para nos sobrepujar. Especialmente agora que Lakeland se uniu a ele. Mas juntos podemos nos defender. Contra-atacar com força. Esperar que mais do seu reino caia. Esperar que a Guarda Escarlate...

— A Guarda Escarlate. — Jerald cospe no nosso belo piso. Seu rosto muda de cor quando o sangue prateado sobe. — Você quer dizer Montfort. O verdadeiro poder por trás daqueles terroristas. Outro reino.

— Tecnicamente... — Tolly começa a falar, mas Jerald prossegue.

— Começo a achar que você não se importa com Norta, apenas com seu título e sua coroa. Quer manter qualquer parte da nação para si, enquanto criaturas maiores a devoram — Jerald estoura. Na multidão, Elane se retrai e fecha os olhos. Ninguém fala com meu pai desse jeito.

A pantera rosna de novo, acompanhando o temperamento de minha mãe, que agora está furiosa. Meu pai apenas se recosta no trono, observando a ameaça ecoar por toda a sala.

Depois de um momento de agitação, Jerald se ajoelha.

— Peço desculpas, majestade. Eu me expressei mal. Não foi minha intenção... — Ele para de falar sob o olhar atento do rei, as palavras morrendo nos seus lábios carnudos.

— A Guarda Escarlate nunca terá lugar aqui. Não importa quem os apoie — meu pai diz, resoluto. — Vermelhos são inferiores, estão abaixo de nós. É assim que funciona. A própria natureza sabe que somos seus mestres. Por que mais seríamos prateados? Por que mais seríamos deuses, se não para governá-los?

Os primos da família Samos vibram:

— Reis de aço!

— Se os sanguenovos querem se aliar a insetos, deixe-os. Se querem dar as costas para nosso estilo de vida, deixe-os. Quando se voltarem contra nós, para lutar contra a natureza, nós os mataremos.

O apoio aumenta, espalhando-se da nossa Casa para a Casa Laris. Mesmo alguns nas delegações aplaudem ou acenam em concordância. Duvido que já tenham visto Volo Samos falar tanto. Meu pai guarda sua voz e suas palavras para momentos importantes. Este com certeza é um deles.

Apenas Salin permanece parado. Seus olhos escuros se destacam, rodeados por um contorno negro.

— Não foi sua filha que deixou uma terrorista escapar? Ela não massacrou quatro prateados de uma Casa nobre no caminho?

— Quatro membros da Casa Arven, que haviam jurado lealdade a Maven. — Minha voz estala como a ponta de um chicote. Lord Iral vira o rosto para mim e me sinto eletrificada, quase levantando do trono. Essas são minhas primeiras palavras como princesa, finalmente ditas em uma voz que é realmente minha. — Quatro soldados que arrancariam cada pedaço de qualquer um de nós se o rei perturbado deles mandasse. Está de luto por eles, meu senhor?

Salin fecha a cara.

— Estou de luto pela perda de uma refém valiosa, nada mais. E obviamente questiono sua decisão, princesa.

Mais uma gota de escárnio na sua voz e corto sua língua.

— A decisão foi minha — meu pai diz, neutro. — Barrow era uma refém valiosa. Nós a tiramos de Maven. — *E a deixamos solta na praça, como uma fera fora da jaula.* Me pergunto quantos soldados reais Barrow derrubou naquele dia. O suficiente para concretizar o plano do meu pai, para encobrir nossa própria fuga.

— E agora ela está solta por aí! — Salin grita, perdendo a calma cada vez mais.

Meu pai não demonstra sinais de interesse e declara o óbvio:

— Barrow está em Piedmont, é claro. E asseguro a você que era mais perigosa sob o comando de Maven do que jamais será com eles. Nossa preocupação deveria ser eliminar o garoto, não radicais destinados ao fracasso.

Salin empalidece.

— Fracassar? Eles dominaram Corvium. Controlam uma vasta parte de Piedmont, usando um príncipe prateado como marionete. Se isso é fracasso...

— Eles querem igualar o que é desigual por princípio — minha mãe fala com frieza e sinceridade. — É tolice, uma equação impossível. Só pode terminar em derramamento de sangue. E vai terminar. Piedmont vai se reerguer. Norta expulsará os demônios vermelhos. O mundo continuará girando.

Todos os argumentos parecem morrer ali. Como meu pai, ela se recosta no trono, satisfeita. Não está cercada pelo familiar silvo de cobras, mas a grande pantera ronrona sob seu toque.

Meu pai continua no seu ritmo, ansioso para dar o golpe definitivo.

— Nosso foco é Maven. Lakeland. Extirpar o rei do seu novo aliado o deixará vulnerável, mortalmente vulnerável. Vocês vão nos apoiar em nossa jornada para livrar o país desse veneno?

Lentamente, Salin e Jerald trocam olhares. A adrenalina corre pelas minhas veias. Eles vão se ajoelhar. Precisam fazer isso.

— Vocês apoiarão a Casa Samos, a Casa Laris, a Casa Lerolan...

Uma voz o interrompe. A voz de uma mulher, ecoando de lugar nenhum.

— Você acha que tem o direito de falar por mim?

Jerald retorce as mãos, em movimentos rápidos. Todos no salão engasgam, inclusive eu, quando uma terceira embaixadora aparece do nada entre os integrantes das Casas Iral e Haven. Sua Casa está atrás dela, dezenas de pessoas em roupas vermelhas e laranja, como o sol poente. Como uma explosão.

Minha mãe dá um pulo, surpresa pela primeira vez em muitos, muitos anos. A adrenalina se transforma em estacas de gelo, resfriando meu sangue.

A líder da Casa Lerolan dá um passo ousado à frente. Parece séria. Os cabelos grisalhos estão presos em um coque perfeito e seus olhos queimam como bronze. Ela não conhece a palavra medo.

— Não vou apoiar um rei de Samos enquanto um herdeiro dos Calore viver.

— Sabia que estava sentindo cheiro de fumaça — minha mãe murmura, afastando a mão da pantera. A criatura fica imediatamente tensa, levantando com as garras para fora.

Ela apenas dá de ombros, sorrindo.

— É fácil falar, Larentia, agora que me vê aqui de pé. — Os dedos dela tamborilam a lateral do corpo. Observo com atenção. Ela é uma oblívia, capaz de explodir as coisas com o toque. Aproximando-se o suficiente, pode obliterar meu coração dentro do peito ou meu cérebro dentro do crânio.

— Sou uma rainha...

— Eu também. — Anabel Lerolan abre um sorriso largo. Apesar de suas roupas serem elegantes, ela não usa nenhuma joia, nem mesmo uma coroa. Nada de metal. Meu punho se fecha. — Não vamos abandonar meu neto. O trono de Norta pertence a Tiberias VII. Nossa coroa é de chamas, não de metal.

A raiva do meu pai se acumula como um trovão e cai como um raio. Ele levanta do trono, com um dos punhos cerrados. Os reforços de metal que sustentam a sala se retorcem, rugindo sob a força de sua fúria.

— Tínhamos um acordo, Anabel! — ele rosna. — Barrow em troca do seu apoio.

Ela apenas pisca.

Do outro lado, ouço meu irmão acusar, entredentes:

— Você esqueceu como a Guarda assumiu o controle de Corvium? Não viu seu neto lutando contra seus semelhantes em Archeon? Como o reino pode apoiá-lo agora?

Anabel não se move. Seu rosto permanece calmo, com uma expressão sincera e paciente. Ela parece uma velhinha bondosa em todos os trejeitos, exceto pelas ondas de ferocidade que emana. Espera que meu irmão prossiga, mas, quando ele não o faz, assume a fala.

— Obrigada, príncipe Ptolemus, por pelo menos não insistir na mentira ultrajante sobre o assassinato do meu filho e o exílio do meu neto. Ambos os crimes cometidos pelas mãos de Elara Merandus, ao contrário do que a máquina de propaganda do reino espalha. Sim, Tiberias fez coisas terríveis. Mas seu intuito era sobreviver. Depois que demos as costas para ele, que o abandonamos. Depois que seu próprio irmão, envenenado pela mãe, tentou matá-lo na arena como um criminoso. Uma coroa é o mínimo que devemos lhe oferecer como desculpas.

Atrás dela, os representantes de Iral e Haven se mantêm firmes. Uma cortina de tensão cai sobre a sala. Todos a sentem. Somos prateados, nascidos para a força e o poder. Fomos treinados para lutar, para matar. Ouvimos o tique-taque do relógio em cada coração, numa contagem regressiva para o derramamento de sangue. Olho para Elane, que aperta os lábios em uma linha sinistra.

— O Rift é meu — meu pai rosna, soando como uma das feras da minha mãe. O barulho faz meus ossos vibrarem e no mesmo instante me sinto uma criança de novo.

Não tem o mesmo efeito sobre a velha rainha. Anabel apenas inclina a cabeça para o lado. Raios de sol cintilam nas mechas ferrosas e lisas do seu cabelo, preso na altura da nuca.

— Então fique com ele — a velha responde dando de ombros. — Como você disse, tínhamos um acordo.

Simples assim, o redemoinho que ameaçava engolir a sala desaparece. Alguns dos primos, além de Lord Jerald, voltam a respirar.

Anabel estende as mãos em um gesto aberto.

— Você é o rei de Rift, e que tenha um reinado longo e próspero. Mas meu neto é o rei de Norta por direito. E precisará de todos os aliados que pudermos reunir para reconquistar o trono.

Mesmo meu pai não previa essa virada. Anabel Lerolan não ia à corte havia muitos anos, sempre optando por permanecer em Delphie, o território de sua Casa. Ela desprezava Elara Merandus e não aguentava ficar perto dela; talvez a temesse. Suponho que, agora que a rainha murmuradora se foi, a velha rainha oblívia pode voltar. E de fato voltou.

Digo a mim mesma para não entrar em pânico. Meu pai pode ter sido pego de surpresa, mas não vai se render. Controlamos Rift. Estamos em casa. Não entregaremos a coroa. Foram apenas algumas semanas, mas não admito a ideia de perder o que conquistamos. O que *mereço*.

— Me pergunto como você pretende devolver o poder a um rei que não quer o trono — meu pai reflete. Ele junta as pontas dos dedos e analisa Anabel. — Seu neto está em Piedmont...

— Meu neto é um agente forçado da Guarda Escarlate, que no momento é controlada pela República Livre de Montfort. O líder deles, o autointitulado primeiro-ministro, é um homem bem razoável — ela acrescenta, falando como se estivesse discutindo a previsão do tempo.

Meu estômago se revira e me sinto um pouco enjoada. Algo

em mim, um instinto primitivo, grita para que eu a mate antes que continue.

Meu pai ergue uma sobrancelha.

— Você tem contato com ele?

A rainha Lerolan dá um pequeno sorriso.

— O suficiente para uma negociação. E tenho falado com meu neto com mais frequência ultimamente. É um rapaz talentoso, muito bom com máquinas. Ele me procurou num momento de desespero, me pedindo apenas uma coisa. E, graças a você, meu neto a conseguiu.

Mare.

Meu pai estreita os olhos.

— Ele tem conhecimento dos seus planos, então?

— Terá.

— E Montfort?

— Estão ansiosos para se aliar a um rei. Apoiarão uma guerra para restaurar o nome de Tiberias VII.

— Do mesmo jeito que se aliaram a Piedmont? — Se ninguém mais vai apontar a loucura do que ela está dizendo, serei obrigada a isso. — O príncipe Bracken dança conforme a música deles. Os relatórios indicam que tomaram seus filhos. Está disposta a permitir que seu neto seja uma marionete?

Vim aqui sedenta para ver os outros se ajoelhando. Permaneço no trono, mas me sinto vulnerável diante de Anabel enquanto ela sorri.

— Como sua mãe disse de forma tão eloquente, eles querem igualar o que é desigual por princípio. A vitória é impossível. Os prateados não podem ser dominados.

Até a pantera está em silêncio, observando o debate com olhos atentos. Sua cauda se move devagar. Noto sua pelagem, escura como a noite. Um abismo exatamente igual àquele diante do qual estamos. Meu coração bate forte em um ritmo exausto, bombeando tanto medo quanto adrenalina pelo meu corpo. Não sei para que lado meu pai penderá. Não sei o que virá em seguida. Minha pele se arrepia.

— É claro — Anabel acrescenta — que o reino de Norta e o reino de Rift seriam ligados por uma aliança. E pelo casamento.

Perco o chão. Preciso de cada grama de esforço e orgulho para permanecer no meu trono gélido. *Você é de aço*, sussurro na minha cabeça. *Não se curva nem se quebra*. Mas já posso me sentir fazendo a reverência, cedendo à vontade do meu pai. Ele vai me trocar sem nem pensar, se isso significar manter a coroa. O reino de Rift, o reino de Norta... Volo Samos vai se agarrar ao que puder. Se o segundo estiver fora de alcance, fará o máximo para manter o primeiro. Mesmo que isso signifique quebrar sua promessa. Me vender mais uma vez. Minha pele formiga. Pensei que tudo isso tinha ficado para trás. Sou uma princesa agora, e meu pai é um rei. Não preciso casar com ninguém por uma coroa. Ela está no meu sangue, em mim.

Não, isso não é verdade. Você ainda precisa do seu pai. E do nome dele. Nunca será dona de si mesma.

O sangue pulsa no meu ouvido, rugindo como um furacão. Não ouso procurar Elane. Eu prometi. Ela casou com meu irmão para que nunca nos separássemos. Cumpriu sua parte da barganha, mas e agora? Eles vão me mandar para Archeon. Ela vai ficar aqui como esposa de Tolly e, um dia, sua rainha. Quero gritar. Quero levantar desse trono, estilhaçá-lo e usá-lo para derrubar cada um nesta sala. Incluindo eu mesma. Não posso aceitar isso. Não posso viver assim.

Tive algumas semanas da sensação mais próxima da liberdade que já conheci; não posso deixar isso escapar. Não quero voltar a viver segundo as ambições de alguém.

Respiro, tentando conter a raiva. Não acredito em nenhum deus, mas rezo.

Diga não. Diga não. Diga não. Por favor, pai, diga não.

Ninguém olha para mim, e esse é meu único alívio. Ninguém me vê desmanchando lentamente. Eles só têm olhos para o meu pai. Tento me desligar. Colocar a dor em uma caixa e guardá-la bem no fundo. É fácil fazer isso quando se está treinando ou numa luta. Mas nesse momento é quase impossível.

É claro. Rio de tristeza por dentro. *Seu destino sempre foi este, não importava o que acontecesse.* Fui criada para casar com o herdeiro da Casa Calore. Fisicamente. Mentalmente. Fabricada para isso. Como um castelo ou um túmulo. Minha vida nunca foi minha e nunca será.

As palavras do meu pai fincam pregos no meu coração. Cada uma é uma nova explosão de lamento sangrento.

— Ao reino de Norta. E ao reino de Rift.

VINTE E QUATRO

Cameron

※

Morrey demora mais que os outros reféns.

Alguns acreditaram em questão de minutos. Outros resistiram por dias, teimosos, agarrando-se às mentiras que haviam sido enfiadas goela abaixo. *A Guarda Escarlate é um bando de terroristas. A Guarda Escarlate é cruel. A Guarda Escarlate tornará sua vida pior. O rei Maven os libertou da guerra e os libertará de muito mais.* Meias verdades distorcidas e transformadas em propaganda. Posso compreender como eles e tantos outros acreditaram. Maven explorou a ânsia dos vermelhos, ignorantes à manipulação. Eles viram um prateado disposto a ouvir, o que seus predecessores nunca fariam. Sua esperança era fácil de comprar.

E a Guarda Escarlate está longe de ser um grupo de heróis inocentes. São, na melhor das hipóteses, falhos, combatendo opressão com violência. Os integrantes da Legião Adaga continuam cautelosos. São apenas adolescentes que saltaram das trincheiras de um exército para outro. Não os culpo por ficarem de olhos abertos.

Morrey ainda se agarra às suas inquietações. Por minha causa, pelo que sou. Maven acusou a Guarda de matar pessoas como eu. Não importa quanto meu irmão tente, ele não consegue se desvencilhar das palavras do rei.

Enquanto sentamos para tomar café da manhã, com tigelas de mingau de aveia quentes demais para serem tocadas, me preparo para as perguntas de sempre. Gostamos de comer na grama, a céu aberto, com os campos de treino se perdendo no horizonte. Depois de quinze anos na favela, cada sopro da brisa parece um milagre. Estou sentada com as pernas cruzadas, o macacão verde-escuro já confortável depois de tanto uso e das incontáveis lavagens.

— Por que você não vai embora? — Morrey pergunta, indo direto ao assunto. Ele mexe o mingau três vezes, no sentido anti-horário. — Não jurou lealdade à Guarda. Não tem motivo para ficar.

— Por que *você* não faz isso? — Bato na colher dele com a minha. É uma réplica idiota, mas também uma fuga fácil. Não tenho uma boa resposta para ele e odeio que insista.

Ele encolhe os ombros estreitos.

— Gosto da rotina — balbucia. — Em casa... Bom, você sabe que era terrível lá, mas... — Ele mexe o mingau, metal raspando no metal. — Você lembra dos cronogramas, dos apitos?

— Lembro. — Ainda os ouço nos meus sonhos. — Sente falta disso?

Meu irmão zomba:

— É claro que não. Mas não saber o que vai acontecer... Não sei. É... é assustador.

Pego uma colherada de mingau. Está espesso e saboroso. Morrey me deu sua cota de açúcar, e a doçura em dobro corta qualquer desconforto que sinto.

— Acho que é assim com todo mundo. Talvez seja por isso que eu fico.

Morrey se vira para olhar para mim, estreitando os olhos para se proteger do brilho do sol nascente. Isso ilumina seu rosto, ressaltando o quanto mudou. As rações diárias preencheram seu corpo. O ar puro claramente faz bem para ele. Não tenho ouvido a tosse seca que costumava pontuar suas frases.

Uma coisa não mudou, porém. Ele ainda tem a tatuagem em volta do pescoço, quase igual à minha.

CN-MMPF-188908, está registrado na dele. *Cidade Nova, Montagem e Manutenção, Setor de Pequenas Fábricas*. Na minha, o número é 188907. Eu nasci primeiro. Meu pescoço coça com a memória do dia em que fomos marcados, ficando permanentemente ligados aos nossos contratos vitalícios de trabalho.

— Não sei para onde ir. — Falo essas palavras em voz alta pela primeira vez, mesmo que tivesse pensado nelas todos os dias desde que escapei de Corros. — Não podemos voltar para casa.

— Acho que não — ele murmura. — Então o que vamos fazer? Você vai ficar e deixar essas pessoas...

— Já disse, eles não querem matar os sanguenovos. Maven mentiu...

— Não estou falando disso. A Guarda Escarlate talvez não te mate, mas a coloca em perigo. Você fica treinando para lutar, para matar, todo o tempo que não está comigo. E em Corvium eu vi... quando você libertou a gente...

Não fale o que eu fiz. Meu irmão não precisa me lembrar. Lembro muito bem como matei dois prateados. Mais rápido do que jamais havia matado antes. O sangue escorrendo pelos olhos e pelas bocas, suas entranhas morrendo órgão a órgão, enquanto meu silêncio destruía tudo. Eu senti na pele. Ainda sinto. A sensação da morte pulsa pelo meu corpo.

— Sei que você pode ajudar. — Ele deixa o mingau de lado e pega minha mão. Nas fábricas, eu costumava segurar a dele. Os papéis se inverteram. — Não quero que a transformem em uma arma. Cameron, você é minha irmã. Fez tudo o que pôde para me salvar. Deixe que eu faça o mesmo.

Irritada, caio de costas na grama, deixando a tigela do lado.

Ele me deixa pensar e olha para o horizonte. Aponta para os campos à nossa frente.

— É verde demais aqui. Você acha que o resto do mundo é assim?
— Não sei.
— A gente podia descobrir. — A voz dele é tão macia que finjo não ouvir, e caímos em um silêncio tranquilo. Vejo os ventos da primavera perseguindo as nuvens no céu enquanto meu irmão come com movimentos rápidos e eficientes. — Ou voltar para casa. Papai e mamãe...
— Impossível. — Foco no azul do céu, de uma cor que eu nunca vi no inferno em que nascemos.
— Você me salvou.
— E quase morremos. Tínhamos tudo a nosso favor e quase morremos. — Expiro lentamente. — Não há nada que a gente possa fazer por eles agora. Por um tempo pensei que seria possível, mas... só podemos ter esperança.

A tristeza pesa em seu rosto, deixando sua expressão amarga. Mas ele assente.

— E sobreviver. Continuar sendo nós mesmos. Você está me ouvindo, Cam? — Morrey segura minha mão. — Não deixe isso mudar você.

Ele está certo. Apesar de estar brava, apesar de sentir ódio por tudo que ameaça minha família, vale a pena alimentar esse sentimento?

— Então o que eu deveria fazer? — finalmente me forço a perguntar.

— Não sei como é ter uma habilidade. Você tem amigos que sabem. — Morrey pisca e faz uma pausa para enfatizar o que disse. — Você tem amigos, né? — Meu irmão abre um sorriso sarcástico por cima da borda da tigela. Dou um tapa no braço dele por ser engraçadinho.

Minha mente salta para Farley primeiro, mas ela ainda está no hospital com o bebê, além de não ter uma habilidade. Farley não sabe como é ser tão letal, controlar algo tão poderoso.

— Tenho medo, Morrey. Quando você perde o controle, apenas grita ou chora. Já eu, com o que sou capaz de fazer... — Estendo a mão para o céu flexionando os dedos diante das nuvens. — Tenho medo.

— Talvez isso seja uma coisa boa.

— O que você quer dizer?

— Lá em casa, você lembra como usavam as crianças para consertar máquinas grandes? Como elas entravam no meio da fiação? — Morrey abre os olhos escuros.

A memória ecoa. Ferro sobre ferro, batendo e torcendo, o zumbido constante do maquinário ao longo da fábrica interminável. Quase posso sentir o óleo, a chave inglesa na minha mão. Foi um alívio quando Morrey e eu crescemos o suficiente para não sermos mais aranhas. Era assim que os capatazes chamavam as crianças menores da nossa divisão. Pequenas o suficiente para ir aonde os trabalhadores adultos não alcançavam, jovens demais para ter medo de morrer esmagados.

— O medo pode ser uma coisa boa, Cam — ele prossegue. — Não te deixa esquecer. E o medo, o respeito que tem por essa coisa perigosa dentro de você... acho que também é uma habilidade.

Meu mingau está gelado a essa altura, mas forço uma colherada para não ter que falar. Agora o sabor do açúcar é dominante e a pasta gruda nos meus dentes.

— Essas tranças estão uma bagunça — Morrey resmunga sozinho. Nossos pais iam trabalhar antes da gente e tínhamos que nos aprontar sozinhos para sair. Assim, Morrey aprendeu a desembaraçar meu cabelo em um instante. Me sinto bem com ele de volta, e sou dominada pela emoção quando arruma meu cabelo preto em duas tranças.

Meu irmão não me força a tomar uma decisão, mas a conversa traz à tona inúmeras questões em que eu já tinha pensado. *Quem eu quero ser? Que escolha vou tomar?*

Ao longe, perto do limite dos campos de treino, avisto duas figuras familiares. Uma alta, outra baixa, ambas correndo nos limites da base. Fazem isso todos os dias, e sua rotina de exercícios é conhecida pela maioria de nós. Apesar das pernas longas de Cal, Mare não tem dificuldade para acompanhar seu ritmo. Conforme se aproximam, posso vê-la sorrindo. Há muita coisa na garota elétrica que não compreendo, e o fato de sorrir enquanto corre é umas delas.

— Obrigada, Morrey — digo, levantando quando ele termina.

Meu irmão não me acompanha. Ele segue meu olhar, encontrando Mare, que se aproxima. Ela não o deixa tenso, mas Cal sim. Morrey se ocupa rapidamente das tigelas, abaixando a cabeça para esconder sua expressão fechada. Os Cole não simpatizam com o príncipe de Norta.

Mare ergue o queixo enquanto corre, demonstrando que nos viu.

O príncipe tenta esconder sua irritação quando ela diminui o ritmo para uma caminhada. Ele acena com a cabeça para nós dois em uma tentativa de nos cumprimentar educadamente.

— Bom dia — Mare diz, saltando de um pé para o outro enquanto recupera o fôlego. Sua aparência melhorou, e um brilho dourado quente está voltando para sua pele morena. — Cameron, Morrey — ela fala com os olhos alternando entre nós com a velocidade de um gato. Seu cérebro está sempre girando, procurando rachaduras. Depois do que passou, como poderia ser diferente?

Mare deve sentir a hesitação em mim, porque continua ali, esperando que eu diga algo. Quase perco a calma, mas Morrey encosta na minha perna. *Faça um sacrifício*, digo a mim mesma. *Ela pode até entender.*

— Você se importaria de caminhar comigo?

Antes de ser capturada, Mare teria zombado de mim, mandado eu me catar, me enxotado como uma mosca irritante. Ela mal me tolerava. Mas agora concorda. Com um único gesto, dispensa Cal como só ela é capaz de fazer.

A prisão a mudou, como muda todos nós.

— Claro, Cameron.

Sinto como se falasse por horas, despejando tudo o que vinha guardando dentro de mim. O medo, a raiva, o enjoo que sinto todas as vezes que penso no que posso fazer e no que fiz. Em como aquilo costumava me empolgar. Como fazia eu me sentir invencível, indestrutível, mas agora me envergonha. É como se eu mesma cortasse minha barriga e deixasse as tripas caírem. Evito olhar para Mare enquanto falo, mantendo o olhar fixo nos pés enquanto andamos pelos campos de treino. Conforme avançamos, mais e mais soldados inundam o lugar. Sanguenovos e vermelhos, todos fazendo seus exercícios matinais. Nos macacões verdes fornecidos por Montfort, é difícil dizer quem é quem. Parecemos iguais, unidos.

— Quero proteger meu irmão. Ele acha que deveríamos partir... — Minha voz enfraquece e some.

Mare é enérgica em sua resposta.

— Minha irmã diz a mesma coisa. Todos os dias. Ela quer aceitar a oferta de Davidson. Ser realocada. Deixar outras pessoas lutarem. — Os olhos dela escurecem, intensos, passeando metodicamente pela paisagem repleta de uniformes verdes. Quer saiba ou não, está procurando riscos e ameaças. — Gisa diz que já demos o suficiente.

— Então o que você vai fazer?

— Não posso dar as costas a tudo isso. — Ela morde o lábio, pensativa. — Tem muita raiva em mim. Se não achar um jeito de me livrar dela, pode me envenenar. Mas acho que não é isso que você quer ouvir. — Soaria como uma acusação vindo de qualquer outra pessoa. De Cal ou Farley. De quem Mare era seis meses atrás. Mas as palavras dela são suaves.

— Persistir nisso vai me devorar viva — admito. — Se eu continuar usando minha habilidade para matar... vou me transformar em um monstro.

Monstro. Ela estremece quando digo isso, fechando-se dentro de si. Mare Barrow já teve sua cota de monstros. Ela olha para longe, mexendo distraída em uma mecha de cabelo cacheada pelo suor e pela umidade.

— É tão fácil criar monstros, especialmente a partir de pessoas como nós — Mare murmura, então se recupera. — Você não lutou em Archeon. Pelo menos não a vi.

— Não, eu estava lá só para... — *Manter você sob controle.* Na época, era um bom plano. Mas agora que sei pelo que Mare passou, me sinto péssima.

Ela não insiste.

— Foi ideia de Kilorn lá em Trial — falo. — Ele trabalha bem organizando os sanguenovos e os vermelhos, e sabia que eu queria me afastar um pouco. Então concordei em ir... não para lutar, não para matar, a menos que fosse absolutamente necessário.

— E você quer continuar nesse caminho. — Não é uma pergunta.

Lentamente, concordo com a cabeça. Não deveria me sentir envergonhada.

— Acho que é melhor. Defender, não destruir. — Ao lado do corpo, meus dedos se dobram. O silêncio se acumula sob minha pele. Não odeio minha habilidade, mas odeio o que ela pode fazer.

Mare fixa o olhar em mim, sorrindo.

— Não sou sua comandante. Não posso lhe dizer o que fazer ou como lutar. Mas acho que essa é uma boa ideia. Se alguém tentar lhe convencer do contrário, mande falar comigo.

Sorrio. De alguma forma, sinto como se um peso fosse tirado das minhas costas.

— Obrigada.

— Tenho que te pedir desculpas — ela acrescenta, aproximando-se. — Sou o motivo de você estar aqui. Entendo agora que o que fiz, forçar você a se juntar a nós... foi errado. Desculpe.

— É verdade. Você agiu errado. Mas, no fim das contas, consegui o que eu queria.

— Morrey. — Ela suspira. — Estou feliz que o tenha de volta. — O sorriso dela não desaparece, mas é enfraquecido pela menção a um irmão.

Na leve subida à frente, Morrey me espera, com os prédios da base se espalhando atrás dele. Cal se foi. Ótimo.

Apesar de já estar conosco há alguns meses, o príncipe age sempre de um jeito estranho, não sabe conversar e parece sempre nervoso quando não tem uma estratégia em que pensar. Parte de mim ainda acha que nos vê como descartáveis, cartas que pode usar no momento certo. *Mas ele ama Mare*, penso. *Ama uma garota de sangue vermelho.*

Isso deve valer alguma coisa.

Antes de alcançarmos meu irmão, um último medo borbulha na minha garganta.

— Estou abandonando vocês? Os sanguenovos, digo.

Minha habilidade é a morte silenciosa. Sou uma arma, querendo ou não. Posso ser usada. Posso ser útil. É egoísmo me afastar?

Tenho a sensação de que essa é uma pergunta que Mare tem feito a si mesma. Mas sua resposta é só para mim.

— Claro que não — ela murmura. — Você ainda está aqui. Há um monstro a menos para a gente se preocupar. Um fantasma a menos.

VINTE E CINCO

Mare

❦

Apesar do meu tempo no Furo ter sido marcado pela exaustão e pelo coração partido, ainda ocupa um lugar especial nas minhas memórias. Pela primeira vez, lembro mais vividamente das coisas boas do que das ruins. Os dias em que voltávamos com sanguenovos vivos, arrancados das garras da execução. Parecia um progresso. Cada rosto era uma prova de que eu não estava sozinha, de que eu podia salvar pessoas com a mesma facilidade que podia matá-las. Alguns dias, parecia simples. A coisa certa a fazer. Venho buscando essa sensação desde então.

A base de Piedmont tem suas próprias instalações de treinamento, tanto internas quanto ao ar livre. Algumas equipadas para prateados, o restante para soldados vermelhos. O coronel e seus homens, agora na casa dos milhares e aumentando dia a dia, reivindicaram o campo de tiro. Sanguenovos como Ada, com habilidades menos devastadoras, treinam com ele, aperfeiçoando a pontaria e as habilidades de combate. Kilorn transita entre eles e os sanguenovos no campo de treino para prateados. Ele não pertence a nenhum grupo, mas sua presença é tranquilizadora. Kilorn é o completo oposto de uma ameaça e um rosto familiar. Ele não teme os sanguenovos, ao contrário de muitos dos soldados "verdadeiramente" vermelhos. Já passou tempo demais comigo para isso.

Meu amigo me acompanha agora, enquanto passamos por um prédio do tamanho de um hangar de jatos, mas sem pista de decolagem.

— O ginásio dos prateados — ele diz, apontando para a estrutura. — Tem todo tipo de coisa aí dentro. Pesos, pista com obstáculos, uma arena...

— Sei. — Aprendi a usar minhas habilidades num lugar como esse, cercada pelos olhares maldosos dos prateados que me matariam se vissem uma única gota do meu sangue. Pelo menos não tenho mais que me preocupar com isso. — Provavelmente eu não deveria treinar num lugar com teto ou lâmpadas.

Kilorn ri.

— Provavelmente não.

Uma das portas do ginásio bate ao abrir e uma figura sai, com uma toalha em volta do pescoço. Cal seca o suor do rosto ainda prateado pelo esforço. Levantamento de peso, presumo.

Ele estreita os olhos e se aproxima de nós o mais rápido que pode. Ainda ofegante, estende a mão e Kilorn a aperta com um sorriso largo.

— Kilorn — Cal acena com a cabeça. — Está levando Mare para conhecer tudo?

— Si... — começo a responder.

— Não, ela vai começar a treinar com os outros hoje — Kilorn me corta. Resisto à vontade de dar uma cotovelada na barriga dele.

— O quê?

Cal fica sério, soltando um longo suspiro.

— Pensei que você fosse dar um tempo.

Kilorn me pegou de surpresa no hospital, mas ele estava certo. Não posso ficar sem fazer nada. Me sinto inútil. A raiva fervendo sob minha pele me deixa inquieta. Eu não sou igual a Cameron.

Não sou forte o suficiente para me afastar. As lâmpadas começaram a piscar sempre que entro numa sala. Preciso descarregar.

— Já faz alguns dias. — Coloco as mãos na cintura, esperando a inevitável réplica. Sem perceber, Cal assume a postura oficial de quando discute comigo. Cruza os braços, franze a testa e finca os pés no chão. Com o sol atrás de mim, ele tem que franzir os olhos. Depois do treino, fede a suor.

Kilorn, o maldito covarde, dá alguns passos para trás.

— Vejo vocês quando tiverem terminado. — Ele lança um sorriso amarelo por cima do ombro, me deixando sozinha com Cal.

— Espera aí — eu chamo enquanto se afasta. Ele apenas acena, desaparecendo atrás do ginásio. — Que belo amigo ele é. Não que eu precise de apoio — acrescento rápido —, já que a decisão foi minha e só vou treinar. Não tem nada de mais nisso.

— Bem, parte da minha preocupação é com as pessoas no perímetro de uma possível explosão sua. E o resto... — Ele segura minha mão, me puxando para perto. Torço o nariz, brecando os pés no chão. Não que funcione. Deslizo pelo piso de qualquer forma.

— Você está todo suado.

Cal sorri, passando um braço pelas minhas costas e me deixando sem escapatória.

— Aham.

O cheiro não é completamente desagradável, ainda que devesse ser.

— Não vai brigar comigo?

— Como disse, a decisão é sua.

— Ótimo. Não tenho forças para brigar duas vezes em uma manhã só.

Ele me afasta gentilmente, para ver melhor meu rosto. O dedão dele roça meu queixo.

— Gisa?

— Gisa — bufo, tirando uma mecha de cabelo do rosto. Sem a Pedra Silenciosa, minha saúde melhorou, e minhas unhas e meu cabelo voltaram a crescer no ritmo normal. As pontas continuam cinza, no entanto. — Ela continua me perturbando com a história da realocação. Quer ir para Montfort. Deixar tudo para trás.

— E você disse que ela podia ir sozinha, não?

Fico escarlate de tão corada.

— Saiu sem querer! Às vezes... eu não penso antes de falar.

Ele ri.

— Sério que você faz isso?

— Minha mãe ficou do lado dela, claro, e meu pai não tomou partido, bancando o diplomata de sempre. É como... — minha respiração para — se nada tivesse mudado. Parece que estamos de volta à cozinha de Palafitas. Acho que isso não deveria me incomodar tanto. Considerando o quadro geral. — Envergonhada, me forço a olhar para Cal. Me sinto péssima por reclamar de questões familiares para *ele*. Mas foi Cal quem tocou no assunto. Então desabafei. Ele apenas me analisa, como se eu fosse um campo de batalha. — Mas não precisa ficar preocupado com isso. Não é importante.

Ele aperta minha mão antes que eu possa puxá-la. Cal sabe como funciono.

— Na verdade, eu estava pensando em todos os soldados com quem treinei. Em especial no campo de batalha. Vi alguns que voltaram bem fisicamente, mas com alguma coisa faltando. Uns não conseguiam dormir, outros não conseguiam comer. Às vezes, eram levados para o passado, quando a lembrança da batalha vinha com um som, um cheiro ou qualquer outra sensação.

Engulo em seco e passo os dedos tremendo em volta do pulso. Eu os aperto, lembrando das algemas. O toque me revira o estômago.

— Soa familiar.

— Sabe o que ajuda?

É claro que não, senão já teria feito. Balanço a cabeça.

— Normalidade. Rotina. Conversar. Sei que você não gosta muito do último item — ele acrescenta, abrindo um sorriso lentamente. — Mas sua família só quer que você esteja segura. Eles viveram um inferno enquanto estava... fora. — Cal ainda não encontrou uma palavra adequada para o que aconteceu comigo. *Capturada* ou *presa* não descrevem bem a gravidade. — Agora que voltou, estão fazendo o que qualquer um faria: tentam te proteger. Não a garota elétrica, não Mareena Titanos, mas você. Mare Barrow. A garota que conhecem e de que se lembram. É só isso.

— Está bem. — Aceno lentamente. — Obrigada por isso.

— E sobre aquela história de conversar...

— Sério? Vamos ter que fazer isso agora?

Cal gargalha, tensionando os músculos do abdômen contra meu corpo.

— Certo, mais tarde então. Depois do treino.

— Você deveria tomar um banho.

— Está brincando? Vou acompanhar você o tempo todo. Quer treinar? Então vai fazer isso direito. — Ele me empurra de leve, para que eu siga em frente. — Vamos.

Cal não se cansa, e corre de costas até que eu acompanhe seu ritmo. Passamos pela pista, pelo circuito externo de obstáculos e por um campo amplo com a grama bem aparada, sem contar vários círculos de terra para prática de combate corpo a corpo e de tiro em alvos a meio quilômetro de distância. Alguns sanguenovos correm pela pista e pelo circuito de obstáculos, enquanto outros praticam sozinhos no campo. Não os reconheço, mas reconheço suas habilidades. Um sanguenovo semelhante a um ninfoide forma colunas de água cristalina antes de deixá-las cair na grama, criando uma grande poça de lama. Uma teleportadora atravessa o circuito de obstáculos com facilidade. Ela aparece e desaparece em volta dos equipamentos, rindo dos outros que estão com dificuldade. Cada vez que salta, meu estômago se retorce com a lembrança de Shade.

As arenas de combate corpo a corpo me perturbam mais. Não luto com ninguém como treino desde Evangeline, vários meses atrás. Não é uma experiência que tenho vontade de repetir. Mas com certeza terei que passar por ela.

A voz de Cal me mantém alerta, atraindo meu foco de volta para a tarefa à frente.

— Vou incluir levantamento de peso na sua rotina a partir de amanhã, mas hoje podemos ir direto para teoria e prática de pontaria.

Prática eu compreendo.

— Teoria?

Paramos na beira de um campo de tiro, encarando a neblina que desaparece ao longe.

— Você começou a treinar mais ou menos uma década mais tarde do que deveria. Antes das nossas habilidades estarem prontas para a luta, passamos muito tempo estudando nossas vantagens e desvantagens e como usá-las.

— Como o fato de que ninfoides sempre vencem ardentes, porque é água contra fogo?

— Algo assim. Mas não tão simples. E se você fosse a ardente nessa situação? — Balanço a cabeça, e ele ri. — Viu? É complicado. A teoria exige capacidade de memorização e compreensão. Mas também se aprende na prática.

Esqueci que Cal foi preparado a vida inteira para isso. Ele é um peixe na água, tranquilo, sorridente. Ávido. É bom nisso, é sua especialidade, a área em que se sobressai. É sua âncora num mundo que nunca parece fazer sentido.

— É tarde demais para dizer que não quero mais treinar?

Cal apenas ri, jogando a cabeça para trás. Uma gota de suor escorre pelo seu pescoço.

— Você vai ter que me aguentar, Barrow. Agora, acerte o primeiro alvo. — Ele estende a mão, indicando um bloco quadrado de granito a dez metros de distância, pintado como um alvo. — Um raio. Bem no centro.

Sorrindo, faço o que ele pede. Não dá para errar a essa distância. Um único raio roxo e branco ondula pelo ar e chega ao destino. Com um barulho ressoante de rachadura, deixa uma marca preta no centro do alvo.

Antes que eu tenha tempo de sentir orgulho, Cal me empurra com o corpo. Despreparada, cambaleio e quase caio.

— Ei!

Ele apenas se afasta e aponta.

— Próximo alvo. Vinte metros.

— Certo — bufo, voltando os olhos para o segundo bloco. Levanto o braço mais uma vez, pronta para atirar, então Cal me empurra de novo. Dessa vez meus pés reagem mais rápido, mas não o suficiente, e meu raio desvia, atingindo o chão.

— Isso não é nada profissional.

— Eu costumava treinar com alguém disparando balas de festim perto da minha cabeça. Quer tentar? — ele pergunta. Balanço a cabeça rapidamente. — Então acerte o alvo.

Normalmente, eu ficaria irritada, mas o sorriso dele se alarga, me fazendo corar. *Isso é treino*, penso. *Controle-se.*

Dessa vez, quando vejo que Cal vai me empurrar, dou um passo para o lado e solto o raio, arrancando um pedaço do alvo de granito. A rotina se repete. Cal muda de tática, tentando atingir minhas pernas ou até lançando uma bola de fogo na minha frente. Na primeira vez que faz isso, caio no chão tão rápido que acabo comendo terra. "Acerte o alvo" se torna seu lema. Ele escolhe a pedra que devo mirar aleatoriamente, a distância variando. É muito difícil, bem mais do que a corrida, e o sol fica brutal conforme o dia avança.

— O alvo é um lépido. O que você faz? — ele pergunta.

Cerro os dentes, ofegante.

— Amplio o raio. Eu o pego enquanto desvia...

— Não fale, faça.

Com um grunhido, giro o braço como se usasse um machado em um movimento horizontal, lançando um jato de alta voltagem na direção do alvo. As faíscas são mais fracas, menos concentradas, mas suficientes para frear um lépido. Ao meu lado, Cal apenas acena com a cabeça, sua única indicação de que fiz algo certo. A sensação é boa.

— Trinta metros. Banshee.

Tampando os ouvidos com as mãos, forço a vista na direção do alvo, lançando um raio sem usar os dedos. Um relâmpago sai do meu corpo, curvando-se como um arco-íris. Erro o alvo, mas espalho eletricidade, fazendo as fagulhas explodirem em direções diferentes.

— Cinco metros. Silenciador.

Só de pensar em um Arven, entro em pânico. Tento focar. Minha mão busca uma arma que não está lá e finjo atirar no alvo.

— *Bang.*

Cal solta uma risada.

— Essa não valeu, mas tudo bem. Cinco metros, magnetron.

Esse alvo eu conheço muito bem. Com toda a força que consigo reunir, lanço uma explosão de raios no alvo. Ele se racha em dois.

— Teoria? — uma voz suave fala atrás de nós.

Eu estava tão focada que nem percebi Julian parado ali, com Kilorn ao seu lado. Meu antigo professor oferece um sorriso discreto, mantendo as mãos atrás das costas como sempre. Nunca o vi com uma roupa tão informal, com uma camisa leve de algodão e bermuda, revelando suas pernas finas de frango. Cal deveria colocá-lo em uma rotina de levantamento de peso também.

— Teoria — Cal confirma. — Ou algo próximo disso. — Ele acena para que eu pare, me dando uma pequena trégua. Imediatamente sento na terra, esticando as pernas. Apesar de ter que desviar o tempo todo, são os raios que me cansam. Sem a adrenalina da batalha ou uma ameaça de morte iminente, é notório que meu vigor diminui. Isso sem falar que estou há seis meses sem treinar. Com um movimento preciso, Kilorn se inclina e deixa uma garrafa de água gelada ao meu lado.

— Achei que fosse precisar disso — ele diz, com uma piscadela.

Sorrio para ele.

— Obrigada — consigo dizer antes de beber. — O que está fazendo por aqui, Julian?

— Eu estava a caminho dos arquivos, então parei pra ver o que era toda essa agitação. — Ele gesticula por cima do ombro. Me surpreendo ao ver umas dez pessoas ou mais reunidas na beirada do campo de tiro, todas nos encarando. Ou melhor: *me* encarando. — Você tem uma plateia.

Cerro os dentes. *Ótimo.*

Cal se move só um pouco, para me tirar de vista.

— Desculpe. Não queria tirar sua concentração.

— Está tudo bem — digo a ele, me forçando a levantar. Meus músculos gemem em protesto.

— Bem, vejo vocês dois mais tarde — Julian diz, olhando para mim e Cal.

Respondo rápido.

— Podemos ir com você...

Ele me corta com um sorriso familiar, gesticulando para a multidão de espectadores.

— Ah, acho que você ainda precisa ser apresentada a algumas pessoas. Kilorn, você se incomoda?

— De forma alguma. — Quero arrancar o sorrisinho da cara de Kilorn, e ele sabe disso. — Depois de você, Mare.

— Tudo bem — forço pela mandíbula cerrada.

Lutando contra meus instintos naturais de fugir da atenção, dou alguns passos na direção dos sanguenovos. Mais alguns. E mais outros. Até que os alcanço, com Cal e Kilorn ao meu lado. No Furo, eu não queria fazer amigos. É difícil dizer adeus para amigos. Isso não mudou, mas entendo o que Kilorn e Julian estão fazendo. Não posso mais me fechar para os outros. Forço um sorriso animado para as pessoas à minha volta

— Oi. Eu sou Mare. — Isso soa idiota e eu me sinto idiota.

Um dos sanguenovos, a teleportadora, balança a cabeça, concordando. Ela usa um uniforme verde de Montfort, tem braços e pernas longos e cabelo castanho cortado curtinho.

— Sim, nós sabemos. Sou Arezzo — ela diz, levantando a mão. — Saltei com você e Calore para fora de Archeon.

Não me admiro por não reconhecê-la. Os minutos depois da minha fuga ainda são um borrão de medo, adrenalina e alívio.

— É claro. Obrigada por isso. — Pisco tentando lembrar dela.

Os outros são tão amigáveis e abertos quanto Arezzo, tão felizes em conhecer mais uma sanguenova quanto eu. Todos no grupo são nascidos em Montfort ou em lugares aliados. Usam um uniforme verde com um triângulo branco no peito e insígnias em cada bíceps. Algumas são fáceis de decifrar: duas linhas onduladas para sanguenovos parecidos com ninfoides, três flechas para lépidos. Ninguém tem emblemas ou medalhas, contudo. Não há como dizer quem é oficial e quem não é. Todos têm treinamento militar. Eles se tratam pelo sobrenome e têm um aperto de mão firme, cada um deles nascido e criado como soldado ou transformado em um. A maioria reconhece Cal de imediato e acena para ele com a cabeça de maneira formal, enquanto Kilorn é tratado como um velho amigo.

— Onde está Ella? — Kilorn pergunta a um homem negro de cabelo espantosamente verde. Tingido, é claro. O nome dele é Rafe.

— Mandei uma mensagem para vir conhecer Mare. Para Tyton também.

— A última vez que os vi, estavam praticando no topo da Colina da Tempestade. Onde, tecnicamente — ele olha para mim, quase se desculpando —, os eletricons deveriam treinar.

— O que é um eletricon? — pergunto, e de imediato me sinto idiota.

— Você.

Suspiro, acanhada.

— Certo. Dava pra imaginar.

Rafe mantém uma faísca flutuando na mão, deixando-a passear entre os dedos. Eu a sinto, mas não como meus próprios raios. A faísca verde obedece a Rafe e apenas a ele.

— É uma palavra esquisita, mas somos criaturas esquisitas, não acha?

Eu o encaro, quase sem fôlego de tão animada.

— Você é... como eu?

Ele assente, indicando os raios nas suas mangas.

— Sim, eu e os outros.

A Colina da Tempestade é exatamente o que o nome diz. Desponta de uma leve inclinação no meio de um campo na outra ponta da base, o mais longe possível da pista de pouso. Assim há menos chances de um raio perdido atingir um jato. Tenho a sensação de que a colina é algo novo, a julgar pela terra solta conforme nos aproximamos do cume. A grama também foi plantada recentemente, por um verde ou seu equivalente sanguenovo. É mais viçosa do que a dos campos de treino. Mas o topo da colina é uma bagunça, terra batida chamuscada, coberta de rachaduras e com um cheiro distante de tempestade. Enquanto o resto da base aprecia o céu azul e brilhante, uma nuvem negra cobre a Colina da Tempestade, elevando-se a milhares de metros no céu como uma coluna de fumaça negra. Nunca vi nada parecido, tão controlado e contido.

A mulher de cabelo azul que vi em Archeon está de pé embaixo da nuvem, com os braços estendidos, as palmas apontadas para o trovão. Um homem de costas eretas, com cabelo branco bem penteado, está parado atrás dela, parecendo magro e esguio em seu uniforme verde. Ambos têm a insígnia do raio.

Fagulhas azuis dançam sobre as mãos da mulher, pequenas como vermes.

Rafe segue à nossa frente, e Cal, ao meu lado. Apesar de já ter lidado com mais raios do que gostaria, a nuvem negra o deixa nervoso. Ele continua olhando para cima, como se esperasse que explodisse. Algumas luzes azuis brilham fracas na escuridão, iluminadas por dentro. O trovão soa grave e constante como o ronronar de um gato, estremecendo meus ossos.

— Ella, Tyton — Cal chama, acenando com a mão.

Eles viram, e os lampejos param de forma abrupta. A mulher abaixa as mãos e a nuvem negra começa a se dissolver diante dos nossos olhos. Ela vem correndo, seguida pelo homem mais estoico.

— Estava me perguntado quando íamos te conhecer — a mulher diz, com a voz aguda e suave, combinando sua estatura graciosa. Sem aviso, ela pega minhas mãos e beija minhas bochechas. O toque dela é elétrico, e fagulhas saltam de sua pele para a minha. Não machuca e tem um efeito animador. — Eu sou Ella, e você é Mare, claro. Essa torre gigante é Tyton.

O homem em questão de fato é alto, com pele morena, sardas e o queixo afiado. Ele sacode a cabeça e joga o cabelo branco para o lado, deixando-o cair sobre o olho esquerdo. Dá uma piscadela com o direito. Imaginava que seria velho, pela cor do cabelo, mas não deve ter mais do que vinte e cinco anos.

— Olá — é tudo o que diz, com sua voz profunda e confiante.

— Oi. — Aceno para eles, dominada tanto por sua presença quanto pela minha inabilidade de agir de alguma forma próxima da normalidade. — Desculpem, isso é um pouco chocante.

Tyton revira os olhos, mas Ella explode em uma gargalhada. Um segundo depois, entendo e me encolho.

Cal ri ao meu lado.

— Que trocadilho horrível, Mare. — Cal encosta em meu braço da forma mais discreta possível, emanando uma onda de calor. É um conforto bem pequeno sob o calor de Piedmont.

— Mas entendemos o que quer dizer — Ella vem ao meu resgate. — É sempre intenso conhecer outro rubro, ainda mais três, com a mesma habilidade que você. Certo, garotos? — Ela dá uma cotovelada no peito de Tyton e ele praticamente não reage. Rafe apenas assente com a cabeça. Tenho a sensação de que a Ella é quem mais fala e, baseado no que lembro da tempestade de raios azuis em Archeon, quem mais luta no grupo. — Vocês dois me matam — Ella resmunga, sacudindo a cabeça para eles. — Mas tenho você agora, não é, Mare?

Sua natureza ansiosa e seu sorriso aberto me colocam na defensiva. Pessoas que parecem gentis demais estão sempre escondendo alguma coisa. Engulo minhas suspeitas para dar a ela o que espero que seja um sorriso genuíno.

— Obrigada por trazê-la — Ella acrescenta para Cal. A doce fada de cabelo azul de repente endireita a coluna e endurece a voz, transformando-se em um soldado diante dos meus olhos. — Acho que podemos assumir o treinamento a partir daqui.

Ele solta uma risada grave.

— Sozinhos? Está falando sério?

— Vi o seu "treino" — ela dispara. — Pequenas explosões em um campo de tiro dificilmente serão o bastante para maximizar as habilidades de Mare. Ou você sabe como extrair uma tempestade de dentro dela?

Pela forma como os lábios dele se contorcem, percebo que Cal quer dizer algo inapropriado. Eu intercedo antes que tenha a chance, segurando seu pulso.

— A formação militar de Cal...

— ... é ótima para condicionamento — Ella me corta. — E perfeita para aprender a lutar contra prateados. Mas suas habilidades são mais amplas do que ele pode compreender. Há coisas que ele tem como te ensinar, coisas que você deve aprender da forma mais difícil, sozinha, ou da forma mais fácil: com a gente.

A lógica dela é sólida e perturbadora. *Há coisas que Cal não pode me ensinar, coisas que ele não entende.* Lembro de quando tentei treinar Cameron; não conhecia a habilidade dela da mesma forma que a minha. Era como falar uma língua diferente. Eu ainda era capaz de me comunicar, mas não com precisão.

— Vou ficar vendo, então — Cal fala, determinado. — Isso é aceitável?

Ella sorri, voltando a seu temperamento divertido.

— Claro. Mas é melhor se afastar e ficar alerta. Raios são como uma égua selvagem. Não importa o quanto você segure as rédeas, sempre tentam correr livres.

Cal me lança um último olhar e um sorriso solidário com uma pitada de sarcasmo antes de ir para longe, muito além das marcas de explosões. Quando chega lá, se joga no chão e se apoia nos braços, mantendo seus olhos treinados em mim.

— Ele é simpático. Para um príncipe — Ella comenta.

— E para um prateado — Rafe emenda.

Olho para ele, confusa.

— Não há prateados simpáticos em Montfort?

— Não saberia dizer. Nunca estive lá — ele responde. — Nasci no sul de Piedmont, nas ilhas Floridian. — Rafe faz pontinhos no ar com os dedos, ilustrando o arquipélago pantanoso. — Montfort me recrutou alguns meses atrás.

— E vocês dois? — Olho para Ella e Tyton.

Ela responde rapidamente.

— Prairie. Em Sandhills. Minha família vivia se mudando por causa de saqueadores. Montfort nos acolheu quase dez anos atrás. Foi quando conheci Tyton.

— Nasci em Montfort — ele diz apenas. Não é muito falante, provavelmente porque Ella fala o suficiente por todos. Ela me conduz para o centro do que só pode ser chamado de "área de explosões", até que eu fique diretamente embaixo da nuvem de tempestade que ainda se dissipa.

— Bem, vamos ver com o que estamos lidando — Ella diz, me posicionando. Uma brisa balança o cabelo dela, jogando as mechas azuis e brilhantes para trás. Movendo-se em sincronia, os outros dois se posicionam ao meu redor, de modo que formamos um quadrado. — Comece pequeno.

— Por quê? Eu posso...

Tyton olha para cima.

— Ela quer verificar seu controle.

Ella assente.

Expiro. Embora esteja animada com meus companheiros eletricons, me sinto um pouco como uma criança com muitas babás.

— Tudo bem.

Faço conchas com as mãos e chamo a eletricidade, deixando faíscas irregulares roxas e brancas saltarem.

— Roxo? — Rafe diz, sorrindo. — Legal.

Passos os olhos pelas cores incomuns do cabelo deles, sorrindo. Verde, azul e branco.

— Não pretendo tingir o cabelo — aviso.

*

O verão atinge Piedmont com uma força escaldante, e Cal é a única pessoa que consegue suportar. Sem ar por causa da exaustão e do calor, eu empurro suas costelas para que role para o lado. O movimento é lento e preguiçoso — deve estar cochilando de novo. Ele vira demais e acaba caindo da cama, atingindo o chão duro de tacos. Isso o acorda. Ele dá um pulo, o cabelo preto espetado em várias direções, nu como um recém-nascido.

— Minhas cores — xinga, esfregando a cabeça.

Sua dor não me comove.

— Se não insistisse em dormir num armário de vassouras, isso não teria acontecido. — Até o teto, feito de gesso manchado, é deprimente. A única janela aberta não alivia o calor, especialmente no meio do dia. Não quero nem pensar em quão finas as paredes devem ser. Pelo menos ele não tem que dividir o quarto com outros soldados.

Ainda no chão, Cal resmunga.

— Gosto do quartel. — Ele tateia à procura da bermuda, e em seguida veste. Os fechos dos braceletes são complicados, mas Cal os prende como se fossem parte do seu corpo. — E você não precisa dividir o quarto com sua irmã.

Eu me viro e coloco a camiseta. O intervalo de almoço vai terminar em alguns minutos e preciso ir para a Colina da Tempestade em breve.

— Você tem razão. Só preciso superar o probleminha que tenho para dormir sozinha. — É claro que com "probleminha" me refiro ao trauma ainda debilitante. Tenho pesadelos terríveis se não há alguém no quarto comigo.

Cal para de vestir a camisa no meio. Ele puxa o ar e estremece.

— Não foi isso que eu quis dizer.

É minha vez de resmungar. Olho para os lençóis. Padrão militar, lavados tantas vezes que estão quase rasgando.

— Eu sei.

A cama se mexe e as molas rangem conforme Cal se inclina na minha direção. Seus lábios tocam minha cabeça.

— Teve mais pesadelos?

— Não — respondo tão rápido que ele ergue uma sobrancelha desconfiado, mas é verdade. — Com Gisa lá, não. Ela diz que não faço barulho algum. Minha irmã, por outro lado... Tinha esquecido que um ronco tão alto poderia vir de uma pessoa tão pequena. — Rio para mim mesma e encontro coragem para olhar nos olhos de Cal. — E você?

No Furo, dormíamos lado a lado. Na maioria das noites, ele se sacudia e se revirava, balbuciando durante o sono. Às vezes chorava.

Um músculo se repuxa no seu queixo.

— Só alguns. Talvez duas vezes por semana.

— Sobre?

— Meu pai, na maioria das vezes. Você. Como me senti lutando contra você, tentando te matar sem conseguir impedir isso. — Ele fecha as mãos com a lembrança. — E Maven. Quando era pequeno. Com seis ou sete anos.

O nome ainda me faz sentir como se tivesse ácido nos ossos, mesmo depois de um bom tempo desde a última vez que o vi. O rei fez várias transmissões e pronunciamentos desde então, mas me recusei a vê-los. Minhas lembranças já são aterrorizantes o suficiente. Cal sabe disso e, por respeito a mim, não fala absolutamente nada sobre o irmão. Até agora. *Você perguntou*, repreendo a mim mesma. Cerro os dentes com força para me impedir de vomitar todas as palavras que não tenho dito a Cal. Seria muito doloroso para ele. Não ajudaria nada saber que tipo de monstro o irmão foi forçado a se tornar.

Ele prossegue, com os olhos distantes, nas lembranças.

— Maven costumava ter medo do escuro, até que isso simplesmente desapareceu. Nos meus sonhos, ele está brincando no meu quarto. Andando por todo o lado, olhando meus livros. A escuridão o segue. Tento dizer a ele. Tento alertar meu irmão. Ele não se importa. Não liga. Não posso fazer nada. Ela o engole por inteiro. — Devagar, Cal passa a mão pelo rosto. — Não preciso ser um murmurador para saber o que isso significa.

— Elara está morta — sussurro, me mexendo para que a gente fique lado a lado. Como se isso fosse algum conforto.

— E ainda assim Maven pegou você. Ainda assim fez coisas horríveis. — Cal fixa os olhos no chão, incapaz de me encarar. — Eu simplesmente não consigo entender por quê.

Eu poderia ter ficado em silêncio. Poderia distraí-lo. Mas as palavras fervem furiosas na minha garganta. Cal merece a verdade. Relutante, pego sua mão.

— Ele se lembra do amor por você, pelo seu pai. Mas disse que Elara arrancou esse amor dele. Como um tumor. Ela tentou fazer o mesmo com os sentimentos por mim, e antes disso por Thomas, mas não funcionou. Alguns tipos de amor... — minha respiração fraqueja — ele diz que são mais difíceis de remover. Acho que a tentativa o transtornou ainda mais. Elara tornou impossível para Maven me abandonar. Tudo o que ele sentia por nós dois foi corrompido, transformado em algo pior. Por você, virou ódio. Por mim, obsessão. E não há nada que nenhum de nós possa fazer para mudar isso. Acho que nem ela poderia desfazer o próprio trabalho.

A única resposta de Cal é o silêncio, deixando a revelação pairar no ar. Sinto o coração partir pelo príncipe exilado. Dou o que acho que precisa. Minha mão, minha presença, minha paciência. Depois de uma pausa muito, muito longa, ele abre os olhos.

— Até onde sei, não há sanguenovos murmuradores — Cal fala. — Nunca vi ou ouvi falar de um. E fiz uma pesquisa bem extensa.

Por essa eu não esperava. Pisco, confusa.

— Sanguenovos são mais fortes que prateados. E Elara era apenas uma prateada. Se alguém pode... *consertar* ele, não vale a pena tentar?

— Não sei — é tudo o que posso responder. A ideia me paralisa, e não sei como me sentir. Se Maven pode ser curado, por assim dizer, seria o suficiente para redimi-lo? Com certeza não mudaria o que fez. Não só comigo e com Cal, mas com o pai, com centenas de outras pessoas. — Realmente não sei.

Mas isso dá esperanças a Cal. Vejo um pequeno brilho em seus olhos distantes. Suspiro, alisando seus cabelos. Precisa de um corte, por mãos mais firmes que as dele.

— Se Evangeline pode mudar, talvez qualquer um possa.

A gargalhada repentina ecoa grave em seu peito.

— Ah, Evangeline é a mesma de sempre. Ela só tinha mais motivos para deixar você partir do que o contrário.

— Como você sabe?

— Sei quem disse a ela para te libertar.

— O quê? — pergunto com rispidez.

Com um suspiro, Cal se levanta e cruza o quarto. A parede oposta está toda tomada pelo armário, quase vazio. Ele não tem muitas posses além de roupas e alguns equipamentos táticos. Para minha surpresa, anda pra lá e pra cá. Isso me deixa no limite.

— A Guarda impediu todas as minhas tentativas de te trazer de volta — ele diz, as mãos se movendo tão depressa quanto sua fala. — Não enviava mensagens, não oferecia apoio para eu me infiltrar. Não havia espiões. Eu não ia ficar sentado naquela base congelante esperando alguém me dizer o que fazer. Então entrei em contato com alguém em quem confio.

A conclusão me atinge no estômago.

— Evangeline?

— Pelas minhas cores, não — ele se sobressalta. — Vovó Anabel, mãe do meu pai...

Anabel Lerolan. A antiga rainha.

— Você ainda a chama de *vovó*?

Ele fica prateado de vergonha. Meu coração para de bater por um segundo.

— Força do hábito — ele resmunga. — De qualquer forma, ela nunca ia à corte quando Elara estava lá, mas pensei que talvez não se importasse agora que ela está morta. Minha avó sabia como Elara era, e me conhece. Imaginei que teria enxergado as mentiras da rainha. Que teria compreendido o papel de Maven na morte do nosso pai.

Cal estava se comunicando com o inimigo. Príncipe de Norta ou não, o coronel e Farley dariam um tiro nele se soubessem.

— Eu estava desesperado. Em retrospecto, sei que foi realmente idiota — ele acrescenta. — Mas funcionou. Ela prometeu libertar você quando surgisse uma oportunidade. Deve ter apoiado Volo Samos em troca da sua fuga, e valeu a pena. Você está aqui agora por causa dela.

Falo devagar, porque preciso compreender tudo aquilo:

— Então ela sabia que o ataque em Archeon estava para acontecer?

Cal se volta para mim num piscar de olhos, ajoelhando para segurar ambas minhas mãos. Seus dedos ardem de tão quentes, mas me forço a não me afastar.

— Sim. Ela é mais aberta à comunicação com Montfort do que eu imaginava.

— Ela *se comunicava* com eles?

Cal pisca.

— Ainda se comunica.

Por um segundo, desejo ter cores pelas quais xingar.

— Como? Como isso é possível?

— Acho que você não espera uma explicação de como as radiotransmissões funcionam. — Ele sorri. Eu não. — Montfort está disposto a trabalhar com os prateados, em qualquer nível, para alcançar seus objetivos. É uma — ele procura a palavra certa — parceria. Ambos querem a mesma coisa.

Quase rio em descrença. A corte prateada trabalhando com Montfort... e a Guarda? Parece completamente ridículo.

— E o que eles querem?

— Maven fora do trono.

Um arrepio perpassa meu corpo apesar do calor do verão e da proximidade de Cal. Lágrimas que não posso controlar escorrem.

— Mas eles ainda querem um rei.

— Não...

— Um rei prateado controlado por Montfort continuaria sendo um rei prateado. Os vermelhos ficariam na lama, como sempre.

— Juro a você que não se trata disso.

— Vida longa a Tiberias VII — sussurro. Ele se contrai. — Quando as Casas se rebelaram, Maven os interrogou. Todos morreram dizendo essas palavras.

O rosto dele desaba de tristeza.

— Nunca pedi por isso — Cal murmura. — Nunca quis isso.

O jovem ajoelhado diante de mim nasceu para a coroa. Querer não tem nada a ver com sua formação. Sua vontade foi arrancada dele logo cedo, substituída pela obrigação, a qual seu pai desgraçado disse que um rei deveria ter.

— Então o que você quer? — Quando Kilorn me fez essa mesma pergunta, descobri foco, propósito, um caminho claro diante da escuridão. — O que você quer, Cal?

Ele responde rápido, os olhos ardendo.

— Você. — Seus dedos apertam os meus, quentes mas estáveis. Ele está se segurando o máximo que pode. — Eu te amo e quero você mais do que qualquer coisa no mundo.

Amor não é uma palavra que usamos. Sentimos, pensamos, mas não falamos. Parece algo tão definitivo, uma declaração da qual não se pode voltar atrás. Sou uma ladra. Conheço minhas rotas de fuga. E fui uma prisioneira. Odeio portas trancadas. Mas seus olhos estão tão próximos, tão sedentos. E é o que eu sinto também. Mesmo que as palavras me apavorem, são verdadeiras. Não disse que ia começar a falar a verdade?

— Eu te amo — sussurro, me inclinando para apoiar a testa na dele. Sinto seus cílios rasparem minha pele de leve. — Prometa. Prometa que não vai me deixar. Prometa que não vai voltar. Prometa que não vai desfazer tudo pelo que meu irmão morreu.

Seu suspiro grave atinge meu rosto.

— Prometo.

— Lembra quando dissemos um pro outro que não íamos nos distrair?

— Sim. — Ele passa um dedo ardente pelos meus brincos, tocando um por vez.

— Me distraia agora.

VINTE E SEIS

Mare

⚜

Continuo treinando em dobro, o que me deixa exausta. É melhor assim. Facilita o sono e reduz o tempo para preocupações. Toda vez que a dúvida se revira no meu cérebro, sobre Cal, Piedmont ou o que quer que virá depois, estou cansada demais para me dedicar aos pensamentos. Corro e levanto pesos com Cal de manhã, tirando vantagem do meu tempo sob efeito da Pedra Silenciosa. Depois do peso delas, nada físico parece difícil. Ele também enfia um pouco de teoria no processo, mesmo que eu o assegure de que Ella está cobrindo essa parte. Ele apenas dá de ombros e continua mesmo assim. Não menciono que o treinamento dela é mais brutal. Cal foi criado para lutar, mas com um curandeiro por perto. A versão dele de prática é diferente da de Ella, que foca em aniquilação. Cal é mais direcionado para defesa. Sua disposição para matar prateados apenas quando absolutamente necessário fica óbvia nas minhas horas com os eletricons.

Ella é uma invocadora. Suas tempestades se formam em uma velocidade surpreendente, com nuvens negras girando no céu limpo para abastecer uma saraivada impiedosa de raios. Lembro dela em Archeon, empunhando uma arma em uma mão e lançando raios com a outra. Apenas a reação rápida de Iris Cygnet a impediu de transformar Maven numa pilha de cinzas fumegantes. Não acho que meus raios algum dia serão tão destrutivos quanto os dela, não sem anos de treinamento, mas o aprendizado é inestimável. Com ela aprendi que uma tempestade de raios é mais poderosa que qualquer outra, mais quente que a superfície do sol e forte o suficiente para partir cristais de diamante. Um só raio como o dela já me drena por completo, ao ponto de mal conseguir ficar de pé, mas ela os lança por diversão e para treinar. Uma vez me fez correr por um campo enquanto o atingia com seus raios, para testar minha agilidade com os pés.

O raio em teia, como Rafe o chama, é mais familiar. Ele lança raios e faíscas das mãos e dos pés, formando teias verdes para proteger o corpo. Apesar de poder invocar tempestades, Rafe prefere métodos mais precisos para lutar. Seus raios podem assumir diferentes formas. Ele é melhor com escudos, malhas crepitantes de energia capazes de parar uma bala, e chicotes, que podem cortar pedras e ossos. O último é impressionante de ver: um arco esfiapado de eletricidade que se molda como uma corda mortal, capaz de queimar qualquer coisa no caminho. Sinto a força disso toda vez que treinamos. Não me machuca tanto quanto machucaria outra pessoa, mas qualquer raio cujo controle eu não possa assumir me atinge com força. É comum eu terminar o dia com o cabelo em pé, e quando Cal me beija sempre leva um ou outro choque.

O silencioso Tyton não treina combate com nenhum de nós, ou com qualquer outra pessoa, na verdade. Não deu um nome para sua especialidade, mas Ella chama de raio pulsante. Seu controle da eletricidade é espantoso. As fagulhas puras e brancas são pequenas mas concentradas, contendo a força do raio de uma tempestade. Como uma bala que eletrocuta.

— Eu te mostraria um raio mental — ele murmura para mim um dia —, mas duvido que alguém se ofereça como voluntário.

Passamos pelas arenas de treino juntos, começando a longa caminhada pela base até a Colina da Tempestade. Agora que estou com eles há algum tempo, Tyton passou a me dirigir mais do que algumas poucas palavras. Ainda assim, é uma surpresa ouvir sua voz lenta e metódica.

— O que é um raio mental? — pergunto, intrigada.

— É o que o nome mesmo diz.

— Ajudou muito — Ella zomba ao meu lado. Como sempre, seu cabelo vívido está trançado para trás. Ele não é tingido há algumas semanas, como fica evidente pelo tom loiro escuro que aparece na raiz. — Ele quer dizer que o corpo humano funciona através de pulsos elétricos. Bem pequenos e com uma rapidez absurda. Difíceis de detectar e quase impossíveis de controlar. Eles se concentram mais no cérebro, onde podem ser colhidos mais fácil.

Meus olhos se arregalam enquanto olho para Tyton. Ele continua andando, com o cabelo branco sobre um olho, as mãos enfiadas nos bolsos. Despretensioso. Como se Ella não tivesse acabado de dizer uma coisa apavorante.

— Você pode controlar o cérebro de alguém? — Um medo gélido me corta como uma faca no estômago.

— Não do jeito que você está pensando.

— Como sabe o jeito que...

— Você é muito previsível, Mare. Não leio mentes, mas sei que seis meses à mercê de um murmurador deixariam qualquer um assustado. — Com um suspiro irritado, ele ergue a mão. Uma fagulha mais brilhante que o sol ondula entre seus dedos. Um toque e poderia virar um homem do avesso com sua força. — O que Ella está tentando dizer é que posso olhar para alguém e fazer com que caia como um saco de ossos. Afetando a eletricidade em seu corpo. Causando um derrame, se eu estiver me sentindo bondoso. Ou matando, caso contrário.

Olho para Ella e Rafe, alternando entre os dois.

— Algum de vocês aprendeu isso?

Eles negam.

— Nenhum de nós chega perto do nível de controle exigido — Ella diz.

— Tyton pode matar alguém discretamente, sem que qualquer outra pessoa perceba — Rafe explica. — Poderíamos estar jantando na cantina e o primeiro-ministro cairia do outro lado da sala. Derrame. Ele morre. Tyton nem pisca e continua comendo. Não que a gente ache que ele seja capaz de uma coisa dessas, claro — ele acrescenta, dando tapinhas nas costas do colega.

Tyton quase não esboça reação.

— Reconfortante — ele comenta.

É um jeito monstruoso mas bastante útil de usar nossa habilidade.

Nos campos de treino, alguém grita frustrado. O som chama minha atenção e viro para ver uma dupla de sanguenovos lutando. Kilorn está supervisionando o treino e acena para nós.

— Vão vir para os ringues hoje? — ele diz, gesticulando para as arenas circulares. — Não vejo a garota elétrica brilhando há um bom tempo.

Sinto uma ansiedade surpreendentemente forte. Lutar com Ella ou Rafe é divertido, mas usar raios para enfrentar raios não é de grande auxílio. Não há motivo para praticar contra um poder que não vamos enfrentar tão cedo.

Ella responde antes que eu possa, dando um passo à frente.

— Treinamos combate na Colina da Tempestade. E já estamos atrasados.

Kilorn apenas levanta uma sobrancelha. Ele quer uma resposta minha, não dela.

— Na verdade, acho que seria bom. Precisamos praticar contra o que Maven pode ter no seu arsenal. — Tento manter meu tom diplomático. Gosto de Ella, de Rafe. Até gosto de Tyton, pelo pouco que sei. Mas tenho opinião também. E acho que só podemos chegar até certo ponto lutando uns contra os outros. — Quero lutar aqui hoje.

Ella abre a boca para discutir, mas Tyton fala primeiro.

— Tudo bem — ele diz. — Contra quem?

A coisa mais parecida com Maven que temos.

— Você sabe que sou bem melhor nisso do que ele, né?

Cal alonga um braço sobre a cabeça, o bíceps esticando o algodão fino da camisa. Ele sorri enquanto o observo, apreciando a atenção. Olho furiosa e cruzo os braços. Ele não aceitou meu pedido, tampouco recusou. O fato de interromper sua própria rotina de treinamento e vir para os ringues diz muita coisa.

— Ótimo. Assim vai ser mais fácil lutar contra ele. — Sou cuidadosa com as palavras. *Lutar*, não *matar*. Desde que Cal mencionou sua busca por alguém que pudesse "consertar" seu irmão, tenho pisado em ovos. Por mais que queira acabar com o rei pelo que fez comigo, não posso dizer isso em voz alta. — Se treinar contra você, Maven vai ser moleza.

Ele esfrega a terra sob os pés, testando o terreno.

— Nós já nos enfrentamos.

— Sob a influência de um murmurador. Com alguém nos manipulando. Não é a mesma coisa.

Na beirada da arena, uma pequena multidão se junta para ver. Quando Cal e eu pisamos no ringue, a notícia se espalhou rápido. Kilorn parece estar organizando apostas, enquanto passa sorrindo por uma dezena de sanguenovos. Um deles é Reese, o curandeiro que atingi quando fui resgatada. Ele fica a postos, como os curandeiros costumavam ficar quando eu treinava com os prateados. Pronto para consertar o que quer que quebremos.

Meus dedos tamborilam nos braços, cada um deles contando os segundos. Invoco a eletricidade. Ela surge ao meu comando e sinto as nuvens se formando sobre minha cabeça.

— Você vai continuar desperdiçando meu tempo enquanto cria uma estratégia ou podemos começar?

Ele só dá uma piscadela para mim e continua o alongamento.

— Estou acabando.

— Ótimo. — Abaixo e passo a terra fina nas mãos, secando o suor. Cal me ensinou isso. Ele sorri e faz o mesmo. Então, para a surpresa e o deleite de algumas pessoas, tira a camisa e a joga de lado.

Comida melhor e treino duro deixaram nós dois mais musculosos, mas, enquanto sou esguia e ágil, levemente curvilínea, ele é todo anguloso, com cortes retos definindo o corpo. Já o vi sem roupa muitas vezes, mas a visão ainda me paralisa, aumentando o fluxo de sangue das minhas bochechas até a ponta dos pés. Engulo em seco. Pelo canto do olho, noto que tanto Ella quanto Rafe olham para Cal com interesse.

— Tentando me distrair? — Finjo não me importar, ignorando o calor por todo o rosto.

Cal inclina a cabeça para o lado, o retrato da inocência. Ele até coloca a mão no peito, forçando um suspiro falso como se dissesse: "Quem, eu?".

— Você ia fritar minha camisa de qualquer forma. Estou economizando suprimentos. Mas... — ele acrescenta, começando a andar em círculos — um bom soldado usa toda vantagem ao seu dispor.

O céu continua escuro. Agora eu definitivamente ouço Kilorn coletando apostas.

— Ah, você acha que está em vantagem? Que fofo. — Imito o movimento dele, contornando a arena na direção oposta. Meus pés se movem por vontade própria. Confio neles. A adrenalina é uma sensação familiar, nascida em Palafitas, na arena de treino, e em cada batalha de que já participei. Assume o controle dos meus nervos.

Ouço a voz de Cal na minha cabeça, mesmo enquanto ele se prepara, assumindo sua posição de combate tão familiar. *Ardente. Dez metros.* Mantenho as mãos baixas, girando os dedos enquanto fagulhas roxas e brancas saltam para dentro e para fora da minha pele. Do outro lado da arena, Cal sacode os punhos, e uma onda de calor calcinante atinge minhas mãos.

Dou um grito, pulando para trás ao ver minhas faíscas transformadas em chamas vermelhas. Ele as tomou de mim. Com uma explosão de energia, forço-as a voltar a ser raios. Elas vacilam, desejando virar fogo, mas mantenho a concentração, impedindo-as de fugir do controle.

— Primeiro ponto para Calore! — Kilorn grita da beirada da arena. Uma mistura de resmungos e urras atravessa a plateia, que continua crescendo. Ele bate palmas e bate os pés no chão. Isso me lembra de quando gritava pelos campeões prateados na arena de Palafitas. — Vamos, Mare, reaja!

Uma boa lição, percebo. Cal não precisava ter começado a luta revelando um golpe para o qual eu não estava preparada. Ele poderia ter escondido o jogo. Esperado para usar a vantagem. Em vez disso, lançou o truque de cara. Ele pretende pegar leve comigo.

Primeiro erro.

A dez metros de distância, Cal acena, indicando para que eu continue. Uma provocação, mais do que qualquer outra coisa. Ele é melhor na defensiva. Quer que eu vá para cima dele. Tudo bem.

Na borda da arena, Ella murmura um alerta para a multidão.

— Eu me afastaria se fosse vocês.

Meu punho se fecha e um raio cai. Ele corta o ar com uma força cegante e atinge a arena bem no meio, como uma flecha. Mas não afunda na terra, rachando o chão como esperado. Em vez disso, uso uma combinação de tempestade e teia, de modo que o raio roxo e branco acende a arena, correndo pela terra na altura do meu joelho. Cal usa o braço para proteger os olhos da claridade, enquanto a outra mão transforma faíscas em uma chama azul ardente em volta dele. Corro e disparo em meio aos raios que ele não suporta olhar. Com um rugido, atinjo as pernas de Cal, derrubando-o. Ele bate nas faíscas e é tomado pelo choque enquanto me levanto rapidamente.

Um calor vermelho se aproxima do meu rosto, mas eu o lanço de volta com um escudo elétrico. E então caio também, levando uma rasteira. Meu rosto bate com força no chão e sinto o gosto da terra. Uma mão agarra meu ombro, queimando, e eu dou uma cotovelada, acertando o queixo dele. Isso também queima. O corpo inteiro de Cal está em chamas. Vermelho e laranja, amarelo e azul. Ondas de calor pulsam dele, fazendo o mundo inteiro se agitar e ondular.

Pego um punhado de terra para jogar o máximo que posso no rosto dele. Cal fecha os olhos e isso alivia um pouco o fogo, me dando tempo suficiente para ficar de pé. Com outro movimento dos braços, jogo um raio na forma de um chicote, faiscando e assobiando no ar. Cal desvia de cada golpe, rolando e se abaixando, com pés leves como um dançarino. As faíscas que não consigo controlar totalmente viram bolas de fogo. Cal as transforma em seus próprios chicotes flamejantes, tornando a arena um inferno. Roxo e vermelho se enfrentam, faísca e chama, até que a terra compacta sob nós estremece como um mar tempestuoso e o céu fica preto, numa chuva de raios.

Cal passa perto o suficiente para atacar. Sinto a força do impacto do seu punho quando me atinge e o cheiro de cabelo queimado. Inicio meu próprio ataque, dando uma cotovelada brutal no rim. Ele grunhe, mas responde à altura, os dedos flamejantes rasgando minhas costas. Minha pele enruga com as bolhas frescas. Mordo o lábio para me impedir de gritar. Cal pararia a luta se soubesse o quanto dói. E dói muito. A dor cortante atravessa minha coluna e meus joelhos fraquejam. Estendo os braços para impedir a queda e o raio me põe de pé. Aguento a dor lancinante porque tenho que saber qual é a sensação. Maven provavelmente fará pior quando chegar a hora.

Uso a teia de novo, numa manobra defensiva para manter as mãos de Cal longe. Um raio forte corre pelas pernas dele, por seus músculos, nervos e ossos. Seguro o golpe o suficiente para não causar dano permanente. Ele se contorce, caindo de lado. Vou para cima sem pensar, focando nos braceletes que o vi prender e soltar uma dezena de vezes. Sob mim, seus olhos se reviram, e ele tenta me impedir. Os braceletes voam, brilhando em um tom púrpura com minhas faíscas.

Um braço se enrola na minha cintura, me derrubando. A terra nas minhas costas é como uma labareda de fogo. Grito dessa vez, perdendo o controle. Faíscas explodem das minhas mãos e Cal se joga para trás, fugindo da fúria do raio.

Lutando contra as lágrimas, eu me forço para cima, com os dedos cravados na terra. A alguns metros de distância, Cal faz o mesmo. Seu cabelo está todo espetado por causa da estática. Estamos ambos feridos e somos orgulhosos demais para parar. Cambaleamos como velhos, sobre membros instáveis. Sem seus braceletes, ele recorre à grama que queima na beirada da arena, formando uma chama a partir das brasas. Ela é disparada contra mim enquanto meus raios explodem de novo.

Ambos colidem, formando uma parede azul faiscante. Ela assobia, absorvendo a força dos dois ataques, e então desaparece.

— Talvez seja melhor vocês lutarem no campo de tiro da próxima vez — Davidson fala. Hoje o primeiro-ministro parece uma pessoa comum, com um uniforme verde simples, parado em pé na beira da arena. Pelo menos do que *era* uma arena. Agora a terra e a grama são uma bagunça carbonizada, completamente reviradas, num campo de batalha destruído por nossas habilidades.

Assobiando de dor, sento no chão, em silêncio, grata pelo término. Até respirar faz minhas costas doerem. Tenho que me inclinar sobre os joelhos, cerrando os punhos com força para lutar contra a dor.

Cal dá um passo na minha direção e cai também, apoiando-se nos cotovelos. Sua respiração está ofegante e pesada, o peito subindo e desabando com o esforço. Sem energia para oferecer um sorriso que seja. Suor o recobre dos pés à cabeça.

— E sem uma plateia, se possível — Davidson acrescenta. Atrás dele, conforme a fumaça se dissipa, outra parede azul nos separa dos espectadores. Com um aceno de Davidson, ela pisca e desaparece. Ele abre um sorriso brando, então aponta para o símbolo em seu braço, um hexágono branco. — Escudo. Bem útil.

— Eu que o diga — Kilorn grita, avançando na minha direção. Ele se ajoelha do meu lado. — Reese — chama por cima do ombro.

Mas o curandeiro ruivo para a alguns metros de distância.

— Você sabe que não é assim que funciona.

— Reese, para com isso! — Kilorn sibila. Ele range os dentes, irritado. — Ela está com as costas inteiras queimadas e ele mal consegue andar.

Cal pisca na minha direção, ainda ofegante. Seu rosto se contrai de preocupação e arrependimento, mas também de dor. Estou agonizando, assim como ele. O príncipe se esforça ao máximo para parecer forte e tenta sentar. Ele cai de imediato no chão.

Reese se mantém firme.

— O treinamento tem consequências. Não somos prateados. Precisamos ter consciência do que fazemos uns aos outros com nossas habilidades. — As palavras parecem ensaiadas. Se eu não estivesse com tanta dor, concordaria. Lembro das arenas onde os prateados lutavam por esporte, sem medo. Lembro do meu treinamento no Palacete do Sol. Um curandeiro estava sempre a postos, pronto para remendar cada arranhão. Os prateados não se importam em machucar outras pessoas porque os efeitos não duram. Reese nos observa de cima e só falta balançar o dedo, numa repreensão. — A vida deles não corre perigo. Vão passar vinte e quatro horas assim. É o protocolo, Warren.

— Normalmente, eu concordaria — Davidson diz. Com passadas firmes, ele atravessa o espaço até o curandeiro e fixa nele um olhar sem emoção. — Mas, infelizmente, preciso desses dois bem dispostos já, não dá pra esperar.

— Senhor...

— Cure os dois.

Sinto um pequeno alívio enquanto aperto a terra. Se esse é o preço para encerrar essa tortura, farei o que o primeiro-ministro quiser, e sorrindo.

Meu macacão cheira a desinfetante e faz minha pele coçar. Eu reclamaria, mas não consigo. Não depois dos últimos relatos dos agentes de Davidson. Até o primeiro-ministro parece abalado, andando para lá e para cá diante da longa mesa de conselheiros militares, que inclui Cal e eu. Davidson mantém o punho fechado sob o queixo e o olhar indecifrável no chão.

Farley o observa por um longo momento antes de abaixar a cabeça para ler a caligrafia meticulosa de Ada. A sanguenova que consegue lembrar de tudo é uma oficial agora e trabalha com Farley e a Guarda. Não me surpreenderia se a pequena Clara também virasse oficial. Ela cochila no peito da mãe, enrolada bem firme em um pano. Fios curtos de cabelo castanho-escuro despontam na cabeça dela. Realmente parece com Shade.

— A tropa de Corvium no momento é composta por cinco mil soldados vermelhos da Guarda Escarlate e quinhentos sanguenovos de Montfort — Farley recita as anotações de Ada. — Os relatórios indicam que as forças de Maven estão na casa dos milhares, todos prateados. Estão se reunindo no Forte Patriota, em Harbor Bay, e nos arredores de Detraon, em Lakeland. Não temos o número exato nem meios para conseguir isso.

Minhas mãos tremem na superfície da mesa. Rápido, eu as coloco embaixo das pernas. Imagino quem poderia auxiliar a tentativa de Maven de retomar a cidade-fortaleza. Os Samos se foram; os Laris, Iral e Haven também. E os Lerolan, se der para acreditar na avó de Cal. Por mais que queira desaparecer, me forço a falar.

— Ele tem um apoio forte das Casas Rhambos e Welle. Forçadores e verdes. Dos Arven também. Podem neutralizar qualquer ataque dos sanguenovos. — Não me aprofundo na explicação. Senti na pele o que são capazes de fazer. — Não conheço as forças de Lakeland além dos ninfoides reais.

O coronel se inclina para a frente, apoiando a palma das mãos na mesa.

— Eu conheço. Lutam bravamente e oferecem muita resistência. A lealdade deles ao rei é obstinada. Se ele der seu apoio ao desgraçado... — Ele para e volta o olhar para Cal, que não reage. — Se ele der seu apoio a Maven, os demais não hesitarão em seguir. Os ninfoides são os mais perigosos, é claro, seguidos por tempestuosos, calafrios e dobra-ventos. Os guerreiros pétreos também são um bando horrível.

Eu me contorço a cada um dos nomes.

Davidson vira para encarar Tahir, sentado à mesa. O sanguenovo parece incompleto sem seu gêmeo e inclina-se de forma estranha, como se para compensar a ausência dele.

— Alguma atualização sobre o cronograma? — o primeiro-ministro vocifera. — Menos de uma semana não é preciso o suficiente.

Apertando os olhos, Tahir se foca em outro lugar, bem longe dali. O lugar onde seu irmão gêmeo deve estar. Como em muitas das operações, a localização de Rash é secreta, mas tenho um palpite. Salida já esteve infiltrada no exército de sanguenovos de Maven. Rash é o substituto perfeito para ela, provavelmente trabalhando como um serviçal vermelho em algum lugar na corte. É uma ideia genial. Usando sua ligação com Tahir, ele pode despachar informações mais rápido do que qualquer rádio ou comunicador, sem deixar rastros e sem a possibilidade de ser interceptado.

— Ainda estou confirmando — ele fala lentamente. — Há rumores a respeito de... — O sanguenovo para e seu queixo cai, formando um O de surpresa. — Em menos de um dia. Um ataque pelos dois lados da fronteira.

Mordo o lábio, fazendo-o sangrar. Como isso pode acontecer tão rápido? Sem aviso.

Cal compartilha minha surpresa.

— Pensei que estivéssemos vigiando a movimentação das tropas. Exércitos não se agrupam do dia para a noite. — Uma leve corrente de calor emana dele, esquentando o lado direito do meu corpo.

— Sabemos que o grosso da força está em Lakeland. A nova esposa de Maven e a aliança que trouxe nos deixou um pouco amarrados — Farley explica. — Não temos recursos suficientes lá, ainda mais agora que a maior parte da Guarda Escarlate está aqui. Não podemos monitorar três países diferentes...

— Mas vocês têm certeza de que eles vão para Corvium? Sem sombra de dúvida? — Cal estoura.

Ada confirma com a cabeça, hesitante.

— Todas as informações apontam para isso.

— Maven gosta de armadilhas. — Odeio dizer o nome dele. — Pode ser uma estratégia para atrair nosso pessoal, para nos pegar em trânsito. — Lembro do barulho do nosso jato destruído em pleno voo, rachando em pedaços irregulares pelo céu. — Ou um truque. Vamos para Corvium. Ele ataca Lowcountry. Toma nossa base debaixo do nosso nariz.

— É por isso que esperamos. — Davidson cerra um punho, determinado. — Deixamos que avancem primeiro para contra-atacar. Se enrolarem, saberemos que é um truque.

O coronel enrubesce, sua pele vermelha como o olho.

— E se for uma ofensiva pura e simples?

— Agiremos rápido assim que conhecermos as intenções deles...

— E quantos dos meus soldados vão morrer enquanto você não age rápido?

— Tantos quanto os meus — Davidson retruca, irônico. — Não aja como se seu pessoal fosse o único a sangrar.

— Meu pessoal...?

— Chega! — Farley grita com os dois, alto o suficiente para acordar Clara. A criança tem o temperamento mais tranquilo do que qualquer um que eu conheço e apenas pisca sonolenta com a interrupção do cochilo. — Se não podemos conseguir mais informações, então esperar é nossa única opção. Já cometemos erros demais atacando primeiro.

Incontáveis erros.

— É um sacrifício, admito. — O primeiro-ministro parece tão sério quanto suas generais, todos estoicos e com a expressão impassível diante das notícias. Se houvesse outra forma, ele optaria por ela. Mas nenhum de nós enxerga uma. Nem mesmo Cal, que permanece em silêncio. — Mas é um sacrifício pequeno por tanto.

O coronel explode de raiva, batendo a mão com força na mesa do conselho. Uma jarra de água balança e Davidson a segura com tranquilidade e agilidade, mostrando bons reflexos.

— Calore, vou precisar que você coordene.

Com a avó dele. Com os prateados. Pessoas que me viram acorrentada e não fizeram nada até que fosse conveniente. Pessoas que ainda pensam que minha família deveria ser escrava. Mordo a língua. *Pessoas de quem precisamos para vencer.*

Cal abaixa a cabeça.

— O reino de Rift ofereceu apoio. Teremos os soldados de Samos, Iral, Laris e Lerolan.

— O reino de Rift — falo baixo, quase cuspindo. Evangeline conseguiu sua coroa, afinal.

— E você, Barrow?

Levanto os olhos para ver Davidson me encarando, ainda com a expressão neutra. Ele é impossível de ler.

— Está conosco também?

A imagem da minha família pisca diante dos meus olhos, mas apenas por um momento. Deveria me sentir envergonhada pelo ódio e pela raiva que mantenho queimando no fundo do meu estômago e nos cantos do meu cérebro. Por terem mais peso que todos eles. Minha mãe e meu pai vão me matar por deixá-los de novo. Mas estou disposta a me juntar à guerra para encontrar algo que se pareça com paz.

— Sim.

VINTE E SETE

Mare

❦

NÃO É UMA ARMADILHA NEM UM TRUQUE.

Gisa me sacode algum momento depois da meia-noite para que eu acorde, seus olhos castanhos arregalados e preocupados. Durante o jantar, contei para minha família o que está para acontecer. Como esperado, eles não ficaram exatamente felizes com a minha decisão. Minha mãe apertou a faca o máximo que pôde. Chorou por Shade, uma ferida ainda aberta, e pela minha captura. Disse o quanto eu era egoísta. Me afastando deles mais uma vez.

Mais tarde, ela mudou a abordagem. Pediu desculpas e exaltou o quanto eu era corajosa. Corajosa, teimosa e preciosa demais para me deixar partir.

Meu pai só se fechou, com os nós da mão brancos de tanto apertar a bengala. Somos iguais, ele e eu. Fazemos escolhas e as seguimos, mesmo que sejam erradas.

No final, Bree e Tramy compreenderam. Eles não foram chamados para essa missão. Isso já é um conforto.

— Cal está lá embaixo — Gisa sussurra, com as mãos firmes nos meus ombros. — É hora de ir.

Enquanto sento, já de uniforme, eu a puxo para um último abraço.

— Você faz isso demais — Gisa resmunga, tentando ser engraçada para disfarçar a tristeza. — Vê se volta dessa vez.

Assinto, mas não prometo.

Kilorn nos encontra no corredor, de pijama e com o olhar triste. Ele não vai junto. Corvium está muito além dos seus limites. Esse é outro conforto amargo. Por mais que costumasse reclamar de ter que me preocupar com alguém cuja maior habilidade é dar nós, sentirei sua falta. Sobretudo porque ele me protegeu e me ajudou muito mais do que eu o protegi e ajudei.

Abro a boca para falar tudo isso, mas ele me cala com um beijo rápido na bochecha.

— Nem tente dizer adeus, ou jogo você da escada.

— Tudo bem. — Meu peito aperta, e fica mais difícil respirar a cada degrau.

Todos esperam reunidos, com um olhar sombrio como o de um esquadrão da morte. Os olhos da minha mãe estão vermelhos e inchados, iguais aos de Bree. Ele me abraça primeiro, me tirando do chão. O gigante deixa um soluço escapar no meu pescoço. Tramy é mais reservado. Farley está na sala também. Ela abraça Clara com força, ninando-a. Minha mãe vai ficar com ela.

Tudo vira um borrão, por mais que eu queira me agarrar a cada pedacinho desse momento. O tempo passa muito depressa. Minha cabeça gira e, antes que eu perceba o que está acontecendo, estou do lado de fora da porta, descendo os degraus e sendo enfiada dentro do veículo. Meu pai apertou a mão de Cal ou eu imaginei aquilo? Ainda estou dormindo? É um sonho? As luzes da base iluminam a escuridão como estrelas cadentes. Os postes recortam as sombras, iluminando a estrada até o campo de pouso. Já posso ouvir o rugido dos motores e os gritos dos aviões nos céus.

Na sua maioria, são jatos cargueiros, projetados para transportar um grande número de tropas em alta velocidade. Eles pousam verticalmente, sem pistas de pouso, podendo ser pilotados direto para dentro de Corvium. Sou tomada por uma sensação terrível e familiar enquanto subimos a bordo. Da última vez que fiz isso, passei seis meses como prisioneira e voltei como um fantasma.

Cal sente meu desconforto. Ele se adianta e me afivela no assento do jato, os dedos se movendo suaves enquanto fixo o olhar na grade de metal sob meus pés.

— Não vai acontecer de novo — ele murmura, baixo o suficiente para que apenas eu possa ouvir. — Dessa vez é diferente.

Seguro o rosto dele com as mãos, fazendo-o parar e olhar para mim.

— Então por que sinto como se fosse a mesma coisa?

Os olhos de bronze buscam os meus. Procurando uma resposta. Cal não acha nenhuma. Em vez disso, ele me beija, como se isso resolvesse alguma coisa. Seus lábios queimam contra os meus. Dura mais do que deveria, especialmente com tantas pessoas em volta, mas ninguém faz alarde.

Quando Cal se afasta, empurra algo na minha mão.

— Não se esqueça de quem você é — ele sussurra.

Não preciso olhar para saber que é um brinco, uma pedrinha colorida presa ao metal. Algo para dizer "até logo", "se cuide", "lembre-se de mim se formos separados". Outra tradição do meu passado. Mantenho-o apertado no punho, quase fazendo sua ponta afiada perfurar a pele. Só quando Cal senta na minha frente eu olho.

Vermelho. É claro. Vermelho como sangue, vermelho como fogo. Vermelho como o ódio que nos consome.

Incapaz de fazer um furo na orelha agora, eu o guardo com cuidado. A pedrinha vai se juntar às outras em breve.

Farley se move determinada, sentando perto dos pilotos de Montfort. Cameron a segue bem de perto, oferecendo um sorriso discreto enquanto senta. Ela finalmente tem um uniforme oficial verde. O de Farley é diferente, vermelho-escuro com um C branco no braço. *Comando*. Ela raspou a cabeça de novo, deixando os centímetros de cabelo loiro para trás e voltando ao seu antigo estilo. Parece séria, com a cicatriz irregular no rosto e os olhos azuis que podem perfurar qualquer armadura. Combinam com ela. Entendo por que Shade a amava.

Ela tem motivos para parar de lutar, mais do que qualquer um de nós. Mas continua. Um pouco da sua determinação me invade. Se ela pode fazer isso, eu também posso.

Davidson finalmente sobe no jato, rondando as quarenta pessoas próximas da área de salto. Ele segue uma tropa de gravitrons identificada pelas linhas verticais na insígnia. Usa o mesmo uniforme gasto, mas seu cabelo, que normalmente é alinhado, está despenteado. Duvido que tenha dormido. Isso me faz gostar um pouco mais dele.

O primeiro-ministro acena para nós conforme passa, marchando pela extensão do jato para sentar com Farley. Os dois parecem mergulhar em pensamentos quase de imediato.

Meu senso elétrico melhorou com o treinamento com os eletricons. Posso sentir o avião inteiro até a fiação. Cada fagulha, cada pulso. Ella, Rafe e Tyton vão, é claro, mas ninguém ousa nos colocar no mesmo jato. Se o pior acontecer, pelo menos não morreremos todos juntos.

Cal está inquieto no assento, exalando uma energia nervosa. Faço o oposto. Tento me anestesiar, ignorar a fúria faminta que começa a se libertar. Não vi Maven desde que escapei e imagino seu rosto como era na época. Gritando por mim na multidão, tentando me fazer virar. Ele não queria me deixar partir. Quando eu fechar as mãos em volta da sua garganta, será a minha vez de não deixá-lo ir. Não terei medo. É só mais uma batalha no meu caminho.

— Minha avó está trazendo todos os soldados que conseguiu reunir — Cal murmura. — Davidson já sabe, mas acho que ninguém te colocou a par.

— Ah.

— Ela tem Lerolan e as outras Casas que se rebelaram a seu lado. Incluindo a Samos.

— Princesa Evangeline — murmuro, ainda rindo da ideia. Cal olha com sarcasmo para mim.

— Pelo menos ela tem a própria coroa e não precisa roubar a dos outros — ele diz.

— Vocês dois estariam casados a essa altura se... — Se tantas coisas fossem diferentes.

Ele concorda.

— Casado a tempo suficiente para ter enlouquecido. Ela seria uma boa rainha, mas não para mim. — Cal pega minha mão sem olhar. — Teria sido um casamento terrível.

Não tenho energia para pensar nas implicações dessa frase, mas uma onda de calor brota no meu peito.

O jato se movimenta, acelerando até atingir velocidade máxima. Rotores e motores zunem, encobrindo nossa conversa. Com outro impulso, estamos no ar, ascendendo na noite quente de verão. Fecho os olhos por um momento e imagino o que está por vir. Conheço Corvium das fotografias e das transmissões. Muros de granito preto com reforço de ouro e ferro. Uma fortaleza espiralada que costumava ser a última parada de qualquer soldado em direção ao Gargalo. Em outra vida, eu teria passado por ali. Agora o lugar está sob cerco pela segunda vez este ano. As forças de Maven se posicionaram há algumas horas, pousando na faixa que controlam em Rocasta antes de avançar por terra. Devem chegar às muralhas em breve. Antes de nós.

Um sacrifício pequeno por tanto, Davidson disse.

Espero que ele esteja certo.

Cameron joga suas cartas sobre meu colo. Quatro rainhas fumegantes viradas para mim, me provocando.

— Quadra de damas, Barrow. — Ela ri em silêncio. — E agora? Vai apostar suas malditas botas?

Sorrio e descarto minha mão inútil, composta por números vermelhos e um príncipe preto solitário.

— Elas não serviriam em você — retruco. — Meus pés não são canoas.

Cameron racha de rir, jogando a cabeça para trás enquanto mostra os pés. De fato, são bem longos e magros. Espero, pelo bem dos nossos recursos, que a fase de crescimento de Cameron já tenha passado.

— Mais uma rodada — ela diz, e estende a mão para pegar as cartas. — Aposto uma semana de lavanderia.

Do outro lado, Cal para seus alongamentos e bufa.

— Você acha que Mare lava roupa?

— E você lava, majestade? — devolvo, sorridente. Ele finge não me escutar.

As brincadeiras bobas são tanto um bálsamo quanto uma distração. Não tenho que lidar com a batalha que nos espera quando estou sendo massacrada no baralho por Cameron. Ela aprendeu a jogar nas fábricas, claro. Eu mal entendo as regras desse jogo, mas ele me ajuda a focar no momento.

Embaixo de nós, o jato sacode, balançando em uma bolha de turbulência. Depois de muitas horas de voo, isso não me perturba. Continuo embaralhando as cartas. O segundo solavanco é mais profundo, mas não vejo motivo para alarde. O terceiro faz as cartas voarem das minhas mãos. Eu me ajeito no assento e procuro o cinto. Cameron faz o mesmo, assim como Cal, que mantém os olhos voltados para a cabine. Sigo seu olhar e noto que ambos os pilotos trabalham furiosamente para manter o jato estável.

O mais preocupante é a vista. O sol deveria ter começado a nascer a essa altura, mas o céu à nossa frente continua preto.

— Tempestades — Cal solta, mas pode ser tanto o tempo quanto os prateados. — Temos que subir.

Mal as palavras saem dos seus lábios e sinto o jato se inclinar, mirando altitudes maiores. Luzes piscam nas profundezas das nuvens. Caem raios de verdade, nascidos das nuvens, não das habilidades de sanguenovos. Sinto os estouros como a pulsação distante de um coração.

Agarro o cinto sobre meu peito.

— Não podemos pousar assim.

— Não mesmo — Cal rosna.

— Talvez eu possa fazer alguma coisa. Parar os raios...

— Não são apenas os raios lá embaixo! — Mesmo sob o rugido cada vez mais alto do avião, a voz dele ecoa. Muitas cabeças se viram em sua direção. A de Davidson é uma delas. — Dobra-ventos e tempestuosos vão nos jogar para fora do curso assim que descermos por essas nuvens. Vão fazer o jato cair.

Os olhos de Cal se agitam por todos os lados do jato, como se fizesse um inventário. As engrenagens giram na cabeça dele, trabalhando sem parar. Meu medo se entrega à fé.

— Qual é o plano?

O jato salta de novo, fazendo todos pularmos nos assentos. Isso não abala Cal.

— Preciso dos gravitrons e de você — ele acrescenta, apontando para Cameron.

Ela congela o olhar e assente.

— Acho que sei o que você quer fazer.

— Mande uma mensagem para os outros jatos. Vamos precisar de um teleportador aqui e preciso saber onde está o resto dos gravitrons. Eles devem estar distribuídos.

Davidson abaixa o queixo em sinal de que compreendeu.

— Vocês o ouviram.

Meu estômago se revira conforme todos começam a se mexer. Soldados verificam duas vezes as armas e afivelam os equipamentos táticos, com o semblante cheio de determinação. Cal mais que de todos.

Ele salta do assento, agarrando o suporte para se manter de pé.

— Deixe-nos diretamente sobre Corvium. Onde está o teleportador?

Arezzo aparece do nada, ajoelhando para conter a energia do movimento.

— Não gosto disso — ela dispara.

— Infelizmente você e os outros teleportadores vão ter que fazer a mesma coisa inúmeras vezes — Cal retruca. — Você consegue saltar de jato em jato?

— É claro — ela diz, como se fosse a coisa mais óbvia do mundo.

— Ótimo. Assim que descermos, leve Cameron para o próximo jato da fila.

Descermos.

— Cal — quase choramingo. Posso fazer muitas coisas, mas isso?

Arezzo estala os dedos, falando por cima de mim.

— Afirmativo.

— Gravitrons, usem cabos, seis por corpo. Mantenham todos bem apertados.

Os sanguenovos em questão ficam de pé, puxando cordas enroladas escondidas em seus uniformes. Cada uma delas tem um monte de ganchos, permitindo que transportem várias pessoas com suas habilidades de manipular a gravidade. Quando estava no Furo, recrutei um homem chamado Gareth. Ele usava sua habilidade para voar ou saltar grandes distâncias.

Mas não para saltar de jatos.

De repente me sinto enjoada, e minha testa fica encharcada de suor.

— Cal? — digo de novo, minha voz subindo um pouco.

Ele me ignora.

— Cam, seu trabalho é proteger o jato. Lance quanto silêncio conseguir, visualizando uma esfera. Isso vai nos manter estáveis em meio à tempestade.

— Cal? — grito. Sou a única que acha que isso é suicídio? Sou a única sã aqui? Até Farley parece desorientada. Seus lábios estão apertados em uma linha sombria quando ela se prende a um dos gravitrons. Farley sente meu olhar e olha para cima. Seu rosto se contrai por um instante, transmitindo um grama do terror que sinto. Então ela pisca. *Por Shade*, leio nos seus lábios.

Cal me faz levantar, ignorando meu medo ou sem o notar. Ele mesmo me amarra na gravitron mais alta, uma mulher esguia. Cal se prende ao meu lado, com um braço pesado sobre meus ombros enquanto o resto de mim é esmagado pela sanguenova. Por todo o jato as pessoas fazem o mesmo, prendendo-se às cordas dos gravitrons.

— Qual é a nossa posição? — Cal grita sobre a minha cabeça.

— Cinco segundos do centro — o piloto ruge em resposta.

— O plano foi transmitido por completo?

— Afirmativo, senhor! Estamos no centro, senhor!

Cal range os dentes.

— Arezzo?

Ela bate continência.

— Pronta, senhor.

Tem uma grande chance de eu vomitar na pobre gravitron em meio a essa colmeia de pessoas.

— Calma — Cal respira na minha orelha. — Só segure firme, você vai ficar bem. Feche os olhos.

O que mais queria era fazer isso. Fico inquieta, batendo as pernas, tremendo. Uma pilha de nervos.

— Isso não é loucura — Cal sussurra. — Soldados fazem isso sempre. Treinam para coisas assim.

Aperto Cal mais forte, o suficiente para machucar.

— Você já fez isso?

Ele só engole em seco.

— Cam, pode começar. Iniciem a queda.

A onda de silêncio me atinge como um martelo. Não é suficiente para me fazer sentir dor, mas a memória faz meus joelhos fraquejarem. Aperto os dentes para me impedir de gritar e fecho os olhos com tanta força que vejo estrelas. O calor natural de Cal funciona como uma âncora, mas uma âncora trepidante. Me pressiono contra seu corpo, como se pudesse me enterrar nele. Cal murmura para mim, mas não posso ouvi-lo. Não com a sensação da escuridão lenta e sufocante, ou, pior ainda, com a sensação da morte. Meu batimento cardíaco triplica. Nem acredito, mas realmente quero saltar do avião agora. Qualquer coisa para escapar do silêncio de Cameron. Qualquer coisa para parar de lembrar.

Quase não sinto o avião caindo ou se chocando com a tempestade. Cameron expira bufadas constantes, tentando manter a respiração estável. Se o resto das pessoas sente a dor da habilidade dela, não demonstra. Descemos pela quietude. Ou talvez meu corpo esteja simplesmente se recusando a ouvir mais.

Quando nos aglomeramos na plataforma de lançamento, percebo que é chegada a hora. O jato balança, soprado pelos ventos que Cameron não é capaz de defletir. Ela grita alguma coisa que não posso decifrar sob o pulsar do sangue nos ouvidos.

Então o mundo se abre embaixo de mim. E caímos.

Quando a Casa Samos derrubou meu último jato do céu, pelo menos tiveram a decência de nos deixar em uma jaula de metal. Agora não temos nada além do vento, da chuva congelante e da escuridão rodopiante nos puxando para todos os lados. A inércia deve ser suficiente para nos manter no alvo, assim como o fato de que nenhuma pessoa sã esperaria que pulássemos dos aviões há alguns milhares de quilômetros do chão no meio de uma tempestade. O vento soa como uma mulher gritando, arrepiando cada centímetro do meu corpo. Pelo menos a pressão do silêncio da Cameron se foi. As veias elétricas nas nuvens me chamam, como se dissessem adeus antes de eu me transformar em uma cratera.

Todos gritam durante a descida. Até mesmo Cal.

Ainda estou gritando quando começamos a frear faltando quinze metros para os picos irregulares de Corvium, formando um hexágono de prédios e paredes interiores. Estou rouca quando nos chocamos gentilmente contra o piso liso e escorregadio, com pelo menos cinco centímetros de água da chuva.

Nossa sanguenovo rapidamente nos desamarra e eu caio de costas, sem me importar com a poça gelada onde estou deitando. Cal fica de pé.

Deito lá por um segundo, sem pensar em nada. Apenas olhando para o céu de onde caí e sobrevivi de alguma forma milagrosa. Então Cal agarra meu braço e me levanta, literalmente me puxando de volta para a realidade.

— Os outros vão pousar aqui, então temos que nos mexer. — Cal me empurra adiante e eu cambaleio um pouco pela água que espirra por todos os lados. — Gravitrons, Arezzo virá com o próximo grupo para teletransportar vocês. Fiquem alertas.

— Sim, senhor — eles ecoam, preparando-se para outra rodada. Quase fico enjoada só de pensar.

Já Farley está de fato enjoada. Ela vomita em um beco, despejando o que comeu no café da manhã corrido. Esqueci que Farley odeia voar, e ainda mais se teletransportar. A queda foi pior que as duas coisas.

Vou até ela e a ajudo a ficar de pé direito.

— Você está bem?

— Estou — Farley responde. — Só estou passando uma demão de tinta fresca na parede.

Olho para o céu, ainda nos açoitando com a chuva gelada. Estranhamente fria para essa época do ano, mesmo no norte.

— Vamos em frente. Eles não estão nas muralhas ainda, mas logo estarão.

Cal vaporiza um pouco da umidade e fecha o zíper do uniforme até o pescoço para se manter seco.

— Calafrios — ele alerta. — Tenho um pressentimento de que estamos prestes a ser cobertos de neve — ele alerta.

— Deveríamos ir para os portões?

— Não. Eles estão protegidos com Pedra Silenciosa. Os prateados não podem forçar a entrada. Eles têm que vir por cima. — Cal gesticula para que todos o sigam. — Temos que ficar nos parapeitos, prontos para devolver qualquer coisa que jogarem. A tempestade é só o começo. Ela nos bloqueia e reduz nossa visibilidade. Querem que fiquemos cegos até que estejam em cima da gente.

É difícil acompanhar o ritmo dele, especialmente sob a chuva, mas me mantenho ao seu lado mesmo assim. A água encharca minhas botas e não demora muito para eu parar de sentir meus dedos. Cal olha para a frente, como se seus olhos sozinhos pudessem incendiar o mundo todo. Acho que é mesmo o que ele quer. Isso facilitaria as coisas.

Mais uma vez ele deve enfrentar e provavelmente matar as pessoas que foi criado para proteger. Seguro sua mão, porque não há palavras que eu possa dizer nesse momento. Cal aperta meus dedos, mas os solta com a mesma rapidez.

— As tropas de sua avó também não podem entrar. — Conforme falo, mais gravitrons e soldados despencam do céu. Todos gritando, todos seguros ao tocar o chão. Viramos uma esquina, passando de um anel de muros para o próximo. — Como juntaremos nossas forças?

— Eles estão vindo de Rift. Fica a sudoeste. Com sorte, manteremos as forças de Maven ocupadas por tempo suficiente para os pegarem pela retaguarda. Assim ficarão cercadas.

Engulo em seco. Muito do plano depende do trabalho dos prateados. Sei que não se pode confiar neles. A Casa Samos talvez simplesmente não venha e nos deixe ser capturados ou mortos. Então estariam livres para desafiar Maven diretamente. Cal não é tolo. Ele sabe de tudo isso. E sabe que Corvium e sua tropa são muito valiosos para ser perdidos. Essa é nossa bandeira, nossa rebelião, nossa promessa. Nós nos levantamos contra o poder de Maven Calore e seu trono perverso.

Os sanguenovos reforçam as muralhas, unidos com os soldados vermelhos armados. Eles não disparam, apenas fixam o olhar ao longe. Um deles, um homem alto e fino, com um uniforme igual ao de Farley e um C no ombro, dá um passo à frente. Ele a cumprimenta primeiro, e acena com a cabeça.

— General Farley — diz.

Ela abaixa o queixo.

— General Townsend. — Então acena para outra oficial de alta patente vestida de verde, provavelmente a comandante dos sanguenovos de Montfort. A mulher atarracada de pele bronzeada e longas tranças brancas enroladas em volta da cabeça retribui o gesto.

— General Akkadi — cumprimenta Farley. — Qual é a situação?

Outra soldada se aproxima, de vermelho em vez de verde. O cabelo dela está diferente, tingido de escarlate, mas eu a reconheço.

— É bom te ver, Lory — Farley diz, em tom oficial. Eu cumprimentaria a sanguenovo também se tivesse tempo. Fico feliz em silêncio por ver outra recruta do Furo não apenas viva, mas bem. Como Farley, o cabelo vermelho de Lory é cortado curto. Ela pertence à causa.

A mulher acena com a cabeça para todos nós antes de jogar o braço sobre a beirada metálica da muralha. Tem sentidos extremamente apurados, que permitem que veja muito além do que nós.

— Suas forças estão a oeste, de costas para o Gargalo. Eles têm tempestuosos e calafrios dentro do primeiro anel de nuvens, fora do campo de visão de vocês.

Cal se inclina para a frente, apertando os olhos na direção das nuvens negras e da chuva intensa. Elas tornam impossível que enxergue mais de quatrocentos metros além das muralhas.

— Vocês têm atiradores de elite?

— Já tentamos — o general Townsend suspira.

— Desperdício de munição. O vento simplesmente engole as balas — Akkadi concorda.

— Dobra-ventos também estão lá, então. — Cal tensiona a mandíbula. — Eles têm precisão suficiente para isso.

O significado é claro. Os dobra-ventos de Norta, da Casa Laris, se rebelaram contra Maven. Então essa força é de Lakeland. Outra pessoa poderia não perceber o breve sorriso ou o relaxamento da tensão nos ombros de Cal, mas eu não. E sei o motivo. Ele foi criado para lutar contra Lakeland. É um inimigo cuja derrota não vai partir seu coração.

— Precisamos de Ella. É a melhor com tempestades de raios. — Aponto para as torres gigantes que vigiam essa parte da muralha. — Se a levarmos até aquela altura, pode virar a tempestade contra eles. Não controlar, mas usar para se abastecer.

— Faça isso — Cal diz com um tom contido. Eu já o vi em batalha, mas nunca em algo assim. Ele se transforma em outra pessoa por completo. Focado, quase em um nível inumano, sem nem uma fagulha do príncipe gentil e despedaçado. Qualquer calor que lhe resta é infernal, feito para destruir. Feito para vencer. — Quando os gravitrons terminarem as descidas, coloque todos aqui, distribuídos igualmente. Os soldados de Lakeland vão avançar contra as muralhas. Vamos tornar esse avanço mais difícil. General Akkadi, quem mais você tem na manga?

— Uma boa combinação de defensiva e ofensiva — ela responde. — Bombardeiros suficientes para transformar a estrada do Gargalo em um campo minado. — Com um sorriso orgulhoso, ela indica os sanguenovos nas proximidades, com um emblema que parece uma explosão solar nos ombros. Bombardeiros. Melhores que oblívios, capazes de explodir qualquer coisa ou pessoa apenas olhando, sem precisar tocar.

— Parece um bom plano — Cal diz. — Mantenha seus sanguenovos prontos. Ataque quando achar oportuno.

Se Townsend se importa em receber ordens, ainda mais vindas de um prateado, não demonstra. Como o resto de nós, sente os tambores da morte no ar. Não há espaço para politicagem agora.

— E os meus soldados? Tenho mil vermelhos nas muralhas.

— Mantenha todos lá. Balas são tão boas quanto habilidades, às vezes até melhores. Mas não desperdicem munição. Mirem apenas nos que passarem pela primeira bateria de defesa. — Cal olha para mim. — Querem nos sobrecarregar, mas não vamos deixar, vamos?

Sorrio, piscando sob a chuva.

— Não, senhor.

A princípio, me pergunto se o exército de Lakeland é muito lento ou muito tolo. Levamos quase uma hora, mas, com Cameron, os gravitrons e os teleportadores, conseguimos trazer para

Corvium todos os que estavam nos trinta e poucos jatos. Algo em torno de mil soldados, treinados e letais. Nossa vantagem, Cal diz, está na incerteza. Os prateados não sabem enfrentar pessoas como eu. Não sabem do que realmente somos capazes. Acho que é por isso que Cal deixa Akkadi livre com seus equipamentos. Ele não conhece as tropas dela o suficiente para comandá-las de forma apropriada. Mas os vermelhos, sim. Isso deixa um gosto amargo na minha boca, que tento engolir. Enquanto o tempo se arrasta, tento não pensar em quantos vermelhos a pessoa que eu amo sacrificou por uma guerra vazia.

A tempestade nunca muda. Sempre agitada, despejando chuva. Se estão tentando nos inundar, levará um bom tempo. A maior parte da água é drenada, mas alguns becos e ruas estão mergulhados em quinze centímetros de água turva. Isso deixa Cal inquieto. Ele continua balançando a cabeça ou empurrando o cabelo para trás, sua pele soltando um pouco de vapor no frio.

Farley não tem vergonha. Ela puxou a jaqueta sobre a cabeça há um bom tempo, e parece uma espécie de fantasma castanho-avermelhado. Acho que não se move há vinte minutos, com a cabeça repousando sobre os braços dobrados como se admirasse a paisagem. Como o resto de nós, espera pelo ataque que pode chegar a qualquer instante. Isso me deixa no limite. A onda constante de adrenalina me drena quase tanto quanto uma Pedra Silenciosa.

Dou um pulo quando Farley fala.

— Lory, você está pensando no que estou pensando?

Em outro posto de observação, Lory também está com a jaqueta sobre a cabeça. Ela não se vira, concentrada para não reduzir seus sentidos.

— Espero que não.

— O quê? — Pergunto, alternando o olhar entre uma e outra. O movimento faz uma corrente de água gelada descer pela gola da minha camisa. Tremo. Cal vê isso e se aproxima das minhas costas, transmitindo um pouco de calor.

Lentamente, Farley se vira, tentando não se encharcar.

— A tempestade está se movendo para cá. Alguns centímetros a cada minuto e ganhando velocidade.

— Merda — Cal solta atrás de mim. Então entra em ação, levando seu calor consigo. — Gravitrons, preparem-se! Quando eu disser, aumentem a gravidade naquele campo. — *Aumentem*. Nunca vi um gravitron usar sua habilidade para reforçar a gravidade, apenas para reduzi-la. — Derrubem o que quer que esteja vindo.

Enquanto observo, a tempestade acelera, o suficiente para se perceber a olho nu. Ela continua girando, mas as espirais se aproximam mais e mais a cada rotação, as nuvens sangrando sobre o campo aberto. Raios explodem nas suas profundezas, com uma cor pálida e vazia. Aperto os olhos e, por um momento, eles piscam roxos, pulsando com força e fúria. Mas não tenho nada em que mirar. Os raios, não importa quão poderosos sejam, são inúteis sem um alvo.

— A força está marchando atrás da tempestade e se aproxima — Lory alerta, confirmando nossos piores medos. — Eles estão chegando.

VINTE E OITO

Mare

❦

Os ventos uivam. Bufam contra as muralhas e baluartes, tirando várias pessoas de posição. A chuva congela nas pedras, deixando nossos pés em uma situação precária. A primeira baixa é por queda. Um soldado vermelho, um dos homens de Townsend. O vento agarra sua jaqueta, soprando-o para fora da passarela escorregadia. Ele grita enquanto cai por cima da beirada, despencando por uns dez metros antes de começar a navegar pelo céu, graças à concentração de um gravitron. O vermelho cai com força contra a parede, fazendo um barulho assustador ao colidir. O gravitron não teve controle suficiente. O soldado está vivo. Ferido, mas vivo.

— Segurem-se! — ecoa por toda parte, passando pelos uniformes verdes e vermelhos. Quando o vento rosna novamente, estamos firmes. Eu me enfio atrás de uma ponta de metal gelado da muralha, me protegendo da pior parte. O ataque de um dobra-ventos é imprevisível, diferente do vento normal. Ele se divide e gira, agarrando como mãos. Tudo isso enquanto a tempestade aperta à nossa volta.

Cameron se enfia do meu lado. Olho para ela, surpresa. Deveria estar com os curandeiros, para formar a última linha de defesa contra qualquer cerco. Se alguém pode defendê-los dos prateados, dar tempo e espaço para tratar dos soldados, é ela. A chuva a faz tremer, e seus dentes batem sem parar. Ela parece menor, mais jovem, no frio e na escuridão que nos cerca. Me pergunto se ao menos completou dezesseis anos.

— Tudo certo, garota elétrica? — Cameron fala com alguma dificuldade. Água escorre pelo seu rosto.

— Tudo — murmuro em resposta. — O que está fazendo aqui em cima?

— Queria ver — ela mente. Cameron está aqui porque acredita que tem que estar. *Estou abandonando vocês?*, ela me perguntou uma vez. Vejo essa questão nos seus olhos agora. A resposta continua a mesma. Se ela não quer ser uma assassina, não precisa ser.

Balanço a cabeça.

— Você tem que proteger os curandeiros, Cameron. Volte para lá. Estão indefesos, e se os perdermos...

Cameron morde o lábio.

— Estamos todos perdidos.

Nos entreolhamos, tentando ser fortes, procurando forças uma na outra. Como eu, Cameron está ensopada. Seus cílios negros estão grudados e, toda vez que ela pisca, parece que está chorando. Os pingos de água caem com força, fazendo nós duas fecharmos os olhos enquanto escorrem por nossos rostos. Até que não escorrem mais. Até que as gotas de água comecem a rolar na direção oposta, flutuando. Os olhos dela se arregalam, como os meus, observando horrorizados.

— Ataque ninfoide! — grito, em alerta.

Sobre nós, a chuva brilha, dançando no ar, juntando-se em gotas maiores e maiores. As poças, os centímetros de água nas ruas e becos... se transformam em rios.

— Segurem-se! — ecoa de novo. Dessa vez o ataque é com água congelante em vez de vento, espumando branca enquanto se quebra como uma onda, curvando-se sobre as paredes e os prédios de Corvium. Um jato de água me atinge com força, lançando minha cabeça contra a parede. O mundo gira. Alguns corpos voam da muralha, rodopiando na tempestade. Suas silhuetas desaparecem rapidamente, bem como seus gritos. Os gravitrons salvam alguns, mas não todos.

Cameron desliza para longe, sobre as mãos e os joelhos, voltando para as escadas. Ela usa sua habilidade para formar um casulo de segurança conforme corre de volta para seu posto, no interior da segunda muralha.

Cal patina até o meu lado, quase perdendo o controle dos pés. Atordoada, eu me agarro nele, puxando-o para perto. Se cair da muralha, sei que vou junto. Ele observa, aterrorizado, enquanto a água ataca nossas defesas como ondas de um mar revolto. Isso o torna inútil. Chamas não têm espaço aqui. Seu fogo não pode queimar. E o mesmo vale para meu raio. Uma faísca e eletrocuto sei lá quantas pessoas das nossas próprias tropas. Não posso arriscar.

Akkadi e Davidson não têm essas restrições. Enquanto o primeiro-ministro ergue um escudo azul na beirada do muro, evitando que mais alguém caia, Akkadi urra para suas tropas de sanguenovos. Não consigo ouvir suas ordens com o barulho das pancadas das ondas.

A água aumenta, balançando com violência, de repente em guerra consigo mesma. Nós também temos ninfoides.

Mas não tempestuosos ou algum sanguenovo que possa assumir o controle do furacão que nos cerca. A escuridão se aproxima, tão absoluta que parece meia-noite. Lutaremos cegos. E nem começou ainda. Não vi nenhum dos soldados de Maven ou o exército de Lakeland. Nenhum estandarte vermelho ou azul. Mas eles estão vindo. Com certeza estão.

Ranjo os dentes.

— Levante.

O príncipe é pesado e está paralisado pelo medo. Coloco a mão no seu pescoço e lhe dou um leve choque. Gentil, como Tyton me ensinou. Ele levanta rápido, vivo e alerta.

— Certo, obrigado — balbucia. Com um olhar, Cal avalia a situação. — A temperatura está caindo.

— Genial — solto. Cada parte do meu corpo parece congelada.

Sobre nós, a água se enfurece, dividindo-se e tomando nova forma. Quer despencar, quer dissipar. Uma parte dela se lança por sobre o escudo de Davidson, correndo para a tempestade como um pássaro estranho. Passado um momento, o restante despenca, encharcando todos nós mais uma vez. Gritamos em comemoração mesmo assim. Os ninfoides sanguenovos, apesar de estarem em menor número e de terem sido pegos de surpresa, acabam de ganhar o primeiro duelo.

Cal não participa da comemoração. Em vez disso, bate os pulsos, acendendo uma chama fraca nas mãos. Ela crepita sob o aguaceiro, lutando para queimar. Até que a chuva vira algo mais amargo: uma nevasca. Na completa escuridão, ela reluz vermelha, refletindo as luzes fracas de Corvium e a chama de Cal.

Sinto meu cabelo começar a congelar e sacudo o rabo de cavalo. Lascas de gelo voam em todas as direções.

Um rugido cresce na tempestade, diferente do vento. Com muitas vozes. Uma dezena, uma centena, mil. A escuridão da nevasca aumenta. Por um instante, Cal fecha os olhos e suspira alto.

— Preparar para o ataque — Cal diz com a voz rouca.

A primeira ponte de gelo desponta pela muralha a meio metro de onde estou. Salto para trás com um grito. Outra racha a pedra a cinco metros dali, atingindo soldados. Arezzo e os outros teleportadores entram em ação, recolhendo os feridos e os levando de volta para os curandeiros. Quase instantaneamente, soldados de Lakeland, com suas sombras parecendo monstros, surgem das pontes, correndo pelo gelo enquanto cresce. Prontos para o ataque.

Vi batalhas de prateados antes. São caóticas.

Mas essa é pior.

Cal avança, suas chamas quentes voando alto. O gelo é grosso, não é tão fácil de derreter. Ele arranca pedaços da ponte mais próxima como um lenhador com uma motosserra. Isso o deixa vulnerável. Acerto o primeiro inimigo que se aproxima dele. Minhas faíscas lançam o homem de armadura girando na escuridão. Outro vem em seguida, e minha pele se reveste de veias roxas e brancas de raios sibilantes. Tiros encobrem qualquer ordem que alguém possa gritar. Foco em mim mesma, em Cal. Na nossa sobrevivência. Farley se mantém próxima, com a arma para cima. Como Cal, ela me coloca na retaguarda, me deixando defender seus pontos cegos. Não pisca enquanto dispara, cravejando a ponte mais próxima com balas. Ela foca no gelo, não nos guerreiros brotando da nevasca. A ponte racha e se estilhaça sob os inimigos, se despedaçando na escuridão.

Trovões soam, mais próximos a cada segundo. Raios de eletricidade azul e branca explodem pelas nuvens, despencando em volta de Corvium. Das torres, a mira de Ella é mortal, atingindo o lado de fora das muralhas. Uma ponte de gelo cai com sua fúria, partindo-se ao meio, então cresce mais uma vez, regenerando-se em pleno ar graças à vontade de um calafrio escondido em algum lugar. Os bombardeiros fazem o mesmo, obliterando pedaços enormes de gelo com o poder de sua força explosiva. Os inimigos apenas recuam rastejando, deslizando para outra rampa. Raios verdes estalam em algum lugar à minha esquerda, conforme Rafe lança seu chicote em uma horda de soldados de Lakeland. O ataque dele bate em um escudo de água, que absorve a corrente elétrica enquanto avançam. A água não para os tiros, contudo. Farley os enche de balas, derrubando alguns prateados. Os corpos deslizam pela escuridão.

Volto minha atenção para a ponte mais próxima. Em vez de focar no gelo, invisto nas figuras avançando na escuridão. As armaduras azuis são grossas, escamadas, e graças aos capacetes os soldados nem parecem humanos. Isso torna mais fácil matá-los. Eles forçam outra investida contra a muralha. É uma fila de monstros sem rosto se movendo como uma cobra. Raios roxos explodem das minhas mãos curvadas como garras e atravessam o coração de cada um deles, saltando de armadura em armadura. O metal superaquece, mudando de azul para vermelho, e muitos caem da ponte agonizando. Outros os substituem, surgindo da tempestade. É um terreno mortal, uma zona de massacre. Lágrimas congelam nas minhas bochechas enquanto perco as contas de quantos corpos dilacerei.

A muralha da cidade se racha a meus pés, um lado deslizando para longe do outro. Um impacto direto estremece meus ossos. Em seguida outro. A rachadura aumenta. Rapidamente, escolho um lado, saltando na direção de Cal antes que a rachadura me engula por inteiro. Raízes de árvore surgem como vermes pela fissura, grossas como meu braço e crescendo mais. Forçam as rochas como dedos gigantes, criando rachaduras em forma de teia de aranha que passam sob meus pés. A parede se move sob tanta força.

Verdes.

— A parede vai quebrar — Cal sussurra. — Vão rachá-la e passar por nós.

Cerro o punho.

— A menos quê...? — Ele apenas pisca sem expressão, perdido. — Deve haver algo que possamos fazer!

— A tempestade. Se pudermos nos livrar dela e conseguir alguma visibilidade para atacar à distância... — Enquanto fala, ele queima as raízes, que se aproximam mais. As chamas correm por todo o comprimento, chamuscando a planta, que simplesmente cresce de novo. — Precisamos de dobra-ventos. Para soprar as nuvens para longe.

— Casa Laris. Aguentamos até eles chegarem aqui?

— Aguentamos e torcemos para serem o suficiente.

— Certo. E, quanto a isso... — Aponto com a cabeça para o vão que se amplia a cada segundo. Em breve um exército prateado vai passar direto por ele. — Vamos dar a eles uma recepção explosiva.

Cal balança a cabeça, compreendendo.

— Bombardeiros! — ele urra mais alto que os assobios do vento e da neve. — Desçam lá e estejam preparados! — Apontando, Cal indica a rua que passa imediatamente atrás da muralha exterior. O primeiro lugar que Lakeland vai invadir.

Uma dezena ou mais de bombardeiros obedecem, saindo dos postos para defender a rua. Meus pés se movem por vontade própria, com intenção de segui-los. Cal agarra meu pulso e eu quase derrapo.

— Não me referi a você — ele grunhe. — Você fica bem aqui.

Com agilidade, tiro seus dedos um a um. O aperto é muito forte, pesado como uma algema. Mesmo no calor da batalha, me vejo lançada de volta no tempo, para quando era prisioneira.

— Cal, vou ajudar os bombardeiros. Posso fazer isso. — Seus olhos de bronze se voltam para a escuridão, como as chamas vermelhas de duas velas ardentes. — Se romperem a parede, você estará cercado. Então a tempestade será o menor dos nossos problemas.

A decisão dele é rápida... e equivocada.

— Certo. Então eu vou.

— Precisam de você aqui em cima. — Com a mão em seu peito, eu o afasto. — Farley, Townsend, Akkadi... Os soldados precisam de generais na linha de frente. Precisam de *você* na linha de frente.

Se não fosse pela batalha, Cal discutiria comigo. Ele apenas acaricia minha mão. Não há tempo para nada. Especialmente quando estou certa.

— Ficarei bem — digo quando salto, escorregando pelas pedras congeladas. A tempestade engole sua resposta. Reservo uma batida do meu coração para ele, para me perguntar se nos veremos novamente. A seguinte apaga o pensamento. Não tenho tempo para isso. Preciso me manter focada. Preciso me manter viva.

Levanto e corro pelas escadas, minhas mãos escorregando pelo corrimão gelado. Na rua, longe do vento, o ar é bem mais quente e as poças se foram. Congelada ou líquida, a água foi usada para atacar as defesas da muralha de Corvium.

Os bombardeiros encaram a rachadura na parede, que se alarga a cada segundo. No alto, a muralha se abre por vários metros, mas aqui embaixo a fresta tem apenas centímetros, embora esteja aumentando. Outro tremor atravessa a pedra e chega aos meus pés, como uma explosão ou um terremoto. Engulo em seco, imaginando uma forçadora do outro lado da parede, seus punhos desferindo golpe após golpe contra a fundação.

— Esperem para atacar — digo aos bombardeiros. Eles olham para mim aguardando ordens, mesmo eu não sendo um oficial. — Sem explosões até ficar claro que estão passando. Não precisamos ajudar nossos inimigos a chegar aqui.

— Vou bloquear a fenda com um escudo o máximo que puder — uma voz diz atrás de mim.

Giro para ver Davidson, seu rosto manchado de sangue cinza que aos poucos escurece. Ele parece pálido, atordoado.

— Primeiro-ministro — murmuro, abaixando a cabeça. Ele responde depois de um bom tempo. Tão diferente aqui em campo e lá na sala de guerra.

Enquanto isso, direciono minha eletricidade contra nossos atacantes. Usando as raízes como um mapa, faço um raio correr pela planta, deixando-o girar e espiralar pelo caminho até a fonte da raiz. Não posso ver o verde do outro lado, mas o sinto. Apesar de enfraquecida pela densidade da raiz, minha faísca atravessa seu corpo. Um grito distante ecoa pelas rachaduras da pedra, de alguma forma audível, mesmo com o caos ao redor.

O verde não é o único prateado capaz de derrubar as pedras. Outros tomam seu lugar, um forçador, a julgar pela forma que a pedra treme e racha. Golpe atrás de golpe, lança pedriscos e poeira pela fresta que cresce.

Davidson fica parado do meu lado, com a boca entreaberta. Entorpecido.

— Primeira batalha? — murmuro enquanto outro golpe trovejante é desferido.

— Infelizmente, não — ele diz, para minha surpresa. — Já fui soldado. Me disseram que eu estava na sua lista.

Dane Davidson. O nome passa pela minha cabeça, uma borboleta batendo as asas contra as barras de uma jaula de ossos. A lembrança volta como se tirada da lama, lentamente e com muito esforço.

— A lista de Julian.

Ele balança a cabeça, concordando.

— Um homem esperto, o Jacos. Ligou os pontos que ninguém via. Sim, eu era um dos vermelhos de Norta que seria executado. Por causa do meu sangue. Quando escapei, os oficiais me deram como morto. Assim não teriam que explicar a perda de outro criminoso. — Ele lambe o lábio rachado pelo frio. — Fugi para Montfort, reunindo outros como eu pelo caminho.

Outra rachadura. O vão à nossa frente se amplia conforme volto a sentir os dedos dos pés. Mexo-os dentro das botas, me preparando para lutar.

— Parece familiar.

A voz de Davidson ganha força e impulso enquanto ele fala. Conforme nos lembra pelo que estamos lutando.

— Montfort estava em ruínas. Mil prateados exigindo suas próprias coroas, cada montanha seu próprio reino, um país estilhaçado a ponto de ficar irreconhecível. Apenas os vermelhos permaneciam unidos. E os rubros estavam nas sombras, esperando para se libertar. Dividir e conquistar, srta. Barrow. É a única forma de ganhar.

O reino de Norta, o reino de Rift, Piedmont, Lakeland. Prateados contra prateados, em disputas mesquinhas por pedaços cada vez menores enquanto esperamos para pegar tudo de uma vez. Apesar de Davidson parecer perdido, quase posso sentir o cheiro do aço em seus ossos. Um gênio, talvez; perigoso, com certeza.

Uma lufada de neve me traz de volta. A única coisa com que preciso me preocupar é o agora. *Sobreviver. Vencer.*

Uma energia azul explode pela parede fragmentada, pulsando pela abertura de quase um metro. Davidson mantém seu escudo no lugar com a mão estendida. Uma gota de sangue escorre pelo seu queixo.

Uma silhueta do outro lado soca o escudo, punhos fazendo chover pancadas infernais pela área oscilante. Outro forçador se junta e ataca a rocha, para ampliar a abertura. O escudo cresce acompanhando o esforço deles.

— Estejam prontos — Davidson diz. — Quando eu abrir o escudo, disparem com tudo.

Obedecemos, preparando o ataque.

— Três.

Faíscas roxas envolvem meus dedos e se entrelaçam em uma bola pulsante de luz destrutiva.

— Dois.

Os bombardeiros ajoelham em formação, como atiradores de elite. Em vez de armas, têm apenas seus dedos e olhos.

— Um.

O escudo azul estremece, parte-se em dois e lança os forçadores contra as paredes, fazendo um barulho perturbador de ossos rachando. Disparamos pela abertura, meu raio brilhando. Ele ilumina a escuridão à frente, revelando uma dezena de soldados ferozes, prontos para correr pela brecha. Muitos caem de joelhos, cuspindo sangue e fogo conforme os bombardeiros explodem suas entranhas. Antes de qualquer um se recuperar, Davidson sela o escudo mais uma vez, segurando uma rajada de balas que vem em nossa direção.

Ele parece surpreso com nosso sucesso.

Na muralha sobre nós, uma bola de fogo queima pela tempestade negra, uma tocha contra a falsa noite. O fogo de Cal se espalha e se movimenta como uma cobra de fogo. O calor vermelho transforma o céu em um inferno escarlate.

Cerro o punho e gesticulo para Davidson.

— Mais uma vez — digo a ele.

É impossível saber quanto tempo passa. Sem o sol, não tenho ideia da duração da batalha na fenda. Mesmo que os empurremos para trás, ataque após ataque, o vão continua se alargando. *Um sacrifício pequeno por tanto*, digo a mim mesma. No alto, a onda de soldados não venceu as defesas da muralha. As pontes de gelo continuam vindo e nós as enfrentamos. Alguns corpos caem na rua, em um estado que está além da capacidade dos curandeiros. Entre os ataques, arrastamos os corpos para os becos, para fora de vista. Olho cada rosto morto, prendendo a respiração todas as vezes. Não é Cal, não é Farley. O único que reconheço é Townsend, com o pescoço quebrado. Espero uma onda de culpa ou dó, mas não sinto nada. Só me dou conta que os forçadores estão em cima da muralha também, destroçando nossos soldados.

O escudo de Davidson se estende pelo buraco na parede, que agora está com uma largura de no mínimo três metros, abrindo-se como uma boca bocejante de pedra. Corpos se acumulam ali, fumegantes, abatidos por raios ou rasgados com brutalidade pelo olhar impiedoso dos bombardeiros. Sombras se reúnem na escuridão atrás do escudo, esperando para nos atacar mais uma vez. Marteladas de água e gelo se chocam sem parar contra a habilidade de Davidson. O grito de um banshee reverbera e até mesmo o eco é doloroso aos nossos ouvidos. Davidson estremece. Agora o sangue no rosto dele escorre com o suor, pingando da testa, do nariz e das bochechas. Ele força até seu limite, mas estamos ficando sem tempo.

— Alguém vá buscar Rafe! — grito. — E Tyton.

Um soldado parte assim que as palavras saem da minha boca, saltando os degraus para achá-los. Observo a muralha acima, buscando por uma silhueta familiar.

Cal trabalha em um ritmo maníaco, perfeito como uma máquina. Desvia, gira, ataca. Desvia, gira, ataca. Como eu, esvaziou os pensamentos, focando na sobrevivência. A cada interrupção na chegada contínua de inimigos, ele muda a formação dos soldados, direcionando os tiros dos vermelhos ou trabalhando com Akkadi e Lory para eliminar outro alvo na escuridão. Quantos morreram, não sei dizer.

Outro corpo despenca da muralha. Agarro seus braços e o arrasto antes de perceber que não se trata de uma armadura, mas de pele pétrea, derretida com o calor do fogo da fúria do príncipe. Me retraio, surpresa, como se tivesse me queimado. Um pétreo. As poucas roupas no seu corpo morto são azuis e cinza. Casa Macanthos. Norta. Um dos homens de Maven.

Sinto um nó na garganta ao pensar o que isso implica. As forças de Maven chegaram à muralha. Não estamos mais lutando apenas contra Lakeland. Um rugido furioso cresce no meu peito e eu quase desejo poder me jogar em disparada pela fenda. Rasgar tudo até chegar ao outro lado. Caçá-lo. Matá-lo entre nossos exércitos.

Então o cadáver me agarra.

Ele convulsiona e meu pulso quebra com um estalo. Grito quando a maldita dor repentina corre pelo meu braço.

Raios ondulam pela minha pele, saindo de mim como um grito. Cobrem o corpo dele de faíscas roxas letais, uma luz dançante. Mas ou a pele dele é muito grossa ou sua determinação é muito forte. O pétreo não me deixa ir, seus dedos agarrando meu pescoço. Explosões brotam às suas costas, trabalho dos bombardeiros. Pedaços de pedra descamam dele como pele morta, e o moribundo ruge. Suas mãos só apertam mais com a dor. Cometo o erro de tentar soltar seus dedos, travados em volta da minha garganta. Sua carne pedregosa corta minha pele e o sangue escorre entre meus dedos, vermelho e quente no ar congelante.

Pontos negros dançam em frente aos meus olhos e solto outro raio, deixando que leve minha agonia. A explosão o lança para longe de mim, em direção a um prédio. Ele arrebenta a parede quando a acerta com a cabeça, o corpo ficando pendurado para fora do prédio. Bombardeiros terminam com ele, atingindo a pele exposta nas suas costas.

Davidson treme, mantendo um escudo cada vez mais fino. Viu tudo e não podia fazer nada, a menos que deixasse as forças invasoras passarem por cima de nós. Um canto de sua boca repuxa, como se quisesse se desculpar por ter tomado a decisão correta.

— Quanto mais você consegue aguentar? — pergunto, forçando as palavras. Cuspo sangue na rua.

Ele range os dentes.

— Um pouco.

Isso não ajuda muito, quero gritar.

— Um minuto? Dois?

— Um — ele força a resposta.

— É o suficiente.

Observo o escudo enquanto ele afina, a sombra azul vívida desaparecendo com as forças de Davidson, as figuras do outro lado ficando visíveis. Armaduras azuis e armaduras pretas com recortes vermelhos. Lakeland e Norta. Sem coroa, sem rei. Apenas tropas de choque com a intenção de nos sobrecarregar. Maven não botará o pé em Corvium a menos que a cidade seja dele. Enquanto seu irmão lutará até a morte na muralha, o rei não é tolo o suficiente para se arriscar. Ele sabe que sua força está atrás das linhas de fogo, em um trono, não no campo de batalha.

Rafe e Tyton se aproximam de lados opostos. Enquanto Rafe parece meticuloso, com seu cabelo verde ainda lambido para trás, Tyton está claramente pintado de sangue. Todo prateado. Ele mesmo não está ferido. Seus olhos brilham com um tipo estranho de ódio, queimando vermelho nos raios flamejantes sobre nossas cabeças.

Vejo Darmian com vários outros invulneráveis, todos dotados de peles impenetráveis. Carregam machados perversos, com extremidades afiadas como navalhas. Bons para combater forçadores. À curta distância, são nossa melhor opção.

— Em formação — Tyton diz, taciturno.

Nós seguimos sua ordem, organizados em uma fila improvisada atrás de Davidson. Seu braço treme conforme nos posicionamos, segurando o máximo que consegue. Rafe fica à minha esquerda e Tyton, à direita. Alterno o olhar entre os dois, me perguntando se deveria dizer alguma coisa. Posso sentir a energia estática brotando de ambos, uma sensação familiar mas estranha. A eletricidade é deles, não minha.

Na tempestade, o trovão azul continua furioso. Ella nos abastece com sua eletricidade.

— Três — Davidson diz.

Verde à minha esquerda, branco à minha direita. As cores piscam nos cantos dos meus olhos, cada fagulha um pequeno batimento cardíaco.

— Dois.

Puxo mais ar. Minha garganta dói, ferida pela pele pétrea. Mas ainda estou respirando.

— Um.

Mais uma vez o escudo entra em colapso, expondo-nos à tempestade que está chegando.

— ABRIU! — ecoa por toda a muralha quando as forças voltam sua atenção para a brecha na parede. O exército prateado responde à altura, avançando na nossa direção com um grito desafiador. Raios verdes e roxos estremecem o campo de batalha, atingindo a primeira onda de soldados. Tyton se move como se jogasse dardos, suas minúsculas agulhas de energia explodindo e lançando as tropas prateadas pelos ares. Muitos convulsionam e se reviram. Ele não tem piedade.

Os bombardeiros nos seguem, movendo-se conosco conforme nos aproximamos da abertura. Eles só precisam de uma linha de visão livre para trabalhar. Sua destruição chamusca pedras, carne e terra na mesma proporção. Poeira cai com a neve e o ar fica com gosto de cinzas. É isso que é a guerra? É essa a sensação de lutar no Gargalo? Tyton me joga para trás, lançando o braço para mover meu corpo. Darmian e os outros invulneráveis surgem diante de nós, como um escudo humano. Seus machados cortam e destroçam, arrancando sangue até que as paredes arruinadas dos dois lados estejam cobertas de líquido prateado.

Não. Eu lembro do Gargalo. Das trincheiras. Do horizonte se alongando para todos os lados, descendo para encontrar uma cratera cavada por décadas de derramamento de sangue. Cada lado conhecia o outro. Aquela guerra era maligna, mas definida. Isso é um pesadelo.

Soldados após soldados, vindos de Lakeland e de Norta, entram pela fresta. Cada um seguido por um homem ou uma mulher atrás. Como nas pontes, eles se despejam numa zona de massacre. A multidão se move como o oceano, uma onda nos fazendo recuar antes de outra avançar. Temos a vantagem, mas por pouco. Mais forçadores atingem as paredes, esperando alargar a fresta. Telecs jogam detritos na nossa linha de defesa, pulverizando um dos bombardeiros enquanto outro congela imóvel, a boca travada aberta em um grito silencioso.

Tyton dança com movimentos fluidos, cada palma incendiada com raios brancos. Uso a teia no solo, espalhando uma poça de energia elétrica sob os pés do exército que avança. Os corpos se empilham, quase formando uma nova parede na fresta. Mas os telecs apenas os lançam para longe, para dentro da tempestade negra.

Sinto o gosto de sangue, mas meu pulso quebrado é só um zunido de dor agora. Ele está dependurado. Sou grata pela adrenalina, que não me deixa sentir o osso partido.

A rua e a terra se transformam em líquido sob meus pés, inundadas de vermelho e prata. O terreno pantanoso leva alguns. Quando um sanguenovo cai, uma ninfoide salta sobre ele, derramando água por seu nariz e pela garganta. Ele se afoga diante dos meus olhos. Outro corpo cai ao lado dela, raízes saindo das órbitas. Tudo o que sei é lançar raios. Não consigo lembrar meu nome, meu propósito, pelo que estou lutando; nada além do ar nos meus pulmões. Nada além de um segundo a mais de vida.

Um telec nos dispersa, arremessando Rafe para trás pelos ares. E depois eu mesma na direção oposta. Sou lançada para a frente, por cima das forças que se empurram pela brecha na parede. Vou parar do outro lado. Nas zonas de ataque.

Caio com força, rolando antes de parar abruptamente, enterrada até a metade do corpo em lama congelante. Uma onda de dor atravessa meu escudo de adrenalina, me lembrando de um osso muito quebrado e talvez de alguns outros. Os ventos da tempestade rasgam minhas roupas conforme tento sentar, e lascas de gelo atingem meus olhos e bochechas. Apesar do vento uivante, não está tão escuro aqui. Não está preto, mas cinza. Mais para uma tempestade ao entardecer do que para o meio da noite. Estreito os olhos; venta muito para fazer qualquer coisa além de deitar e sofrer.

O que antes eram campos abertos, gramados verdes na encosta dos dois lados da Estrada de Ferro, agora é uma tundra congelada. Cada folha de grama é como uma navalha de gelo. Desse ângulo, é impossível discernir Corvium. Assim como não podíamos ver em meio ao breu da tempestade, as forças de ataque tampouco conseguem. Dificulta a vida deles tanto quanto a nossa. Vários batalhões se reúnem como sombras, silhuetas recortadas contra a tempestade. Algumas tentativas de pontes de gelo ainda se formam e se remodelam, mas agora a maioria avança em direção à fresta. O restante espera atrás de mim, um borrão fora da pior área da tempestade. Centenas são mantidos na reserva, talvez milhares. Bandeiras azuis e vermelhas tremulam com o vento, brilhantes o suficiente para serem reconhecidas. *Pega entre o fogo e a frigideira*, suspiro para mim mesma. Estou presa na lama, cercada pelos cadáveres e pelos feridos. Pelo menos a maioria está focada em si mesma, mais preocupada com os membros perdidos e as feridas do que com uma garota vermelha entre eles.

Soldados de Lakeland despontam e me preparo para o pior. Eles marcham, avançando em direção às nuvens trovejantes e ao resto do exército que segue para a destruição.

— Tragam os curandeiros! — um deles grita por cima do ombro, sem nem olhar para trás. Olho para baixo e percebo que estou coberta de sangue prateado e só um pouco suja de sangue vermelho.

Depressa, esfrego lama sobre as feridas abertas e os pedaços do meu uniforme que ainda são verdes. Os cortes ardem de dor, me fazendo chiar entre os dentes. Olho para as nuvens, assistindo os raios pulsantes dentro delas. Azul na coroa, verde na base, onde a fresta está. Para onde tenho que voltar.

A lama agarra meus membros, tentando me congelar. Com o pulso quebrado contra o peito, empurro com o braço, lutando para me libertar. Finalmente consigo sair, e começo a avançar, arquejando a cada respiração. Cada uma delas queima.

Consigo avançar uns dez metros, chegando quase atrás do exército prateado, antes de perceber que não vai funcionar. Estão compactados demais para eu passar entre eles. É impossível mesmo para mim. Eles provavelmente vão me impedir se eu tentar. Meu rosto é bem conhecido, mesmo coberto de lama. Não posso arriscar. Nem as pontes de gelo. Uma delas pode ruir sob meus pés ou um soldado vermelho pode atirar enquanto tento voltar para a muralha. Toda escolha termina mal. Assim como ficar aqui parada. As forças de Maven vão lançar outro ataque e mandar uma nova onda de tropas. Não vejo nenhuma saída para a frente ou para trás. Por um instante vazio e aterrorizante, encaro a escuridão em Corvium. Raios piscam na tempestade, mais fracos que antes. Parece um furacão com uma nuvem em cima, envoltos por uma nevasca e um vendaval. Me sinto pequena diante disso, uma estrela solitária em um céu de constelações violentas.

Como podemos nos defender?

O primeiro grito de um jato me faz ajoelhar, cobrindo a cabeça com a mão que ainda funciona. Ressoa no meu peito, uma explosão de eletricidade martelando como um coração. Uma dúzia o segue em baixa altitude, seus motores fazendo a neve e as cinzas rodopiarem, enquanto gritam entre as duas metades do exército.

Mais jatos circulam ao redor da tempestade, girando e girando. As nuvens acompanham os jatos, como se estivessem magnetizadas pelos ventos. Então ouço outro rugido. Outra lufada, mais forte que a primeira, golpeando com a fúria de uma centena de furacões. O vento trabalha para limpar o céu, despedaçando a tempestade com sua força. As nuvens se afastam o suficiente para as torres de Corvium ficarem visíveis, com raios azuis reinando sobre elas. O vento segue os jatos, acumulando-se embaixo das asas recentemente pintadas.

De amarelo brilhante.

Casa Laris.

Meus lábios se esforçam para sorrir. Eles estão aqui. Anabel Lerolan manteve sua palavra.

Procuro pelas outras Casas, mas um falcão grita ao meu redor, suas asas azuis e pretas batendo no ar. Garras brilham, afiadas como lâminas, e eu salto para trás para proteger meu rosto do pássaro. Ele apenas solta um grito vívido antes de voar para longe, planando sobre o campo de batalha em direção a... Ah, não.

As forças que Maven reservou até agora estão se aproximando. Batalhões, legiões. Armaduras negras, armaduras azuis e armaduras vermelhas. Serei esmagada por seu exército.

Mas não sem lutar.

Solto meu poder, e raios roxos disparam. Afastando os soldados, fazendo-os questionar cada passo. Sabem reconhecer minha habilidade. Eles já viram o que a garota elétrica é capaz de fazer. Eles param, mas só por um momento. O suficiente para eu ajeitar os pés e virar. Quanto menor for o alvo, maior a chance de sobreviver. Meu punho bom se fecha, pronto para levar todos comigo.

Muitos prateados que estavam investindo contra a brecha se viram na minha direção. A distração será sua ruína. Raios verdes e brancos pulsam por eles, abrindo o caminho para a chama vermelha que avança na minha direção.

Os lépidos chegam primeiro e são pegos por uma teia de raios. Alguns correm para trás, mas outros caem, incapazes de fugir das fagulhas. Raios crepitando do céu mantêm os piores afastados, formando um círculo de proteção à minha volta. De fora, parece uma jaula de eletricidade, mas é uma jaula que eu mesma criei. Que eu mesma controlo.

Duvido que algum rei possa me colocar em uma jaula agora.

Espero que meu raio o atraia, como a chama de uma vela faz com a mariposa. Vasculho a horda que se aproxima, procurando por Maven. Uma capa vermelha, uma coroa de ferro em chamas. Um rosto branco no mar, olhos azuis o suficiente para perfurar montanhas.

Em vez disso, os jatos dos Laris passam novamente, voando baixo sobre ambos os exércitos. Eles se dividem à minha volta, fazendo os soldados buscarem cobertura enquanto o grito do metal aumenta sobre suas cabeças. Uma dezena de figuras ou mais saltam da traseira do jato maior, dando piruetas no ar antes de cair no chão a uma velocidade que esmagaria a maioria dos humanos. Em vez disso, eles estendem os braços, freando abruptamente, revolvendo a terra, as cinzas e a neve. E o ferro. Muito ferro.

Evangeline e sua família, incluindo o irmão e o pai, se viram para encarar o exército que chega. O falcão circula a família, gritando conforme se lança no vento intenso. Evangeline lança um olhar sobre o ombro, encontrando os meus olhos.

— Não vai se acostumando! — grita.

A exaustão me atinge, porque, estranhamente, me sinto segura. Evangeline Samos vai me proteger.

O fogo arde no canto dos meus olhos. Ele me rodeia, quase me cegando. Cambaleio para trás e trombo com uma parede de músculos e armadura tática. Cal protege meu pulso quebrado, segurando-o gentilmente.

Pelo menos dessa vez, não penso nas algemas.

VINTE E NOVE

Evangeline

As portas da torre administrativa de Corvium são de carvalho maciço, mas suas dobradiças e ornamentos são de ferro. Elas deslizam para abrir à nossa frente, curvando-se à Casa Samos. Entramos na câmara do conselho com graciosidade, diante dos olhos da nossa patética aliança remendada. Montfort e a Guarda Escarlate se sentam à esquerda, modestos em seus uniformes verdes; os prateados estão à direita, nas cores de suas respectivas Casas. Seus respectivos líderes, o primeiro-ministro Davidson e a rainha Anabel, nos observam entrar, em silêncio. Anabel agora usa sua coroa, apresentando-se como rainha, embora seu rei tenha morrido há muito tempo. É de ouro rosé surrado, cravejada de pequenas joias pretas. Simples. Mas se destaca mesmo assim. Ela tamborila os dedos mortais no tampo da mesa, exibindo sua aliança de casamento. Uma joia ardente, também feita de ouro rosé. Como Davidson, Anabel tem o olhar de um predador: nunca pisca, nunca se distrai. O príncipe Tiberias e Mare Barrow não estão aqui, ou sou eu que não os vejo. Me pergunto se eles vão se separar, sentando cada um de um lado.

As janelas da sala da torre têm vista para o campo aberto, onde o ar ainda arde com as cinzas e os terrenos a oeste estão afogados em lama, inundados e pantanosos devido à catástrofe sem precedentes. Mesmo dessa altura, tudo tem cheiro de sangue. Esfreguei as mãos pelo que pareceram horas, lavando cada centímetro, e ainda não consegui me livrar do cheiro. Ele se agarra como um fantasma, mais difícil de esquecer que o rosto das pessoas que matei na batalha. O gosto metálico infesta tudo.

Apesar da vista imponente, todos os olhares estão focados na pessoa mais imponente da nossa família. Meu pai não está com a túnica preta, apenas a armadura de cromo, cintilante como um espelho, moldada para se ajustar a ele. Um rei guerreiro em cada parte do seu ser. Minha mãe tampouco desaponta. Sua coroa de joias verdes combina com a jiboia esmeralda enrolada em seu pescoço como um xale. Ela desliza lentamente, suas escamas refletindo a luz do entardecer. Ptolemus tem um visual parecido com o de papai, apesar da armadura que recobre seu largo peitoral, sua cintura estreita e suas pernas esguias ser preta como petróleo. A minha é uma mistura das duas, com camadas de cromo e aço negro apertadas contra a pele. Não é a mesma que usei na batalha, mas é a de que preciso agora. Terrível, ameaçadora, demonstrando cada gota de orgulho e poder dos Samos.

Quatro cadeiras parecidas com tronos estão dispostas de costas para as janelas. Sentamos ao mesmo tempo, como uma frente unida. Não importa o quanto eu queria gritar.

Sinto como se traísse a mim mesma, deixando os dias e as semanas passarem sem me opor. Sem dar um pio sobre o quanto o plano do meu pai me apavora. Não quero ser rainha de Norta. Não quero pertencer a ninguém. Mas o que quero não importa. Nada vai ameaçar seus planos. Ninguém pode negar nada ao rei Volo. Nem sua filha, seu próprio sangue. Sua posse.

Uma dor familiar demais cresce no meu peito enquanto me ajeito no trono. Faço meu melhor para manter a compostura, ficando em silêncio e parecendo respeitosa. Leal ao meu sangue. É tudo o que sei.

Não falo com meu pai há semanas. Só consigo balançar a cabeça diante dos seus comandos. As palavras estão além da minha capacidade. Se abrir a boca, temo que meu temperamento me faça perder o controle. Foi ideia de Tolly. *Dê um tempo, Eve. Dê um tempo.* Mas para quê, eu não sei. Meu pai não muda de ideia. E a rainha Anabel está inflexível quanto a colocar seu neto de volta no trono. Meu irmão está tão desapontado quanto eu. Tudo o que fizemos — casá-lo com Elane, trair Maven, apoiar as ambições reais do nosso pai — foi para que pudéssemos ficar juntos. Não valeu de nada. Ele reinará em Rift, casado com a garota que eu amo, enquanto sou despachada como um caixote de munição, mais um presente para um rei.

Fico grata pela distração quando Mare Barrow decide agraciar o conselho com sua presença, com o príncipe Tiberias grudado em seus calcanhares. Esqueci que ele se transforma em um cachorrinho dramático quando ela está junto, com seus olhos arregalados implorando por atenção. Seus sentidos militares afiados se focam nela em vez de se dedicarem à missão diante de nós. Ambos ainda estão vibrando com a adrenalina do cerco, e não é de se admirar. Foi brutal. Barrow ainda tem sangue no uniforme.

Eles caminham pelo corredor central que divide o conselho. Se sentem o peso dos olhares, não demonstram. A maior parte das conversas se reduz a murmúrios ou para de vez para observar os dois, esperando para ver qual lado da sala vão escolher.

Mare é rápida, passando pela primeira fileira de uniformes verdes para se encostar na parede mais distante. Fora do centro das atenções.

O rei de Norta por direito não a segue. Em vez disso ele se aproxima da avó, para abraçá-la. Anabel é muito menor do que ele e parece reduzida a uma velhinha em sua presença. Mas os braços dela o envolvem com facilidade. Eles têm os mesmos olhos, flamejantes como bronze quente. Anabel sorri para ele.

Tiberias prolonga o abraço, apenas por um instante, agarrando-se ao que restou de sua família. O lugar ao lado da avó está vazio, mas ele não senta. Opta por se juntar a Mare na parede. Cruza os braços sobre o peitoral largo, fixando um olhar fervoroso no meu pai. Me pergunto se sabe o que ela planejou para nós dois.

Ninguém ocupa o lugar que Tiberias deixou para trás. Ninguém ousa tomar o assento do herdeiro legítimo de Norta. *Meu amado noivo*, ecoa na minha cabeça. As palavras me provocam mais que as cobras da minha mãe.

De repente, com um gesto, meu pai arrasta Salin Iral pela fivela do cinto, puxando-o do seu assento e pelo piso de carvalho. Ninguém protesta ou faz um som sequer.

— Vocês deveriam ser caçadores.

A voz do meu pai ressoa grave na garganta.

Lord Iral não se importou em se limpar depois da batalha, o que fica evidente pelo seu cabelo encharcado de suor. Ou talvez só esteja paralisado de medo. Não o culpo.

— Majestade...

— Você me garantiu que Maven não escaparia. Acredito que suas exatas palavras foram "nenhuma cobra pode escapar de um silfo". — Meu pai não é condescendente com a falha de um nobre, uma vergonha para sua Casa e seu nome. Minha mãe assiste a ambos, olhando tanto com seus próprios olhos quanto pelos olhos da cobra verde. O réptil nota minha atenção e sibila a língua rosa bipartida na minha direção.

Outros assistem à humilhação de Salin. Os vermelhos parecem ainda mais sujos que ele, alguns ainda cobertos de lama e azuis por causa do frio. Pelo menos não estão bêbados. O general Laris balança na cadeira, dando goles frequentes em um frasco maior do que qualquer coisa que alguém deveria portar na companhia de pessoas civilizadas. Não que meu pai, minha mãe ou qualquer um vá se ressentir pela bebedeira. Laris e sua Casa fizeram um belo trabalho, trazendo os jatos para a batalha enquanto dissipavam a tempestade infernal que ameaçava soterrar Corvium sob a neve. Provaram seu valor.

Assim como os sanguenovos. Por mais tolo que o nome escolhido por eles soe, aguentaram o ataque por horas. Sem o sangue e o sacrifício deles, Corvium estaria de volta nas mãos de Maven. Mas ele falhou pela segunda vez. Foi derrotado duas vezes. Na primeira pela plebe e agora pela mão de um exército decente e de um rei respeitável. Meu estômago revira. Apesar de termos vencido, a vitória tem gosto de derrota para mim.

Mare encara o embate, seu corpo inteiro tenso como um arame retorcido. Os olhos dela saltam de Salin para meu pai, antes de se perderem em Tolly. Estremeço de medo por meu irmão, apesar de Mare ter prometido não matá-lo. Na Praça de César, ela libertou uma fúria que nunca vi. E, no campo de batalha de Corvium, se defendeu sozinha, mesmo cercada por um exército de prateados. Seus raios são bem mais mortais do que eu lembrava. Se decidir matar Tolly agora, duvido que alguém possa detê-la. Poderiam puni-la depois, mas não impedi-la.

Tenho a sensação de que ela não vai ficar nada feliz com o plano de Anabel. Qualquer prateada apaixonada por um rei se contentaria em ser sua consorte, unida a ele, ainda que não casada; mas não acredito que os vermelhos pensem dessa forma. Eles não fazem ideia de como o laço de uma Casa é importante ou o quanto herdeiros de sangue forte são essenciais. Acreditam que o amor tem importância quando votos de casamento são feitos. Suponho que isso seja uma pequena bênção na vida deles. Sem poder, sem força, não têm nada para proteger, nenhum legado para manter. Sua vida é irrelevante, mas pelo menos lhes pertence.

Como pensei que a minha me pertencia, por algumas semanas breves e tolas.

No campo de batalha, disse a Mare Barrow para não se acostumar com o meu resgate. É irônico. Agora eu espero que ela me salve da prisão dourada de uma rainha e da jaula matrimonial do rei. Espero que suas tempestades destruam a aliança antes mesmo que se concretize.

— ... preparado para a fuga tanto quanto para o ataque. Lépidos estavam a postos, transportes, jatos. Não vimos nenhum sinal de Maven — Salin continua protestando, com as mãos erguidas. Meu pai o solta. Ele sempre dá às pessoas corda suficiente para se enforcarem. — O rei de Lakeland estava lá. Ele comandou as tropas pessoalmente.

Os olhos do meu pai brilham e escurecem, a única indicação de seu desconforto repentino.

— E?

— E agora está morto junto com o resto. — Salin levanta o olhar para seu rei de aço, como uma criança buscando aprovação. Ele treme até as pontas dos dedos. Penso em Iris, deixada para trás em Archeon, uma nova rainha em um trono envenenado. Agora sem pai, separada da única família que veio para o sul ao seu lado. Ela era formidável, para dizer o mínimo, mas isso vai enfraquecê-la imensamente. Se não fosse minha inimiga, teria pena dela.

Lentamente, meu pai levanta do trono. Parece pensativo.

— Quem matou o rei de Lakeland?

A corda se aperta.

Salin sorri.

— Eu.

A corda se fecha e meu pai também. Com o punho cerrado, em um piscar de olhos, ele gira os botões do casaco de Salin, enrolando-os como finas hastes de ferro. Cada uma delas se enrola no pescoço dele, puxando, forçando-o a ficar de pé. Elas continuam subindo, até que seus dedos mal toquem o chão, procurando apoio.

Nas mesas, o líder de Montfort se recosta na cadeira. A mulher ao lado dele, uma loira austera com cicatrizes no rosto, curva os lábios em escárnio. Lembro dela do ataque em Summerton. Foi quem quase tirou a vida do meu irmão. Cal a torturou pessoalmente e agora estão praticamente lado a lado. É do alto-escalão da Guarda Escarlate. Se não me engano, também é uma das pessoas mais próximas de Mare.

— Segui suas ordens... — Salin engasga. Ele agarra as amarras de metal em volta do pescoço, afundando em sua pele. Seu rosto fica cinza conforme o sangue se acumula.

— Minhas ordens eram para matar Maven Calore ou impedir que escapasse. Você não fez nada disso.

— Eu...

— Mas matou um rei de uma nação soberana. Um aliado de Norta que não tinha motivos para se envolver, além de defender a nova rainha. Mas agora? — Meu pai desenha, usando sua habilidade para arrastar Salin mais para perto. — Agora no mínimo você deu a eles um incentivo maravilhoso para afogar todos nós. A rainha regente de Lakeland não vai tolerar isso. — Ele estapeia Salin no rosto. Ouve-se o barulho ressoante de algo se quebrando. A intenção do golpe era envergonhá-lo, não machucar. Funcionou bem. — Retiro seus títulos e responsabilidades. A Casa Iral pode redistribuí-los como achar mais adequado. Agora tirem esse verme da minha frente.

A família de Salin é rápida ao arrastá-lo da câmara antes que possa cavar um buraco maior para si próprio. Quando as amarras de metal se soltam, tudo o que ele faz é tossir e chorar. Seus soluços ecoam pelo corredor, mas são logo cortados pelas portas que se fecham. Um homem patético. Contudo, estou contente por não ter matado Maven. Se o pirralho morresse hoje, não haveria obstáculo entre Cal e o trono. Entre mim e Cal. Dessa forma, ainda há alguma esperança.

— Alguém tem alguma contribuição útil a fazer? — Meu pai senta e passa o dedo pelo dorso da cobra que repousa no colo da minha mãe. Seus olhos se fecham de prazer. É nojento.

Jerald Haven parece querer desaparecer na cadeira, e talvez desapareça de fato. Ele olha para as mãos entrelaçadas, torcendo para meu pai não humilhá-lo a seguir. Por sorte, é salvo pela comandante da Guarda Escarlate, de cara amarrada. Ela se levanta, fazendo a cadeira arranhar o chão.

— Nossos espiões indicam que Maven Calore agora conta com observadores para mantê-lo seguro. Eles podem ver o futuro imediato...

Minha mãe estala a língua.

— Sabemos o que é um observador, vermelha.

— Que bom pra você — a comandante retruca sem hesitar.

Se não fosse pelo meu pai e por nossa posição vulnerável, imagino que minha mãe lançaria a cobra esmeralda para cima da garganta da vermelha. Mas ela apenas morde o lábio.

— Controle seu povo, primeiro-ministro, ou eu o farei.

— Sou uma general do Comando da Guarda Escarlate, prateada — a mulher cospe de volta. Vejo de relance Mare rindo atrás dela. — Se quer nossa ajuda, demonstrará algum respeito.

— É claro — minha mãe concede com graciosidade. Suas joias reluzem conforme ela abaixa a cabeça. — O respeito surge quando há motivo para isso.

A comandante ainda olha ameaçadora, sua raiva fervendo. Ela encara a coroa da minha mãe com nojo.

Penso rápido e bato as mãos. É uma convocação. Em silêncio, uma criada vermelha da Casa Samos galopa para a câmara com uma taça de vinho na mão. Ela conhece suas ordens e dispara até o meu lado, me oferecendo a bebida. Com movimentos lentos e exagerados, pego a taça. Em nenhum momento perco contato visual com a comandante vermelha enquanto bebo. Meus dedos tamborilam o vidro dilapidado para ocultar meu nervosismo. Na pior das hipóteses, deixarei meu pai furioso. Na melhor...

Estilhaço a taça de vidro no chão. Até eu estremeço com o som e a implicação disso. Meu pai tenta não reagir, mas seus lábios se apertam. *Você deveria me conhecer melhor do que isso. Não vou desistir sem lutar.*

Sem hesitar, a criada ajoelha e limpa tudo, recolhendo os estilhaços de vidro com as mãos. Sem hesitar, a destemida comandante vermelha levanta, fazendo com que todos se agitem. Prateados ficam de pé, assim como vermelhos e a própria Mare, que se direciona até a amiga.

A comandante vermelha é bem maior, mas Barrow a detém mesmo assim.

— Como podemos aceitar isso? — a mulher grita comigo, apontando na direção da criada no chão. O cheiro de sangue no ar se intensifica dez vezes quando ela corta a mão. — Como?

Todos na sala parecem se perguntar a mesma coisa. Gritos se elevam entre os membros mais voláteis de cada lado. Somos Casas prateadas de sangue nobre e antigo, aliados com rebeldes, criminosos, criados e ladrões. Com habilidades ou não, nossos estilos de vida seguem em direção oposta. Nossas metas não são as mesmas. A câmara do conselho vira um barril de pólvora. Se tiver sorte, vai explodir. Estilhaçando qualquer ameaça de casamento. Destruindo a jaula em que querem me prender.

Sobre o ombro de Mare, a comandante me olha com sarcasmo, seus olhos parecendo duas adagas azuis. Se esta sala e minha própria roupa não estivessem repletas de metal, estaria preocupada. Eu a encaro de volta, aparentando ser exatamente a princesa prateada que ela foi criada para odiar. Aos meus pés, a criada termina o trabalho e desaparece, as mãos perfuradas por cacos de vidro. Faço uma anotação mental para lembrar de mandar Wren curá-la mais tarde.

— Péssima jogada — minha mãe sussurra na minha orelha. Ela dá tapinhas no meu braço e a cobra desliza por sua mão, enrolando-se em minha pele. Seu corpo é pegajoso e frio.

Ranjo os dentes, reagindo à sensação.

— Como podemos aceitar isso?

A voz do príncipe corta o caos. Paralisa muitos, inclusive a comandante vermelha furiosa. Mare a retira dali audaciosamente, levando-a de volta para a cadeira com certa dificuldade. O resto se vira para o príncipe exilado, observando-o enquanto se endireita. O passar dos meses fez bem a Tiberias Calore. A guerra combina com ele. Parece vibrante e vivo, mesmo após escapar por pouco da morte na muralha. De seu assento, sua avó se permite um pequeno sorriso. Sinto meu coração afundar no peito. Não gosto do caminho que isso está tomando. Minhas mãos agarram os braços do trono, as unhas cravadas na madeira em vez de na carne.

— Cada pessoa nesta sala sabe que chegamos a um ponto de virada. — Seus olhos vagueiam para achar Mare. Ele extrai suas forças dela. Se eu fosse sentimental, ficaria tocada. Penso em Elane, deixada para trás em segurança na mansão Ridge. Ptolemus necessita de um herdeiro e nenhum de nós a quer na batalha. Mesmo assim, gostaria que estivesse sentada ao meu lado, em vez de ter que passar por isso sozinha.

Cal foi treinado e não tem dificuldade com discursos. Ainda assim, ele não é tão talentoso quanto o irmão e tropeça várias vezes enquanto perambula pela sala. Infelizmente, ninguém parece se importar.

— Os vermelhos têm vivido basicamente como escravos, presos a essa sina. Seja em uma favela, em um dos nossos palácios ou em um vilarejo sobre um rio lamacento. — As bochechas de Mare ficam coradas. — Eu pensava como me ensinaram. Achava que nossos costumes são imutáveis. Que os vermelhos são inferiores.

Que uma mudança quanto a seu lugar na sociedade nunca aconteceria, não sem derramamento de sangue. Não sem grande sacrifício. Antes, achava que se tratava de um preço alto demais para pagar. Mas estava errado.

Cal olha para mim. Estremeço.

— Aqueles entre vocês que discordam, que acreditam que são melhores, que são deuses, estão errados. E não é porque pessoas como a garota elétrica existem. Não é porque de repente nos encontramos numa posição em que precisamos de aliados para derrotar meu irmão. É porque sempre estivemos errados.

"Nasci um príncipe. Tive mais privilégios do que quase qualquer um aqui. Fui criado com serviçais que atendiam a qualquer aceno ou chamado e fui ensinado que o sangue deles, por causa de sua cor, indicava que eram menos importantes do que eu. *Vermelhos são ignorantes; vermelhos são ratos; vermelhos são incapazes de controlar a própria vida; vermelhos foram feitos para servir.* Essas são as palavras que todos nós ouvimos. E são mentiras. Mentiras convenientes, para tornar nossa vida mais fácil ou apagar nossa vergonha, enquanto tornam a existência deles insuportável."

Ele para próximo à avó.

— Isso já não pode ser tolerado. Simplesmente não pode. A diferença não é um divisor.

Pobre e ingênuo Calore. Sua avó balança a cabeça em aprovação, mas lembro do que disse na minha própria casa. Quer o neto no trono e quer o velho mundo.

— Primeiro-ministro — Tiberias diz, gesticulando para o líder de Montfort.

Após limpar a garganta, o homem se levanta. Mais alto que a maioria, mas muito magro. Tem a aparência e a expressão vazia de um peixe pálido.

— Rei Volo, agradecemos por sua ajuda na defesa de Corvium.

E aqui e agora, diante dos olhos de nossas lideranças, gostaria de saber sua opinião em relação ao que o príncipe Tiberias acabou de dizer.

— Se você tem uma pergunta, primeiro-ministro, faça — meu pai troveja.

O homem mantém a expressão impassível, indecifrável. Tenho a impressão de que esconde tantos segredos e ambições quanto o resto de nós. Gostaria de poder escrutiná-lo.

— Vermelho ou prateado, majestade. Que cor se levanta nessa rebelião?

Um músculo se repuxa em sua bochecha pálida conforme meu pai expira. Ele passa a mão pela barba pontiaguda.

— Ambas, primeiro-ministro. Essa é uma guerra para todos nós. Nisso você tem minha palavra, juro pela cabeça dos meus filhos.

Muito obrigada, pai. A comandante vermelha vai cobrar essa promessa com um sorriso se lhe for dada a oportunidade.

— O príncipe Tiberias fala a verdade — meu pai continua, mentindo descaradamente. — O mundo mudou. E temos que mudar com ele. Inimigos comuns se tornam estranhos aliados, mas aliados mesmo assim.

Como Salin, sinto o laço se fechando. Está em volta do meu pescoço, ameaçando me jogar para o abismo. É essa a sensação que terei pelo resto da vida? Quero ser forte. Foi para isso que treinei e sofri. Era o que achava que queria. Mas a liberdade é tão doce. Uma gota dela e não consigo ficar sem. *Sinto muito, Elane. Muito mesmo.*

— Você tem outras perguntas sobre o que foi acordado, primeiro-ministro? — Meu pai prossegue. — Ou podemos continuar planejando a derrota do tirano?

— Que acordo seria esse? — A voz de Mare soa diferente, e não é de admirar. Eu a ouvi pela última vez quando ela era prisioneira, sufocada quase ao ponto de não a reconhecer. Sua fagulha voltou com força. Ela olha para meu pai e o primeiro-ministro, buscando respostas.

Meu pai fica quase contente ao se explicar, e eu prendo a respiração. *Me salve, Mare Barrow. Liberte a tempestade que eu sei que possui. Enfeitice o príncipe como sempre faz.*

— O reino de Rift continuará soberano depois que Maven for removido. Os reis do aço reinarão por gerações. Com concessões aos meus cidadãos vermelhos, é claro. Não tenho intenção alguma de criar um país de escravos como Norta. — Mare parece muito longe de se convencer, mas segura a língua. — E é claro que Norta precisará do seu próprio rei.

Seus olhos arregalam. O horror sangra dela, que vira a cabeça para Cal, procurando respostas. Ele parece tão surpreso quanto ela está furiosa. A garota elétrica é mais fácil de ler do que um livro para crianças.

Anabel levanta da cadeira e fica orgulhosamente de pé. Seu rosto está radiante quando vira para Cal, colocando a mão na bochecha dele. O príncipe está muito chocado para reagir ao toque.

— Meu neto é o legítimo rei de Norta e o trono pertence a ele.

— Primeiro-ministro... — Mare sussurra, agora olhando para o líder de Montfort. Ela está quase implorando. Um toque de tristeza desponta na máscara dele.

— Montfort declara seu apoio ao reinado de Ca... — Ele para. Olha para todos os lados, menos para Mare Barrow. — Do rei Tiberias.

Uma corrente de calor se agita no ar. O príncipe está furioso, quase violento. E o pior ainda está por vir, para todos nós. Se eu tiver sorte, ele vai queimar a torre toda.

— Consolidaremos a aliança entre Rift e o rei de Norta da forma tradicional — minha mãe diz, torcendo a faca. Ela saboreia isso. Preciso de todas as forças para conter as lágrimas dentro de mim, onde ninguém mais pode vê-las.

O significado das palavras dela é compreendido por todos. Cal solta um som estrangulado, um grasnado bem inapropriado para um príncipe e mais ainda para um rei.

— Mesmo depois de tudo isso, a Prova Real ainda selecionou a futura rainha. — Minha mãe passa a mão pela minha, seus dedos apontando para onde meu anel de noivado estará.

De repente, a grande câmara parece sufocante e o cheiro de sangue sobrepuja meus sentidos. É a única coisa em que consigo pensar e me apoio nisso para me distrair, deixando o gosto penetrante do ferro me dominar. Minha mandíbula trava, os dentes se apertando com força contra todas as coisas que quero dizer. As palavras se agitam na minha garganta, querendo se libertar. *Não quero mais isso. Me deixe ir embora.* Cada palavra é uma traição contra a minha Casa, minha família, meu sangue. Meus dentes rangem. Meu coração está trancado numa jaula.

Me sinto aprisionada dentro de mim mesma.

Faça-o escolher, Mare. Faça com que me rejeite.

A respiração dela é pesada, seu peito sobe e desce muito rápido. Como eu, Mare quer gritar. Espero que veja o quanto desejo recusar esse destino.

— Ninguém pensou em me consultar? — o príncipe sibila, empurrando a avó para longe. Seus olhos queimam. Ele aperfeiçoou a arte de encarar uma dezena de pessoas de uma única vez. — Pretendiam me transformar em rei... sem meu consentimento?

Anabel não tem medo algum das chamas e agarra seu rosto mais uma vez.

— Não estamos te transformando em nada. Estamos simplesmente te ajudando a ser quem você é. Seu pai morreu pela coroa e você quer jogá-la fora? Quer abandonar seu país? Por quem? Pelo quê?

Cal não responde. *Diga não. Diga não. Diga não.*

Mas eu já o vejo sendo tragado. Atraído. O poder seduz e cega a todos. Cal não é imune a isso. No mínimo, é particularmente vulnerável. Por toda a sua vida viu um trono, preparando-se para o dia em que seria dele. Sei por experiência própria que esse não é um hábito fácil de romper. Também sei por experiência própria que poucas coisas são mais doces que uma coroa. Penso em Elane de novo. Será que Cal pensa em Mare?

— Preciso de ar — ele sussurra.

É claro que Mare o segue, as faíscas se agitando em seu rastro.

Por instinto, quase peço outra taça de vinho, mas me contenho. Mare não estará aqui para conter a comandante se ela estourar de novo, e mais álcool só vai me deixar mais enjoada do que já estou.

— Vida longa a Tiberias VII — Anabel diz.

A câmara ecoa o sentimento. Minha boca se mexe formando as palavras. Me sinto envenenada.

EPÍLOGO

Mare

⚜

Ele raspa os braceletes um no outro, furioso, deixando os pulsos cuspirem faíscas. Nenhuma delas incendeia ou explode em chamas. Cada uma é fria e fraca quando comparada às minhas. Inútil. Fútil. Sigo-o pelas escadas espiraladas até uma varanda. Não sei se a vista é boa ou não. Não consigo enxergar muito além de Cal. Tudo dentro de mim treme.

Medo e esperança batalham na mesma proporção. Vejo isso nele também, reluzindo atrás dos seus olhos. Uma tempestade se forma no bronze enfurecido, dois tipos de fogo.

— Você prometeu — sussurro, tentando atingi-lo sem mover um músculo.

Cal anda pra lá e pra cá, descontrolado, até apoiar as costas no parapeito da varanda. Sua boca abre e fecha, procurando o que dizer. Uma explicação. *Ele não é Maven. Não é um mentiroso*, tenho que me lembrar. *Não quer fazer isso com você.* Mas será que isso vai impedi-lo?

— Não imaginava que... Quem poderia me querer como rei depois do que fiz? Me diga se você realmente imaginava que alguém me deixaria chegar perto do trono — Cal diz. — Matei prateados, Mare, meu próprio povo. — Ele enterra o rosto nas mãos flamejantes, esfregando-o como se quisesse se virar do avesso.

— Você matou vermelhos também. Pensei que tinha dito que não havia diferença.

— Diferença, não divisão.

Falo com cinismo:

— Você faz um belo discurso sobre igualdade e agora vai deixar aquele cretino do Samos iniciar um reinado idêntico àquele que queremos destruir? Não minta dizendo que não sabia sobre o acordo, sobre a nova coroa dele... — Minha voz desaparece antes que eu possa falar o resto em voz alta, tornando aquilo real.

— Você sabe que eu não fazia ideia.

— É mesmo? — Ergo uma sobrancelha. — Sua avó não deu nenhuma dica? Você nunca sonhou com isso?

Ele engole com dificuldade. Incapaz de negar seus desejos mais profundos, Cal nem ao menos tenta.

— Não há nada que possamos fazer para parar Samos. Não enquanto...

Dou um tapa no rosto dele. Sua cabeça se move com o impulso do golpe e para nessa posição, encarando o horizonte que me recuso a ver.

Minha voz racha.

— Não estou falando de Samos.

— Eu não sabia — Cal diz, com palavras suaves como cinzas ao vento. Com tristeza, acredito nele. Isso torna mais difícil continuar brava. Sem a raiva, restam-me apenas o medo e a tristeza. — Eu realmente não sabia.

Lágrimas queimam salgadas, rolando pelas minhas bochechas. Eu me odeio por chorar. Acabei de ver sei lá quantas pessoas morrerem e matei muitas delas pessoalmente. Como posso derramar lágrimas agora? Por causa de uma pessoa que respira diante dos meus olhos?

Minha voz sai estranha.

— É agora que eu peço para você me escolher?

Porque é uma escolha. Ele só precisa dizer não. Ou sim. Uma palavra define nosso destino.

Me escolha. Escolha um novo mundo. Ele não o fez antes. Tem que fazer agora.

Tremendo, pego seu rosto nas mãos e o viro para olhar para mim. Quando não consegue, quando seus olhos de bronze focam meus lábios, meus ombros, a cicatriz exposta ao calor do ar, algo se parte dentro de mim.

— Não tenho que casar com ela — ele murmura. — Isso pode ser negociado.

— Não, não pode. Você sabe que não pode. — Rio com frieza diante do absurdo daquilo.

Seus olhos escurecem.

— E você sabe o que o casamento é para nós... para os prateados. Não significa nada. Não tem ligação com o que sentimos.

— Você realmente acha que é por causa do casamento que estou brava? — A raiva ferve dentro de mim, quente, selvagem, impossível de ignorar. — Realmente acha que tenho qualquer ambição de ser rainha, a sua ou de qualquer outra pessoa?

Dedos quentes estremecem contra os meus, apertando quando tento me afastar.

— Mare, pense no que podemos fazer. Que tipo de rei eu posso ser.

— Por que precisa haver um rei? — pergunto lentamente, afiando cada palavra.

Ele não tem resposta.

No palácio, durante minha prisão, descobri que Maven tinha sido transformado em um monstro pela mãe. Não há nada neste planeta que possa mudá-lo ou desfazer o que ela fez. Cal foi construído também. Todos fomos moldados por outra pessoa e temos amarras que nada nem ninguém pode cortar.

Pensei que Cal estivesse imune à tentação do poder. Ah, como eu estava errada.

Ele nasceu para ser rei. Foi para isso que foi feito. Foi moldado para querer isso.

— Tiberias. — Eu nunca disse seu verdadeiro nome antes. Não combina com ele. Não combina conosco. Mas é quem ele é. — Me escolha.

Suas mãos alisam as minhas, seus dedos sobre os meus. Fecho os olhos. Me permito um longo segundo para memorizar como me sinto com ele. Como naquele dia em Piedmont, quando fomos pegos pela chuva, quero queimar. Quero queimar.

— Mare — ele sussurra. — Me escolha.

Escolha uma coroa. Escolha a prisão de outro rei. Escolha trair tudo pelo que você sangrou.

Encontro minha amarra também. Fina, mas indestrutível.

— Eu te amo e quero você mais do que qualquer coisa no mundo. — As palavras dele soam vazias vindas de mim. — Mais do que qualquer coisa no mundo.

Aos poucos, minhas pálpebras se agitam. Ele encontra coragem para olhar nos meus olhos.

— Pense no que podemos fazer juntos — Cal murmura, tentando me puxar mais para perto. Meus pés fincam no chão. — Você sabe o que significa para mim. Sem você, não tenho ninguém. Estou sozinho. Não me resta nada. Não me deixe.

Minha respiração fica irregular.

Eu o beijo pelo que poderia ser, pelo que deve ser, pelo que será... pela última vez. Seus lábios passam uma estranha sensação gelada, como se nós dois tivéssemos nos transformado em gelo.

— Você não está sozinho. — A esperança em seus olhos é dilacerante. — Tem sua coroa.

Achava que sabia o que era ter o coração partido. Pensava que era o que Maven tinha feito comigo. Quando ele levantou e me deixou ajoelhada. Quando me disse que tudo o que sempre pensei sobre ele era mentira. Na época, eu acreditava que o amava.

Agora entendo que não sabia o que era amor. Nem como um coração realmente partido pode doer.

Não sabia como era ficar diante de quem mais importa e ouvir que você não é o suficiente. Não ser escolhida. Ser a uma sombra para quem é seu sol.

— Mare, por favor. — Cal implora como uma criança desesperada. — Como você achou que isso ia terminar? O que imaginou que aconteceria depois? — Sinto o calor dele mesmo quando cada parte de mim congela. — Você não precisa fazer isso.

Preciso, sim.

Viro, surda diante de seus protestos. Ele não tenta me parar. Cal me deixa ir.

O sangue afoga tudo menos os gritos dos meus pensamentos. Ideias terríveis, palavras odiosas, quebradas e retorcidas. Elas mancam, cada uma pior que a anterior. *Não somos escolhidos, mas amaldiçoados.* Essa é a verdade para todos nós.

É impressionante que eu não caia nos degraus da torre; é um milagre que chegue do lado de fora sem entrar em colapso. O sol tem um brilho detestável, em um duro contraste com o abismo dentro de mim. Enfio a mão no bolso do meu uniforme e quase não percebo a picada pontiaguda. Não demora muito para eu entender o que é: o brinco. O que Cal me deu. Quase rio ao pensar nisso. Outra promessa quebrada. Outra traição dos Calore.

Sinto uma necessidade ardente de correr. Quero Kilorn, quero Gisa. Quero que Shade apareça e me diga que é tudo um sonho. Eu os imagino ao meu lado, suas palavras e seus braços abertos me confortando.

Outra voz os afoga. Queima minhas entranhas.

Cal segue ordens, mas não consegue tomar decisões.

Suspiro ao pensar nas palavras de Maven. Cal tomou uma decisão. E, bem lá no fundo, não estou surpresa. O príncipe é o que sempre foi. No fundo é uma boa pessoa, mas reluta para agir. Reluta para mudar a si mesmo de verdade. A coroa está no seu coração, e seu coração não muda.

Farley me encontra em uma viela, olhando fixo para a parede. Meus olhos estão inexpressivos e as lágrimas há muito secaram. Ela hesita por um instante; sua ousadia há muito se foi. Então se aproxima com uma lentidão quase carinhosa e estende a mão para tocar meu ombro.

— Eu não sabia — ela murmura. — Juro.

A pessoa que ela ama está morta, foi roubada por alguém. A minha preferiu ir embora. Escolheu tudo o que eu odeio, em vez de tudo o que eu sou. Eu me pergunto o que dói mais.

Antes de me permitir relaxar, de deixar que ela me conforte, noto mais uma pessoa parada nas proximidades.

— Eu sabia — o primeiro-ministro Davidson diz. Soa como um pedido de desculpas. A princípio, sinto outra onda de raiva, mas ele não tem nada a ver com isso. Cal não tinha que concordar. Não tinha que me deixar.

O príncipe não precisava cair ansioso e feliz em uma armadilha com uma isca tão suculenta.

— Dividir e conquistar — sussurrei, lembrando das palavras dele. A neblina do coração partido se desfaz o suficiente para que eu compreenda. Montfort e a Guarda Escarlate nunca apoiariam um rei prateado, não de verdade. Não sem outros motivos em jogo.

Davidson assente com a cabeça.

— É a única forma de vencer.

Samos, Calore, Cygnet. Rift, Norta, Lakeland. Todos motivados pela ganância, todos prontos para destruir uns aos outros por uma coroa já fragmentada. É tudo parte dos planos de Montfort.

Forço outra respiração e tento me recuperar. Quero esquecer Cal, esquecer Maven, focar na estrada à frente. Para onde aponta, não sei.

Em algum lugar distante, dentro de mim, um trovão ruge.

Vamos deixar que eles se matem.

AGRADECIMENTOS

Agradeço ao exército de pessoas que tornaram e continuam tornando meus livros possíveis. Minha editora Kristen e toda a equipe editorial, a família HarperTeen e HarperCollins, Gina, as Elizabeths (tanto a Ward quanto a Lynch), Margot, Sarah Kaufman, a melhor capista do mundo, e a equipe de arte. Aos nossos editores estrangeiros e agentes, à equipe de filmagens da Universal, Sara Elizabeth, Jay Gennifer e, claro, a central de energia que é a New Leaf Literary. Suzie, sempre ao meu lado. Pouya, Kathleen, Mia, Jo, Jackie, Jaida, Hilary, Chris, Danielle e Sara por manterem minha cabeça no lugar e pelos comentários que moldaram *A prisão do rei*. A New Leaf está sempre evoluindo, e nunca poderei agradecer Suzie o suficiente.

Agradeço também ao formidável exército formado por meus amigos e familiares. Meus pais Lou e Heather, que ainda são a razão disso e a força por trás de tudo o que sou. Meu irmão, Andy, que é um adulto melhor do que eu. Meus avós, tios e primos, com muito amor para Kim e Michelle, as coisas mais próximas que tenho de irmãs. Obrigada aos amigos da minha antiga casa, Natalie, Alex, Katrina, Kim, Lauren e muitos outros. Obrigada aos amigos na minha nova casa, Bayan, Angela, Erin, Jenn, Ginger, Jordan, o que parece ser toda a população de Culver City, e quem quer que acabe sentando nas cadeiras de balanço aos domingos na PMCC.

Muito obrigada aos meus colegas no salão comunal da Sonserina, Jen e Morgan, e à nossa companheira sumida, Tori, que sempre terá um lugar esperando por ela.

Pode parecer que estou me gabando neste parágrafo, mas fiz muitos amigos e cresci bastante conhecendo outros autores. Temos uma profissão esquisita, a qual eu não poderia exercer sem vocês. Seria negligente se não os nomeasse, mesmo que envergonhada, e se não agradecesse a alguns de vocês. Primeiro, Emma Theriault. Lembrem desse nome. O apoio dela tem sido inestimável ao longo dos anos. Muito obrigada, em ordem aleatória, a Adam Silvera, Renee Ahdieh, Leigh Bardugo, Jenny Han, Veronica Roth, Soman Chainani, Brendan Reichs, Dhonielle Clayton, Maurene Goo, Sarah Enni, Kara Thomas, Danielle Paige e a toda família da YALL. A mãe guerreira Margie Stohl. A primeira amiga que fiz nessa indústria, Sabaa Tahir, que continua sendo uma tocha na noite que nos envolve. Meu profundo amor e admiração a Susan Dennard, que não é apenas um ser humano exemplar, mas uma escritora muito talentosa com uma visão sem precedentes da profissão. E, é claro, Alex Bracken, que tolera mais mensagens de texto verborrágicas do que se pode contar, é igualmente versada em Star Wars e na história americana, tem o cachorrinho mais fofo do mundo e é uma amiga verdadeiramente leal, adorável, determinada e inteligente, além de uma escritora excepcional. Acho que fiquei sem adjetivos agora.

Sou abençoada demais por ter leitores e nem preciso dizer que estendo minha mais profunda gratidão a cada um de vocês. Para citar J. K.: "Nenhuma história vive a menos que alguém a ouça". Muito obrigada por ouvirem. E muito obrigada a toda a comunidade YA. Vocês foram a luz na escuridão de 2016.

Da última vez agradeci pela pizza, e agradeço de novo. Obrigada aos Parques Nacionais e ao Serviço de Parques Nacionais, que continua mantendo e protegendo a beleza natural do país que amo. Parabéns pelo centésimo aniversário! Lembrem-se de que nossos tesouros nacionais devem ser protegidos para as gerações futuras.

Obrigada a Hillary Rodham Clinton, Bernie Sanders, Elizabeth Warren, ao presidente Barack Obama, à primeira-dama Michelle Obama e a todos aqueles que estão trabalhando para defender os direitos das mulheres, das minorias, dos muçulmanos, dos refugiados e da comunidade LGBTQ+. Obrigada a Mitt Romney por sua oposição inflexível à demagogia e pelos serviços patrióticos. Obrigada a John McCain por sua luta contínua contra a tortura, assim como por seus anos de serviço e pela defesa das famílias dos militares. Obrigada a Charlie Baker, governador de Massachusetts, por seu apoio a uma reforma consensual do uso de armas, aos direitos das mulheres e ao casamento igualitário. Se qualquer uma das coisas acima passar por uma reviravolta até o momento que este livro for publicado, é bom mencionar que escrevi esses agradecimentos em novembro de 2016.

Obrigada aos Khan e a todos da família Gold Star do meu país. Obrigada a cada militar, cada veterano e cada família militar servindo os Estados Unidos com sacrifícios que muitos de nós não podemos calcular. E obrigada a todos os educadores. Vocês são as mãos que moldam o futuro.

Obrigada aos escoceses que votaram contra a divisão e o medo. Obrigada aos representantes eleitos da Califórnia, que continuam defendendo seus constituintes. Obrigada a Lin-Manuel Miranda e ao elenco de *Hamilton*, que prestaram um verdadeiro serviço para nosso país através da sua arte duradoura. Vocês são irrefreáveis.

Obrigada a todos em posição de poder que discursaram e lutaram contra a injustiça, a tirania e o ódio nos Estados Unidos e pelo mundo. Obrigada a todos ouvindo, acompanhando e mantendo os olhos abertos.

1ª EDIÇÃO [2017] 18 reimpressões

ESTA OBRA FOI COMPOSTA POR OSMANE GARCIA FILHO EM BEMBO
E IMPRESSA PELA GEOGRÁFICA EM OFSETE SOBRE PAPEL PÓLEN DA
SUZANO S.A. PARA A EDITORA SCHWARCZ EM MARÇO DE 2025

A marca FSC® é a garantia de que a madeira utilizada na fabricação do papel deste livro provém de florestas que foram gerenciadas de maneira ambientalmente correta, socialmente justa e economicamente viável, além de outras fontes de origem controlada.